Im Tal der flammenden Sonne

ELIZABETH HARAN

Im Tal der flammenden Sonne

ROMAN

Ins Deutsche übertragen von
Sylvia Strasser und Veronika Dünninger

Weltbild

Die australische Originalausgabe erschien 2006 unter dem Titel
Under a Flaming Sky.

Besuchen Sie uns im Internet:
www.weltbild.de

Genehmigte Lizenzausgabe für Verlagsgruppe Weltbild GmbH,
Steinerne Furt, 86167 Augsburg

Übersetzung: Sylvia Strasser und Veronika Dünninger
Umschlaggestaltung: Zero Werbeagentur, München – Zürich
Umschlagmotiv: Jupiter Images / Mauritius Images
Gesamtherstellung: Bagel Roto-Offset GmbH & Co. KG, Schleinitz
Printed in the EU
ISBN 978-3-8289-9137-8

2011 2010 2009 2008
Die letzte Jahreszahl gibt die aktuelle Lizenzausgabe an.

Ich möchte dieses Buch meiner Mutter Lucy May widmen,
die gestorben ist, während ich es geschrieben habe.
Mom, du hast mich immer unterstützt und warst stolz auf
mich. Ich vermisse dich jeden Tag mehr.

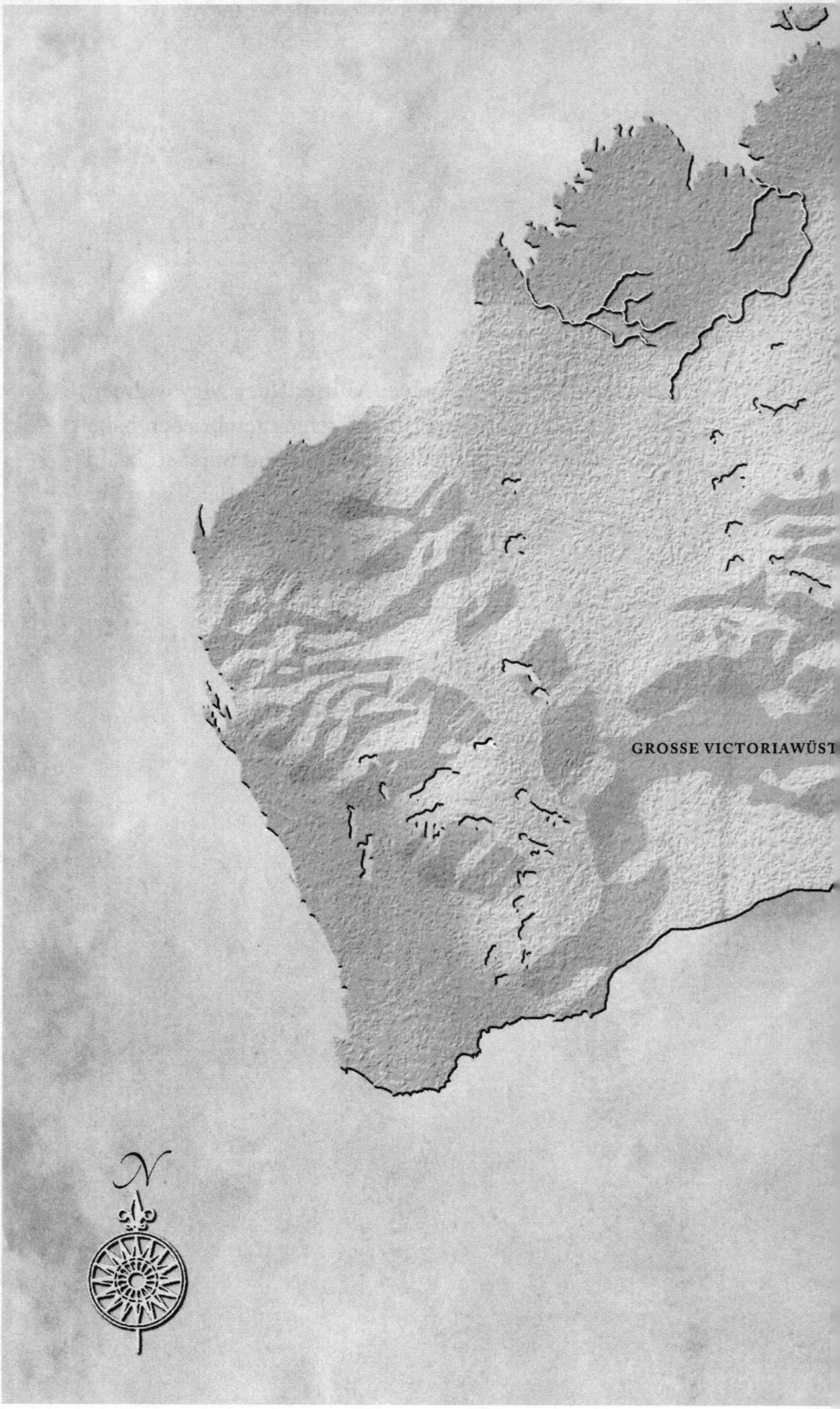
GROSSE VICTORIAWÜST
N

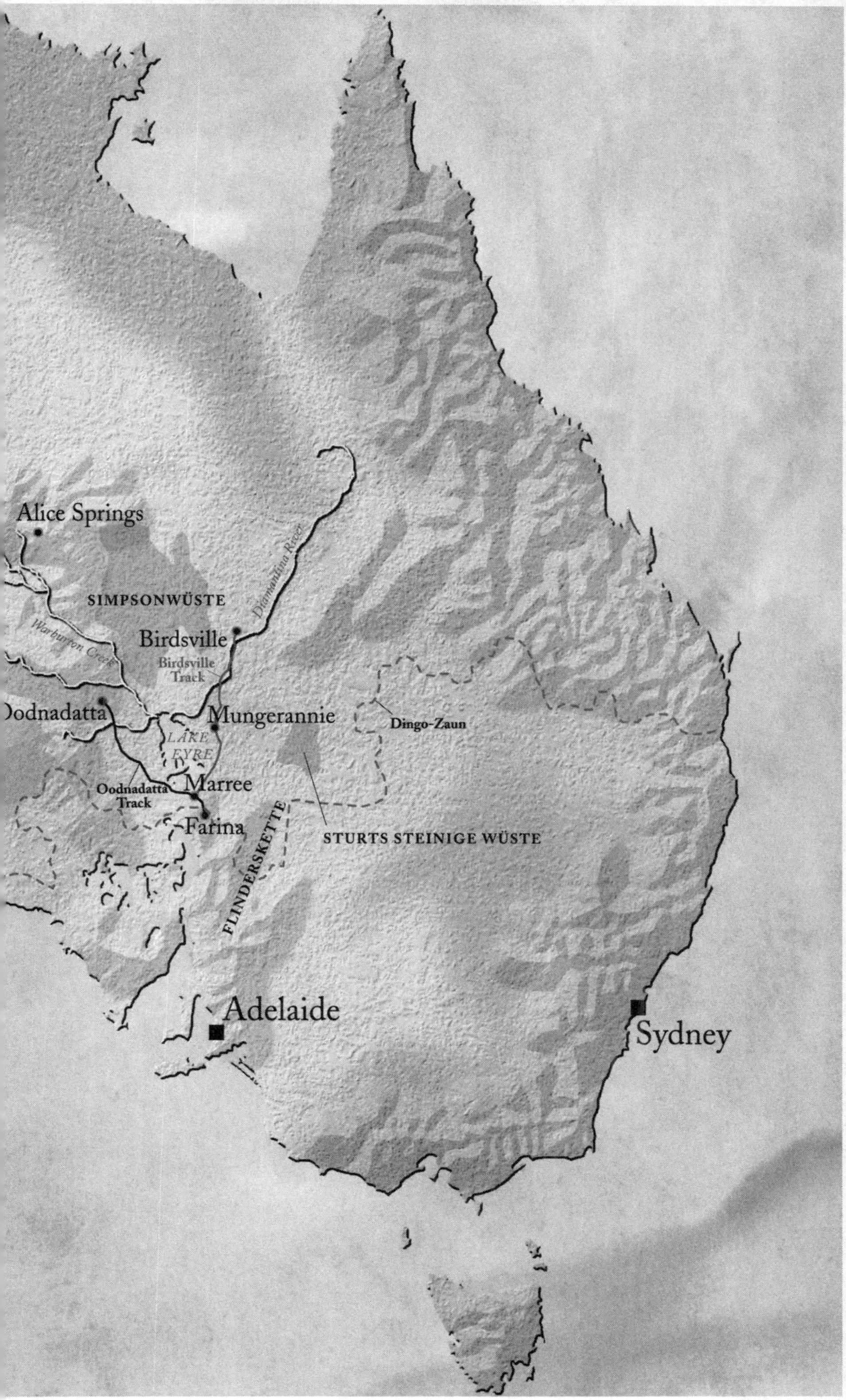
Alice Springs
SIMPSONWÜSTE
Diamantina River
Warburton Creek
Birdsville
Birdsville Track
Oodnadatta
Mungerannie
Dingo-Zaun
LAKE EYRE
Marree
Oodnadatta Track
Farina
FLINDERSKETTE
STURTS STEINIGE WÜSTE
Adelaide
Sydney

1

Im Herzen Australiens,
Oktober 1933

Wie eine Schlange aus der mythischen Traumzeit der Aborigines glitt der Ghan, wie der Afghan-Expresszug genannt wurde, durch die flirrende Hitze des Outback. Es war früh am Nachmittag. Am Horizont, der mit dem endlosen blauen Himmel zu verschmelzen schien, krochen erste Schatten über die karge Landschaft. Windhosen, die wie Derwische über der Wüste wirbelten, waren die einzige Abwechslung in dieser Einöde.

Der Zug war auf dem Weg nach Alice Springs. Neben der Lokomotive gab es einen Reisewagen, einen Speise- und einen Salonwaggon, zwei Wagen mit Schlafabteilen für Erste-Klasse-Passagiere sowie zwei Wagen für Fracht und Post. Da die Gleise sich bei Temperaturen von über 40 Grad zu verformen drohten und im Schatten fast 45 Grad Hitze herrschten, fuhr der Lokführer aus Sicherheitsgründen so langsam, dass kaum ein Lufthauch durch die geöffneten Fenster drang.

»Warum wird der Zug denn jetzt noch langsamer, Mummy?«, nörgelte Arabella Fitzherbert und verzog unwillig ihren hübschen Mund. Sie war neunzehn Jahre alt, wirkte aber jünger. Arabella saß auf ihrem Bett im Erster-Klasse-Abteil, das Gesicht von den schulterlangen honigblonden Haaren umrahmt. Der sengenden Hitze wegen hatte sie die feuchte Kleidung ausgezogen, die ihr am Körper geklebt hatte, und trug nun ein luftiges Nachthemd.

Clarice beugte sich aus dem Fenster. »Ich glaube, wir nähern uns einer kleinen Ortschaft. Scheint mir ein ziemlich hässliches und einsames Nest zu sein.«

Bald darauf kam der Zug mit einem Ruck an einem Bahnsteig zum Stehen, der aus übereinandergeschichteten Eisenbahnschwellen bestand, über denen sich ein Wellblechdach spannte. Auf einem Schild, das schief an einen Pfosten genagelt war, stand:

Marree – 84 Einwohner und eine Milliarde Fliegen

Clarice schüttelte den Kopf. Die Menschen hier im Outback hatten wirklich einen merkwürdigen Sinn für Humor.

Das Zischen der Lok verstummte, die Dampfwolke verflüchtigte sich und gab den Blick auf die Ortschaft frei. Obwohl sich den Fahrgästen über viele Meilen hinweg nichts Sehenswertes geboten hatte, hielt ihre Neugier sich in Grenzen. Die »Hauptstraße«, kaum mehr als ein staubiger Weg, wurde von dem zweistöckigen Sandsteingebäude des Great Northern Hotels, einem Postamt, einer Polizeiwache und drei aus Brettern und Wellblech erbauten Läden gesäumt. Durch den vom Wind aufgewirbelten roten Staub konnte man in der Ferne einige Häuser zwischen dürren Bäumen erkennen. Clarice sah, wie ein uniformierter Eisenbahnbeamter Postsäcke aus dem Zug wuchtete und neue Post entgegennahm. Dann fiel ihr Blick auf eine Gruppe von Aborigines und dunkelhäutigen Männern mit Turbanen, die sich dem Zug näherten.

»O Gott!« Clarice prallte erschrocken zurück. »Sieh dir bloß diese Bettler an, Bella! Da bekommt man es ja mit der Angst zu tun! Wir werden auf keinen Fall aussteigen, egal was dein Vater sagt.«

Als die Männer neugierig ins Innere des Abteils spähten, riss Clarice ein Bettlaken hoch und hielt es schützend vor ihre Tochter. »Zieh dir etwas über, Bella! Wer weiß, auf was für Gedanken diese Leute sonst kommen.«

Sie zog den Vorhang vors Fenster und warf einen furchtsamen Blick auf die Tür des Abteils. Ob sie vorsichtshalber abschließen sollte?

Die Luft im Abteil wurde unerträglich heiß und stickig.

»Ist das eine Hitze hier drin!«, stöhnte Arabella.

»Morgen sind wir in Alice Springs und können in unser Hotel«, tröstete Clarice sie. Auch sie träumte von einem kühlen Salon mit Ventilator und einem Drink mit viel Eis.

Arabella klappte einen chinesischen Papierfächer auf, den sie auf einer Reise gekauft hatte, und fächelte sich Luft zu. »Diese Hitze macht mich ganz fertig, Mummy«, klagte sie mit weinerlicher Stimme. »Ich hab Kopfschmerzen!«

»Sobald wir weiterfahren und ein bisschen frische Luft ins Abteil weht, wirst du dich besser fühlen.« Clarice schlug nach den Fliegen, die unter dem Vorhang hindurch ins Abteil krochen. »Übrigens, die Leute aus dem Nachbarabteil sind sehr nett. Dein Vater und ich werden nach dem Essen eine Partie Rommé mit ihnen spielen. Möchtest du nicht mitkommen, Bella?«

Arabella ließ sich in die Kissen fallen. »Nein, und essen will ich auch nichts. Ich hab Bauchweh.«

Das war nichts Neues. Arabella klagte oft über Bauchschmerzen und andere Beschwerden; deshalb war Clarice auch nicht allzu beunruhigt. Ihre Tochter neigte zur Hypochondrie und war immer schon eine schlechte Esserin gewesen, was auch der Grund für ihre eher knabenhafte Figur war.

»Das Bauchweh kommt von der Hitze, Bella«, sagte Clarice. »Wenigstens hat dein Husten sich gelegt. Wie du weißt, hofft dein Vater sehr, dass das trockene Klima dir guttut. Schließlich sind wir nur deinetwegen nach Australien gereist. Als Dr. Portman sagte, deine Bronchitis werde sich in der feuchten, schlechten Luft Londons niemals bessern, hat dein Vater nicht gezögert, alles aufzugeben und hierherzukommen. Also tu mir den Gefallen, und reiß dich zusammen, ihm zuliebe.«

Edward Fitzherbert war ein erfolgreicher und in England sehr bekannter Theaterproduzent. Doch um seiner Tochter willen hatte er beschlossen, London für ein Jahr den Rücken zu kehren. Finanziell konnten sie es sich trotz der Weltwirtschaftskrise leisten, denn Clarice stammte aus einer wohlhabenden Adelsfamilie. Von Adelaide aus, wo sie seit ihrer Ankunft vier Wochen zuvor gewohnt hatten, waren sie zu einer dreimonatigen Reise durch den australischen Kontinent aufgebrochen. Clarice wäre zwar lieber in Adelaide geblieben, wo es angenehm warm und die Luft sauber war und wo zahlreiche Geschäfte zum Einkaufsbummel luden, doch Edward hatte wie so oft die Abenteuerlust gepackt, und so waren sie ins glutheiße Innere Australiens aufgebrochen.

Arabella schnitt eine Grimasse. Ihre lebhaften blauen Augen wirkten fast unnatürlich groß. »Dieses ewige Schwitzen ist unerträglich«, jammerte sie.

»Ich weiß, mein Schatz.« Clarice tätschelte ihrer Tochter die Hand.

»Ich glaube, ich krieg Ausschlag.«

»Ausschlag? Wo denn?«

Arabella zeigte auf einen winzigen roten Punkt auf ihrem Oberschenkel.

»Ach was, das ist bloß ein Pickel. Das ist nicht schlimm.«

»Doch, ist es!«, beharrte sie. »Die Hitze ruiniert meine Haut!«

Clarice hatte Mühe, nicht genervt die Augen zu verdrehen. Sie liebte ihre einzige Tochter über alles, doch Arabellas Angewohnheit, an allem herumzumäkeln, stellte ihre Geduld manchmal auf eine harte Probe. Im Unterschied zu Arabella war Clarice ein anpassungsfähiger Mensch, was bei einem Ehemann wie Edward, mit dem Clarice vor der Geburt ihrer Tochter ganz Afrika bereist hatte, nur von Vorteil war. Dies war seit neunzehn Jahren die erste lange Reise, die sie unternahm, und wenngleich sie über eine robuste Gesundheit verfügte, musste sie sich eingestehen, dass sie die Annehmlichkeiten ihres Zuhauses ebenso vermisste wie die Gesellschaft ihrer Freunde.

Clarice wusste natürlich, dass sie an Arabellas Verhalten nicht ganz schuldlos war. Sie hatte ihre Tochter als kleines Mädchen viel zu sehr behütet und verhätschelt. Und seit Arabella immer wieder an Bronchitis erkrankte, zeigte Clarice sich ihr gegenüber viel zu nachsichtig. Sie hoffte, die Reise werde Arabella helfen, erwachsener zu werden, damit sie lernte, auf eigenen Füßen zu stehen, doch bisher deutete nichts darauf hin.

»Du wirst dich schon noch an die Hitze gewöhnen.« Clarice wusste vom Zugpersonal, dass es in der Wüstenstadt Alice Springs kaum Geschäfte und kein einziges Theater gab; deshalb hoffte sie, sie würden nicht allzu lange dort bleiben, verschwieg es aber wohlweislich. Arabella war die Reise jetzt schon leid.

Der Zug setzte sich wieder in Bewegung, und Clarice schob die Vorhänge zurück, damit Luft ins Abteil wehte. »So, ich werde jetzt in den Salonwagen gehen«, sagte sie dann.

»Kannst du nicht hierbleiben, Mummy?«, fragte Arabella kläglich. »Wer soll sich denn um mich kümmern?«

»Dir fehlt doch nichts, Schatz. Komm später nach, wenn du Lust hast. Die Harris sind sehr nette Leute.«

»Ist mir egal. Ich will sie nicht kennen lernen. Außerdem will ich mich bei der Hitze nicht wieder anziehen«, murrte Arabella.

»Wie du möchtest«, erwiderte Clarice geduldig. »Ich werde dir ein paar belegte Brote bringen.« Als der Zug aus der Stadt rollte, fiel ihr Blick auf einen großen Pferch auf der anderen Seite der Bahngleise, in dem sich eine Kamelherde mit mehreren Jungtieren befand. In einem Hain aus Dattelpalmen waren merkwürdige Gebäude um eine Moschee gruppiert. Anscheinend lebten hier die Männer mit Turbanen, die sie vorhin gesehen hatte. Ein Glück, dass ihr Mann keinen Rundgang durch den Ort vorgeschlagen hatte.

»Lass nur«, schmollte Arabella. »Ich hab noch ein halbes Sandwich von heute Mittag. Das Brot ist zwar trocken und der Belag ekelhaft, aber im Speisewagen gibt's sicher auch nichts Besseres, da verzichte ich lieber.«

»Wie du willst. Dann ruh dich aus, mein Schatz. Morgen werden wir in aller Frühe in Alice Springs eintreffen, hat der Zugführer gesagt.« Clarice küsste ihre Tochter auf die bleiche Wange und eilte hinaus. Sie hatte ein schlechtes Gewissen, weil sie Arabella allein ließ, doch sie spielte für ihr Leben gern Rommé. Außerdem würde es ihr guttun, endlich einmal etwas anderes zu hören als das Gejammer ihrer Tochter.

Als die Tür sich hinter ihrer Mutter geschlossen hatte, legte Arabella sich hin und suchte die endlose Weite des blauen Himmels nach einer Wolke ab. Müde von der Hitze und dem monotonen Rattern des Zuges, nickte sie nach kurzer Zeit ein.

Arabella fuhr aus dem Schlaf, als der Zug mit einem Ruck zum Stehen kam. Sie setzte sich auf und blickte aus dem Fenster, doch es gab nur die schier endlose Wüste zu sehen, die in der unbarmherzigen Hitze lag. Arabella schob den Vorhang der Abteiltür zurück und spähte durch das Fenster auf der anderen Seite des Waggons, aber auch hier bot sich dem Auge nichts als Sand und Gänsefußsträucher. Anscheinend waren sie doch noch nicht am Ziel der Reise, wie Arabella insgeheim gehofft hatte. Als niemand kam, um ihr zu sagen, was es mit dem Halt auf sich hatte, streckte sie den Kopf neugierig zum Fenster hinaus. Im Reisezugwagen weiter vorn hatte sich ein Mann mittleren Alters ebenfalls aus dem Fenster gebeugt. Arabella hörte, wie er zu jemandem im Innern sagte: »Da liegt ein totes Tier auf den Gleisen. Es muss fortgeschafft werden. Und der Wind hat Sand auf die Schienen geweht.«

Das Tier, ein großes Kängurumännchen, das offenbar im Kampf mit einem anderen Männchen tödliche Verletzungen davongetragen hatte, wurde von den Schienen gezerrt. Doch es würde sehr viel länger dauern, den Sand von den Gleisen zu schaufeln.

Die Zeit verstrich unendlich langsam, und Arabella wurde unruhig. Die Sonne sank tiefer, die Schatten wurden länger. Wenigstens war es nicht mehr so glühend heiß. Als Arabella den Blick träge über die Landschaft schweifen ließ, fiel ihr eine ungewöhnliche Blume nur wenige Meter vom Zug entfernt auf. Die Blüte war leuchtend rot und in der Mitte tiefschwarz. Arabella liebte Blumen, und eine wie diese hatte sie nie zuvor gesehen. Inmitten der dürren Gänsefußsträucher wirkte sie wie ein kostbares Juwel. Arabella überlegte, ob sie aussteigen und die exotische Blume pflücken sollte, verwarf den Gedanken aber. Es war zu gefährlich; schließlich konnte der Zug jeden Moment weiterfahren.

Fünfzehn lange Minuten vergingen. Allmählich senkte sich die Dämmerung herab. Noch immer zog die wunderschöne Blume Arabellas Blick wie magisch auf sich. Schließlich stand sie auf und spähte in den Korridor hinaus. Niemand war zu sehen. Sie eilte die paar Schritte bis zur Waggontür und öffnete sie. Bis zu der Blume waren es höchstens vier Meter.

Die habe ich schnell gepflückt, sagte sich Arabella. In fünf Sekunden bin ich wieder im Zug. Und falls er doch vorher anfährt, kann ich immer noch aufspringen. Da sie Pantoffeln trug, würden ihr weder die Steine im roten Wüstensand noch die kleinen Dornensträucher etwas anhaben können. Eine Hand auf dem Geländer, trat sie auf die oberste Holzstufe des Einstiegs. Als sie den Fuß auf die nächste Stufe setzen wollte, verfing sie sich in ihrem langen Nachthemd, verlor das Gleichgewicht, musste den Handlauf loslassen, um sich nicht den Arm zu verdrehen, und landete unsanft im Sand neben der Bahnstrecke. Instinktiv stützte sie sich mit einer Hand ab und fasste dabei in dorniges Gestrüpp.

»Autsch!« Ein heftiger Schmerz fuhr Arabella durch den Fußknöchel und die Hand, der ihr die Tränen in die Augen trieb. »Verflixt!«

Plötzlich stieß die Lokomotive fauchend Dampf aus, und der Zug fuhr ruckend an.

»O nein!« In Panik versuchte Arabella aufzustehen, doch der Knöchel, mit dem sie umgeknickt war, gab nach, und ihre Handfläche pochte vor Schmerz. »Halt! O Gott … halt!«, schrie sie verzweifelt. Trotz der Schmerzen rappelte sie sich hoch und hinkte zum Zug, doch der Einstieg mit dem Handlauf war bereits zu weit weg, und es gab nichts, woran sie sich hätte festhalten können. Der Zug gewann an Fahrt, und Arabella musste hilflos mit ansehen, wie die letzten Waggons an ihr vorbeirumpelten. Da es sich um Güterwaggons handelte, gab es niemanden, der sie bemerkte oder den sie hätte auf sich aufmerksam machen können. Schlimmer noch – niemand wusste, dass sie den Zug verlassen hatte.

»Mummy! Daddy!«, rief sie entsetzt und hob die Arme. »Wartet…!«

Arabella ließ die Arme langsam sinken. Sie stand wie versteinert da und starrte fassungslos dem Zug nach, der in der Unendlichkeit der Landschaft verschwand. Als ihr klar wurde, dass man sie mutterseelenallein in dieser lebensfeindlichen Ödnis zurückgelassen hatte, ergriff sie namenloses Entsetzen, und sie brach in Tränen aus.

So schnell würde niemand nach ihr suchen. Ihre Eltern saßen ahnungslos beim Kartenspielen. Arabella wusste, dass sie darüber oft die Zeit vergaßen und manchmal die halbe Nacht spielten. Sie würden zu Bett gehen und nicht bemerken, dass ihre Tochter verschwunden war; es würde ihnen frühestens am nächsten Morgen auffallen, wenn sie hinter den Vorhang sahen und realisierten, dass sie nicht in ihrem Bett lag. Arabella stand verlassen in der Wüste, und kein Mensch wusste, wo sie war. Der Gedanke war so unfassbar, dass sie einen verzweifelten Schrei ausstieß. Ihre Stimme verlor sich in der unendlichen Weite ringsum.

Als sie den Zug vollends aus dem Blick verloren hatte, ließ sie sich in den Sand fallen, legte den Kopf auf die Knie und schluchzte. Auf einmal krabbelte etwas an ihrem Bein entlang. Kreischend vor Entsetzen sprang sie auf und stampfte mit dem Fuß in den Sand. Ein stechender Schmerz schoss durch ihren Knöchel und trieb ihr von neuem Tränen in die Augen. Hastig riss sie den Saum ihres Nachthemds hoch. Ein großes Insekt kroch über die Innenseite ihres Schenkels. Schaudernd vor Abscheu schlug Arabella es weg. Dann schleppte sie sich zu den Gleisen und humpelte in die Richtung, die der Zug genommen hatte.

Wirre Gedanken schossen ihr durch den Kopf. Ich könnte nach Alice Springs laufen, dachte sie. Ich muss nur den Gleisen folgen, dann verirre ich mich nicht. Dann aber fiel ihr ein, dass ihre Mutter gesagt hatte, sie würden erst am nächsten Morgen in Alice Springs eintreffen. Arabella machte sich nichts vor. Eine solche Strecke würde sie niemals zu Fuß schaffen, zumal ihr schmerzender Knöchel jetzt schon geschwollen war.

Als die Sonne hinter dem Horizont verschwunden war, fielen die Temperaturen dramatisch. Arabella zitterte vor Kälte in ihrem dünnen Nachthemd. Hinzu kam die Angst in der undurchdringlichen Finsternis, die sich über das Land gesenkt hatte. Es war eine solch tiefe Dunkelheit, wie Arabella sie nie zuvor erlebt hatte. Sie konnte die Schwellen nicht mehr sehen und stieß sich ständig die Zehen an; ihr verstauchter Knöchel schmerzte höllisch. Schließlich verließ sie die Gleise und stolperte neben der Bahnstrecke durch den Sand.

Erst als der Mond aufging und die Sterne am tiefschwarzen Himmel funkelten, konnte Arabella etwas erkennen, doch Bäume oder Felsen, in deren Schutz sie die Nacht verbringen könnte, waren nirgends auszumachen. Von Zeit zu Zeit huschte ein Schatten vorüber, riesige Insekten und kleine nagetierähnliche Geschöpfe, und jedes Mal schrie Arabella erschrocken auf.

Bald klapperte sie mit den Zähnen vor Kälte, und sie konnte ihre Füße kaum noch spüren. Ihre Hoffnung, dass der Zug noch in dieser Nacht zurückkehren würde, schwand mit jeder Minute. Es kam ihr vor, als irrte sie bereits seit Stunden durch die Einöde. Immer wieder sagte sie sich, es würde nicht mehr lange dauern, bis ihre Eltern bemerkten, dass sie verschwunden war, und den Lokführer zur Umkehr drängten. Arabella musste sich an diese Hoffnung klammern, wollte sie nicht den Verstand verlieren. Doch als die Minuten sich zu Stunden dehnten, verflog ihre Zuversicht. Mit der Erschöpfung wuchs ihre Niedergeschlagenheit. Sie war inzwischen völlig durchgefroren und konnte sich nur noch mühsam auf den Beinen halten. Immer wieder stolperte sie und fiel auf die Knie, die bald zerschrammt und blutig waren. Irgendwann konnte sie vor Müdigkeit kaum noch die Augen offen halten. Sie kam schwankend wie eine Betrunkene von der Bahnstrecke ab. Arabella war mit ihrer Kraft am Ende. Als sie das nächste Mal strauchelte und fiel, blieb sie völlig geschwächt im Sand liegen. Vergeblich kämpfte sie gegen die Müdigkeit an, und schließlich fielen ihr die Augen zu.

Als die Dunkelheit allmählich dem Tageslicht wich, lag Arabella immer noch im ohnmachtsähnlichen Schlaf der Erschöpfung da. Irgendetwas kitzelte sie, und langsam schlug sie die Augen auf. Sie schrie entsetzt: Die größte Spinne, die Arabella jemals gesehen hatte, krabbelte an ihrem Bein entlang. Vor Abscheu und voller Panik schüttelte sie ihr Bein. Die Spinne fiel herunter und flüchtete unter ein Gestrüpp. Als Arabella sich ein wenig beruhigt hatte, schaute sie sich um. Verzweiflung überkam sie, als sie nirgends die Bahnstrecke entdecken konnte. Alles sah fremd aus. Das Land war flach und endlos weit; auf dem roten Sand kämpften dorniges Gestrüpp und unscheinbare Gänsefußsträucher ums Überleben. Arabella sah keine Landmarken, die ihr zur Orientierung hätten dienen können, weder Felsformationen noch Hügel oder Baumgruppen. Langsam stand sie auf und drehte sich im Kreis. Ihr Blick fiel auf einen einsamen Baum in der Ferne, dem einzigen weit und breit. Sie beschloss, dorthin zu gehen, in der Hoffnung, ein wenig Wasser oder vielleicht sogar essbare Früchte zu finden. Ohne Wasser hätte der Baum in dieser kargen Vegetation ja kaum überleben können.

Arabellas Knöchel war zwar noch geschwollen, tat aber nicht mehr ganz so weh. Dennoch kam sie nur langsam voran, denn ihre Glieder fühlten sich taub und steif an. Sie war durchgefroren und dankbar für die Wärme, die die aufgehende Sonne spendete. Sie konnte sich nicht erinnern, jemals so gefroren zu haben – und das nach der Gluthitze des vergangenen Tages. Die Temperaturschwankungen in diesem Wüstenklima waren schier unvorstellbar. Und die Nacht war nicht nur bitterkalt gewesen, sondern auch feucht. Arabella hustete. Ihr Mund war so ausgetrocknet wie die Landschaft ringsum. In ihrer Not leckte sie den Tau von den Blättern der Sträucher, an denen sie vorbeikam.

Ein merkwürdiges Geräusch ließ sie herumfahren. Fünf Emus näherten sich. Sie gaben einen bedrohlichen Trommellaut von sich. Die Schnäbel der Laufvögel waren messerscharf und ihre muskulösen Beine sehr kräftig. Die langen Krallen können einem Menschen bestimmt schreckliche Wunden schlagen, dachte Arabella. Die Tiere musterten die junge Frau aus ihren dunklen, neugierigen Augen, und sie bekam Angst. Schreiend rannte sie los, so schnell sie konnte. Sie stürzte, rappelte sich hoch, hinkte weiter, fuchtelte mit den Armen und kreischte hysterisch. Hätte sie sich umgedreht, hätte sie gesehen, dass ihr Geschrei die Emus längst vertrieben hatte.

Endlich hatte sie den Baum erreicht, ging hinter dem Stamm in Deckung und spähte vorsichtig, mit wild klopfendem Herzen, dahinter hervor. Verdutzt stellte Arabella fest, dass die Emus in weiter Ferne unbekümmert über den Sand staksten. Einen Augenblick kam sie sich schrecklich dumm vor, weil sie sich vor den Tieren gefürchtet hatte. Beinahe wünschte sie sich, die Emus wären dageblieben, damit sie nicht so allein wäre. Ihr Magen knurrte vor Hunger, und sie hob den Blick und suchte die Äste nach Früchten oder Beeren ab, doch außer einem verlassenen Vogelnest war nichts zu entdecken. Auch von Wasser gab es weit und breit keine Spur. Grenzenlose Verzweiflung überkam Arabella. Sie hockte sich hin. »Bitte komm und hol mich, Mummy«, schluchzte sie. »Lass mich nicht hier draußen sterben!«

Gegen sechs Uhr an diesem Morgen kam der Afghan-Express mit einem so heftigen Ruck zum Stehen, dass die Passagiere unsanft aus dem Schlaf gerissen wurden. Edward Fitzherbert warf einen Blick aus dem Abteilfenster und sah, dass der Zug auf freier Strecke hielt. Lag schon wieder ein Tierkadaver auf den Gleisen? Edward wartete ein paar Minuten und lauschte. Dann stand er auf, um nachzusehen, was draußen los war. Clarice hatte sich noch einmal auf die andere Seite gedreht. Edward spähte hinter den Vorhang zwischen den Abteilbetten und stellte verwundert fest, dass Arabellas Bett leer war. Seltsam. Sie hatte das Abteil während der gesamten Zugfahrt nicht verlassen. Dann aber sagte er sich, dass sie vermutlich auf der Toilette war, die zum Abteil gehörte.

Als Edward sich seinen Morgenrock übergeworfen hatte und seine Pantoffeln suchte, klopfte es an der Abteiltür. Ein Schlafwagenschaffner stand draußen.

»Ich muss Sie bitten, sich anzuziehen, Sir. Alle Fahrgäste müssen den Zug verlassen. Nehmen Sie nur das Nötigste mit.«

»Was ist denn passiert?«, wollte Edward wissen.

»Der Zug kann nicht weiter. Termiten haben die Schwellen zerfressen. Auf welcher Länge, wissen wir noch nicht, aber eine Weiterfahrt wäre in jedem Fall zu riskant. Wir müssen zu Fuß weiter. Ihr Gepäck wird später abgeholt.«

»Zu Fuß? Wie weit ist es denn noch?«

»Ungefähr fünf Meilen, Sir. Entschuldigen Sie mich bitte, ich muss die anderen Fahrgäste informieren.« Schon eilte er davon.

»Was ist los, Schatz?«, murmelte Clarice schlaftrunken, als Edward die Tür geschlossen hatte.

»Der Zug kann nicht weiter, weil die Schwellen von Termiten zerfressen wurden. Wir müssen unseren Weg zu Fuß fortsetzen, hat der Schaffner gesagt.« Während er sprach, klopfte er leise an die Toilettentür, aber niemand antwortete.

»Seltsam«, sagte er. »Ich dachte, Arabella wäre auf der Toilette, aber sie antwortet nicht.«

»Arabella? Arabella!«, rief Clarice. Keine Antwort. »Schau bitte nach, Schatz«, bat sie ihren Mann.

Edward öffnete die Toilettentür. Verwundert drehte er sich zu seiner Frau um. »Leer.«

Clarice schwang die Beine aus dem Bett. »Ich ziehe mich an und packe unsere Sachen. Du siehst unterdessen nach, wo Arabella steckt.«

Kurze Zeit später kehrte Edward ins Abteil zurück. Seine Miene war besorgt.

»Hast du sie gefunden?«, fragte Clarice.

Er schüttelte den Kopf. »Niemand hat sie gesehen.«

Clarice sah ihn beunruhigt an. »Das gibt's doch nicht, sie muss doch irgendwo sein! Hast du die Harris von nebenan schon gefragt?«

»Ja, aber die haben sie auch nicht gesehen. Vielleicht hat sie sich jemandem in einem der anderen Waggons angeschlossen.« Edward bemühte sich, seine aufsteigende Panik zu unterdrücken. Arabella konnte sich schließlich nicht in Luft aufgelöst haben.

Mit dem Nötigsten bepackt, eilten Edward und Clarice den Korridor entlang. Zugbegleiter halfen den Fahrgästen beim Aussteigen. Einige Passagiere gingen bereits an der Bahnstrecke entlang in Richtung Stadt. Clarice stieg aus, während Edward oben in der Tür stehen blieb und den Blick über die Fahrgäste schweifen ließ. Doch sosehr er sich den Hals verrenkte, er konnte Arabella nirgends entdecken.

Edward stieg die Stufen hinunter. Er hörte, wie Clarice, die schon vorausgegangen war, immer wieder den Namen ihrer Tochter rief, und eilte ihr nach.

»Ich kann sie nirgends finden, Edward!« Die Panik in ihrer Stimme war unüberhörbar.

Das Zugpersonal trieb die Fahrgäste zur Eile an. Bald würde es unerträglich heiß werden.

»Bitte gehen Sie weiter«, drängte der Zugführer.

»Ohne unsere Tochter gehen wir nirgendwohin!«, fuhr Edward ihn an. »Sie muss noch im Zug sein. Wir gehen nicht von hier weg, bis wir sie gefunden haben!«

Eine halbe Stunde später waren auch die letzten Passagiere ausgestiegen, doch Arabella war immer noch wie vom Erdboden verschluckt. Clarice' Furcht schlug in Hysterie um. Edward war erbost, weil das Zugpersonal so wenig Anteilnahme zeigte.

»Jedes Abteil muss durchsucht werden!«, verlangte er nachdrücklich.

»Beruhigen Sie sich, Sir«, sagte der Zugführer, »wir machen das schon. Wenn Ihre Tochter noch im Zug ist, werden wir sie finden.« Er vermutete, dass die Fitzherberts sich mit ihrer Tochter gestritten hatten, sodass sie sich aus Trotz jemand anderem angeschlossen hatte, ohne ihren Eltern ein Wort davon zu sagen. Andererseits hatte der Zug nur einundvierzig Fahrgäste gehabt, und auf keinen von denen, die sich zu Fuß auf den Weg nach Alice Springs gemacht hatten, traf Arabellas Beschreibung zu.

»Natürlich ist sie noch im Zug!«, ereiferte sich Edward, den so viel Gemütsruhe zur Raserei brachte. »Wo soll sie denn sonst sein?«

Zwanzig qualvolle Minuten später war der Zug bis in den letzten Winkel durchsucht worden, doch von Arabella fand sich keine Spur.

»Wo ist unsere Tochter dann?«, wollte Edward wissen, der in der Zwischenzeit noch einige Mitreisende befragt hatte.

»Das kann ich Ihnen leider nicht sagen, Sir«, antwortete der Zugführer.

»Was soll das heißen? Kommt es öfter vor, dass Ihnen unterwegs Fahrgäste abhanden kommen?«

»Natürlich nicht!«, rief der Zugführer gereizt.

Clarice sah ihren Mann bestürzt an. »Du denkst doch nicht etwa … Arabella wird doch nicht …?« Sie schlug entsetzt die Hand vor den Mund.

Edward begriff nicht. »Was meinst du, Liebes?«

Clarice wandte sich dem Zugführer zu. »Könnte es sein, dass … dass unsere Tochter aus dem Zug gefallen ist?«, fragte sie mit vor Angst schriller Stimme.

»Nun ja … Ihr Wagen war der letzte, und falls Ihre Tochter die hintere Zugtür geöffnet hat, dann … dann könnte es möglich sein«, erwiderte er stockend. Der Gedanke war ihm selbst auch schon gekommen, doch er hatte nicht gewagt, es laut auszusprechen, denn es käme für das Mädchen einem Todesurteil gleich. Noch nie war ein Passagier aus dem fahrenden Zug gefallen. Die Vorstellung war entsetzlich, aber welche Erklärung konnte es sonst geben?

»Mein Gott.« Alle Farbe wich aus Clarice' Gesicht. Sie schwankte, und Edward konnte sie gerade noch auffangen. Er half ihr, sich auf eines ihrer Gepäckstücke zu setzen. Sein Blick wanderte die Bahnstrecke entlang, die sich am Horizont in der Wüste verlor, und schaudernd stellte er sich vor, wie Arabella verletzt und hilflos irgendwo in der glutheißen Weite lag und auf den Tod wartete.

»Ich muss zurück und meine Tochter suchen«, sagte er entschlossen.

Jetzt war es der Zugführer, der blass wurde. »Das kann ich nicht zulassen, Sir.«

»Und was wollen Sie dagegen tun? Mich aufhalten?«, stieß Edward zornig hervor.

»Sir, Ihrer Tochter ist nicht geholfen, wenn Sie jetzt auf eigene Faust losgehen und vielleicht dabei umkommen. Sobald wir in Alice Springs sind, werden wir die Behörden alarmieren, damit sie eine sofortige Suche einleiten.«

Clarice klammerte sich an Edwards Arm. »Er hat Recht, Edward. Der Zug hat heute Nacht einige hundert Meilen zurückgelegt. Du kannst diese Strecke nicht zu Fuß gehen!«

Die Worte seiner Frau trafen Edward wie ein Schlag in den Magen. Die Entfernungen in diesem Land waren gewaltig. Wie sollten sie Arabella in einem Gebiet von so riesigen Ausmaßen finden?

Der Zugführer rief zwei Angestellte herbei und befahl ihnen, das Gepäck der Fitzherberts zu tragen. »Wo werden Sie in Alice Springs wohnen, Sir?«

»Im Central Hotel in der Todd Street«, antwortete Edward benommen.

»Wir werden Ihre Sachen dorthin bringen, Sir. Kümmern Sie sich um Ihre Frau. Sie braucht Sie jetzt. Sobald wir in Alice Springs sind, werde ich die Polizei informieren, damit die Suche unverzüglich eingeleitet wird. Nur so hat Ihre Tochter eine Chance, Sir.«

Arabella schlug die Augen auf und stieß einen gellenden Schrei des Entsetzens aus. Unzählige Ameisen krabbelten über ihre Beine. Sie sprang auf, stampfte mit den Füßen und streifte mit beiden Händen hektisch die wimmelnden Tiere von ihrer Haut, die von den schmerzhaften Bissen brannte. Nie wieder würde sie sich in dieser elenden Wüste auf den Boden legen! Arabella rieb sich die Beine mit Sand ab und humpelte aus dem kärglichen Schatten des Baumes in die gleißende Sonne. Als sie an sich hinunterschaute, erschrak sie heftig. Ihre Haut war übersät mit roten, juckenden Quaddeln. Vor Schmerz und Verzweiflung brach sie in Tränen aus. Sie sehnte sich nach der Geborgenheit ihres Elternhauses in London, nach menschlicher Gesellschaft, nach der Betriebsamkeit der Stadt. Ihre elende Situation erschien ihr wie ein Albtraum. Sie begriff nicht, wie sie in eine solche Lage hatte geraten können.

Musste sie hier draußen sterben? Sie stellte sich vor, wie jemand eines Tages ihr Skelett entdeckte. Oder es würde nie gefunden, und ihre Eltern würden niemals erfahren, was geschehen war …

Der Gedanke war ihr unerträglich.

Ringsum herrschte Totenstille. War der Zug vorbeigefahren, als sie geschlafen hatte, und sie hatte ihn nicht gehört? Arabella fragte sich, wie weit sie sich von der Bahnstrecke entfernt hatte. Suchend ließ sie den Blick über die flirrende Landschaft schweifen. Die Sonne stach unbarmherzig, und sie spürte, wie ihre Arme schmerzhaft brannten, doch unter den Baum, wo der Ameisenhaufen war und anderes Getier herumkroch, würde sie sich auf keinen Fall mehr setzen. In ihrem Kopf drehte sich alles, und der quälende Durst war kaum zu ertragen. Sie dachte an das trockene Sandwich, das sie im Zug verschmäht hatte. Jetzt hätte sie alles dafür gegeben. Und dazu ein großes Glas Wasser! Für ein Glas Wasser hätte sie dem Teufel ihre Seele verkauft.

Am frühen Nachmittag brach Arabella entkräftet zusammen. Trugbilder von vorbeifahrenden Zügen hatten ihren vor Hitze und Erschöpfung wirren Verstand genarrt. Sie verlor jeden Orientierungssinn und irrte im Kreis umher. Die Ameisenbisse an ihren Beinen juckten und brannten, und sie hatte rasende Kopfschmerzen.

Als sie in den glühend heißen Sand fiel, wusste sie, dass sie nie mehr aufstehen würde. Sie konnte nicht einmal mehr weinen. Salzige Schweißtropfen liefen ihr in die Augen, und sie senkte die Lider. Ihre Lippen waren geschwollen und rissig. Ihre Zunge fühlte sich wie ein Stück Leder an. War dies das Ende?

Plötzlich vernahm sie in der drückenden Stille, die nur vom Summen der Fliegen unterbrochen wurde, das Knacken eines Zweiges. Entsetzt dachte sie an die Wildhunde, die sie vom Zug aus gesehen hatten. Pirschten die Hunde sich heran, weil sie Beute witterten?

»Noch … bin ich nicht … tot«, lallte sie wirr. Sie öffnete ein Auge und blinzelte ins grelle Sonnenlicht. Ein dunkler Schatten beugte sich über sie. Erschrocken hob Arabella die Hand und schirmte ihre Augen ab, um besser sehen zu können. Sie blickte entsetzt in ein derbes, dunkelhäutiges Männergesicht mit breiter, flacher Nase und unergründlichen schwarzen Augen. Der Fremde hatte krauses Haar und eine flächige Stirn, und auf die Backenknochen waren ockerfarbene Zeichen gemalt. Arabella starrte den Mann wie versteinert an. Sie hörte Stimmen, verstand aber nicht, was sie sagten.

Einen Moment lang glaubte sie, ihr Verstand gaukle ihr etwas vor. Dann spürte sie, wie sie angestupst wurde – mit einem Stock, wie sie vermutete. Der Mann, dem der Stock gehörte, rief ihr in barschem Tonfall etwas zu. Er wirkte zornig. Angst erfasste Arabella. Mühsam richtete sie sich auf und sah, dass sie von Eingeborenen umringt war, die sie feindselig musterten. Verglichen mit diesen Fremden hatten sogar die Aborigines in Marree einen geradezu freundlichen Eindruck gemacht. Arabella schrie gellend. Die Ureinwohner fuhren erschrocken zurück und redeten dann in einer eigentümlich schnellen, völlig unverständlichen Sprache aufeinander ein. Arabella konnte nicht ahnen, dass sie sich darüber verständigten, offenbar eine Verrückte vor sich zu haben.

Mühsam rappelte Arabella sich hoch. Sie war überzeugt, dass die nächsten Augenblicke über Leben und Tod entscheiden würden. Obwohl sie Todesängste ausstand, versuchte sie, sich nichts anmerken zu lassen, sondern den Aborigines unerschrocken gegenüberzutreten. »Wagt es ja nicht … mich anzurühren!«, herrschte Arabella sie an und hoffte, dass die Fremden das Zittern in ihrer Stimme nicht bemerkten. »Mein … mein Vater wird euch erschießen lassen, wenn ihr mir … auch nur ein Haar krümmt!«

Die Männer vom Stamm der Arrernte schauten sich verblüfft an. »Eine Verrückte«, sagte Djalu, der Stammesälteste, in seinem Dialekt. Neugierig musterte er das sonnenverbrannte Gesicht der weißen Frau. »Sie sieht aus wie ein gebratener Emu«, stellte er lachend fest.

Die anderen stimmten in sein Gelächter ein und spotteten, an der Frau sei ja kaum was dran, so mager sei sie. Arabella blickte verwirrt von einem zum anderen. Machten diese Wilden sich etwa über sie lustig?

»Was tun wir mit ihr?«, wandte sich einer an Djalu. »Hier draußen wird sie bald sterben.«

»Wo sie wohl herkommt?«, wunderte sich ein anderer. Jetzt gesellten sich auch zwei Frauen und ein Kind zu der Gruppe. Arabella konnte sie nicht sehen, weil sie ihnen den Rücken zukehrte.

»Vermutlich aus Marree«, antwortete Djalu. »Möchte bloß wissen, was sie hier verloren hat, so weit weg von der Stadt.« Ob man sie davongejagt hatte, weil sie wirr im Kopf war? Oder war sie einfach losgegangen und hatte sich verlaufen?

Arabellas Gedanken überschlugen sich. Sie blickte verstohlen an sich hinunter. Ihr dünnes Nachthemd war zerrissen, weil sie immer wieder an dornigen Sträuchern hängen geblieben war. Unwillkürlich verschränkte sie die Arme über den Brüsten. Jetzt erst fiel ihr auf, dass die Eingeborenen bloß einen winzigen Lendenschurz aus Tierhaut trugen. Verlegen senkte Arabella den Blick. In diesem Moment drehte einer der Aborigines sich um. Als Arabella sein nacktes Hinterteil sah, stieß sie erneut einen gellenden Schrei aus, wirbelte herum und wollte davonrennen, blieb aber wie angewurzelt stehen. Sie sah sich zwei Frauen gegenüber.

Im ersten Moment war sie erleichtert. Die Frauen würden bestimmt Mitleid mit ihr haben. Doch dann sah sie deren nackte Brüste und war von neuem schockiert. Sie wurde rot vor Verlegenheit. Um die Hüften hatten die Frauen eine Tierhaut geknotet. Eine trug ein kleines nacktes Kind auf dem Arm, einen Jungen, der die weiße Frau aus riesengroßen braunen Augen staunend musterte. Arabella wurden die Knie weich. Offenbar waren diese Fremden äußerst primitiv. Das verhieß nichts Gutes …

Plötzlich legte sich von hinten eine Hand auf ihre Schulter. Mit einem Aufschrei fuhr sie herum. Der Mann hielt einen Stock in der erhobenen Hand. Arabella fürchtete, er wolle auf sie einschlagen, und fing abermals zu kreischen an. Die Aborigines zuckten erschrocken zurück.

Instinktiv versuchte Arabella zu fliehen, doch auf einen Zuruf Djalus bildeten die Männer einen Kreis um sie und drängten sie in eine bestimmte Richtung. Als Arabella auswich und zu fliehen versuchte, lief ein junger Aborigine ihr nach und zerrte sie zurück. Arabella schrie wie am Spieß. Sie war überzeugt, die Aborigines trieben nur ihre Späße mit ihr, um sie dann zu braten und zu verspeisen.

Die Aborigines waren jetzt sicher, dass die weiße Frau den Verstand verloren hatte. Da sie mit ihrem verletzten Knöchel nur langsam vorankam, hatten sie keine Mühe, mit ihr Schritt zu halten und sie wie ein Stück Vieh vor sich her zu treiben.

Nach einer Weile fiel Arabella erschöpft auf die Knie. In ihrem Kopf drehte sich alles, und sie bekam kaum noch Luft. »Bitte, gebt mir Wasser«, stöhnte sie. Sie war völlig ausgetrocknet und nicht mehr fähig, auch nur noch einen Meter weiterzugehen. Sie zeigte auf ihren Mund, um sich den Ureinwohnern verständlich zu machen. »Wasser … Wasser …«

Nach einer kurzen, heftigen Diskussion ging einer der Aborigines zu einer fleischigen Pflanze in der Nähe und begann, im sandigen Boden zu graben. Arabella fragte sich, was der Mann da tat. Offensichtlich hatten diese Leute nicht verstanden, worum sie gebeten hatte. Doch das spielte jetzt keine Rolle mehr. Arabella war überzeugt, nicht mehr lange durchzuhalten, sie hoffte nur, dass das Ende schnell und schmerzlos kam.

Zwei Männer schleiften sie zu dem Loch, das der Aborigine gegraben hatte. Arabella erstarrte. Diese Leute wollten sie bei lebendigem Leib verscharren! Sie wehrte sich verzweifelt und flehte um ihr Leben, doch die Männer ließen sie ungerührt in den

Sand fallen. Da erst sah sie, dass sich Wasser darin befand. Es war trüb und brackig, aber es war *Wasser*! Dankbar schöpfte sie es mit den Händen und trank gierig, obwohl es scheußlich schmeckte. Als der ärgste Durst gestillt war, fuhr sie sich mit nassen Händen über Gesicht und Hals. Was für eine Wohltat!

Schließlich hob Arabella wieder den Kopf. Sie glaubte in der flirrenden Hitze ein Gebäude und Bäume zu erkennen, doch sie war sicher, dass es nur eine Fata Morgana war, die ihr etwas vorgaukelte. Einer der Aborigines stupste sie mit dem stumpfen Ende seines Speers in den Rücken. Arabella drehte sich um. Djalu redete mit schroffer Stimme auf sie ein und zeigte heftig gestikulierend in die Richtung, in der sie das Gebäude und die Bäume zu sehen glaubte. Anscheinend wollte er, dass sie dorthin ging.

Plötzlich durchzuckte sie ein Gedanke. »Alice Springs«, rief sie aufgeregt. »Ist das dort Alice Springs?« War es möglich, dass sie so weit gelaufen war? »Mummy, Daddy!«, schrie sie. »Ich bin hier! Ich komme!« Es interessierte sie nicht mehr, wo die Bahnstrecke verlief. Sie hatte es geschafft! Irgendwie hatte sie den Weg nach Alice Springs gefunden.

Arabella lief los, so schnell ihre Füße sie trugen. Sie fühlte sich schwach vor Hunger, doch ihre Eltern würden schon dafür sorgen, dass sie rasch wieder zu Kräften käme. Die Aborigines folgten ihr. Immer wieder wurde ihr das stumpfe Ende des Speers in den Rücken gestoßen. Schließlich hatte Arabella es satt. Sie fuhr zornig herum, doch der feindselige Ausdruck auf dem Gesicht des Speerträgers brachte sie zum Schweigen, noch ehe sie auch nur ein Wort gesagt hatte. Furchtsam drehte sie sich wieder um und hinkte hastig weiter.

»Wartet nur, wenn mein Vater erfährt, was ihr mir angetan habt«, knurrte sie trotzig über die Schulter. »Er wird euch am nächsten Baum aufknüpfen lassen!«

Bald konnte sie Dattelpalmen und Kamele erkennen. Durch die Palmen entstand der Eindruck einer schattigen Oase inmitten der Wüste. Arabella konnte sich kaum noch auf den Beinen halten, zwang sich aber weiterzugehen. Sie sehnte sich danach, im kühlen Schatten auszuruhen. Der glühend heiße Sand verbrannte ihr die Fußsohlen durch ihre Pantoffeln hindurch. Die Ameisenbisse an ihren Beinen juckten und kribbelten, und in ihrem Kopf pochte ein dumpfer Schmerz. Grelle Lichtpunkte flimmerten vor ihren Augen. Die Häuser waren noch gut eine Meile entfernt. Hätten die Aborigines sie nicht jedes Mal, wenn sie vor Schwäche auf die Knie fiel, hochgezerrt und ihr grimmig zu verstehen gegeben, dass sie weitergehen solle, wäre sie einfach liegen geblieben.

Endlich erreichten sie die Ansiedlung. Arabella stutzte. Irgendwie kam die Stadt ihr bekannt vor. Als sie den Schienenstrang der Eisenbahn und den Bahnsteig erblickte, wusste sie, dass sie sich in Marree befand. Ein Aufschrei der Enttäuschung entfuhr ihr. Sie hatte so sehr gehofft, wieder mit ihren Eltern vereint zu sein!

Die Aborigines, die geglaubt hatten, Arabella wäre froh über die Rückkehr in die Zivilisation, sahen sich in ihrer Meinung bestätigt: Die weiße Frau hatte offensichtlich den Verstand verloren. Als sie an der Ghan-Siedlung vorbeikamen, sah Arabella Männer mit Turbanen, die unter den Palmen auf Teppichen knieten und beteten, alle in dieselbe Richtung gewandt, den Oberkörper so weit vorgebeugt, dass die Stirn den Boden berührte. Sie waren so in ihr Gebet vertieft, dass sie die seltsame Gruppe kaum beachteten – Aborigines, die eine junge, nur mit einem dünnen Nachthemd bekleidete Weiße mit zerzaustem Haar und einem Gesicht so rot wie der Wüstensand vor sich her trieben. Lediglich ein paar Eingeborenenkinder, die im Staub spielten, schauten der jungen Frau staunend nach.

Arabella strebte dem Hotel zu, so schnell sie konnte. Plötzlich hatte sie das Gefühl, allein zu sein. Sie drehte sich um und stellte fest, dass die Aborigines tatsächlich verschwunden waren, als hätte der Erdboden sie verschluckt. Verdutzt schaute sie sich um. Wie war das möglich? Diese Leute konnten sich doch nicht in Luft aufgelöst haben! Doch sie war viel zu erschöpft, um sich Gedanken darüber zu machen. Vor Schwäche, Hunger und Durst konnte sie kaum noch auf den Beinen stehen. Schiere Willenskraft trieb sie voran. Sie schleppte sich weiter und schwankte auf das Hotel zu, vor dem ein paar Pferde angebunden waren. Als sie die Tür erreichte, musste sie sich mit ihrem ganzen Gewicht dagegenlehnen, um sie aufzubekommen. Arabella taumelte ins Innere. Ihre Augen brauchten ein paar Sekunden, bis sie sich nach dem grellen Sonnenschein an das dämmrige Licht gewöhnt hatten. Ein Mann und eine Frau standen hinter der Bar und starrten sie sprachlos an; an der Theke saßen, mit dem Rücken zu ihr, vier oder fünf Männer vor ihren Drinks.

»Ist der Zug … zurückgekommen?«, fragte Arabella mit schwacher Stimme. Sie registrierte noch die entgeisterten Blicke der Gäste, die sich umgedreht hatten und sie verblüfft ansahen, dann gaben ihre Knie nach, und sie wurde ohnmächtig.

2

Als die Fitzherberts in Alice Springs eintrafen, brachte Edward seine Frau ins Hotel und eilte dann unverzüglich zur Polizeiwache, um eine Vermisstenanzeige zu erstatten. Der Zugführer, ein gewisser Mr Hampton, war bereits dort. Kurz zuvor waren die Städte, die per Bahn versorgt wurden, telegrafisch informiert worden, dass der Zugverkehr vorläufig eingestellt werden musste, bis die Gleise instand gesetzt waren. Zur gleichen Zeit, als Mr Hampton das Verschwinden der jungen Frau meldete, stürzte zwischen Marree und Alice Springs ein Telegrafenmast um, wobei die Leitung heruntergerissen wurde.

»Wann werden Sie einen Suchtrupp losschicken?«, fragte Edward den Polizeibeamten.

»Vorher möchte ich Ihnen noch ein paar Fragen stellen, um andere Möglichkeiten auszuschließen«, antwortete Sergeant Menner.

»Was für andere Möglichkeiten?«, brauste Edward auf. »Meine Tochter liegt irgendwo da draußen! Wahrscheinlich ist sie verletzt und braucht unsere Hilfe!«

»Bevor wir eine Suche starten, müssen wir ganz sicher sein, dass sie aus dem Zug gefallen ist.«

»Was soll ihr denn sonst passiert sein?«, erwiderte Edward hitzig.

Der Sergeant seufzte. Er konnte den Mann gut verstehen. »Wann haben Sie Ihre Tochter das letzte Mal gesehen, Sir?«

»Gestern Abend. Meine Frau und ich sind in den Salonwagen

gegangen, um mit dem Paar aus dem Abteil nebenan Rommé zu spielen. Arabella hatte keine Lust, uns zu begleiten. Sie war müde.«

»In was für einer Verfassung war sie?«

Edward sah ihn irritiert an. »Ich verstehe nicht …«

»War sie guter Dinge oder deprimiert?«

»Sie hatte keinen Grund, deprimiert zu sein.«

»Hat sie zu Abend gegessen?«

Edward wusste nicht, worauf der Sergeant mit seinen Fragen hinauswollte. Sein hilfloser Zorn wuchs. »Hören Sie«, stieß er gepresst hervor, »meine Tochter liegt dort draußen in der Wüste und ist vielleicht schwer verletzt. Wenn Sie nichts unternehmen, werde ich es tun!«

»Sobald ich das Zugpersonal befragt habe, stelle ich eine Suchmannschaft zusammen.«

»Und wie lange wird das dauern?«

»Schwer zu sagen. Das hängt davon ab, was ich in Erfahrung bringe.«

Edward war kurz davor, die Beherrschung zu verlieren. »Und wozu soll diese Befragung gut sein? Das Zugpersonal weiß auch nicht mehr als ich. Meine Tochter muss aus dem fahrenden Zug gefallen sein, eine andere Erklärung gibt es nicht!«

»Ich muss den Fall genau prüfen, bevor ich Männer in die Wüste hinausschicke und dadurch möglicherweise ihr Leben aufs Spiel setze. Die Wüste ist ein sehr gefährlicher Ort.«

Edward wurde bleich. »Ein Grund mehr, sofort nach meiner Tochter zu suchen! Wenn sie stirbt, nur weil Sie zuerst irgendwelche Fragen klären müssen, tragen Sie die Schuld an ihrem Tod!« Damit stürmte Edward hinaus. Er überquerte die Straße und betrat ein Hotel auf der anderen Seite. Drei Gäste saßen in der Bar. Der Barkeeper hantierte mit einem Geschirrtuch und polierte Gläser.

»Was darf ich Ihnen bringen, Sir?«, fragte er.

»Gar nichts. Sagen Sie mir lieber, wo ich ein paar Männer finde, die in der Wüste nach meiner Tochter suchen würden.«

Der Barkeeper hielt inne und warf Edward einen verdutzten Blick zu. »Sie ist abgehauen, hm? Und nun brauchen Sie gute Spurenleser, um sie dort draußen zu finden.«

»Sie ist nicht abgehauen«, protestierte Edward. »Wir vermuten, dass sie in der Nacht aus dem Afghan-Express gefallen ist.«

Der Barkeeper machte große Augen. »Verstehe. Nun, da draußen eine Leiche zu finden ist kein leichtes Unterfangen«, meinte er. »Wissen Sie denn ungefähr, wann es passiert ist?«

Edward glaubte, nicht richtig gehört zu haben, und starrte den Barkeeper offenen Mundes an.

»Wird nicht viel von ihr übrig sein«, mischte sich ein älterer Mann ein, der die Unterhaltung belauscht hatte.

Edward brachte vor Fassungslosigkeit kein Wort hervor. Dem betroffenen Barkeeper wurde klar, dass der Fremde gar nicht damit gerechnet hatte, seine Tochter könnte tot sein. Er stellte ihm einen Whiskey hin, den Edward in einem Zug hinunterstürzte, bevor er ein paar Münzen auf die Theke warf und die Bar ohne ein weiteres Wort verließ. Edward überquerte die Straße und betrat abermals die Polizeiwache. Als der Sergeant sein aschfahles Gesicht sah, wusste er, dass Edward Fitzherbert den Ernst der Lage begriffen hatte.

Edward stammelte: »Wir … wir *müssen* daran glauben, dass Arabella noch am Leben ist …«

»Wunder geschehen immer wieder, Sir«, sagte Sergeant Menner. Da er selbst Kinder hatte, konnte er sich vorstellen, was in dem Mann vorging.

»Genau, das stimmt!«, sagte Edward eifrig. »Ich kann meiner Frau doch nicht sagen, dass es keine Hoffnung mehr gibt! Um Himmels willen, das kann ich ihr unmöglich antun!«

Der Sergeant nickte. »Tatsache ist, dass wir möglicherweise keine Leiche finden werden, Sir. Darüber müssen Sie sich im Klaren sein. Es gibt Dingos da draußen, Raubvögel und Millionen Ameisen. Sie sagten, Sie hätten Ihre Tochter zuletzt in der Nähe von Marree gesehen?«

»Ja.«

»Das sind von hier aus etliche hundert Meilen. Mit Kamelen würde es Wochen dauern, die Gegend gründlich abzusuchen. Pferde sind für eine solche Distanz nicht geeignet, sie würden in der Wüste zugrunde gehen. Niemand kann da draußen länger als ein paar Tage überleben. Nicht einmal ein gesunder, kräftiger Mann. Und jemand, der verletzt ist …« Er beendete den Satz nicht.

»Ich werde mich nicht damit abfinden, dass meine Tochter tot sein soll. Ich werde nach ihr suchen«, beharrte Edward. »Sie könnte ja auch erst heute Morgen aus dem Zug gefallen sein, nur ein paar Meilen von hier, kurz bevor wir aussteigen mussten.«

Der Sergeant nickte. Er konnte verstehen, dass Edward sich an jeden Strohhalm klammerte. »Aber es ist zu gefährlich und obendrein viel zu anstrengend, Ihre Tochter auf eigene Faust zu suchen, Sir. Überlassen Sie das Leuten, die etwas davon verstehen. Ich werde meine besten Männer zu einer Suchmannschaft abkommandieren.«

»Wann?«

»Sobald wie möglich. Es ist besser, wenn Sie jetzt ins Hotel zurückkehren und sich um Ihre Frau kümmern«, fügte der Sergeant hinzu. »Ich werde mich bei Ihnen melden, sobald ich etwas Neues weiß.«

Auf dem Rückweg zum Hotel fiel Edward plötzlich ein, dass der Zug kurz hinter Marree gehalten hatte, weil ein Tierkadaver auf den Schienen gelegen hatte. Möglicherweise hatte Arabella die Gelegenheit genutzt, um auszusteigen und sich die Füße zu vertreten. Für einige Augenblicke erfüllte ihn Hoffnung. Dann aber meldeten sich Zweifel. Weshalb sollte Arabella freiwillig mitten in der Wüste aus dem Zug steigen, noch dazu nur mit einem Nachthemd bekleidet? Alle ihre anderen Sachen hatten sich ja noch im Abteil befunden. Arabella musste doch klar gewesen sein, dass der Zug jeden Moment weiterfahren konnte. Außerdem hasste sie die Hitze. Da die Telegrafenleitung unterbrochen war und die Reparatur möglicherweise Wochen dauerte, konnte keine Verbindung nach Marree hergestellt werden. Und warum sollte jemand aus Marree einfach in die Wüste spazieren und dabei Arabella finden?

Der Hoffnungsfunke erlosch schlagartig. Edward beschloss, seiner Frau keinen seiner Gedanken anzuvertrauen, um ihr keine falschen Hoffnungen zu machen. Die Worte des Sergeants fielen ihm wieder ein und gingen ihm nicht mehr aus dem Kopf. Der Gedanke, seine Tochter könnte von wilden Tieren zerfleischt und gefressen werden, war Edward unerträglich. Er taumelte in die Bar des Central Hotel, bestellte einen doppelten Whiskey und leerte sein Glas in einem Zug.

»Alles in Ordnung, Sir?«, erkundigte sich der Barkeeper, dem das blasse Gesicht und die zitternden Hände des Gastes auffielen.

Edward schüttelte den Kopf. »Nein«, erwiderte er leise. Nichts würde jemals wieder in Ordnung sein. Er bestellte noch einen Drink und fragte sich, wie er seiner Frau unter die Augen treten und ihr die schmerzliche Nachricht überbringen sollte.

Arabella kam zu sich, als sie spürte, wie Fliegen ihr übers Gesicht krabbelten. Sie machte eine unwirsche Handbewegung und schlug die Augen auf. Eine Sekunde lang dachte sie, sie läge zu Hause in ihrem Bett und alles sei nur ein böser Traum gewesen. Dann aber sah sie die hässliche, verschossene Tapete, die sich an den Rändern von der Wand löste, und die in einer Ecke durchhängende Decke, und sie wusste, dass sie sich in einem fremden Zimmer befand. Die Vorhänge vor der geöffneten Balkontür waren aus zerschlissener Spitze, und das breite Bett mit dem Eisengestell und der durchgelegenen Matratze quietschte bei jeder Bewegung. Arabella stöhnte. Dieser Albtraum war Wirklichkeit.

Sie wollte sich aufsetzen, als die Zimmertür geöffnet wurde und eine schlanke Frau in einem gebrochen weißen Kleid mit verwaschenem lavendelfarbenem Muster hereinkam. Sie brachte ein Tablett mit einem Krug Wasser und einem Teller mit belegtem Brot. Ihre dunklen, über der Stirn leicht ergrauten Haare hatte sie zu einem Knoten zusammengesteckt. Ihr Gesicht war braun gebrannt, was die Lachfältchen in ihren Augenwinkeln hervorhob. Arabella schätzte die Frau auf Anfang vierzig.

»Sie sind ja wach«, stellte sie freundlich fest. »Wie fühlen Sie sich?«

»Grässlich. Wo bin ich hier?«, erwiderte Arabella. Sie hatte fürchterliche Kopfschmerzen und fühlte sich matt und kraftlos.

»In Marree. Sie sind vor ein paar Stunden ins Great Northern Hotel gewankt, wissen Sie nicht mehr?«

»Oh … ja, jetzt erinnere ich mich«, sagte Arabella leise, der mit einem Mal ihr schreckliches Abenteuer in der Wüste wieder einfiel.

»Ich bin Margaret McMahon, aber alle nennen mich Maggie. Mein Mann Tony und ich führen dieses Hotel seit acht Jahren. Wir sind schon sehr gespannt auf Ihre Geschichte. Wo kommen Sie her? Tony hat vorsorglich ein paar Spurenleser losgeschickt für den Fall, dass noch jemand dort draußen ist und Hilfe braucht.«

»Spurenleser?«

»Ja, es gibt ausgezeichnete Fährtensucher unter den Aborigines.«

»Da draußen ist niemand mehr«, murmelte Arabella.

»Aber wie sind Sie dann hierhergekommen?«

»Ich war in dem Zug, der gestern hier durchgefahren ist.«

Maggie sah sie verdutzt an. »Im Afghan-Express?«

»Ja, und die Nacht habe ich mutterseelenallein in der Wüste verbracht.«

»Aber … wieso denn? Sie sind doch noch ein halbes Kind! Was hat eine so junge Frau wie Sie ganz allein in der Wüste verloren? Sind Sie aus dem Zug gefallen?« Maggie wusste nicht, was sie von der Geschichte halten sollte. Von einem Zugunglück war ihr nichts bekannt, und es erschien ihr sehr unwahrscheinlich, dass ein Fahrgast einfach so verloren ging.

Arabella war es gewohnt, für jünger gehalten zu werden, als sie war, und doch kränkte es sie jedes Mal aufs Neue. »Ich bin neunzehn Jahre alt«, entrüstete sie sich.

»Tatsächlich?« Maggie hätte sie auf höchstens vierzehn geschätzt. Ungläubig ließ sie ihre Blicke über Arabellas knabenhaften Körper gleiten.

»Ist der Zug schon zurückgekommen?«, fragte Arabella. »Inzwischen muss man doch bemerkt haben, dass ich verschwunden bin.«

»Der Zug … zurückgekommen?« Maggie schüttelte den Kopf. Wie konnte jemand auf so eine Idee kommen? Glaubte dieses Mädchen im Ernst, der Zug würde ihretwegen zurückfahren? »Nein, und es wird in nächster Zeit auch kein Zug mehr erscheinen. Heute Morgen haben wir ein Telegramm erhalten. In der Nähe von Alice Springs sind die Eisenbahnschwellen auf einer Länge von einer Meile von Termiten zerfressen.«

Seltsam, dass in dem Telegramm kein Wort davon stand, dass jemand aus dem Zug gefallen ist, überlegte Maggie. Ob dieses Mädchen sich die Geschichte nur ausgedacht hatte? Andererseits würde niemand damit rechnen, dass jemand einen Sturz aus einem fahrenden Zug überlebte oder dass man eine Leiche fand.

»Der Zug hat auf freier Strecke gehalten«, fuhr sie fort, »und die Fahrgäste mussten die restlichen fünf Meilen bis zur Stadt zu Fuß gehen. Es wird Monate dauern, um die Schwellen auszutauschen. Aber so was sind wir hier gewohnt. Heuschreckenplagen, Sandstürme … von der Dürre gar nicht erst zu reden. Seit fünf

Jahren leiden die Stadt und die umliegenden Farmen darunter. Würden die Kamele uns nicht das Wasser bringen, wäre hier alles längst zu Staub zerfallen. Und jetzt, wo der Afghan-Express nicht mehr verkehrt, werden die Kamele uns auch Lebensmittel aus dem Süden in die Stadt transportieren müssen.«

Arabella durchzuckte ein Gedanke. »Sie sagten, Sie hätten ein Telegramm bekommen. Ich könnte meinen Eltern in Alice Springs telegrafieren, wo ich bin, damit sie mich holen«, sagte sie aufgeregt.

Maggie zog die Stirn in Falten. »Wie stellen Sie sich das vor? Ich wüsste nicht, wie Ihre Eltern hierherkommen könnten. Der Zug ist unsere einzige Verbindung nach Alice Springs. Außerdem ist die Telegrafenleitung zusammengebrochen. Wir sind im Moment völlig von der Außenwelt abgeschnitten.«

Arabella konnte nicht fassen, dass sie so sehr vom Pech verfolgt wurde. »Was ist denn passiert?«

»Keine Ahnung«, erwiderte Maggie achselzuckend. »Als wir versucht haben, wegen dem Zug zu telegrafieren, sind wir nicht durchgekommen. Die Leitung war tot.«

»Soll das heißen, dass ich in diesem Nest hier festsitze?«, jammerte Arabella. »Gibt es keine Möglichkeit, meine Eltern zu benachrichtigen?«

»Vorerst nicht. Aber vielleicht ist der Schaden an der Telegrafenleitung ja bald behoben.« Maggie wusste, dass sie eine unverbesserliche Optimistin war. Hier draußen im Outback brauchte alles sehr, sehr viel Zeit. »Wie heißen Sie eigentlich?«

»Arabella Fitzherbert.«

»Nun, Arabella …«, begann Maggie freundlich.

»*Miss* Arabella Fitzherbert.«

Eine zwanglose Anrede, wie Maggie sie gewohnt war, kam für die junge Frau offenbar nicht in Betracht.

»Nun, *Miss* Arabella Fitzherbert, Sie haben mir immer noch nicht verraten, wie es kommt, dass der Zug ohne Sie weitergefahren ist. Sind Sie hinausgefallen?« Der Zug war ziemlich langsam gefahren; Maggie hatte es selbst beobachtet. Vielleicht war der Aufprall beim Sturz von Dickicht gedämpft worden. Das würde erklären, warum die junge Frau lediglich ein paar Schrammen und Blutergüsse davongetragen hatte. Die Behörden in Alice Springs würden allerdings davon ausgehen, dass sie ums Leben gekommen war. Ob verletzt oder nicht – ohne Flüssigkeit konnte ein Mensch nur wenige Tage in der Wüste überleben. Deshalb war mit großer Wahrscheinlichkeit davon auszugehen, dass man gar nicht erst nach der jungen Frau suchte. Es würde Wochen dauern, bis eine Suchmannschaft auf Kamelen die ganze Gegend von Alice Springs bis Marree durchkämmt hätte, und bis dahin wären von der Vermissten nur noch bleiche Knochen übrig. Eine Straße gab es nicht, und im Wüstensand kam kein Automobil voran. Und wer sich zu Fuß auf den Weg machte, würde seinen Leichtsinn mit dem Leben bezahlen.

Mit Tränen in den Augen sagte Arabella: »Der Zug musste auf offener Strecke halten, weil ein Tierkadaver auf den Schienen lag. Es dauerte schrecklich lange. Da bin ich ausgestiegen, um eine Blume zu pflücken, die ich entdeckt hatte. Ich bin auf dem Tritt ausgerutscht und hab mir dabei den Knöchel verdreht. In dem Moment fuhr der Zug an, und ich kam nicht schnell genug auf die Füße. Und dann war er auch schon weg…«

»Verstehe«, sagte Maggie langsam. Auf den Gedanken, dass Arabella bei einem kurzen Halt ausgestiegen war, war bestimmt niemand gekommen. »Aber Ihre Eltern müssen doch gemerkt haben, dass Sie nicht mehr da sind?«

»Sie waren zum Kartenspielen in den Salonwagen gegangen, und da wird es meist sehr spät. Wahrscheinlich haben sie erst heute Morgen gesehen, dass ich verschwunden bin.«

»Ich verstehe.« Selbst wenn die Eltern das Verschwinden ihrer Tochter früher bemerkt hätten und den Lokomotivführer zur Umkehr hätten bewegen können, hätten die Chancen, Arabella in der Wüste zu finden – noch dazu nachts –, eins zu einer Million gestanden. Das war Maggie völlig klar.

»Und dann bin ich die ganze Nacht in dieser mörderischen Kälte umhergeirrt«, fügte Arabella voller Selbstmitleid hinzu.

Maggie nickte. »Ja, nachts kann es in der Wüste bitterkalt werden. Wir müssen hier acht Monate im Jahr nach Sonnenuntergang heizen. Aber wie haben Sie hierhergefunden? Das grenzt an ein Wunder.«

»Ein paar Aborigines haben mich gefunden und hergeführt. Ich hatte schreckliche Angst, sie würden mich umbringen.«

»Wie kommen Sie denn darauf?« Maggie sah sie verwundert an. Sie hatte noch keinen Aborigine getroffen, der aggressiv gewesen wäre.

»Einer hat mir ständig seinen Speer in die Rippen gestoßen. Ein anderer hatte einen Ast in der Hand und wollte mich schlagen. Ich hatte Todesangst!«

»Er wollte Sie schlagen?«, fragte Maggie verwirrt.

Arabella nickte heftig.

Maggie betrachtete nachdenklich die sonnenverbrannte Haut des mageren Mädchens. »Sind Sie sicher, dass er Ihnen den Zweig nicht zum Schutz vor der Sonne über den Kopf halten wollte?«

»Was reden Sie denn da?«

»Er hat bestimmt gesehen, wie verbrannt Ihre Haut ist.«

Arabella fand die Vorstellung geradezu lächerlich. »Als ob diese Wilden an so was denken würden!«

Maggie war wütend über so viel Arroganz. »Diese *Wilden*, Miss Fitzherbert, sind hervorragend an das Leben in der Wüste angepasst. Sie können dort überleben, während wir schon nach kürzester Zeit verdursten oder verhungern würden.«

Arabella musste zugeben, dass sie ohne die Hilfe der Aborigines umgekommen wäre. Aber wie diese Leute sie behandelt hatten! Und wie sie herumliefen! »Sie hatten nichts an«, sagte sie angewidert. »Sogar die Frauen waren fast nackt. Nur primitive Wilde laufen so herum!«

»Kleidung zu tragen macht für die Aborigines keinen Sinn. Ganz abgesehen davon, dass Wasser hier draußen viel zu kostbar ist, um es zum Wäschewaschen zu vergeuden.«

Arabella fiel plötzlich auf, dass Maggies Kleid ein bisschen schmuddelig war. Sie rümpfte die Nase. »Da wir gerade von Wasser sprechen – ich kann es kaum erwarten, ein Bad zu nehmen.«

Maggie schüttelte den Kopf. »In unserer Badewanne liegt zentimeterhoch der Staub, so lange wurde sie nicht benutzt. Und daran wird sich auch nichts ändern.«

Arabella starrte sie entgeistert an.

»Während einer Dürreperiode können wir kein Wasser fürs Baden verschwenden«, erklärte Maggie. »Erst recht nicht, wenn die Dürre seit Jahren anhält, so wie diesmal.«

»Dann müssen Sie eine Ausnahme machen!«, rief Arabella. »Sie können doch nicht von mir erwarten, dass ich wie ein Dreckspatz herumlaufe. So fürchterlich habe ich in meinem ganzen Leben noch nicht gerochen.« Arabella schnupperte an ihren Achselhöhlen und rümpfte abermals die Nase.

»Das wird hier niemanden stören, Miss Fitzherbert. Eine Schüssel Wasser zum Waschen können Sie gern haben. Aber schütten Sie es nicht weg, wenn Sie fertig sind. Ich nehme es zum Gießen im Gemüsegarten.« Maggie schenkte ihr ein Glas Wasser ein und reichte es ihr. »Sie müssen viel trinken, weil Sie viel Flüssigkeit verloren haben. Das ist Quellwasser. Unsere Regentanks sind seit Jahren leer. Die Afghanen holen uns Trinkwasser aus den Quellen bei Mungerannie. Das Wasser aus unserem Brunnen nutzen wir zum Waschen, aber die Vorräte sind begrenzt, deshalb ist jeder Tropfen kostbar.«

»Wie soll ich mich denn mit einer einzigen Schüssel Wasser richtig waschen?«, klagte Arabella weinerlich.

»Das geht schon, Kindchen, glauben Sie mir. Wir machen es

auch nicht anders. Als wir Sie heraufgetragen haben, habe ich gesehen, dass Ihre Beine voller Stiche sind. Was ist passiert?«

Arabella zog ihr Nachthemd bis zu den Knien hoch. Ihre Beine waren mit hässlichen roten Pusteln übersät, die fürchterlich juckten. »Ich habe mich unter einen Baum gesetzt und bin eingeschlafen. Als ich wieder aufwachte, krabbelten die grässlichen Ameisen auf mir herum!«

Jeder, der sich im Outback ein wenig auskannte, hätte den Ameisenhaufen sofort gesehen. Doch Maggie verkniff sich diese Bemerkung und sagte stattdessen: »Ich werde Ihnen ein wenig Teebaumöl bringen. Wenn Sie die Schwellungen damit betupfen, wird zumindest der Juckreiz nachlassen.« Maggie lächelte. »Wissen Sie, wir haben im Lauf der Jahre schon viel Merkwürdiges aus der Wüste kommen sehen, aber Sie sind mit Abstand das Merkwürdigste. Wie ein Gespenst haben Sie ausgesehen, als Sie heute Nachmittag in die Bar wankten.«

Arabella schnappte vor Empörung nach Luft. Doch bevor sie etwas sagen konnte, hatte Maggie die Schublade einer Kommode aufgezogen und einen Spiegel herausgenommen. Sie reichte ihn der verdutzten Arabella. Als diese hineinschaute, stieß sie einen Entsetzensschrei aus. Maggie zuckte erschrocken zusammen.

»O Gott! Wie lange bleibt das so?«, fragte Arabella mit Tränen in den Augen. Trotz des Sonnenbrands an ihren Armen, Schultern und Füßen war sie auf den schlimmen Anblick ihres Gesichts nicht gefasst gewesen. Ihre Haut war krebsrot. Auf dem Nasenrücken und den geschwollenen, aufgeplatzten Lippen hatten sich Blasen gebildet. Das Weiß ihrer Augen stach unnatürlich hervor. Ihre sonst so gepflegten Haare sahen aus, als hätte sie ein Jahr auf der Straße gelebt.

»Ein, zwei Wochen auf jeden Fall«, sagte Maggie. »Sie werden sich häuten wie eine Schlange, allerdings nicht auf einmal. Die Haut wird sich in Fetzen abschälen, sodass Sie eine Zeit lang wie eine Patchworkdecke aussehen werden.«

»O Gott! Mummy wird mich gar nicht wiedererkennen«, jammerte Arabella. »Ich werde dieses Zimmer erst verlassen, wenn ich wieder wie ein normaler Mensch aussehe!«

»Das geht nicht, Sie können nicht hier oben bleiben«, sagte Maggie. »Ich habe schon genug um die Ohren, auch ohne dass ich dauernd die Treppe rauf- und runterrenne, um nach Ihnen zu sehen.«

»Wie soll ich denn allein zurechtkommen?«, rief Arabella wehleidig. »Schauen Sie sich doch meine Beine an! Ich glaube kaum, dass ich gehen kann.«

»Mein Mann hat sich mal mit einem gebrochenen Bein fünf Meilen weit durch die Wüste geschleppt. Da werden Sie mit ein paar Ameisenbissen doch wohl eine Treppe schaffen, Miss Fitzherbert.«

Tonys Pferd hatte damals vor einer Schlange gescheut. Er war abgeworfen worden und hatte sich dabei das Bein gebrochen. Sein Pferd war in die Stadt zurückgelaufen. Tony hatte sein Überleben nur seinem Mut und seinem zähen Lebenswillen zu verdanken. Trotzdem hätte er um ein Haar sein Bein verloren, weil es brandig geworden war. Erst eine Medizin der Aborigines hatte ihn heilen können.

»Aber ich hab mir den Knöchel verstaucht!«, stöhnte Arabella. »Es tut schrecklich weh!«

Maggie besah sich Arabellas Knöchel. Er war kaum geschwollen und nur leicht verfärbt. »Je eher Sie ihn wieder belasten, desto besser.«

»Und wenn ich eine Lungenentzündung kriege?«, jammerte Arabella. »Ich bin noch nie so leicht bekleidet in der Kälte herumgelaufen.«

»Hätten Sie eine Lungenentzündung bekommen, wäre Ihnen das Jammern längst vergangen, so schlecht würde es Ihnen dann gehen.«

Diese Maggie ist eine herzlose Person, dachte Arabella wütend.

»Ich kann doch so nicht unter die Leute«, klagte sie bei einem weiteren Blick in den Spiegel.

»Sie sind hier im Outback, Miss Fitzherbert. Hier ist kein Platz für Eitelkeit. Wir haben andere Sorgen. Außerdem, wie stellen Sie sich das vor? Wer soll Sie versorgen?«

»Sie werden doch Personal haben! Irgendjemand wird mich ja wohl bedienen können!«

Maggie lachte laut auf. »Personal? Bedienen? Hier gibt's kein Personal. Tony und ich machen alles allein. Er steht hinter der Bar und erledigt alle handwerklichen Arbeiten, und ich koche und putze. Entweder Sie bezahlen für das Zimmer, oder Sie gehen mir zur Hand, solange Sie da sind.«

»Meine Eltern werden natürlich für das Zimmer bezahlen, wenn sie mich hier abholen«, entgegnete Arabella hastig. Der Gedanke, beim Putzen und Kochen helfen zu müssen, versetzte sie in Panik. Von solchen Dingen verstand sie nichts.

»Das könnte Wochen oder gar Monate dauern.«

Arabella glaubte sich verhört zu haben. »Monate?«

»Ganz recht. Selbst wenn Ihre Eltern in Alice Springs einen Afghanen anheuern und auf Kamelen hierherreisen würden, wären sie mehrere Wochen unterwegs.«

Arabella schüttelte stur den Kopf. Ihre Eltern würden einen schnelleren Weg finden, ganz bestimmt. »Meine Eltern werden alle Hebel in Bewegung setzen, um mich zu finden, und mein Vater wird sich erkenntlich zeigen, wenn Sie gut für mich sorgen. Ich bin das einzige Kind, und sie lieben mich abgöttisch.«

Maggie war einen Augenblick sprachlos. Diese junge Frau war offenbar nicht nur maßlos verwöhnt, sie lebte anscheinend auch in einer Fantasiewelt. Was für Eltern waren das, die ihr Kind in dem Glauben erzogen, jeder Wunsch würde ihm immer und überall von den Augen abgelesen? »Ich habe Wichtigeres zu tun, als Sie zu bedienen. Wenn Sie Wasser wollen, holen Sie es sich selbst. Hinter dem Haus steht ein Fass. Krug und Schüssel lasse ich Ihnen hier.« Falls *Miss Fitzherbert* gedacht hatte, sie, Maggie, würde sie verhätscheln, wie sie es offensichtlich gewohnt war, hatte sie sich gewaltig getäuscht.

»Bitte bringen Sie es mir nach oben, Mrs McMahon!«, bettelte Arabella. »Mir ist immer noch ganz schwindlig.«

Maggie seufzte. Verwöhnte Göre hin oder her – die junge Frau hatte einiges mitgemacht, deshalb wollte Maggie sie nicht zu hart anfassen. »Na schön. Aber nur dies eine Mal. Ich muss mich um das Essen kümmern. Normalerweise haben wir samstagabends zehn bis zwanzig Gäste zu bewirten.«

»Was steht denn auf der Karte?«

»Karte? So etwas haben wir nicht. Die Einheimischen wissen, dass es entweder Lamm oder Rind gibt.«

»Dann hätte ich gern ein Stück Lammbraten mit Pfefferminzsoße.« Arabella konnte sich nicht erinnern, jemals so hungrig gewesen zu sein.

»Diese Woche gibt's Rind.«

»Die ganze Woche?«

»Ja. Wenn Tony ein Rind geschlachtet hat, muss es schnellstens verzehrt werden. In der Hitze würde das Fleisch rasch verderben. Außerdem schlage ich vor, Sie essen das Brot, das ich Ihnen gebracht habe.«

»Igitt, nein!«, rief Arabella. »Also, wenn es Rind gibt, nehme ich ein kleines Beefsteak, aber ohne Fett. Und braten Sie es gut durch, ich kann nichts Blutiges essen. Und dann hätte ich gern Gemüse dazu. Bohnen mag ich nicht, aber Erbsen und sahniges Kartoffelpüree …«

Maggie war der Unterkiefer heruntergeklappt. Als sie sich wieder gefasst hatte, sagte sie: »Bei der Trockenheit und all den hungrigen Kängurus, die jedes Pflänzchen abfressen, wächst hier nichts über der Erde. Wir können von Glück sagen, wenn uns die Beutelratten nicht sämtliche Möhren und Kartoffeln ausgraben. Und so ausgefallene Dinge wie Kartoffelpüree gibt's bei uns sowieso nicht. Hier wird bodenständig gekocht – das Gemüse im Wasser und das Fleisch auf dem Grill.«

»Aber Sie machen doch sicher eine Soße dazu, oder?«

»Nein!«, entgegnete Maggie zornig. »Für so was hab ich keine Zeit.« Sie drehte sich auf dem Absatz um und verließ das Zimmer. Arabella schaute ihr verdutzt nach.

Maggie ging nach unten. Im Flur begegnete ihr Tony, doch nur Maggie nannte ihren Mann so. Bei den Einheimischen trug er den Spitznamen Macca.

»Ist unser geheimnisvoller Gast schon aufgewacht?«

»O ja, allerdings«, versetzte Maggie trocken. Sie schüttelte noch immer ungläubig den Kopf.

»Hat sie gesagt, wie sie heißt?«

»*Miss* Arabella Fitzherbert. Sie sei mit ihren Eltern auf dem Weg nach Alice Springs gewesen, sagt sie.«

»Die Spurenleser haben einige Aborigines vom Stamm der Arrernte getroffen. Sie haben ihnen erzählt, sie hätten eine verrückte Weiße in die Stadt gebracht, die sie ganz allein in der Wüste entdeckt hätten, nicht weit von der Bahnlinie.«

»Das ist sie. Anscheinend musste der Zug kurz hinter Marree halten, weil ein Tierkadaver auf den Gleisen lag, und da ist sie ausgestiegen, um eine Blume zu pflücken! Stell dir das vor! Dabei ist sie wohl ausgerutscht und gestürzt und hat sich den Knöchel verstaucht. Und dann ist der Zug ohne sie weitergefahren.«

Tony verdrehte die Augen. »Diese verdammten Touristen!«

»Oh, das ist noch nicht alles. Sie will ihr Zimmer erst wieder verlassen, wenn sie wieder *normal* aussieht«, fuhr Maggie sarkastisch fort.

»Du kannst sie nicht bedienen, Maggie, das geht nicht«, sagte Tony.

»Das habe ich ihr auch gesagt. Und als ich ihr erklärte, sie müsse für das Zimmer und ihr Essen arbeiten, schien sie beleidigt zu sein.«

»Tatsächlich?«

»Ja. Ihr Vater werde für alles bezahlen, wenn er sie holen käme, meinte sie.«

Tony schüttelte zweifelnd den Kopf. »Wir haben harte Zeiten. Nur die wirklich Reichen oder Schieber und Schwarzhändler haben noch ein paar Pfund extra übrig. Ich weiß nicht, ob die Kleine uns die Wahrheit erzählt.«

»Ihrem Benehmen nach könnte sie tatsächlich eine verwöhnte Göre aus wohlhabender Familie sein«, gab Maggie zu bedenken.

»Und wenn ihre Eltern nicht für ihre Unterkunft und die Verpflegung bezahlen können? Möglicherweise muss das Mädchen ein paar Wochen hierbleiben. Nein, sie wird im Hotel aushelfen müssen, ob es ihr gefällt oder nicht.«

Als Maggie Arabella eine Schüssel Wasser brachte, fiel ihr auf, dass ihr Gast sein Sandwich kaum angerührt hatte. »Sie haben ja gar nicht gegessen. Nach einem Fußmarsch durch die Wüste müssen Sie doch halb verhungert sein.«

»Bin ich auch, aber der Käse auf dem Brot ist hart und ausgetrocknet«, schmollte Arabella.

Maggie blickte sie verdutzt an. »Der Käse ist ausgezeichnet. Ich habe zu Mittag selbst ein Käsebrot gegessen, und Tony ebenfalls.«

»Dann haben Sie mir ein Stück abgeschnitten, das schon mehrere Monate alt ist«, beklagte sich Arabella.

»Unsere Vorräte *sind* mehrere Monate alt. Der Zug fährt die Stadt nicht regelmäßig an.«

»Ist denn gestern kein frischer Käse mitgekommen?«

»Doch, aber wegen der Wirtschaftskrise ist alles rationiert. Außerdem müssen die alten Lebensmittel zuerst aufgebraucht werden.«

»Ich bin zahlender Gast – oder werde es sein, sobald meine

Eltern herkommen –, deshalb habe ich ein Recht auf frischen Käse! Wann bringen Sie mir mein Essen herauf?«

Maggie verschlug es erneut für einen Augenblick die Sprache. Dann sagte sie mit Bestimmtheit: »Miss Fitzherbert, wenn Sie Hunger haben, müssen Sie sich nach unten in den Speisesaal bemühen. Entweder Sie sind bis halb sieben unten, oder Sie gehen leer aus. Ich werde Ihnen Ihr Essen ganz sicher nicht hier oben servieren!«

Arabella schürzte schmollend die Lippen. »Soll ich mich im Nachthemd in den Speisesaal setzen?«

Das war ein Argument. »Also gut, meinetwegen. Ich werde Ihnen Ihr Essen ausnahmsweise aufs Zimmer bringen. Aber gleich morgen besorge ich Ihnen etwas zum Anziehen. Bis dahin können Sie einen Morgenmantel von mir überstreifen. Falls Sie auf die Toilette müssen, die ist gleich hinterm Haus – die Treppe hinunter bis ans Ende vom Flur und dann rechts. Es brennt immer Licht dort.«

Maggie verließ das Zimmer und kam kurz darauf mit dem Abendessen zurück. Den Morgenmantel, den sie Arabella borgen wollte, hatte sie über den Arm gehängt. Neben einem Steak lagen drei halbe Kartoffeln und eine große Portion Möhren auf dem Teller. Das Steak war fast fünf Zentimeter dick und so groß, dass es über den Tellerrand hing. Arabella starrte es entgeistert an. Nicht einmal ihr Vater könnte eine solche Portion verzehren! »Sie erwarten doch hoffentlich nicht, dass ich das esse«, sagte sie bestürzt.

»Wieso nicht? Was haben Sie daran auszusetzen?«, gab Maggie zurück.

»Ich wollte ein *kleines* Steak.« Arabella zeigte ihr mit beiden Händen, was sie darunter verstand. »Außerdem ist das hier angebrannt.«

Maggie ging das ständige Genörgel allmählich auf die Nerven. »Es ist nicht angebrannt, sondern durch. Sie sagten doch, Sie wollen es gut durchgebraten. Und was die Größe angeht – mein Mann schneidet das Fleisch auf, und das hier war das kleinste Stück. Kein Wunder, dass Sie nichts auf den Rippen haben, wenn Sie immer so winzige Portionen essen. Körperliche Arbeit und ein paar nahrhafte Mahlzeiten, und Sie werden sehen, wie schnell Sie eine frauliche Figur bekommen.«

Jetzt war es Arabella, der es die Sprache verschlug. Doch Maggie, die sich bereits zum Gehen gewandt hatte, bemerkte es nicht. »Samstagabends geht es in der Bar meistens hoch her. Seien Sie also nicht beunruhigt, wenn es ein bisschen laut wird. Normalerweise befördern wir die Gäste spätestens um Mitternacht hinaus.« Damit schloss sie die Tür hinter sich.

Arabella blickte fassungslos auf ihren Teller, doch dann schnitt sie das Steak auf. Der Saft lief heraus, und es duftete köstlich. Sie schob sich ein kleines Stückchen Fleisch in den Mund. Es war nicht so zart, wie sie es gewohnt war, aber es schmeckte nicht schlecht. Dennoch schaffte sie nur wenige Bissen. Die Portion war für einen schlechten Esser wie sie viel zu groß – und es fehlte ein Klacks Butter fürs Gemüse. Doch sie würde ganz bestimmt nicht hinuntergehen und danach fragen.

Gegen neun Uhr an diesem Abend musste Arabella auf die Toilette. Sie warf sich Maggies Morgenmantel über, schlich aus dem Zimmer, blieb oben am Treppenabsatz stehen und lauschte. Der Lärm tiefer Stimmen klang von der Bar herauf. Zuerst fürchtete Arabella, unter den Gästen sei ein Streit ausgebrochen, doch dann hörte sie lautes Gelächter und war beruhigt. Sie stahl sich die Treppe hinunter und durch den Korridor, an dessen Ende rechter Hand eine Tür nach draußen führte. Eine von einem Generator gespeiste Lampe, deren Licht Schwärme von Nachtfaltern anlockte, brannte draußen neben dem Eingang. Einige Meter vom Haus entfernt befand sich die Außentoilette. Arabella konnte in der Dunkelheit die Stadt ausmachen, die trotz der vereinzelten

Lichter in den Häusern so still wie ein Friedhof dalag. Sie blickte sich noch einmal furchtsam um, eilte dann hinaus und schob vorsichtig die Tür des Toilettenhäuschens auf. Ein mörderischer Gestank schlug ihr entgegen. Aber was blieb ihr übrig? Sie betrat das Häuschen, nach Spinnen und anderem ekligen Getier Ausschau haltend. Durch einen Spalt in der oberen Hälfte der Tür fiel ein wenig Licht herein.

Arabella hatte sich gerade hingehockt, als sie Stimmen hörte, eine Männer- und eine Frauenstimme. Sie erschrak. Sie hatte gehofft, sich unbemerkt wieder auf ihr Zimmer schleichen zu können. Mit einer Hand stemmte sie sich gegen die Tür, damit diese nicht unversehens geöffnet wurde, und beeilte sich. Die Frau draußen sprach schnell und schrill. Anscheinend handelte es sich um eine Aborigine. Der Mann klang mürrisch und betrunken. Arabella hörte dumpfes Geraschel wie von Kleidung, dann seltsame Grunzlaute. Ob jemandem schlecht geworden war?

Arabella überlegte fieberhaft, wie sie die Außentoilette ungesehen verlassen könnte. Sie öffnete die Tür einen Spaltbreit und spähte hinaus. Ein Mann presste eine dunkelhäutige Frau gegen die Wand des Hotels. Seine Hose hing ihm auf Kniehöhe, die Frau hatte ihr Kleid bis zur Taille hochgeschoben und dem Mann die Beine um die Hüften geschlungen. Der Kerl stöhnte widerwärtig.

Arabella war schockiert. Rasch schloss sie die Tür und schlug sich die Hand vor den Mund, um einen Aufschrei zu unterdrücken. Sie wünschte, sie hätte drei Hände, damit sie sich auch die Ohren zuhalten könnte. Augenblicke später verstummten die Grunzlaute. Der Mann tat einen tiefen, zitternden Atemzug und machte sich dann offenbar an seiner Kleidung zu schaffen. Arabella kämpfte gegen aufsteigende Übelkeit an.

Plötzlich entbrannte ein heftiger Streit. Arabella verstand nicht genau, worum es ging, doch der Mann hatte der Frau anscheinend etwas versprochen, das diese jetzt einforderte. Bald kreischte sie in den höchsten Tönen, während der Mann sie anfuhr, sie solle gefälligst den Mund halten. Arabella wünschte sich nichts sehnlicher, als dass der Lärm aufhörte.

Doch es kam, wie sie es befürchtet hatte. Der Streit lockte Neugierige an. Arabella hörte eine weitere Stimme, eine Frauenstimme, die allerdings wenig fraulich klang, sondern tief und drohend. Neugierig geworden, öffnete Arabella abermals die Tür einen Spalt. Bei dem Anblick, der sich ihr bot, riss sie die Augen auf. Die tiefe Stimme gehörte einer Aborigine, die größer war als die meisten Männer und von gewaltigem Leibesumfang. Das einzig Weibliche an ihr war das rosarote, schmutzige Hemd, das sich straff über ihren schlaffen Brüsten und den dicken Bauch spannte. Ihre Arme waren kräftiger als die jedes Mannes, den Arabella je gesehen hatte. Ein grimmiger Ausdruck lag auf ihrem Gesicht, das so schwarz war, dass das Weiß ihrer Augen und ihrer drei verbliebenen Zähne hell hervorstach. Durch ihr Äußeres und die Art, wie sie sich vor dem Mann aufgebaut hatte, haftete der Frau etwas Angsteinflößendes an. Der Mann war sichtlich eingeschüchtert.

»Das hier geht dich nichts an, Rita«, sagte er, doch in seiner Stimme lag Furcht. Arabella staunte. Sie hätte nicht gedacht, dass ein Mann vor einer Aborigine kuschen würde. Wieso hatte er solchen Respekt vor ihr?

»Wally Jackson, du hast Lily versprochen, sie kriegt zwei Shilling oder ’ne Flasche Gin, wenn sie mit dir hinters Haus geht. Das hat sie getan. Jetzt bist du an der Reihe, mein Freund.«

»Ich hab kein Geld mehr, Rita«, sagte der Mann nervös. »Ich hab alles für Bier ausgegeben, und den nächsten Lohn bekomme ich erst am Monatsende.«

Rita hob ihren muskulösen Arm und ballte die Faust. Der Anblick hätte auch dem mutigsten Mann Angst eingejagt. Arabella schnappte erschrocken nach Luft.

Wally Jackson tat das einzig Vernünftige: Er gab nach. »Schon gut, Rita, schon gut!« Abwehrend hob er beide Hände und grub dann in seinen Hosentaschen nach Münzen. Schließlich drückte er Lily – einer spindeldürren Frau mit wuscheligem Haarschopf, riesengroßen Augen und dünnen Beinen – ein paar Münzen in die Hand.

»Was denn, nur ein Shilling? Ich will mehr!«, sagte Lily.

Wally wollte protestieren, gab nach einem Blick in Ritas finstere Miene aber klein bei. »Da muss ich mir was von Macca borgen, Rita«, sagte er. »Ich bin gleich wieder da.«

»Das hoffe ich für dich. Wenn ich kommen und dich holen muss, kannst du was erleben!«, drohte Rita ihm.

Wally zweifelte keine Sekunde, dass sie es ernst meinte. »Ich bin gleich zurück, Rita. Versprochen!«

Lily wirkte erleichtert.

Als Wally fort war, erkundigte Rita sich nach Lilys Kindern.

»Ich brauch das Geld, damit ich ihnen was zu essen kaufen kann«, sagte Lily kleinlaut. »Sonst hätte ich einen stinkenden Widerling wie Wally Jackson nicht an mich herangelassen, das kannst du mir glauben.«

Noch bevor Rita etwas erwidern konnte, kam Wally zurück. Lily streckte die Hand aus, und widerstrebend legte Wally einen Shilling hinein. Kaum hatten sich Lilys Finger um das Geldstück geschlossen, holte Rita aus und verpasste Wally eine schallende Ohrfeige.

Der Knall ließ Arabella erschrocken zusammenzucken. Wally hielt sich verblüfft die gerötete Wange.

»Au! Was soll das, Rita? Lily hat doch ihr Geld bekommen!«

»Wenn du noch einmal versuchst, eins der Mädchen anzuschmieren, lernst du mich richtig kennen«, drohte sie ihm.

Wally musterte Rita finster, erwiderte aber nichts. Sich die Wange reibend, kehrte er ins Hotel zurück.

Rita wandte sich Lily zu. »Und du machst, dass du nach Hause zu deinen Kindern kommst«, sagte sie streng.

Lily nickte und stapfte in der Dunkelheit davon. Arabella schloss leise die Tür der Außentoilette und hoffte inständig, Rita würde sich ebenfalls auf den Weg machen.

Sekunden später flog die Tür auf. Arabella, die es fast von den Füßen gerissen hätte, schrie auf.

Rita fuhr erschrocken zurück. »Wer sind Sie denn?«, fragte sie verblüfft.

Arabella schlotterte vor Angst. Es dauerte einige Augenblicke, bis sie die Sprache wiederfand. »Ich … ich bin Arabella … Fitzherbert«, stammelte sie. »Ich wohne im Hotel, und …«

Rita starrte sie verdutzt an und brach dann in dröhnendes Gelächter aus. »Dann sind Sie die Gespensterfrau! In der Bar reden die Leute von nichts anderem.«

»Gespensterfrau?«

Rita nickte. »Die Kleine aus der Wüste. Was machen Sie denn hier?«

»Ich … ich wollte gerade auf mein Zimmer zurück.«

»Nehmen Sie sich lieber in Acht. Ganz schön viel betrunkene Gestalten da drin.« Rita zeigte auf das Hotel.

Arabella wunderte sich über die Warnung. Rita schien selbst einen über den Durst getrunken zu haben. Man konnte es riechen. »Danke, mach ich …« Sie drückte sich an der Wand entlang zur Tür, wobei sie die riesige Rita nicht aus den Augen ließ. »Also dann … gute Nacht.« Arabella drehte sich um und lief in ihr Zimmer hinauf, so schnell ihr verstauchter Knöchel es zuließ. Sie war verzweifelt. Was sollte aus ihr werden? Wie sollte sie das alles überleben?

Da kein Schlüssel in der Zimmertür steckte, schob sie einen Stuhl davor und klemmte die Lehne unter die Klinke. Dann schlüpfte sie ins Bett, zog die Decke bis zum Kinn hoch und lauschte angestrengt auf jedes Geräusch. Die ersten Gäste verließen das Hotel; sie konnte sie unten reden und lachen hören. Noch immer zitterte Arabella am ganzen Leib.

Plötzlich dröhnten Schritte auf der Treppe. Starr vor Angst sah sie zur Tür. Das Herz schlug ihr bis zum Hals. Die Schritte kamen näher und verstummten draußen auf dem Flur. Arabella stockte der Atem. Sie hörte, wie die Tür auf der anderen Seite des Flurs geöffnet und wieder geschlossen wurde. Offenbar war sie nicht der einzige Hotelgast.

Arabella wusste, dass sie kein Auge zutun würde. Angespannt lag sie in der Dunkelheit. Ihr Sonnenbrand tat schrecklich weh, und draußen vor dem Hotel lärmten ein paar Gäste. Einmal meinte sie Ritas lallende Stimme zu hören. Arabella konnte es nicht fassen, dass die riesige Aborigine sich derart betrank. Schlimm genug, wenn die Männer nicht mehr gerade stehen konnten.

Als die Stimmen sich entfernten und draußen endlich Ruhe einkehrte, lauschte Arabella auf Geräusche im Innern des Hotels. Wieder hörte sie Schritte und Stimmen. Irgendetwas trippelte übers Dach, und aus der Bar drangen merkwürdige Geräusche herauf. Die Szene, die sie von der Außentoilette aus beobachtet hatte, ging Arabella nicht aus dem Kopf. Sie sah den Mann vor Augen, dessen Hose in den Kniekehlen hing, hörte sein grässliches Grunzen, sah die dürre Frau, die ihr Kleid bis über die Hüften hochgeschoben hatte.

Bilder und Gedanken wirbelten Arabella durch den Kopf. In den frühen Morgenstunden schlief sie endlich vor Erschöpfung ein.

3

Edward Fitzherbert war todmüde. Er hatte die Verzweiflung seiner Frau nicht länger mit ansehen können und mitten in der Nacht das Haus verlassen. Ruhelos war er ein paar Meilen weit an den Gleisen entlanggelaufen und hatte immer wieder Arabellas Namen gerufen. Irgendwann, körperlich und seelisch erschöpft, war er auf die Knie gesunken.

Arabella kann nicht tot sein, hatte er sich verzweifelt gesagt. Sie *darf* nicht tot sein!

Als der Morgen heraufdämmerte, war Edward ins Hotel zurückgekehrt, wo Clarice in einen unruhigen Schlaf gesunken war.

Ein paar Stunden später klopfte es, und Sergeant Menner stand vor der Tür. »Ich habe drei Leute nach Ihrer Tochter ausgeschickt«, teilte er dem übernächtigten Edward mit.

»Bis wohin werden sie vordringen?« Edward verschwieg ihm, dass er sich in der Nacht selbst auf die Suche gemacht hatte.

»Das kann ich Ihnen nicht sagen, Sir. Aber der Constable ist einer meiner besten Männer.« Der junge Polizist, dem die anderen beiden unterstellt waren, würde selbstständig entscheiden, wann die Suche abgebrochen würde. Doch Menner hielt es für klüger, das für sich zu behalten. »Ich werde Sie auf dem Laufenden halten, Sir.«

Maggie machte sich keine Gedanken, als Arabella nicht zum Frühstück herunterkam. Wahrscheinlich, witzelte Tony, wolle sie ihren Tee ans Bett serviert bekommen. Es wurde neun Uhr, und Arabella ließ sich immer noch nicht blicken. Maggie machte sich allmählich Sorgen.

Sie eilte hinauf und klopfte. Keine Antwort. Sie versuchte, die Tür zu öffnen, doch die Klinke ließ sich nicht herunterdrücken.

»Arabella?« Maggie klopfte lauter. »Alles in Ordnung?«

Sie schickte sich gerade an, Tony zu holen, damit er das Schloss aufbräche, als von drinnen Schritte zu hören waren. Langsam öffnete sich die Tür.

Arabella blinzelte Maggie verschlafen an.

Maggies Blick fiel auf den Stuhl neben der Tür. Anscheinend hatte die junge Frau sich in ihrem Zimmer verbarrikadiert. »Ist alles in Ordnung?«, fragte Maggie besorgt.

Arabella brach in Tränen aus.

Maggie ging ins Zimmer und schloss die Tür hinter sich. »Was haben Sie denn, Kindchen?« Sie drückte Arabella sanft aufs Bett und setzte sich zu ihr.

Arabella wusste nicht, wo sie anfangen sollte. »Ich musste letzte Nacht … auf die Toilette«, schluchzte sie. »Da draußen war … ein Mann mit einer schwarzen Frau, und sie haben … haben …« Arabella brachte es nicht über sich, Maggie zu beschreiben, was sie gesehen hatte.

Maggie musterte die junge Frau verwirrt. Dann begriff sie plötzlich. Sie erinnerte sich, dass Wally Jackson ihren Mann gefragt hatte, ob der ihm einen Shilling leihen würde, damit er Lily für ihre »Dienste« bezahlen könne. »Oh, dieser Wally!«, fauchte sie wütend. »Muss sich ein Mann denn wie ein Idiot aufführen, nur weil er einen über den Durst getrunken hat? Ist es zu viel verlangt, dass er Rücksicht nimmt?« Sie warf einen Blick himmelwärts und seufzte: »Natürlich ist das zu viel verlangt.« Arabella war ein unschuldiges junges Ding. Das Erlebnis musste sie verstört haben. »Tut mir leid, Kindchen. Ich hätte Sie warnen müssen.«

Arabella riss die Augen auf. »Wollen Sie damit sagen, Sie wissen davon? Kommt so was denn öfter vor?«

Maggie nickte.

»Da war noch eine riesige Aborigine«, fuhr Arabella fort. »Sie tauchte plötzlich auf und drohte dem Mann Schläge an.«

»Das kann nur Rita gewesen sein.« Maggie wusste, wie Furcht einflößend Rita auf Fremde wirkte.

»Ja, so hieß sie …«

»Es gibt da etwas, das Sie wissen müssen, Arabella. Ich darf Sie doch so nennen?«

Arabella nickte.

»Rita ist sozusagen die Beschützerin der schwarzen Frauen. Sie ist stärker als die meisten Männer, und sie hat fast ihr ganzes Leben in irgendeiner Stadt verbracht, deshalb spricht sie ganz gut Englisch. Sie bringt es sogar den jüngeren Frauen bei. Die werden von den Männern oft respektlos behandelt, aber wo es geht, sorgt Rita für Ordnung. Sie könnte Hackfleisch aus jedem Mann machen, und das wissen die Kerle. Rita trinkt zwar zu viel und treibt es manchmal ein bisschen zu wild, aber sie hat ein gutes Herz.«

Arabella wusste nicht, was sie davon halten sollte. »Kann die Polizei denn nichts unternehmen?«

»In der Stadt gibt es nur einen einzigen Constable, und der ist für ein Gebiet von etlichen hundert Meilen zuständig. Er kann sich nicht um solche Bagatellen kümmern.«

Arabella zog die Nase hoch. »Da war noch etwas«, sagte sie schniefend. »Ich habe heute Nacht seltsame Geräusche gehört und hatte schreckliche Angst …«

»Das ist ein altes Haus, da knarrt und ächzt es in allen Ecken. Das Eisendach heizt sich tagsüber auf, und wenn es nachts abkühlt, gibt es sonderbare Geräusche von sich. Man gewöhnt sich daran.« Maggie blickte flüchtig zu dem Stuhl neben der Tür. »Sie brauchen keine Angst zu haben, dass die Männer heraufkommen. Die Kerle wissen, dass sie hier oben bei den Gästen nichts zu suchen haben.« Dass sie meist zu betrunken waren, um die Treppe hinaufsteigen zu können, sagte Maggie nicht. »Sie sind hier sicher, Arabella. Es ist nicht nötig, die Tür zu verbarrikadieren.«

»Ich habe Schritte im Flur gehört, und dann ging die Tür gegenüber. Wohnt hier noch jemand außer mir?«

Maggie hörte die Furcht in Arabellas Stimme. »Wahrscheinlich haben Sie Tony und mich gehört. Wir haben unsere Wohnung hier oben. Und das Zimmer gegenüber hat ein Mann namens Jonathan Weston gemietet. Er wohnt seit vier Wochen hier, übernachtet aber gelegentlich auswärts. Seltsam, gestern habe ich ihn gar nicht kommen hören«, fügte sie nachdenklich hinzu.

»Ich bin mir aber sicher, dass drüben die Tür gegangen ist.«

»Kann sein, dass Jonathan von einer seiner Reisen zurückgekommen ist«, sagte Maggie. »Er ist Fotograf und verbringt zwei, drei Nächte die Woche in der Wüste, je nachdem, was für ein Motiv er sich ausgesucht hat. Manchmal, wenn er weit draußen Aufnahmen machen möchte, bezahlt er einen der Kameltreiber, damit der ihn hinführt, oder er leiht sich ein Packpferd und geht zu Fuß. Er ist ein stiller Mann und bleibt meist für sich. Er wird Sie bestimmt nicht stören.«

»Ich möchte auf keinen Fall, dass er mich sieht«, sagte Arabella. »Ich würde ihn ja zu Tode erschrecken. Doch, doch, ich weiß es!«, fügte sie rasch hinzu, als Maggie protestieren wollte. »Sie und Ihre Gäste haben sich ja auch erschreckt, als Sie mich das erste Mal gesehen haben.« Sooft Arabella in den Spiegel schaute, musste sie weinen. Sie hatte Blasen im ganzen Gesicht, und ihre Haut schälte sich. Besonders ihre schuppige, in diversen Rottönen verfärbte Nase sah zum Erbarmen aus.

Maggie musste ihr Recht geben. Tatsächlich hatte Arabella ihnen allen einen gehörigen Schrecken eingejagt, als sie in die Bar getaumelt war. In ihrem Nachthemd, mit ihrem sonnenverbrannten Gesicht und dem offenen Haar hatte sie wie ein Gespenst ausgesehen.

Arabella brach in Tränen aus.

»Nicht doch, Kindchen!«, sagte Maggie begütigend. Sie sah der jungen Frau an, dass sie kaum geschlafen hatte, nicht nur wegen des sicherlich schmerzhaften Sonnenbrands. »Wie wär's mit einer guten Tasse Tee?«

Arabella schniefte und nickte.

»Und einer Scheibe Toast?«

Arabella nickte abermals. »Kann ich auch Butter und Honig dazu haben?«, fragte sie mit kläglicher Stimme.

Maggie unterdrückte einen gereizten Seufzer und schalt sich im Stillen für ihre Nachgiebigkeit. »Mit der Butter müssen wir haushalten. Sie können einen kleinen Klacks haben, mehr nicht. Und Honig haben wir keinen.«

Sie stand auf und verließ das Zimmer. Arabella hörte, wie sie an die Tür gegenüber klopfte und sie dann öffnete. Einen Augenblick später schloss die Tür sich wieder, und Maggie streckte den Kopf ins Zimmer.

»Mr Weston ist anscheinend nicht da«, sagte sie. Da er nicht zum Frühstück hinuntergekommen war, musste er das Hotel sehr früh verlassen haben. Wahrscheinlich wollte er den Sonnenaufgang fotografieren.

Arabella war neugierig geworden. »Ist er hier aus Marree?«

»Nein, er kommt aus England, aber er hat bereits an verschiedenen Orten in Australien gewohnt. Er ist mit dem Afghan-Express gekommen. Er liebt die Abgeschiedenheit. Dass es hier ein Afghanen-Viertel gibt, war einer der Gründe, weshalb er sich gerade Marree ausgesucht hat, denn er braucht die Dienste der Kameltreiber, um in die Wüste zu gelangen. Wenn er seine Aufnahmen entwickelt, das macht er unten in einer Kammer, hängt immer ein Schild an der Tür. Sie dürfen sie dann auf keinen Fall öffnen, sonst verdirbt das Licht alles. Er hat uns einige seiner Arbeiten gezeigt. Seine Fotografien sind wunderschön.«

»Gehört er auch zu denen, die in der Bar sitzen und trinken?«, fragte Arabella und fügte stumm hinzu: Und die sich hinter dem Haus mit Aborigine-Frauen vergnügen?

Maggie lachte. »Nein, er bleibt meistens für sich. Sie werden ihn schon noch kennen lernen!«

Wenig später brachte Maggie das Frühstück und das Kleid herauf, das sie Arabella borgen wollte. »Es wird Ihnen ein bisschen zu groß sein«, meinte sie. Maggie war eine zierliche Frau, doch Arabella war noch kleiner und zarter. »Sobald Sie sich besser fühlen, werden wir Ihnen in der Stadt ein Kleid besorgen. Bis dahin muss das hier genügen. So, ich hab zu tun, ich muss wieder hinunter.«

Gegen Mittag wurde es Arabella langweilig. Sie trat auf den Flur hinaus und rief nach Maggie. Ein Geschirrtuch in der Hand, kam sie aus der Bar. Sie sah erhitzt und abgekämpft aus.

»Ja?«

»Können Sie mir einen Krug Wasser und etwas zu essen heraufbringen, Maggie?«

Maggie seufzte und wischte sich den Schweiß von der Stirn. »Ich kann Ihnen ein Käsesandwich machen. Aber erst, wenn ich hier fertig bin.« Sie wandte sich zum Gehen.

»Könnten Sie mir den Käse geschmolzen auf einem Stück Toast servieren, damit er nicht so furchtbar hart ist?«

Maggie traute ihren Ohren nicht. »Wie stellen Sie sich das denn vor?« Sie konnte die Gereiztheit in ihrer Stimme nur mühsam unterdrücken.

»Meine Mutter hat mir meinen Käsetoast immer kurz im Ofen überbacken.«

»Der Ofen ist noch nicht an«, versetzte Maggie. »Und ich hab jetzt keine Zeit, ihn anzumachen. Es gibt Brot und Käse dazu – basta. Tony und ich essen auch nichts anderes.«

Sie ging zurück in den Salon, um wie jeden Tag dort sauber zu machen.

»Was war denn los?«, wollte Tony wissen. Er füllte die Vorräte in der Bar auf und staubte die Regale ab.

Maggie trat in den Durchgang zur Bar und sagte: »Die junge Frau oben möchte etwas zu essen und zu trinken.«

»Dann sag ihr, sie soll herunterkommen.«

»Das wollte ich ja, aber sie war heute Morgen völlig verstört. Sie hat mir erzählt, dass sie in der Nacht zur Toilette musste, und da hat sie Wally Jackson und Lily beobachtet. Du kannst dir ja denken, wobei.«

Tony schüttelte den Kopf. »Das arme Ding! Würde mich nicht wundern, wenn ihr die Lust zum Heiraten glatt vergehen würde«, bemerkte er trocken.

»Das kannst du laut sagen!«, pflichtete Maggie ihm bei. »Und als wären Wally und Lily nicht schon genug gewesen, tauchte auch noch Rita auf. Die drei müssen dem jungen Ding einen ziemlichen Schrecken eingejagt haben.«

»Das glaub ich gern. Uns geht's ja nicht anders, obwohl wir Rita seit Jahren kennen!«, erwiderte Tony lachend. Er war kein besonders großer, aber ein äußerst zäher, vom Leben im Outback gestählter Mann. Dennoch hatte er nichts dagegen, dass Rita es übernahm, die Männer unter Kontrolle zu halten, insbesondere, was deren »Beziehungen« zu den Aborigine-Frauen betraf. »Aber bei allem Verständnis«, fügte Tony ernst hinzu, »du hast keine Zeit, das Mädchen zu bedienen.«

»Das weiß ich doch«, entgegnete Maggie. Samstagabends halfen ihr Lily und eine weitere junge Aborigine namens Missy zwar beim Abwasch, doch es gab auch so immer noch eine Menge zu tun, und sie und Tony waren nach getaner Arbeit rechtschaffen müde. Die Frauen ließen sich von den Männern zu einem Drink einladen, sobald es für sie nichts mehr zu tun gab. Eins führte zum anderen, und schließlich gingen sie mit den Männern nach draußen. Auch Rita war nicht selten betrunken, wenn der Abend sich seinem Ende näherte. Maggie hatte ihr schon oft gesagt, sie solle Missy und Lily nach Hause schicken, doch Rita wusste, dass die beiden das Geld brauchten, das die Männer ihnen zusteckten, da sie weder einen Ehemann hatten, der sie versorgte, noch bei einem Clan lebten. Genau wie Rita hausten sie in Hütten im Eingeborenenviertel der Stadt. Lily hatte vier Kinder – drei von einem eingeborenen Viehhirten, den sie aber nur selten zu Gesicht bekam, und eins von einem afghanischen Kameltreiber. Missy hatte zwei Kinder. Das eine, ein Junge, hatte eine sehr helle Hautfarbe, und es wurde spekuliert, wer der Vater war: Wally Jackson, behaupteten die einen, Les Mitchell, vermuteten die anderen. Les arbeitete auf der Lizard Creek Station, der Farm, die Marree am nächsten lag. Wally verdiente sein Geld als Schafscherer auf den umliegenden Farmen. Da es zurzeit nicht viel für ihn zu tun gab, wohnte er seit fast zwei Monaten in der Stadt beim Aborigine-Halbblut Frankie Miller, der von Beruf Wollsortierer war. Der Vater von Missys zweitem Kind, so wurde gemutmaßt, war ein Stammes-Aborigine.

Arabella, die oben auf ihrem Zimmer geblieben war, die Tür aber nur angelehnt hatte, hörte jemanden die Treppe heraufkommen. Dann ging die Tür gegenüber auf. Neugierig geworden, spähte sie auf den Flur hinaus. Im Zimmer auf der anderen Seite stand ein großer, schlanker Mann mit dem Rücken zu ihr. Er legte einen Koffer aufs Bett, öffnete ihn und entnahm ihm verschiedene Gegenstände, die er sorgfältig säuberte und zurück an ihren Platz legte. Arabella verstand zwar nichts vom Fotografieren und der Ausrüstung, aber sie vermutete, der Mann war Jonathan Weston.

Sie betrachtete ihn aufmerksam. Er hatte fast schwarze gewellte Haare und bewegte sich mit der Geschmeidigkeit einer Wildkatze. Sie konnte sich gut vorstellen, wie er sich beinahe lautlos an ein Tier heranpirschte, um es zu fotografieren. Seine Kleidung war sauber und ordentlich. Ordnung herrschte auch in seinem Zimmer: Nichts lag herum, alles wirkte aufgeräumt.

Jonathan Weston spürte plötzlich Blicke im Rücken. Er drehte sich um und entdeckte eine junge Frau, die hinter der Tür des Zimmers gegenüber hervorspähte.

Arabella fuhr hastig zurück, sah aber noch die hübschen Züge und die dunklen Augen des Mannes. Es war ihr peinlich, dass er sie dabei ertappt hatte, wie sie ihn heimlich betrachtete.

Jonathan machte ein verdutztes Gesicht. Die junge Frau hatte einen schlimmen Sonnenbrand. Ob sie sich deshalb vor ihm versteckte? Er schmunzelte bei dem Gedanken, wie unangenehm es ihr offensichtlich gewesen war, dass er sie dabei überrascht hatte, wie sie ihn verstohlen beobachtete. Nach einem Augenblick wandte er sich wieder seiner Arbeit zu, noch immer leise lächelnd.

Der Nachmittag war bereits fortgeschritten, als Arabella auf dem Flur die Stimmen Maggies und eines Mannes hörte, den Maggie anscheinend auf sein Zimmer führte. Arabella, die Maggie abpassen wollte, öffnete ihre Tür einen Spalt und schaute hinaus. Im selben Augenblick drehte Jonathan Weston, dessen Zimmertür immer noch weit offen stand, sich um und ertappte Arabella von neuem, wie sie verstohlen hinausspähte. Erschrocken schloss sie die Tür wieder.

Wenig später vernahm sie abermals Schritte auf dem Flur, dann eine Männerstimme. Sie lauschte. Der neue Gast sprach mit Jonathan und stellte sich ihm als Stuart Thompson vor. Er hatte eine tiefe Stimme, doch sein Alter war schwer zu schätzen.

»Ist das eine Fotoausrüstung?«, fragte er.

»Ja, es gibt hier in der Gegend wunderschöne Landschaftsmotive«, antwortete Jonathan. Er hatte eine angenehme Stimme, wie Arabella fand; sie passte zu seiner hochgewachsenen, schlanken Gestalt und seinen fein geschnittenen Zügen.

»Sind Sie auf der Durchreise?«, wollte er von dem Neuankömmling wissen.

»Nein, nein. Ich komme aus dem Süden von Queensland und bin über den Birdsville Track hergeritten. Jetzt möchte ich eine Zeit lang hierbleiben, oder in der näheren Umgebung.«

»Tatsächlich? Marree hat aber nicht gerade viel zu bieten.«

»Ich möchte nach Gold suchen«, erklärte Stuart. Er spürte, dass er die Neugier des Fotografen geweckt hatte.

Gold, dachte Arabella. Wie aufregend!

»Ich wusste gar nicht, dass es hier Gold gibt«, sagte Jonathan erstaunt.

»Das wissen die Wenigsten. Aber vielleicht hab ich ja Glück und werde fündig.«

Irgendetwas in Stuarts Tonfall ließ Jonathan aufhorchen. Ob er ein Geheimnis hatte, von dem niemand sonst wusste? »Dann wünsche ich Ihnen viel Glück, Mr Thompson«, sagte Jonathan.

»Stuart, bitte. Ich nehme an, wir laufen uns jetzt öfter über den Weg.«

»Ganz bestimmt. Obwohl ich zu den unmöglichsten Stunden komme und gehe. Manchmal bleibe ich die ganze Nacht weg und schlafe im Freien.«

»Genau das habe auch ich vor«, erwiderte Stuart. »Darf ich Sie auf einen Drink in der Bar einladen?«

Arabellas Neugier war plötzlich stärker als ihre Furcht vor einer Entdeckung. Vorsichtig öffnete sie die Tür einen Spalt und spähte hindurch. Stuart Thompson hatte ihr den Rücken zugedreht, aber sie konnte sehen, dass er groß, schlank und blond war.

»Ich trinke zwar keinen Alkohol, aber zu einem Glas Limonade sage ich nicht Nein«, antwortete Jonathan. Eigentlich hatte er zu tun, aber er konnte seine Aufnahmen auch später entwickeln. Er liebte es, Menschen zu studieren. Mancher entpuppte sich als lohnendes fotografisches Objekt. Und er spürte, dass sich hinter Stuart Thompson eine spannende Geschichte verbarg.

Arabella wünschte, sie könnte in die Bar hinunter. Sie fühlte sich einsam und sehnte sich nach Gesellschaft. Doch eher wollte sie tot umfallen, als sich mit ihrem schrecklichen Sonnenbrand in der Öffentlichkeit zu zeigen.

»Wohnt sonst noch jemand hier?«, erkundigte sich Stuart, als Jonathan die Tür hinter sich schloss und zu ihm auf den Flur trat.

»Ja, eine junge Dame. Ich konnte aber nur einen flüchtigen Blick auf sie werfen.« Ein Lächeln spielte um Jonathans Lippen. Er vermutete, dass besagte junge Dame sie gerade eben belauschte.

Gegen fünf Uhr an diesem Nachmittag stieg Maggie wieder in den oberen Stock und klopfte an Arabellas Tür. »Möchten Sie auf ein Stündchen hinunterkommen? Wir haben geschlossen, und Sie langweilen sich hier drin doch bestimmt zu Tode!«

Arabella hatte es tatsächlich satt, die Wände anzustarren. Dennoch zögerte sie. Vor Angst, jemand könnte sie sehen, wagte sie sich nicht einmal auf den Balkon. »Wer ist denn alles da?«

»Nur Tony und ich. Mr Thompson ist zu einem Streifzug aufgebrochen, und Mr Weston arbeitet in seiner Dunkelkammer. Er hat sicher eine Stunde oder länger zu tun.«

Wäre sie mit Maggie allein gewesen, wäre Arabella die Entscheidung leicht gefallen, doch sie genierte sich vor Tony. Andererseits würde sich vermutlich so schnell keine zweite Gelegenheit mehr bieten, mal aus ihrem Zimmer zu kommen und etwas anderes zu sehen. Die Bar würde am Abend lediglich für zwei Stunden geöffnet sein, sagte Maggie. Sie gab freimütig zu, dass sie für sonntags keine Schankgenehmigung hatten, doch Constable Higgins hielt sich für eine Woche in Farina auf.

»Es ist ein offenes Geheimnis, dass die Bar sonntags ein paar Stunden auf hat, wenn Constable Higgins nicht in der Stadt ist«, fügte sie hinzu. In Wirklichkeit kümmerte es Terry Higgins herzlich wenig, dass gegen die Öffnungszeiten verstoßen wurde – er trank schließlich selbst ganz gern das eine oder andere Glas Bier. Aber er musste zumindest so tun, als achte er auf die Einhaltung der Gesetze.

Arabella überwand sich und folgte Maggie in die Bar hinunter. Es war ein langer, schmaler Raum, an dessen einem Ende sich ein offener Kamin befand. Die eine Wand war mit Fellen von Kängurus, Wombats und Beutelratten geschmückt. Auch eine Sammlung von Hüten, die aussahen, als hätte jeder seine eigene interessante Geschichte, hing dort. Einige waren sogar von einer Kugel durchlöchert, was Arabella reichlich beunruhigend fand. In einem Regal reihten sich staubige Flaschen in allen Größen und Formen. An den Wänden gegenüber der Bar hingen gerahmte Karikaturen von Originalen aus dem Outback mit Korkhüten und Schmerbäuchen.

»Kommen Sie, gehen wir in den Salon hinüber«, forderte Maggie die junge Frau auf. Sie zog ihr einen Stuhl an einem Tisch nahe dem Fenster hervor. »Möchten Sie eine Limonade?«

»Danke, sehr gern«, antwortete Arabella. Sie schaute sich nervös um. In Maggies Kleid, das wie ein Sack an ihr herunterhing, fühlte sie sich noch befangener. Im Salon, einem großen, viereckigen Raum, standen Sessel um niedrige Tische herum angeordnet. Durch eine Türöffnung am anderen Ende des Zimmers konnte man den Speisesaal sehen. Über dem Kamin hing ein großer Spiegel. Arabella setzte sich so, dass sie ihm den Rücken zukehrte, damit sie nicht zufällig ihr hässliches Spiegelbild erblickte. Um sich abzulenken, betrachtete sie die Schwarz-Weiß-Fotos an den Wänden zwischen den Fenstern. Die meisten Bilder zeigten Schafscherer vor den Scherschuppen oder Kamele und ihre afghanischen Führer in der Wüste. Auf drei Fotos waren – inmitten der steinigen Einöde oder vom Wind halb unter rotem Sand begraben – die bescheidenen Behausungen früher Siedler zu sehen. Dass jemand freiwillig ein solches Leben auf sich nahm, überstieg Arabellas Vorstellungsvermögen. Sie hatte nie etwas anderes als Bequemlichkeit und Luxus gekannt.

Maggie brachte zwei Gläser Limonade und setzte sich zu Arabella. Kurz darauf gesellte Tony sich zu ihnen. Arabella hätte sich am liebsten verkrochen. Verlegen senkte sie den Kopf.

»Hallo, Sie müssen Arabella Fitzherbert sein. Ich bin Tony McMahon, Maggies Ehemann.« Tony streckte ihr die Hand hin. Arabella ergriff sie und drückte sie kurz, ohne aufzublicken. »Guten Tag«, murmelte sie.

Tony ging zur Bar und schenkte sich einen Drink ein. Ihm war klar, dass die junge Frau wegen ihres Äußeren gehemmt war, deshalb erwähnte er ihren Sonnenbrand mit keinem Wort, sondern tat so, als wäre alles in bester Ordnung. »Haben Sie sich schon ein bisschen eingelebt?«

»Ja, danke«, antwortete Arabella scheu und hob den Kopf ein wenig. Tony war nicht besonders groß. Er hatte helle Haare, wässrig blaue Augen und einen sorgfältig gestutzten Bart, der mehr grau als blond war.

»Die Telegrafenleitung ist immer noch unterbrochen«, sagte er. »Ein afghanischer Straßenhändler, der gegen Mittag in die Stadt kam, hat berichtet, ein Blitz habe in einen Mast eingeschlagen, der daraufhin umgestürzt ist und die Leitung mitgerissen hat. Im Moment kann niemand sagen, wie lange die Reparatur dauern wird.«

Arabellas Kopf fuhr hoch. »Ach herrje! Mummy und Daddy werden außer sich sein vor Sorge! Könnte ich ihnen doch nur irgendwie mitteilen, dass ich am Leben bin und dass es mir gut geht!«

»Was führt Ihre Familie ausgerechnet nach Alice Springs?«, fragte Tony. Die junge Frau war ihm ein Rätsel. Sie klang wie ein kleines Mädchen, wenn sie von ihren Eltern sprach.

»Daddy wollte unbedingt ins Landesinnere. Wir hatten einen Monat in Adelaide verbracht. Mummy gefiel es dort sehr gut, aber Daddy ist ein abenteuerlustiger Mann. Außerdem hofft er, dass das trockene Klima mir guttut, weil ich in England ständig krank war. Der Arzt meinte, es läge an der Feuchtigkeit und der schlechten Luft, aber diese Hitze hier bringt mich noch um! Ich fühle mich schlapp und kraftlos.«

»Es dauert eine Weile, bis man sich an dieses Klima gewöhnt hat. Was ist Ihr Vater denn von Beruf?«, erkundigte sich Tony, den Arabella neugierig machte.

»Er produziert Theaterstücke im Londoner West End. Er hat ein Jahr Urlaub genommen, damit wir reisen können. Mummy war eine berühmte Theaterschauspielerin. Als Daddy ein Stück auf die Bühne brachte, in dem sie mitspielte, haben sie sich ineinander verliebt. Dann kam ich auf die Welt, und Mummy gab ihre Karriere für mich auf.«

Ihr selbstgefälliger Ton entging Tony nicht. Außerdem hatte er den Eindruck, dass sie sich diese Geschichte aus den Fingern gesogen hatte. Sie war so naiv. Und träumten nicht viele Kinder davon, berühmte Schauspieler als Eltern zu haben? Arabella selbst schien auch über ein beachtliches schauspielerisches Talent zu verfügen. »Nun, es dürfte noch einige Zeit vergehen, bis Sie Ihre Eltern wiedersehen«, sagte Tony. »Bis dahin können Sie gern hier wohnen, aber Sie werden verstehen, dass wir nichts zu verschenken haben. Das Leben im Outback ist hart. Als Gegenleistung für Unterkunft und Verpflegung werden Sie Maggie ein wenig helfen.« Tony fand, das war das Mindeste, was die junge Frau tun konnte. »Maggie hat viel um die Ohren.«

»Aber mein Vater wird Sie bezahlen!«, rief Arabella bestürzt. Der Gedanke, Dienstbotenarbeit verrichten zu müssen, erschreckte sie. »Ich bin doch keine Hausangestellte!«

Tony hielt Arabella schlicht für faul. Er warf Maggie einen bedeutungsvollen Blick zu.

»Das alles ist ja schön und gut«, sagte er, »aber falls die Geschichte stimmt, die Sie Maggie erzählt haben, wird keiner damit rechnen, dass Sie noch leben. Hätten die Aborigines Sie nicht gefunden, wären Sie in der Wüste umgekommen. Eine zweite Nacht dort draußen hätten Sie nicht überstanden.«

Arabella starrte ihn fassungslos an. Wie konnte er etwas so Grausames sagen?

»Falls Sie hierbleiben und warten wollen, bis der Zug wieder fährt, werden Sie Maggie zur Hand gehen«, sagte Tony mit Bestimmtheit.

Er meinte es ernst, das konnte Arabella ihm ansehen, und sie wusste, sie war ihm ausgeliefert. Ihr blieb gar keine andere Wahl, als auf die Bedingungen der McMahons einzugehen. Und es hatte ganz den Anschein, als wollten die beiden sie zu ihrer Sklavin machen. Der einzige Ausweg war, jemanden zu finden, der sie nach Alice Springs brachte.

»Ist dieser Afghane, mit dem Sie gesprochen haben, noch in der Stadt?«, fragte Arabella hoffnungsvoll.

Tony nickte. »Faiz Mohomet wird sich ein paar Tage in der Ghan-Siedlung aufhalten.«

»Könnten Sie ihn vielleicht herholen, damit ich mit ihm reden kann?«

»Jetzt gleich?«

Arabella nickte.

Tony sah Maggie an, die mit den Achseln zuckte. »Meinetwegen«, erwiderte er dann.

Als er fort war, wollte Maggie wissen, warum sie den Straßenhändler sehen wolle.

»Ich werde ihn bitten, mich nach Alice Springs zu bringen«, sagte Arabella aufgeregt. »Ich weiß nicht, warum ich nicht schon eher darauf gekommen bin!«

Sosehr Maggie sich auch bemühte – sie konnte sich Arabella beim besten Willen nicht auf dem Rücken eines Kamels vorstellen.

Kurz darauf kam Tony zurück. Faiz Mohomet warte draußen, sagte er und fügte hinzu: »Ich habe ihm schon erzählt, wie es Sie hierherverschlagen hat.«

»Oh, ich danke Ihnen. Er soll doch bitte hereinkommen«, sagte Arabella.

Tony sah sie verblüfft an. »Das wird er bestimmt nicht tun.«

»Und wieso nicht, wenn ich fragen darf?«

»Afghanen trinken keinen Alkohol. Ihre Religion verbietet es ihnen. Sie werden einen Afghanen nie an einem Ort sehen, an dem Alkohol ausgeschenkt wird.«

»Ich werde auf keinen Fall hinausgehen«, beharrte Arabella eigensinnig.

»Ihnen wird gar nichts anderes übrig bleiben, wenn Sie mit ihm reden wollen. Und Sie sollten sich beeilen, weil bald Zeit zum Gebet ist. Die Afghanen beten mehrmals am Tag und lassen sich durch nichts davon abbringen.«

»Oh«, machte Arabella. Tränen traten ihr in die Augen. Sie sah Maggie flehentlich an. »Aber ich kann doch so nicht nach draußen!«

Tony zuckte die Schultern. »Machen Sie, was Sie wollen. Faiz kommt jedenfalls nicht herein.«

»Sag ihm, er soll zur Hintertür kommen«, bat Maggie ihren Mann und wandte sich dann Arabella zu. »Niemand wird Sie dort sehen, bleiben Sie einfach in der Tür stehen.«

Tony warf seiner Frau einen verdutzten Blick zu, ging dann aber nach draußen, um mit dem Afghanen zu reden. Faiz folgte ihm zum Hintereingang des Hotels. Arabella wartete dort schon.

»Guten Tag«, sagte sie zögernd. Der Afghane erschrak unwillkürlich beim Anblick ihres vom Sonnenbrand entstellten Gesichts, und Arabella entging seine Reaktion nicht.

Faiz war ein kleiner Mann. Er trug ein weites, tunikaähnliches Gewand und einen Turban. Der beinahe verschlagene Ausdruck in seinen dunklen Augen behagte Arabella nicht. Sie fragte sich, ob es klug war, ihm ihre Bitte vorzutragen. Dann aber dachte sie an ihre Eltern und das mögliche Wiedersehen, und dieser Gedanke gab ihr Mut. Sie holte tief Luft und sagte:

»Ich möchte nach Alice Springs zu meinen Eltern. Sie wissen

nicht, wo ich bin. Würden Sie mich hinbringen? Ich werde Sie selbstverständlich dafür bezahlen.«

»Von hier aus wird mein Weg mich nach Süden führen«, erwiderte Faiz mit einem flüchtigen Seitenblick auf die McMahons, die nicht glauben konnten, dass die junge Frau Geld anbot, das sie gar nicht besaß.

Faiz ziehe mit seinen Handelswaren von Farm zu Farm, erklärte Tony. Er sei im Norden gewesen und würde sich, nachdem er seine Vorräte in der Stadt ergänzt hätte, nach Süden in Richtung Flinderskette, einer Bergkette, wenden.

Arabella machte große Augen. »Er ist ein Vagabund, meinen Sie? Eine Art Zigeuner?«

»Nein, so kann man das nicht sagen.« Tony warf Faiz einen verlegenen Blick zu. Der Afghane schien nicht sehr erfreut über den Vergleich. »Er ist ein fahrender Händler. Die Leute auf den Farmen, vor allem die Frauen, sind dankbar, dass Faiz ihnen Waren ins Haus bringt. Sie haben nicht oft die Gelegenheit, in der Stadt einzukaufen.«

Arabella wandte sich Faiz zu. »Mein Vater wird Sie großzügig bezahlen, wenn Sie mich sicher nach Alice Springs bringen. Ich verspreche Ihnen, der Umweg wird sich für Sie lohnen.«

»Kann sie auf einem Kamel reiten?«, wollte Faiz von Tony wissen.

»Natürlich nicht!«, rief Arabella entsetzt. »Ich will ein Pferd und eine Kutsche mit Dach, damit ich nicht in der prallen Sonne sitzen muss.«

»Eine Kutsche?« Der Afghane starrte sie verblüfft an. »Es gibt keine Kutschen in Marree.«

»Es wird doch nicht so schwer sein, irgendwo eine aufzutreiben«, entgegnete Arabella hochnäsig.

Faiz schüttelte den Kopf. »Entweder Sie reiten auf einem Kamel, oder Sie bleiben hier. Die Wüste ist kein Ort für ein Pferdefuhrwerk.«

»Kamele stinken und spucken«, stieß Arabella verächtlich hervor.

Das war nun doch zu viel für Faiz. Er schoss einen bösen Blick auf Arabella ab und knurrte mit verhaltener Stimme ein Schimpfwort.

»Auf einem Kamel zu reiten ist gar nicht so schwer«, flüsterte Maggie der jungen Frau zu. »Wenn Sie Ihre Eltern bald wiedersehen wollen, sollten Sie dieses Opfer bringen. Sie können einen Schirm von mir haben, damit Sie vor der Sonne geschützt sind.«

»Meine Eltern würden niemals von mir erwarten, dass ich auf so einem stinkenden Vieh reite«, versetzte Arabella beinahe hysterisch.

»Meine Kamele stinken nicht!«, sagte Faiz zornig. Dann wandte er sich ohne ein weiteres Wort um und stapfte davon.

Arabella sah ihm verblüfft nach. Der Gedanke, sie könnte ihn mit ihren Worten beleidigen, war ihr offenbar gar nicht gekommen.

»Na, das haben Sie ja hervorragend hingekriegt«, bemerkte Tony mit einem genervten Seitenblick auf seine Frau. Kein Kameltreiber, das wusste er, wäre jetzt noch bereit, Arabella nach Alice Springs zu bringen.

4

Der Tag zog sich dahin. Clarice und Edward schwebten zwischen Hoffen und Bangen und beteten, dass ihre Tochter lebend gefunden wurde. Es dämmerte bereits, als es an der Tür des Hotelzimmers klopfte. Edward öffnete. Es war Sergeant Menner. Edward brauchte ihn nur anzusehen und wusste, dass der Sergeant keine guten Nachrichten hatte. Unwillkürlich hielt er den Atem an.

»Es tut mir sehr leid, Mr Fitzherbert«, sagte Sergeant Menner leise. »Der Suchtrupp hat keine Spur von Ihrer Tochter gefunden.«

Edward schwankte zwischen Niedergeschlagenheit und der Erleichterung darüber, dass keine Leiche entdeckt worden war. Er hörte, wie hinter ihm Clarice wieder zu weinen anfing. »Wie weit sind Ihre Männer vorgestoßen?«

»So weit es ihnen zu Pferd möglich war, Sir. Sie haben ein ziemlich großes Gebiet durchkämmt.« Der Sergeant wich Edwards Blick aus. Er wusste, dass einem besorgten Vater diese Erklärung nicht reichen würde.

»Anscheinend nicht groß genug«, blaffte Edward den Sergeant auch schon an. »Ich dachte, Ihre Leute wären mindestens zwei Tage unterwegs!«

»Ich kann verstehen, dass Sie das nicht gerne hören, Sir«, begann Sergeant Menner behutsam. »Aber wie ich Ihnen bereits sagte, sind die Chancen, dass der Leichnam Ihrer Tochter gefunden wird, äußerst gering …«

»Hören Sie endlich auf, von einer Leiche zu reden, verdammt

noch mal!«, brauste Edward auf. »Sie können nicht mit Sicherheit sagen, dass Arabella tot ist! Und wir werden die Hoffnung, dass sie noch lebt, nicht so schnell aufgeben! Ich werde Männer anheuern, die nach ihr suchen. Und dieses Mal werden sie *gründlich* suchen, ich werde mit ihnen gehen! Wir werden das ganze Gebiet durchkämmen – wenn es sein muss, von hier bis nach Marree!«

»Ich kann Sie nicht daran hindern, Sir, aber Sie werden niemanden finden, der bereit ist, sein Leben zu riskieren, wo die Chancen, Ihre Tochter …«

Edward ließ ihn nicht ausreden. »Was würden Sie denn tun, wenn es *Ihre* Tochter wäre?« Seine Stimme bebte vor Erregung.

»Ich kann Sie ja verstehen«, entgegnete der Sergeant betreten. »Aber im Gegensatz zu Ihnen habe ich bereits Leute gesehen, die sich in der Wüste verirrt hatten. Kein schöner Anblick, glauben Sie mir.«

»Wunder gibt es immer wieder, das haben Sie selbst gesagt«, entgegnete Edward mit erstickter Stimme.

»Das stimmt, Sir. Hätte Ihre Tochter sich nur verlaufen, wäre es durchaus möglich, dass sie einen oder zwei Tage überlebt hat, aber wenn sie aus einem fahrenden Zug gefallen ist …« Der Sergeant beendete den Satz nicht. Er senkte den Blick. Er brachte es nicht über sich, Edward ins schmerzerfüllte Gesicht zu sehen. »Es tut mir aufrichtig leid, Sir.«

Edward schloss die Tür, holte zittrig Luft und riss sich zusammen. Er musste stark sein, schon Arabella zuliebe. Falls er sie finden wollte, würde er all seine Kraft und seinen Verstand brauchen.

Da sie in der ersten Nacht im Hotel kaum ein Auge zugetan hatte, schlief Arabella an jenem Abend sofort nach dem Zubettgehen ein und erwachte erst am nächsten Morgen. Maggie hatte ihr einen Schlüssel für ihre Zimmertür gegeben, damit sie abschließen konnte, was sehr dazu beitrug, dass Arabellas innere Anspannung sich löste. Außerdem hatte Maggie ihr versichert, die Aborigine-Frauen würden sich nicht blicken lassen, weil an diesem Abend nichts für sie zu holen war: In den zwei Stunden, die die Bar geöffnet hatte, konnten sich die Männer nicht so sehr betrinken, dass ihnen der Sinn nach einem sexuellen Abenteuer stand.

Arabella stand auf und ging zur Tür, um zu lauschen, ob jemand auf dem Flur war. Sie hörte, wie Jonathan Weston sich mit Stuart Thompson unterhielt. Er werde den ganzen Tag unterwegs sein, sagte Stuart, und Jonathan erwiderte, auch er werde das Hotel für einige Stunden verlassen. Als beide gegangen waren, schlüpfte Arabella aus ihrem Zimmer und die Treppe hinunter. Sie suchte Maggie und bat sie um einen Hut und einen Schleier. Einen Hut könne sie gern bekommen, aber einen Schleier habe sie nicht, erwiderte Maggie verdutzt. Dann aber kramte sie aus einer Schachtel mit alten Sachen einen hauchdünnen schwarzen Schal hervor, von dem Arabella meinte, er eigne sich hervorragend für ihre Zwecke. Sie setzte den breitkrempigen Hut auf, warf den Schal darüber, sodass er ihr Gesicht verdeckte, und verknotete ihn am Hals.

Maggie musterte sie ungläubig. »Sie wollen doch nicht etwa in diesem Aufzug das Haus verlassen?«

»Ich werde das Haus *nur* in diesem Aufzug verlassen. Die Idee ist mir heute Morgen beim Aufwachen gekommen. Ist das nicht ein genialer Einfall?«, sagte Arabella aufgeregt. Es war nicht die einzige Idee, die ihr gekommen war, doch das behielt sie im Moment noch für sich.

Maggie brachte es nicht übers Herz, ihr zu sagen, dass sie wie eine Vogelscheuche aussah.

»Ich würde mir gern ein Kleid kaufen, Maggie. Glauben Sie, ich kann im Geschäft anschreiben lassen, bis meine Eltern kommen und bezahlen?«

»Das kann ich mir ehrlich gesagt nicht vorstellen«, sagte Maggie zweifelnd. Sie kannte den Ladeninhaber als gerissenen Geschäftsmann. Sie würde ihn nicht unbedingt einen Gauner nennen, aber sie wusste, dass er Durchreisenden, die den Lake Eyre auf einer Landkarte gesehen hatten, schon einmal Badeanzüge verkauft hatte, anstatt die Leute darauf hinzuweisen, dass es sich um einen ausgetrockneten Salzsee handelte, der sich ungefähr alle hundert Jahre einmal mit Wasser füllte. »Er gibt nur Einheimischen und Händlern Kredit, die sich regelmäßig in der Stadt aufhalten. Aber Sie können das Kleid auf meine Rechnung setzen lassen und mir das Geld später geben.« Davon würde sie Tony vorerst allerdings nichts sagen. Er wäre wenig begeistert.

»Vielen Danke, Maggie. In welches Bekleidungsgeschäft soll ich gehen?«

Maggie lachte. »Oh, wir haben nur ein einziges Geschäft in Marree. Ich werde Sie mit dem Inhaber bekannt machen, Mohomet Basheer.«

»Mohomet? Ist er mit Faiz Mohomet verwandt?«

»Nein. Mohomet ist ein häufiger afghanischer Name, wie Smith oder Jones im Englischen. Mohomet Basheer war früher fahrender Händler, aber dann hat er sich vor einigen Jahren in Marree niedergelassen und ein kleines Kaufhaus eröffnet.«

Arabella dachte an ihre Begegnung mit Faiz, dem Straßenhändler. »Hoffentlich ist er freundlicher als Faiz Mohomet«, meinte sie. Maggie schaute sie verwundert an. Dass ihr eigenes Verhalten Faiz gegenüber nicht gerade liebenswürdig gewesen war, schien Arabella gar nicht in den Sinn zu kommen.

Mohomet Basheers Laden war aus Wellblech, und unter dem niedrigen Dach staute die Hitze sich schon früh am Morgen. Der Raum war vollgestopft mit Kleiderständern, und die Regale an den Wänden waren gut bestückt mit Kurzwaren aller Art. Die Ladenglocke über der Tür bimmelte, als Maggie und Arabella eintraten. Einen Augenblick später kam Mohomet aus dem hinteren Teil des Ladens nach vorn. Er erschrak beim Anblick der verschleierten Arabella, und die junge Frau war nicht minder verblüfft, als sie den Afghanen sah. Mohomet trug etliche goldene Halsketten und goldene Ringe an fast jedem Finger, da er die Ansicht vertrat, diese Zurschaustellung von Reichtum flöße potenziellen Kunden Vertrauen in seine Fähigkeiten als Geschäftsmann ein und verleite sie zum Kauf. Da sein Laden das einzige Bekleidungsgeschäft in der Stadt war – sogar im Umkreis von mehr als hundert Meilen –, war es schwierig, seine Theorie auf ihre Richtigkeit hin zu überprüfen. Auch Mohomet war mit einem weiten Gewand und einem Turban bekleidet, doch im Gegensatz zu Faiz Mohomet strömte er geradezu über vor Liebenswürdigkeit, nachdem er sich von seinem Schrecken erholt hatte. Als Maggie ihm Arabellas traurige Geschichte erzählte, erlosch sein Lächeln, und er setzte eine mitfühlende Miene auf.

»Sie können von Glück sagen, dass Sie noch am Leben sind«, meinte er ernst.

»Das hab ich ihr auch gesagt, Mohomet«, pflichtete Maggie ihm bei. »Aber sie hat einen fürchterlichen Sonnenbrand bekommen, deshalb verdeckt sie ihr Gesicht.«

»Keine Sorge, das heilt bald wieder ab«, beruhigte Mohomet die junge Frau. An Maggie gewandt, fuhr er fort: »Was kann ich für Sie tun?«

»Miss Fitzherbert braucht dringend etwas zum Anziehen. Das Kleid da hab ich ihr geborgt, aber Sie sehen ja selbst, dass es ihr zu groß ist. Könnten Sie den Betrag auf meine Rechnung setzen?«

»Mit dem größten Vergnügen, Maggie. Stets zu Ihren Diensten«, fügte Mohomet mit einer knappen Verbeugung hinzu. »Ich werde schon das Passende für Miss Fitzherbert finden. Sie können die junge Dame unbesorgt in meiner Obhut lassen.«

Maggie – froh über die Gelegenheit, entkommen und ins Hotel zurückkehren zu können – wich langsam zur Tür zurück.

»Vielen Dank, Mohomet. Auf mich wartet schrecklich viel Arbeit. Hoffentlich finden Sie etwas, das Ihnen gefällt, Arabella!«

Ohne eine Antwort abzuwarten, verließ sie eilig den Laden. Arabella, die es lieber gesehen hätte, wenn Maggie geblieben wäre, machte noch eine Handbewegung, um sie aufzuhalten, doch es war zu spät. Der Ladeninhaber bemerkte es nicht. Er durchsuchte bereits einen Kleiderständer nach etwas Passendem.

»Sie sind in der Tat ein sehr zierliches kleines Mädchen«, sagte er nach einem prüfenden Blick. Dann hielt er ihr ein Kleid hin, das nach Arabellas Meinung scheußlich und obendrein ein Kinderkleid war: rosarot und gelb gemustert, vorne durchgeknöpft und ärmellos. »Ich fürchte, ich habe nicht viel in Ihrer Größe da.«

»Ich bin neunzehn und kein kleines Mädchen mehr«, fauchte sie. »Und ich weiß selbst, dass ich klein und schmal bin. Aber haben Sie nicht etwas, das mich vollständig bedeckt?«

Mohomet sah sie verblüfft an. »Warum wollen Sie sich denn verstecken?«

»Ich möchte mich vor der Sonne schützen, so gut es geht.«

»Am besten meidet man die Sonne ganz«, sagte Mohomet in einem, wie er hoffte, sachlichen Ton. »Ist das nicht möglich, sollte man auf jeden Fall zwischen zwölf und zwei Uhr, wenn die Sonne am heißesten brennt, drinnen bleiben. Ich zum Beispiel schließe mein Geschäft um zwölf, bete und schlafe dann zwei Stunden.«

Doch bei dem, was Arabella vorhatte, würde ihr gar nichts anderes übrig bleiben, als sich der Sonne auszusetzen, deshalb benötigte sie zweckmäßige Kleidung. »Haben Sie nicht etwas Knöchellanges mit langen Ärmeln?«

Mohomet machte ein verdutztes Gesicht. »Ich glaube nicht«, murmelte er, während er die Kleider auf dem Ständer durchsah. »Dafür ist hier kein Bedarf.«

»Aber Sie haben doch auch so etwas an«, meinte Arabella, ihn von Kopf bis Fuß musternd.

»Sie suchen etwas in der Art?« Mohomet deutete verwundert auf sein langes Gewand.

»Ja.«

Der Händler ging ans andere Ende des Ladens, wo weitere Kleiderständer standen. »Ah!« Er nickte zufrieden und zog ein Gewand hervor. »Wie wäre es damit?«

Arabella betrachtete es prüfend. Es war eine Art Kaftan in einem warmen Bronzeton, knöchellang und mit dreiviertellangen Ärmeln. Der Stoff war mit einem schwarzen Muster bedruckt, eine Kordel diente als Gürtel. »So etwas habe ich noch nie gesehen«, staunte sie.

»Das trägt man in Vorderasien«, klärte Mohomet sie auf. »Meine Landsleute verlangen schon mal solche Sachen.«

Arabella gefiel das Gewand zwar nicht, aber sie durfte nicht wählerisch sein. Immerhin war es aus Baumwolle. »Na ja, besser als gar nichts«, meinte sie. »Und lange muss ich es ja nicht tragen, weil ich bald wieder bei meinen Eltern sein werde«, fügte sie zuversichtlich hinzu.

Mohomet warf ihr einen eigenartigen Blick zu. »Woher sollen Ihre Eltern denn wissen, dass Sie noch am Leben sind? Die Telegrafenleitung ist unterbrochen, und es wird einige Zeit dauern, bis sie wieder repariert ist.«

»Meine Eltern wissen, dass ich lebe«, erwiderte Arabella mit Nachdruck, »und sie werden nach mir suchen, bis sie mich gefunden haben.«

»Niemand kann ohne Wasser in der Wüste überleben, Miss Fitzherbert. Oder nur für sehr kurze Zeit. Viele sind schon verdurstet oder verhungert. Sie können von Glück sagen, dass die Aborigines Sie entdeckt haben.« Mohomet war überzeugt, dass die Familie der jungen Frau nicht mehr damit rechnete, sie lebend wiederzusehen, sprach es aber nicht aus.

»Von Glück sagen? Ha! Ich kann von Glück sagen, dass diese Wilden mich nicht getötet haben!«, brauste Arabella auf. »Wo ist die Umkleidekabine?«

»Oh, Sie möchten das Kleid anprobieren?«

»Es passt mir garantiert nicht besser als das von Maggie, aber ich möchte es trotzdem gleich anziehen.«

Mohomet fragte sich, weshalb sie es so eilig hatte. »Sie können sich hinten in meiner Wohnung umziehen.«

»Ich hoffe, die Tür lässt sich abschließen«, murrte Arabella, als sie durch den Laden nach hinten ging. Mohomet sah ihr tödlich beleidigt nach.

Einige Minuten später kam sie zurück. Sie hatte den Kaftan angezogen und trug Maggies Kleid über dem Arm. Das weite, lange Gewand bedeckte ihren Körper fast vollständig. Zusammen mit dem Hut und dem Schleier bot sie einen reichlich merkwürdigen Anblick. Sie suchte sich verschämt passende Unterwäsche und ein Paar Sandalen aus, die sie anprobierte. »Bitte setzen Sie die Sachen auch auf Maggies Rechnung, Mr Basheer«, sagte sie. Ihre Hausschuhe in der Hand, verließ sie ohne ein weiteres Wort den Laden.

Im Hotel brachte Arabella die Schuhe auf ihr Zimmer und legte Maggies Kleid zum Waschen beiseite. Maggie, die in der Bar zu tun hatte, sah sie zufällig, als sie wieder herunterkam.

»Arabella?«

Arabella blieb stehen.

Maggie trat auf den Flur hinaus und musterte sie offenen Mundes von Kopf bis Fuß. »*Das* haben Sie sich ausgesucht?«

»Ja, genau so etwas hatte ich mir vorgestellt. Die Farben sind zwar hässlich, aber wenigstens bin ich vollständig bedeckt.«

»Das kann man wohl sagen«, murmelte Maggie.

»Ich habe übrigens auch Unterwäsche und ein Paar Sandalen gekauft und auf Ihre Rechnung setzen lassen.«

Maggie traute ihren Ohren nicht. Das Hotel und die Bar warfen kaum etwas ab, daher würde Tony alles andere als begeistert sein über die zusätzlichen Posten auf der Rechnung. Als Maggie ihm von dem Kleid erzählt hatte, hatte er nur geknurrt, irgendjemand werde es bezahlen müssen und das werde ganz bestimmt nicht Miss Fitzherbert sein. Er bezweifelte stark, dass ihre Eltern jemals auftauchen und für die Unkosten aufkommen würden. Wenn Tony die Sache mit den Schuhen und der Unterwäsche jetzt auch noch herausfand, würde ihm wohl endgültig der Kragen platzen.

Plötzlich erklang Wally Jacksons Stimme drinnen in der Bar: »Was ist *das* denn?«

Einige Männer hatten sich um ihn geschart. Alle starrten ungläubig auf die seltsame Erscheinung im Flur.

»Das ist Miss Fitzherbert«, antwortete Tony ruhig. »Die junge Dame, die durch die Wüste geirrt ist.« Da seine Frau ihn bereits wegen Arabellas seltsamer Kopfbedeckung vorgewarnt hatte, überraschte ihr Anblick ihn nicht allzu sehr.

»Hey, Fitzi«, rief Wally ihr zu, »was soll dieser komische Aufzug denn darstellen?«

Die Männer lachten, doch Maggie warf Arabella einen besorgten Blick zu.

»Pssst!«, machte Tony. »Sie hat einen schlimmen Sonnenbrand, und es ist ihr unangenehm, darauf angesprochen zu werden.«

Wally achtete nicht auf ihn. Höhnisch grinsend musterte er Arabella mit anzüglichen Blicken.

Sie errötete unwillkürlich, als sie Wally Jackson erkannte. »Meint er mich?«, wandte sie sich an Maggie.

»Beachten Sie Jacko einfach nicht.«

»Jacko?«

»So heißt Wally bei den Einheimischen«, erklärte Maggie. »Hier bekommt jeder einen Spitznamen, wissen Sie. Tony wird Macca genannt, von McMahon. Wally ist Jacko. Und Sie sind anscheinend Fitzi getauft worden.«

»Das will ich aber nicht hoffen!«, rief Arabella entsetzt. »Das ist ein Name für einen Dackel!«

Vom Lachen der Männer begleitet, rauschte sie durch den Hintereingang hinaus.

Arabella machte sich auf die Suche nach dem Eingeborenenviertel, wo Maggie zufolge Missy, Lily und Rita wohnten. Sie war zuversichtlich, sich in einer kleinen Stadt wie Marree zurechtzufinden. Vor dem General Store spielten einige Aborigine-Kinder im Staub rings um eine Sitzbank. Arabella ging auf die Kinder zu, um sie zu fragen, wo sie wohnten. Als sie bis auf drei Meter herangekommen war, blickte eins der Kinder auf, sah sie und flitzte davon, als hätte es ein doppelköpfiges Ungeheuer erblickt. Die anderen Kinder, zwei Jungen und ein Mädchen, drehten sich verblüfft um und sahen nun auch, was ihrem Spielkameraden solche Angst eingejagt hatte. Sie kreischten in panischem Entsetzen und flüchteten ebenfalls, blieben aber nach ungefähr zehn Metern stehen und starrten die seltsame Erscheinung mit großen Augen an.

Arabella ihrerseits erschrak über die Reaktion der Kinder. Anscheinend bekamen sie nicht oft Fremde zu Gesicht. Der Gedanke, dass ihr merkwürdiger Aufzug die Kinder in Panik versetzt hatte, kam ihr gar nicht.

»Ich suche Lily«, rief Arabella ihnen zu. »Könnt ihr mir sagen, wo ich sie finde?«

Eins der Kinder deutete zögernd nach Westen.

»Dort?« Arabella zeigte mit dem Finger, um sicherzugehen. Der Junge nickte scheu und machte dabei ein Gesicht, als frage er sich, ob es richtig war, was er da tat.

Arabella ging weiter. Die Kinder folgten ihr in einiger Entfernung. Nach einer Weile blieb sie verwirrt stehen, weil sie am Stadtrand angekommen war und nirgends Häuser erblickte. Sie drehte sich zu den Kindern um, die ebenfalls stehen geblieben waren. Wollten diese kleinen Racker sie an der Nase herumführen?

Der älteste Junge zeigte abermals mit dem Finger. Zögernd wandte Arabella sich um und ging weiter, doch wieder war weit und breit nichts zu sehen. Gerade als sie aufgeben und die Kinder ausschimpfen wollte, weil diese sie offensichtlich zum Besten hielten, entdeckte sie in der Ferne zwischen ein paar Bäumen mehrere Behausungen. Beim Näherkommen erkannte sie, dass es sich um niedrige Hütten handelte, die aus Brettern, Wellblechteilen und Astwerk grob zusammengezimmert waren. Um ein Lagerfeuer in der Mitte saßen Frauen mit gekreuzten Beinen auf dem kahlen Boden. Ihre Brüste waren mit schmuddeligen Hemdchen nur spärlich bedeckt. Lily oder Rita waren nirgends zu sehen. Klapperdürre Hunde streunten zwischen ihnen umher oder nagten an sonnengebleichten Knochen, und nackte Kleinkinder spielten im Staub. Es wimmelte von Fliegen. Arabella war entsetzt.

Als die Aborigine-Frauen sie erblickten, sperrten sie Mund und Augen auf und wechselten dann fragende Blicke. Eine der Frauen sagte etwas in der Sprache der Ureinwohner; eine andere tippte sich viel sagend an die Schläfe, woraufhin alle zu lachen anfingen. Die Frauen hatten bereits die Geschichte von der verrückten Weißen gehört, die man in der Wüste entdeckt und in die Stadt gebracht hatte.

Arabella aber glaubte irrtümlich, die Frauen würden sich wegen ihres seltsamen Aufzugs über sie lustig machen. »Ich habe einen Sonnenbrand«, erklärte sie daher und zeigte hinauf zur Sonne. Als die Frauen sie zweifelnd ansahen, schob sie die Ärmel ihres Kaftans hoch und entblößte ihre roten Arme, an denen sich die Haut schälte.

Eine der Frauen nickte, wandte sich an die anderen und sagte etwas in ihrer Sprache, die aus kurzen, schnellen Silben bestand. Arabella war erleichtert, dass die Frauen sie anscheinend verstanden.

»Ich suche jemanden, der mir ein Pferd leiht und mit mir nach Alice Springs reitet.« Sie hatte eingesehen, dass sie mit einem Fuhrwerk in der Wüste nicht weit käme. »Kennt ihr jemanden, der mir helfen kann?«

Die Frau in der Mitte der Gruppe, allem Anschein nach die älteste, schüttelte den Kopf. »Nein, Missus. Pferde gibt's hier keine.«

»Aber ich habe gestern vor dem Hotel welche gesehen«, entgegnete Arabella verdutzt.

»Das sind die Pferde der Viehzüchter, Missus. Von den Farmen weit draußen in der Wüste.« Sie machte eine unbestimmte Handbewegung in Richtung des Gebiets jenseits der Hütten.

»Wer mich nach Alice Springs bringt, den wird mein Vater gut bezahlen«, versicherte Arabella mit wachsender Verzweiflung. »Viel Geld, versteht ihr?«

»Alice Springs ist weit weg von hier, Missus«, sagte die Frau. »Fahren Sie mit dem Zug.«

»Aber der Zug verkehrt zurzeit nicht, und ich weiß nicht, wann er wieder fahren wird!«

»Alle schwarzen Männer sind auf *walkabout*, Missus«, meldete eine andere Frau sich zu Wort.

Arabella, die nicht wusste, dass es sich dabei um die rituelle Wanderung der Aborigines handelte, sah sie verständnislos an. »*Walkabout?*«

»Ja, Missus. Wir wissen nicht, wann sie zurückkommen.«

»Und ihr Frauen? Eine von euch wird doch den Weg nach Alice Springs kennen?«

»Schon, Missus, aber wir gehen nicht fort von hier.«

Arabella konnte es nicht fassen. »Aber irgendjemand muss mir doch helfen können!«

Die Frau zuckte die Schultern. »Der Zug kommt bald wieder, Missus. Warten Sie einfach.«

Die Aborigine verstand offenbar nicht, wo das Problem lag. Dafür hatte sie im Gegensatz zu Arabella eine geradezu himmlische Geduld. Die Fliegen, die der Eingeborenen übers Gesicht krabbelten, schienen ihr nicht das Geringste auszumachen. Arabella war es unbegreiflich, wie die lästigen Insekten sie nicht stören konnten und dass die Frauen es gelassen hinnahmen, dass auch ihre Kinder von Fliegen übersät waren. Sie war unendlich dankbar für ihren Schleier, der die Insekten von ihr fernhielt. »Wie könnt ihr bloß so leben?«, brach es aus ihr hervor. »Seht euch eure Kinder an! Die Fliegen werden Krankheiten auf sie übertragen! Und wieso lasst ihr sie nackt herumlaufen?«

Da sprang eine der Frauen auf, beschimpfte Arabella und gab ihr mit einer unmissverständlichen Handbewegung zu verstehen, dass sie verschwinden solle. Arabella wich unwillkürlich zurück. Plötzlich nahm sie aus dem Augenwinkel eine Bewegung wahr. Ein Kopf wurde aus der Öffnung einer der Hütten gesteckt. Arabella erkannte zu ihrem Entsetzen, dass es Ritas Kopf war.

Rita hatte glasige Augen und noch wirreres Haar als bei ihrem ersten Zusammentreffen. Offensichtlich hatte sie auf der nackten Erde gelegen, denn eine Seite ihres Gesichts war rot vom Staub. Rita und die Frau, mit der Arabella gesprochen hatte, unterhielten sich kurz in der Sprache der Aborigines.

»Wer sind Sie?«, fragte Rita dann, noch immer auf Händen und Knien.

»Ich … äh, bin Arabella Fitzherbert. Ich wohne im Great Northern Hotel. Wir … haben uns Samstagnacht schon einmal getroffen, als ich … auf der Außentoilette war.« Das würde Ritas Gedächtnis hoffentlich auf die Sprünge helfen.

»Was wollen Sie hier?«, fuhr Rita sie unwirsch an. Es hatte nicht den Anschein, als ob sie sich an ihre erste Begegnung erinnerte.

Die Angst schnürte Arabella buchstäblich den Atem ab. Der Gedanke, dass sie Rita hier antreffen könnte, war ihr gar nicht gekommen. Und Rita war leider nicht so umgänglich wie bei ihrer ersten Begegnung, sondern übel gelaunt. Dann aber fielen Arabella Maggies Worte ein: Rita hätte großen Einfluss auf die anderen Frauen, die zu ihr aufblickten.

»Ich suche jemanden, der sich in der Wüste auskennt und mich nach Alice Springs bringt«, sagte Arabella.

»Was denn, zu Fuß?« Rita starrte sie ungläubig an.

»Nein, zu Pferd.«

Rita stieß ein höhnisches Schnauben aus und schüttelte den Kopf. »Ein Pferd braucht viel, viel Wasser für den Weg durch die Wüste. Wer soll das tragen? Sie etwa?«

»Faiz Mohomet hat mir das auch schon gesagt«, gab Arabella zu. »Er sagte, ich soll auf einem Kamel reiten, aber ich könnte mich niemals auf eins dieser grässlichen Viecher setzen.«

»Dann sitzen Sie hier fest«, meinte Rita und verschwand wieder in ihrer Hütte.

Bedrückt machte Arabella sich auf den Rückweg zum Hotel. Sie hatte so sehr gehofft, dass einer der Aborigines mit ihr nach Alice Springs reiten würde, doch diese Hoffnung hatte sich zerschlagen. Enttäuscht betrat sie das Hotel durch den Hintereingang und ging durch den Flur. Als sie die Treppe hinaufsteigen wollte, rief Tony: »Miss Fitzherbert!«

Arabella blieb stehen. »Ja?«

»Ich habe gerade mit Mohomet Basheer gesprochen«, sagte Tony streng. »Er wollte sich vergewissern, dass ich die Kleidung und die Schuhe bezahle, die Sie auf unsere Rechnung haben setzen lassen.«

»Keine Sorge, mein Vater wird alles bezahlen.«

Tony seufzte. »Maggie und ich müssen mit jedem Cent rechnen, Miss Fitzherbert. Wir leiden seit fünf Jahren unter einer verheerenden Trockenheit. Sie setzt den Farmern zu, und wenn es den Farmern nicht gut geht, können sie ihren Arbeitern kaum etwas zahlen, und wenn die Arbeiter kein Geld haben, können sie es nicht in unserer Bar ausgeben. Daher müssen Maggie und ich jeden Cent zweimal umdrehen, verstehen Sie?«

»Ja, natürlich verstehe ich das …«

»Wirklich? Ich will Ihnen ja gern helfen, aber wenn ich Ihnen ein Dach über dem Kopf und etwas zu essen gebe, müssen Sie schon etwas dafür tun.«

»Ich sagte doch schon, mein Vater wird alles be…«

Tony war mit seiner Geduld am Ende. Er fiel ihr schroff ins Wort: »Ich bezweifle, dass wir Ihren Vater jemals zu Gesicht bekommen werden, daher schlage ich vor, Sie machen sich endlich an die Arbeit. Entweder Sie gehen Maggie zur Hand, oder Sie sehen sich nach einem anderen Quartier um.« Damit ließ er sie stehen und ging in die Bar zurück, wo er sich einen Drink einschenkte. Den konnte er jetzt brauchen.

Arabella stieg langsam die Treppe hinauf. Was für ein schrecklicher Tag! Sie hatte pochende Kopfschmerzen. In ihrem Zimmer warf sie sich aufs Bett, vor Selbstmitleid schluchzend.

Ein lautes Räuspern ließ sie erschrocken herumfahren. Jonathan Weston stand in der Tür.

»Ich habe Sie weinen hören«, sagte er. »Wenn ich Ihnen irgendwie helfen kann …«

Arabella stand auf. »Ja, Sie können mich nach Alice Springs bringen! Wenn nicht, lassen Sie mich gefälligst in Ruhe!«

Sie schlug ihm die Tür vor der Nase zu, setzte sich aufs Bett und nahm Hut und Schleier ab. Sie konnte noch immer nicht fassen, dass Tony McMahon ihr tatsächlich mit einem Rauswurf gedroht hatte. Aber er meinte es zweifellos ernst. Fast noch schlimmer aber war seine Bemerkung, er glaube nicht, ihren Vater jemals zu Gesicht zu bekommen. Wie konnte er nur etwas so Gemeines sagen?

Eine Stunde später, als ihre Tränen getrocknet waren, dachte Arabella über Jonathan Weston nach. Jetzt tat es ihr leid, dass sie so unfreundlich zu ihm gewesen war. Er hatte es schließlich nur gut gemeint. Und sie konnte jeden Freund brauchen, solange sie in dieser erbärmlichen Stadt festsaß. Vielleicht wusste Jonathan sogar einen Weg, wie sie nach Alice Springs gelangen könnte. Hatte Maggie nicht gesagt, er habe bereits einiges von Australien gesehen?

Arabella setzte ihren Hut auf, band den Schleier um und öffnete ihre Zimmertür. Jonathans Tür stand offen. Er saß mit dem Rücken zu ihr auf dem Bett und schien seine Fotoausrüstung zu reinigen. Arabella holte tief Luft, überquerte den Flur und klopfte an die offene Tür.

Jonathan drehte sich um und machte ein überraschtes Gesicht.

»Hallo«, sagte Arabella verlegen. »Ich wollte mich bei Ihnen entschuldigen, weil ich vorhin so unfreundlich war. Ich war ziemlich durcheinander …«

»Das habe ich gemerkt.«

»… aber es war ein schrecklicher Tag für mich.« Arabella seufzte. »Ich weiß, das hätte ich nicht an Ihnen auslassen dürfen. Es tut mir leid.«

»Möchten Sie darüber reden?«

»Wenn ich Sie nicht störe …?«

»Aber nein, kommen Sie herein.«

Arabella zögerte.

»Sie können ja die Tür offen lassen«, sagte Jonathan, als er ihre Unsicherheit bemerkte. »Oder möchten Sie lieber nach unten in den Salon?«

Arabella dachte kurz nach. Nein, sie wollte Tony lieber nicht über den Weg laufen. »Ich lass die Tür offen.« Sie betrat das Zimmer. Nachdem die Männer in der Bar sie ausgelacht, die Kinder auf der Straße vor ihr die Flucht ergriffen und die Aborigine-Frauen sie für verrückt gehalten hatten, konnte Arabella auf weitere Demütigungen verzichten.

»Sie denken wahrscheinlich auch, dass ich lächerlich aussehe«, sagte sie und riss sich mit einer raschen Bewegung Hut und Schleier herunter. Sie hatte damit gerechnet, dass er beim Anblick ihres verbrannten Gesichts voller Abscheu zurückzucken würde, doch er tat nichts dergleichen. Stattdessen sagte er zu ihrem Erstaunen:

»Ich hatte schon viel schlimmere Sonnenbrände.«

Arabella glaubte ihm kein Wort, das konnte Jonathan ihr ansehen. Er stand auf, ging zu einer Kommode, auf der ein Karton mit Fotografien stand, suchte eine heraus und hielt sie ihr hin.

»Hier, vielleicht glauben Sie mir jetzt.«

Arabella schnappte erschrocken nach Luft. »Wie ist das denn passiert?« Jonathan sah auf dem Foto beinahe entstellt aus.

»Ich war an einem ungewöhnlich heißen und windigen Tag in der Wüste unterwegs. Der Wind wehte mir den Hut vom Kopf, aber ich habe weiter fotografiert und war so in meine Arbeit vertieft, dass ich mir nicht die Mühe machte, mir den Hut wiederzuholen. Ein paar Stunden später sah ich dann so aus. Ich habe ein Bild davon gemacht, damit ich in Zukunft immer daran denke, vorsichtiger zu sein.«

»Wie lange hat es gedauert, bis Sie wieder normal ausgesehen haben?« Seine Haut war glatt und zeigte eine leichte, gesunde Bräune.

»Ein paar Wochen«, antwortete er, und Arabella stöhnte auf. »Ich habe jedenfalls nie wieder vergessen, einen Hut aufzusetzen, den der Wind mir nicht vom Kopf reißen kann.« Er betrachtete sie mitfühlend. »So ein Sonnenbrand tut ganz schön weh, nicht wahr? Kaltes Wasser lindert den Schmerz, aber dummerweise muss man hier draußen sehr sparsam mit dem Wasser umgehen.«

»Es lässt sich aushalten, aber mich stört, dass meine Haut überall dort, wo sie sich geschält hat, rosarot ist. Da, sehen Sie?« Sie zeigte ihm einige Stellen an den Armen.

»Das geht schnell vorbei. Bald werden Sie wieder wunderschön aussehen.«

Arabella blickte ihn an. »Wie können Sie so etwas sagen? Ich sehe furchtbar aus!«

»Nein, ganz und gar nicht. Das bilden Sie sich nur ein.«

»Das bilde ich mir überhaupt nicht ein! Ich kriege Angst, wenn ich nur in den Spiegel gucke!«

»Ja, weil Sie sich einreden, dass Sie grauenvoll aussehen. Es ist eine Frage des Selbstbewusstseins.«

»Ich bin nie besonders selbstbewusst gewesen«, gestand Arabella leise.

»Das sollten Sie aber sein. Ich habe mich damals mit meinem Sonnenbrand nicht versteckt. Die Leute waren bei meinem Anblick schockiert, aber ich hab den Kopf hoch getragen. Passen Sie auf, ich zeig Ihnen was.« Jonathan stand auf und schlurfte in gebeugter Haltung und mit ängstlichem Gesichtsausdruck zu einem Stuhl in der Ecke. Er setzte sich auf die Kante und blickte sich furchtsam um. »Was sehen Sie?«, fragte er.

»Einen schüchternen, gehemmten Mann«, antwortete Arabella.

»Richtig. Und jetzt geben Sie Acht.« Er erhob sich, straffte die Schultern, reckte das Kinn vor und schlenderte gelassen, mit hochmütigem Blick und siegessicherem Gesichtsausdruck, durchs Zimmer. »Und was sehen Sie jetzt?«

»Einen Mann, der ganz schön von sich eingenommen ist«, sagte Arabella kichernd.

Jonathan lachte. »Ganz recht. Ich könnte ein berühmter Schauspieler oder eine bedeutende Persönlichkeit sein. Dennoch bin ich ein und derselbe Mensch. Es ist mein Selbstbewusstsein, das den Unterschied macht. Den Mann, der geduckt auf dem Stuhl saß, würde man niemals respektieren, weil er keine Achtung vor sich selbst hat. Aber jeder würde den Mann achten, der hoch erhobenen Hauptes durchs Zimmer geht, als gehöre ihm die Welt. Egal, ob er einen Sonnenbrand hat oder nicht.«

Arabella seufzte. »Nur muss man so viel Selbstbewusstsein erst einmal aufbringen.«

»Das schaffen Sie schon«, sagte Jonathan und fuhr nach einer kleinen Pause leise fort: »Maggie hat mir Ihre Geschichte erzählt. Es tut mir sehr leid, was passiert ist.«

Arabella nickte. »Nach allem, was ich durchgemacht habe,

verlangt Mr McMahon nun auch noch von mir, dass ich Maggie zur Hand gehe. Er glaubt mir nicht, dass mein Vater für alles bezahlen wird, deshalb will er, dass ich für mein Zimmer und mein Essen arbeite.«

»Ich finde, das ist ein faires Angebot«, meinte Jonathan.

Arabella schwieg, doch Jonathan konnte ihr ansehen, wie wenig der Gedanke ihr behagte.

»Sie werden sich doch zu Tode langweilen, wenn Sie den ganzen Tag bloß herumsitzen, bis der Zug wiederkommt«, fügte er hinzu.

»Aber ich weiß gar nicht, wie ich Maggie helfen könnte.« Arabella war es peinlich zuzugeben, dass sie auch sonst ihre Tage mit Nichtstun verbrachte und von Hausarbeit nicht das Geringste verstand. »Was soll ich tun?«

»Mit mir zu Abend essen«, sagte er unvermittelt. »Dann könnten Sie ausprobieren, wie es ohne Schleier ist, und Sie hätten mich als moralische Unterstützung. Und sagen Sie bitte Jonathan zu mir.«

Arabella blickte ihn verdutzt an, schaute dann aber enttäuscht an ihrem Kaftan hinunter. »Ich hab nichts anzuziehen. Dieses hässliche Ding da hab ich zum Schutz vor der Sonne gekauft, weil ich hoffte, einer der Aborigines würde mich nach Alice Springs bringen. Zum Essen würde ich es ganz sicher nicht tragen. Trotzdem danke für die Einladung.« Sie stand auf und ging schweren Schrittes in ihr Zimmer zurück, wo sie sich auf ihr Bett warf und sich von neuem ihrem Selbstmitleid überließ.

Eine Stunde später klopfte jemand an die Tür. Arabella stand auf und öffnete. Draußen war niemand, der Flur lag verlassen da. Die Tür zu Jonathans Zimmer war geschlossen. Dann erst bemerkte Arabella eine Schachtel auf dem Fußboden. Sie hob sie auf und nahm sie mit ins Zimmer. Zwei Kleider lagen darin, beide kurzärmlig und wadenlang, mit Gürtel und hinten mit Knöpfen zu schließen. Eines war weiß mit rotem Besatz, das andere hellblau mit marineblauen Borten. Beide Kleider waren geschmackvoll und modisch, zumindest für eine Stadt im Outback. Arabella faltete das beigefügte Blatt Papier auseinander. Die Mitteilung darauf lautete:

Ich hoffe, eines der beiden Kleider ist das richtige für ein gemeinsames Abendessen, und Sie haben bald Zeit. Jonathan.

Arabella war sprachlos. Er hatte ihr tatsächlich zwei Kleider gekauft! Sie betrachtete sie abermals, und ein Lächeln legte sich auf ihr Gesicht. »Wie aufmerksam von ihm«, flüsterte sie. Sie freute sich so sehr, dass ihr gar nicht der Gedanke kam, es könnte unschicklich sein, ein Geschenk von einem fast Unbekannten anzunehmen. Sie fragte sich auch nicht, ob Jonathans Motive vielleicht nicht ganz uneigennützig waren.

Arabella warf einen Blick in den Spiegel über der Kommode. Würde sie den Mut haben, sich den Leuten unvermummt zu zeigen? Dann dachte sie an Jonathans Demonstration einer selbstbewussten Haltung, straffte die Schultern und hob stolz den Kopf.

5

Arabella probierte gerade das weiße Kleid an, als es klopfte. Tony stand draußen.

»Wir haben eben erfahren, dass wir heute über zwanzig Gäste zum Abendessen haben, deshalb braucht Maggie dringend Hilfe«, sagte er kurz angebunden. »Also sehen Sie zu, dass Sie hinunter in die Küche kommen.«

»Aber ich …«, stammelte Arabella.

»Und zwar jetzt gleich, Miss Fitzherbert«, sagte Tony ungeduldig.

Jonathan Weston, der durch die angelehnte Tür hindurch alles mit angehört hatte, öffnete diese ganz. Erfreut stellte er fest, dass Arabella eins der Kleider trug, die er ihr vor die Tür gelegt hatte. Er lächelte in sich hinein, als er an seinen Handel mit Mohomet Basheer dachte: Als Gegenleistung für die beiden Kleider hatte er den Händler in stolzer Pose vor dessen Geschäft fotografiert. Mohomet wollte seiner Mutter einen Abzug in seine Heimat Kaschmir schicken – als unwiderlegbaren Beweis dafür, dass er es in Australien zu etwas gebracht hatte.

»Entschuldigen Sie, Tony«, sagte Jonathan nun, »aber ich habe zufällig gehört, dass Sie viele Gäste zum Abendessen erwarten.«

»Ja. Einer der Arbeiter von der Lizard Creek Station kam gerade herüber und sagte, Ruth und Bob Maxwells Sohn Troy sei überraschend zu Besuch gekommen. Er ist Soldat und hat Urlaub, seine Eltern haben ihn seit zwei Jahren nicht mehr gesehen. Außerdem feiern sie heute ihren Hochzeitstag, und deshalb haben sie alle Farmarbeiter zum Essen mit der Familie eingeladen. Ungefähr zwanzig Personen, und das so kurzfristig! Auf Maggie und mich wartet eine Menge Arbeit.«

»Kann ich Ihnen irgendwie helfen?«

»Das wäre nett, wir können jede Hilfe brauchen«, sagte Tony dankbar. Dann sah er wieder Arabella an und fuhr in harschem Ton fort: »Beeilen Sie sich, Miss Fitzherbert, machen Sie, dass Sie in die Küche kommen! Worauf warten Sie?«

»Na schön«, murmelte Arabella resigniert.

Jonathan trat auf den Flur, schloss die Zimmertür und lächelte Arabella aufmunternd zu, bevor er Tony nach unten folgte. Arabella trottete hinter den beiden her. Tony bat Jonathan, hinter dem Haus Brennholz für den Herd zu hacken.

Maggie stand in der Küche an der Spüle und säuberte Kartoffeln. Es war nicht zu übersehen, dass sie nicht wusste, wo ihr der Kopf stand. Arabella schaute sich um. Der lange, schmale Raum besaß eine Kücheninsel in der Mitte und graubraune Schränke an zwei Wänden. An der hinteren Wand war neben einem gemauerten Backofen Platz für einen Fliegenschrank mit Gittertür, einen Eisschrank und eine breite Anrichte, in der sich das Geschirr stapelte. Spüle und Abtropfbrett befanden sich unter dem einzigen kleinen Fenster, das einen wenig ansprechenden Blick auf die Außentoilette bot. Der Fußboden war aus Naturstein, von der etwa drei Meter hohen Decke hingen Fliegenfänger.

»Tony hat mich gebeten, Ihnen zu helfen«, sagte Arabella kleinlaut.

Maggie wandte kaum den Kopf. »Das wäre nicht schlecht«, sagte sie, während sie die Erde von den Kartoffeln schabte. »Ich konnte weder Missy noch Lily finden und bin deshalb allein.« Sie trocknete sich die Hände ab und wischte sich dann mit einem Taschentuch den Schweiß von der Stirn. »Sie können die Kartoffeln waschen und schälen …« Maggie drehte sich um und verstummte. Jetzt erst sah sie, dass Arabella ihr Gesicht nicht verschleiert hatte und ein neues Kleid trug. »Sind Sie etwa noch einmal bei Mohomet Basheer gewesen?«, fragte sie beunruhigt.

»Nein, nein«, sagte Arabella schnell.

»Woher haben Sie dann das Kleid?«

»Jonathan ... ich meine, Mr Weston hat es mir gekauft.«

Maggie zog die Stirn kraus, fragte aber nicht weiter nach.

»Binden Sie sich lieber eine Schürze um, sonst wird Ihr schönes neues Kleid schmutzig.« Maggie zog eine Schürze aus einer Schublade.

Arabella band sie sich um und betrachtete seufzend den Berg Kartoffeln, der neben dem Spülbecken darauf wartete, gewaschen zu werden. Das Wasser in der Schüssel, die Maggie benutzt hatte, war fast schwarz, und Arabella verzog angewidert das Gesicht.

Maggie öffnete die Aschetür unter dem Herd und fegte die Asche heraus in einen kleinen Eimer. »Schütten Sie das Wasser ins Gemüsebeet hinterm Haus, wenn Sie fertig sind«, sagte sie über die Schulter zu Arabella.

»Könnte ich das hier nicht gleich wegschütten und frisches holen?«, fragte Arabella hoffnungsvoll.

»Nein, auf gar keinen Fall!« Maggie blickte sie beinahe entsetzt an. »Das da reicht völlig!«

Widerwillig machte Arabella sich daran, die Kartoffeln im Schmutzwasser zu säubern.

»Es genügt, wenn Sie das Gröbste abwaschen«, sagte Maggie. »Sie müssen die Kartoffeln ja sowieso schälen. Danach halbieren Sie die kleinen und vierteln die großen. Ich werde sie zusammen mit einem Stück Rindfleisch anbraten. Ich glaube, so geht es am schnellsten bei den vielen Gästen.«

Jonathan kam mit einem Bündel Brennholz, das er in die Kiste neben dem Ofen legte. »Und, wie geht's?«, fragte er Arabella.

»Sie hat jetzt keine Zeit zum Plaudern«, belehrte Maggie ihn. »Und das Holz da reicht bei weitem nicht! Ich brauche mindestens noch ein Bündel.«

Arabella verdrehte genervt die Augen, doch Jonathan lächelte ihr gutmütig zu und verließ die Küche.

Eine halbe Stunde später war Arabella immer noch mit Kartoffelschälen beschäftigt. Maggie hatte unterdessen Möhren aus dem Garten geholt und das Rindfleisch für den Ofen vorbereitet. Missbilligend schüttelte sie den Kopf, als sie sah, wie wenig Arabella geschafft hatte.

»Geht das nicht ein bisschen schneller? Und schälen Sie nicht so viel ab«, tadelte sie. »Wir haben viele hungrige Mäuler und keine Kartoffeln im Überfluss.«

»Entschuldigung«, murmelte Arabella, den Tränen nahe. Sie schwitzte, und die Hände taten ihr weh. Mit einem scheuen Seitenblick auf Maggie fügte sie hinzu: »Ich habe das noch nie gemacht.«

»Geben Sie schon her«, sagte Maggie ungeduldig. »Ich mach das selbst. Schaben Sie die Möhren. Das können Sie doch hoffentlich, oder?«

»Ich ... ich glaub schon«, antwortete Arabella verzagt.

Jonathan, der in diesem Moment eine weitere Ladung Brennholz hereinschleppte, hörte Arabellas Worte. Als sie zu ihm hinschaute, straffte er demonstrativ die Schultern und reckte das Kinn in die Höhe, um sie daran zu erinnern, dass sie Selbstbewusstsein zeigen sollte. Doch Arabella war nicht danach zumute. Selbstbewusstsein würde sie nicht zu einer tüchtigeren Küchenhilfe machen.

Sie schabte die Möhren und schnitt sie klein. Als sie fertig war, scheuchte Maggie, der alles viel zu langsam ging, sie in den Speisesaal, damit sie dort die Tische deckte. Das war schon eher nach Arabellas Geschmack. Sie hatte mit ihren Eltern häufig in Hotelrestaurants gegessen, daher verstand sie etwas von hübsch gedeckten Tischen. Außerdem war es eine saubere Arbeit. Als sie die Bestecke auflegte, fiel ihr auf, dass die Beine des mit einem

Tischtuch abgedeckten Möbels in der Ecke zu einem Konzertflügel gehörten. Obendrauf stand eine Vase. Als Maggie mit Salz- und Pfefferstreuern erschien, die sie auf den Tischen verteilen wollte, fragte Arabella neugierig:

»Wieso ist der Flügel zugedeckt?«

»Weil niemand darauf spielen kann«, antwortete Maggie kurz angebunden. »Und ich war es leid, das Ding ständig abstauben zu müssen.«

»Wem gehört er?«

»Er war schon da, als wir das Hotel übernommen haben.«

»Was für eine Verschwendung«, meinte Arabella. »Wirklich schade.«

Maggie zuckte mit den Schultern. »Tony hat schon oft gedroht, dass er eines Tages Brennholz daraus macht«, sagte sie und eilte wieder hinaus.

Arabella riss entsetzt Mund und Augen auf, als sie das hörte.

»Wissen Sie, wie man eine Soße zubereitet?«, fragte Maggie, als Arabella in die Küche zurückkam, in Gedanken immer noch bei dem Flügel.

Arabella blickte sie verlegen an. »Nein, wir hatten eine Köchin.«

»Sie Glückspilz«, bemerkte Maggie spöttisch. »Ich wünschte, ich hätte auch eine. Da fällt mir ein, ich muss unbedingt Lily und Missy suchen. Ohne sie schaffe ich den ganzen Abwasch nicht.« Sie band ihre Schürze ab. »Ich schau mal, wo sie bleiben.« Das Fleisch war im Ofen; die Kartoffeln und Karotten mussten nur noch dazugegeben werden. »Achten Sie darauf, dass das Feuer nicht ausgeht. Der Schornstein muss wieder mal gefegt werden, er zieht schlecht.«

»In Ordnung«, sagte Arabella zögernd. »Und was mache ich, wenn das Feuer doch ausgeht?«

»Holz nachlegen. Eine gleichbleibende Temperatur ist wichtig für das Fleisch. Das Gemüse stelle ich in den Ofen, wenn ich wieder da bin.«

Maggie blieb ziemlich lange fort, sodass Arabella beschloss, sich den Flügel im Speisesaal näher anzusehen. Sie nahm die Vase herunter und zog das Tischtuch weg. Darunter kam ein wunderschöner, gut erhaltener Stutzflügel zum Vorschein. Wem er wohl gehört hatte? Und wieso hatte sein Eigentümer ihn zurückgelassen? Arabella klimperte ein bisschen darauf herum und staunte, wie gut gestimmt das Instrument war. Nachdenklich deckte sie den Flügel wieder ab und kehrte in die Küche zurück. Als sie nach dem Herdfeuer schauen wollte, ließ die Fülltür sich nicht öffnen. Sie rüttelte am Griff, doch der klemmte. Merkwürdig, Maggie hatte die Tür doch auch mühelos aufbekommen.

Suchend schaute Arabella sich um. Ihr Blick fiel auf einen kleinen Hammer. Sie nahm ihn und schlug damit kräftig auf den Griff. Die Ofentür flog auf, und eine pechschwarze Wolke schoss heraus. Arabella schrie auf, blinzelte und hustete. Ihr Gesicht, Hals und Oberkörper waren schwarz vom Ruß.

Tony kam in die Küche gestürzt. »Was ist denn hier los?« Er starrte Arabella an, die wie ein Schornsteinfeger aussah. Im Gegensatz zu ihr war Tony weiß wie die Wand geworden. Er eilte zum Herd.

»Ich weiß auch nicht«, jammerte Arabella. »Maggie hat gesagt, ich soll aufpassen, dass das Feuer nicht ausgeht.«

Tony bückte sich, um einen Blick in die Feuerstelle zu werfen. »Mein Gott! Sie können von Glück sagen, dass das Feuer fast erloschen war. Das ganze Haus hätte in Flammen aufgehen können!«

»Aber … wieso denn?«

»Wenn Ruß aus dem Schornstein ins Feuer fällt, fängt er normalerweise an zu brennen. Und so ein Kaminbrand kann sich blitzschnell ausbreiten.« Tony kratzte sich ratlos am Kopf. »Ich frage mich, wo so viel Ruß herkommt. Ich habe den Schornstein erst vor ein paar Monaten gefegt. Na ja, ich werde mich darum kümmern.«

In diesem Augenblick kam Maggie zurück. Sie riss die Augen auf, als sie die Bescherung sah. Nicht nur Arabella, der ganze Fußboden war rußgeschwärzt. »Was ist denn hier passiert? Ich war doch bloß ein paar Minuten weg!« Maggie konnte nicht fassen, dass Arabella ihre Küche in so kurzer Zeit verwüstet hatte.

»Aus dem Schornstein ist Ruß gefallen«, sagte Tony. »Ich weiß auch nicht, wie das passieren konnte. Es sei denn, Arabella hat die Fülltür zu fest zugeknallt.«

»Das hab ich nicht!«, verteidigte sich Arabella. »Ich hab sie gar nicht aufgekriegt!«

»Und warum steht sie jetzt offen?«, fragte Tony.

»Weil ich auf den Griff geschlagen habe.« Sie zeigte auf den Hammer, den sie hatte fallen lassen.

Maggie stöhnte entnervt auf. »Ich hab ja gleich gesagt, der Schornstein muss wieder gefegt werden!« Zum Glück hatte wenigstens der Braten keinen Schaden genommen, auch wenn das Feuer darunter jetzt erloschen war.

»Ich kümmere mich gleich darum, Maggie«, beruhigte Tony seine Frau. Er wusste, sie stand kurz vor einer Panikattacke.

»Und wie lange wird das dauern?« Maggies Stimme war schrill geworden. »In ein paar Stunden wollen mehr als zwanzig Gäste ihr Essen!«

»Ich mach, so schnell ich kann«, versprach Tony.

Maggie war der Verzweiflung nahe. Sie blickte Arabella vorwurfsvoll an.

»Das konnte ich doch nicht wissen«, sagte Arabella kläglich. Tränen liefen ihr übers Gesicht und hinterließen helle Schlieren in der Rußschicht.

»Gehen Sie, Kindchen, und waschen Sie sich«, sagte Maggie seufzend. Sie wusste, dass das Ganze ein dummer Unfall gewesen war, der allerdings nicht passiert wäre, hätte Arabella sich nicht so ungeschickt angestellt. Und das ausgerechnet heute, wo sie so viele Gäste erwartete! »Ich mach inzwischen hier sauber. Das

Rindfleisch gart jetzt natürlich nicht mehr«, fügte sie mit einem Blick zum Herd hinzu. Sie wandte sich zu der Kücheninsel um, auf der die Kartoffeln und Karotten lagen. Alles war mit einer Rußschicht überzogen. Maggie stieß einen tiefen Seufzer aus. »Jetzt muss ich alles noch einmal waschen«, sagte sie. »Kein Wort zu den Gästen, verstanden? Sie brauchen nicht zu wissen, dass das Gemüse voller Ruß war.« Sie musterte Arabella. »Und jetzt gehen Sie schon; machen Sie sich sauber!«

Arabella nickte und schlich mit gesenktem Kopf aus der Küche. Bedrückt ging sie auf ihr Zimmer.

Nachdem sie sich über dem Balkongeländer den Ruß aus ihrem Haar gebürstet hatte, wusch sie sich Gesicht, Hals und Hände. Dann versuchte sie, mit dem Waschwasser ihr weißes Kleid zu säubern, machte es jedoch nur noch schlimmer. Sie schlüpfte in das hellblaue Kleid. Während sie überlegte, wie sie sich unbemerkt frisches Wasser besorgen könnte, um ihr weißes Kleid zu waschen, klopfte es. Es war Tony. Er sah sofort, dass Arabella schon wieder ein neues Kleid trug.

»Haben Sie etwa noch mehr Sachen auf unsere Rechnung gekauft?«, fragte er schroff.

»Nein, das hier hat Mr Weston mir geschenkt«, erwiderte Arabella mit leisem Trotz.

»Was Sie nicht sagen.« Tonys Augen wurden schmal. »Wie haben Sie ihn denn dazu gekriegt?«

Die Anspielung gefiel Arabella nicht. »Ich habe ihn nicht dazu überredet, wenn Sie das meinen. Er hat mich zum Abendessen eingeladen, aber ich habe abgelehnt und gesagt, ich hätte nichts anzuziehen. Kurz darauf lag ein Päckchen mit zwei Kleidern, die Mr Weston mir gekauft hatte, vor meiner Tür. Ich finde das sehr großzügig von ihm.«

»O ja, in der Tat«, versetzte Tony spöttisch. Er fühlte sich in seiner Meinung bestätigt, dass Arabella die Leute ausnutzte. »Und jetzt beeilen Sie sich, Sie werden unten gebraucht.«

Arabella machte ein betrübtes Gesicht. »Mir geht es nicht besonders, Tony. Ich habe schreckliche Kopfschmerzen. Kommt Maggie nicht ohne mich aus?«

»Glauben Sie etwa, Maggie und ich hätten keine Kopfschmerzen?«, brauste er auf. »Trotzdem können wir nicht einfach die Hände in den Schoß legen. Es gibt viel zu tun, und wir brauchen Ihre Hilfe.«

»Was soll ich denn machen?«

»Sie können die Gäste bedienen.«

Arabella riss erschrocken die Augen auf. »Ich soll kellnern?«

»Nennen Sie's, wie Sie wollen. Und jetzt kommen Sie endlich.«

Arabella geriet in Panik. »Ich kann doch so nicht unter Menschen«, jammerte sie und deutete auf ihr Gesicht.

»Diesen albernen Schleier werden Sie mir jedenfalls nicht mehr tragen. Was sollen unsere Gäste denken?«

»Und was werden sie denken, wenn sie mein Gesicht sehen?«, konterte Arabella. »Ich will nicht, dass die ganze Stadt darüber redet, wie grauenvoll ich aussehe!«

Tony schüttelte seufzend den Kopf. »Die Leute hier haben andere Sorgen. Sie müssen täglich aufs Neue ums Überleben kämpfen. Auf den Farmen verendet das Vieh, weil es kein Wasser und kein Futter mehr gibt, und die Viehtreiber müssen die Herden entweder hunderte Meilen weit bis zur nächsten Wasserstelle treiben oder gleich auf die Viehmärkte im Süden, damit sie nicht jämmerlich zugrunde gehen. Glauben Sie, da interessiert es die Leute, ob Sie einen Sonnenbrand haben?«

Arabellas Unterlippe zitterte.

»Die Männer von Lizard Creek Station wollen sich bloß einen schönen Abend machen«, fuhr Tony fort. »Die interessieren sich nur für das Essen und den Schnaps. Ich bezweifle, dass die Jungs Sie auch nur eines zweiten Blickes würdigen.«

Die Bemerkung kränkte Arabella, doch mehr noch empfand sie Angst bei dem Gedanken, wildfremde Menschen bedienen zu müssen, und das mit einem entstellten Gesicht wie dem ihren. Ihr Anblick musste den Leuten doch den Appetit verderben! »Aber Ihre Gäste sind noch nicht da, oder?«

»Die ersten sind schon eingetroffen, und sie sind ein verdammt durstiger Haufen, deshalb muss ich gleich wieder in die Bar hinunter. Sehen Sie zu, dass Sie in die Küche kommen.«

Arabella wand sich. »Könnte nicht Maggie die Gäste bedienen, und ich bleibe in der Küche?«

Tony verlor allmählich die Geduld. »Ich kann mir nicht vorstellen, dass Maggie Ihnen ein zweites Mal ihre Küche überlässt.«

»Aber wenn ich Ihren Gästen nun den Drink über die Hose schütte oder den Teller auf den Schoß fallen lasse?«, sagte Arabella und kam sich sehr schlau vor.

»Hören Sie, Miss Fitzherbert, Verschwendung können wir uns nicht leisten«, erwiderte Tony mühsam beherrscht. »Wir sind auf das Geld angewiesen, das unsere Gäste heute Abend dalassen, also seien Sie so gut und versuchen Sie Ihr Bestes, ja?«

»Also schön, meinetwegen«, murrte Arabella.

»Gut, dass Sie kommen«, sagte Maggie, als Arabella wieder in die Küche kam. »Ich konnte weder Lily noch Missy finden und muss noch einmal weg. Achten Sie darauf, dass die Kartoffeln und Möhren nicht anbrennen, ja?«

»In Ordnung.« Arabella nahm die große Gabel, die Maggie ihr reichte.

»Und Hände weg von der Fülltür!«, warnte Maggie. »Tony hatte keine Zeit, den Schornstein zu reinigen. Es könnte also sein, dass noch mehr Ruß herunterkommt.«

Es war drückend heiß in der Küche, und das Feuer im Herd strahlte zusätzliche Hitze aus. Arabella lief der Schweiß in Strömen über Gesicht und Körper. Gewissenhaft wendete sie die Kartoffeln und Karotten und stellte das Blech dann in den Ofen zurück.

Kurz darauf kam Jonathan herein. »Wie geht es Ihnen?«, erkundigte er sich.

»Es geht so. Wenn diese Hitze nicht wäre.« Plötzlich kam ihr eine Idee. »Sie wissen nicht zufällig, wie man Soße zubereitet?«

»Doch. Wieso fragen Sie?«

»Im Ernst? Ist es schwer?«

»Überhaupt nicht. Wir waren vier Jungs zu Hause, und da habe ich meiner Mutter manchmal in der Küche geholfen. Aber erzählen Sie das bloß niemandem«, fügte er lächelnd hinzu.

»Keine Sorge. Was braucht man dazu?«

»Mehl und Bratensaft, mehr nicht.«

»Bratensaft?« Arabella hatte keine Ahnung, wovon er sprach.

»Ja. Wenn das Fleisch gar ist, nimmt man es aus der Pfanne, schüttet das Fett ab und rührt ungefähr drei Esslöffel Mehl und ein bisschen Wasser in die Flüssigkeit, die beim Braten aus dem Fleisch ausgetreten ist. Das Ganze wird unter Umrühren erhitzt, bis es schön cremig geworden ist. Bei Bedarf gib man noch ein wenig Wasser hinzu, und schon hat man eine köstliche Bratensoße.«

»Das kriege ich hin«, sagte Arabella mehr zu sich selbst, entschlossen, Eindruck auf Maggie zu machen. »Würden Sie mir bitte Feuer unter der Kochstelle machen?«

»Sicher, gern.«

Jonathan ging hinaus, um weiteres Brennholz zu holen. Kurz darauf kehrte Maggie zurück. Sie habe Lily und Missy gefunden, sagte sie, doch Missy sei schon betrunken und Lily beschwipst. »Ich verstehe einfach nicht, warum manche Viehtreiber den Aborigine-Frauen Alkohol zu trinken geben«, knurrte sie verärgert. »Sie wissen doch, dass die Frauen nichts vertragen. Ich habe Rita gebeten, dafür zu sorgen, dass Lily und Missy wieder nüchtern werden, und sie dann herzuschicken. Ich hoffe, sie ziehen sich vorher um. So schmuddelig, wie sie jetzt sind, will ich sie nicht in meiner Küche haben.« Maggie vergewisserte sich, dass das Gemüse garte. »Ich brauche Sie hier nicht mehr. Helfen Sie Tony. Es ist zu spät, um noch Trockenerbsen einzuweichen«, murmelte sie vor sich hin. »Ich werde die Dosenerbsen nehmen, die ich für einen besonderen Anlass aufgehoben habe.«

Arabella holte tief Luft und ging in die Bar hinüber. Tony stellte ihr acht Gläser Bier auf ein Tablett. Sie bemühte sich, die neugierigen Blicke der Männer zu ignorieren, denen sie das Bier am Tisch servierte, doch das war gar nicht so leicht. Außerdem war das Tablett ziemlich schwer, und Arabellas Hände zitterten so stark, dass das Bier aus den Gläsern schwappte. Als sie mit dem leeren Tablett zur Bar zurückkam, ermahnte Tony sie, besser Acht zu geben, weil die Männer für ein volles und nicht für ein halb leeres Glas bezahlten. Am liebsten hätte Arabella erwidert, dass sie sich ihr Bier selbst holen sollten, sagte aber nichts. Tony war ohnehin schon sauer auf sie.

Er beobachtete sie mit Argusaugen, als sie das nächste volle Tablett an einen der Tische trug und die Drinks wortlos und ohne ein Lächeln vor die Männer hinstellte. Diese musterten die schweigsame junge Frau mit unverhohlenem Interesse. Die Bewohner des Outback waren normalerweise freundlich und umgänglich, und viele Viehtreiber – vor allem die, die nicht oft in eine Stadt kamen – waren Frauen gegenüber eher schüchtern. Doch es gab auch Männer, die nicht einmal wussten, was »schüchtern« bedeutete. So einer war Wally Jackson.

Als Tony neue Gläser auf Arabellas Tablett stellte, raunte er ihr zu: »Die Kerle starren Sie nicht wegen Ihres Sonnenbrands an, sondern weil ein neues Gesicht in der Stadt jedes Mal für Aufsehen sorgt. Es wäre nicht schlecht fürs Geschäft, wenn Sie sich ein Lächeln abringen könnten.«

Am nächsten Tisch, an dem Arabella servierte, sprach einer der Männer sie an.

»Ich hab Sie noch nie in der Gegend gesehen. Sie sind wohl neu hier, hm?«, meinte Colin Robinson. »Woher kommen Sie?«

»London«, antwortete Arabella frostig.

»Das ist Fitzi«, rief Wally Jackson, der mit Barry Bonzarelli an der Bar saß. »Hey, Fitzi, wo haben Sie denn Ihren fantasievollen Kopfschmuck gelassen?«

Arabella tat so, als hätte sie nichts gehört.

»Wie heißen Sie denn, Kleine?«, wollte Les Mitchell wissen. Nach ein paar Drinks wurden die Männer mutiger.

»*Miss* Arabella Fitzherbert«, antwortete sie ruhig. Sie brachte es nicht fertig, den Männern in die Augen zu blicken. Stattdessen schaute sie zur Bar hinüber, wo Jonathan Tony aushalf.

»Wie lange bleiben Sie in der Stadt?«, fragte ein anderer Gast.

»Keine Ahnung«, erwiderte Arabella knapp und eilte davon. Sie wusste, dass sie unfreundlich war, doch es war ihr egal. Früher oder später würde die Frage kommen, warum sie ein Gesicht wie eine überreife Tomate hatte; also wich sie lieber gleich jedem Versuch einer Unterhaltung aus.

Der Rinderbraten lag auf einer warmen Platte, als Arabella in die Küche zurückkehrte; die Kartoffeln und Karotten garten noch im Ofen. Maggie kam gerade von draußen herein, wo sie das Tranchiermesser an einer Steinstufe gewetzt hatte.

»Soll ich die Soße machen, Maggie?«, fragte Arabella.

Maggie warf ihr einen misstrauischen Blick zu. Es war schon genug schiefgegangen. »Ich dachte, Sie wüssten nicht, wie das geht.«

»Jonathan hat es mir erklärt. Es ist gar nicht so schwer. Haben Sie Mehl da?«

»Ja, in der Speisekammer.« Während Maggie es holte, goss Arabella das überschüssige Fett aus der Bratpfanne ab, gab drei Esslöffel Mehl in die Flüssigkeit, wie Jonathan gesagt hatte, fügte ein wenig Wasser hinzu und verrührte das Ganze über dem Feuer. Nach einer Weile färbte das Mehl sich bräunlich, und die Flüssigkeit dickte ein. Doch es waren Klümpchen darin. Maggie, die Arabella beobachtete, rührte rasch einen Eierflip unter, bis sämtliche Klümpchen sich aufgelöst hatten. Dann tunkte sie die Fingerspitze in die Soße, um zu kosten, und gab eine Prise Salz dazu.

»Und?«, fragte Arabella gespannt.

»Nicht übel, aber es ist zu wenig. Rühren Sie noch ein bisschen Wasser hinein.«

Maggie schnitt derweil das Fleisch auf und verteilte es auf die Teller. Das Essen hätte schon vor einer Stunde fertig sein sollen, und die Gäste wurden unruhig. Die meisten Männer waren bereits angetrunken.

»Sie können anfangen, das Essen zu servieren«, sagte Maggie schließlich. »Beeilen Sie sich, sonst wird es kalt.«

Arabella nahm zwei Teller.

»Können Sie nicht mehr als zwei tragen?«

»Wenn Sie wollen, dass das Essen auf dem Fußboden landet, dann ja«, gab Arabella zurück.

Maggie sah ein, dass das ein Argument war. Sie nahm vier Teller und trug sie in den Speisesaal hinüber, wo sie ihre Gäste herzlich begrüßte. Für die Maxwells und deren Sohn hatte sie einen separaten Tisch eingedeckt. Doch zum Plaudern blieb ihr keine Zeit – die hungrigen Gäste warteten auf ihr Essen.

Jedes Mal, wenn Arabella mit vollen Tellern durch die Bar und den Salon ging, ließ Wally Jackson eine dumme Bemerkung fallen. Je mehr Alkohol er intus hatte, desto lauter grölte er, und bald riefen alle Männer und sogar die Gäste im Speisesaal sie nur noch »Fitzi«. Eine Zeit lang versuchte sie, Wally zu ignorieren, doch es fiel ihr immer schwerer. Sie hätte platzen können vor Wut. Irgendwann reichte es ihr. Sie trat vor Wally hin und sagte zornig:

»Ich heiße nicht Fitzi!«

Er grinste unverschämt. »Immer schön ruhig bleiben, Fitzi Fitzherbert.«

Arabella sah ihm ins Gesicht. Er hatte einen stieren Blick; offensichtlich hatte er schon zu tief ins Glas geschaut. »Für Sie *Miss* Fitzherbert!«

»Warum setzen Sie nicht Ihre tolle Kopfbedeckung auf, Fitzi?«, lallte er. »Dann haben die Leute wenigstens was zu lachen.«

»Es reicht, wenn Sie sich zum Affen machen«, fauchte Arabella.

»Wenigstens sehe ich nicht aus wie 'ne aufgeplatzte Tomate.«

Arabella senkte die Stimme zu einem Flüstern und zischte: »Ich an Ihrer Stelle würde den Mund nicht so voll nehmen. Ich habe Ihren nackten Hintern gesehen, und das war auch kein schöner Anblick!« Sie konnte es selbst nicht fassen, dass ihr diese Worte über die Lippen gekommen waren.

Einen Augenblick lang verschlug es Wally die Sprache, und er warf einen raschen Seitenblick auf seine Freunde. Er wusste nicht, ob Arabella bluffte. »Und wenn schon«, sagte er dann. »Was glauben Sie, wie viele schon meinen nackten Hintern gesehen haben! Stimmt doch, Bonzarelli, oder?« Er lachte, aber es klang nicht echt.

Arabella hätte ihn ohrfeigen können. »Das mag schon sein«, stieß sie gepresst hervor, »aber wissen die Leute auch, dass Sie grunzen wie ein Eber, wenn Sie die Hosen heruntergelassen haben?« Zu Barry Bonzarelli sagte sie: »Fragen Sie Lily.«

Damit drehte sie sich um und stürmte davon, zitternd vor Wut. Die Männer an der Bar waren in schallendes Gelächter ausgebrochen.

»Was ist denn los, Arabella?«, wollte Maggie wissen, als sie sah, wie aufgewühlt die junge Frau war.

»Ach, dieser Kerl … dieser Wally Jackson. Er ist so gemein!« Arabella wischte Tränen des Zorns fort.

»Beachten Sie ihn gar nicht. Jacko ist im Grunde seines Herzens ein guter Kerl. Wenn Sie ihn erst mal besser kennen …«

»Ich will ihn gar nicht besser kennen!«, gab Arabella gereizt zurück. Maggie sah anscheinend nur das Gute in den Menschen –

eine Eigenschaft, die Arabella nicht unbedingt für erstrebenswert hielt.

»Hoffentlich haben Sie ihn nicht vor seinen Freunden bloßgestellt«, sagte Maggie. »Männer sind in dieser Beziehung komisch. So was verzeihen sie einem nie.«

Arabella lief rot an und sammelte sich einen Augenblick, ehe sie die nächsten vollen Teller hinaustrug. Diesmal sagte Wally nichts, als sie an ihm vorbeiging, doch Arabella spürte, wie er sie finster anstarrte. Seine Freunde machten sich immer noch über ihn lustig.

Als sie in die Küche zurückkam, fiel ihr Maggies Nervosität auf. »Was ist denn, Maggie?«

»Ach, ich stehe schon viel zu lange in der Küche, ich muss mich unbedingt um meine Gäste kümmern. Sind Sie so gut und räumen die leeren Teller ab? Und wenn Lily und Missy kommen, sagen Sie ihnen bitte, sie sollen schon mit dem Abwasch anfangen. Wenn ich nur wüsste, wo die beiden so lange bleiben!« Maggie band ihre Schürze ab.

Arabella war todmüde. Sie hoffte, dass die beiden Aborigine-Frauen tatsächlich kamen, sonst würde sie sich die Nacht um die Ohren schlagen und abspülen müssen. Ihre Ahnung trog sie nicht, denn im gleichen Augenblick sagte Maggie:

»Wenn die beiden mich im Stich lassen, müssen Sie schon mal mit dem Abwasch anfangen, sonst stehe ich bis morgen früh in der Küche. Ich helfe Ihnen, sobald ich kann.«

Arabella stapelte das schmutzige Geschirr ineinander, als sie jemanden hinter dem Haus laut zetern hörte. Sie spähte aus dem Fenster und sah Rita, die Lily und Missy die Leviten las. Ein Stück entfernt lag ein Eimer. Arabella fragte sich, ob eine der Frauen ihn versehentlich umgestoßen oder ob Rita ihm aus Wut einen Tritt verpasst hatte. Bei Ritas Anblick bekam Arabella weiche Knie. Sie hoffte inständig, dass Rita nicht mit ins Haus kam.

Sie hatte Glück: Lily und Missy wankten allein durch die Hintertür. Missy war immer noch betrunken, und auch Lily wirkte angeschlagen.

»Maggie hat gesagt, ihr sollt schon mal mit dem Abwasch anfangen«, meinte Arabella nervös.

Die beiden Frauen beachteten sie kaum. Sie zankten sich, und Arabella glaubte herauszuhören, dass es dabei um einen Mann ging. Als Missy das schmutzige Geschirr abspülen wollte, ließ sie prompt einen Teller fallen.

»O nein!« Arabella bückte sich und machte sich verärgert daran, die Scherben aufzulesen.

Lily schrie Missy an, und im Handumdrehen war die schönste Rauferei im Gang. Die beiden Frauen zogen sich an den Haaren und schlugen kreischend aufeinander ein. Arabella wusste nicht, was sie tun sollte. Jetzt wünschte sie, Rita wäre hier und würde die beiden trennen. Maggie bekam von dem Krawall nichts mit, weil die Gäste lauthals zu singen angefangen hatten.

»Aufhören!«, rief Arabella verzweifelt. »Hört sofort auf!« Da sie sich nicht traute, dazwischenzugehen, füllte sie ein Glas mit Spülwasser und schüttete es den beiden ins Gesicht. Missy und Lily schnappten erschrocken nach Luft, doch sie fassten sich schnell wieder. Missy flüchtete zum Hintereingang hinaus. Die zeternde Lily folgte ihr.

»Was ist denn hier los?«, fragte Jonathan verwundert. Er hatte nach Arabella sehen wollen und die lautstarke Auseinandersetzung schon im Flur gehört.

»Lily und Missy«, stieß Arabella hervor, der vor Aufregung die Knie zitterten. »Die beiden sollten den Abwasch machen, haben sich aber in die Haare gekriegt.«

Jonathan sah sich um. »Mir scheint, Sie können Hilfe brauchen.«

»Müssen Sie nicht Tony zur Hand gehen?«

»Stuart Thompson ist gerade gekommen, er kann ihm helfen.«

»Hoffentlich schlagen Lily und Missy sich nicht die Köpfe ein. Die hatten sich ganz schön in den Haaren.«

»Morgen früh werden sie nicht mal mehr wissen, weshalb sie sich gestritten haben.«

Jonathan begann mit dem Abwasch, und Arabella trocknete ab.

»So haben wir uns den heutigen Abend nicht vorgestellt, hm?« Er lächelte ihr zu.

»Ganz bestimmt nicht.« Arabella erwiderte sein Lächeln zaghaft. Allmählich beruhigte sie sich. »Ich habe mich noch gar nicht für die Kleider bedankt. Das war sehr großzügig von Ihnen.«

»Eine Lady kann gar nicht genug Kleider haben.«

»Ich fürchte, eines habe ich schon ruiniert. Beim Feuermachen kam eine Rußwolke aus dem Kamin, und ich hab alles abgekriegt.«

»Hört sich an, als wäre es ein kurzweiliger Abend gewesen«, sagte Jonathan trocken.

»Der schlimmste Abend meines Lebens! Ich verstehe wirklich nicht, wie jemand freiwillig länger als eine Minute in diesem elenden Kaff bleiben kann.«

»Manchmal offenbart sich Schönheit nur bei genauerem Hinsehen«, erwiderte Jonathan.

Arabella schnaubte verächtlich. »Marree ist die hässlichste Stadt, die ich je gesehen habe. Die Häuser sind heruntergekommen, immerzu wirbelt roter Staub durch die Luft, die Aborigines vegetieren in größter Armut vor sich hin, und das afghanische Viertel ist primitiv. Ich kann es kaum erwarten, von hier wegzukommen.«

Sie bemerkte nicht den Ausdruck von Traurigkeit in Jonathans dunklen Augen.

»So, das wär's«, meinte Jonathan, als er Arabella den letzten gespülten Teller reichte.

»Gott sei Dank.« Sie trocknete ihn ab und legte ihn auf den Stapel sauberen Geschirrs auf der Anrichte. So hatte sie in ihrem ganzen Leben noch nicht geschuftet. Eigentlich hatte sie überhaupt noch nie gearbeitet. Ihre Eltern würden aus allen Wolken fallen, wenn sie erführen, dass sie in einem Hotel als Tellerwäscherin arbeitete!

Maggie kam in die Küche, ein Tablett Gläser in den Händen. Sie war sichtlich überrascht, als sie Jonathan an der Spüle stehen sah. »Sind Lily und Missy nicht gekommen?«

»Doch, aber beide waren betrunken«, antwortete Arabella. »Sie haben sich gestritten, dass die Fetzen flogen, und einen Teller zerbrochen.Dann sind sie wieder gegangen.«

Maggie schloss die Augen und stieß einen gereizten Seufzer aus. »Und jetzt haben Sie den ganzen Abwasch gemacht?« Sie sah Jonathan an. »Das war wirklich nett von Ihnen, vielen Dank.« Sie klang sehr müde. »Bis auf ein paar Farmarbeiter, die noch austrinken, sind alle gegangen. Tony bringt Wally Jackson heim, weil der in seiner Verfassung nicht mehr allein nach Hause finden würde.« Maggie stellte das Tablett auf die Arbeitsfläche. Plötzlich gaben ihre Knie nach. Sie griff sich an die Brust und stützte sich mit der anderen Hand ab, um nicht zu fallen.

Jonathan eilte zu ihr, fasste sie um die Taille und half ihr zu einem Stuhl. »Alles in Ordnung, Maggie?«

»Ja … ja, es geht schon wieder«, flüsterte sie atemlos. »Mir ist nur ein bisschen … schwindlig. Das hab ich manchmal.«

»Sie sollten sich hinlegen.«

In diesem Moment kam Tony herein. Als er sah, dass Arabella und Jonathan sich besorgt über seine Frau beugten, die zusammengesunken dasaß, eilte er mit großen Schritten zu ihr. »Maggie! Was hast du?«

Seine Stimme zitterte vor Angst.

»Mir fehlt nichts, Tony … mir war bloß ein bisschen schwindlig. Daran ist nur diese furchtbare Hitze schuld.«

»Du bist erschöpft. Komm, ich bring dich hinauf, dann legst du dich hin.«

»Ach Unsinn, Schatz, mir geht's gut. Außerdem wartet noch eine Menge Arbeit auf mich.«

»Keine Widerrede, Maggie«, sagte Tony streng. »Du musst dich ausruhen. Es war ein langer Tag für uns beide.«

»Aber die Gläser …«

»Überlassen Sie das uns«, sagte Jonathan. »Wir machen das schon.«

»Sie haben bereits so viel getan«, sagte Maggie.

»Dann kommt's auf ein paar Gläser auch nicht mehr an«, erwiderte Jonathan. »Gehen Sie schlafen, und ruhen Sie sich aus.«

Maggie sah ihn dankbar an. »Ich weiß gar nicht, wie ich Ihnen danken soll.« Sie ließ sich von Tony hinausführen.

Arabella stöhnte innerlich auf. »Ich bin auch müde«, sagte sie, als die McMahons außer Hörweite waren. »Können die Gläser nicht bis morgen warten?«

»Was meinen Sie, wie Maggie sich fühlen würde, wenn sie morgen früh herunterkäme und als Erstes die schmutzigen Gläser sähe?«

Daran hatte Arabella nicht gedacht, und es erstaunte sie, dass ausgerechnet Jonathan auf den Gedanken gekommen war. Anscheinend war er nicht nur ein rücksichtsvoller Mann, sondern steckte auch voller Überraschungen. Nicht viele Männer würden freiwillig Geschirr abwaschen. Ihren Vater hatte sie nie auch nur in der Nähe des Spülsteins gesehen, nicht einmal dann, wenn ihre Haushälterin ihren freien Tag hatte.

Jonathan ging, um schmutzige Gläser aus der Bar und dem Speisesaal zu holen. Auf dem Weg zurück in die Küche begegnete er Tony, der Maggie in ihr Schlafzimmer gebracht hatte.

»Ich wollte Ihnen und Miss Fitzherbert nur sagen, dass Sie die Gläser stehen lassen sollen. Sie beide haben für heute genug getan. Wir sind Ihnen sehr dankbar für die Hilfe.«

Jonathan nickte. »Sollen wir die Gläser nicht lieber doch noch spülen?«

»Nein, das kann bis morgen warten. Sie und Miss Fitzherbert sind bestimmt rechtschaffen müde.«

»Na schön, dann machen wir es gleich morgen früh. Sagen Sie Maggie, sie soll sich richtig ausschlafen.«

»Das werde ich, aber ich bezweifle, dass sie auf mich hören wird«, meinte Tony.

»Wo steckt eigentlich Stuart Thompson?«

»Er hat sich vor etwa einer Stunde auf sein Zimmer zurückgezogen, weil er völlig erledigt war. Kein Wunder!« Tony schüttelte den Kopf. »Er ist heute Morgen in aller Frühe mit Goolim Rasool und seinen Kamelen aufgebrochen und den Oodnadatta Track entlang bis zum Dingo-Zaun geritten. Er war todmüde, als er zurückkam, deshalb rechne ich es ihm umso höher an, dass er mir noch in der Bar geholfen hat. Also dann, eine gute Nacht. Schlafen Sie gut.«

»Das wünsche ich Ihnen auch«, erwiderte Jonathan.

Er ging in die Küche und sagte Arabella, sie sollten die Gläser stehen lassen. Sie war sichtlich erleichtert. Gemeinsam gingen sie zur Treppe, die nach oben führte.

»Hätten Sie Lust, mich morgen zu einem Spaziergang zu begleiten?«, fragte Jonathan unvermittelt.

»Wohin denn?« Es gab kein Fleckchen in Marree, das zu erkunden Arabella gereizt hätte.

»In die Ghan-Siedlung. Ich möchte, dass Paddy Khan mich morgen zum südlichen Lake Eyre bringt. Ich will an dem See ein paar Aufnahmen machen.«

»Ich glaube nicht, dass ich mitkomme«, sagte Arabella.

Jonathan überraschte das nicht.

»Werden Sie auch schwimmen gehen?«

Jonathan lachte. »Ich hätte bei dieser Hitze nichts gegen ein erfrischendes Bad einzuwenden, aber das geht leider nicht. Der

Lake Eyre ist ein ausgetrockneter Salzsee, der sich nur in der Regenzeit mit Wasser füllt, das Flüsse wie der Diamantina River und der Warburton Creek von Queensland herunterbringen. Das kommt nur alle paar Jahre vor. Ich bin schon einmal dort gewesen. In der Morgendämmerung und bei Sonnenuntergang ist das Licht einzigartig, deshalb möchte ich unbedingt noch ein paar Fotos machen.«

»Und was tun Sie mit den Bildern?«

»Wenn ich genügend gute Aufnahmen habe, veranstalte ich eine Ausstellung und verkaufe sie.«

»Sind Sie ein guter Fotograf?«

»Na ja, ich denke schon.«

Er hatte gehofft, Arabella werde ihn begleiten, damit sie ihre Vorbehalte gegen die Stadt und deren Einwohner ablegte. Er versuchte es noch einmal. »Möchten Sie nicht doch mitkommen? Die Afghanen sind wunderbare Menschen, wenn man sie erst einmal näher kennt. Und Paddy ist ein richtiges Original. Wie sein Name schon verrät, ist er ein halber Ire.«

Arabella wirkte unschlüssig.

»Kommen Sie schon, sagen Sie Ja«, drängte er. »Wir werden nicht lange weg sein, und die Abwechslung wird Ihnen guttun.«

»In Ordnung, meinetwegen«, willigte Arabella ein, aber wirklich überzeugt hatte er sie ganz und gar nicht.

6

Als Arabella am nächsten Morgen in die Küche kam, war Maggie bereits da. Sie hatte die schmutzigen Gläser zum Spülen bereitgestellt. Missy und Lily betraten die Küche im gleichen Augenblick wie Arabella, allerdings durch den Hintereingang. Rita folgte ihnen. In ihrem sauberen rosaroten Hemd sah sie ungewohnt adrett aus.

Arabella fand es seltsam, dass sie eine so feminine Farbe wie Rosa bevorzugte. Rita beachtete sie nicht, worüber sie ganz froh war, und Missy und Lily standen mit gesenkten Köpfen da. Die beiden kamen Arabella wie zwei ungezogene Schulmädchen vor, die zur Direktorin zitiert worden waren.

»Die zwei wollen Ihnen was sagen, Missus.« Rita starrte Lily und Missy so finster an, dass Arabella sie unwillkürlich bemitleidete.

Ohne den Kopf zu heben, blickten die beiden Maggie von unten herauf an. »Es tut uns leid, dass wir Sie im Stich gelassen haben, Missus«, murmelte Lily.

Mit einem Blick auf die schmutzigen Gläser fragte Missy: »Können wir Ihnen jetzt helfen, Missus?«

Maggie war viel zu müde, um den beiden den Kopf zu waschen, wie sie es verdient hätten. »Zwei meiner Gäste haben gestern Abend das ganze Geschirr und das Besteck abgewaschen«, sagte sie. »Und das Spülen der Gläser hätten sie mir auch noch abgenommen.« Sie hatte es ja selbst machen wollen, doch das brauchten Missy und Lily nicht zu wissen.

»Bitte, Missus«, flehte Lily.

Maggie wusste, dass sie das Geld brauchten. »Also gut. Wisch den Boden auf, Lily. Und du, Missy, kannst schon mal mit den Gläsern anfangen. Aber ich werde euch nur die Hälfte von dem geben, was ich euch versprochen habe, weil ihr nur die halbe Arbeit leistet und außerdem gestern Abend einen Teller zerbrochen habt, wie ich gehört habe.«

Missy nickte. »Sicher, Missus. Das ist nur gerecht.«

Sie hatte ein blaues Auge, wie Arabella jetzt erst auffiel, und Lilys Gesicht war zerkratzt. Ob das von ihrer handgreiflichen Auseinandersetzung herrührte? Oder war Rita gegen die beiden Frauen gewalttätig geworden? Arabella traute es ihr zu.

»Wie geht's dir heute, Rita?«, erkundigte sich Maggie.

»Gut, Missus.«

»Würdest du die Finger vom Schnaps lassen, würde es dir noch besser gehen. Du weißt, dass du das Zeug nicht verträgst.«

»Ja, ich weiß, Missus.« Rita rieb sich den Bauch und verzog das Gesicht.

Maggie vermutete, dass sie an einem Magengeschwür litt. Aber es war sinnlos, Rita auf die Gefahren des Alkohols hinzuweisen; sie würde sowieso nicht mit dem Trinken aufhören. Der Alkohol war ihr schwacher Punkt, und dummerweise wussten das auch die Männer. In betrunkenem Zustand war Rita nicht in der Lage, die Aborigine-Frauen zu beschützen, und das nutzten manche Kerle aus. Einige machten sich sogar einen Spaß daraus, Rita regelrecht abzufüllen, was allerdings nicht so leicht war: Sie konnte die meisten Männer unter den Tisch trinken.

Arabella hatte die Schüssel mit heruntergebracht, in der sie ihr weißes Kleid eingeweicht hatte. Das Wasser hatte sich grau gefärbt vom Ruß. Als Rita fort war, fragte sie:

»Wer macht eigentlich die Wäsche, Maggie?«

Maggie warf ihr einen erstaunten Blick zu und schaute dann in die Schüssel. »Ich wasche meine und Tonys Sachen und die

Bettwäsche aus den Gästezimmern. Ihre Sachen waschen die Gäste selbst. Wenn Sie wollen, können Sie sich einen Eimer Brunnenwasser holen, um das da auszuwaschen«, fügte sie hinzu und deutete mit dem Kinn auf die Schüssel.

Jetzt war es Arabella, die verdutzt die Augen aufriss. »Ich?«

»Natürlich. Wer sonst?«, versetzte Maggie. »Die Pumpe ist hinter dem Haus, zwischen dem Hühnerstall und dem Gemüsegarten.«

»Ich … ich dachte, Sie hätten jemanden, der die Wäsche macht.«

»Du meine Güte, wo denken Sie hin! Das mag in England so sein, hier draußen ganz sicher nicht. Wir verdienen nicht so viel, dass wir uns Angestellte leisten könnten. Tony und ich machen fast alles selbst. Wenn wir Fleisch brauchen, schlachtet er ein Lamm oder einen Ochsen, und wenn das Dach undicht ist, repariert er es. Ich backe Brot in unserem Backhaus, manchmal für die ganze Stadt, und die Fenster putze ich auch allein, obwohl es bei dem ständigen Staub die reinste Zeitverschwendung ist. Ich kann Lily und Missy für den Abwasch anstellen, wenn sich mehr als zehn Gäste zum Essen angekündigt haben, aber ich kann ihnen nicht viel bezahlen.«

Arabella verließ die Küche mit gesenktem Kopf. Sie beschloss, erst einmal zu frühstücken und sich ihr Kleid später vorzunehmen. Sie schauderte beim bloßen Gedanken ans Wäschewaschen.

Als sie bei Tee und Toast im Speisesaal saß, kam Jonathan herein.

»Ich hab glatt verschlafen«, gestand er verlegen. »So viel zu meinen guten Vorsätzen! Aber Maggie hat mir gerade gesagt, dass Lily und Missy den Abwasch machen.«

»Ja, zum Glück«, erwiderte Arabella und forderte ihn mit einer Handbewegung auf, sich zu ihr zu setzen.

»Steht unsere Verabredung zu einem Spaziergang in die Ghan-Siedlung noch?«

»Nein, es ist etwas dazwischengekommen. Ich muss das weiße Kleid, das Sie mir geschenkt haben, waschen.«

Jonathan hatte das Gefühl, dass es nur eine Ausrede war. »Wenn Sie mich nicht in die Ghan-Siedlung begleiten, versäumen Sie was«, sagte er, schenkte sich Tee ein und nahm sich eine Scheibe Toast. »Wissen Sie eigentlich, dass es die Afghanen waren, die mit ihren Kamelen das Outback erschlossen haben?«

Arabella schüttelte den Kopf. »Nein.«

»Die ersten Afghanen sind 1838 in Südaustralien eingetroffen. Sie verdingten sich als Führer für Expeditionen im Outback und halfen später beim Bau der Telegrafenleitung und der Eisenbahnlinien. Sie errichteten auch Zäune und versorgten die Minen und Farmen im Landesinnern mit allem Lebensnotwendigen, bis die Eisenbahn regelmäßig verkehrte …«

Ein junger Mann betrat den Speisesaal. »Guten Morgen!«, grüßte er fröhlich.

»Guten Morgen, Stuart«, antwortete Jonathan.

Der junge Mann wandte sich an Arabella. »Ich habe mich Ihnen noch gar nicht vorgestellt. Mein Name ist Stuart Thompson.« Er blickte sie gut gelaunt aus seinen blauen Augen an.

»Arabella Fitzherbert …«, sagte sie stockend. Stuart war jünger, als sie gedacht hatte. Am Abend zuvor war sie viel zu beschäftigt gewesen, als dass sie ihn genauer hätte betrachten können. Er sah gut aus und war zwanglos gekleidet. Die Ärmel seines Hemdes hatte er aufgekrempelt, dazu trug er eine leichte Hose. Seine Arme waren braun gebrannt, und die Sonne hatte helle Strähnen in seine langen blonden Haare gebleicht, was im Kontrast zu seinen ungewöhnlich blauen Augen attraktiv aussah. Er wirkte sehr männlich. Arabella musste sich zwingen, den Blick von ihm abzuwenden.

»Die Männer haben Ihnen den Spitznamen Fitzi verpasst, nicht wahr?«, sagte Stuart.

Sie sah ihn an und bemerkte den Schalk in seinen blauen Augen. »Wagen Sie es ja nicht, mich so zu nennen«, erwiderte sie mit einem Schmunzeln.

»Wie ich sehe, haben Sie sich gestern einen Sonnenbrand geholt, Stuart«, sagte Jonathan.

»Ja, im Norden ging ein verdammt heißer Wind, da hat man gar nicht gemerkt, wie die Sonne herunterbrennt.« Stuart schenkte sich Tee ein und gab einen Klacks Marmelade auf seinen Toast. »Das wird mir nicht wieder passieren.«

»Wollen Sie etwa schon wieder aufbrechen?«, fragte Jonathan.

Stuart nickte. »Ja, für ein paar Tage.«

»Geht Goolim mit?«

»Nein. Aber er leiht mir eins seiner Packkamele.«

»Kamele sind nicht leicht zu führen. Glauben Sie, Sie schaffen es allein?«

»Ich denke schon. Goolim hat mir gestern gezeigt, worauf ich achten muss.«

»Ich habe Arabella gerade einiges über die Afghanen erzählt«, sagte Jonathan.

»Sie sind ein außergewöhnliches Volk.« Stuart nickte. »Was hätten die ersten Forschungsreisenden nur ohne sie angefangen?«

»Ohne die Afghanen wäre das Outback niemals besiedelt worden«, sagte Jonathan.

»Das wäre weiß Gott keine Katastrophe«, bemerkte Arabella trocken.

Stuart und Jonathan wechselten einen verdutzten Blick.

»Ohne die Afghanen und ihre Kamele hätten sich die ersten europäischen Siedler hier schwergetan«, sagte Jonathan.

»Ich finde, Kamele sind grässliche Geschöpfe.« Arabella rümpfte die Nase.

»Nun, im Gegensatz zu Pferden sind sie perfekt an das Leben in der Wüste angepasst«, sagte Stuart. »Kamele sind genügsamer als Ziegen und kommen tagelang ohne Wasser aus. Sie können binnen zehn Minuten über hundert Liter Wasser zu sich nehmen und es im Körper speichern. Und während der Regenzeit im Norden können sie genauso gut durch den Schlamm laufen wie bei uns hier über den Wüstensand, ohne einzusinken, weil sie dicke Sohlenpolster haben und die Zehen sich spreizen.«

»Und man kann ohne Übertreibung sagen, dass die Afghanen genauso genügsam und robust sind wie ihre Kamele«, fügte Jonathan hinzu. »Sie können unter härtesten Bedingungen überleben.«

»Und was machen sie hier draußen? Abgesehen davon, dass sie Leute wie euch beide in die Wüste führen«, sagte Arabella. »Maggie hat mir erzählt, sie würden auf ihren Kamelen Quellwasser für die ganze Stadt hierhertransportieren und Mohomet Basheer hätte früher mit ihrer Hilfe seine Waren draußen auf den Farmen verkauft. Aber es leben viele Afghanen hier, und nach allem, was ich gesehen habe, besitzen sie etliche hundert Kamele. Sie können doch nicht alle das Gleiche machen, oder?«

»Sie transportieren nicht nur Quellwasser, sondern auch Lebensmittel und andere Waren aus dem Süden. Wenn der Zug aus irgendeinem Grund nicht verkehrt, sind die Menschen hier im Outback auf sie angewiesen. Ein Kameltreiber kann bis zu fünfzig Tiere führen. Sie beliefern sogar die Hotels entlang der Bahnlinie mit Schnaps – nicht nur Maggie und Tony.«

Arabella blickte Jonathan erstaunt an. »Aber Tony hat doch gesagt, dass ihre Religion ihnen den Genuss von Alkohol verbietet.«

»So ist es auch«, meldete Stuart sich zu Wort. »Deshalb sind die Afghanen wie geschaffen für diesen Job. Tony kann sicher sein, dass er die bestellte Menge Schnaps auch bekommt, weil die Afghanen nie etwas für sich selbst abzweigen.«

»Aber nicht alle, die hier Afghanen genannt werden, stammen tatsächlich aus Afghanistan«, ergänzte Jonathan. »Viele kommen aus Kaschmir, Ägypten, Persien und der Türkei.«

»Was ist mit ihren Frauen?«, fragte Arabella. »Ich habe noch keine gesehen.«

»Ihre Frauen und Kinder haben sie in der Heimat zurückgelassen«, erklärte Jonathan. »Ursprünglich kamen diese Männer eigens zur Erschließung des Outback hierher, um später nach Hause zurückzukehren, aber viele sind geblieben und haben eine andere Arbeit gefunden. Faisal Ahmed – oder Fuzzy Ahmed, wie alle hier ihn nennen – verdiente seinen Lebensunterhalt damit, dass er auf der Rosebud Station Kupfer aus dem Boden kratzte. Und Goolim war früher fahrender Händler. Es hat ihn hierher verschlagen, weil er einem Ladenbesitzer viel Geld schuldete. Jeder, der eine Familie in der Heimat hat, schickt ihr regelmäßig Geld.«

»Die Männer dürfen übrigens mehrere Ehefrauen haben«, warf Stuart ein, und seine Augen funkelten schelmisch. »Deshalb haben viele eine Aborigine oder eine Europäerin zur Frau.«

»Oh«, machte Arabella und wich Stuarts Blicken aus. »Eine sonderbare Sitte. Ich finde ohnehin, sie sehen nicht sehr Vertrauen erweckend aus. Als der Zug hier in der Stadt hielt, sind ein paar ganz dicht herangekommen und haben versucht, in unser Abteil zu schauen. Mummy wäre fast zu Tode erschrocken.«

»Die waren bestimmt nur neugierig oder wollten Ihnen Waren zum Verkauf anbieten«, sagte Jonathan. »Sie hätten Ihnen garantiert nichts getan.«

»Ich habe einen der Afghanen gefragt, ob er mich nach Alice Springs bringen könnte«, sagte Arabella.

»Wen?«, fragte Jonathan.

»Faiz Mohomet.«

»Ah, ja, den kenne ich ganz gut. Was hat er geantwortet?«

»Er hat abgelehnt.«

»Hat er gesagt, weshalb?«

Arabella zuckte mit den Schultern. »Ich hatte gehofft, er würde mich in einem Pferdefuhrwerk durch die Wüste begleiten. Inzwischen weiß ich, dass ein Pferdefuhrwerk sich nicht für eine Fahrt durch die Wüste eignet.«

»Soll ich noch einmal mit ihm reden?«, fragte Jonathan. »Er würde Ihnen sicher ein Kamel zum Reiten geben.«

Arabella konnte es kaum erwarten, die Stadt zu verlassen, zumal sie wie eine Hausangestellte behandelt und für ihre Arbeit nicht einmal bezahlt wurde. Wenn es sein musste, würde sie jetzt sogar auf einem Kamel reiten, um von Marree wegzukommen. »Würden Sie das für mich tun, Jonathan?«

»Ja, sicher. Ich rede mit ihm, wenn ich nachher zu Paddy gehe, und gebe Ihnen dann Bescheid.«

Stuart erhob sich. »Ich mach mich dann mal auf den Weg«, sagte er. Er lächelte Arabella zu, und seine blauen Augen funkelten. Ihr Herz schlug schneller; gleichzeitig kämpfte sie gegen den Impuls an, vor Verlegenheit ihr sonnenverbranntes Gesicht abzuwenden.

»Auf Wiedersehen«, sagte sie errötend.

»Passen Sie gut auf sich auf«, sagte Jonathan. Arabellas Reaktion auf Stuart war ihm nicht entgangen, und er wusste nicht recht, was er davon halten sollte.

Arabella ging mit ihrem schmutzigen Kleid hinters Haus. Auf dem Weg zum Waschhäuschen kam sie an einem aus dicken Steinquadern erbauten Lagerschuppen vorbei. Da die Tür verschlossen war, spähte sie neugierig durch das kleine Fenster. Sie konnte die Kühle des Raums durch die Glasscheibe hindurch auf ihrem Gesicht fühlen. Eine Hälfte der Kammer war mit Fliegengitter abgetrennt; dahinter hingen große Stücke Fleisch an Haken und Leinenbeutel mit Käse und Butter. Diese leicht verderblichen Lebensmittel wurden aufgehängt, damit sie vor Ungeziefer sicher waren. Unmittelbar hinter der Tür lagerten Fässer mit Mehl, Hafer und Zucker sowie Ölkanister und große weiße Salztafeln aus dem Lake Eyre.

Nachdem Arabella sich eine Zeit lang vergeblich abgemüht hatte, ihr Kleid sauber zu bekommen, ging sie in die Küche, um Maggie um Rat zu fragen.

»Nehmen Sie Seife, damit kriegen Sie die Flecken raus.« Maggie schob ihr eine Schachtel mit der Aufschrift *Sunlight* hin, die sie aus einem Regal genommen hatte. Arabella ging ins Waschhaus zurück und schrubbte, bis ihr die Hände wehtaten. Es war eine mühsame Arbeit, aber die Rußflecken gingen langsam heraus.

»Hier verstecken Sie sich also«, erklang plötzlich Tonys Stimme.

»Ich verstecke mich doch nicht«, gab Arabella empört zurück.

»Was machen Sie dann hier?«

»Ich wasche, das sehen Sie doch«, erwiderte sie trotzig.

»Maggie braucht ein bisschen Gemüse aus dem Garten. Ich will nicht, dass sie in dieser Hitze draußen schuftet, wo sie sich gestern so elend gefühlt hat. Deshalb werden Sie sich darum kümmern, sobald Sie hier fertig sind.«

Eine Sekunde lang starrte Arabella ihn offenen Mundes an. »Ich? Ich kann doch in dieser glühenden Hitze nicht im Garten arbeiten!«

»Wieso nicht? Sie sind jünger als Maggie, und Maggie macht das regelmäßig.«

»Aber … und mein Sonnenbrand?«

»Setzen Sie einen Hut auf. Maggie braucht Kartoffeln und Möhren fürs Abendessen. Und die Außentoilette muss auch geputzt werden.«

Arabella schnappte nach Luft. »Das mache ich auf gar keinen Fall!«, rief sie. »Und wenn Sie mich rauswerfen!«

»Jemand muss es tun«, versetzte Tony wütend. Dass das normalerweise zu seinen Aufgaben gehörte, verschwieg er ihr wohlweislich.

»Ich jedenfalls nicht«, entgegnete sie heftig und stampfte mit dem Fuß auf. »Mir wird schon übel, wenn ich bloß daran denke!«

Sie war blass geworden. Tony konnte sie verstehen, doch ihre Bockigkeit ärgerte ihn trotzdem. Wäre sie nicht eine kleine Hilfe für Maggie, hätte er sie wirklich hinausgeworfen.

»Gut, dann misten Sie den Stall aus.«

»Den Stall?«, echote Arabella.

»Ja, das ist der Schuppen ungefähr zwanzig Meter hinter dem Gemüsegarten. Stuart Thompson hat sein Pferd darin untergestellt. Aber erst holen Sie das Gemüse und helfen Maggie in der Küche. Die Grabegabel steht hinter Ihnen in der Ecke, gleich neben dem Eimer.«

Bevor Arabella protestieren konnte, hatte er sich umgedreht und stapfte davon.

Edward Fitzherbert stand an einer Straßenecke und wischte sich den Schweiß von der Stirn. Ein heißer, böiger Wind zerrte an seiner Kleidung. Zwischen ein und vier Uhr nachmittags, wenn die Hitze am größten war, lag Alice Springs vollkommen verlassen da – wie eine Geisterstadt. Edward war die einzige lebende Seele, die um diese Zeit durch die Straßen irrte.

In den letzten beiden Tagen hatte er jedes Hotel in der Stadt mehrmals aufgesucht und sowohl die Angestellten als auch die Gäste gefragt, ob sie nicht jemanden wüssten, der bereit wäre, seine Tochter in der Wüste zu suchen. Die einzige Möglichkeit, mit den Einheimischen ins Gespräch zu kommen, bestand darin, ihnen einen Drink zu spendieren und sich selbst auch einen zu genehmigen, und so hatte Edward mehr getrunken, als ihm lieb war. Er hatte überdies sämtliche Geschäfte und Kirchen abgeklappert. Lediglich die Freudenhäuser hatte er ausgelassen: Er wusste, Clarice hätte es selbst unter den gegebenen Umständen nicht verstanden, wenn er diese Etablissements betreten hätte. Sogar Leute auf der Straße hatte er angesprochen. Die Antwort war fast immer die gleiche gewesen: »Fragen Sie die Aborigines.«

Die Eingeborenen in der Stadt machten einen unterernährten, schmuddeligen, verwahrlosten Eindruck auf Edward, sodass er davor zurückschreckte, sie mit einer so wichtigen Aufgabe zu betrauen. Da ihnen der Zutritt zu Hotels und Kneipen verboten war, beschafften sie sich ihren Schnaps auf andere Weise und betranken sich. Einige boten selbst hergestellte Kunstgegenstände auf der Straße an, andere bettelten. Edward war nachts mehrmals von Gestalten, die plötzlich aus dunklen Hauseingängen hervorsprangen, um Geld oder Zigaretten genötigt worden. Man hatte ihm geraten, sich an die Afghanen zu wenden, doch die paar, die er in der Stadt gesehen hatte, waren ihm wenig Vertrauen erweckend erschienen.

Zu Edwards Enttäuschung kannten sich die weißen Siedler in der Gegend offenbar überhaupt nicht in der Wüste aus. Die meisten hatten am eigenen Leib erfahren – sei es durch den Verlust von Vieh, sei es durch den Tod von Freunden oder Angehörigen –, wie grausam die Wüste sein konnte, und waren deshalb für keine Summe bereit, ihr Leben aufs Spiel zu setzen. Die Bewohner der Stadt hielten sich in deren nahem Umkreis auf, und wer auf einer Farm zu Hause war, kam nach kürzester Zeit auf die Gefahren zu sprechen, die in der Wüste lauerten.

»Aber ihr lebt doch auch dort draußen«, hielt Edward ihnen entgegen.

»Ja, aber wir bleiben auf unseren Farmen«, erwiderten sie, »und wenn wir aus irgendeinem Grund doch durch die Wüste müssen, dann nie ohne Fährtensucher oder eingeborenen Farmarbeiter.«

Mit jeder Minute, die verstrich, wuchs Edwards Verzweiflung. Er wusste, dass die Zeit gegen ihn arbeitete. Es kam ihm so vor, als würde er vor Kummer allmählich den Verstand verlieren und er könnte nichts dagegen tun.

In der Todd Street ließ er sich auf eine Bank fallen. Er stand kurz vor einem Nervenzusammenbruch. Wo war der selbstbewusste Mann geblieben, der sich voller Abenteuerlust mit seiner Familie auf den Weg nach Australien gemacht hatte? Edward kannte sich nicht wieder. Falls sie Arabella nicht lebend fanden, würde er nie mehr der Alte sein. »Wären wir doch alle in der Wüste umgekommen!«, stieß er verbittert hervor.

»Sie suchen ’nen Fährtensucher, Boss?«

Edward erschrak. Er blickte auf und sah drei Aborigines vor sich. Sie waren mager und ärmlich gekleidet, und Edward kam unwillkürlich der Gedanke, dass die Kerle ihn ausrauben wollten. »Na ja«, antwortete er vorsichtig, »ich brauche jemanden, der in der Wüste nach meiner Tochter sucht oder mich zumindest dorthin bringt. Woher wisst ihr das?«

»Wir haben gehört, dass Sie überall herumfragen.«

»Kennt ihr jemanden, der mir helfen könnte?«

»Was springt dabei raus?«

»Eine hohe Belohnung. Ich werde jedem, der mir hilft, eine anständige Summe bezahlen.«

»Wir können Ihre Tochter finden, Boss«, sagte der Mann, der bisher gesprochen hatte.

»Ihr?« Edward musterte die drei argwöhnisch. Mit ihren dünnen Beinen und ausgemergelten Körpern schienen sie ihm wenig geeignet für einen strapaziösen Marsch durch die Wüste. Da würde er selbst ja länger durchhalten!

»Wir sind die besten Spurenleser in der ganzen Gegend, Boss.«

»Tatsächlich?« Edward machte ein überraschtes Gesicht. »Habt ihr so etwas denn schon einmal gemacht?«

»O ja, Boss, schon oft.«

»Wirklich?« Edward schöpfte neue Hoffnung. Er wollte ihnen gern glauben, aber noch war sein Misstrauen stärker. »Meine Tochter wird seit einigen Tagen vermisst. Wahrscheinlich ist sie aus dem Zug gestürzt. Es könnte also sein, dass sie verletzt ist.«

»Wir können sie finden, Boss«, behauptete der Aborigine im Brustton der Überzeugung.

Grenzenlose Erleichterung überkam Edward. Er streckte die Hand aus und sagte: »Ich bin Edward Fitzherbert.«

»Mein Name ist Billy, und das hier sind Charlie und Danny.«

»Das sind ja englische Namen«, sagte Edward erstaunt.

»In der Stadt benutzen wir nicht unsere Stammesnamen, Boss«, meinte Billy und grinste Edward mit seinem zahnlosen Mund an.

Es war das erste wirklich freundliche Gesicht, dem Edward in Alice Springs begegnete. »Wann können wir aufbrechen?«

»*Sie* bleiben hier, Boss. *Wir* gehen.« Billy deutete mit dem Daumen auf seine beiden Begleiter.

»Oh.« Clarice würde erleichtert sein, wenn er bliebe, das wusste Edward. »Gut. Wann könnt ihr aufbrechen?«

»Heute noch, Boss. Jetzt gleich, wenn Sie wollen«, antwortete Billy.

Edward hätte jubeln können. Nicht mehr lange, und Arabella würde gefunden! »Großartig! Haltet euch immer an den Schienenstrang, dann könnt ihr sie eigentlich nicht verfehlen. Sie ist ungefähr eins sechzig groß, hat honigblonde Haare und …«

Billy hob beide Hände. »Keine Sorge, Boss. Wir werden sie bestimmt nicht mit den anderen weißen Mädchen da draußen verwechseln.«

»Was?« Edward schaute Billy verwirrt an. Wollte der Kerl ihn auf den Arm nehmen? Plötzlich dämmerte es ihm. »Oh, ja, sicher. Ich brauche euch Arabella gar nicht zu beschreiben, weil sie die einzige weiße Vermisste ist.«

Billy nickte.

»Dann will ich euch nicht aufhalten. Ich kann es kaum erwarten, meiner Frau die gute Nachricht mitzuteilen. Endlich macht sich jemand auf die Suche nach unserer Tochter!«

»Das macht zwanzig Pfund«, sagte Billy.

Edward riss verblüfft die Augen auf und ließ den Blick über die drei Aborigines wandern, die ihn ausdruckslos anstarrten. »Zwanzig Pfund?«

Billy nickte. »Für uns drei. Das ist ein fairer Preis, Boss. Wir werden uns in der Wüste aufteilen, damit wir ein größeres Gebiet absuchen können.«

»Ich verstehe.« Zwanzig Pfund waren eine stolze Summe, doch Edward hätte mit Freuden das Zehnfache bezahlt, um Arabella zurückzubekommen.

»Wir wollen das Geld jetzt gleich«, sagte Billy.

»Jetzt gleich?« Eine Sekunde lang kehrte Edwards Misstrauen zurück. Aber was hätte er tun sollen? Diese drei Männer waren die Einzigen, die ihm Hilfe anboten. Er stand mit dem Rücken zur Wand. »Wie wäre es mit zehn Pfund jetzt und den Rest bei eurer Rückkehr?«, schlug er vor.

»Nein, Boss. Alles jetzt gleich, oder wir blasen die Sache ab. Wir sind schon einmal von Weißen aufs Kreuz gelegt worden. Wir haben getan, was sie uns sagten, und dann haben sie uns nicht bezahlt.«

»Na schön.« Edward zweifelte nicht an seinen Worten. Die Weißen hatten keinen Respekt vor den in der Stadt lebenden Ureinwohnern, das hatte er immer wieder festgestellt. Einige Weiße hatten sogar schreckliche Dinge über die Aborigines erzählt. »Ich wohne im Central Hotel. Gebt mir sofort Bescheid, wenn ihr zurück seid.« Er zog zwanzig Pfund aus seiner Brieftasche.

Billy nahm das Geld. »Wir werden Ihre Tochter finden und zurückbringen, Boss.«

Die Männer wandten sich zum Gehen. Edward sah ihnen einen Augenblick nach. Dann eilte er ins Hotel zurück, um Clarice die gute Nachricht zu überbringen.

Arabella hatte erst wenige Minuten in der harten Erde gestochert, aber ihre Handflächen brannten schon wie Feuer. Da sie nie im Leben auch nur in der Nähe eines Gemüsebeets gewesen war, hatte sie keine Ahnung, wie man Kartoffeln erntete.

Zum Schutz vor der Sonne hatte sie den großen Hut von Maggie aufgesetzt und ihren weiten Kaftan angezogen. Trotzdem lief ihr der Schweiß in Strömen über den Körper. Als Maggie mit einem Eimer schmutzigem Wasser für den Gemüsegarten nach draußen kam, hockte Arabella auf den Fersen und starrte mit schmerzverzerrtem Gesicht auf ihre Hände.

»Was haben Sie denn?«, fragte Maggie.

»Ich hab überall Blasen«, jammerte Arabella, »und noch keine einzige Kartoffel gefunden!«

»Da müssen Sie schon ein bisschen tiefer graben«, erwiderte Maggie stirnrunzelnd. »Geben Sie mal her, ich zeig's Ihnen.« Sie nahm Arabella das Gartengerät aus der Hand und stieß es mit dem Fuß kraftvoll in den ausgetrockneten Boden. Die Sonne brannte heiß vom Himmel. Kein Baum, kein Strauch spendete Schatten. Nicht einmal Unkraut wuchs hier. Alles wurde abgefressen, sogar das Kraut der Möhren, kaum dass es sich an der Oberfläche zeigte.

»Ein schrecklicher Boden«, meinte Arabella. »Knochenhart und steinig.«

»Das kommt daher, weil es jahrelang nicht geregnet hat. Würde ich das Schmutzwasser vom Hotel nicht zum Gießen verwenden, würden hier nicht einmal die paar Kartoffeln und Möhren wachsen.«

Unweit des Gartens, beim Hühnerstall und dem Verschlag für das Vieh, befand sich der Ziehbrunnen. »Warum nehmen Sie kein Brunnenwasser zum Bewässern?«, wollte Arabella wissen.

»Weil es zu salzig ist«, antwortete Maggie. »Wir können es nicht mal den Hühnern zu trinken geben.«

Arabella schaute sich um. Ein grobmaschiger, löchriger Drahtzaun umgab den Garten, in dem es vor riesigen Ameisen und anderen sonderbaren Insekten nur so wimmelte. Am liebsten wäre sie ins Haus geflüchtet. In der Ferne konnte sie Kängurus erkennen, die sich im Schatten eines Baumes ausruhten. Sie beneidete die Tiere.

Maggie folgte Arabellas Blick. »Die Kängurus sind nicht dumm«, sagte sie. »Sie gehen frühmorgens und abends auf Futtersuche und bleiben tagsüber im Schatten …« Plötzlich schwankte sie.

»Maggie!« Arabella nahm ihren Arm. »Alles in Ordnung?«

»Ich muss zurück ins Haus«, flüsterte Maggie schwach.

»Soll ich mitkommen?«

»Nein, das ist nicht nötig. Mir fehlt nichts, ich brauche nur einen Schluck Wasser.« Maggie ging mit schleppenden Schritten davon.

Arabella sah ihr nach. Ob sie krank war? Aber dann hätte Tony doch etwas gesagt.

Sie grub weiter. Sooft sie die Gabel in die Erde stieß, durchfuhr sie ein stechender Schmerz, und sie zuckte zusammen.

»Wieso hat Maggie im Garten gearbeitet? Hatte ich nicht gesagt, *Sie* sollen das übernehmen?«, fuhr eine wütende Stimme sie plötzlich an.

Arabella fuhr heftig zusammen. Sie hatte Tony gar nicht kommen hören.

»Ich … Maggie hat mir nur gezeigt, wie es geht«, stammelte sie.

»Ich hatte Ihnen doch gesagt, dass Maggie bei der Hitze auf keinen Fall draußen arbeiten soll.«

Arabella konnte ihm ansehen, wie besorgt er war. »Ist sie denn krank?«

Tony zögerte, öffnete den Mund, um etwas zu erwidern, überlegte es sich dann aber anders und stapfte davon.

7

»Wir werden heute wohl nur drei Gäste zum Abendessen haben«, sagte Maggie, als Arabella aus dem Garten hereinkam. »Les, Ted Wallace und Fred Powell. Fred gehört der General Store, außerdem betreibt er das Postamt. Ich werde Sandwiches mit Steak und Ei machen. Das essen alle gern.«

»Das Postamt?« Arabella war plötzlich ganz aufgeregt. »Dann könnte ich doch meinen Eltern schreiben, dass es mir gut geht, damit sie beruhigt sind!«

»Natürlich könnten Sie das. Aber es würde nicht viel nützen. Solange der Zug nicht verkehrt, bleibt der Brief hier liegen.«

»Ach so, ja.« Arabella machte ein enttäuschtes Gesicht. Dann betrachtete sie den Eimer mit den Möhren und Kartoffeln, die sie aus dem Garten geholt hatte. »Und was machen wir mit denen hier?«

»Keine Sorge, die halten bis morgen Abend«, sagte Maggie. Sie knetete Brotteig. Das Feuer im Ofen brannte bereits, und in der Feuerstelle unter dem Rost, auf dem die Steaks braten würden, lag das Holz zum Anzünden bereit. »Könnten Sie ein paar Eier aus dem Hühnerstall holen? Nehmen Sie die Schüssel da.« Sie deutete mit dem Kinn auf eine Blechschüssel auf der Arbeitsfläche.

In der Küche herrschte bereits enorme Hitze. Arabella brach der Schweiß aus allen Poren. Kein Wunder, dass Maggie immer wieder schwindlig wurde. Sie stellte den Eimer ab und seufzte müde. Da hatte sie über eine Stunde lang geschuftet, hatte Blasen an den Händen und konnte kaum noch aufrecht stehen, weil ihr der Rücken wehtat, und jetzt würde Maggie die Kartoffeln und Möhren nicht einmal verwenden!

»Aber ich hab den Stall noch nicht ausgemistet«, sagte Arabella stöhnend.

Maggie schaute sie verdutzt an. »Den Stall? Hat Tony das gesagt?«

Arabella nickte. Sie war den Tränen nahe.

»Ich werde mit ihm reden«, versprach Maggie. »Das ist keine Arbeit für eine Frau.«

»Die Außentoilette soll ich auch sauber machen«, klagte Arabella.

Maggie zog die Stirn in Falten. »Was ist bloß in ihn gefahren?«, murmelte sie vor sich hin. Um das Thema zu wechseln, fuhr sie fort: »Was es wohl mit Stuart Thompsons Goldsuche auf sich hat?« Sie bestäubte ihre Hände mit Mehl, damit der Teig nicht kleben blieb. »Mr Thompson verrät ja nicht viel, aber die meisten glauben, er weiß, wo sich ein reiches Vorkommen befindet.«

»Glauben Sie das auch? Das wäre aufregend!«

»Nun, falls es wirklich stimmt, wäre es in einer kleinen Stadt wie Marree kaum geheim zu halten. Das Goldfieber ist etwas Seltsames. Es kann ganz normale Männer zu Verrückten machen. Oh, fast hätte ich es vergessen – Tony sagte, Jonathan Weston hätte vorhin nach Ihnen gesucht. Ich hab Tony gesagt, Sie wären noch im Garten, aber anscheinend war es nicht so wichtig.«

Zorn loderte in Arabella auf. Tony hatte doch gewusst, dass sie draußen im Garten arbeitete. Warum hatte er Jonathan nicht hinausgeschickt? »Wo ist Jonathan jetzt?«

»Ich glaube, oben in seinem Zimmer. Er will am frühen Nachmittag aufbrechen und schon alles vorbereiten.«

»Vielleicht hat er gute Nachrichten für mich«, sagte Arabella und eilte zur Küche hinaus.

»Holen Sie mir zuerst die Eier«, rief Maggie ihr nach, doch

Arabella hörte nicht. Maggie wandte sich kopfschüttelnd wieder dem Teigkneten zu. Was für eine gute Nachricht konnte Jonathan wohl für Arabella haben? Die Telegrafenleitung war noch immer unterbrochen, und soweit Maggie wusste, waren keine fahrenden Händler aus Alice Springs in Marree eingetroffen.

Die Tür zu Jonathans Zimmer stand offen. »Hallo«, sagte Arabella. »Ich habe gerade gehört, Sie hätten mich gesucht. Haben Sie gute Nachrichten für mich?«

Jonathan, der mit dem Rücken zur Tür auf seinem Bett saß, drehte sich um. Er polierte die Objektive seiner Kamera. »Ich fürchte, nein.«

»Oh.« Arabella ließ den Kopf hängen.

Jonathan stand auf und ging zu ihr. »Kein Afghane ist bereit, Sie nach Alice Springs zu bringen«, sagte er sanft. »Ich habe jeden gefragt. Ihre Kamele gehen ihnen über alles, und es scheint, als hätten Sie sie beleidigt.«

»Ich habe nur die Wahrheit gesagt«, verteidigte Arabella sich trotzig.

Als Jonathan von Faiz Mohomet erfahren hatte, dass Arabella die Tiere als »stinkende Viecher« bezeichnet hatte, war er entsetzt gewesen. Diplomatie musste die junge Frau offenbar noch lernen. »Es tut mir leid«, sagte er. Er hatte sich sogar bei den Afghanen für ihr Benehmen entschuldigt, doch der Schaden, den Arabella mit ihrer Äußerung angerichtet hatte, war nicht wiedergutzumachen. Die Afghanen wollten nichts mehr mit ihr zu tun haben. »Die Afghanen sind in gewissen Dingen sehr empfindlich, zumal sie in Australien benachteiligt werden. Als Asiaten bleibt ihnen beispielsweise die Staatsbürgerschaft verwehrt. Wenn man bedenkt, was sie geleistet haben und noch immer leisten, ist das mehr als ungerecht.«

»Ich habe nie etwas gegen die Leute gesagt, nur gegen ihre Kamele.«

»Das macht für die Afghanen keinen Unterschied«, erklärte Jonathan. »Sie haben größte Achtung vor den Tieren und ihren Fähigkeiten. Wenn Sie ihre Kamele beleidigen, beleidigen Sie die Menschen.«

Arabella war viel zu gekränkt über die Zurückweisung, als dass sie auf die Gefühle der Afghanen hätte Rücksicht nehmen können. »Mit einem von denen allein würde ich mich auf so einer langen Reise sowieso nicht sicher fühlen«, versetzte sie bockig. »Dann warte ich eben, bis meine Eltern mit dem Zug kommen und mich holen. Das dauert bestimmt nicht mehr lange.«

»Hoffentlich behalten Sie Recht«, meinte Jonathan.

»Ich will nur noch fort von hier! Ich kann weder kochen noch putzen, aber erklären Sie das mal Tony McMahon! Ich hab ihm gesagt, dass ich noch nie im Haushalt gearbeitet habe, und er muss doch selbst sehen, dass ich nicht zur dieser Arbeit tauge. Mein Vater wird die Hotelrechnung bezahlen, aber Tony hält mich wohl für eine Hochstaplerin. Ich kann es kaum erwarten, sein Gesicht zu sehen, wenn meine Eltern kommen! Wie ich das alles hier hasse«, fügte sie heftig hinzu. »Ich sehne mich nach meinem alten Leben!«

Jonathan musterte sie nachdenklich. Allmählich konnte er sich vorstellen, was für ein Leben sie geführt hatte. Hausarbeit war fraglos nichts für sie. Sie war aber auch kein hilfsbereiter Mensch. Bestimmt hatten ihre Eltern sie viel zu sehr verwöhnt. Arabella hatte offenbar stets im Mittelpunkt gestanden, und alles hatte sich immer nur um sie gedreht; deshalb war sie nicht fähig, sich in andere hineinzuversetzen und Dinge aus einer anderen Warte als der eigenen zu betrachten. Jonathan fragte sich auch, was es mit ihrem angeblichen Leiden auf sich hatte. Trotz allem, was sie durchgemacht hatte, wirkte sie nicht besonders zerbrechlich. Vielleicht war sie nur eine verängstigte junge Frau, die sich hinter eingebildeten Krankheiten versteckte. Die Frage war nur: *Wovor* fürchtete sie sich? Das hatte Jonathan noch nicht herausgefunden, aber sie hatte ihn auf jeden Fall neugierig gemacht.

»Sie kommen aus London?«

»Ja. Wie sehr ich die Stadt vermisse! Ich bin gern ins Theater gegangen und nachmittags zum Tee ins Dorchester und andere feine Hotels. Am meisten aber vermisse ich mein Zuhause, mein Zimmer und mein großes, weiches Bett. Ich hatte oft Bronchitis, wissen Sie, deshalb sorgte Nellie, unsere Haushälterin, immer dafür, dass im Kamin in meinem Zimmer ein Feuer brannte, damit ich es schön warm hatte. Und Mummy umsorgte mich liebevoll.« Brennendes Heimweh und heftige Sehnsucht nach ihren Eltern überkamen sie. Vor allem ihre Mutter fehlte ihr. Zum ersten Mal wurde ihr klar, dass sie deren rührende Fürsorglichkeit immer für selbstverständlich gehalten hatte. Nicht eine Sekunde lang hatte Arabella damit gerechnet, ihr Leben könne sich jemals ändern.

»Was wollen Sie später einmal machen? Beruflich, meine ich?«

Arabella blickte ihn verdutzt an. »Beruflich? Ich habe keine beruflichen Pläne.«

»Aber Sie haben doch sicher Hobbys.«

»Ich male ein bisschen, aber nicht besonders gut, und ich liebe Musik, besonders Opern, aber auch Musicals.«

Jonathan konnte nicht fassen, dass Arabella keine ernsthaften Interessen oder Zukunftspläne hatte. Anscheinend bestand ihr ganzes Leben aus gesellschaftlichen Vergnügungen.

»Tja, ich gehe dann mal wieder«, sagte Arabella gereizt. »Maggie hat mich gebeten, Eier aus dem Hühnerstall zu holen.«

»Und ich muss meine Sachen noch zusammenpacken. Tut mir leid, dass ich bei Faiz Mohomet nichts erreicht habe, aber Sie müssen das verstehen. Seine Kamele bedeuten ihm alles. Für einen Mann wie ihn sind seine Tiere nicht mit Gold aufzuwiegen.«

Arabella schüttelte den Kopf. »Merkwürdig.«

»Vielleicht werden Sie bald verstehen, warum die Kamele so wertvoll sind«, sagte Jonathan lächelnd.

»Wieso?«

»Tony hat mir erzählt, dass heute Wasser geliefert wird.«

»Was hat das mit den Kamelen zu tun?«

»Warten Sie's ab. Sie werden schon sehen.«

Arabella scheuchte die Hennen aus ihren Legeboxen, damit sie die Eier einsammeln konnte. In Gedanken war sie noch bei Jonathan und seiner Bemerkung, auf die sie sich keinen Reim machen konnte. Plötzlich wehte eine gewaltige Staubwolke in den Hühnerhof.

»Iiih!« Angewidert hielt Arabella sich Mund und Nase zu. Da sich schon etliche Eier in der Schüssel befanden, eilte sie zur Gittertür, schlüpfte hindurch und schloss sie hinter sich. Sie war schon auf dem Weg zum Haus, als sie den Kopf in die Richtung drehte, aus der der Staub heranwirbelte, und ihre Augen wurden groß. Zwei Karawanen mit sicherlich je dreißig Kamelen zogen vorbei. Auf dem jeweils ersten Kamel saß ein Reiter; alle Tiere waren durch Nasenringe und Seile miteinander verbunden. Einer der beiden Reiter trug einen Turban und eine ausgebeulte Latzhose über einem weiten Hemd. Ein buschiger Bart zierte sein Gesicht. Jedes der Kamele hinter ihm war mit zwei großen Wassertanks beladen, die jeweils annähernd hundert Liter fassten und rechts und links des Höckers befestigt waren. Die Behälter sahen groß und schwer aus, doch die Tiere schienen die Last mit Leichtigkeit zu tragen. Vor dem Hotel hielten die Kamele auf ein Kommando des Treibers hin an. Nach einem zweiten Kommando ließ sich sein Reittier, wenn auch unter protestierendem Brummen, auf die Knie herab. Die anderen Kamele folgten seinem Beispiel, wobei auch sie ein widerwilliges Grummeln von sich gaben.

Arabella beobachtete die Szene in ehrfürchtigem Staunen.

»Hallo, Musloom!«, begrüßte Tony, der herausgekommen war, den Kameltreiber. »Wie war die Reise? Ist alles gut gegangen?«

»Alles bestens«, erwiderte Musloom. »Trotzdem freue ich mich darauf, mich endlich ausruhen zu können!«

Musloom Shar und Mahomet Drim waren elf Tage zuvor von Marree aus aufgebrochen. Sie hatten sich mit ihren Kamelen nach Norden gewandt und waren dem Birdsville Track bis nach Mungerannie gefolgt, wo es eine Quelle gab. Sie hatten eine Strecke von insgesamt etwa zweihundertfünfzig Meilen zurückgelegt. Einhundertzwanzig Tanks mussten mit Wasser gefüllt und die Kamele anschließend beladen werden. Das war eine überaus harte, schweißtreibende Arbeit. Zum Glück hatten sie beim Beladen der Tiere Hilfe von zwei Männern vom Rasthaus in Mungerannie bekommen. Hier in Marree halfen ihnen Tony und die anderen Männer beim Entladen, unterwegs aber hatten sie bei jeder Rast die Wasserbehälter ohne fremde Hilfe herunternehmen müssen.

Arabella stand da und staunte. Sie musste zugeben, dass die Kamele etwas Majestätisches besaßen, wie sie so daherschritten. Ihr Fell war zwar staubig und sah ganz zerrupft aus, doch ihr Gang war anmutig und ihre Haltung würdevoll. Arabella wusste von Maggie, welch gewaltige Entfernung die Kamele in der sengenden Hitze mit ihrer schweren Last zurückgelegt hatten, und sie bewunderte die Tiere für deren gewaltige Leistung. Plötzlich begriff sie, was Jonathan gemeint hatte, als er sagte, sie würde schon noch verstehen, weshalb die Afghanen so große Achtung vor ihren Kamelen hatten.

Inzwischen waren drei Männer aus der Bar gekommen. Gemeinsam machten sie sich daran, die Wasserbehälter abzuladen und sie hinter dem Stall im Schatten eines Baumes zu lagern. Im Gegensatz zu dem großen, kräftigen Musloom Shar, dem Kameltreiber mit dem buschigen Bart, war Mahomet Drim ein Knirps. Er maß höchstens einen Meter fünfunddreißig, war aber von stämmiger Statur.

Maggie war ebenfalls nach draußen gekommen und hatte sich zu Arabella gesellt. Sie bemerkte deren verblüffte Miene beim Anblick des kleinen Mannes. Mahomet Shar reichte dem knienden Kamel kaum bis zum Kopf.

»Er ist zwar klein, aber bärenstark«, raunte Maggie. »Und ein richtiger Mann – er hat elf Kinder mit seiner Frau gezeugt, einer Aborigine.«

»Elf Kinder!« Arabella riss die Augen auf, und Maggie lachte laut heraus.

Es war früh am Abend. Arabella half Maggie gerade beim Belegen der Sandwiches, als Tony hereinkam. Er machte ein mürrisches Gesicht.

»Ich habe einen meiner besten Kunden verloren, und das ist allein Ihre Schuld!« Er zeigte mit dem Finger anklagend auf Arabella.

»Wieso? Was habe ich denn jetzt wieder getan?« Arabella starrte ihn an.

»Die Männer hänseln Wally gnadenlos, seit Sie ihn blamiert haben, und jetzt weigert er sich, in die Kneipe zu kommen. Wally hat eine Menge Geld in Alkohol umgesetzt – wir werden es merken, wenn er nicht mehr kommt. Es sind harte Zeiten. Wir sind auf jedes Pfund angewiesen, das ein Gast hierlässt.«

»Was haben Sie denn zu ihm gesagt?«, fragte Maggie.

»Na ja … nur, dass ich seinen nackten Hintern gesehen habe«, antwortete Arabella errötend.

»Sie haben gesagt, dass er grunzt, wenn er mit einer Frau zusammen ist«, schimpfte Tony. »Jetzt fangen seine Kumpel zu grunzen an, sooft sie ihn sehen.«

»Nicht zu fassen.« Arabella schüttelte den Kopf. »Wie können erwachsene Männer nur so kindisch sein!«

Maggie schürzte die Lippen. »Habe ich Ihnen nicht gesagt, Sie sollen Jacko nicht vor seinen Freunden bloßstellen?«

»Aber mich darf er ungestraft demütigen, was?« Arabella war den Tränen nahe.

»Er hat lediglich Fitzi zu Ihnen gesagt.« Tony machte eine ungeduldige Handbewegung. »Das ist doch keine Demütigung, das ist nur ein Spitzname. Mich nennen sie Macca, aber mache ich einen Aufstand deswegen?«

»Maggie hat doch auch keinen Spitznamen«, klagte Arabella.

»Eigentlich heiße ich Margaret. Ich wurde immer so gerufen, bis ich hierherkam.«

»Ich kann ›Fitzi‹ nicht ausstehen!«, beharrte Arabella.

»Sich damit abzufinden wäre aber das kleinere Übel gewesen«, sagte Maggie. »Jacko kann manchmal komisch sein, wenn ihn etwas ärgert. Nicht, Tony?«

Der nickte zerstreut. Die Einnahmen, die ihm jetzt entgehen würden, beschäftigten ihn mehr.

»Was soll das heißen?«, fragte Arabella beunruhigt.

Maggie zuckte die Achseln. »Na ja, wer weiß, auf was für Ideen er kommt.«

»Ich schlage vor, Sie entschuldigen sich bei ihm«, sagte Tony. »Ich will, dass er wieder in meiner Bar sitzt und das tut, was er am besten kann – sein Geld versaufen.«

»Ich denke gar nicht daran!«, gab Arabella entrüstet zurück. »Ich werde mich auf keinen Fall bei ihm entschuldigen! Ich finde es unerhört, dass Sie so etwas von mir verlangen!«

Tony blickte seine Frau an. »Vielleicht kannst du sie zur Vernunft bringen«, meinte er gereizt. Dann kehrte er in die Bar zurück.

»Nehmen Sie die Sache nicht auf die leichte Schulter, Arabella«, sagte Maggie warnend. »Wally Jackson ist ziemlich nachtragend. Ich an Ihrer Stelle würde mich schnellstens bei ihm entschuldigen. Männer wie er vertragen es nicht, vor ihren Freunden bloßgestellt zu werden, schon gar nicht von einer Frau. Er wird das nicht einfach so hinnehmen.«

»Was wollen Sie damit sagen? Dass er mir etwas antun könnte?«

»Ich weiß es nicht.« Maggie schüttelte besorgt den Kopf. »Ich weiß es wirklich nicht.«

»Sie haben doch gesagt, er wäre im Grunde ein guter Kerl.«

»Das ist er auch. Aber es ist für ihn sehr wichtig, was seine Freunde von ihm denken. Das ist in einer Kleinstadt nun mal so. Es ist nicht leicht, von den Leuten akzeptiert zu werden, aber hat man es geschafft, nimmt diese Freundschaft einen wichtigen Platz ein. Sie können das nicht verstehen, weil Sie hier noch keine Freunde gefunden haben.«

»Ich lege auch keinen Wert darauf, mich mit Betrunkenen anzufreunden«, giftete Arabella. »In diesem Kaff mag ich nur einen Menschen, und das ist Jonathan Weston.«

»Ja, Jonathan scheint ein netter Kerl zu sein. Von ihm könnten Sie diplomatisches Geschick lernen. Er setzt sich gelegentlich mit den Männern auf einen Drink zusammen. Jonathan weiß, was er sagen darf und was nicht.« Sie sah Arabella eindringlich an. »Wenn Sie sich schon nicht bei Wally entschuldigen wollen, dann lassen Sie sich wenigstens etwas einfallen, damit seine Kumpel sich nicht mehr über ihn lustig machen.«

»Was soll ich denn tun?«

»Keine Ahnung. Denken Sie darüber nach.« Maggie zündete das Feuer unter dem Grill an. »Ich gehe in die Bar und nehme die Bestellungen für die Steaksandwiches auf. Können Sie schon mal anfangen, die Steaks aufzulegen, sobald das Feuer richtig brennt?«

Arabella machte ein zweifelndes Gesicht. »Sie kommen doch gleich wieder?«

»Wieso? Sie können doch hoffentlich ein Steak braten?« Maggie begriff nicht, was daran so schwer sein sollte.

»Ich habe noch nie irgendwas zubereitet.«

Maggie schüttelte ungläubig den Kopf. »Sie legen einfach die Steaks auf. Wenn sie auf einer Seite schön braun sind, drehen Sie sie um. Sogar Sie kriegen das hin, Sie werden sehen. Aber Hände weg von der Feuerstelle!«, warnte sie und verließ die Küche.

Eine halbe Stunde später spießte Arabella das erste Steak mit einer Gabel auf und warf es auf den heißen Rost. Sie fuhr zusammen, als es laut zischte. Seit der Geschichte mit der Rußwolke, die aus dem Schornstein gequollen war, hatte sie Angst, etwas falsch zu machen.

Sie legte zwei weitere große Steaks auf den Rost. Plötzlich hörte sie draußen ein merkwürdiges Geräusch und schlich ans Fenster. Obwohl es rasch dunkel wurde, vermeinte sie, jemanden davonhuschen zu sehen. Hastig wich sie zurück. Da keine Gardine am Fenster war, konnte jeder hereinschauen und sie in der Küche beobachten. Das Herz schlug ihr bis zum Hals, als ihr Maggies Bemerkung über Wally Jackson einfiel. Würde er ihre unbedachte Äußerung, die sie in der Hitze des Augenblicks gemacht hatte, wirklich so übel nehmen, dass er es ihr heimzahlen wollte?

Wieder vernahm Arabella das eigenartige Geräusch, diesmal lauter. Sie überlegte, ob sie Maggie holen sollte, doch sie wollte Tony und den Gästen nicht begegnen. Außerdem würde sie sich dumm vorkommen, wenn sich herausstellte, dass das Geräusch von einem Tier stammte. Arabella beschloss, selbst nachzusehen. Vorsichtig bewegte sie sich zur Hintertür und spähte durchs Fliegengitter. In der Nähe der Außentoilette glaubte sie die dunklen Umrisse eines Tieres zu erkennen. Zuerst hielt sie es für einen kleinen Hund, doch als es sich fortbewegte, erkannte sie, dass es ein Wombat war. Sie hatte diese Beuteltiere im Zoo von Adelaide gesehen, bevor sie mit dem Afghan-Express nach Alice Springs aufgebrochen waren. Arabella stieß einen erleichterten Seufzer aus und fasste sich an den Hals. Sie spürte, wie ihr Herz raste, und zwang sich, ruhig zu atmen. Ein Glück, dass sie Maggie nicht geholt hatte. Sie hätte sich blamiert bis auf die Knochen.

Arabella öffnete die Gittertür und ging nach draußen. Obwohl es bereits ziemlich dunkel war, sah sie den Wombat um die Ecke der Außentoilette biegen. Offenbar hatte das Tier bei der Mülltonne nach Abfällen gesucht. Arabella wartete eine Weile, doch der Wombat kam nicht zurück. Als sie gerade in die Küche zurückwollte, nahm sie aus dem Augenwinkel eine Bewegung wahr. Ein Mann! Blitzschnell verschwand er hinter der Außentoilette. Arabella schnappte erschrocken nach Luft, eilte ins Haus, schlug die Tür hinter sich zu und drehte den Schlüssel herum.

Dann roch sie den Rauch.

»O nein!«, schrie sie auf.

Im gleichen Moment kam Maggie herein. Die Steaks waren auf der einen Seite völlig verkohlt; Rauchschwaden zogen durch die Küche.

»Was haben Sie denn jetzt wieder angestellt?«, stieß Maggie hervor. Sie riss die Steaks vom Rost und fächelte mit der anderen Hand den Rauch weg.

»Da draußen war jemand!«, jammerte Arabella hysterisch. »Ein Mann! Ich glaube, es war Wally Jackson!«

Maggie blickte aus dem Fenster. »Es ist stockdunkel da draußen. Wie wollen Sie da etwas erkennen?«

»Ich habe ein seltsames Geräusch gehört, und da bin ich raus, um nachzuschauen. Ich dachte zuerst, es wäre ein Wombat, und dann …«

»Die sieht man hier des Öfteren. Sie durchwühlen die Abfälle nach Essensresten.«

»… und dann hab ich gesehen, dass es ein Mann war. Er hat sich in der Nähe der Außentoilette herumgetrieben.«

»Sind Sie sicher?«

»Wenn ich es sage!«

»Das hätte Gott weiß wer sein können, Arabella. Die Aborigines lungern auch ständig hier herum.«

Arabella schüttelte energisch den Kopf. »Nein, es war ein Weißer.« Obwohl sie ihn nur flüchtig gesehen hatte, war sie ganz sicher. »Und er hat wie Wally Jackson ausgesehen.«

Maggie konnte ihr schlecht das Gegenteil beweisen. Außerdem wusste sie, dass sie nicht ganz unschuldig an Arabellas Panikattacke war. »Sie haben sich ganz bestimmt getäuscht«, sagte sie, um Arabella zu beruhigen. »Wally wird sich hier so bald nicht blicken lassen. Er ist in seinem Stolz verletzt.« Sie seufzte. »Schade um die Steaks. Sie hätten besser aufpassen müssen, Arabella. Tony sollte das lieber nicht sehen.« Sie stellte einen großen Teller auf die verkohlten Steaks. »Machen Sie die Tür auf, damit der Rauch abziehen kann.«

Arabella starrte sie ängstlich an. »Auf keinen Fall!«

Maggie verdrehte die Augen. »Herrgott, dann mach ich es eben. Bei der Gelegenheit kann ich auch gleich das Licht draußen einschalten.«

Als sie zurückkam, begann sie mit den Essensvorbereitungen. Sie warf ein paar neue Steaks auf den Rost, legte Brotscheiben zum Rösten dazu und briet Eier, als die Steaks fast durch waren. Im Handumdrehen waren die Sandwiches fertig.

»Haben Sie schon überlegt, was Sie den Männern sagen könnten, damit sie Wally nicht mehr hänseln?«, fragte Maggie und schloss die Tür wieder.

Arabella schüttelte den Kopf. »Nein.«

Maggie warf ihr einen tadelnden Blick zu, während sie die Teller mit den Sandwiches nahm. »Fangen Sie schon mal an, die Küche aufzuräumen«, sagte sie und eilte hinaus.

Arabella gehorchte, achtete jedoch darauf, dem Fenster und der Tür nicht zu nahe zu kommen. Als Maggie die leeren Teller zurückbrachte, bat sie Arabella, das Geschirr zu spülen. Das aber bedeutete, dass sie direkt am Fenster stehen müsste.

»Könnten Sie das nicht machen, Maggie? Wenn Wally da draußen herumlungert …«

»Ganz bestimmt nicht, weil er nicht von seinen Freunden gesehen werden will, wenn die zur Toilette müssen«, entgegnete Maggie mit Entschiedenheit und kehrte in die Bar zurück, um schmutzige Gläser zu holen.

Arabella sah ein, dass Maggie Recht hatte. Wally würde sich

bestimmt nicht draußen herumtreiben, zumal jetzt Licht brannte. Arabella nahm die Schüssel Wasser, die Maggie zum Erwärmen hinten auf den Rost gestellt hatte, und füllte das Spülbecken. Als sie die Teller ins Wasser stellen wollte, tauchte plötzlich ein Gesicht hinter der Fensterscheibe auf. Arabella stieß einen Entsetzensschrei aus und ließ die Teller fallen. Scherben klirrten.

Die Tür flog auf, und Maggie kam mit Tony in die Küche gestürzt.

»Was ist los?« Maggie warf einen Blick ins Spülbecken und sah das zerbrochene Geschirr. »Was haben Sie denn jetzt schon wieder gemacht?«

»Da war ein … ein Gesicht am Fenster!«, stammelte Arabella. Sie zitterte am ganzen Leib.

»Ein Gesicht?« Maggie schüttelte den Kopf, als wollte sie sagen: Was für ein alberner Gedanke! Sie stieß die Hintertür auf und ging nach draußen.

Tony seufzte tief. Er war überzeugt, Arabella wollte sich nur vor der Arbeit drücken. Wortlos drehte er sich um und kehrte in die Bar zurück.

Arabella drückte sich an die Wand neben dem Fenster, damit sie von draußen nicht gesehen werden konnte. Sie hörte, wie Maggie mit jemandem redete. Einen Augenblick später kam sie wieder herein.

»War es Wally?«, hauchte Arabella.

»Nein, das war Jack Emu. Er ist gerade vom *walkabout* zurück und stirbt fast vor Hunger. Ich habe ihm gesagt, dass er Sie zu Tode erschreckt hat. Es tut ihm leid. Er wollte bloß etwas zu essen und hat nicht gewusst, wer Sie sind. Ich hab ihm gesagt, ich kann ihm nur noch ein paar verbrannte Steaks anbieten, aber das macht ihm nichts, er nimmt sie gern.« Maggie schnitt zwei Scheiben Brot ab und klemmte die Steaks dazwischen. »Dann sind sie wenigstens weg, und Tony kriegt sie nicht zu Gesicht.« Sie trug die belegten Brote zur Hintertür hinaus.

Arabella folgte ihr zaghaft. Draußen stand ein dürrer Aborigine. Das war nicht der Mann, dessen Gesicht Arabella am Fenster gesehen hatte. »Ist sonst noch jemand hier draußen?«, fragte sie Jack über Maggies Schulter hinweg.

Er schien zu überlegen, was er darauf antworten sollte. »Nein, Missus«, sagte er dann, nahm sein Essen dankbar entgegen und wandte sich zum Gehen. Sekunden später hatte die Dunkelheit ihn verschluckt.

Die beiden Frauen kehrten in die Küche zurück.

»Maggie«, flüsterte Arabella verängstigt, »Jack war nicht der Mann, den ich am Fenster gesehen habe!«

Maggie klaubte die Scherben aus dem Spülbecken. »Hören Sie auf mich, Arabella, und entschuldigen Sie sich bei Wally. Oder reden Sie mit seinen Freunden. So oder so – bringen Sie die Sache ins Reine, damit endlich Ruhe ist.«

Arabella wusste, dass sie in dieser Nacht kein Auge zutun würde. Sie wünschte, Jonathan wäre da, damit sie jemanden zum Reden hätte. Er war nur wenige Stunden nach Stuart Thompson aufgebrochen, und auch Stuart würde erst in ein oder zwei Tagen zurück sein. Arabella fühlte sich einsamer als je zuvor.

Sie lag lange wach und lauschte angespannt auf jedes Knarren und Ächzen. Ihre Beklommenheit wuchs stetig. Schließlich stand sie auf und trat hinaus auf den Balkon. Sie hatte kein Licht gemacht. Sollte jemand sich unten auf der staubigen roten Straße aufhalten, würde er sie bestimmt nicht sehen. Eine Zeit lang stand sie regungslos da und ließ den Blick in die Ferne schweifen. Im Mondlicht konnte sie hüpfende Kängurus erkennen, und dann und wann einen Emu.

Am Rand ihres Blickfelds nahm sie plötzlich eine Bewegung unten auf der Straße wahr. Starr vor Angst beobachtete Arabella, wie ein Mann auf das Hotel zukam. Sie wagte kaum zu atmen. Arabella fürchtete, den Kerl auf sich aufmerksam machen, wenn sie in ihr Zimmer flüchtete. Der Mann war Wally Jackson. Dieses Mal war sie sich hundertprozentig sicher. Sie erkannte ihn am Gang, an seiner Gestalt, an der Form seines Huts. Das Hotel hatte früh geschlossen, wie montags und dienstags üblich, deshalb waren seine Kumpel längst gegangen. Als Wally nur noch wenige Meter vom Haus entfernt war, blieb er stehen, hob den Kopf und sah nach oben. Arabella kam es so vor, als bohrte sein Blick sich in ihre Augen. Voller Angst fragte sie sich, ob er wohl wusste, welches Zimmer ihres war. Auf einmal bückte er sich, hob etwas vom Boden auf und schleuderte es in ihre Richtung. Ein Stein prallte nur wenige Zentimeter neben ihr gegen die Fassade, und sie schrie erschrocken auf. Endlich löste sie sich aus ihrer Erstarrung, rannte in ihr Zimmer und schlug die Tür hinter sich zu. Schluchzend warf sie sich aufs Bett, rollte sich zusammen und zog sich die Decke über den Kopf.

8

Am nächsten Morgen erkundigte Arabella sich bei Maggie, wo Wally Jackson wohnte.

»Wieso interessiert Sie das?«, fragte Maggie verwundert.

»Ich will mit ihm reden«, antwortete Arabella. Sie hoffte inständig, dass der Mut sie nicht verließ.

»Sie werden sich bei ihm entschuldigen?«

»Ja. Er hat es zwar nicht verdient, aber ich tue es trotzdem ... Ihnen und Tony zuliebe.« Arabella war viel zu stolz, als dass sie den wahren Grund für ihren Sinneswandel eingestanden hätte: Sie fürchtete sich. Sie hatte den McMahons nichts von dem Vorfall vergangene Nacht erzählt, aus Angst, Tony könnte sie womöglich hinauswerfen, wenn er davon erfuhr. Es wäre ihre Schuld, wenn sein Hotel beschädigt würde.

»Sie tun das Richtige, Arabella, nicht nur unseretwegen«, sagte Maggie.

»Ist der Constable zurück?«

»Nein, aber er müsste jeden Tag kommen. Warum?«

»Falls Wally meine Entschuldigung nicht annimmt und versucht, mir etwas anzutun, werde ich Anzeige gegen ihn erstatten.«

»Das würde ich an Ihrer Stelle nicht tun«, riet Maggie. »Damit machen Sie alles nur noch schlimmer.«

»Schlimmer kann es wohl nicht werden«, versetzte Arabella.

Maggie wiegte zweifelnd den Kopf. Dann beschrieb sie Arabella den Weg zu Frankie Millers Haus.

Arabella war zuversichtlich, dass sie es finden würde – die Stadt bestand schließlich nur aus einigen wenigen Gebäuden. Nach etwa einer halben Meile konnte sie Frankies Haus sehen. Wally saß auf der vorderen Veranda und hatte die Füße aufs Geländer gelegt. Anscheinend gab es auf den umliegenden Farmen nichts für ihn zu tun. Er beobachtete Arabella mit ausdrucksloser Miene.

Arabella wurden die Knie weich. Wenn der Kerl nun auf sie losging? Kein Mensch war zu dieser frühen Stunde unterwegs, sie war ganz allein. Ihr Mund war so trocken wie Schmirgelpapier. Etwa fünf Meter vor der Veranda blieb sie mit zitternden Knien stehen.

»Maggie weiß, dass ich hier bin«, begann sie für den Fall, dass Wally auf dumme Gedanken kam.

Wally sagte nichts, starrte sie nur mürrisch an. Die wenigen Male, die sie ihn gesehen hatte, war er stets angetrunken und in diesem Zustand meist redselig gewesen, sodass sie gewusst hatte, was in ihm vorging. Jetzt aber verriet seine undurchdringliche Miene ihr gar nichts. Sie bereute, dass sie hergekommen war. Es war eine dumme Idee gewesen. Aber wo sie schon einmal da war, konnte sie auch sagen, was sie zu sagen hatte.

»Ich … Tony hat erzählt, die Männer in der Bar machen sich lustig über Sie«, fuhr Arabella fort. Ihr Herz klopfte so heftig, und ihre Hände waren schweißnass. Sie rieb nervös mit den Handflächen über ihren Rock.

Wally funkelte sie finster an und schwieg. Anscheinend hatte er nicht vor, ihr die Sache leicht zu machen.

»Ich … ich wollte mich entschuldigen. Ich hätte das nicht sagen sollen. Ich war wütend. Ich mag es nicht, wenn man mich auf den Arm nimmt, aber ich hätte es trotzdem nicht sagen dürfen.« Sie wartete, dass Wally etwas erwiderte, doch er blieb stumm. Schließlich sagte Arabella: »Tja, jetzt wissen Sie's. Dann werde ich mal wieder gehen.« Sie wandte sich halb um. Wenn der Kerl glaubte, sie würde vor ihm im Staub kriechen, hatte er sich gewaltig getäuscht. Dieser Sturkopf! Hätte er nicht wenigstens sagen können: »Danke, dass Sie gekommen sind, auch ich habe einen Fehler gemacht«? Ein einziges Wort hätte genügt, doch Wally schwieg wie ein Grab.

Arabella war noch keine drei Schritte gegangen, als Zorn in ihr aufloderte. Sie fuhr herum und fauchte: »Wenn ich schon herkomme und mich entschuldige, könnten Sie meine Entschuldigung wenigstens annehmen! *Sie* waren es, der betrunken war und sich unmöglich aufgeführt hat! Finden Sie nicht, dass es zum Teil auch Ihre Schuld war?«

Wally sagte noch immer nichts, er starrte sie nur mit unbewegter Miene an.

»Ach, scheren Sie sich zum Teufel!«, fuhr Arabella ihn an. »Sie sind ein ungehobelter Klotz! Ich nehme meine Entschuldigung zurück! Außerdem sind Sie ein Feigling. Sie führen sich wie ein kleines Kind auf. Ihre Freunde verspotten Sie – na und? Warum wehren Sie sich nicht, anstatt den Beleidigten zu spielen? Sie haben auch unfreundliche Dinge zu mir gesagt, aber war ich deswegen böse auf Sie?« Damit drehte sie sich abermals um und stürmte wutentbrannt davon. Arabella konnte nicht ahnen, dass Wally bereit gewesen war, ihr zu verzeihen. Er sagte sich, dass sie schließlich ein dummes junges Ding war. Doch mit ihrer letzten Bemerkung hatte Arabella es sich endgültig mit Wally verdorben. Kalte Wut flackerte in seinen Augen auf. Arabella ahnte nichts davon.

»Was ist passiert?«, fragte Maggie, als Arabella sichtlich aufgewühlt die Küche betrat.

»Nichts«, gab sie zurück.

»Was heißt nichts? Haben Sie sich nun bei Jacko entschuldigt oder nicht?«

»Ja, habe ich«, antwortete Arabella knapp.

»Und?«

»Nichts und! Er hat kein Wort gesagt, hat mich nur böse angestarrt. Was bildet der Kerl sich ein? Und deshalb habe ich …« Maggies angespannter Gesichtsausdruck brachte sie zum Schweigen.

»Und deshalb haben Sie was, Arabella?«, drängte Maggie ungeduldig.

»Und deshalb habe ich meine Entschuldigung zurückgenommen.«

Maggie riss entgeistert die Augen auf. »Sie haben *was?*«

»Die Entschuldigung zurückgenommen. Er verdient es nicht, dass ich mich bei ihm entschuldige. Außerdem habe ich ihm gesagt, dass er in meinen Augen ein Feigling ist.«

»Allmächtiger!« Maggie ließ sich auf einen Stuhl sinken. Sie hätte es nicht für möglich gehalten, dass Arabella alles noch schlimmer machen könnte, doch genau das hatte sie getan.

»Keine Sorge, Maggie, mir ist da eine Idee gekommen.«

»Ich traue mich fast nicht zu fragen, aber was für eine?«

»Das kann ich noch nicht verraten, ich will erst eingehender darüber nachdenken«, antwortete Arabella und eilte auf ihr Zimmer.

»Denk lieber lange und gründlich darüber nach«, flüsterte Maggie. Sie hatte schon überlegt, ob *sie* mit Wally reden sollte, hielt es aber für klüger, sich nicht einzumischen. Und Tony war ohnehin strikt dagegen.

Arabella dachte nach und kam zu dem Schluss, dass sie Wally nichts mehr schuldig war. In ihren Augen war er ein eingebildeter, rücksichtsloser, kindischer Kerl. Sie nahm sich vor, sich nicht von ihm einschüchtern zu lassen. Sollte er dem Hotel doch fernbleiben! Ihr konnte es nur recht sein. Dann brauchte sie seinen Anblick wenigstens nicht mehr zu ertragen. Dass Tony einen seiner besten Gäste verlor, war bedauerlich, aber nicht zu ändern.

Tony sprach den ganzen Tag kein Wort mit Arabella, und Maggie war ebenfalls schweigsam. Sie war unglücklich, weil ihrem Mann die Situation nicht geheuer war, doch Arabella war zuversichtlich, dass sich alles wieder einrenken würde. Es war sieben Uhr und bereits dunkel, als sie in ihr Zimmer hinaufging. Sie stellte einen Stuhl auf den Balkon und setzte sich eine Weile nach draußen. Ihre Unerschrockenheit wich leisem Unbehagen, als sie zu Frankie Millers Haus hinüberschaute und sah, dass dort kein Licht brannte. In der Hotelbar hielt Wally sich jedenfalls nicht auf – dort saßen Ted und Les, und seinen Freunden ging er zurzeit ja aus dem Weg.

Arabella schaute zu den Sternen hinauf und ließ ihren Blick dann wieder über die nähere Umgebung schweifen. In der Nähe der Außentoilette standen ein paar Bäume, die im schwachen Mondlicht dunkle Schatten warfen. Wie leicht sich dort jemand verstecken konnte …

Hör auf, schalt sie sich. Da ist niemand, das bildest du dir nur ein. Wieder blickte sie zu den Sternen hinauf. Dann vernahm sie ein leises Geräusch. Es klang wie ein Hüsteln oder Räuspern. Das ist sicher nur ein Hotelgast, versuchte sie sich zu beruhigen, heftete den Blick aber auf die Schatten unter den Bäumen.

Sie wollte gerade aufstehen und ins Haus gehen, als sie sich plötzlich beobachtet fühlte. Vor Angst blieb sie ganz still sitzen. Wieder zogen die Schatten unter den Bäumen ihren Blick wie magnetisch an. Das würde Wally ähnlich sehen, sich dort zu verstecken, um ihr Angst einzujagen! So etwas Kindisches passte zu ihm. Arabella zwang sich, langsam aufzustehen. Als sie sich der Tür zuwandte, ließ ein lautes Knacken wie von einem zerbrechenden Ast sie herumfahren.

»Wer ist da?«, rief sie mit vor Entsetzen brüchiger Stimme und fuhr herum. Die Konturen der Schatten hatten sich verändert. Jetzt wusste sie, dass sich tatsächlich jemand dort versteckt und darauf gewartet hatte, bis sie ihm den Rücken kehrte, damit er sich davonschleichen konnte. »Du bist ein Feigling, Wally Jackson«, wisperte sie.

Fröstelnd ging sie ins Haus und schloss fest die Tür hinter sich.

Es war gegen Mitternacht, als Arabella aufwachte, weil sie ein dringendes Bedürfnis verspürte. Schlaftrunken wankte sie die Treppe hinunter. Sie hatte schon die Hand auf den Knauf an der Hintertür gelegt, als ihr jäh Wally Jackson einfiel. Mit einem Schlag war sie hellwach. Wally war bestimmt nicht mehr da. Sicher schlief er längst.

Sie öffnete die Tür einen Spalt und spähte hinaus. Alles war ruhig. Arabella nahm ihren Mut zusammen, huschte zur Außentoilette und schlüpfte hinein. Sekunden später, als sie ihr Nachthemd schon hochgeschoben hatte, hörte sie plötzlich ein Kratzen an der Rückseite. Sie erschrak. Das Geräusch konnte unmöglich von einem Tier stammen!

»Wer ist da?«, rief sie. Keine Antwort. Ihr Herz hämmerte wild, ihr wurde schwindlig vor Angst. Mit angehaltenem Atem wartete sie in dem kleinen Häuschen, in dem nur eine düstere Glühlampe über der Tür brannte. Da! Da war es wieder, das Kratzen. Dieses Mal kam es von der Seite und bewegte sich in Richtung Tür. Arabella war starr vor Entsetzen. Sie wollte schreien, brachte aber keinen Laut hervor.

Plötzlich ließ ein dumpfer Schlag die Tür erzittern. Endlich löste Arabella sich aus ihrer Erstarrung, stieß einen gellenden Schrei aus und riss die Tür auf. Sie hatte fest damit gerechnet, sich Wally gegenüberzusehen, doch da war niemand. So schnell ihre zitternden Beine sie trugen, lief Arabella zum Hintereingang, stürzte ins Haus und verriegelte die Tür. Ihr Herz raste. Sie ließ sich gegen die Tür fallen und atmete ein paar Mal tief durch, hin und her gerissen zwischen ohnmächtigem Zorn und grenzenloser Erleichterung. Dann durchzuckte sie ein schrecklicher Gedanke: Was, wenn Wally ihr auflauerte? Er konnte gegen die Tür der Außentoilette geschlagen haben und dann ins Haus gelaufen sein. Er konnte sich ja denken, dass sie sich ins Hotel flüchtete …

Die Augen weit aufgerissen, ließ Arabella den Blick durch die Küche schweifen. Von der Außenbeleuchtung fiel ein wenig Licht ins Innere, doch die Ecken des Zimmers lagen im Schatten.

Plötzlich hörte sie Schritte im Flur. Wally musste im Haus sein!

Zitternd vor Angst starrte Arabella auf die Tür zum Gang. Aus dem Augenwinkel sah sie Maggies Nudelholz im Spülbecken. Als sie danach tastete, knarrten die Dielen unter ihren Füßen. Sie erstarrte. Die Tür ging auf, und in der Öffnung zeichnete sich die Silhouette eines Mannes ab. Obwohl vor Entsetzen einer Ohnmacht nahe, packte Arabella das Nudelholz fester und holte zum Schlag aus. Da griff eine kräftige Hand nach ihrem Arm.

»He«, sagte Stuart Thompson, »immer hübsch langsam. Mit dem Ding könnten Sie jemanden verletzen.«

Arabella war dermaßen erleichtert, dass ihre Knie nachgaben. Sie sank Stuart in die Arme.

»Was haben Sie denn? Sie zittern ja wie Espenlaub!«

»Ich … ich dachte …« Arabella verstummte, als ihr klar wurde, wie verrückt es sich anhören würde, wenn sie Stuart erklärte, sie hätte ihn für Wally Jackson gehalten. Stattdessen fragte sie: »Was tun Sie hier? Ich dachte, Sie wären fort.«

»Ich bin erst vor ein paar Minuten zurückgekommen. Tut mir leid, wenn ich Sie erschreckt habe.«

Arabella sah ihm in die Augen. »Ich habe Schritte gehört. Und da draußen waren seltsame Geräusche …«

Stuart konnte es nicht gewesen sein. Wally musste sich draußen herumgetrieben haben, eine andere Erklärung gab es nicht.

Stuart legte den Arm fester um sie und warf einen Blick aus dem Fenster. »Für eine Frau kann es da draußen ganz schön unheimlich sein. Aber jetzt bin ich ja da, jetzt kann Ihnen nichts mehr passieren.«

Arabella spürte die Wärme seines Körpers, seinen regelmäßigen Herzschlag und fühlte sich geborgen. »Ich hätte eine Bitte«, flüsterte sie.

»Ja?«

»Könnten Sie mich nach oben begleiten?«

Ein Lächeln legte sich auf seine Lippen. Arabella errötete. Hoffentlich hatte er es nicht falsch verstanden!

»Mit dem größten Vergnügen«, sagte er leise.

»Ich komme mir richtig dumm vor, aber ...«

»Machen Sie sich keine Gedanken. Den galanten Helden spiele ich für mein Leben gern«, sagte er und fasste sie am Arm.

Als sie vor ihrem Zimmer angelangt waren, zögerte sie. Wenn Wally ihr nun drinnen auflauerte?

»Könnten Sie vielleicht ...«, begann Arabella, obwohl es ihr schrecklich peinlich war.

»Sie möchten, dass ich erst einen Blick hineinwerfe?« Sie hörte mehr, als dass sie sah, wie er lächelte.

»Ich benehme mich albern, ich weiß ...«, flüsterte sie.

»Kein Problem. Wenn es Sie beruhigt, schaue ich gern nach, ob alles in Ordnung ist. Warten Sie so lange hier.« Als er hineingegangen war, wurde die Tür auf der anderen Seite des Flurs geöffnet, und Arabella fuhr erschrocken herum.

»Arabella!« Jonathan sah sie verdutzt an. »Was machen Sie denn auf dem Gang? Ist etwas passiert? Mir war, als hätte ich Stimmen gehört.« Er rieb sich verschlafen die Augen. Arabella stellte entsetzt fest, dass er nur eine Pyjamahose trug.

»Ja ... ich meine, nein, alles in Ordnung«, stotterte sie. »Ich wusste gar nicht, dass Sie schon zurück sind.«

»Ich bin vor ungefähr einer Stunde gekommen.«

In diesem Moment trat Stuart auf den Flur hinaus. »Alles klar, Sie können beruhigt hineingehen.«

»Vielen Dank«, sagte sie leise.

Verlegenes Schweigen entstand. Arabella sah den verwunderten Blick Jonathans, mit dem er Stuart musterte. Was würde er jetzt von ihr denken, wenn er mitten in der Nacht einen Mann aus ihrem Zimmer kommen sah? »Ich habe unten merkwürdige Geräusche gehört«, versuchte Arabella ihm die Situation zu erklären.

»Unten?«, wiederholte Jonathan.

»Ja, und dann kam Mr Thompson, und ich habe ihn gebeten, mich nach oben zu begleiten und nachzusehen, ob jemand in meinem Zimmer ist. Ich weiß, es ist albern, aber ich hatte schreckliche Angst …«

»Wenn ich runtergehe, werde ich noch einmal nach dem Rechten schauen, damit Sie beruhigt schlafen können«, versicherte Stuart.

»Vielen Dank, Mr Thompson, das ist sehr freundlich«, erwiderte Arabella höflich.

»Sagen Sie Stuart zu mir«, erwiderte der Goldgräber. »Jetzt, wo ich in Ihrem Schlafzimmer gewesen bin, können wir auf das förmliche Mr Thompson verzichten, finden Sie nicht?« Es hatte ein Scherz sein sollen, um die gespannte Atmosphäre zu lockern, doch Arabella war viel zu nervös und verlegen.

»Ja, gut … Stuart«, sagte sie und ging in ihr Zimmer. »Gute Nacht.« Sie schloss die Tür und lauschte einen Augenblick, ob die beiden Männer noch ein paar Worte wechselten, konnte aber nur Stuarts Schritte auf der Treppe hören und den gedämpften Knall, als Jonathan seine Zimmertür ins Schloss warf.

Am nächsten Tag, Arabella war auf dem Weg in die Küche, blieb sie einen Moment in der Tür zur Bar stehen und beobachtete die Männer, die sich dort zu einem Bier eingefunden hatten. Außer Barry Bonzarelli saßen noch zwei weitere Männer da, die sie vom Sehen kannte. Les Mitchell, das wusste sie schon, arbeitete auf der Lizard Creek Station und war einer von Wallys Zechkumpanen. Der zweite Mann war Ted Wallace, der Bahnhofsvorsteher. Jetzt, wo der Zug nicht verkehrte, war er öfter als sonst in der Bar anzutreffen. Die Männer unterhielten sich mit gedämpfter Stimme, und Arabella konnte sie lachen hören. Wahrscheinlich machten sie sich wieder über Wally lustig. Arabella hatte nach einer schlaflosen Nacht begriffen, dass sie die Sache irgendwie ins Reine bringen musste, sonst würde Wally sie nie in Frieden lassen.

Das war aber nicht das einzige Problem, das ihr Kopfzerbrechen bereitete. Da war noch die Geschichte mit Stuart und Jonathan – die peinliche Situation, in die sie in der vergangenen Nacht geraten war. Da die beiden Männer das Hotel am frühen Morgen schon wieder verlassen hatten und erst in einigen Tagen zurück sein würden, hatte es keine Gelegenheit zu einem klärenden Gespräch gegeben. Deshalb wollte Arabella wenigstens die Sache mit Wally aus der Welt schaffen. Danach würde sie sich um Jonathan und Stuart kümmern.

Arabella holte noch einmal tief Luft und betrat die Bar. Die Männer waren sichtlich überrascht, als sie die junge Frau auf sich zukommen sahen.

»Ich habe gelogen«, platzte sie heraus, bevor der Mut sie verließ. Sie warf Tony, der sie wachsam beobachtete, einen nervösen Blick zu. Sie konnte seinen Argwohn verstehen: Er wollte nicht noch mehr Gäste verlieren.

»Wovon reden Sie?«, dröhnte Barry in einer Lautstärke, dass Arabella am liebsten geflüchtet wäre.

»Was ich über Wally gesagt habe, war gelogen. Ich war wütend. Er war betrunken und hat mich aufgezogen, und ich kann es nicht ausstehen, wenn man mich Fitzi nennt. Deshalb habe ich das alles erfunden, um es Wally heimzuzahlen«, sprudelte sie hervor.

»Soll das heißen, es stimmt gar nicht, was Sie uns über ihn

erzählt haben?« Barry musterte sie misstrauisch. Er war ein Hüne von einem Mann mit einem Mondgesicht und der platten Nase eines Boxers. Und er roch nicht gerade gut. Sein bloßer Anblick schüchterte Arabella ein.

Dennoch erwiderte sie ruhig: »Ja, ich habe alles nur erfunden.«

»Dann haben Sie uns angelogen?«, fragte Barry.

Arabella atmete tief durch. Sich als Lügnerin bezeichnen zu müssen war schrecklich für sie, aber sie wusste sich nicht anders zu helfen. Sie spürte, wie ihr die Röte ins Gesicht schoss. »Normalerweise lüge ich nicht«, brachte sie mühsam hervor. »Aber das mit Wally war eine Lüge, ich gebe es zu. Und … und da er ein guter Freund von Ihnen ist, wollte ich, dass Sie die Wahrheit erfahren.«

Die Männer wechselten einen argwöhnischen Blick.

»Warum sollten wir Ihnen jetzt glauben?«, sagte Ted. »Vielleicht lügen Sie ja schon wieder.«

»Ich hätte Ihnen das nicht erzählen müssen«, wandte Arabella ein. »Ich hätte auch den Mund halten können, oder?«

Les nickte. »Da ist was dran.« Er war fast so groß wie Barry, aber klapperdürr. Wenngleich er auf die sechzig zuging, konnte er genauso hart arbeiten wie die Jungen und die meisten von ihnen mühelos unter den Tisch trinken.

»Ich habe mich bei Wally entschuldigt, und jetzt habe ich zugegeben, dass ich alles nur erfunden habe. Mehr kann ich nicht tun.« Arabella fürchtete, ihre zitternden Beine würden gleich unter ihr nachgeben, deshalb hielt sie es für besser zu gehen. Als sie sich umdrehte, sah sie Maggie in der Tür stehen. Sie hatte alles mit angehört.

»Alle Achtung, das war ganz schön mutig«, raunte sie Arabella zu. »Aber ich weiß nicht, ob es klug war, sich als Lügnerin hinzustellen. Das könnte sich rächen.«

»Wenn Wally wieder herkommt und alles wie früher wird, ist es das wert«, entgegnete Arabella. Sie hoffte inständig, ihre Rechnung ginge auf und Wally würde sie künftig in Ruhe lassen. Mit weichen Knien stieg sie die Treppe hinauf.

Maggie blickte ihr nach. Sie wusste nicht, ob Arabella mutig oder dumm war, doch was sie getan hatte, nötigte ihr Respekt ab. Nicht viele Männer – und schon gar keine junge, zierliche Frau wie Arabella – wagten eine Konfrontation mit Barry Bonzarelli. Maggie musterte Barry, Ted und Les verstohlen. Die Männer wirkten ratlos und verwirrt.

Barry wandte sich Tony zu. »Was meinst du, sagt sie die Wahrheit?«

»Ich glaub schon«, antwortete dieser achselzuckend. »Wie sie schon sagte – sie hätte ja auch den Mund halten können.«

Barry kratzte sich am Kopf. Seine dichten Haare standen ihm in allen Richtungen vom Kopf ab.

»Tja, wie's aussieht, haben wir Wally umsonst getriezt«, meinte Les. »Wir hätten es wissen müssen. Warum haben wir auch einer Zugereisten geglaubt – noch dazu einem Mädchen wie diesem. Die Kleine ist ziemlich merkwürdig, wenn du mich fragst.«

Ted nickte. »Da hast du allerdings Recht.«

»Gib mir vier Bier«, sagte Barry zu Tony. »Ich glaube, wir müssen da jemandem Abbitte leisten.«

Tony stellte vier Flaschen auf die Theke.

»Dann bis später«, sagte Barry und fügte an seine Kumpel gewandt hinzu: »Kommt, Jungs, gehen wir.« Die Männer verließen die Bar.

Tony sah ihnen nach. Er konnte sich denken, wo sie hinwollten: zu Wally.

Barry, Les und Ted gingen zu Frankie Millers Haus. Frankie selbst war nicht da; er war in Alice Springs, wo er wegen seiner schlechten Augen einen Arzt aufsuchen wollte. Die Männer klopften und traten ein, ohne eine Antwort abzuwarten. Wally hockte am Küchentisch, den Kopf auf einer alten Zeitung, und schlief. Seine

Kumpel überkam bei seinem Anblick das schlechte Gewissen. Barry tippte ihm auf die Schulter, und Wally schreckte aus dem Schlaf hoch. Einen Augenblick lang glaubte er zu träumen, als er seine drei Freunde sah. Anscheinend war dieser Tag für mehr als eine Überraschung gut.

»Sieht so aus, als müssten wir uns bei dir entschuldigen«, sagte Barry verlegen.

»Entschuldigen? Wofür denn?«, fragte Wally, noch immer benommen.

»Die Kleine im Hotel hat uns gerade gebeichtet, dass alles nur erfunden war, was sie über dich erzählt hat«, erwiderte Les. »Schätze, wir haben es mit unseren Frotzeleien ein bisschen übertrieben. Du weißt doch, dass wir dich bloß auf die Schippe genommen haben, nicht wahr? Ich geb ja zu, manchmal sind wir ein bisschen zu weit gegangen, aber es war nur Spaß. Ehrlich!« Die Männer kannten Wally und wussten, dass er nachtragend sein konnte.

Wally war sprachlos.

Seine Freunde dachten, er würde aus Verärgerung schweigen.

»Trinkst du ein Bier mit uns?« Ted hielt ihm eine Flasche hin.

Wally griff wie in Trance danach. Er musste erst noch verdauen, was Les gerade gesagt hatte.

»Was soll das heißen?«, fragte er dann. »Willst du damit sagen, die Kleine hat zugegeben, dass sie gelogen hat?«

Les nickte und kratzte sich verlegen am Kopf. »Sie hätte sich die ganze Geschichte über dich und … na ja, du weißt schon, nur aus den Fingern gesogen, hat sie gesagt.«

»Im Ernst?« Wally konnte es nicht fassen.

»Wenn wir's dir sagen«, bekräftigte Barry. Er öffnete die vier Flaschen Bier.

»Wir hätten es wissen müssen«, meinte Ted. »Irgendwas stimmt mit der Kleinen nicht, das sieht doch ein Blinder!« Seiner Meinung nach trug Arabella die alleinige Verantwortung für diese unangenehme Geschichte, und er hoffte, Wally sah es genauso.

»Da hast du allerdings Recht«, pflichtete Wally ihm bei und rieb sich sein stoppliges Kinn. Die vier Männer prosteten sich zu. Wally nahm einen kräftigen Schluck. Es kam ihm so vor, als wären Wochen vergangen, seit er das letzte Mal ein kühles Bier mit seinen Freunden genossen hatte, und es schmeckte herrlich.

Dass er Arabella so sehr eingeschüchtert hatte, verschaffte ihm tiefe Befriedigung. Das änderte jedoch nichts daran, dass er ihr die letzten beleidigenden Worte, die sie zu ihm gesagt hatte, niemals verzeihen würde, ganz egal, was sie seinen Freunden erzählte.

Als Maggie an Arabellas Zimmer vorbeiging, stutzte sie. Hörte sie da nicht ein Schluchzen? Behutsam öffnete sie die Tür. Arabella lag bäuchlings auf dem Bett und weinte herzzerreißend.

»Arabella, Kindchen, was haben Sie denn?«

Arabella setzte sich aufrecht hin. »Ich vermisse meine Eltern so sehr. Seit fast einer Woche habe ich sie nicht mehr gesehen … Sie halten mich bestimmt für tot!«, stieß sie hervor. »Ich habe Sehnsucht nach ihnen, Maggie!«

Ein mitfühlender Ausdruck legte sich auf Maggies Gesicht. Sie setzte sich neben Arabella und nahm sie tröstend in den Arm. »Ich weiß, Kindchen, ich weiß.«

»Nehmen Sie es nicht persönlich, Maggie, aber ich hasse diese Stadt!«

»Das kann ich gut verstehen. Mir ging es damals nicht viel anders. Mein erstes Jahr hier war das schlimmste meines Lebens. Die fürchterliche Hitze, der verdammte Staub und die ewige Trockenheit. Aber wissen Sie was? Man gewöhnt sich an diese Stadt und ihre Menschen, und irgendwann möchte man sie gar nicht mehr missen.«

Das konnte Arabella sich beim besten Willen nicht vorstellen. »Haben Sie sonst keine Verwandten mehr?«, fragte sie und wischte sich die Tränen ab. Es war ihr unbegreiflich, wie man freiwillig in einem staubigen, gottverlassenen Nest wie Marree bleiben konnte.

»Doch. Ich habe eine Schwester, die auf Warratah Station lebt, und einen Bruder in England.«

»Wo liegt Warratah Station?« Arabella schnäuzte sich.

»Die am nächsten liegende Grenze verläuft ungefähr fünfzig Meilen nördlich von hier, aber bis zum Farmhaus selbst sind es etwa hundert Meilen.«

Arabella riss erstaunt die Augen auf. »So riesig sind die Farmen hier?«

»Oh, Warratah ist noch eine von den kleineren Farmen. Manche, wie Anna Creek, sind so groß wie europäische Kleinstaaten. Auf über zweiundzwanzigtausend Quadratkilometer Land tummeln sich bis zu achtzehntausend Rinder.«

Arabella schnappte nach Luft. »Du meine Güte! Wo liegt denn Anna Creek?«

»Nordwestlich von hier, dreißig Meilen von William Creek entfernt.«

»Besuchen Sie Ihre Schwester oft?«

»Peg hat eine große Kinderschar, um die sie sich kümmern muss. Deshalb kommt sie nur ein-, zweimal im Jahr in die Stadt. Ich kann auch nicht viel öfter weg, weil Tony das alles hier allein nicht schafft, jedenfalls nicht für lange Zeit.«

»Sie haben keine Kinder, Maggie?«

Ein trauriger Ausdruck huschte über Maggies Gesicht. »Nein«, sagte sie leise, »Kinder waren Tony und mir nicht vergönnt.«

»Ich bin Einzelkind. Meine Mutter sagt, sie hätte so viel mit mir zu tun gehabt, dass ihr die Kraft und die Zeit für ein weiteres Kind gefehlt hätten«, gestand Arabella.

Das konnte sich Maggie lebhaft vorstellen.

»Was meinen Sie, Maggie, wann wird der Zug wieder verkehren?«, fragte Arabella.

»Ich will ehrlich zu Ihnen sein, Kindchen. Es kann Monate dauern. Im Outback braucht alles sehr viel Zeit.«

»Aber die Telegrafenleitung wird doch bestimmt schneller repariert sein, oder?«

»Ganz bestimmt.« Maggie tätschelte ihr tröstend die Hand. »Egal, wie lange es dauern mag – Ihre Eltern werden mit dem nächsten Zug kommen, weil es kein anderes Verkehrsmittel von Alice Springs aus gibt. Bis dahin müssen Sie sich gedulden.«

Arabellas Miene hellte sich auf. Natürlich! Daran hatte sie noch gar nicht gedacht. Ihre Eltern würden vor der Rückreise nach England nach Adelaide zurückkehren, weil sie dort einen Schrankkoffer zurückgelassen hatten. Das bedeutete, ihr Weg würde sie zwangsläufig durch Marree führen. »Sie haben Recht, Maggie!«

»Was meinen Sie, was für eine freudige Überraschung das sein wird, wenn sie Sie hier treffen!«

Arabella lächelte. »O ja, sie werden bestimmt aus allen Wolken fallen!«

Kurze Zeit später betraten Wally, Les, Ted und Barry die Bar. Arabella ging auf dem Weg zum Speisesaal, in dem sie abstauben wollte, an den Männern vorbei, doch Wally ignorierte sie. Arabella war es nur recht. Wenigstens ließ er sie in Ruhe, mehr wollte sie gar nicht, und Tony hatte seinen durstigen Gast zurück.

Am Abend verließen sie das Lokal jedoch früher als sonst. Arabella wunderte sich darüber und fragte Maggie nach dem Grund.

»Wahrscheinlich wollen sie bei Frankie Miller noch Karten spielen.«

»Das könnten sie doch auch hier.«

»Glücksspiel ist in öffentlichen Gaststätten verboten, obwohl Tony sicher nichts dagegen hätte.«

»Das ist nicht gut fürs Geschäft, wenn sie so früh gehen, oder?«

»Nein«, gab Maggie zu. »Aber sie langweilen sich nun mal,

und andere Möglichkeiten der Unterhaltung gibt es in der Stadt nicht. Seien wir ehrlich – auch die tüchtigsten Zecher haben irgendwann den Kanal voll.«

Arabella erwiderte nichts darauf. Sie konnte Maggie jedoch ansehen, dass sie beunruhigt war.

Bevor sie sich auf ihr Zimmer zurückzog, suchte Arabella die Toilette auf. Sie beeilte sich, weil sie dort draußen jedes Mal ein mulmiges Gefühl beschlich. Als sie wieder hineinging und schon die Treppe hinaufsteigen wollte, hielt sie inne. Aus der Bar drang Tonys erregte Stimme auf den Flur hinaus. Dann hörte sie Maggie und begriff, dass die beiden offenbar eine Auseinandersetzung hatten. Sie schlich sich auf Zehenspitzen davon, als plötzlich ihr Name fiel. Ihre Neugier gewann die Oberhand. Sie blieb auf dem Treppenabsatz stehen und lauschte.

»Arabella kostet zu viel und arbeitet zu wenig«, sagte Tony gerade.

»Sie tut ihr Bestes«, erwiderte Maggie besänftigend.

»Ihr Bestes? Dass ich nicht lache! Sie zerbricht Geschirr und lässt das Essen anbrennen. Glaubst du, ich hätte den Rauch nicht gerochen? Und dann die Sache mit dem Backofen. Die Maxwells und ihre Gäste mussten eine halbe Ewigkeit auf ihr Essen warten. Wir können von Glück reden, wenn sie noch mal wiederkommen. Außerdem habe ich Arabella gesagt, sie soll den Stall ausmisten, und was hat sie getan? Gar nichts! Dabei könnte sie im Stall wenigstens keinen großen Schaden anrichten«, fügte er brummig hinzu.

»Das ist keine Arbeit für eine Frau«, widersprach Maggie. »Schon gar nicht für eine so junge, zierliche Person, die bisher ein behütetes Leben geführt hat. Du bist ein richtiger Dickschädel, weißt du das?«

»Dass sie ein behütetes Leben geführt hat, sagt *sie*, aber wissen wir, ob das stimmt? Nein, nein, sie kostet uns nur einen Haufen Geld und vergrault unsere Kundschaft.«

»Wally ist wieder da, oder etwa nicht? Ich finde es mutig von Arabella, dass sie vor die Männer hingetreten ist und sich als Lügnerin bezichtigt hat, nur damit die anderen Wally in Ruhe lassen.«

»Und wenn sie doch die Wahrheit gesagt hat und die ganze Geschichte nur erfunden ist?«

»Tony, wir haben beide Wally schon dabei ertappt, wie er hinter dem Haus mit einem der Aborigine-Mädchen zusammen war«, erwiderte Maggie geduldig. »Und wir wissen, dass er tatsächlich grunzt. Du wirst Arabella doch nicht rauswerfen? Wo soll sie denn hin?«

»Keine Ahnung, und es interessiert mich auch nicht«, entgegnete Tony. »Sie taugt zu nichts und nutzt unsere Gastfreundschaft nur aus!« Er knallte irgendetwas auf die Theke. »Ich muss an die frische Luft, ein paar Schritte gehen.« Wütend stürmte er hinaus.

Als Maggie auf den Flur trat, sah sie Arabella die Treppe hinaufsteigen. Ihr war sofort klar, dass sie den Wortwechsel belauscht hatte.

»Sie haben alles gehört, nicht wahr?«, sagte Maggie bedrückt.

Arabella drehte sich langsam um. Maggie war die Sache sichtlich peinlich, doch Arabella wusste nicht, was sie sagen sollte.

»Tony macht sich Sorgen«, fuhr Maggie fort. »Seit längerer Zeit läuft das Geschäft nicht mehr so gut. Ein paar Abende wie die mit den Maxwells und ihren Gästen würden uns sehr helfen.«

»Und jetzt werden sie nicht mehr herkommen, und ich bin schuld daran«, sagte Arabella betrübt.

»Ach was, Unsinn, natürlich werden sie wiederkommen. Sie dürfen nicht so ernst nehmen, was Tony gesagt hat.«

»Müssen Sie das Hotel schließen, wenn die Lage sich nicht bessert?«

»Das Finanzielle ist Tonys Angelegenheit, er kümmert sich um die Bücher. Gesagt hat er zwar nichts, aber ich fühle, dass er mir etwas verheimlicht«, sagte Maggie nachdenklich. »Ich kenne ihn lange genug. Er will mich nur nicht beunruhigen. Jack Emu meinte, in den nächsten Tagen müssten einige Schafscherer durch die Stadt kommen. Die lassen normalerweise ordentlich Geld da, aber manchmal machen sie auch ziemlichen Ärger.«

Arabella zog die Stirn kraus. »Inwiefern?«

»Wenn sie betrunken sind, fangen sie Streit an, und es kommt zu Schlägereien. Andererseits sind sie gute Esser. Ich sollte für alle Fälle noch ein paar Laib Brot backen. Tony will morgen mehrere Schafe schlachten, weil wir kaum noch Rindfleisch haben.«

»Ich werde helfen, wo ich kann, Maggie«, versprach Arabella. »Und ich werde versuchen, dass ich nicht wieder etwas kaputtmache.«

»Denken Sie nicht mehr an Tonys Worte. Er hat es nicht so gemeint.«

Doch Arabella wusste, dass Maggie sie nur trösten wollte. Tony hatte jedes Wort genauso gemeint, wie er es gesagt hatte. Sie ließ den Kopf hängen und zog sich niedergeschlagen in ihr Zimmer zurück.

9

Schon am nächsten Tag ritten fünfzehn Schafscherer in die Stadt. Zum Glück hatte Maggie den ganzen Morgen Brot gebacken. Um Tony zu besänftigen, hatte Arabella darauf bestanden, den Stall auszumisten. Da Stuart Thompson sein Pferd mitgenommen hatte, war er wenigstens leer.

Die Schafscherer waren über den Birdsville Track aus Queensland gekommen, wo sie einen Monat gearbeitet hatten. Nach dem langen Ritt waren sie müde, durstig und schmutzig und freuten sich auf eine Waschgelegenheit, eine Rasur, ein weiches Bett und ein Bier – natürlich nicht unbedingt in dieser Reihenfolge.

Arabella versuchte, den Scherern aus dem Weg zu gehen, bemühte sich aber gleichzeitig, Maggie nach Kräften zu helfen. Während die Scherer in der Bar ein kühles Bier genossen, hängte Maggie an einer Wäscheleine hinter dem Haus Laken auf und stellte eine große Wanne dahinter, damit die Männer sich ausziehen und waschen könnten, vor neugierigen Blicken geschützt. Sie bat Arabella, Handtücher, einen Spiegel, ein Rasiermesser, einen Streichriemen und Seife zu holen. Als Maggie das Wasser erwärmt und in die Wanne gefüllt hatte, gingen die Männer nacheinander hinaus, um sich frisch zu machen.

Ted Wallace machte hinten im Hof ein großes Feuer und legte eine Stahlplatte auf die Backsteine rechts und links der Feuerstelle. Um Maggie Arbeit abzunehmen, hatten er und Tony beschlossen, die Lammkoteletts draußen über dem offenen Feuer zu braten. Maggie brauchte nur noch das Brot aufzuschneiden und

Tomatensoße bereitzuhalten. Bis das Essen fertig war, labten die Scherer sich am Bier.

Kurz nach Einbruch der Dunkelheit war es so weit. Im Schein der Fackeln, die Tony rings um die Grillstelle in den Boden gesteckt hatte, konnte Arabella von der Küche aus beobachten, wie Ted die Lammkoteletts und Brot austeilte und die Scherer es sich schmecken ließen. Sie hatten einen gesunden Appetit und waren ein fröhliches Völkchen, doch Maggie hatte so ihre Befürchtungen.

»Eben reißen sie noch Witze und lachen«, sagte sie zu Arabella, »und eine Sekunde später ist die wildeste Schlägerei im Gange. Diese Kerle sind unberechenbar. So hart, wie sie arbeiten, so leidenschaftlich gern spielen sie Karten. Das einzig Gute ist, dass sie selbst in schweren Zeiten Geld für Bier übrig haben. So wie diese Burschen hier – nach einem Monat Schufterei auf den Schaffarmen können sie das Geld nun mit vollen Händen ausgeben.«

Arabella fiel auf, dass die Aborigine-Mädchen sich mitsamt ihrer Beschützerin Rita eingefunden hatten und in der Nähe der Scherer herumlungerten. Anscheinend hofften sie, dass auch für sie ein paar Scheine heraussprangen. Arabella schauderte bei dem Gedanken, auf welche Weise die Mädchen sich ihr Geld verdienen mussten.

Nach dem Essen steuerten die Männer abermals die Bar an. Als alle drinnen waren, schnappte Maggie sich einen Abfalleimer. »Ich will nur rasch den Müll draußen einsammeln. Es ist jedes Mal die gleiche Schweinerei.«

Arabella folgte ihr nach draußen. Überall lagen leere Flaschen, Kotelettknochen und Knorpel herum.

»Die Abfälle locken Fliegen und Dingos an, wenn man sie nicht gleich beseitigt«, sagte Maggie.

»Wenigstens ist die Küche sauber geblieben«, stellte Arabella fest. Sie bemerkte die Blicke der Männer, die sie mit unverhohlener Neugier musterten, und fühlte sich befangen. Als sie Ordnung geschaffen hatten, gingen die beiden Frauen wieder ins Haus. Arabella fragte, ob sie sich zurückziehen dürfe. Die Blicke der Männer machten sie nervös.

»Sicher, gehen Sie nur«, sagte Maggie. Sie hielt es für klüger, wenn Arabella den Scherern aus dem Weg ging. Einige hatten seit Monaten keine Frau mehr gesehen – wer konnte schon sagen, auf welche Gedanken diese Kerle kamen. Das behielt Maggie aber wohlweislich für sich. »Sobald hier unten alle versorgt sind, werde ich auch nach oben gehen«, sagte sie. Tony und Ted würden allein zurechtkommen, und Rita war ja auch noch da, falls es einem der Schafscherer einfallen sollte, Ärger zu machen.

Arabella ging auf ihr Zimmer und schloss die Tür ab. Von unten drang das Krakeelen und Grölen herauf, das an Lautstärke noch zuzunehmen schien, als die Einheimischen sich unter die Scherer mischten, um zu erfahren, was es Neues in der Gegend gab.

Plötzlich kreischte eine Frau. Arabella trat neugierig auf den Balkon hinaus. Im Schein einer Fackel konnte sie erkennen, wie Lily von einem der Scherer herumgestoßen wurde. Auch Rita hatte die Schreie offenbar gehört, denn schon kam sie herbeigelaufen und stürzte sich auf den betrunkenen Mann. Im Nu war die schönste Rauferei im Gange. Arabella beobachtete, wie die beiden sich prügelten. Nach einem gezielten Tiefschlag ging der Scherer ächzend in die Knie. Rita versetzte ihm einen kräftigen Tritt in den Hintern, und er fiel vornüber in den Staub, wo er ein paar Sekunden liegen blieb. Dann rappelte er sich auf und torkelte davon, zutiefst gedemütigt. Lily und Missy, die ebenfalls herbeigeeilt war, jubelten Rita zu. Lily reichte ihr eine Flasche Bier. Rita nahm einen langen Schluck und wischte sich mit dem Handrücken ihre blutige Nase ab.

Plötzlich begann sie zu keuchen, schwankte und fiel mit dem Gesicht voran zu Boden. Arabella griff sich erschrocken an den

Hals. Doch Lily goss ihr kurzerhand den Rest Bier über den Kopf. Rita schüttelte sich und setzte sich mühsam auf. Die beiden Frauen nahmen sie in ihre Mitte, legten sich jeweils einen ihrer massigen Arme um die Schultern und schleppten sie nach Hause. Arabella konnte sie noch eine ganze Weile kichern und lallen hören.

Schockiert ging sie wieder hinein. Sie hatte noch nie Frauen gesehen, die sich prügelten, schon gar nicht mit einem Mann. Obwohl sie geahnt hatte, wie stark Rita war, konnte sie kaum glauben, dass sie den Scherer tatsächlich niedergeschlagen hatte. Hoffentlich blieb es die einzige Prügelei an diesem Abend.

Doch keine fünf Minuten später hörte Arabella, wie unten klirrend etwas zu Bruch ging. Mit pochendem Herzen riss sie die Tür auf. Maggie, die das Scheppern ebenfalls gehört hatte, eilte an Arabellas Zimmer vorbei zur Treppe. »Hoffentlich prügeln sie sich nicht! Wenn sie uns den Laden kurz und klein schlagen, können wir dichtmachen!«, rief sie. Sorgenfalten standen ihr auf der Stirn.

Arabella folgte Maggie zögernd nach unten und spähte ihr über die Schulter. In der Bar war ein Fenster zu Bruch gegangen. Zwei Männer, der eine hager, der andere grobschlächtig, standen sich kampflustig gegenüber. Tony versuchte, die Streithähne zu trennen, doch die Gemüter waren zu sehr erhitzt.

Anscheinend ging es darum, wer von beiden der bessere Scherer war; außerdem beschuldigte der eine den anderen, ihm Geld gestohlen zu haben. Als Nächstes ging es um Frauen. Der Dürre warf seinem Kontrahenten vor, mit seiner Frau zu flirten, und deutete an, dass eins seiner Kinder gar nicht von ihm, sondern von dem grobschlächtigen Klotz war. »Der Junge ist genauso hässlich wie du«, giftete er. »Und ich weiß, dass du dich bei mir zu Hause rumgetrieben hast, wenn ich nicht da war!«

»Du bist ja nicht ganz dicht, Freundchen«, gab der andere zurück. »Oder vielleicht nicht Manns genug für deine Frau!«

Das reichte. Schon flog ein Glas und traf das Raubein am Kopf. Der Hüne erstarrte einen Augenblick und ging dann unvermittelt zum Angriff über. Mit lautem Gebrüll stürzte er sich auf den Dürren, der sich ängstlich duckte. Ehe man sich's versah, war eine Massenschlägerei im Gange. Maggie und Arabella wichen erschrocken in den Salon zurück, als zwei ineinander verschlungene Männer in den Flur rollten und ihnen den Weg zur Treppe versperrten.

Maggie musste hilflos mit ansehen, wie Barhocker und Tische umstürzten und zersplitterten. Arabella brach in Tränen aus. Sie wünschte, Jonathan und Stuart wären da. Jetzt benutzten die Männer sogar Stuhl- und Tischbeine als Waffen. Gelegentlich sauste ein Trümmerstück durch die Luft und flog gefährlich nahe an den beiden Frauen vorbei, die sich in den Speisesaal flüchteten. Der Spiegel über dem Kamin ging zu Bruch; die zierlichen kleinen Tische zerbrachen unter dem Gewicht miteinander ringender Männer, die sie unter sich begruben. Arabella zitterte am ganzen Leib. Starr vor Entsetzen beobachtete sie den Gewaltausbruch, hörte den Aufprall von Fäusten, das Klirren von Gläsern und das wüste Gefluche. Wie in Trance wich sie immer weiter zurück, bis sie gegen das Klavier stieß. Um die scheußliche Geräuschkulisse auszublenden, riss sie das Tuch herunter, mit dem das Instrument abgedeckt war, setzte sich und begann, mit zitternden Fingern *Greensleeves* zu spielen, eines ihrer Lieblingslieder. Bald war sie dermaßen in ihr Spiel vertieft, dass sie gar nicht bemerkte, wie Maggie hinter sie trat und ihr staunend zuhörte.

Es dauerte nicht lange, bis auch die Männer verblüfft in ihrer Rauferei innehielten. Fast schlagartig wurde es still, nur die Musik war zu vernehmen. Aus der Bar und dem Salon kamen die Männer auf leisen Sohlen herüber. Tony, der sich genauso wenig wie die anderen erklären konnte, woher die Klavierklänge kamen, schloss sich ihnen an.

Arabella spielte unbeirrt weiter. Tonys und Maggies Blicke trafen sich. Beide waren sprachlos. Als das Stück zu Ende war, legte Arabella die Hände in den Schoß und schaute zögernd auf. Alle starrten sie verwundert an. Ihr Herz klopfte heftig, und ihr war schwindlig. Sie sah Wally ganz hinten stehen; im Gegensatz zu den anderen durchbohrte er sie mit feindseligen Blicken.

»Das war wundervoll«, nuschelte ein Scherer mit blutiger Nase und angeschwollener Lippe. Wie auf ein Zeichen hin brach Beifall los.

Arabella fühlte, wie sie rot wurde. Bevor sie aufstehen und sich auf ihr Zimmer flüchten konnte, wurden Rufe laut: »Spielen Sie noch was!«

»Ja, spielen Sie bitte noch etwas für uns, Arabella«, drängte auch Maggie, da sie befürchtete, dass die Kerle ihre Schlägerei wieder aufnahmen, sobald Stille einkehrte. Arabella begriff sofort. Als sie das Ragtime-Stück *The Entertainer* anstimmte, hoben die Männer leise die Tische und Stühle wieder auf und setzten sich. Maggie und Tony warfen sich einen verständnisinnigen Blick zu und gingen zur Bar, um Drinks für alle zu holen.

»Ich wusste gar nicht, dass sie Klavier spielen kann«, raunte Tony seiner Frau zu. »Warum hast du mir das nicht gesagt?«

»Ich hatte selbst keine Ahnung!«

»Jetzt wissen wir wenigstens, dass sie doch zu etwas zu gebrauchen ist«, meinte Tony. Zum ersten Mal seit Wochen huschte ein Lächeln über sein Gesicht. »Hast du gesehen, wie verzückt die Kerle ihr zuhören? Ihr Klavierspiel ist eine Attraktion! Damit können wir die Gäste scharenweise anlocken.«

Maggie schürzte missbilligend die Lippen. »Wir dürfen das Mädchen nicht ausnutzen. Vielleicht hat sie gute Gründe, weshalb sie bisher nie gespielt hat.«

»Wir nutzen sie doch nicht aus!«, widersprach Tony. »Wir machen uns lediglich ihre Begabung zunutze. Außerdem kann sie auf diese Weise die Kosten für Unterkunft und Verpflegung begleichen.«

Arabella unterhielt die Gäste den ganzen Abend mit ihrem Klavierspiel. Die Musik wirkte Wunder: Von Stund an herrschte Frieden im Lokal. Schafscherer und Einheimische lauschten gebannt, und Arabellas Nervosität legte sich.

Maggie räumte unterdessen auf und fegte die Scherben zusammen. Sooft sie einen der Scherer anschaute, senkte dieser betreten den Blick. Allen war der Schaden, den sie angerichtet hatten, sichtlich unangenehm.

Schließlich nahte die Sperrstunde. Normalerweise wurde die Ankündigung, dass die Bar gleich geschlossen würde, mit Verärgerung aufgenommen, doch dieses Mal reagierten die Männer friedlich, so sehr hatte sie Arabellas Spiel verzaubert. Als letztes Stück an diesem Abend spielte sie *Stille Nacht*. Tony und Maggie bemerkten, dass der eine oder andere raue Bursche ein paar Tränen verdrückte. Sogar der ungehobelte Klotz, der den Streit angezettelt hatte, hatte feuchte Augen.

Als das Lied zu Ende war, brandete wieder Applaus auf.

»Wo haben Sie so wunderbar spielen gelernt?«, wollte einer der Schafscherer wissen. »Machen Sie das beruflich?«

»Das nicht, aber ich habe schon mit sechs Jahren angefangen und hatte lange Zeit Privatunterricht«, antwortete Arabella und lächelte scheu. Für ihre Klavierstunden hatte sie stets Begeisterung aufgebracht. Die Musik hatte ihr über viele einsame Stunden hinweggeholfen, wenn ihre Eltern gesellschaftlichen Verpflichtungen nachgekommen waren.

»Sie spielen großartig«, staunte auch Maggie. »Und ganz ohne Noten!«

»Wenn man ein Stück etliche hundert Mal gespielt hat, braucht man keine Noten mehr«, erwiderte Arabella und gähnte diskret.

»Sie müssen todmüde sein«, sagte Maggie. »Gehen Sie schlafen.« Dass der Abend sich so entwickeln würde, hätte sie in ihren kühnsten Träumen nicht zu hoffen gewagt. »Und vielen Dank, dass Sie unsere Gäste so wunderbar unterhalten haben.«

Am nächsten Morgen brachen die Schafscherer in aller Frühe nach Farina auf. Von dort würden sie in die Flinderskette weiterreiten. Nach dem Frühstück bezahlten sie für Unterkunft, Speisen und Getränke und ließen dann einen Hut herumgehen, um für die Schäden zu sammeln, die sie bei der Schlägerei angerichtet hatten. Tony nahm das Geld erfreut entgegen.

»Ich hätte nie gedacht, dass der Abend gestern eine solche Wendung nehmen würde«, sagte Maggie zu ihrem Mann, als die Scherer fort waren.

Tony nickte. »Ich auch nicht. Die Scherer haben mir zweiundfünfzig Pfund für den entstandenen Schaden gegeben, und an Essen und Getränken haben wir einen kleinen Gewinn gemacht. Wir können zufrieden sein.«

»Unglaublich, dass Arabella den Abend gerettet hat.« Maggie schüttelte verwundert den Kopf.

»Ja, wer hätte gedacht, dass sie eine so großartige Pianistin ist?«

»Wenn sie schon als kleines Mädchen Klavier spielen gelernt hat«, meinte Maggie, »muss sie tatsächlich aus einer wohlhabenden Familie stammen.«

Tony nickte. »Trotzdem habe ich meine Zweifel, dass wir ihre Eltern jemals zu Gesicht bekommen. Wie dem auch sei – ich werde ihr vorschlagen, regelmäßig für die Leute von den umliegenden Farmen zu spielen. Ein volles Haus ein-, zweimal die Woche, und wir sind gerettet.«

Tony verschwieg Maggie, wie ernst ihre finanzielle Lage tatsächlich war, denn er wollte sie nicht auch noch mit diesem Problem belasten. Aber er konnte Maggie nichts vormachen: Sie hörte am Klang seiner Stimme, dass ihn etwas beunruhigte – sie sagte jedoch nichts. Vielleicht hatte er ja Recht, und Arabella erwies sich als ihre Rettung.

Arabella wurde von dem Lärm geweckt, den die Schafscherer bei ihrem Aufbruch veranstalteten, blieb jedoch im Bett liegen und dachte an den vergangenen Abend. Sie musste unwillkürlich lächeln. Die raubeinigen Scherer hatten sie mit Achtung und Respekt behandelt. Sie hatten ihr sogar Drinks spendieren wollen, was Arabella jedoch abgelehnt hatte. Wally Jackson hatte ihr als Einziger nicht applaudiert, sondern sie nur finster angestarrt. Seine Freunde hatten ihm bestimmt erzählt, dass sie mit ihnen gesprochen hatte, doch Wally war anscheinend nicht gewillt, ihr zu verzeihen. Ob er doch etwas gegen sie im Schilde führte? Sollte sie mit Maggie und Tony darüber reden?

Arabella dachte wieder an den vergangenen Abend. Beim Klavierspielen waren Kindheitserinnerungen in ihr erwacht. Solange sie zurückdenken konnte, hatte ein Flügel in ihrem Elternhaus gestanden. Ihre Eltern hatten sie oft gebeten, ihren Gästen etwas vorzuspielen, doch Arabella hatte sich stets geweigert: Ihre Mutter war eine so herausragende Pianistin, dass sie den Vergleich mit ihr fürchtete. Am Abend zuvor hatte sie zum ersten Mal selbst im Mittelpunkt gestanden, und sie musste gestehen, dass sie die Aufmerksamkeit genossen hatte. Es kam ihr vor, als hätte diese Erfahrung ihr ganzes Leben verändert.

Als Arabella hinunterging, rief Tony sie zu sich.

»Miss Fitzherbert? Ich würde gern mit Ihnen reden. Kommen Sie bitte in den Speisesaal?«

»Ja, sicher«, sagte Arabella schuldbewusst. Sie wusste, sie war viel zu spät dran.

Sie folgte Tony in den Speiseraum und sah, dass bereits tadellos aufgeräumt war. »Tut mir leid, dass ich verschlafen habe«, sagte sie zu Maggie, die ihr eine Tasse Tee einschenkte und eine Scheibe Toast butterte. Dann warf sie Tony einen ängstlichen Blick zu. Seine Miene war ausdruckslos, aber sie konnte sich denken, dass er wütend auf sie war, weil sie so lange im Bett geblieben war und Maggie unterdessen die ganze Arbeit getan hatte. Doch Arabella konnte nichts dafür, dass sie so müde war: Den ganzen Abend Klavier zu spielen hatte sie angestrengt.

»Das macht doch nichts, Kindchen«, sagte Maggie, die bereits seit Stunden auf den Beinen war, weil sie den Schafscherern das Frühstück zubereitet hatte.

»Aber die vielen Gläser … Haben Sie die etwa alle allein gespült?«

»Nein. Lily und Missy waren da und haben mir geholfen. Wir haben gestern Abend so viel eingenommen, dass ich es mir leisten konnte.«

»Wirklich?«, staunte Arabella. »Aber bei der Schlägerei ist doch eine Menge zu Bruch gegangen.«

»Die Scherer haben für den Schaden bezahlt«, sagte Tony. »Und das alles haben wir letztlich Ihnen zu verdanken.«

Arabella blickte ihn mit großen Augen an.

»Ja«, pflichtete Maggie ihrem Mann bei. »Uns war ganz schön mulmig zumute. Wir hatten schon Angst, die Scherer würden uns die ganze Einrichtung zertrümmern.«

»Die Musik hat ihnen offenbar gefallen«, sagte Arabella. Bei der Erinnerung an den stürmischen Beifall wurde ihr warm ums Herz.

»Ja, und anderen würde sie sicher auch gefallen«, sagte Tony.

Arabella schaute ihn überrascht an. »Meinen Sie wirklich?«

Tony räusperte sich unbehaglich. Es war ihm unangenehm, Arabella um einen Gefallen zu bitten, nachdem er ihr gegenüber erst so ungnädig gewesen war. »Wir haben uns gedacht, Sie könnten regelmäßig auftreten … sagen wir, freitag- und samstagabends. Was halten Sie davon?«

Arabella verschlug es die Sprache. Damit hatte sie nun wirklich nicht gerechnet. »Deshalb wollten Sie mit mir reden?«

»Ja, der Gedanke ist uns gekommen, weil unsere Gäste sich gestern Abend so großartig unterhalten haben. So etwas wird den

Leuten hier draußen nicht oft geboten. Es gibt wenig Abwechslung im Outback.«

»Ich spiele gern noch einmal für Ihre Gäste, aber sobald der Zug wieder fährt, werde ich die Stadt verlassen. Das wird ja wohl nicht mehr lange dauern, oder?«

Tony zögerte. Er wollte ihr die Illusionen nicht nehmen, aber er wusste, wie viel Zeit hier draußen vergehen konnte, bis manche Dinge erledigt wurden. »Das ist schwer zu sagen«, meinte er mit einem Seitenblick auf seine Frau, die keine Miene verzog.

»Egal. Ich bin sicher, dass der Zug bald kommt, aber bis dahin spiele ich gern für Ihre Gäste«, versicherte Arabella.

»Großartig! Sie werden sehen, bald wird der Laden hier voll sein.« Tony war ganz aufgeregt. »Die Leute sind begeistert von Ihrem Können. Wenn Sie ein paar Abende die Woche spielen, bin ich gern bereit, Ihnen einen Teil der aufgelaufenen Kosten zu erlassen.«

»Vielen Dank«, erwiderte Arabella, verblüfft über das unerwartete Lob. »Aber sollte ich Ihnen nicht in der Küche helfen, Maggie?«

»Wenn wir zwanzig oder mehr Gäste am Abend zum Essen haben, kann ich es mir leisten, Missy und Lily zu bezahlen. Die beiden werden froh sein, sich den einen oder anderen Shilling verdienen zu können, ohne sich dafür den Männern …« Sie brach ab, doch Arabella wusste, was sie meinte, und wurde rot.

»Aber was ist, wenn die Einheimischen und die Leute von den Farmen meine Musik nicht so begeistert aufnehmen wie die Schafscherer gestern?«, gab Arabella zu bedenken.

»Warum lassen wir es nicht darauf ankommen?«, sagte Tony. »Probieren wir's aus, dann sehen wir ja, was dabei herauskommt.«

»Einverstanden«, willigte Arabella ein.

Tony nickte ihr zu und ging in die Bar zurück.

»Jonathan wird wahrscheinlich heute zurückkommen«, sagte Maggie. »Er wird sich ärgern, dass er gestern nicht da war, um

Sie spielen zu hören. Ich glaube, er ist ein Mann, der Kultur zu schätzen weiß. Stuart ist übrigens auch wieder da. Er ist heute früh schon gekommen und ruht sich noch ein wenig aus. Als ich ihm erzählt habe, was gestern hier los gewesen ist, war er außer sich.«

»Tatsächlich?«

»Ja, ich glaube, er hat sich Sorgen um Sie gemacht. Vielleicht hat er sich in Sie verguckt.«

Arabella lief rot an.

»Dann hat er in Jonathan allerdings einen Konkurrenten«, fuhr Maggie lächelnd fort. »Jonathan mag Sie sehr, das sieht sogar ein Blinder.«

Jonathan staunte, als er um die Mittagszeit zurückkehrte und von Maggie erfuhr, was am Abend zuvor geschehen war.

»Warum haben Sie uns nie erzählt, dass Sie Klavier spielen können, Arabella?«

Sie zuckte die Achseln. »Das ist doch nichts Besonderes. Meine Mutter hat auch Klavier gespielt, aber viel besser als ich.«

Maggie blickte sie erstaunt an. »Ihre Mutter?«

»O ja, sie ist eine begnadete Pianistin. Sie hat oft für Freunde gespielt und ist sogar schon öffentlich aufgetreten.«

»Und Sie nicht?«, fragte Jonathan.

»Um Himmels willen, nein«, entgegnete Arabella. »Ich wollte nicht als billige Kopie meiner Mutter dastehen.«

Jonathan glaubte langsam zu verstehen, weshalb es Arabella an Selbstvertrauen fehlte. Sie hatte anscheinend stets im Schatten ihrer Mutter gestanden.

»Sie wissen offenbar gar nicht, wie viel Talent Sie haben«, sagte Maggie freundlich.

»Nur weil die Schafscherer begeistert waren, heißt das noch lange nicht, dass ich begabt bin«, wehrte Arabella bescheiden ab. »Die Männer hören bestimmt nicht oft Musik. Wie sollen sie da einen guten Vortrag von einem schlechten unterscheiden können?«

»Na ja, sie sind ständig unterwegs und kommen höchstens einmal im Monat nach Hause. Konzerte werden sie da sicherlich nicht besuchen. Aber man muss kein Kenner sein, um zu hören, wie wundervoll Sie spielen«, versicherte Maggie ihr. »Im Lauf der Jahre ist immer mal wieder ein Gast bei uns gewesen, der sich an den Flügel gesetzt hat, aber keiner war auch nur annähernd so talentiert wie Sie. Hätten Sie nicht Lust, heute Abend ein bisschen zu spielen, damit Jonathan Sie auch einmal hören kann?«

»Sicher, warum nicht.« Arabella freute sich, für ihn spielen zu können.

»Gut. Und jetzt entschuldigt mich bitte – ich habe eine Verabredung mit meinen Hennen, die hoffentlich ein paar Eier gelegt haben.«

Jonathan schlug sich entschlossen mit beiden Händen auf die Schenkel. »Und ich muss noch einige Aufnahmen entwickeln.«

»Darf ich die Bilder sehen, wenn sie fertig sind?«, fragte Arabella. Die Fotos, die er ihr gezeigt hatte, hatten ihr sehr gefallen.

»Gern, aber ich brauche ein paar Stunden. Ich glaube, einige Aufnahmen sind sehr gut geworden. Das Licht über dem Salzsee war einzigartig. Sie werden sehen.«

»Ich lass mich überraschen«, sagte Arabella und folgte Maggie nach draußen, um zu fragen, ob sie ihr helfen könne. Noch vor einer Woche wäre sie nicht im Traum auf diese Idee gekommen. Zu Hause hatte niemand auch nur die kleinste Handreichung von ihr verlangt, während hier von ihr erwartet wurde, dass sie für ihre Unterbringung arbeitete.

Inzwischen war die Arbeit für Arabella keine lästige Pflicht mehr, sie machte ihr Freude. Außerdem mochte sie Maggie und Tony immer mehr, und die beiden schienen aufrichtig dankbar für ihre Bereitschaft, die Gäste mit ihrem Klavierspiel zu unterhalten. Das gab Arabella zum ersten Mal im Leben das Gefühl, gebraucht zu werden, etwas Sinnvolles zu tun – eine ganz neue und überaus angenehme Erfahrung.

Als Arabella zum Hühnerhof ging, sah sie, dass Maggie schon mit ihrer Arbeit angefangen hatte. Plötzlich verlor sie das Gleichgewicht und strauchelte. Sie konnte sich im letzten Moment an einem Zaunpfosten festhalten. Die Schüssel mit den Eiern fiel herunter.

Arabella lief zu ihr. »Maggie, alles in Ordnung?«

Maggie antwortete nicht. Sie atmete schwer. Erst als Arabella in den Verschlag eilte, hob sie den Kopf. Sie war kalkweiß im Gesicht und presste sich eine Hand an die Brust.

»Haben Sie Schmerzen?«, fragte Arabella besorgt.

Maggie schüttelte den Kopf. »Mir ist nur ein bisschen schwindlig«, sagte sie mit schwacher Stimme. »Die verflixte Hitze … manchmal macht sie mir sehr zu schaffen.«

»Sind Sie sicher, dass nicht mehr dahintersteckt? Waren Sie schon beim Arzt?«

Wieder schüttelte Maggie den Kopf. »Was wissen die schon.«

Arabella kam der Gedanke, dass Maggie vielleicht Angst davor hatte, die Ärzte könnten irgendetwas feststellen. »Sie sollten sich untersuchen lassen. Vielleicht ist es ja etwas völlig Harmloses.«

»Wenn es harmlos ist, brauche ich keinen Doktor«, beharrte Maggie eigensinnig.

»Vielleicht ist mit Ihrem Blut etwas nicht in Ordnung.«

Maggie warf ihr einen verstörten Blick zu. »Wie kommen Sie darauf?«

»Eine Freundin meiner Mutter litt an Blutarmut. Ihr ist immer wieder schwindlig geworden, und manchmal wurde sie sogar ohnmächtig. Als die Ärzte herausfanden, was ihr fehlte, musste sie jede Menge Leber essen.«

»Ich esse gern Leber«, erwiderte Maggie, »und ich leide bestimmt nicht an Blutarmut.«

»Aber an die Hitze sollten Sie doch mittlerweile gewöhnt sein.«

»Wenn man sich während der heißesten Zeit des Tages ausruhen kann, ist es auszuhalten, aber ich hab nun mal keine Zeit für eine Pause.« Maggie sah auf die zerbrochenen Eier. »So was Dummes aber auch«, murmelte sie verärgert.

Arabella hob die Schüssel auf. »Gehen Sie hinein, und ruhen Sie sich ein wenig aus. Ich werde die Eier weiter einsammeln.«

»Danke, das ist nett von Ihnen«, sagte Maggie. Auf einmal war sie froh, Arabella bei sich zu haben.

Am Nachmittag breitete Jonathan die frisch entwickelten Fotografien auf einem Tisch im Speisesaal aus und rief Arabella. Verblüfft riss sie die Augen auf.

»Die sind wundervoll, Jonathan!«

»Das Foto hier habe ich im Morgengrauen gemacht, und das hier zeigt den Sonnenuntergang am Salzsee«, erklärte er. »Sehen Sie, wie das Salz das Sonnenlicht reflektiert?«

Arabella nickte und betrachtete das Foto beinahe andächtig. »So etwas Schönes habe ich noch nie gesehen. Sie verstehen, wie man die perfekte Stimmung einfängt.«

»Danke«, sagte Jonathan. »Ich kann es kaum erwarten, bis der Farbfilm auf den Markt kommt. Angeblich soll es bald so weit sein. Dann kann ich die einzigartigen Farben der Wüste einfangen. Sie hätten den Sonnenuntergang sehen soll. Der ganze See hat rosa geschimmert. Es war ein unglaublicher Anblick.«

»Ich würde zu gern Ihre anderen Fotografien sehen.«

»Sagen Sie das nicht, Sie könnten es bereuen.« Jonathan schmunzelte. »Ich habe nämlich tausende.« Ihm fiel auf, wie Arabella sich verändert hatte. Ob das an der Anerkennung für ihr Klavierspiel lag?

»Vielleicht könnte ich Ihnen helfen, eine Auswahl für eine Ausstellung zusammenzustellen«, schlug Arabella vor.

»Ich würde mich freuen«, sagte er. »Leider weiß ich noch nicht, wann meine nächste Ausstellung stattfindet.«

Maggie, die hereingekommen war und die letzten Worte gehört hatte, meinte: »Sie können sie gern hier im Hotel zeigen.«

»Vielen Dank, Maggie, aber warten wir erst einmal ab, wie groß der Andrang zu den Konzerten unserer Pianistin sein wird.«

»Bestimmt nicht so groß, dass kein Platz mehr für Ihre Fotos wäre«, sagte Arabella bescheiden.

Nach dem Abendessen setzte Arabella sich an den Flügel. Jonathan und Maggie waren anfangs ihre einzigen Zuhörer. Doch als sie ein paar Takte eines Menuetts von Leopold Mozart gespielt hatte, gesellten sich auch Ted, Les und Tony, die in der Bar gewesen waren, mit ihren Drinks zu ihnen. Nur Wally Jackson blieb an der Theke sitzen.

Als Tony ihn aufforderte mitzukommen, hörte Arabella, wie er mürrisch erwiderte: »Ich hab keine Lust, mir das Geklimper anzuhören. Ich bleib lieber hier.«

Seine Reaktion beunruhigte Arabella.

»Bravo!«, rief Jonathan und spendete begeistert Beifall, als das Stück zu Ende war. »Sie sind brillant!«

Arabella lächelte erfreut.

»Würden Sie *Für Elise* von Beethoven für mich spielen? Es gehört zu meinen Lieblingsstücken.«

»Wirklich?« Arabella strahlte. »Zu meinen auch.«

Ihr Spiel zauberte ein Lächeln auf Jonathans Gesicht.

Der Abend war schon fortgeschritten, als Stuart hereinkam. Er sah Arabella am Flügel sitzen und riss die Augen auf. »Sie sind das? Sie spielen fantastisch!« Er zog sich einen Stuhl nahe an den Flügel heran und stellte den Drink, den er sich in der Bar geholt hatte, auf einen kleinen Tisch.

»Danke«, erwiderte Arabella schüchtern. »Habe ich Sie etwa geweckt?«

Er seufzte theatralisch. »Ich dachte, ich wäre gestorben und ins Paradies gekommen, so liebliche Klänge habe ich vernommen. Spielen Sie bitte noch etwas.«

»Haben Sie einen bestimmten Wunsch?«

»Ich verstehe nicht viel von Musik. Spielen Sie, was immer Sie möchten, ich bin sicher, es gefällt mir.«

Arabella strahlte, doch Jonathan gefiel es nicht, wie viel Aufmerksamkeit Stuart ihr schenkte. Und es gefiel ihm noch viel weniger, dass sie sein Interesse offensichtlich genoss.

Es war kurz vor Mitternacht, als das letzte Stück verklungen war.

»Du meine Güte!«, rief Maggie aus, als sie sah, wie spät es war. »Jetzt wird es aber höchste Zeit für mich, sonst komme ich morgen früh nicht aus den Federn.«

»Dann bleibst du eben liegen und schläfst dich aus«, sagte Tony. Seine Frau sah ihn strafend an und schüttelte in gespielter Entrüstung den Kopf.

»Er hat Recht, Maggie«, meinte auch Jonathan. »Die Hausarbeit läuft Ihnen sicher nicht weg. Meine Mutter hat immer gesagt, was getan werden muss, wartet, bis man Zeit dafür hat. Und sie hat Recht gehabt.«

»Dummerweise erledigt Hausarbeit sich aber nicht von allein«, sagte Maggie und fügte seufzend hinzu: »Ich wünschte, die Heinzelmännchen kämen und würden die ganze Arbeit tun, und wenn wir am Morgen aufwachten, wäre alles tipptopp.«

10

Am frühen Nachmittag des nächsten Tages trafen sieben Reiter aus Farina in der Stadt ein. Sie ritten geradewegs zum Hotel. Tony war erstaunt, die Reiter zu sehen, zumal drei Fremde dabei waren.

»Die Schafscherer sind bei uns durchgekommen und haben erzählt, dass eine Konzertpianistin bei euch wohnt«, sagte Moira Quiggley. Sie wurde von ihrem Ehemann Phil und ihren beiden Söhnen im Teenageralter sowie einem Paar mit einem jungen Mädchen begleitet. Phil stellte sie als die McKenzies und ihre Tochter vor und fügte hinzu, sie hätten ein paar Tage in Farina verbringen wollen und säßen jetzt fest, weil der Zug nicht mehr verkehrte.

»Eine Konzertpianistin ist Miss Fitzherbert zwar nicht, aber sie spielt wundervoll«, erklärte Tony, erfreut, dass die Neuigkeit sich bereits herumsprach.

»Die Schafscherer haben sie in den höchsten Tönen gelobt«, sagte Moira und fügte schmunzelnd hinzu: »Ich glaube, sie wären glatt hiergeblieben, würden in der Flinderskette nicht ein paar tausend Schafe auf sie warten.«

»Meinetwegen hätten die Burschen gern bleiben können, solange sie sich anständig benehmen«, sagte Tony.

Phil bemerkte das mit Brettern vernagelte Fenster in der Bar und nickte. »Dave hat gestern kurz nach dem Abendessen den Zapfhahn zugedreht«, sagte er. Dave Brewer führte das Transcontinental Hotel in Farina. Er war ein Mann, mit dem man sich besser nicht anlegte.

»Das sieht dem Faulpelz ähnlich. Und wie haben die Männer es aufgenommen?«, fragte Tony.

»Ganz gut. Sie waren noch ziemlich verkatert von ihrem Aufenthalt hier, deshalb haben sie nicht allzu heftig protestiert.«

»Da hat Dave aber Glück gehabt«, bemerkte Tony trocken.

»Du kannst dir nicht vorstellen, wie sie von dieser jungen Klavierspielerin geschwärmt haben«, warf Moira ein. »Sie haben von nichts anderem geredet. Da sind wir natürlich neugierig geworden. Ob sie heute Abend für uns spielt?«

»Ich denke, das lässt sich einrichten. Constable Higgins hat bestimmt nichts dagegen, wenn wir am Sonntag bei einem spontanen Konzert Drinks ausschenken«, meinte Tony lächelnd. »Wie lange werdet ihr bleiben?«

»Nur ein paar Tage«, antwortete Phil mit einem Seitenblick auf seine Frau.

»Wir sind zwei Jahre lang nicht aus Farina rausgekommen«, erklärte Moira. »Ich will schon lange nach Adelaide, um dort mal ein Konzert zu besuchen, aber Phil ist der Weg zu weit. Deshalb habe ich darauf bestanden, wenigstens ein paar Tage hierherzukommen, als ich von dieser Pianistin hörte.«

»Du weißt doch, dass wir die Farm nicht so lange allein lassen können, Moira«, sagte Phil.

»Ja, aber die Stadt fehlt mir. Angenehme Gespräche, Kultur …«

In diesem Moment betrat Arabella die Bar. Sie war auf dem Weg in den Speisesaal, um Tische einzudecken.

»Da kommt ja unsere Pianistin«, sagte Tony. »Arabella, diese Leute sind den weiten Weg von Farina hierhergekommen, nur um Sie spielen zu hören.«

»Oh …« Arabella war überrascht.

Moira trat auf sie zu. »Wir freuen uns sehr, Sie kennen zu lernen.« Sie stellte sich und ihre Familie vor. »Sie sind aber noch *sehr* jung«, meinte sie dann, wobei sie Arabella ungeniert von Kopf bis Fuß musterte.

»Ich bin neunzehn«, erwiderte Arabella leicht gereizt.

»Tatsächlich?« Moira streifte ihre beiden Söhne mit einem vielsagenden Blick, was den beiden sichtlich unangenehm war. Warum musste ihre Mutter immer versuchen, sie mit irgendwelchen Mädchen zusammenzubringen?

»Hat mich sehr gefreut«, sagte Arabella hastig. »Ich werde Maggie Bescheid sagen, dass wir Gäste haben.« Sie hatte es eilig, von Mrs Quiggley und ihren Sprösslingen wegzukommen.

»Sie spielen doch heute Abend für uns?«, rief Moira ihr nach. »Wir freuen uns schon darauf!«

Arabella verschwand in die Küche und kam genau im rechten Augenblick. Maggie hatte einen neuerlichen Schwächeanfall. Arabella eilte zu ihr, stützte sie und führte sie zu einem Stuhl. Jonathan kam zufällig an der Küche vorbei. Stuart hielt sich im Stall auf und versorgte Bess, seine Stute, nach einem langen Ausritt.

»Was ist passiert?«, fragte Jonathan besorgt.

»Maggie wäre fast ohnmächtig geworden. Ich glaube, es ist besser, wenn sie nach oben geht und sich ausruht.«

»Mir fehlt nichts«, protestierte Maggie mit schwacher Stimme.

»Das sehe ich anders«, widersprach Arabella. »Sie müssen sich unbedingt ausruhen. Tony würde Ihnen dasselbe sagen.«

»Tony darf nichts davon erfahren!«, flehte Maggie sie an.

»Warum denn nicht?«

»Weil er sich unnötig Sorgen machen würde.«

Arabella ging in die Hocke und blickte Maggie eindringlich an. »Seine Sorgen wären nicht unberechtigt, Maggie. Wenn Sie sich nicht schonen, klappen Sie irgendwann zusammen. Legen Sie sich eine Stunde hin. Sagen Sie mir, was getan werden muss, und ich erledige es. Jonathan kann mich ja im Auge behalten.« Sie schaute zu ihm auf. »Nicht wahr?«

»Ich habe eine bessere Idee. Ich werde Ihnen helfen«, sagte er.

Maggies Blick wanderte von Arabella zu Jonathan und wieder

zu Arabella. »Also gut. Ich leg mich ein Stündchen hin. Aber keine Sekunde länger!«

»Fein.« Arabella stützte sie, als sie zur Treppe gingen, und achtete darauf, dass sie die neuen Gäste nicht zu Gesicht bekam. Sie kannte Maggie gut genug, um zu wissen, dass sie sich niemals ausruhen würde, wenn sie glaubte, für das Wohl ihrer Gäste sorgen zu müssen.

Nachdem sie Maggie hinaufgebracht hatte, kehrte sie in die Küche zurück, wo Jonathan Holzscheite in den dafür vorgesehenen Eimer steckte. »Ich habe Maggie vorsichtshalber nichts von den sieben neuen Gästen gesagt. Sie hätte sich sonst nie hingelegt.«

»Was ist mit Maggie?«, fragte Tony, der seine Frau schon überall gesucht hatte. Er hatte gehört, wie ihr Name fiel.

Arabella fuhr erschrocken herum; sie hatte ihn gar nicht kommen hören. »Maggie … äh, war sehr müde«, schwindelte sie, um Tony nicht zu erschrecken. »Wir haben sie überredet, sich ein wenig auszuruhen. Ich hab gerade zu Jonathan gesagt, dass ich Maggie nichts von den neuen Gästen erzählt habe, weil sie sich sonst nie hingelegt hätte.«

Tony nickte. »Da haben Sie Recht. Sie hat sich in letzter Zeit zu viel zugemutet«, fügte er besorgt hinzu.

»Jonathan und ich werden uns um das Essen kümmern. Was hätte Maggie denn heute Abend gekocht?«

»Ich glaube, sie wollte eine Lammkeule braten, aber jetzt brauchen wir auf jeden Fall zwei«, antwortete Tony. »Und wahrscheinlich hätte sie Möhren und Kartoffeln dazu gemacht.«

»Gut, dann sehen wir zu, dass die Keulen bis spätestens um drei im Ofen sind«, sagte Jonathan. »Soll ich Kartoffeln und Möhren aus dem Garten holen?«, fragte er, wobei er Arabella anschaute.

Diese sah Tony an.

»Tun Sie das, Jonathan«, antwortete er. »Diese junge Dame hier darf schließlich keine Blasen an den Händen haben, wenn sie heute Abend unsere Gäste unterhalten soll.« Seine Augen funkelten belustigt, und Arabella musste unwillkürlich lächeln. Wie die Dinge sich verändert hatten!

»Ich hätte mich gleich am ersten Tag an den Flügel setzen sollen«, murmelte sie vor sich hin, als Tony in die Bar zurückkehrte.

Gegen drei Uhr waren die Lammkeulen im Ofen, und Jonathan hatte einen großen Topf Kartoffeln und Möhren zum Kochen vorbereitet. Dazu sollte es Pfefferminzsoße geben; er wisse, wo wilde Minze wachse, die sie verwenden könnten, hatte Jonathan gemeint. Maggie war eingeschlafen und kam erst um halb fünf wieder nach unten. Sie war ein wenig verstört, als sie sah, dass ihre Hilfe nicht mehr gebraucht wurde, zugleich aber dankbar und erleichtert. Dann erfuhr sie, dass sie für die nächsten beiden Tage sieben Gäste zusätzlich hatten, und ihre Laune verschlechterte sich abrupt.

»Ich muss doch erst die Zimmer herrichten«, brauste sie auf.

»Die Zimmer sind in Ordnung«, sagte Tony besänftigend. »Du hast erst gestern die Betten abgezogen.«

»Aber die Betten sind noch nicht gemacht!«

»Doch, ist alles schon erledigt. Ich habe Moira Quiggley gesagt, dass du dich nicht wohl fühlst, und da hat sie zusammen mit Mrs McKenzie und deren Tochter die Betten gemacht.«

Maggie starrte ihn entsetzt an. »Das ist nicht dein Ernst! Du kannst doch nicht zulassen, dass unsere Gäste die Betten beziehen!«

»Sie haben es gerne getan«, beruhigte Tony sie. »Ihnen war langweilig, da kam es ihnen gerade recht. Sie sind nur hergekommen, um Arabella spielen zu hören, und bis zum Abendessen sind es ja noch ein paar Stunden.«

»Wie haben sie denn von Arabella erfahren?«

»Die Schafscherer haben ihnen erzählt, wie wundervoll sie Klavier spielt. Siehst du, unsere Rechnung geht auf!« Er lächelte, doch Maggie funkelte ihn zornig an.

»Dann darf ich mich erst recht nicht am helllichten Tag ins Bett legen und faulenzen«, stieß sie hervor.

Als das Lamm fertig war, half Arabella Maggie beim Aufschneiden und Servieren.

»Kellnern ist doch keine Arbeit für Sie«, sagte Moira mit leisem Vorwurf in der Stimme, als Arabella zwei Teller hereintrug.

»Maggie schafft es nicht allein«, erwiderte Arabella. »Außerdem haben sie und Tony mich bei sich aufgenommen, als ich mich hierherverirrt hatte. Da ist es für mich das Mindeste, ihnen zur Hand zu gehen, um mich erkenntlich zu zeigen.«

Tony hatte die letzten Worte zufällig gehört und freute sich darüber. Vielleicht war Arabella doch nicht so selbstsüchtig, wie er zunächst angenommen hatte. Oder sie wurde allmählich erwachsen. Sie wirkte viel reifer als bei ihrer Ankunft.

»Warum kommen Sie nicht mit uns nach Farina?«, schlug Moira vor. »Bei Dave müssten Sie nicht als Bedienung arbeiten.«

»Hör mit diesen Abwerbungsversuchen auf, Moira!«, rief Tony dazwischen.

Moira achtete nicht auf ihn. »Ich könnte mir vorstellen, dass er Ihnen sogar ein Gehalt zahlt.«

»Ich will hier auf meine Eltern warten«, sagte Arabella. »Sie kommen mit dem nächsten Zug. Das dauert bestimmt nicht mehr lange.« Sie erinnerte sich, dass sie und ihre Eltern mit dem Zug durch Farina gekommen waren – eine Stadt, die noch kleiner und hässlicher war als Marree. Doch das war nicht der einzige Grund, weshalb Arabella hier in Marree bleiben wollte. Sie fühlte sich bei den McMahons wohl, und sie mochte Jonathans und Stuarts Gesellschaft. Stuart sah sie zwar nicht oft, freute sich aber jedes Mal, wenn er von seiner Goldsuche zurückkehrte. Durch die beiden Männer wurde ihr Zwangsaufenthalt in Marree erträglich. Jonathan war zuverlässig und gut aussehend, aber zurückhaltender als Stuart, in dessen Nähe sie stets ein erregendes Prickeln überkam. Diese Empfindung war völlig neu für sie. Fühlte es sich so an, wenn man verliebt war? Sie brachte es nicht über sich, Maggie zu fragen. Sie war sicher, dass sie es bald selbst herausfinden würde.

Moira riss sie aus ihren Tagträumen. »Bis der Zug wieder fährt, kann es Monate dauern. Als die Termiten das letzte Mal auf einer größeren Strecke die Schwellen zerfressen haben, hat es ein Vierteljahr gedauert.«

Arabella war sichtlich bestürzt. »Es kann doch nicht so lange dauern, ein paar Schwellen zu erneuern!«

»Die Gleisarbeiten sind vermutlich in ein paar Wochen abgeschlossen, aber danach wird die gesamte Strecke überprüft – und *das* dauert Monate«, erwiderte Moira.

Arabella ließ den Kopf hängen, wandte sich wortlos ab und kehrte bedrückt in die Küche zurück. Sie konnte ihre Eltern doch nicht monatelang in dem Glauben lassen, sie sei tot! Sie musste einen Weg finden, nach Alice Springs zu gelangen. Vielleicht würde Jonathan sie begleiten. Stuart war zu beschäftigt.

»Musste das sein? Hättest du nicht den Mund halten können?«, fuhr Tony Moira an, als Arabella außer Hörweite war.

»Ich hab doch nur die Wahrheit gesagt«, entgegnete Moira pikiert.

»Sie vermisst ihre Eltern, und du hast alles nur noch schlimmer gemacht. Wenn sie heute Abend nicht spielen will, ist es allein deine Schuld!«

Moira blickte ihn groß an.

Arabella hatte Tränen in den Augen, als sie die Küche betrat, und nahm ihre Umgebung nur verschwommen wahr. Sie sah Maggie erst, als sie beinahe über sie gestolpert wäre. Erschrocken schnappte sie nach Luft. »O Gott, Maggie!«

Maggie rührte sich nicht. Arabella wirbelte herum und rannte in die Bar, um Hilfe zu holen.

Drei Meilen südlich von Alice Springs sahen vier Männer vom Stamm der Garawerigal eine Rauchsäule in der Ferne. Bald würde es dunkel werden. Sie hatten einen Waran erlegt und suchten einen Platz für ihr Nachtlager.

»Ein Lagerfeuer«, meinte der Älteste in seinem Stammesdialekt. Ein vom Blitz entzündetes Feuer konnte es nicht sein; es hatte kein Gewitter gegeben. Die Männer beschlossen, sich das Feuer aus der Nähe anzusehen.

Vorsichtig schlichen sie sich an das Lager heran. Beim Näherkommen sahen sie, dass weder Pferde noch Kamele in der Nähe waren; folglich mussten es Aborigines sein, die hier lagerten.

Drei Männer, Arme und Beine weit abgespreizt, lagen um das Feuer herum und schliefen mit offenem Mund. Zwischen ihnen lagen Essensreste und leere Schnaps- und Bierflaschen. Die drei waren Billy, Charlie und Danny – jene Aborigines, die Edward Fitzherbert mit der Suche nach seiner Tochter beauftragt hatte.

Der Anblick erfüllte die Stammesangehörigen mit Abscheu und Zorn. Sie hatten nur Verachtung für die »weißen Aborigines« übrig, wie sie jene nannten, die in den Städten lebten und meistens betrunken waren. Ihrer Ansicht nach brachten sie alle Ureinwohner in Verruf.

Einer der Garawerigal-Männer stieß Billy mit dem stumpfen Ende seines Speers an und rief ihm etwas zu. Billy öffnete langsam die Augen und blinzelte benommen.

Birrimbai – oder Billy, wie er sich in der Stadt nannte – gehörte dem Stamm der Warringal an, die einen anderen Dialekt sprachen, doch er konnte sich in der Sprache der Garawerigal verständigen. Was Billy in der Wüste zu suchen habe und wieso er sich mit dem Gift des weißen Mannes betäube, wollte der Stammesangehörige wissen. Um sich wichtig zu machen und sein Gesicht zu wahren, erzählte Billy ihm, er und seine Freunde seien auf der Suche nach einer Weißen, die aus dem Zug gefallen sei. Sie seien die besten Fährtensucher in der Umgebung von Alice Springs, brüstete er sich; auch die Weißen wüssten das. Deshalb hätten sie ihnen viel

Geld gegeben, damit sie das Mädchen zurückbrächten. Die Garawerigal-Männer schienen tatsächlich beeindruckt.

Sie wechselten noch ein paar Worte mit Billy und zogen weiter. Als sie außer Hörweite waren, brachen sie in Gelächter aus bei der Vorstellung, dass die drei Betrunkenen gute Fährtensucher sein sollten. Billy und seine Freunde hatten das Geld des einfältigen Weißen genommen und unverzüglich in Schnaps umgesetzt. Von einer weißen Frau, die aus dem Zug gefallen war, hatten die Garawerigal nirgendwo etwas gehört; sie waren sich nicht einmal sicher, ob die Geschichte überhaupt stimmte.

Djalusi und Djilaynga – oder Charlie und Danny, wie ihre englischen Namen lauteten – schliefen noch. Sie hatten von dem Besuch der Garawerigal gar nichts mitbekommen. Billy legte sich ebenfalls wieder aufs Ohr.

Eine Stunde später wachten alle drei auf. Es war Nacht geworden und das Feuer fast heruntergebrannt. Billy konnte sich im ersten Moment an nichts erinnern.

»Wie lange wollen wir denn noch hier draußen bleiben?«, nuschelte Djalusi. Er hatte höllische Kopfschmerzen, und ihm war speiübel. Normalerweise tranken sie nur billigen Wein, aber für die zwanzig Pfund des weißen Mannes hatten sie den besten Schnaps bekommen, der in der Stadt zu haben war, und obendrein so viel, dass sie sich gleich tagelang betrinken konnten. Aber jetzt wollte Djalusi nach Alice Springs zurück. Ihm knurrte der Magen: In ihrer Verfassung waren sie nicht imstande gewesen, auf die Jagd zu gehen.

»Nicht mehr lange«, erwiderte Birrimbai. Plötzlich erinnerte er sich verschwommen, dass er mit jemandem gesprochen hatte. Oder hatte er nur geträumt? Dann entdeckte er im Sand Tropfen von frischem Blut. Nein, das war kein Traum gewesen. »Es war jemand hier«, sagte er zu seinen beiden Gefährten. Djilaynga und Djalusi sahen ihn an, als hätte er den Verstand verloren. Ob er zu viel getrunken habe und an Wahnvorstellungen leide, witzelte Djalusi.

Birrimbai wurde wütend. »Vier Stammesangehörige waren da«, sagte er mit Nachdruck. Er konnte sich jetzt wieder genau erinnern. Er zeigte auf das Blut im Sand und fügte hinzu: »Das ist von der Beute, die sie erlegt hatten. Ihr habt geschlafen.«

Als Djilaynga und Djalusi das Blut sahen, wussten sie, dass Birrimbai die Wahrheit sagte. Zerknirscht schauten sie zu Boden, zutiefst beschämt, dass Stammesangehörige sie betrunken gesehen hatten. Was die Weißen von ihnen dachten, war ihnen egal, doch vor den Stammes-Aborigines wollten sie auf keinen Fall das Gesicht verlieren.

»Hast du ihnen gesagt, weshalb wir hier sind?«, fragte Djilaynga.

»Ja. Ich hab ihnen erzählt, wir wären die besten Fährtenleser in Alice Springs und würden eine weiße Frau suchen.«

Das gefiel Djalusi. »Was haben sie dazu gemeint?«

»Sie haben mir einen wichtigen Tipp gegeben«, log Birrimbai. »Ungefähr zwei Stunden von hier, sagten sie, sind vor ein paar Tagen die Überreste eines weißen Mädchens gefunden worden.« Er war überzeugt, dass es sich ohnehin so verhielt. Warum diese Vermutung also nicht als Tatsache ausgeben und nach Alice Springs zurückkehren? Auf diese Weise wäre das Rätsel um die Vermisste gelöst und ihr Auftrag erfüllt.

Djilaynga und Djalusi sahen ihn erschrocken an.

»Wollen wir nachsehen?«, fragte Djalusi.

»Nein, wir kehren um«, sagte Birrimbai.

»Aber wir haben dem Vater des Mädchens doch versprochen, dass wir ihm seine Tochter zurückbringen«, beharrte Djalusi.

Birrimbai winkte ab. »Ihre Überreste sind längst in der Wüste verstreut.«

Seine Gefährten mussten ihm Recht geben.

»Wir wissen, was passiert ist, wir können dem Vater also Auskunft über ihr Schicksal geben.« Birrimbai war zufrieden mit sich. Zum einen stand er gut vor seinen Freunden da, zum anderen würde er dafür sorgen, dass der Vater des Mädchens nicht länger in Ungewissheit leben musste. Er machte eine neue Flasche Schnaps auf.

»Maggie!« Tony eilte angsterfüllt zu seiner Frau. Jonathan und Arabella folgten ihm auf den Fersen.

Maggie stöhnte. »Was … ist passiert?«

»Du bist ohnmächtig geworden.« Behutsam schob Tony einen Arm unter ihren Kopf.

Arabella reichte ihm ein Glas Wasser, und er flößte Maggie ein paar Schlucke ein. An einer Schläfe hatte sie eine Abschürfung und eine kleine Beule.

»Du hast dir den Kopf angeschlagen«, sagte Tony, gab Arabella das Wasserglas, hob Maggie hoch und trug sie zur Treppe. »Ich bringe dich nach oben. Du gehörst ins Bett. Keine Widerrede.«

»Aber die Gäste …«, protestierte Maggie mit schwacher Stimme.

»Um die brauchst du dich nicht zu sorgen. Du wirst dich jetzt erst einmal ausruhen. Und jetzt möchte ich kein Wort mehr hören«, sagte Tony streng.

Als er Maggie ins Schlafzimmer getragen und zu Bett gebracht hatte, setzte Arabella sich zu ihr und bestand darauf, dass sie das Glas Wasser austrank. »Das wird Ihnen guttun. Machen Sie sich keine Sorgen, Maggie. Ich werde mich in der Küche um alles kümmern, so gut ich kann.«

»Danke, Arabella«, flüsterte Maggie. »Aber Sie sollen doch für unsere Gäste Klavier spielen …«

»Klavierspielen ist keine anstrengende Küchenarbeit, und Jonathan wird mir sicherlich seine Hilfe anbieten.«

»Das wäre nett von ihm. Trotzdem ist es mir gar nicht recht, dass unsere Gäste meine Arbeit erledigen«, sagte Maggie.

»Ach, das macht Jonathan gern.« Arabella sah Tony an. »Soll ich eine kalte Kompresse für die Beule am Kopf holen?«

Tony nickte. »Gute Idee. Dann geht die Schwellung schneller zurück.« Er betrachtete seine Frau besorgt. »Hast du Kopfweh, Maggie?«

Sie verneinte.

»Sehstörungen?«, fragte Arabella.

»Nein, nur als ich bewusstlos wurde, habe ich alles verschwommen gesehen. Aber jetzt geht es mir schon viel besser. Ich muss mich nur ein paar Minuten ausruhen.«

»Du bleibst heute im Bett«, befahl Tony in einem Tonfall, der keinen Widerspruch duldete. »Und morgen auch.«

»Das geht nicht, Tony. Denk an unsere Gäste!«

»Ich denke vor allem an dich, Maggie. Unsere Gäste kommen schon zurecht. Du musst dich endlich ein wenig schonen.« Tony tätschelte ihre Hand. »Arabella wird dir etwas zu essen heraufbringen.«

»Also gut, meinetwegen«, seufzte Maggie. Doch Tony kannte seine Frau: Er wusste, dass er sie anbinden müsste, damit sie im Bett blieb. Maggie hatte viele gute Eigenschaften, aber sie war auch eine der eigensinnigsten Frauen, denen er je begegnet war.

Als Arabella ihr das Abendessen brachte, hatte sie bereits alle Mühe, Maggie zu überreden, im Bett zu bleiben.

»Aber so geht das doch nicht«, beschwerte sie sich, als Arabella hereinkam. »Sie sollen die Gäste unterhalten und nicht in der Küche hantieren.«

»Moira Quiggley und Jane McKenzie haben spontan ihre Hilfe angeboten, als Sie von Ihrem Schwächeanfall hörten, und schon mal mit dem Aufräumen angefangen«, erwiderte Arabella.

»Was?« Maggie setzt sich abrupt auf und wollte die Beine aus dem Bett schwingen, doch Arabella drückte sie zurück und deckte sie wieder zu.

»Die Leute wollen mich unbedingt spielen hören, und je eher ich in der Küche fertig bin, desto schneller sitze ich am Flügel.

Also haben sie beschlossen, mir zu helfen. Was spricht dagegen, Maggie?«

»Sie sind Hotelgäste! Sie bezahlen für ihre Übernachtung und nicht dafür, dass sie hier arbeiten.«

»Tony hat gesagt, sie bezahlen nichts für den Klavierabend, also ist es nur recht und billig, dass sie aushelfen.«

Maggie seufzte und sank in die Kissen zurück. Es ist typisch für Tony, so etwas zu sagen, dachte sie resigniert.

»Es ist doch nichts dabei, Maggie«, fuhr Arabella beschwichtigend fort. »Jonathan hat mir erklärt, dass man sich im Outback gegenseitig hilft. Ist doch so, oder?«

Maggie nickte.

»Na also. Und jetzt hören Sie auf, sich Sorgen zu machen, und essen Sie etwas.«

Maggie seufzte abermals und ergab sich in ihr Schicksal. Ihr war viel zu schwindlig, als dass sie die Kraft gehabt hätte, Widerstand zu leisten. Aber am kommenden Tag, so war sie sich sicher, würde das schon ganz anders aussehen.

Moira Quiggley und Jane McKenzie brauchten nicht lange, um die Küche wieder auf Vordermann zu bringen. Beide konnten es kaum erwarten, Arabella spielen zu hören.

Als ihr Publikum, das aus Gästen und Einheimischen bestand, Platz genommen hatte, setzte Arabella sich an den Flügel und unterhielt ihre Zuhörer zwei Stunden lang mit ihrem Spiel. In einer kurzen Pause hörte sie zufällig, wie Tony Ted erzählte, er wolle den Flügel in den Salon stellen, weil dort mehr Leute Platz fänden.

Die Quiggleys und die McKenzies waren begeistert vom Talent der jungen Pianistin. Moira beugte sich zu Arabella vor, als ein Stück zu Ende war, und raunte ihr zu: »Möchten Sie nicht doch mit uns nach Farina kommen? Das Hotel dort hat einen wunderschönen großen Salon, und jedes Zimmer hat seinen eigenen Kamin …«

»Es gibt nur ein Problem, Moira«, sagte Tony, der das mitbekommen hatte. »Im Transcontinental steht kein Klavier. Und unseres bekommt ihr ganz sicher nicht!«

Moira verzog das Gesicht. »Dann müssen wir eben wieder hierherfahren, um Arabella spielen zu hören.« Ihr Mann sah Tony an und verdrehte die Augen. Phil konnte Arabellas Spiel nicht unbeschwert genießen; er hatte ganz andere Sorgen. Da es seit Jahren praktisch nicht mehr geregnet hatte, war es nur noch eine Frage der Zeit, bis sie ihre Farm aufgeben mussten – eine Tatsache, vor der Moira die Augen verschloss. Wo gepflügt wird, regnet es auch, lautete eine Weisheit der ersten Siedler; sie hatten gehofft, durch verstärkten Getreideanbau würde die Gegend zur Kornkammer des Nordens werden. Farina war Lateinisch und bedeutete »Mehl«. Doch Logik war offenbar nicht die Stärke dieser Siedler gewesen, und an eine Ernte war nicht zu denken.

Phil hatte sich auf die Rinderzucht spezialisiert, musste jetzt aber, nach jahrelanger Trockenheit, erkennen, dass es sinnvoller gewesen wäre, Ziegen zu züchten. Phil wollte seine Herden auf die Märkte im Süden treiben. »Falls es in den nächsten Tagen nicht doch noch regnet, muss ich auch meinen Zuchtbestand verkaufen, Macca«, sagte er leise zu Tony. »Es bricht mir das Herz, aber das Futter reicht einfach nicht. Wenn nicht ein Wunder geschieht, werden wir die Farm verlieren.«

Tony nickte. Eine steile Sorgenfalte erschien auf seiner Stirn. »Sollen die Städte entlang der Bahnlinie nicht zu Geisterstädten verkommen, muss es regnen, und zwar bald. Die Farmer verdienen nichts mehr, also können sie in der Stadt auch nichts ausgeben. Das bekommt jeder hier zu spüren. Und dass der Zug nicht verkehrt, macht die Sache auch nicht besser.«

»Ich hatte einen Hintergedanken, als ich mit Moira und den Jungs hierhergekommen bin, um deine Pianistin spielen zu hören«, gestand Phil. »Ich hoffe, es mildert die Enttäuschung ein wenig, wenn ich ihnen eröffne, dass wir bald in die Stadt ziehen müssen.«

»Deine Jungs lieben das Outback«, gab Tony zu bedenken.

»Ich weiß. Sie haben nie woanders gelebt, und sie werden alles andere als begeistert sein, wenn ich ihnen sage, dass wir nach Adelaide ziehen. Mir selbst geht's ja nicht anders. Ich bin mit Leib und Seele Farmer.«

Darauf wusste Tony nichts zu erwidern. Er hatte seine eigenen finanziellen Sorgen, wollte aber nicht darüber reden, aus Furcht, Maggie könnte etwas zu Ohren kommen. Er beschloss, das Thema zu wechseln. »Ist Terry Higgins immer noch in Farina?« Der junge Constable war bereits vor zwei Tagen zurückerwartet worden.

»Nein, er ist weiter nach Lyndhurst, wo er ein paar Tage bleiben will«, antwortete Phil.

»Lyndhurst? Hat's da Ärger gegeben?«

»Ganz im Gegenteil. Er hat sich in eins der Mädchen dort verguckt.«

»Wer ist die Glückliche?«

»Barney Oldfields Tochter von Oradulla Station.«

»Die Kleine kann doch höchstens fünfzehn sein.«

»Von wegen. Sie ist zwanzig geworden und verdammt hübsch obendrein.«

Tony machte ein ungläubiges Gesicht. »Als ich sie das letzte Mal sah, war sie ein Pummelchen mit Rattenschwänzen und Sommersprossen.«

»Du solltest sie jetzt mal sehen«, meinte Phil. »Jeder junge Bursche im Umkreis von zweihundert Meilen hat ein Auge auf sie geworfen.«

Tony schüttelte lächelnd den Kopf. Er konnte sich lebhaft vorstellen, wie Terry dem jungen Mädchen nachstieg.

Gegen zehn Uhr fand Jonathan, es sei an der Zeit, den Abend zu beschließen. Er sah Arabella an, wie erschöpft sie war. Obwohl ihr das Klavierspiel viel Freude bereitete, warf sie ihm einen dankbaren Blick zu. Es war rührend, wie er sich um ihr Wohlergehen sorgte. Moira, Jane und ihre Familien hatten Arabella begeistert applaudiert. Stuart, der ebenfalls zugehört hatte, war stiller gewesen als sonst. Er wirkte müde und hatte schweigend vor seinem Bier gesessen. Hin und wieder hatte er zu Arabella hingeschaut und ihr zugelächelt.

»Das war der schönste Abend seit Jahren!«, schwärmte Moira, als sie hinter Arabella die Treppe hinaufstieg. »Würden Sie uns die Freude machen, morgen noch einmal für uns zu spielen?«

»Ja, sehr gern.«

»Ob es Maggie morgen besser geht?«

»Ich weiß nicht. Tony besteht darauf, dass sie noch einen Tag im Bett bleibt«, erwiderte Arabella. »Es macht Ihnen doch nichts aus, mit dem Frühstück zu helfen?«

»Aber nein, Kindchen, keineswegs. Sagen Sie Maggie, sie soll sich keine Sorgen machen. Wir werden morgen nach dem Frühstück bei ihr reinschauen.«

Arabella lächelte. Sie wusste, Maggie würde morgen früh kaum im Bett zu halten sein. Tony würde all seine Überredungskunst aufbieten müssen, damit sie sich einen weiteren Tag schonte.

Als Arabella am anderen Morgen an Maggies Tür klopfte und von drinnen »Herein!« gerufen wurde, war sie ehrlich überrascht. Sie hatte damit gerechnet, dass Maggie aufgestanden war und in der Küche schon wieder das Kommando übernommen hatte. Doch zu Arabellas Verwunderung lag Maggie noch im Bett.

»Guten Morgen, Maggie. Wie fühlen Sie sich heute?«, fragte Arabella vorsichtig.

»Noch ein bisschen benommen, aber das gibt sich bis heute Abend sicher wieder.« Maggie klang bedrückt.

»Werden Sie nur wieder richtig gesund, alles andere können Sie getrost uns überlassen.«

»Wie ist es denn gestern Abend gelaufen? Haben unsere Gäste sich gut unterhalten?«

»O ja, großartig«, sagte Arabella. »Moira hat mich schon gefragt, ob ich heute Abend noch einmal für sie spiele.«

Maggie zog die Stirn in Falten. »Ich muss mich unbedingt um das Essen kümmern.«

»Wir helfen heute Morgen alle, damit das Frühstück auf den Tisch kommt, und beim Mittagessen machen wir's genauso.« Sie deutete auf die Teekanne neben dem Bett. »Tony hat Ihnen schon Tee gebracht, wie ich sehe. Ich werde Ihnen ein paar Scheiben Toast dazu bringen.« Sie wandte sich zum Gehen.

»Ich sollte Brot backen«, sagte Maggie mit einem Anflug von Verzweiflung in der Stimme. »Es kann ja kaum noch was da sein.«

»Das Backen hat schon jemand anders übernommen«, sagte Arabella, die den Duft von frischem Brot im Flur gerochen hatte.

Maggie machte ein verdrießliches Gesicht. Es war einfach nicht in Ordnung, dass ihre Gäste ihre Arbeit für sie erledigten.

»Nun schauen Sie nicht so finster, Maggie«, sagte Arabella begütigend. »Glauben Sie mir, jeder hier hilft gern. So, und jetzt hole ich Ihnen Toast.«

Sie ging nach unten in die Küche, wo Moira und Jane mit der Zubereitung des Essens beschäftigt waren. Auch Janes zwölfjährige Tochter Alice packte mit an. Anscheinend waren die Frauen schon sehr früh aufgestanden: Gleich mehrere Brotlaibe lagen zum Auskühlen auf der Arbeitsfläche. Jane, die Spiegeleier briet, drehte sich um, als Arabella hereinkam.

»Da kommt ja unser großes Talent!«, begrüßte Moira sie und brachte Arabella damit in Verlegenheit. »Wir wollten Ihnen gerade das Frühstück hinaufbringen.«

»Das ist doch nicht nötig«, wehrte Arabella ab. Erst jetzt wurde ihr bewusst, wie sehr sie sich verändert hatte. Daheim in England hätte sie es für selbstverständlich gehalten, bedient zu werden. Auch wenn sie sich unfreiwillig in Marree aufhielt, so hatte sie hier zum ersten Mal im Leben das wunderbare Gefühl, gebraucht zu werden, zu etwas nütze zu sein.

»Wir dachten, Sie würden gern noch ein bisschen im Bett bleiben«, sagte Moira, »damit Sie heute Abend frisch und ausgeruht sind.«

»Ich wollte eigentlich nur das Frühstück für Maggie holen«, erwiderte Arabella. An den Abend hatte sie gar nicht mehr gedacht, weil ihr so viele andere Dinge durch den Kopf gingen.

»Was möchte sie denn?«, fragte Moira.

»Ein, zwei Scheiben Toast reichen.«

»Wie wär's mit einem Spiegelei dazu?«, schlug Jane vor. »Die Eier sind gleich so weit.«

»Gute Idee«, pflichtete Arabella ihr bei. »Wo ist Tony?«

»Hinter dem Haus, Holz hacken«, antwortete Moira. »Wie geht es Maggie heute Morgen?«

»Besser, aber ihr ist immer noch schwindlig. Ein zusätzlicher Tag Bettruhe wird ihr guttun.«

»Ich hab gehört, sie soll ernsthaft krank sein«, sagte Moira im Flüsterton. »Aber als ich sie das letzte Mal sah, vor ungefähr zwei Monaten, schien sie in guter Verfassung, deshalb habe ich nicht nachgefragt.« Die Frauen trafen sich zweimal im Jahr bei einer Zusammenkunft der Landfrauen in Marree, Farina oder Lyndhurst. Moira war die Vorsitzende des Vereins.

»Zu mir hat sie nie etwas gesagt«, meinte Arabella beunruhigt.

»Wahrscheinlich ist auch nichts dran an der Geschichte«, entgegnete Moira. »Im Outback kursieren eine Menge Gerüchte.«

»Wo wohnt eigentlich der nächste Arzt?«, fragte Arabella.

»Dr. Roberts? Oh, der ist ständig zwischen Hawker in der Flinderskette und Alice Springs unterwegs – vorausgesetzt, der Zug fährt. Meist bleibt er eine Woche in jeder Stadt und kümmert sich um seine Patienten. Wer auf den umliegenden Farmen wohnt, hat dann Zeit genug, zu Dr. Roberts zu kommen. Jetzt, wo der Zug nicht verkehrt, wird er auf einem Kamel unterwegs sein. Deshalb lässt sich schwer sagen, wann er hier eintreffen wird.«

Arabella stellte das Tablett mit Maggies Frühstück auf dem Nachttisch ab.

»Wie läuft es unten?«, fragte Maggie.

»Bestens. Moira und Jane erledigen gerade den Abwasch.«

»Sind die Hühner schon gefüttert?«

»Ja, und Tony hat auch gleich die Eier eingesammelt. Jane hat Brot gebacken und Spiegeleier gebraten, Moira hat den Toast gemacht. Nach dem Abwasch will sie abstauben und die Böden aufwischen. Für mich gibt's im Moment nichts zu tun, deshalb dachte ich, ich begleite Jonathan in die Ghan-Siedlung. Es sei denn, ich kann noch irgendetwas für Sie tun.«

»Nein, gehen Sie nur.«

»Moira und Jane würden Ihnen nach dem Frühstück gern einen kleinen Besuch abstatten, wenn es Ihnen recht ist.«

Maggies Miene hellte sich auf. »Das wäre wunderbar! Ich bin gespannt, was es in Farina Neues gibt.«

»Gut. Dann sage ich ihnen, sie können in ein paar Minuten heraufkommen.«

»Sie können gern sofort kommen«, sagte Maggie eifrig und streute ein wenig Salz aufs Ei. »Das hier hab ich schnell verputzt.«

Arabella freute sich über Maggies gesunden Appetit, da sie ihn als gutes Zeichen ansah. Wer Hunger hat, sagte sie sich, kann nicht ernsthaft krank sein.

Nachdem sie den Frauen unten gesagt hatte, wohin sie ging und dass Maggie sie erwartete, eilte sie in den Salon, wo Jonathan seine neuesten Fotografien durchsah. Er hatte Paddy Khan versprochen, sie ihm zu zeigen. Und er wollte Arabella unbedingt mit ihm bekannt machen.

Die Ghan-Siedlung auf der anderen Seite der Bahngleise bestand aus einem Dutzend kleiner Hütten aus Lehmziegeln. Die Dächer waren flach, die unverglasten Fenster zu beiden Seiten des Eingangs mit Läden versehen. Diese wurden gegen die Sonneneinstrahlung geschlossen, sodass die Hitze draußen blieb, die Luft aber zirkulieren konnte, erklärte Jonathan. Eine für Outback-Verhältnisse stattliche Moschee bildete den Mittelpunkt der Siedlung. Davor lagen Matten, die alle in derselben Richtung ausgerichtet waren.

»Das sind Gebetsteppiche, aber das Morgengebet ist vorbei, deshalb ist niemand mehr da«, klärte Jonathan seine Begleiterin auf.

Männer betraten ihre Häuser oder verließen sie; einige hatten auf den Kamelkoppeln zu tun. Arabella bemühte sich, die finsteren, argwöhnischen Blicke zu ignorieren, mit denen sie bedacht wurde. Vor zwei Hütten in unmittelbarer Nähe hockten Aborigine-Frauen mit Kindern. Die dumpfe Teilnahmslosigkeit, mit der sie die Weiße musterten, war Arabella wesentlich lieber als die Feindseligkeit der Männer.

»Paddy ist bei seinen Kamelen«, sagte Jonathan und deutete mit dem Kinn auf eine von mehreren großen Koppeln. Paddy winkte, als er sie kommen sah. Er war groß und schlank und trug einen Hut statt eines Turbans und eine weite Latzhose ohne Hemd darunter. Seine Haut war heller als die der anderen Afghanen, und seine Miene drückte heitere Zufriedenheit aus, wie Arabella sie bisher noch bei keinem Afghanen gesehen hatte. Sie vermutete, dass sein irisches Erbe dafür verantwortlich war. Je näher sie den Koppeln kamen, desto stechender wurde der Gestank, der ihnen in der Hitze entgegenschlug. Arabella verzog das Gesicht und hielt sich Mund und Nase zu. Als sie Jonathans warnenden Blick auffing, wurde ihr klar, dass Paddy ihr Benehmen für unhöflich halten würde. Sie nahm die Hand wieder herunter und versuchte, so flach wie möglich zu atmen.

»Guten Morgen«, rief Jonathan, und Paddy erwiderte den Gruß freundlich.

»Paddy, ich möchte dir Arabella Fitzherbert vorstellen. Es hat sie nach Marree verschlagen, und jetzt sitzt sie für eine Weile hier fest ...« Jonathans Stimme verlor sich. Die Situation war ihm unangenehm. Natürlich hatte Paddy wie alle anderen Afghanen von Arabellas Missgeschick gehört und wusste, dass sie Kamele für »stinkende Viecher« hielt. Aber er kannte Jonathan gut genug, um zu wissen, was dieser mit seinem Besuch in der Ghan-Siedlung bezweckte: Er hoffte, Arabella die Augen zu öffnen.

»Ich freue mich, Sie kennen zu lernen«, sagte Paddy mit singender Stimme. Da er ein hilfsbereiter Mensch war, hätte er vielleicht Mitleid mit Arabella gehabt und sie nach Alice Springs gebracht, doch einige seiner Kamelstuten würden bald fohlen, und er wollte die Tiere nicht allein lassen. Dieses Ereignis war in seinen Augen wichtiger als eine im Grunde überflüssige Reise – schließlich würde die junge Frau mit ihren Eltern vereint sein, sobald der Zug wieder verkehrte.

»Die Fotos sind noch besser geworden, als ich gehofft hatte«, meinte Jonathan und zeigte sie Paddy.

»Großartig«, lobte Paddy. »Der Ausflug hat sich wirklich gelohnt.« Er bewunderte jede Aufnahme und schien sehr stolz auf Jonathan zu sein.

Eins der Kamele stieß plötzlich ein dumpfes Knurren aus, und Arabella sprang erschrocken zurück.

»Alles in Ordnung«, beruhigte Paddy sie. »Mosis Fohlen wird in Kürze zur Welt kommen. Nach einer Tragzeit von dreizehn Monaten kann sie es kaum erwarten, bis es endlich so weit ist.«

»Sie kam mir gleich ein bisschen pummelig vor«, meinte Arabella, die sich schnell von ihrem Schreck erholte. »Sie muss ein ganz schönes Gewicht mit sich herumschleppen, nicht wahr?«

»Ein Fohlen wiegt bei der Geburt zwischen dreißig und sechsunddreißig Kilo. Aber das Gewicht ist nicht das Problem, Mosi will einfach nur, dass es vorbei ist – so wie alle werdenden Mütter.«

In einem Pferch nebenan brüllte ein riesiger Kamelhengst, und Arabella fuhr abermals erschrocken zusammen.

»Sei still, Hannibal«, tadelte Paddy das Tier. An Arabella gewandt, fügte er hinzu: »Der Bursche kennt kein Erbarmen mit den Stuten. Er kann es kaum erwarten, bis er sie wieder besteigen kann.«

Arabella wurde rot vor Verlegenheit. Ein leises Blöken lenkte sie ab, und sie wandte den Kopf. Ein Kamelfohlen drängte sich zwischen den erwachsenen Tieren hindurch zur Umzäunung und streckte seinen Kopf heraus. Sie wich unwillkürlich zurück.

»Der tut Ihnen nichts«, sagte Paddy lachend. »Er sucht seine Mutter.«

Arabella konnte den Schmerz des Tieres nachempfinden. »Ist sie denn nicht da drin?«

»Nein, ein brünstiger wilder Hengst hat sie draußen bei der Nahrungssuche so erschreckt, dass sie davongelaufen ist. Vielleicht hat er sie in seine Herde aufgenommen. Aber ich hoffe immer noch, dass sie zurückkommt.«

Arabella sah in die sanften braunen Augen des Kamelfohlens, das jämmerlich blökte und ihr den Kopf entgegenstreckte, um sie zu beschnuppern. Das Tier tat ihr leid.

»Er mag Sie«, staunte Paddy. »Uri ist normalerweise sehr scheu.«

»Was für wunderschöne Wimpern er hat. So lang und dicht«, sagte Arabella staunend.

»Die Augen der Kamele sind besonders dicht bewimpert, damit Staub und Sand nicht eindringen können. Außerdem haben sie ein zusätzliches Augenlid. Und ihre buschigen Brauen schützen die Augen vor der Sonne.«

Arabella betrachtete die erwachsenen Tiere mit abschätzigem Blick. »Sie sehen aus, als wäre ihr Fell von Motten zerfressen.«

Zu Jonathans Erleichterung schien Paddy ihr die taktlose Bemerkung nicht übel zu nehmen. »Im Frühjahr wechseln sie das Fell, deshalb sehen sie so zerrupft aus. Aber im Herbst wächst ihnen ein neues, prächtiges Haarkleid.«

Das Kamelfohlen gab abermals ein klägliches Blöken von sich.

»Ob es Hunger hat?« Sein jämmerliches Schreien ging Arabella zu Herzen.

»Kann ich mir nicht vorstellen.« Paddy schüttelte den Kopf. »Ich melke regelmäßig eine Kamelstute und gebe ihm die Milch zu trinken.«

Arabella traute ihren Ohren nicht. »Man kann Kamele melken?«

»Ja, sicher. Im Mittleren Osten werden sie eigens dafür gehalten. Kamelmilch ist viel nahrhafter als Kuhmilch, aber für einen Europäer ist der Geschmack ziemlich … nun ja, gewöhnungsbedürftig.«

»Stimmt es, dass Kamele Wasser in ihren Höckern speichern?«, fragte Arabella.

»Nein, das ist ein Märchen. Der Höcker ist ein Fettspeicher, der es den Tieren erlaubt, tagelang ohne Nahrung auszukommen. Werden sie allerdings über längere Zeit schlecht gehalten oder nicht ausreichend gefüttert, schrumpft der Höcker oder kippt zur Seite.«

»Wieso hat das Fohlen keinen Höcker?«

»Kamele werden ohne Höcker geboren. Die entwickeln sich erst, wenn das Tier feste Nahrung zu sich nimmt. Den Kleinen da werde ich bald daran gewöhnen.«

Das Fohlen streckte wieder den Kopf in Arabellas Richtung.

»Was will er denn von mir?«, fragte sie beunruhigt.

»Gestreichelt werden. Er sucht Schutz und Geborgenheit.« Paddy rieb dem Fohlen liebevoll über die Schnauze. Arabella konnte sehen, wie viel seine Tiere ihm bedeuteten.

»Wie lange bleiben die Jungen bei der Mutter?«, fragte sie mit einem mitleidigen Blick auf das Fohlen.

»Ungefähr fünf Jahre. Aber mit dem Abrichten beginnt man normalerweise schon vorher. Sind in einer Herde zu viele junge Männchen, werden einige geschlachtet.«

Arabella riss entsetzt die Augen auf. »Sie werden gegessen?«

»Aber ja. Kamelfleisch ist eine Delikatesse.«

Jonathan bemerkte Arabellas Unbehagen. Schnell verabschiedete er sich von Paddy.

»Danke, dass du vorbeigekommen bist und mir die Fotos gezeigt hast.« Paddy drückte Jonathan die Hand und sah dann Arabella an. »Hat mich sehr gefreut.«

»Mich auch.« Arabella lächelte ihm nervös im Rückwärtsgehen zu. Sie hatte es eilig, von den Kamelen wegzukommen.

»Nun, was halten Sie von Paddy?«, wollte Jonathan auf dem Rückweg zum Hotel wissen.

Arabella ging das klägliche Blöken des Kamelfohlens nicht mehr aus dem Kopf. »Ich weiß nicht recht. Eigentlich fand ich ihn ganz nett … bis zu dem Moment, wo er sagte, dass man die überzähligen jungen Männchen schlachtet.« Sie sah Uris sanfte braune Augen vor sich.

»Lämmchen werden auch geschlachtet und gegessen«, wandte Jonathan ein.

»Ja, schon …«

»Wo ist der Unterschied?«

Arabella seufzte. »Wahrscheinlich haben Sie Recht.«

»Glauben Sie mir, Kameltreiber haben den größten Respekt vor ihren Tieren. Und das ist nur verständlich, wenn man bedenkt, was sie zu leisten imstande sind.«

Arabella nickte. Sie verstand jetzt besser, weshalb die Kamele für die Bewohner des Outback solch eine große Bedeutung hatten, und Paddy hatte zweifellos ein Herz für seine Tiere.

Im Hotel wartete nicht viel Arbeit auf sie: Tony plante einen Grillabend, und die Frauen brauchten nichts weiter zu tun, als das Brot aufzuschneiden, das sie zu den Lammkoteletts servieren würden. Maggie war in ihrem Zimmer geblieben; sooft sie aufzustehen versuchte, drehte sich alles in ihrem Kopf.

Arabella schaute kurz bei ihr herein, musste sich dann aber ebenfalls hinlegen, weil sie Kopfschmerzen bekommen hatte und ihr schlecht von dem stechenden Geruch der Kamele war. Moira und Jane konnten ihre Enttäuschung kaum verbergen, da sie bereits am nächsten Tag nach Farina zurückkehren würden. Sie befürchteten, Arabella werde am Abend nicht in der Lage sein, noch einmal für sie zu spielen.

Am frühen Abend ging es Arabella tatsächlich kaum besser. Sie brachte keinen Bissen hinunter, doch da sie die Gäste nicht enttäuschen wollte, versprach sie, sich nach dem Essen ans Klavier zu setzen. Sie hielt ihr Versprechen, doch nach einer halben Stunde entschuldigte sie sich. »Ich muss mich zurückziehen, ich fühle mich nicht gut«, sagte sie.

»Hoffentlich sehen wir Sie noch einmal wieder, bevor Sie Marree verlassen«, meinte Moira.

Arabella, die am Fuß der Treppe stand, drehte sich um. »Ich glaube nicht, dass ich noch lange hier sein werde.« Sie war immer noch zuversichtlich, dass der Zug bald wieder verkehrte.

Arabella wusste nicht, wie lange sie geschlafen hatte, als sie von einem merkwürdigen Geräusch geweckt wurde. Sie setzte sich auf und lauschte. Verwundert zog sie die Stirn kraus. Plötzlich fiel ihr ein, woher sie den seltsamen Laut kannte. Sie stand auf und trat auf den Balkon hinaus. Und tatsächlich: Unten stand Uri, das Kamelfohlen.

»Was willst du denn hier?«, raunte Arabella. »Mach, dass du auf deine Koppel zurückkommst!«

Das Kamel trabte verwirrt blökend im Kreis herum. Anscheinend versuchte es herauszufinden, von wo die Stimme kam.

»Pssst!«, machte Arabella. »Du weckst ja das ganze Hotel! Wie bist du überhaupt hierhergekommen?«

Das Fohlen wirkte so verloren, dass Arabella unwillkürlich Mitleid mit ihm hatte. Dem Tier ging es im Grunde nicht anders als ihr selbst: Es suchte verzweifelt nach seiner Mutter. Als es keine Anstalten machte umzukehren, überlegte sie, ob sie Jonathan wecken und um Rat fragen sollte. Aber sie wollte nicht mitten in der Nacht sein Zimmer betreten. Schließlich warf sie sich den von Maggie geborgten Morgenrock über und eilte nach unten.

Als das Kamelfohlen sie sah, kam es sofort auf sie zu. Ganz wohl war Arabella nicht in ihrer Haut, doch sie blieb tapfer stehen. Das Tier näherte sich zutraulich, als freute es sich, sie zu sehen. Arabella beobachtete es argwöhnisch, doch als sie merkte, dass es nicht die Absicht hatte, sie zu beißen, streckte sie zögernd die Hand aus und strich ihm über den Hals. Sein Fell fühlte sich erstaunlich weich an. Sogar in der Dunkelheit konnte sie seine riesigen braunen Augen erkennen, in denen sie tiefe Traurigkeit zu sehen meinte. Das Kleine wirkte hilflos und verloren.

»Ich kann dich ja verstehen«, flüsterte sie. »Mir geht's genauso, weißt du. Ich vermisse meine Mutter auch ganz schrecklich, aber was können wir tun?« Ihre Augen füllten sich mit Tränen. »Wir müssen ganz fest daran glauben, dass unsere Mütter kommen und uns holen werden. Und das werden sie auch, weil sie uns lieben.«

Das Kamel blökte und wandte den Kopf in Richtung Wüste.

»Du weißt, dass sie irgendwo da draußen ist, nicht wahr?«, flüsterte Arabella. »Sie vermisst dich bestimmt genauso sehr, wie du sie vermisst.«

Plötzlich kam ihr der Gedanke, dass das Jungtier in Gefahr sein und möglicherweise von Dingos angegriffen werden könnte. Sie eilte die Treppe hinauf, holte tief Luft und klopfte bei Jonathan. »Jonathan, wachen Sie auf…«

Nach kurzer Zeit öffnete er. »Was ist denn, Arabella?«, fragte er gähnend.

»Draußen vor dem Hotel steht das Kamelfohlen und schreit ununterbrochen.«

Jonathan blickte sie verstört an. »Machen Sie sich um den Kleinen keine Sorgen, der findet schon zurück.«

»Aber wenn er nun von Dingos angegriffen wird?« Furcht lag in Arabellas Stimme. »Ich kriege kein Auge zu, solange er nicht auf der Koppel und in Sicherheit ist.«

Ein Stück den Flur hinunter wurde eine Tür geöffnet, und Stuart Thompson trat im Schlafanzug auf den Gang. »Was ist los?«

»Draußen steht ein junges Kamel und schreit jämmerlich«, flüsterte Arabella. »Es gehört einem der Treiber in der Ghan-Siedlung.«

»Oh. Und jetzt wollen Sie es dorthin zurückbringen?«

»Ja«, antwortete Arabella eifrig. »Wenn Sie vielleicht so nett wären …«

»Es ist alles in Ordnung, Stuart«, fiel Jonathan ihr hastig ins Wort. »Ich kümmere mich darum. Sie können sich ruhig wieder hinlegen.«

Stuart sah Arabella an. »Sind Sie sicher? Wenn ich Ihnen doch irgendwie helfen kann …«

Arabella lächelte ihm dankbar zu.

»Nein, danke, das ist wirklich nicht nötig«, erwiderte Jonathan mit Nachdruck. »Wir sehen uns dann morgen früh.«

Stuart zögerte. »Wie Sie wollen. Rufen Sie mich, falls Sie Hilfe brauchen.«

»Das ist sehr nett, vielen Dank«, entgegnete Arabella liebenswürdig.

Jonathan musterte sie argwöhnisch. Ihre Reaktion auf Stuart entging ihm nicht. Sie schien eine Schwäche für ihn zu haben. »Ich dachte, Sie mögen keine Kamele«, sagte er.

»Aber ich kann den armen Kleinen doch nicht seinem Schicksal überlassen«, sagte sie. »Außerdem kann ich bei seinem Geschrei nicht schlafen.«

Jonathan seufzte.

»Tut mir leid, dass ich Sie geweckt habe, aber wir müssen ihn unbedingt auf seine Koppel zurückbringen!«

»Wahrscheinlich war er gar nicht auf der Koppel. Paddy bindet seine Tiere über Nacht draußen an, damit sie weiden können.«

»Weiden? Ringsum wächst doch nichts. Außer dornigem Gestrüpp gibt es nichts da draußen.«

»Sie würden sich wundern, was ein Kamel alles frisst. Paddy hat das Fohlen bestimmt zu einer von den Stuten gestellt. Seltsam, dass es ganz allein losmarschiert ist.« Er stieß einen tiefen Seufzer aus. »Warten Sie einen Moment, ich ziehe mich rasch an.«

Kurz darauf trat er auf den Flur hinaus und ging mit Arabella zusammen hinunter. Aus dem Stall hinter dem Haus holte er einen Strick. Uri trabte noch immer verloren vor dem Hotel auf und ab.

»Ich schaff das schon allein«, sagte Jonathan. »Gehen Sie ruhig wieder ins Bett.«

Arabella nickte. Doch als Jonathan die aus dem Seil geknüpfte Schlinge um Uris Hals legte, blieb das Fohlen störrisch stehen. Es wandte den Kopf immer wieder in Arabellas Richtung und blökte verzweifelt.

»Ich glaube, Sie müssen doch mitkommen. Anscheinend hat er einen Narren an Ihnen gefressen«, sagte Jonathan und fügte so leise, dass Arabella es nicht hören konnte, hinzu: »Und da ist er wohl nicht der Einzige.«

11

Wie Jonathan gesagt hatte, waren die Kamelstuten ein Stück von den Koppeln mit den Hengsten entfernt zum Weiden angebunden.

»Ich weiß nicht, ob wir es riskieren können, Uri zu den Männchen zu sperren«, meinte Jonathan. »Sie sind ziemlich erregt, weil etliche Stuten bereits gefohlt haben und wieder paarungsbereit sind.«

»Dann bringen wir ihn eben zu den Weibchen«, schlug Arabella vor.

»Aber dann werden wir ihn anbinden müssen, sonst läuft er uns womöglich nach.«

»Wir können ja eine Weile bei ihm bleiben, vielleicht beruhigt er sich dann.«

Jonathan gähnte herzhaft. »Sind Sie denn nicht müde?«

»Schon, aber wenn er uns zum Hotel folgt und wieder zu schreien anfängt, kann ich auch nicht schlafen. Also können wir genauso gut noch ein Weilchen hierbleiben.«

Jonathan sah sie prüfend an. »Wie geht es Ihnen? Was machen Ihre Kopfschmerzen?«

»Sind weg, Gott sei Dank.« In der kühlen Nacht war der Gestank erträglicher als in der Gluthitze des Tages.

»Ist Ihnen nicht kalt?« Jonathans Blick glitt über ihren Morgenrock, unter dem sie nichts als ein dünnes Nachthemd trug. Ihm fiel auf, wie sehr sie sich verändert hatte. Ihre Züge waren weicher geworden, und sie lächelte oft. Der schlimme Sonnenbrand heilte allmählich ab, und ihre Stimme hatte nicht mehr den weinerlichen, quengelnden Tonfall. Zugenommen hatte sie auch. Ihr Körper war weiblicher geworden.

Arabella bemerkte seine Blicke und errötete. Es sah Jonathan gar nicht ähnlich, sie so anzustarren. »Nein, mir ist überhaupt nicht kalt«, antwortete sie und wandte sich wieder Uri zu.

Sie gingen zu den Stuten hinüber und schlenderten zwischen ihnen umher, in der Hoffnung, das Fohlen werde sich einer der Stuten anschließen, doch diesen Gefallen tat es ihnen nicht: Es folgte Arabella auf Schritt und Tritt.

Schließlich gab Jonathan sich geschlagen. »Ich fürchte, wir müssen Paddy wecken. Soll er sich um das Junge kümmern.«

»Das ist wirklich zu dumm«, meinte Arabella. Das Fohlen rieb seine Schnauze an ihrer Schulter.

»Wir haben keine andere Wahl. Uri weicht Ihnen ja nicht mehr von der Seite.«

Obwohl sie es nicht zugeben würde, war Arabella gerührt über so viel Anhänglichkeit. Sie war überzeugt, dass das Tier spürte, dass sie sich in der gleichen Notlage befanden, und deshalb ihre Nähe suchte. Aber was sollte sie tun? Sie konnte ihm ja nicht die ganze Nacht Gesellschaft leisten. Sie würden wohl oder übel Paddy wecken müssen.

Plötzlich hörten sie, wie ein Gewehrhahn gespannt wurde. »Wer ist da?«, rief eine ungehaltene Stimme.

»Paddy, bist du das?«, antwortete Jonathan. Er schob sich zwischen den Kamelen hindurch und stand plötzlich Paddy gegenüber. Die Mündung von dessen Gewehr war direkt auf ihn gerichtet. Jonathan hob beschwichtigend die Hände. »Immer mit der Ruhe, Paddy. Das Ding da kannst du getrost herunternehmen.«

Paddy ließ die Waffe sinken.

»Was machst du denn hier draußen?« Jonathans Blick fiel auf den Liegestuhl hinter ihm, über den eine Decke geworfen war.

»Ich bewache meine Stuten, damit sie mir nicht von wilden

Hengsten weggeholt werden«, erwiderte Paddy, der jetzt erst Arabella bemerkte. »Und was tut ihr beide hier draußen?«

»Wir haben Uri zurückgebracht.«

»Was heißt zurückgebracht?«

»Er ist vor dem Hotel aufgetaucht und hat einen Heidenlärm veranstaltet«, sagte Arabella und schilderte, was sich zugetragen hatte.

Paddy konnte nicht glauben, was er da hörte.

»Eigenartig.« Verwundert schüttelte er den Kopf. »Ein Fohlen, das keine Mutter mehr hat, schließt sich normalerweise einer anderen Stute an, oder mir. Uri hat Sie gerade mal ein paar Minuten gesehen, und trotzdem ist er Ihnen nachgelaufen und hat Sie gesucht?«

»Glauben Sie, er hat mich gesucht?« Arabella fühlte sich insgeheim geschmeichelt.

»Sieht ganz so aus. Anscheinend sucht er Ihre Nähe.« Paddy beobachtete verblüfft, wie das Fohlen abermals seinen Kopf an Arabellas Schulter rieb.

Als er das Tier mit einem Strick angebunden hatte, verabschiedeten sich Arabella und Jonathan und machten sich auf den Rückweg. Uri schrie zum Erbarmen. Arabella brach es schier das Herz. Ihre Augen füllten sich mit Tränen, doch sie wischte sie rasch fort, damit Jonathan nicht sah, wie nahe ihr der Kummer des Tieres ging. Im Hotel eilte sie die Treppe hinauf, dankte Jonathan für seine Hilfe und wünschte ihm eine gute Nacht. Ohne auf Antwort zu warten, verschwand sie in ihrem Zimmer und schloss die Tür. Sie legte sich wieder hin, konnte aber nicht mehr einschlafen. Uris Mitleid erregende Schreie klangen ihr immer noch in den Ohren. Auch Arabella vermisste ihre Mutter mehr denn je zuvor.

Als sie am nächsten Morgen aufwachte, hörte sie als Erstes Uris Blöken. Sie traute ihren Augen nicht, als sie sah, dass es schon acht Uhr war. Eigentlich hatte sie früh aufstehen wollen, um sich von den Quiggleys und den McKenzies zu verabschieden, aber die waren längst auf dem Heimweg.

Sie stand auf und trat auf den Balkon hinaus. Sie hatte es sich nicht eingebildet: Wieder stand Uri vor dem Hotel und blökte herzzerreißend.

»Was machst du denn schon wieder hier?« Arabella zog sich in aller Eile an und lief hinunter. Das Kamelfohlen trabte sofort auf sie zu. Fast im gleichen Moment kam Paddy angerannt und versuchte, das Tier einzufangen.

»Ich hatte ihn heute Morgen kaum losgebunden, da ist er schon auf und davon«, sagte Paddy atemlos. »Ich weiß nicht wieso, aber offenbar sucht er Sie und will bei Ihnen sein.« Sooft er dem Fohlen die Seilschlinge überwerfen wollte, wich es aus und suchte Schutz bei Arabella. »Hier, vielleicht haben Sie mehr Glück«, sagte Paddy schließlich und hielt ihr den Strick hin.

Arabella blickte ihn entgeistert an. »Das kann ich nicht!«

»Wieso nicht? Sie brauchen ihm bloß die Schlinge über den Kopf zu werfen.«

Arabella hatte das Gefühl, dass sie damit das Vertrauen des Fohlens missbrauchen würde, aber wie sollte sie das Paddy erklären? Er würde sie für verrückt halten. »Und wenn ich ihn auf eine Koppel bei den Ställen hinterm Haus bringe? Wenn ich vorausgehe, kommt er bestimmt nach.«

»Gute Idee.« Paddy nickte. »Da kann ich ihn bestimmt einfangen.«

»Nein, ich meine, ich würde mich um ihn kümmern, wenn Sie mir die Milch besorgen und was er sonst noch zu fressen bekommt.«

Paddy schaute sie verdutzt an. »So ein Tier macht eine Menge Arbeit.«

»Das ist mir egal.« Das Kamelfohlen mit den großen braunen Augen, die so traurig dreinblickten, hatte Arabellas Beschützerinstinkt geweckt. »Er wird ja doch immer wieder weglaufen und hierherkommen.«

»Was werden Tony und Maggie dazu sagen?«

»Sie haben bestimmt nichts dagegen, solange ich den Stall ausmiste und sie keine Arbeit damit haben.« Doch Arabella klang zuversichtlicher, als ihr zumute war.

Paddy kratzte sich nachdenklich am Kopf. »Na ja, wenn Sie meinen … Ich muss zur Herde zurück und die anderen füttern. Ich werde Ihnen die Milch so bald wie möglich bringen.«

»Fein«, sagte Arabella und dachte bei sich, dass sie sich da etwas Schönes eingebrockt hatte. »Wir treffen uns am Stall.«

Paddy zögerte noch einen Moment, nickte dann und eilte davon.

Das Kamelfohlen rührte sich nicht vom Fleck. Als Arabella langsam zu den Ställen ging, folgte das kläglich blökende Tier ihr nach kurzem Zaudern. In einer der Boxen stand Stuart Thompsons Pferd. Arabella hoffte, Uri werde sich in Gesellschaft der Stute beruhigen, deshalb ging sie zu ihr in die Box. Uri trabte hinterdrein. Als er in der Box war, schloss Arabella das Gatter, kletterte hinauf und hockte sich darauf. Uri schaute sich verstört um und zog witternd die Luft ein. Wahrscheinlich roch er noch die Pferde der Quiggleys und McKenzies.

»Hab keine Angst«, sagte Arabella beruhigend. »Ich bin ja da.«

Sie strich ihm liebevoll über den Kopf. Plötzlich hörte sie hinter sich eine Stimme, die ihr bekannt vorkam. Am Hintereingang des Hotels standen Rita, Lily und Missy, und Rita rief nach Maggie. Arabella sprang vom Gatter herunter und ging zu den drei Frauen hinüber.

»Wo ist die Missus?«, wollte Rita wissen.

»Noch im Bett, glaube ich«, antwortete Arabella. »Es geht ihr nicht besonders.«

Rita runzelte die Stirn. »Was fehlt ihr denn?«

Der grimmige Gesichtsausdruck der riesigen Frau war zum

Fürchten, doch Arabella ließ sich nicht einschüchtern. Sie wusste, dass die Frauen Maggie sehr mochten und sich um sie sorgten. »Ich weiß auch nicht genau. Ihr ist andauernd schwindlig. Vor zwei Tagen ist sie ohnmächtig geworden, und Tony hat darauf bestanden, dass sie sich schont und im Bett bleibt. Aber vielleicht fühlt sie sich heute ja schon besser. Ich werde ihr sagen, dass ihr hier wart.«

Rita musterte Arabella mit, wie ihr schien, argwöhnischem Blick, wandte sich dann um und ging ohne ein weiteres Wort davon. Lily und Missy folgten ihr. Arabella schüttelte verwundert den Kopf.

Uris Geschrei riss sie aus ihren Gedanken. Sie machte sich auf den Weg, um Tony zu suchen und ihm die Situation zu erklären, bevor er das junge Kamel entdeckte. Sie ging in die Bar, hörte dann aber, wie Tony sich vor dem Hotel mit jemandem unterhielt. Als Arabella hinauslief, sah sie ihn im Gespräch mit einem Mann in Uniform.

»Entschuldigen Sie, Tony, ich würde gern mit Ihnen reden«, sagte sie. »Ich warte in der Bar auf Sie.«

»Ich komme gleich. Das ist übrigens Constable Higgins.«

»Guten Tag.« Arabella nickte ihm zu. Sie war erleichtert, dass der Polizeibeamte zurück war. Sie hatte Wally in den letzten Tagen zwar nicht mehr gesehen, hatte aber immer noch ein ungutes Gefühl, wenn sie an ihn dachte.

»Terry, das ist Arabella Fitzherbert. Sie wird eine Weile bei uns wohnen.« Tony war noch nicht dazu gekommen, dem Constable von ihr zu erzählen, weil sie über Maggie gesprochen hatten.

»Freut mich, Miss Fitzherbert. Woher kommen Sie, wenn ich fragen darf?«

»Aus England. London, genauer gesagt.«

Terry sah sie verwirrt an. »Ich will unsere Stadt ja nicht abwerten, aber Sie haben sich einen sonderbaren Ort für Ihren Aufenthalt ausgesucht. Sind Sie allein gekommen?«

»Ja, aber nicht freiwillig«, erwiderte Arabella seufzend. »Der Zug ist ohne mich weitergefahren.«

»Der Zug ist ohne Sie weitergefahren …?«, wiederholte Terry, der überhaupt nichts mehr verstand.

»Ja, der Afghan-Express. Der Zug musste auf offener Strecke halten, weil ein Tierkadaver auf den Schienen lag und die Gleise vom Sand zugeweht waren, und da bin ich ausgestiegen. Dabei bin ich gestürzt und hab mir den Knöchel verstaucht. Plötzlich fuhr der Zug wieder an, und ehe ich mich's versah, war er fort.«

»Heiliger Strohsack!« Terry starrte sie offenen Mundes an. »Dann sind *Sie* die junge Frau, die man in der Wüste gefunden hat?«

»Woher wissen Sie das?«, fragte Arabella verwundert.

»Ich habe in Lyndhurst mit einigen Aborigines gesprochen, die von anderen Eingeborenen erfahren haben, dass Angehörige vom Stamm der Arrernte eine Weiße in der Wüste aufgegriffen und in eine Stadt gebracht haben. Das müssen Sie gewesen sein.«

»Ja, das stimmt.«

Terry schüttelte ungläubig den Kopf. »Ich wusste nicht, was ich von der Geschichte halten sollte. Sie klang so weit hergeholt …« Er hatte sogar über die Beschreibung der jungen Weißen gelacht, so absurd war ihm das Ganze vorgekommen.

»Meine Eltern sind nach Alice Springs gefahren. Glauben Sie, sie schicken von dort Aborigines, damit sie mich suchen?«, fragte Arabella hoffnungsvoll.

»Schon möglich«, antwortete Terry vorsichtig und musterte sie neugierig. »Warum sind Sie eigentlich mitten in der Wüste ausgestiegen, wenn ich fragen darf?«

»Ich wollte eine Blume pflücken«, gestand Arabella kleinlaut und wurde rot.

Terry starrte sie fassungslos an. »Kein Mensch würde auf *diesen* Gedanken kommen«, sagte er. »Man wird annehmen, dass Sie nachts versehentlich die falsche Tür geöffnet haben und aus dem fahrenden Zug gestürzt sind. Eine andere Möglichkeit wird man gar nicht in Erwägung ziehen, wenn ein Passagier aus einem Zug verschwindet.«

Arabella musste ihm Recht geben.

»Die zuständigen Behörden werden davon ausgehen, dass Sie ums Leben gekommen sind, Miss Fitzherbert«, fuhr der junge Constable fort. »Ich bezweifle, dass unter diesen Umständen ein Suchtrupp losgeschickt wurde. Ein kräftiger Mann kann in der Wüste höchstens achtundvierzig Stunden ohne Wasser überleben, eine zierliche Frau wie Sie vielleicht vierundzwanzig Stunden. Kein Mensch wird damit rechnen, dass Sie noch am Leben sind.«

»Meine Eltern schon!«, fuhr Arabella auf. »Sie werden nicht aufgeben, ich weiß es. Sie werden dafür sorgen, dass man mich sucht. Wer weiß, vielleicht macht mein Vater sich selbst auf die Suche.«

Terry wusste, dass die Behörden ihn daran hindern würden. »Zu Fuß würde es Monate dauern, die ganze Gegend abzusuchen. Sie können von Glück sagen, dass Sie noch am Leben sind.«

Arabella nickte langsam. »Ohne die Aborigines, die mich gefunden haben, sähe es anders aus«, sagte sie leise. Sie schämte sich jetzt dafür, wie sie sich diesen Menschen gegenüber benommen und wie schlecht sie von ihnen gedacht hatte.

»Da haben Sie wohl Recht.« Terry nahm seinen Hut ab und kratzte sich am Kopf. Seine Haare waren so hellblond, dass sie fast weiß schienen. Er wusste von anderen Menschen, die in der Wüste ein sehr viel schlimmeres Schicksal ereilt hatte. Doch das behielt er für sich.

Arabella straffte sich. »Jedenfalls werden meine Eltern nicht ruhen, bis sie mich gefunden oder den Beweis in Händen haben, dass ich umgekommen bin. Und Letzteres wird nicht passieren, weil ich ja lebe und wohlauf bin.«

»Die Polizei in Alice Springs wird Ihren Eltern erklären, dass

Ihre Überreste niemals gefunden werden. Dafür würden Ameisen, hungrige Dingos und andere wilde Tiere schon sorgen …«

»Danke, ich verstehe, worauf Sie hinauswollen«, fiel Arabella ihm ins Wort. Sie schauderte bei dem Gedanken daran, was ihr hätte zustoßen können. »Ich habe herumgefragt, ob jemand mich nach Alice Springs bringen könnte, aber die Kameltreiber weigern sich.« Sie hoffte, der Constable würde vielleicht seinen Einfluss geltend machen.

Terry sah sie überrascht an. »Warum wollen Sie Ihr Leben ein zweites Mal aufs Spiel setzen? Das wäre töricht.«

»Aber meine Eltern stehen bestimmt tausend Ängste um mich aus. Würden Sie nicht auch wissen wollen, wenn jemand aus Ihrer Familie …« Arabella verstummte. Plötzlich meinte sie das Schreien des kleinen Kamels zu hören. »Entschuldigen Sie mich«, sagte sie hastig. Sie hatte Angst, Tony könnte das Tier finden, bevor sie ihm alles erklärt hatte. »Mir ist gerade etwas eingefallen.«

»Wollten Sie nicht mit mir reden?«, fragte Tony.

»Das kann warten«, sagte sie mit einem flüchtigen Seitenblick auf den Constable und lief rasch los.

Die beiden Männer schauten ihr verwundert nach.

»Hat ihr Kopf auch etwas abgekriegt?«, witzelte Terry.

»Manchmal könnte man es meinen«, erwiderte Tony kopfschüttelnd.

»Wieso weigern die Kameltreiber sich eigentlich, sie nach Alice Springs zu bringen?«

»Weil Arabella ihre Tiere als ›stinkende Viecher‹ bezeichnet hat.«

Terry lachte. »Sie hätten es ihr eher verziehen, wenn sie gesagt hätte, dass *sie* stinken!«

Tony sah ihn prüfend an. »Was genau haben die Aborigines eigentlich erzählt?«

»Dass die Weiße, die sie gefunden haben, den Verstand verloren hätte. Die Beschreibung, die sie von ihr gaben, war dermaßen seltsam, dass ich der Überzeugung war, die Aborigines würden maßlos übertreiben. Sie wussten nicht, wohin sie gebracht worden war, doch als ich hörte, sie sei in einer Stadt, habe ich mir keine weiteren Gedanken mehr gemacht. Schließlich war sie in Sicherheit. Sie ahnt ja nicht, wie viel Glück sie hatte, dass sie in der Nähe gefunden und hierhergebracht wurde. Die Arrernte hätten sie auch versklaven können. Das ist alles schon vorgekommen.«

Tony musste unwillkürlich lachen. »Daran hätten sie aber nicht viel Freude gehabt!« Ernst fügte er hinzu: »Ihre armen Eltern tun mir wirklich leid.«

»Tja, inzwischen werden sie die Hoffnung aufgegeben haben und sie für tot halten.« Terry senkte den Kopf. »Aber sobald der Zug wieder verkehrt, hat ihr Schmerz ein Ende. Das ist der einzige Trost.«

»Fragt sich nur, wie lange das noch dauert.«

Terry nickte und wechselte das Thema. »Wie läuft das Geschäft?«, fragte er. »Wahrscheinlich nicht besonders, hm?«

»Das kannst du laut sagen.« Tony bemühte sich, so wenig wie möglich daran zu denken.

»Gab's sonst noch besondere Vorkommnisse? Von jungen Frauen, die sich in der Wüste verirrt haben, einmal abgesehen.«

»Nein, alles war ruhig. Das heißt … vor ein paar Tagen ist ein Trupp Schafscherer hier durchgekommen. Am Abend haben die Burschen eine Schlägerei angefangen. Sie hätten mir wahrscheinlich meinen Laden kurz und klein geschlagen, hätte Arabella sich nicht an den Flügel gesetzt und gespielt. Du hättest die Burschen sehen sollen. Die wurden auf einmal lammfromm.«

»Sag bloß!« Terry blickte ihn ungläubig an.

Tony nickte. »Wenn ich es nicht selbst erlebt hätte, würde ich's auch nicht glauben.«

»Mir scheint, da hab ich was verpasst.«

»Und ob! Gestern und vorgestern Abend hat sie für Phil und

Moira Quiggley und die McKenzies ein kleines Konzert gegeben. Sie spielt wirklich gut.«

»Du machst mich neugierig, Tony. Hoffentlich kann ich sie auch bald mal hören.«

»Bestimmt. Tja, also, ich mach mich dann wieder an die Arbeit. Freut mich, dass du wieder da bist, Terry.« Tony drückte ihm die Hand.

Terry nickte. »Danke. Es ist schön, wieder zu Hause zu sein, Macca.« Er wandte sich zum Gehen.

»Ach, da fällt mir ein …«, sagte Tony. »Ich hab gehört, eins der Oldfield-Mädchen hat dir den Kopf verdreht.«

Terry grinste und kratzte sich verlegen das Kinn. »Mann, hier kann man aber auch wirklich nichts geheim halten!«, meinte er lachend.

»Das Buschtelefon ist das Einzige, was hier draußen einwandfrei funktioniert.« Tony zwinkerte ihm zu und ging hinein.

Als er das Hotel durch den Hintereingang wieder verließ, um die Hühner zu füttern, blickte er zufällig zu den Ställen hinüber. Er traute seinen Augen nicht, als er ein Kamelfohlen in einer der Boxen stehen sah. Dann entdeckte er Arabella. Sie drehte ihm den Rücken zu. Tony stapfte zu ihr hinüber. »Was hat das Kamel hier in unserem Stall zu suchen?«, fragte er.

Arabella fuhr erschrocken herum. »Tony! Haben Sie mich erschreckt!«

»Was hat das Kamel hier zu suchen?«, fragte er noch einmal in barschem Tonfall.

»Deswegen wollte ich ja mit Ihnen reden«, sagte Arabella kleinlaut.

Tony beobachtete ungläubig, wie sie das Tier streichelte. »Ich dachte, Sie können Kamele nicht ausstehen.«

»Na ja, manche schon«, druckste sie. »Dieser arme kleine Kerl hier hat keine Mutter mehr. Sie ist davongerannt, und nun vermisst er sie ganz furchtbar.«

»Das Tier gehört doch sicher einem der Afghanen?«

»Ja, Paddy Khan.«

»Und wieso ist es dann hier?«

»Es hat mich gesucht. Es läuft mir ständig nach. Heute Nacht stand es plötzlich vor dem Haus und hat geschrien, und heute Morgen war es schon wieder da. Haben Sie es denn nicht gehört?«

Tony zog die Stirn kraus und schüttelte den Kopf. »Ich war so erledigt, ich hab geschlafen wie ein Toter.«

»Ich bin hinuntergegangen, um es zu beruhigen, aber es hat nichts geholfen. Da habe ich Jonathan geweckt, und wir haben es mitten in der Nacht zu Paddy Khan zurückgebracht. Aber kaum hatte er es heute Morgen losgebunden, rannte es hierher zurück. Anscheinend sucht es meine Nähe. Paddy kann es sich auch nicht erklären.«

»Hier kann es jedenfalls nicht bleiben. Sagen Sie Paddy, er soll es wieder abholen.«

»Ich werde mich um das Fohlen kümmern, Tony! Ich werde ihm zu fressen geben, den Stall ausmisten … Sie werden kein bisschen Arbeit mit ihm haben«, versicherte Arabella.

»Sie haben genug zu tun, Sie können nicht auch noch ein Kamel versorgen. Sagen Sie Paddy, er soll das Tier abholen, Miss Fitzherbert«, wiederholte Tony und stapfte davon. Er hatte sie »Miss Fitzherbert« genannt – ein sicheres Anzeichen dafür, dass er wütend auf sie war.

Arabella schaute ihm fassungslos nach, Tränen in den Augen. »Wie kann er nur so hartherzig sein?«, klagte sie.

Kurze Zeit später kam Paddy. Er hatte eine große, sonderbar geformte Flasche mit einem langen Sauger daran bei sich.

»Uri kann nicht hierbleiben«, schluchzte Arabella. »Tony erlaubt es nicht.«

»Das habe ich mir schon gedacht«, meinte Paddy und hielt Uri die Flasche mit der schäumenden Milch hin, damit er trinken konnte. Uri nuckelte eifrig; Milch tropfte ihm aus dem Maul und lief ihm den Hals hinunter. Als die Flasche leer war, band Paddy ihn an und führte ihn aus der Box. Dieses Mal ging Uri, nach einem langen Blick auf Arabella, gehorsam mit.

Arabella stapfte mit gesenktem Kopf ins Haus und ging zu Maggie hinauf, die auf ihr Klopfen öffnete. Maggie war immer noch ziemlich blass, hatte sich aber angezogen.

»Wie fühlen Sie sich heute, Maggie?«

»Ein bisschen besser, danke. Mir ist nicht mehr ganz so schwindlig.«

»Soll ich Ihnen etwas zu essen heraufbringen?«

»Tony hat mir vorhin schon Tee und Toast gebracht. Ich wollte gerade nach unten. Wenn ich noch länger hier drin bleibe, krieg ich 'nen Koller!«

»Übertreiben Sie es nicht«, ermahnte Arabella sie. »Sie müssen sich noch schonen.«

Maggie nickte. Mit einem forschenden Blick in Arabellas gerötete Augen fragte sie: »Haben Sie geweint?«

»Ich ... ja, ein bisschen.«

»Was ist denn passiert?«

»Ach, heute Morgen ist einiges passiert, aber machen Sie sich keine Gedanken.«

Maggie legte den Kopf schief. »Was ist los, Arabella?«, fragte sie mit sanftem Nachdruck.

Arabella erzählte ihr von dem anhänglichen Kamelfohlen und Tonys Verbot, das Tier im Stall zu halten. »Aber es wird zurückkommen, Maggie. Ich weiß es. Es vermisst seine Mutter genauso sehr, wie ich meine vermisse.«

»Ich werde mit Tony reden«, versprach Maggie. »Falls das Fohlen tatsächlich wieder hier auftaucht, werde ich ihn bitten, dass es bleiben darf, bis seine Mutter zurückkommt.«

»Oh, ich danke Ihnen, Maggie!«

»Schon gut, Kindchen. Tony kann manchmal ein richtiger

Dickschädel sein. Aber was kann man von den Kerlen schon anderes erwarten?«, fügte sie trocken hinzu.

Arabella musste schmunzeln. Sie wusste, wie sehr Maggie ihren Mann liebte. »Da fällt mir ein ... Rita, Lily und Missy waren vorhin da und haben Sie gesucht.«

»Tatsächlich?«

»Ja. Ich habe ihnen gesagt, dass Sie sich nicht wohl fühlen, aber später vielleicht aufstehen.«

»Danke. Wenn es etwas Wichtiges war, werden sie sich schon wieder melden.«

»Möchten Sie nicht doch zu einem Arzt, Maggie?«, fragte Arabella. »Moira sagt, dass hin und wieder ein Doc in die Stadt kommt. Es könnte doch nicht schaden, sich seine Meinung anzuhören, finden Sie nicht?«

Maggies Miene wurde verschlossen. »Dr. Roberts hat viel zu tun, genau wie ich«, antwortete sie kurz angebunden und verließ das Zimmer. Arabella folgte ihr. Sie beschloss, dafür zu sorgen, dass Maggie den Arzt aufsuchte, sobald der sich in der Stadt aufhielt.

Sofern sie dann noch hier war.

Da Maggie nicht untätig herumsitzen konnte, ging sie in den Speisesaal, um die Tische abzuwischen. Arabella, die in der Küche zu tun hatte, sah Rita, Lily und Missy herankommen. Tony lief auf die drei Frauen zu. Arabella beobachtete, wie Rita ihm irgendetwas in die Hand drückte. Neugierig schlich sie zur Hintertür und lauschte.

»Geben Sie das der Missus, das wird sie gesund machen«, sagte Rita. »Es ist eine Wundermedizin!«

»Danke, Rita. Ich sorge dafür, dass Maggie sie nimmt.«

Als die drei Aborigines wieder gegangen waren, ging Tony zu einem Gebüsch und schüttete, nach einem verstohlenen Blick über die Schulter, die Arznei aus. Arabella schnappte erschrocken nach Luft. Warum tat er das? Wollte er denn nicht, dass Maggie wieder gesund wurde? Unschlüssig überlegte Arabella, was sie tun sollte. Tony hatte unterdessen zur Axt gegriffen und hackte Holz. Er schien wütend oder verzweifelt zu sein. Arabella beobachtete ihn. Ihre Gedanken jagten sich. Sie hatte immer gedacht, Tony liebe seine Frau. Jetzt war sie nicht mehr so sicher.

»Was gibt's da draußen so Interessantes?«, erklang plötzlich Maggies Stimme hinter ihr.

Arabella fuhr zusammen. Sie hatte Maggie gar nicht kommen hören. »Ich … oh, gar nichts. Ich dachte, ich hätte Rita gehört, aber ich hab mich wohl getäuscht«, stammelte sie mit pochendem Herzen.

»Alles in Ordnung, Arabella? Sie sind ja weiß wie die Wand!«

»Ja … nein, mir geht's gut.« Ihr kam auf einmal der Gedanke, dass Tony und Maggie vielleicht nicht an die Wirksamkeit der Aborigine-Medizin glaubten, sie sogar für schädlich hielten. »Darf ich Sie etwas fragen, Maggie?«

»Sicher, nur zu.«

»Stellen die Aborigines ihre eigenen Arzneien her?«

»Ja, und zwar ganz hervorragende. Sie würden staunen, wie viel sie über Pflanzen und deren Heilwirkung wissen!«

»Dann glauben Sie also an die Wirksamkeit dieser Arzneien?«

»O ja. Ich habe schon viele genommen, wie die meisten Menschen im Outback. Wally zum Beispiel hatte vor einiger Zeit schlimme Zahnschmerzen. Rita gab ihm ein Stück Wurzel zum Auflegen, und im Nu waren die Schmerzen verschwunden. Wally war ganz baff.«

»Und Tony? Was hält er davon?«

»Er ist ebenfalls der Meinung, dass es auf jeden Fall einen Versuch wert ist. Ich hatte Ihnen doch erzählt, dass er sich mal das Bein gebrochen hatte. Es wurde brandig und konnte nur dank einer Arznei der Aborigines gerettet werden. Warum interessiert Sie das so? Fehlt Ihnen was? Soll Rita Ihnen etwas geben?«

»Nein, ich war nur neugierig.« Arabella verstand überhaupt

nichts mehr. Tony hatte also kein Interesse daran, dass Maggie gesund wurde. Die Frage war nur – warum?

Den ganzen Tag über war Arabella außergewöhnlich still. Sie hatte keinen Appetit und rührte ihre Mahlzeiten kaum an. Unentwegt musste sie daran denken, wie Tony die Arznei weggeschüttet hatte, anstatt sie Maggie zu geben. Sie überlegte, ob sie sich Maggie anvertrauen sollte, entschied sich dann aber dagegen, weil sie sich nicht einmischen wollte.

Da Jonathan bereits frühmorgens mit Paddy aufgebrochen und Stuart ebenfalls noch unterwegs war, aßen Arabella und die McMahons an diesem Abend allein. Maggie machte Spiegeleier auf Toast, und Arabella half ihr dabei. Gegen sieben Uhr zog Maggie sich erschöpft zurück. Arabella wollte nicht mit Tony allein sein und ging ebenfalls nach oben in ihr Zimmer.

Später, als sie im Bett lag, hörte Arabella Jonathan zurückkommen. Sie hatte noch kein Auge zugetan. Gegen Mitternacht war sie immer noch wach, deshalb hörte sie Uris Blöken sofort. Arabella sprang auf und eilte auf den Balkon. Das Kamelfohlen stand unten auf der staubigen Straße und schrie herzerweichend.

»Was machst du denn schon wieder hier, Uri?« Arabella freute sich über die Anhänglichkeit des Tieres, fürchtete sich aber gleichzeitig vor Tonys Reaktion.

Sie eilte leise die Treppe hinunter und nach draußen. »Du sollst doch nicht mehr herkommen«, tadelte sie das Kamelfohlen, das kläglich schrie und mit der Schnauze gegen ihre Schulter stupste. Arabella schaute in seine großen braunen Augen und schmolz dahin. »Was soll ich bloß mit dir machen?« Jonathan wollte sie nicht schon wieder wecken, und das Kamel allein zurückzubringen traute sie sich nicht, also führte sie es in eine der Boxen im Stall. Schließlich hatte Maggie ja versprochen, mit Tony zu reden, falls das Tier noch einmal zurückkäme. Arabella setzte sich ins frische Stroh. Als Uri sich neben sie legte, erschrak sie, doch dann streichelte sie ihn und fing an, mit ihm zu reden. Sie erzählte ihm von zu Hause, von ihrem Leben in England. Uri, die sanften, unschuldigen Augen unverwandt auf Arabella gerichtet, schien aufmerksam zuzuhören. Der Klang ihrer Stimme beruhigte ihn offenbar.

»Mir war, als hätte ich jemanden reden hören – habe ich mich also doch nicht getäuscht«, sagte eine Männerstimme unvermittelt in der Dunkelheit. »Was machen Sie denn so spät noch hier draußen?«

Arabella sprang auf. »Du meine Güte, Stuart, haben Sie mich erschreckt!« Sie atmete tief durch, bis ihr Herz nicht mehr ganz so heftig klopfte, und fügte verlegen hinzu: »Ich habe nur Selbstgespräche geführt.«

»Das kenne ich.« Stuart lächelte ihr zu, als er Bess, seine Stute, in ihre Box führte und absattelte. »Das tue ich auch oft, und was ich zu mir sage, ergibt immer einen Sinn.« Er lehnte sich an die Wand der Box, in der Arabella stand, und grinste. »Wenn ich den kleinen Kerl hier sehe, könnte ich mir aber auch gut vorstellen, dass Sie sich mit ihm unterhalten haben.«

»Stimmt«, gestand Arabella lächelnd. »Vorhin stand er plötzlich wieder schreiend vor dem Hotel, und da habe ich ihn hierhergebracht und mit ihm geredet, damit er sich beruhigt. Hatten Sie einen schönen Tag?« Sie beobachtete Stuart, wie er sein Pferd tränkte und fütterte.

»O ja, fantastisch.« Als er fertig war, drehte er sich zu Arabella um. »Hätten Sie etwas dagegen, wenn ich Ihnen ein bisschen Gesellschaft leiste?«

»Aber nein, ganz und gar nicht. Sie sind herzlich willkommen in unserer bescheidenen Hütte«, erwiderte sie mit einer einladenden Geste.

»Vielen Dank, sehr liebenswürdig.« Stuart betrat die Box, setzte sich neben das Kamelfohlen, ergriff Arabellas Hand und zog sie neben sich ins Stroh.

Seine Nähe machte Arabella nervös, und sie suchte verzweifelt nach einem Gesprächsthema.

»Wartet zu Hause in England ein Freund auf Sie?«, fragte Stuart ohne Umschweife.

Seine Direktheit verschlug ihr eine Sekunde lang die Sprache. »N-nein«, stotterte sie.

»Das glaube ich nicht.«

»Wieso nicht?«

»Weil ich gedacht hätte, dass die Jungs vor Ihrem Haus Schlange stehen.«

»Die Jungs« hatte er gesagt, nicht »die Männer«. Anscheinend hielt er sie für ein unerfahrenes Ding.

»An *Jungs* wäre ich sowieso nicht interessiert«, sagte sie pikiert. »Die sind für meinen Geschmack zu unreif.«

Stuart lächelte amüsiert. Seine Wortwahl hatte sie offenbar gekränkt. »Natürlich. Wer so erfahren und erwachsen ist wie Sie, kann mit *Jungs* nichts anfangen.«

Arabella sah ihn böse an. Machte er sich lustig über sie? »Hören Sie auf, mich von oben herab zu behandeln«, stieß sie mit zorniger Stimme hervor.

»Das tue ich doch gar nicht«, entgegnete er lächelnd. »Sie sind richtig niedlich, wenn Sie so wütend sind, wissen Sie das?« Er tippte ihr mit dem Zeigefinger auf die Nasenspitze.

»Lassen Sie das!« Sie schlug seine Hand weg. »Und nennen Sie mich nicht niedlich!«

»Warum denn nicht?«

»Das klingt, als ob ich schrecklich jung wäre.«

»Alt sind Sie ja nun wirklich nicht.«

»Nein, aber ich bin auch kein kleines Mädchen mehr.«

Er lächelte wieder. »Das weiß ich. Sie sind eine junge Frau, und obendrein eine sehr attraktive.« Er beugte sich näher zu ihr, und Arabella stockte der Atem. Ihr wurde plötzlich bewusst, wo sie sich befanden und dass sie ganz allein waren, und auf einmal war sie sich nicht mehr sicher, ob sie imstande wäre, die Situation zu meistern. Schließlich hatte sie keine Erfahrung auf diesem Gebiet.

Stuart bemerkte ihre Nervosität. Sein Blick schweifte dennoch zu ihrem Mund und blieb dort haften.

Arabella fuhr sich mit der Zunge über die Lippen und senkte befangen den Blick. Sie spürte, dass Stuart sie gern küssen würde, und sosehr ihr der Gedanke gefiel, sosehr fürchtete sie sich, die Situation könnte außer Kontrolle geraten. Ihre Mutter hatte mit ihr über diese Dinge gesprochen und sie immer wieder davor gewarnt, mit dem Feuer zu spielen, weil dies möglicherweise weit reichende Konsequenzen hätte. Arabella hatte fast den Eindruck, dass ihre Mutter aufgrund eigener Erfahrungen genau wusste, wovon sie sprach.

»Was haben Sie denn, Arabella?«, fragte Stuart, als er ihre verstörte Miene bemerkte.

»Gar nichts«, antwortete sie zögernd.

»Sie wissen, dass ich Sie küssen möchte, nicht wahr?«, flüsterte er rau.

»Ja. Aber ich weiß nicht, ob das eine gute Idee ist.«

»Und warum nicht?«

»Schauen Sie sich doch mal um. Ich meine, wir sind hier …«

»In einem Stall«, beendete Stuart den Satz für sie.

»In einem Stall, genau.« Sie wandte sich verlegen ab und streichelte Uri.

»Haben Sie Bedenken, weil wir ganz allein bei Mondlicht in einem Stall im Stroh sitzen?«

Die Belustigung in seiner Stimme entging ihr nicht. »Ehrlich gesagt ja«, gestand sie, ohne ihn anzusehen. »Die Situation könnte außer Kontrolle geraten.« In Wahrheit dachte sie: *Er* könnte möglicherweise die Kontrolle über *sich* verlieren.

Stuart lachte, und sie fuhr herum. Zornig funkelte sie ihn an. »Was ist daran so komisch?«

Er hatte Mühe, seine Erheiterung zu unterdrücken. »Glauben Sie mir, es braucht schon mehr als einen harmlosen kleinen Kuss, damit die Situation außer Kontrolle gerät. Ich kann mich beherrschen, wissen Sie.«

Arabella wurde klar, dass sie mit ihrer Äußerung ihre Unerfahrenheit verraten hatte. Die meisten jungen Frauen in ihrem Alter hatten ihren ersten Kuss längst hinter sich, doch Arabellas Eltern hatten strenge Vorstellungen, was sich für eine junge Dame schickte und was nicht. »Ich verstehe«, sagte sie verlegen.

Stuart beugte sich abermals zu ihr. »Und, darf ich Sie jetzt küssen?«, flüsterte er.

Er fragte sie sogar um Erlaubnis! Wie romantisch er war. »Ich … ich glaub schon«, hauchte sie. Ihr Mund fühlte sich vor Nervosität ganz trocken an.

Stuart fasste sie zärtlich am Kinn und schaute ihr lange in die Augen. Arabella stockte der Atem. Sie wünschte, er würde endlich zur Sache kommen. Sie schloss die Augen und sah nicht das Lächeln auf seinen Lippen, bevor er den Kopf zu ihr neigte und sie sanft küsste.

Ein wohliger Schauder durchlief sie, und sie öffnete die Augen. Stuart lächelte abermals. »Sehen Sie? Ich habe mich völlig in der Gewalt.«

Arabella musste unwillkürlich schmunzeln. Man konnte Stuart nicht böse sein, weil er einfach nicht ernst sein konnte. Irgendwie gefiel ihr das. Sogar sehr.

»Möchten Sie nicht lieber wieder hineingehen?«, fragte er.

Sie schüttelte den Kopf. »Noch nicht.«

»Soll ich noch ein bisschen bei Ihnen bleiben?«

Sie hätte gern Ja gesagt, fürchtete aber, er könnte es missverstehen. »Nein, gehen Sie nur«, antwortete sie und wandte sich rasch ab, weil sie vor Verlegenheit rot wurde.

»Gut. Dann bis morgen früh.« Er erhob sich schwungvoll. »Bleiben Sie nicht mehr so lange hier draußen.«

»Bestimmt nicht«, antwortete sie leise. Ihr Herz raste.

Als Stuart fort war, musste sie lächeln. Sie ließ sich ins Stroh fallen und kraulte verträumt Uris weiches Fell.

Als Tony am nächsten Morgen durch den Flur ging, stand die Tür zu Arabellas Zimmer auf. Das Zimmer war leer. Arabella war weder in der Küche noch auf der Außentoilette, deren Tür weit offen stand, wie er vom Küchenfenster aus sehen konnte.

Wo mag sie nur sein?, fragte er sich. Dann kam ihm ein Gedanke.

Er ging zu den Ställen, und dort fand er sie: Sie lag schlafend im Stroh neben dem Kamelfohlen. Verwundert schüttelte er den Kopf. Der Anblick, den die beiden boten, hatte etwas Ergreifendes. Das Bild strahlte eine solche Ruhe und Harmonie aus, dass Tony Arabella nicht böse sein konnte.

Maggie erschien in der Hintertür. »Hast du Arabella gesehen?«, rief sie ihrem Mann zu.

Tony ging zu ihr. »Ja, sie ist im Stall und leistet ihrem neuen Freund Gesellschaft.«

Maggie blickte ihn verwirrt an, doch Tony lächelte nur geheimnisvoll und ging an ihr vorbei ins Haus. Neugierig geworden, machte Maggie sich auf den Weg zum Stall. Als sie in die Box schaute und die schlafende Arabella neben dem Kamelfohlen erblickte, legte sich auch auf ihr Gesicht ein Lächeln.

12

»Guten Morgen, Mr Fitzherbert«, grüßte Sergeant Menner, als er Edward vor dem Central Hotel antraf. Arabellas Eltern waren dem Sergeant nicht mehr aus dem Kopf gegangen. Er konnte sich vorstellen, was die beiden durchmachten, und wünschte, er könnte etwas für sie tun. Ihm war klar, dass sie sich Gewissheit über das Schicksal ihrer Tochter verschaffen mussten. Da er die beiden seit einigen Tagen nicht mehr gesehen hatte, hatte er beschlossen, ihnen vor Dienstantritt einen kurzen Besuch abzustatten.

»Guten Morgen«, antwortete Edward förmlich.

»Wie geht es Ihnen?«, erkundigte sich der Sergeant. Edward sah ein bisschen besser aus, wie er fand. Als er ihn das letzte Mal zu Gesicht bekommen hatte, war er wie ein Gespenst durch die Stadt geirrt.

»Sehr gut, danke«, erwiderte Edward mit ironischem Unterton.

»Es tut mir leid, dass ich nichts für Sie tun kann. Glauben Sie mir, ich kann Sie sehr gut verstehen.«

»Das bezweifle ich«, versetzte Edward. »Aber keine Sorge, Sie brauchen sich nicht mehr mit der Angelegenheit zu belasten. Ich habe die Sache selbst in die Hand genommen, und wie es aussieht, wird Arabella bald wieder bei uns sein.«

Der Sergeant war wie vom Donner gerührt. Es war nicht die Andeutung, dass er seiner Pflicht nicht nachgekommen sei, die ihn so getroffen hatte – er wusste, dass trauernde Angehörige irgendjemandem die Schuld für den Verlust des geliebten Menschen geben mussten –, sondern vielmehr Edwards Überzeugung, seine Tochter lebend wiederzufinden. »Darf ich fragen, was Sie zu dieser Annahme veranlasst?«

»Ich habe professionelle Fährtenleser mit der Suche beauftragt. Sie haben mir versichert, dass sie Arabella wohlbehalten zurückbringen.«

Der Sergeant hatte das Gefühl, als hätte ihn jemand in den Magen geboxt. »Professionelle Fährtenleser?«, wiederholte er benommen.

»So ist es. Und ich muss sagen, ich finde es unerhört, dass Sie mich nicht auf diese Möglichkeit aufmerksam gemacht haben.«

»Wer sind diese Männer?« Sergeant Menner ahnte es zwar, wollte aber sichergehen.

»Sie nennen sich Billy, Danny und Charlie. Sie müssten bald zurück sein.«

Der Sergeant schloss die Augen und stieß einen tiefen Seufzer aus. »Ich fürchte, sie sind schon wieder da, Mr Fitzherbert«, sagte er dumpf.

Edward starrte ihn verständnislos an. »Was soll das heißen? Es war ausgemacht, dass sie sich nach ihrer Rückkehr unverzüglich bei mir melden.«

»Kommen Sie, ich bringe Sie zu ihnen«, sagte der Sergeant leise.

Edward begriff überhaupt nichts mehr.

In diesem Moment trat Clarice aus dem Hotel. Sie und Edward hatten zu einem kleinen Spaziergang aufbrechen wollen. »Gibt es etwas Neues, Edward?«, fragte sie gespannt, als sie ihren Mann im Gespräch mit dem Sergeant erblickte.

»Nein, eigentlich nicht«, erwiderte Edward hastig. Er und Clarice hatten sich sehr viel von den Fährtenlesern versprochen, und er wollte ihr nicht die Hoffnung nehmen.

Clarice' Blick wanderte zwischen den beiden Männern hin

und her. Edward war kalkweiß im Gesicht, und der Sergeant senkte betreten den Kopf. Irgendetwas stimmte nicht. »Was ist denn, Edward? Hat man … hat man Arabellas Leiche gefunden?«

»Nein, nein«, antwortete Edward schnell. Er holte tief Luft und fuhr fort: »Der Sergeant meint, die Fährtenleser, die ich mit der Suche beauftragt habe, seien schon wieder zurück.«

»Wirklich?«, fragte Clarice hoffnungsvoll.

»Vielleicht handelt es sich um eine Verwechslung, Liebes. Sie hatten mir versprochen, sich sofort nach ihrer Rückkehr bei mir zu melden.«

»Ich wollte Ihren Mann gerade zu ihnen bringen, Mrs Fitzherbert«, warf der Sergeant ein.

Clarice schaute erst ihn, dann ihren Mann an. »Worauf warten wir? Gehen wir!«

»Bleib du lieber hier, Clarice.« Falls es »seine« Fährtenleser waren und sie schlechte Nachrichten hatten, wollte er es als Erster erfahren, damit er es seiner Frau schonend beibringen könnte.

»Kommt nicht infrage, Edward«, erwiderte sie mit Bestimmtheit. »Ich komme mit. Wenn ich noch länger die Wände anstarren muss, drehe ich durch!«

Schweigend machten die drei sich auf den Weg. Edward war schwer ums Herz. Sergeant Menner ebenfalls, wenn auch aus anderen Gründen. Als sie das ausgetrocknete Bett des Todd River erreichten, sahen Clarice und Edward sich verwirrt an.

»Was sollen wir hier, Sergeant?«, fragte Clarice.

Er fasste sie am Ellenbogen und half ihr die leicht abfallende Böschung hinunter. Edward folgte ihnen.

»Das werden Sie gleich sehen, Mrs Fitzherbert.« Der Sergeant machte sich an die Durchquerung des Flussbetts.

Clarice und Edward wechselten einen fragenden Blick. Am gegenüberliegenden Ufer fristeten Akazien und Eukalyptusbäume ein kümmerliches Dasein. Aborigines hockten in kleinen Gruppen im Schatten der Bäume. Das Flussbett war mit leeren Flaschen und Abfällen jeglicher Art übersät, der Gestank war kaum auszuhalten. Clarice und Edward machten betretene Gesichter.

»Ich glaube, es ist besser, ich bringe dich ins Hotel zurück«, sagte Edward zu seiner Frau. Tiefes Unbehagen überkam ihn.

»Nein, ich bleibe. Mach dir um mich keine Sorgen«, erwiderte Clarice und schüttelte ein Steinchen aus ihrem Schuh.

Der Sergeant war bereits die Böschung auf der anderen Seite hinaufgeklettert. Er schaute sich suchend um und steuerte dann auf eine Baumgruppe zu. Die Aborigines, die dort im Schatten lungerten, ließen eine Flasche Rum kreisen. Noch bevor die drei sie erreicht hatten, war die Flasche leer und wurde in hohem Bogen auf einen Haufen anderer leerer Flaschen geschleudert.

Alle Farbe wich aus Edwards Gesicht, und ihm wurde einen Moment schwarz vor Augen, als er die Aborigines erkannte. Es waren Billy, Danny und Charlie. Alle drei waren völlig betrunken. Wie betäubt starrte er erst auf die unzähligen leeren Schnapsflaschen, dann auf die drei Säufer. Er begriff, dass sie ihn übers Ohr gehauen und ausgenommen hatten.

»Sind das die Männer, die Sie losgeschickt haben?«, fragte der Sergeant, auf die drei Eingeborenen deutend. Billy, Danny und Charlie fuhren erschrocken hoch, als sie den Sergeant erblickten.

Edward nickte stumm.

Clarice schaute von Edward zu den drei Männern. »Wo ist meine Tochter?«

Edward fasste sie am Arm und wollte sie wegführen, doch Clarice machte sich energisch los. »Wo ist Arabella?«, schrie sie hysterisch. »Ihr habt meinem Mann versprochen, sie zurückzubringen!«

Edward sah den Sergeant an. »Können Sie die Kerle nicht festnehmen?«

»Weswegen?«, erwiderte Menner achselzuckend. »Ich glaube, sie waren tatsächlich in der Wüste – einer meiner Leute hat sie gestern Morgen zurückkommen sehen. Es kam ihm verdächtig vor, dass sie etliche Flaschen teuren Schnaps bei sich hatten, deshalb hat er mich verständigt. Aber ich habe keine Ahnung, was sie da draußen getrieben haben.«

Edward sah Billy finster an. »Habt ihr auch nur eine Sekunde nach meiner Tochter gesucht?«

»Ja, Boss.« Billy nickte und fuhr nuschelnd fort: »Wir haben lange nach ihr gesucht, aber dann trafen wir ein paar Stammesangehörige. Sie sagten, man hätte eine weiße Frau gefunden.«

Edward, der immer noch auf ein Wunder hoffte, hielt unwillkürlich den Atem an. Er hörte, wie Clarice einen erstickten Laut von sich gab.

»Ist sie …?«, flüsterte sie mit Tränen in den Augen.

»Sie sagten, sie sei tot, Boss«, sagte Billy zu Edward. »Man hätte ihre Überreste gefunden.«

»Und wo … wo sind sie?«, brachte Edward mühsam hervor und kämpfte gegen eine heftige Übelkeit an.

»In alle Winde verstreut, Boss.« Billy sah den grenzenlosen Schmerz in Edwards Gesicht. Für einen kurzen Moment plagten ihn Schuldgefühle.

Edward stöhnte und krümmte sich unwillkürlich, als ein rasender, nie gekannter Schmerz ihn durchflutete. Weder nahm er wahr, wie Clarice einer Ohnmacht nahe auf die Knie sank, noch bemerkte er, wie der Sergeant zu ihr eilte, sie stützte und ihr auf die Füße half.

Arabella schlug unwillig nach den Fliegen, die sie umschwirrten, und öffnete langsam die Augen. Das grelle Sonnenlicht blendete sie, und sie musste blinzeln. Dann sah sie, wie Uri den Kopf durch den Lattenzaun in die Nachbarbox streckte und Stuart Thompsons Stute beschnupperte, die ebenfalls reges Interesse an ihm zeigte. Sie knabberte mit ihrem weichen Maul liebevoll an seinem Kopf, und das Kamelfohlen gab zufriedene kleine Laute von sich. Lächelnd beobachtete Arabella die rührende Szene. Sie musste an Stuart denken und wie er sie geküsst hatte und strahlte übers ganze Gesicht. Er war ein faszinierender Mann. Plötzlich brannte sie darauf, mehr über ihn zu erfahren.

Sie stand auf, lief aus dem Stall und ins Haus. Maggie und Tony waren anscheinend in der Bar; sie konnte sie drinnen reden hören. Sie huschte die Treppe hinauf in ihr Zimmer. Mit einem Ohr lauschte sie, ob Uri wieder zu schreien anfing, doch alles war ruhig.

Nachdem sie sich in aller Eile gewaschen, angezogen und gekämmt hatte, lief sie wieder nach unten, wo sie fast mit Maggie zusammenprallte.

»Guten Morgen!«, sagte Maggie fröhlich. »Na, gut geschlafen?« Sie bemerkte einen Strohhalm in Arabellas Haaren und musste ein Schmunzeln unterdrücken.

»Ja … danke«, stammelte Arabella. Dass sie die Nacht im Stall verbracht hatte, wollte sie lieber für sich behalten. »Sie sind so gut gelaunt heute Morgen. Geht es Ihnen besser?«

»Ja, viel besser! Ich könnte Bäume ausreißen! Zum Glück – auf mich wartet nämlich eine Menge Arbeit.« Sie machte sich auf den Weg in die Küche, drehte sich dann aber noch einmal um. »Ach, übrigens, ich habe mit Tony gesprochen. Das Kamel kann in der Box bleiben – jedenfalls solange wir sie nicht für das Pferd eines Gastes brauchen.«

»Vielen Dank, Maggie!«, sagte Arabella überschwänglich und fügte leise hinzu: »Uri ist heute Nacht wieder zurückgekommen.«

Maggie unterdrückte ein Lächeln. »Tatsächlich?«

»Ja, und ich hatte solche Angst, Tony könnte wütend werden, wenn er ihn in der Box entdeckt. Aber wenn Sie meinen, dass er nichts dagegen hat …«

»Bestimmt nicht, seien Sie unbesorgt«, versicherte Maggie.

»Das ist schön. Es ist nämlich etwas Merkwürdiges passiert. Denken Sie nur, Uri hat sich offenbar mit Stuart Thompsons Stute angefreundet.«

»Wirklich? Bess hat ein sehr sanftes Wesen«, sagte Maggie. Sie ging in die Küche, und Arabella folgte ihr. Maggie nahm drei köstlich duftende Brotlaibe aus dem Backofen und legte sie zum Auskühlen auf die Arbeitsfläche. Dann schnappte sie die Schüssel für die Eier und eilte nach draußen, gefolgt von Arabella. Sie holte einen Eimer Körner für die Hühner aus dem Vorratsschuppen und hielt ihn Arabella hin.

»Würden Sie die Hühner füttern, während ich die Eier einsammle? Und geben Sie ihnen auch frisches Wasser.«

Arabella nickte. »Wird gemacht.«

»Sehen Sie bitte auch nach, ob das Pferd noch Wasser in der Tränke hat. Und vergessen Sie das Kamel nicht!«

»Paddy wird bestimmt Milch vorbeibringen, wenn er merkt, dass Uri wieder weg ist.«

»Na gut«, meinte Maggie. »Von Kamelen verstehe ich nichts, das überlasse ich lieber Ihnen.« Kurze Zeit später kam sie mit den Eiern aus dem Hühnerstall. »Ich werde uns ein paar zum Frühstück kochen!«, rief sie Arabella fröhlich zu.

Während Arabella dem Pferd frisches Wasser gab, kam Paddy, wie sie vorhergesehen hatte, mit einer Flasche Milch für Uri.

»Ich dachte mir schon, dass ich ihn hier finde«, sagte er kopfschüttelnd. »Der kleine Racker hat sich irgendwie losgerissen.«

»Ja, mitten in der Nacht stand er plötzlich wieder vor dem Haus, aber jetzt darf er hierbleiben«, sagte Arabella.

»Sind Sie sicher?« Paddy hielt Uri die Flasche hin, und das Fohlen saugte gierig.

»Maggie hat mit Tony geredet«, erwiderte Arabella. »Solange die Box nicht für das Pferd eines Gastes gebraucht wird, darf Uri bleiben.«

Paddy sah sie überrascht an. »Gut. Offensichtlich fühlt er sich ja wohl hier.« Er vergewisserte sich mit einem raschen Blick, dass das Tier sich bei seiner nächtlichen Flucht nicht verletzt hatte.

»Er und die Stute haben sich offenbar angefreundet.« Bess streckte den Kopf herüber und beobachtete das saugende Kamelfohlen aufmerksam und mit lebhaftem Spiel der Ohren. Von ihrer Mutter, einem Palomino, hatte sie die fast weiße Mähne und den ebenso hellen Schwanz; von ihrem Vater, einem hübschen Fuchs, das schimmernde braunrote Fell. Sie war ein ausgeglichenes, braves Pferd mit einem Stockmaß von knapp einem Meter achtzig.

»Sieht aus, als hätte sie ihn wirklich gern, nicht wahr?«, sagte Arabella.

Paddy fand das nicht verwunderlich. »Es kommt immer wieder vor, dass Tiere unterschiedlicher Arten sich anfreunden. Ich hatte mal einen Kater namens Henry, der ständig mit einer meiner Hennen zusammen war. Wo immer der eine war, war der andere nicht weit. Legte die Henne ein Ei, lag der Kater daneben. Schlief der Kater, wurde er von der Henne bewacht. Manchmal teilten sie sich sogar das Futter. Zehn Jahre ging das so. Ich lebte damals in der Goldgräberstadt Kalgoorlie. Es waren harte Zeiten. Als die Henne keine Eier mehr legte und ich beim Schürfen kein Glück mehr hatte und hungern musste, habe ich sie geschlachtet und gegessen.«

Arabella starrte ihn entsetzt an. Sie hätte es nicht für möglich gehalten, dass Paddy so grausam sein konnte.

»Ich hätte nicht gedacht, dass es den Kater so schwer trifft«, fuhr Paddy fort. »Er wusste, glaube ich, was ich getan hatte, und lief weg. Er war schon alt und hörte und sah nicht mehr gut. Ich war sicher, dass er im Busch umkommen würde. Ein Afghane, der mich kannte, brachte ihn mir gut eine Woche später zurück. Er war nur noch Haut und Knochen. Aber er schlich durchs ganze Haus, suchte nach der Henne und miaute kläglich. Mir war ganz elend. Die Henne meiner Nachbarin hatte gerade Eier ausgebrütet, und ich fragte sie, ob sie mir ein Küken geben würde. Sie wusste von der Freundschaft zwischen dem Kater und der Henne, zögerte aber trotzdem. Ich schäme mich dafür, aber ich erzählte ihr, die Henne sei an Altersschwäche gestorben und der Kater trauere sehr um sie. Obwohl die Frau nicht glaubte, dass der Kater sich an das Küken gewöhnen würde, schenkte sie mir schließlich eines.«

»Und der Kater hat es gefressen?«, fragte Arabella traurig.

»Zwei Tage lang hat er es gar nicht beachtet, doch dann akzeptierte er es als neuen Freund. Ich habe etwas sehr Wichtiges vom alten Henry gelernt, wissen Sie. Freundschaft kann alle Gegensätze, alle Schranken überwinden, gleich welcher Art. Wir Menschen würden gut daran tun, uns darauf zu besinnen. Es ginge sehr viel friedlicher auf der Welt zu.«

»Und was ist aus dem Kater geworden?«

»Er starb ein paar Monate später. Wahrscheinlich an Altersschwäche. Vielleicht auch an einem Schlangenbiss.«

Arabella machte ein trauriges Gesicht. »Und das Küken?«

Paddys Augen funkelten, und er hob gleichmütig die Schultern.

Arabella riss die Augen auf. »Sagen Sie bloß nicht, Sie haben es gegessen?«

Als Paddy nicht sofort antwortete, sah sie ihn bestürzt an.

Er lachte auf. »Ich habe es behalten, und aus dem Küken ist eine hervorragende Legehenne geworden.«

Arabella, Jonathan und Stuart frühstückten an diesem Morgen gemeinsam im Speiseraum. Sie unterhielten sich über Jonathans geplanten Ausflug zum Callanna Creek. Arabella errötete unwillkürlich, sooft Stuart das Wort an sie richtete oder sie nur anschaute. Jonathan entging das nicht. Er hoffte, dass sich keine Beziehung zwischen den beiden anbahnte, denn er war sicher, dass Stuart nur mit Arabellas Gefühlen spielte.

»Das Flussbett ist zwar ausgetrocknet, aber es ist trotzdem wunderschön dort«, sagte Jonathan. »Die Eukalyptusbäume, die an beiden Ufern wachsen, sind ein Paradies für Vögel. Und wie das Sonnenlicht je nach Tageszeit durchs Laub fällt, hat etwas Magisches.«

Arabella lauschte ihm gebannt. Jonathans poetische Sicht der Dinge faszinierte sie. Sie wünschte sich, die Welt durch seine Augen sehen zu können.

»Sind Sie auch schon mal dort gewesen?«, fragte sie Stuart.

»Orte, an denen kein Gold zu finden ist, interessieren mich nicht«, erwiderte er. Als er den befremdeten Gesichtsausdruck Jonathans und Arabellas sah, musste er lachen.

Arabella zog es vor, das Thema zu wechseln. »Wie oft füllt der Lake Eyre sich eigentlich mit Wasser?«

»Sehr selten«, antwortete Jonathan. »In diesem Jahrhundert noch kein einziges Mal. In William Creek habe ich mich mit einem alten Mann unterhalten, der es nur ein Mal miterlebt hat. Er sagte, kaum sei das erste Rinnsal ins Salz geflossen, seien wie durch ein Wunder Millionen Vögel erschienen, wie aus dem Nichts … Pelikane, Schlammstelzer, Silbermöwen und viele andere. Vögel, die etliche tausend Meilen geflogen sein mussten, um zu dem See zu gelangen. Kein Mensch kann sich erklären, woher sie wissen, dass es mitten in der Gluthölle der Wüste plötzlich Wasser gibt. Wenn der Lake Eyre einmal entsteht, ist er der salzreichste See der Welt, obwohl aus dem nordöstlichen Queensland, aus dem Warburton und dem Cooper Creek, Süßwasser zufließt.«

»Wie kommt das?«, fragte Arabella.

»Der Boden des Sees besteht aus einer dicken Schicht von fast reinem Salz.«

»Salz? Wie kommt es dahin?«

»Der See liegt mehrere Meter unter dem Meeresspiegel. Er soll früher ein Binnenmeer gewesen sein.«

»Maggie hat mal einen südlichen Lake Eyre erwähnt. Gibt es auch einen nördlichen?«

Jonathan nickte. »Ja, die beiden Seen sind durch den Goyder

Channel verbunden. Normalerweise füllt sich erst der nördliche See, und von dort fließt das Wasser nach Süden. Der alte Mann erzählte mir, die Seen seien ein prachtvoller Anblick. Durch die Salzkristalle erscheine das Wasser mal rosarot, mal blau. Und der Sonnenuntergang spiegle sich in sämtlichen Farben auf der Oberfläche. Ich würde alles dafür geben, das einmal zu sehen.«

»Glauben Sie, es besteht die Chance, dass der See sich füllt, solange ich da bin?«, fragte Arabella aufgeregt.

»Das kann ich mir ehrlich gesagt nicht vorstellen, denn es ist seit der Besiedlung Australiens durch die Europäer erst zwei Mal passiert. Aber ich hoffe, dass ich lange genug lebe, um dieses Naturschauspiel einmal miterleben zu können.«

Arabella wünschte sich, sie könnte es auch sehen.

»Warum kommen Sie nicht mit zum Callanna Creek?«, fragte Jonathan und blickte sie an.

Arabella war freudig überrascht von seinem Vorschlag. »Ich weiß nicht recht«, sagte sie dennoch zögernd. »Hätten Sie nicht auch Lust mitzukommen?«, wandte sie sich an Stuart. »Vielleicht gibt es ja doch Gold dort.«

»Ich werde bestimmt nicht die Wege gehen, die ein Goldgräber nehmen würde«, warf Jonathan ein, »aber ich würde mich freuen, wenn Sie mitkämen, Stuart. Paddy wird mich übrigens begleiten und mir ein Reittier zur Verfügung stellen.«

»Reiten Sie etwa auch auf einem Kamel?«, fragte Arabella.

Jonathan nickte. »Das ist nicht viel anders, als auf einem Pferd zu reiten. An den schaukelnden Gang gewöhnt man sich schnell. Können Sie ein Pferd reiten?«

»Ja, aber ich bin nicht wild darauf, auf ein Kamel zu klettern.«

»Sie können gern mein Pferd nehmen«, bot Stuart ihr galant an. Jonathan wollte ihn offensichtlich nicht gern dabeihaben, aber er hatte ohnehin die Absicht, in Marree zu bleiben und Karten zu studieren. »Ich bleibe heute im Hotel.«

»Vielen Dank, Stuart. Das ist sehr nett von Ihnen.« Arabella wusste nicht, ob sie sich über sein Angebot freuen oder traurig sein sollte, weil er nicht mitkam. »Bess macht einen braven Eindruck.«

»O ja, sie ist lammfromm und sehr sicher im Gelände.«

»Uri ist übrigens heute Nacht wieder zurückgekommen«, sagte Arabella zu Jonathan.

»Im Ernst? Hat er Sie wieder geweckt?«

»Ja. Ich habe ihn in den Stall gebracht und bin die ganze Nacht bei ihm geblieben.«

Jonathan sah sie überrascht an. »Dann sind Sie bestimmt todmüde.«

»Nein, eigentlich nicht. Ich bin im Stroh eingeschlafen.« Sie warf Stuart einen flüchtigen Blick zu und wurde rot.

Jonathan wusste nicht, was er davon halten sollte.

»Als ich heute Morgen aufwachte, haben Uri und Bess sich ausgiebig beschnuppert. Anscheinend können die beiden sich gut leiden.«

»Dann wird Uri aber traurig sein, wenn Sie mich auf dem Pferd begleiten und er allein zurückbleiben muss.«

Arabella schaute ihn nachdenklich an. »Stimmt, daran hab ich gar nicht gedacht. Womöglich fängt er dann wieder an zu schreien, und Tony wird wütend.«

»Vielleicht könnte Paddy das Fohlen so lange bei den Kamelstuten unterbringen«, schlug Jonathan vor.

»Gute Idee«, pflichtete Arabella ihm bei, voller Vorfreude auf den Ausflug zum Callanna Creek. »Ich werde gleich mit Maggie reden. Mal sehen, was sie dazu meint.«

Sie stand auf. Stuart erhob sich ebenfalls. »Tja«, sagte er, »ich ziehe mich jetzt auf mein Zimmer zurück.« Er schaute Arabella an. »Sagen Sie mir Bescheid, wenn Sie Bess nehmen wollen, dann werde ich sie für Sie satteln. Ich wünsche Ihnen einen schönen Tag.« Er nickte Jonathan kurz zu und verließ den Raum.

Arabella schaute ihm verwirrt nach. »Tja, dann … dann

werde ich jetzt zu Maggie gehen und fragen, ob sie mich noch braucht.«

Jonathan lächelte, und seine dunklen Augen funkelten.

»Was ist?«, fragte Arabella.

»Ist Ihnen eigentlich klar, wie sehr Sie sich verändert haben?«

»Ja«, antwortete sie ein wenig verlegen. »Aber daran, dass ich dieses Nest nicht ausstehen kann, hat sich nichts geändert.«

Maggie war in der Küche und kramte in ihrer Vorratskammer. »Wo in drei Teufels Namen hat Moira Quiggley bloß das Salz hingetan?«, brummte sie, während sie mit beiden Händen Vorräte in den Regalen hin und her schob. »Ah, da ist es ja! Ich hasse es, wenn die Sachen nicht an ihrem Platz stehen.«

»Maggie«, begann Arabella zögernd, »Jonathan hat mich gefragt, ob ich ihn zum Callanna Creek begleiten möchte. Aber wenn Sie mich brauchen, bleibe ich natürlich hier.«

Maggie hielt mitten im Sortieren inne und drehte sich um. »Es ist wunderschön am Callanna Creek.«

»Sind Sie schon mal dort gewesen?«

»Ja, ein einziges Mal, vor vielen Jahren. Gehen Sie ruhig, Arabella. Sie sollten sich so viel wie möglich von der Gegend ansehen, bevor Sie wieder nach Hause fahren.«

»Sie brauchen mich ganz sicher nicht?«

»Ach was, schließlich bin ich all die Jahre ohne Hilfe ausgekommen«, erwiderte sie lächelnd.

»Ich bin in ein paar Stunden wieder da. Tony wird mir doch nicht böse sein?«, fügte Arabella ängstlich hinzu.

»Aber nein, ganz bestimmt nicht. Hören Sie endlich auf, sich Gedanken zu machen, und genießen Sie den Tag!« Maggie warf ihr einen fragenden Blick zu. »Wollen Sie etwa auf einem Kamel reiten?«

»Nein, Stuart Thompson leiht mir sein Pferd.«

Maggie lächelte, wurde aber gleich wieder ernst. »Was ist mit dem Kamelfohlen? Es wird doch hoffentlich nicht den ganzen Tag schreien, oder?«

»Jonathan hat vorgeschlagen, Uri so lange bei Paddy Khan unterzustellen.«

»Eine gute Idee. Tony würde durchdrehen, würde der kleine Kerl uns den lieben langen Tag mit seinem Blöken nerven.«

Arabella wartete in der Halle auf Jonathan. »Maggie sagt, sie braucht mich nicht, ich kann also mitkommen«, sagte sie aufgeregt.

»Großartig! Ich werde Stuart bitten, das Pferd zu satteln.«

»Was ist mit Uri? Bringen wir ihn zu Paddy?«

»Ich habe mit Paddy gesprochen. Er meint, das Beste wäre, ihn mitzunehmen.«

Arabella war überrascht. »Was?«

»Ja. Paddy wird eine Kamelstute reiten. Und das Fohlen mag sowohl Sie als auch das Pferd, deshalb wird es ohne Probleme mit uns trotten.«

»Ist der Weg denn nicht zu weit für so ein junges Tier?«

Jonathan lächelte. »Keine Angst. Uri ist ein Kamel, und Kamele sind bereits kurz nach der Geburt auf den Beinen und laufen weite Strecken. Es wird ihm nichts ausmachen.«

Während Stuart seine Stute für Arabella sattelte, kam Paddy mit zwei gesattelten Kamelen. Er und Jonathan stiegen auf, Stuart half Arabella auf den Rücken der Stute. Wie Jonathan verärgert feststellte, ließ er seine Hände länger als nötig auf ihr ruhen. Uri trabte aufgeregt in der Box hin und her und blökte zum Erbarmen; anscheinend hatte er Angst, allein zurückbleiben zu müssen.

»Soll ich ihn jetzt rauslassen?«, rief Stuart.

»Ja, wir sind so weit«, antwortete Paddy.

Stuart öffnete das Gatter, und Uri lief eilig zu Bess und ihrer

Reiterin; er wich ihnen nicht mehr von der Seite. Arabella musste unwillkürlich lächeln. Tony hatte ihr zum Schutz vor der Sonne einen Hut und ein Hemd geliehen, und von Maggie hatte sie einen langen, weiten Rock bekommen, in dem sie bequem im Sattel sitzen konnte, sowie geschlossene Schuhe. Etwas zu essen hatte Maggie ihnen auch mitgegeben. Ausreichend Wasser hatte Jonathan ohnehin stets dabei.

»Wir sind spätestens am frühen Abend zurück«, rief Jonathan Tony und Maggie zu, die ihnen zum Abschied zuwinkten. Dann vergewisserte er sich noch einmal, dass seine Fotoausrüstung richtig befestigt war. Er erhoffte sich nicht nur ein paar schöne Aufnahmen von der Landschaft, sondern auch von Arabella, sofern sie es ihm gestattete. Ihre Haut sah noch ein bisschen mitgenommen aus, hatte aber bereits eine gesunde Farbe angenommen. Wenn er sie nicht aus nächster Nähe fotografierte, würde von den Spuren des Sonnenbrands nichts zu sehen sein.

Die kahle, monotone Landschaft hatte dem Auge nicht viel zu bieten. Arabella genoss den Ritt auf der lammfrommen, im Gelände sehr sicheren Stute dennoch, weil es ihr Freude machte, wie brav Uri neben ihr her zockelte. Jonathan und Paddy, die vorausritten, sahen auf ihren majestätischen Tieren sehr erhaben aus. Paddy trug ebenfalls einen Hut und ein weites Gewand, unter dem die Luft zirkulieren konnte und das ihn kühl hielt. Mühelos schritten die Kamele, selbst der kleine Uri, über den glühend heißen Sand. Während ihre mit dicken Schwielen gepolsterten Zehen sich spreizten, sodass sie nicht einsanken, schien das Pferd den Sand mit seinen Hufen aufzuwirbeln.

»Darf ich Sie etwas fragen, Paddy? Jonathan hat mir erzählt, Sie seien halb irischer, halb afghanischer Abstammung. Wie kommt das?«

Paddy lachte. »Eine seltsame Mischung, nicht wahr? Mein Vater war einer von sechsundfünfzig Afghanen, die von Australien angefordert wurden und zusammen mit dreihundert Kamelen

1884 in Port Augusta eintrafen. Er hatte schon einige Jahre in der Stadt gelebt und gearbeitet, als er meine Mutter kennen lernte, eine Irin, die als Bühnentänzerin arbeitete. Sie tourte mit einer Tanzgruppe durch Australien, als sie in Coober Pedy einen Italiener traf, der sie heiraten wollte. Offenbar fand auch sie ihn nett, denn als die Truppe weiterzog, blieb meine Mutter in Coober Pedy. Ein paar Tage nach seinem übereilten Heiratsantrag entdeckte der Italiener ein reiches Opalvorkommen. Meine Mutter war glücklich und träumte schon von einem Leben in Wohlstand, doch der Italiener machte ihr einen Strich durch die Rechnung. Plötzlich wollte er von einer Hochzeit nichts mehr wissen. Er jagte sie davon, und sie saß ohne einen Penny auf der Straße. Sie hielt einen Mann mit einem Ochsengespann an, der nach Süden unterwegs war, und bat ihn, sie mitzunehmen. Als sie unweit von Island Lagoon ihr Nachtlager aufschlugen, wurde der Mann von einer Schlange gebissen und starb. Meine Mutter blieb ganz allein in der Wildnis zurück. Sie hatte zwar Wasser, aber nichts zu essen. Hätte sie die Kraft gehabt, hätte sie einen der Ochsen geschlachtet und das Fleisch auf einmal aufgegessen, hat sie mal zu mir gesagt.« Paddy lachte. »Erst am vierten Tag wurde sie gerettet – von meinem Vater.«

»Was hat er denn da draußen gemacht?«, fragte Arabella neugierig.

»Er transportierte Waren mit einem Kamel von Port Augusta nach Woomera, nicht weit von Island Lagoon entfernt. Meine Mutter hat mir die Geschichte vom edlen Ritter, der auf einem Kamel statt einem Schimmel heranritt und sie rettete, viele Male erzählt. Mein Vater war der Held, dem sie buchstäblich ihr Leben zu verdanken hatte. Obwohl sie sich nach der bitteren Enttäuschung in Coober Pedy geschworen hatte, nie zu heiraten, hätte sie meinem glutäugigen, gut aussehenden Vater einfach nicht widerstehen können, erzählte sie mir.« Paddy lächelte. »Meine Mutter ist eine ungewöhnliche Frau. Leider habe *ich* bisher noch keine getroffen, die meinem Aussehen nicht widerstehen konnte, aber ich habe die Hoffnung noch nicht aufgegeben.«

»Wo ist Ihre Mutter heute?«, fragte Arabella.

»Sie wohnt in Broken Hill, einer Goldgräberstadt in New South Wales.«

»Und Ihr Vater, lebt er auch noch?«

»O ja. Meine Eltern sind nicht mehr die Jüngsten, aber sie sind zufrieden und glücklich in der Ghan-Siedlung dort. Durch die Eisenbahnlinie sind die Kameltreiber praktisch arbeitslos geworden – sie werden nicht mehr gebraucht, um Waren zu transportieren. Würde der Zug nicht ein-, zweimal im Jahr ausfallen, wäre ich schon längst nicht mehr in Marree. Wenn die Zugverbindungen eines Tages so zuverlässig werden, dass es hier keine Arbeit mehr für mich gibt, ziehe ich zu meinen Eltern nach Broken Hill.«

Schweigend ritten sie weiter. Arabella wusste von Jonathan, dass sie ihr Ziel noch vor Mittag erreichen würden, weil Callanna Creek nur etwa acht Meilen von Marree entfernt lag. Die Sonne am endlosen blauen Himmel stieg langsam höher. Es wurde mit jeder Minute heißer, und die Fliegen ließen ihnen keine Ruhe mehr.

Von Zeit zu Zeit trug der Wind einen scheußlichen Verwesungsgeruch heran. Arabella rümpfte die Nase. »Was riecht denn hier so fürchterlich?«

»Dürfte ein Tierkadaver sein«, antwortete Paddy. Dem Gestank nach musste es sich um ein größeres Tier handeln. Eine düstere Vorahnung überkam den Kameltreiber.

Der Geruch wurde schlimmer, und das Summen der Fliegen schwoll immer mehr an. Vor einem Sandhügel hielt Paddy und schlug vor, dass Jonathan und Arabella sich einen Moment ausruhten, während er der Sache auf den Grund ging. Jonathan konnte sich schon denken, was dahintersteckte: Paddy wollte Arabella den schaurigen Anblick eines verwesenden Kadavers ersparen.

Paddy ritt über den Hügel, während Jonathan und Arabella warteten. Keiner sprach ein Wort. Der Verwesungsgeruch war so entsetzlich, dass Arabella sich Nase und Mund zuhielt. Uri, der an ihrer Seite geblieben war, war unruhig geworden und fing wieder zu schreien an.

»Was hat er denn?«, wunderte sich Arabella. »Er war die ganze Zeit so friedlich.«

Jonathan zuckte die Achseln. »Es kommt vor, dass ein Farmer ein Kamel erschießt. Sofern das Tier nicht mit einer Plakette am Hals gekennzeichnet ist, darf er das. Vielleicht ist es ein totes Kamel hinter dem Hügel, und Uri spürt es. Paddy wird es uns gleich sagen.«

Uri zog witternd die Luft ein. Plötzlich stieß er einen kehligen, herzzerreißenden Laut aus und galoppierte unvermittelt los, den Hügel hinauf.

»Uri!«, rief Arabella. Sie sah Jonathan mit vor Angst geweiteten Augen an. »Wenn er sich verirrt!«

Jonathan trabte dem Fohlen nach, das hinter der Düne verschwunden war. Arabella folgte ihm. Auf der anderen Seite angelangt, erblickten sie in etwa fünfzig Metern Entfernung Paddy, der sein Kamel hatte abliegen lassen. Uri umkreiste ihn laut schreiend.

Als sie näher kamen, bemerkten sie Paddys erschütterten Gesichtsausdruck. Jetzt konnten sie auch erkennen, dass er vor den Überresten dreier Kamele hockte, eines sehr großen und zwei kleinerer. Jonathan war sofort klar, dass etwas nicht stimmte – Paddy würde wegen ein paar verendeter wilder Kamele kein so betroffenes Gesicht machen.

In der Hitze war der Verwesungsgeruch kaum auszuhalten, und der Anblick der verfaulenden Kadaver löste bei Arabella Brechreiz aus.

»Nicht näher kommen!«, befahl Paddy.

Arabella blieb wie versteinert im Sattel sitzen. Sie beobachtete Uri, der kläglich blökend dastand. »Was hat er denn?« Ihre Stimme klang gedämpft, weil sie sich Mund und Nase zuhielt.

»Er weiß, dass das seine Mutter ist, sie ist erschossen worden«, antwortete Paddy traurig.

»O nein!«, entfuhr es Arabella. Ihre Augen füllten sich mit Tränen beim Anblick des verstörten und verzweifelten Kamelfohlens.

»Was ist denn passiert?« Arabella stieg ab. Sie hätte das kleine Kamel gern getröstet, wusste aber nicht, wie sie das anstellen sollte. Sie konnte das Tier gut verstehen. Wie sehr hatte sie ihm gewünscht, dass es seine Mutter wiederfand, so wie sie selbst bald mit der eigenen Mutter wieder vereint sein würde. Wie furchtbar es wäre, sie nie wiederzusehen!

Uri umkreiste jetzt die tote Kamelstute und warf den Kopf hin und her. Es schien, als wüsste er vor Kummer nicht, was er mit sich anfangen sollte. Arabella brach es schier das Herz, und sie schluchzte.

»Ich werde ihn anbinden müssen«, sagte Paddy, ohne auf Arabellas Frage einzugehen. »Sonst kriegen wir ihn nie von hier fort.«

»Wir müssen umkehren«, meinte Jonathan, »wenn wir auf dem Rückweg nicht wieder hier vorbeiwollen.« Das wollte er dem Kamelfohlen nicht antun. Außerdem war Arabella dermaßen aufgewühlt, dass sie den Ausflug zum Callanna Creek ohnehin nicht mehr genießen könnte. Der Tag war ihnen gründlich verdorben worden.

Als Paddy dem Kamelfohlen eine Seilschlinge über den Kopf warf, schlug es aus und gebärdete sich wie toll. Jonathan sprang von seinem Kamel und riss Arabella zur Seite, weil er befürchtete, Uri könnte sie verletzen. Arabella stand wie gelähmt da. Der Anblick des Fohlens, das sich nicht von seiner toten Mutter trennen wollte, erschütterte sie zutiefst. »Binden Sie ihn wieder los!«, drängte sie Paddy.

Doch Paddy war schon wieder aufgestiegen. »Wir können

ihn nicht hier zurücklassen«, rief er. Sein Kamel setzte sich in Bewegung, und Uri, der sich angstvoll schreiend loszureißen versuchte, wurde hinterhergeschleift. Arabella, die die Tränen nicht zurückhalten konnte, führte Bess am Halfter und folgte zu Fuß. Jonathan legte tröstend den Arm um sie.

»Uri wird sich schon wieder beruhigen, Arabella. Aber dazu muss er weg von hier.«

Sie wischte sich die Tränen ab und drückte Jonathan die Zügel in die Hand. »Hier, halten Sie. Ich muss zu Uri, ich muss ihm irgendwie helfen!« Schon lief sie dem Fohlen nach.

»Vorsicht!«, mahnte Paddy, als er sah, was sie vorhatte.

»Passen Sie auf!«, rief auch Jonathan, als sie Uri, der sich noch immer nicht beruhigt hatte, gefährlich nahe kam.

Doch Arabella streckte ohne zu zögern die Hand aus und strich dem jungen Kamel liebevoll über die weiche Schnauze. »Alles wird wieder gut«, redete sie besänftigend auf das Tier ein. »Du bist nicht allein, mein Kleiner. Ich bin da und Paddy ... und Jonathan. Wir werden uns um dich kümmern, ganz bestimmt.« Sie unterdrückte ein Schluchzen. »Alles wird gut, du wirst sehen. Ich verspreche es.«

Zuerst versuchte Uri, ihre Hand abzuschütteln, doch dann wurde er ruhiger. Obwohl er sich noch einige Male umdrehte und traurig zurückschaute, gab er seinen Widerstand auf und ging fügsam neben Arabella her. Paddy staunte. Er reichte Arabella den Strick, und sie hielt ihn in der einen Hand und streichelte mit der anderen Uris Hals.

Arabella blickte zu Paddy auf. »Woher hat er gewusst, dass es seine Mutter war? Der Kadaver war ja kaum noch als Kamel zu erkennen.«

»Er hat sie am Geruch erkannt«, antwortete Paddy. »Ein Fohlen ist imstande, seine Mutter unter fünfzig Tieren herauszufinden. Bei Lämmern und Mutterschafen ist es genauso. Uns ist das unerklärlich, weil die Tiere für uns alle gleich aussehen.«

»Und woher haben Sie gewusst, dass es Uris Mutter war?«, wollte Arabella wissen.

»Ich hab Ihnen doch erzählt, dass sie vor einem wilden Hengst davongelaufen ist. Als ich den Hengst sah, dachte ich mir gleich, dass eine der beiden Stuten Uris Mutter sein muss. Ich habe sie an der Narbe am rechten Vorderlauf erkannt.«

»Jonathan hat gesagt, gekennzeichnete Kamele dürften nicht geschossen werden. Hat sie denn keine Plakette getragen?«

»Doch, das macht mich ja so wütend! Alle meine Kamele, bis auf die ganz jungen Tiere, sind gekennzeichnet. Wer immer Leila erschossen hat, muss ihre Plakette entfernt haben. Das passiert immer wieder, deshalb halte ich nachts oft Wache bei meinen Tieren, damit sie nicht einem wilden Hengst in die Wüste folgen.«

»Glauben Sie, Uri wird seinen Kummer überwinden?«

»Aber ja. Sobald er entwöhnt ist, geht es ihm wieder gut.«

Sie werde immer für ihn sorgen, wollte Arabella schon versprechen, doch dann fiel ihr ein, dass sie ja nicht wusste, wie lange sie noch in Marree sein würde. Also schwieg sie. Dennoch wollte sie Uri, der bei ihr Trost und Schutz gesucht hatte, auf keinen Fall in diesem Zustand allein lassen.

Maggie machte ein verdutztes Gesicht, als Arabella und Jonathan wieder zurückkamen. Paddy brachte die beiden Kamele zurück auf ihre Koppel. Jonathan sattelte Bess ab, und Arabella führte Uri in seine Box neben der Stute.

»Ich habe euch erst in ein paar Stunden zurückerwartet«, sagte Maggie, die im Gemüsegarten gearbeitet hatte. Eine Hand ins Kreuz gedrückt, richtete sie sich auf.

»Wir sind auf drei Kamelkadaver gestoßen. Eins der toten Tiere war Uris Mutter«, berichtete Arabella traurig. Schon füllten ihre Augen sich wieder mit Tränen. Sie fand es schrecklich, dass die Kamelstute gestorben war, ohne ihr Fohlen noch einmal wiedergesehen zu haben.

»Sie wurde erschossen«, sagte Jonathan.

»O nein!«, rief Maggie entsetzt.

»Uri war ganz verzweifelt«, sagte Arabella. Sie schaute zu dem Tier hinüber. Es stand mit hängendem Kopf da und hatte feuchte Augenwinkel, als hätte es geweint. Bess versuchte, seine Aufmerksamkeit zu gewinnen, doch Uri reagierte nicht.

»Stellt ihn doch zu Bess«, schlug Maggie vor. »Vielleicht hilft es ihm, wenn er nahe bei ihr ist.«

»Meinen Sie, das geht gut?«, fragte Arabella.

»Warum denn nicht? Bess ist eine ganz Liebe.«

Arabella nickte. »Also gut, versuchen wir's.« Während sie Uri anband, öffnete Jonathan das Gatter zu Bess' Box, sodass Arabella das Kamel gleich hineinführen konnte. Die Stute beschnupperte Uri und stupste ihn liebevoll mit ihrem weichen Maul an.

»Wo ist Uri?«, rief Paddy plötzlich.

Keiner hatte ihn kommen hören. Er brachte eine Flasche Milch für das Kamelfohlen.

»Hier drüben. Wir haben ihn zu Bess gestellt«, antwortete Jonathan.

»Damit er sich nicht so allein fühlt«, fügte Arabella hinzu.

Paddy betrachtete die Szene lächelnd. Dann sagte er unvermittelt: »Ich hab eine Idee!« Er ging in die Box und trat neben Bess; Uri stand auf der anderen Seite der Stute. »Sorg dafür, dass sie stehen bleibt«, sagte Paddy zu Jonathan, der Bess am Halfter nahm. Paddy bückte sich und streckte Uri die Milchflasche unter dem Bauch der Stute hin. Fast augenblicklich roch das Fohlen die Milch und begann gierig an der Flasche zu nuckeln. Bess drehte den Kopf, um zu sehen, was da vor sich ging, hielt aber ganz still.

Ein Lächeln legte sich auf Arabellas Gesicht.

»So ist es für ihn, als würde er am Euter seiner Mutter saugen«, sagte Paddy. Die krumme Haltung war zwar schrecklich unbequem für ihn, doch Uris zufriedenes Schnauben entschädigte ihn dafür.

»Eine großartige Idee, Paddy!«, lobte Arabella. »Sie sind so einfühlsam!«

»Ich möchte nur, dass es ihm wieder besser geht. Vielleicht betrachtet er die Stute jetzt als eine Art Ersatzmutter.«

Als die Flasche leer war, richtete Paddy sich ächzend auf. »Ein Glück, dass Bess so gutmütig ist. Ein anderes Pferd hätte das wohl nicht mit sich machen lassen.«

Maggie hielt Bess eine Möhre aus dem Korb mit Gemüse hin, das sie aus dem Garten geholt hatte. »Hier, eine Belohnung, weil du so brav warst!«

Uri, der satt und wohl auch erschöpft war, ließ sich zufrieden im Heu nieder, und Bess blieb neben ihm stehen, als wollte sie ihn beschützen.

Arabella strahlte. Sie war erleichtert, dass Uri die Stute als Gefährtin akzeptierte. Jetzt würde sie Marree mit gutem Gewissen verlassen können.

13

»Ich werde nachher aufbrechen und vermutlich einige Zeit fort sein«, sagte Stuart am nächsten Morgen beim Frühstück zu Jonathan und Arabella.

Arabella dachte sofort an Uri. »Nehmen Sie Bess etwa mit?«, fragte sie besorgt. Das Kameljunge hatte sich sehr an die Stute gewöhnt.

»Nein, ich werde zwei Kamele mitnehmen, eins zum Reiten, eins als Lasttier.«

Jonathan hatte das Gefühl, dass es sich um mehr als eine Erkundungsreise handelte. »Wie lange bleiben Sie fort?«

»Das weiß ich noch nicht genau«, antwortete Stuart ausweichend.

Jonathan sah ihn an. »Wird Goolim Sie begleiten?«

Stuart warf ihm einen nervösen Blick zu. »Nein, ich gehe allein. Gut möglich, dass ich eine Woche oder länger fort sein werde, also macht euch keine Sorgen, wenn ihr nichts von mir hört. Ich möchte nicht, dass sich jemand auf die Suche nach mir macht.«

»Es geht mich ja nichts an, Stuart«, sagte Jonathan, »aber Sie wissen, dass jeder, der die Stadt verlässt, sich bei Terry Higgins abmelden soll, damit im Notfall rasch eine Suche eingeleitet werden kann.«

»Das wird nicht nötig sein. Ich kenne mich in der Wüste bestens aus.«

Jonathan nickte. »Das glaube ich Ihnen, aber es kann nicht

schaden, für alle Eventualitäten gerüstet zu sein. Da draußen kann man sich schnell ein Bein brechen oder von einer Schlange gebissen werden.«

»Das Risiko gehe ich ein«, meinte Stuart halb im Scherz.

»Aber wenn Ihnen nun wirklich etwas zustößt«, sagte Arabella. »Wir wüssten doch gar nicht, wo wir nach Ihnen suchen sollen.«

»Würden Sie mich denn vermissen?«, fragte Stuart.

Arabella wurde rot. Sie wusste nicht, was sie darauf erwidern sollte, doch als sie sein Grinsen sah, erkannte sie, dass er sie nur aufzog. »Na ja … ein bisschen schon.« Sie schaute Jonathan an, der den Wortwechsel befremdet verfolgt hatte. »Wir würden uns natürlich Sorgen machen, nicht wahr?«

»Natürlich«, pflichtete Jonathan ihr steif bei. »Die Frage ist, ob das Gold es wert ist, dass Sie Ihr Leben dafür aufs Spiel setzen.«

»Es wird mich viel eher mein Leben kosten, wenn jemand herausfindet, wo die Ader ist«, erwiderte Stuart leise. »Ich habe lange in Goldgräberstädten gelebt und weiß, was das Gold aus Menschen machen kann. Solange niemand meinen Aufenthaltsort kennt, bin ich in Sicherheit.« Stuart waren das Geflüster in der Bar und die verstohlenen Blicke, die man ihm zuwarf, nicht entgangen. Die Leute waren neugierig. Stuart war ihren Fragen ausgewichen, so gut es ging, und hatte Goolim zu absolutem Stillschweigen verpflichtet, obwohl der Afghane die genaue Lage der Schürfstelle gar nicht kannte: Je weniger er wusste, desto weniger könnte er verraten, falls man ihn mit Gewalt dazu bringen wollte, sein Wissen preiszugeben.

»Passen Sie auf sich auf, Stuart.« Jonathan reichte dem Goldgräber die Hand, als dieser sich erhob. »Und treffen Sie zu Ihrer eigenen Sicherheit alle notwendigen Vorkehrungen.«

»Das werde ich, Jonathan.«

»Seien Sie auf der Hut, Stuart«, ermahnte auch Arabella ihn. »Ich weiß, wie es ist, sich in der Wüste zu verirren. Und ich weiß auch, wie viel Glück ich hatte, dass die Aborigines mich gefunden haben.«

»Ich pass schon auf, keine Angst.« Er zwinkerte Arabella zu und wandte sich zum Gehen.

»Hoffentlich weiß er, auf was er sich einlässt«, murmelte Jonathan, als Stuart gegangen war, und schaute Arabella prüfend an. Er hatte bemerkt, wie Stuart ihr zugezwinkert hatte, und nun fragte er sich, ob sie in ihn verliebt war. Doch er traute sich nicht, das Thema anzuschneiden.

»Ja, das hoffe ich auch«, sagte Arabella leise. Sie legte ihre Hand kurz auf die von Jonathan. »Sie sind sehr nett, wissen Sie das?«

»Nett?«, wiederholte er enttäuscht. Das war nicht unbedingt, was er zu hören wünschte.

»Ja, Sie sorgen sich immer um andere Menschen, und das finde ich großartig.«

»Danke«, versetzte er trocken. Er hätte sie gern gefragt, ob sie Stuart auch »nett« fand, verkniff es sich aber.

Nicht weit von Frankie Millers Haus entfernt unterhielt Wally Jackson sich leise mit einem eingeborenen Fährtenleser namens Ernie Mandawauy. Die beiden Männer standen hinter einem Eukalyptusbaum, damit sie nicht gesehen wurden.

»Kannst du die Fährte eines Weißen auf einem Kamel oder einem Pferd verfolgen, Ernie?«

»Was für eine Frage, Wally!«, antwortete Ernie empört. Seiner Ansicht nach hatte er einen geradezu legendären Ruf als Fährtenleser.

»Er darf nicht merken, dass du ihm folgst«, schärfte Wally dem Aborigine ein. Er spähte hinter dem dicken Stamm des Eukalyptusbaumes hervor. Weit und breit war kein Mensch zu sehen. Sein Blick schweifte zum Great Northern Hotel hinüber. Der Vormittag war noch nicht vorüber, aber die Hitze flirrte bereits über der roten Erde.

»Er wird nichts merken, keine Angst«, versicherte Ernie. Die Augen halb zugekniffen, fügte er hinzu: »Ein Weißer, sagst du?«

»Ja, aber du kennst ihn wahrscheinlich nicht, er ist noch nicht lange in der Stadt.«

»Ein Weißer ist besonders leicht zu verfolgen«, meinte Ernie zuversichtlich.

Wollte er damit andeuten, dass die Weißen dumm waren? Wally schluckte seinen Ärger über die Bemerkung hinunter. »Ich hab gehört, er will heute aufbrechen, also geh rüber zum Hotel und leg dich auf die Lauer. Pass auf, dass er dich nicht sieht, verstanden? Er wird verdammt vorsichtig sein. Wahrscheinlich rechnet er sogar damit, dass jemand versucht, ihm zu folgen.«

»Er wird nichts merken, Wally, verlass dich drauf. Wann krieg ich mein Geld?«

Wally wusste, dass Ernie es unverzüglich in Schnaps umsetzen würde. Er zitterte förmlich in gieriger Vorfreude. »Sobald du zurück bist und mir sagst, wo die Goldader ist«, erwiderte er schroff.

»Entweder du gibst mir einen Teil gleich oder ich bleib da«, drohte Ernie.

Wally unterdrückte seinen Zorn. Er hatte keine andere Wahl, als auf Ernies Forderung einzugehen. Unwillig zog er einen Geldschein aus der Hosentasche und wedelte Ernie damit vor der Nase herum. »Den kriegst du, wenn du mir versprichst, das Geld erst nach deiner Rückkehr auszugeben!«

»Meinetwegen«, knurrte Ernie. Wally glaubte ihm zwar nicht, gab ihm das Geld aber dennoch.

Als Wally ins Haus zurückging, machten Ted und Les, die in der Küche auf ihn gewartet hatten, betretene Gesichter. Wally hatte sie in seinen Plan eingeweiht, ihre Bedenken einfach vom Tisch gewischt und rücksichtslos seinen Kopf durchgesetzt.

»Ich weiß nicht, Jacko«, sagte Les und zog nervös an seiner

Zigarette. »Die ganze Sache gefällt mir nicht.« Je länger er über Wallys Plan nachdachte, desto unruhiger wurde er.

Wally hatte Les immer schon für einen Waschlappen gehalten, deshalb erstaunte ihn dessen Bemerkung nicht. »Ich sehe nicht ein, warum Stuart Thompson das ganze Gold für sich allein behalten soll«, knurrte Wally. »Der Kerl ist nicht von hier, er gehört nicht mal hierher. *Wir* sind hier zu Hause! Das Land um Marree ist *unser* Land!«

»Und wenn es gar kein Gold gibt?«, warf Ted ein. »Vielleicht irrt Stuart Thompson sich ja.«

»Euch ist doch auch aufgefallen, wie er sich verändert hat. Erst erzählt er jedem, was er vorhat, und dann kriegt er auf einmal den Mund nicht mehr auf. Seit ein paar Tagen tut er richtig geheimnisvoll. Ich sag euch, der ist auf eine fette Ader gestoßen! Er hätte die Leute hier fragen müssen, ob sie ihren Anspruch geltend machen wollen. Sein Pech, dass er es nicht getan hat. Jetzt wird er am Ende mit leeren Händen dastehen.«

Les und Ted wechselten einen vielsagenden Blick. Wallys Plan gefiel ihnen immer weniger. Jetzt, wo Terry Higgins wieder da war, erschien ihnen das Ganze viel zu riskant.

»Der Verdacht wird zuerst auf uns fallen, wenn Thompson ausgeraubt wird«, gab Ted zu bedenken. »Hast du daran schon gedacht?«

»Na und? Solange sie uns nichts beweisen können …« Mit einem gereizten Blick in die sorgenvollen Gesichter seiner Kumpel fuhr Wally fort: »Wir schauen uns nur mal um, sobald wir wissen, wo sich das Vorkommen befindet, okay? Falls nicht viel da ist, lassen wir die Finger davon.«

Weder Les noch Ted glaubten ihm. Wally würde sich alles, was er fand, unter den Nagel reißen.

»Du wirst Thompson doch nichts tun, Jacko?« Les wusste, wie unberechenbar Wally war, und das machte ihn noch nervöser.

Wallys Augen wurden schmal. So langsam ging Les ihm

mächtig auf die Nerven. »Hör zu, Les, du kannst gern aussteigen, wenn du die Hosen voll hast. Umso mehr bleibt für mich und Ted übrig.«

Ted warf Les einen unbehaglichen Blick zu. Les sollte nicht denken, er und Wally hätten hinter seinem Rücken eine heimliche Absprache getroffen. »Hier in der Stadt können wir sowieso nichts von der Beute ausgeben«, meinte er. »Terry Higgins wird ein wachsames Auge auf uns haben.«

»Verdammt, jetzt reicht's mir aber!«, explodierte Wally. »Haut doch ab, ihr Schlappschwänze, ich zieh das Ding allein durch! Jeder Putzlumpen hat mehr Rückgrat als ihr beide!«

»So solltest du nicht mit uns reden, Wally.« Les machte ein beleidigtes Gesicht. »Wir wollen doch bloß sichergehen, dass du auch wirklich an alles gedacht hast.«

Wally schnaubte verächtlich. »Ihr seid zwei Miesmacher, die keinen Mumm in den Knochen haben. Deshalb werdet ihr auch nie aus diesem Nest rauskommen. Ich schon! Ich werde mit meinem Anteil nach Sydney fahren und mir ein schönes Leben machen!«

»Wir werden nirgendwohin fahren, so lange kein Zug verkehrt«, bemerkte Ted trocken.

»Wir brauchen nichts weiter zu tun, als die Klappe zu halten und in Ruhe abzuwarten.«

»Und wo sollen wir das Gold so lange verstecken?«, fragte Les, dem Wallys Plan Bauchschmerzen bereitete.

Wally starrte ihn ungläubig an. »Ist dir schon mal aufgefallen, dass Marree mitten in der Wüste liegt, du Trottel?«

»Na und?«

Wally verdrehte genervt die Augen. »Die Wüste ist etliche tausend Meilen groß, da gibt es Millionen Verstecke! Selbst wenn Higgins uns verdächtigen würde, das Gold irgendwo vergraben zu haben, würde er es nicht mal finden, wenn er jeden Polizisten in ganz Australien anfordern und suchen ließe.«

Les und Ted wechselten einen Blick. Wally war anscheinend durch nichts von seinem Entschluss abzubringen.

Stuart ging zur Ghan-Siedlung, wo Goolim ein Kamel für ihn gesattelt und ein zweites mit seiner Goldgräberausrüstung bepackt hatte, die mit einer Decke abgedeckt war.

Ernie Mandawauy heftete sich an Stuarts Fersen, als dieser das Hotel verließ, und folgte ihm in einiger Entfernung. Er beobachtete, wie der Weiße in der Ghan-Siedlung ein Haus betrat, und wartete. Eine halbe Stunde später kam ein Afghane aus dem Haus und ging in Richtung Moschee. Ernie achtete nicht weiter auf ihn, weil die Afghanen mehrmals am Tag die Moschee zum Beten aufsuchten. Stattdessen richtete er seine ganze Aufmerksamkeit auf das Haus, damit er den weißen Mann ja nicht verpasste. Er hoffte, bei Wally Jackson Eindruck zu schinden; vielleicht sprang dann eine Prämie für ihn heraus.

Eine Stunde später war der Weiße noch nicht wieder aufgetaucht, und Ernie wurde unruhig. Nachdem er weitere zwanzig Minuten gewartet hatte, kam ihm der Verdacht, der Weiße könnte ihn abgehängt haben. Die Frage war nur – wie? Vorsichtig schlich er ums Haus herum. Außer dem Eingang und den Fenstern auf der Vorderseite, die er im Auge behalten hatte, gab es keine weiteren Türen oder Fenster. Das konnte nur bedeuten, dass der Weiße sich noch im Haus aufhielt. Ernie pirschte sich an die Koppeln mit den Kamelen heran, aber auch hier war niemand zu sehen. Er kehrte zum Hotel zurück und warf einen Blick in die Ställe. In einer der Boxen stand ein Pferd. Ernie überlegte kurz; dann beschloss er, Wally zu suchen und sich mit ihm zu beratschlagen.

Er entdeckte ihn in der Hotelbar, wo er mit Les und Ted an der Theke saß und mit Tony plauderte. Als Tony ihnen gerade den Rücken zudrehte, sah Les Ernie in der Tür stehen und stieß daraufhin Ted an, der wiederum Wally in die Seite knuffte.

Wally bedeutete Ernie verärgert, draußen zu bleiben. Er wollte auf keinen Fall von Tony gesehen werden, wie er mit einem Fährtenleser sprach. Sollte Stuart Thompson ausgeraubt werden, würde Tony dem Constable bestimmt von einem solchen Gespräch berichten.

Nachdem er Ernie mit hektischen Gebärden zu verstehen gegeben hatte, er möge zur Rückseite des Hotels kommen, bat er Ted im Flüsterton, dafür zu sorgen, dass Tony nicht nach draußen ging. Dann entschuldigte er sich und eilte hinaus.

Ernie wartete an der Außentoilette auf ihn.

»Was hast du hier zu suchen, zum Teufel?«, zischte Wally.

»Bist du sicher, dass der Weiße heute die Stadt verlassen wollte?«, fragte Ernie.

»Natürlich! Er ist heute Morgen aufgebrochen, und Tony meint, er würde einige Zeit fortbleiben.«

»Nur ein Mann ist aus dem Hotel gekommen, aber er hat die Stadt nicht verlassen.«

Wally sah ihn verblüfft an. »Das kann nur Thompson gewesen sein. Er hat die Stadt nicht verlassen, sagst du? Und du hast ihn keine Sekunde aus den Augen gelassen?« In seiner Erregung hatte er ganz vergessen, dass er Ernie gegenüber den Namen des Mannes hatte geheim halten wollen. Je weniger der Aborigine wusste, desto besser.

»Keine Sekunde, Wally. Ich bin ihm in die Ghan-Siedlung gefolgt. Dort ist er in ein Haus gegangen.«

Wallys Augen leuchteten auf. »Ich wusste es!« Dann verfinsterte seine Miene sich plötzlich. »Und was machst du dann hier? Was ist, wenn er in diesem Augenblick aus der Stadt reitet?«

»Ich habe lange gewartet, aber er hat das Haus nicht wieder verlassen. Ich glaube nicht, dass er heute noch fortreitet.«

»Hm«, machte Wally nachdenklich. »Er ist aber auch nicht hierher zurückgekommen.«

»Ich hab das Haus fast zwei Stunden beobachtet.«

»Und wenn er sich aus dem Staub gemacht hat, ohne dass du es gemerkt hast? Der Kerl ist gerissen.«

»Es gibt nur einen Eingang und zwei Fenster auf der Vorderseite. Ich hätte ihn sehen müssen.«

Wally kratzte sich ratlos am Kopf. Seine Augen waren schmal geworden, als er fragte: »Hat sonst jemand das Haus verlassen?«

»Nur ein Afghane. Ich glaube, es war Goolim. Er ist zur Moschee gegangen.«

Wally horchte auf. »Was heißt, du glaubst? Hast du sein Gesicht denn nicht gesehen?«

»Nein, er hatte seine Kapuze tief in die Stirn gezogen.«

»Verdammt!«, entfuhr es Wally. »Das war nicht Goolim. Das war Stuart Thompson!«

Ernie spürte, wie ihm die Hitze ins Gesicht stieg. Er starrte Wally entgeistert an.

»Er muss geahnt haben, dass er beobachtet wird«, murmelte Wally vor sich hin und schüttelte den Kopf. Er bewunderte die Geschicklichkeit, mit der Thompson seinen Verfolger abgeschüttelt hatte. Und er war überzeugter denn je, dass der Goldgräber ein reiches Vorkommen entdeckt hatte. Er warf einen Blick auf seine Uhr. »Er hat einen Vorsprung von gut zwei Stunden. Glaubst du, du kannst ihn trotzdem noch aufspüren?«

Ernie senkte den Kopf. Das würde nicht einfach sein, weil viele Afghanen auf Kamelen in die Ghan-Siedlung ritten oder sie verließen. Das aber durfte er Wally nicht sagen, dann würde nichts mehr für ihn herausspringen. Er blickte auf. »Klar kann ich den Kerl aufspüren.«

Wally zögerte. »Ist jemand aus der Ghan-Siedlung weggeritten?«

Ernie hatte nicht darauf geachtet. Er dachte kurz nach. »Möglich wär's. Aber nach Norden kann er nicht geritten sein, dann hätte ich ihn sehen müssen. Er muss sich nach Westen gewandt haben.«

»Also los, worauf wartest du? Und ich gehe in die Bar zurück, sonst schöpft Tony noch Verdacht.«

Etwa zwanzig Meilen von Marree entfernt stieg Stuart Thompson von seinem Kamel. Er kletterte auf einen felsigen Hügel, der zu einer Kette flacher Erhebungen gehörte. Von hier aus konnte er fünf Meilen weit sehen. Er wandte sich in die Richtung, aus der er gekommen war, und suchte mit Blicken die Wüste ab. Als er nichts Auffälliges entdeckte – keinen aufgewirbelten Staub oder Ähnliches, das auf einen Verfolger hingedeutet hätte –, stieg er wieder hinunter, um am Fuß der Hügelkette sein Lager aufzuschlagen. Er band die beiden Kamele an einem Pflock fest, den er in die Erde gerammt hatte, sattelte sein Reittier ab und nahm seine Ausrüstung von dem zweiten Kamel herunter. Dann stellte er das kleine Zelt auf, das er mitgebracht hatte, zündete ein Feuer an, öffnete eine Dose mit Bohnen und Wurst und erwärmte sein Essen in einem Blechtopf. Ungefähr zwanzig Meter von seinem Lager entfernt befand sich ein schmaler Stollen, dessen Eingang hinter Gestrüpp verborgen war. Stuart vergewisserte sich mit einem prüfenden Blick, dass niemand sich an dem Strauchwerk zu schaffen gemacht hatte. Er würde den Eingang morgen aus der Nähe inspizieren.

Kaum hatte er seine Mahlzeit verzehrt, als heftiger Wind aufkam. Stuart trat das Feuer aus und kroch in sein Zelt. Er war dankbar, dass die Hügelkette ihm und den Kamelen ein wenig Schutz vor dem Sandsturm bot.

Als es dämmerte, hielt Ernie kurz inne. Er hatte die Fährten zweier Kamele verfolgt, die nach seiner Schätzung nur wenige Meilen vor ihm sein konnten. Doch der kräftige Wind, der aufgekommen war, würde alle Spuren verwehen. Ernie überlegte, was er tun sollte. Umkehren und Wally sagen, dass er aufgeben musste, weil es bei einem Sandsturm sinnlos war, eine Fährte verfolgen zu wollen? Dann wäre sein Ruf als »legendärer« Fährtenleser ruiniert, dafür würde Wally schon sorgen. Nein, das konnte Ernie nicht zulassen. Er würde das Gesicht verlieren und sein Ansehen bei seinem Clan einbüßen.

Er kam zu dem Schluss, dass ihm zwei Möglichkeiten blieben: Entweder er setzte seinen Weg fort, wobei er in der Dunkelheit ausschließlich auf seine Instinkte angewiesen wäre, oder er suchte in Farina oder Lyndhurst Zuflucht. Unverrichteter Dinge nach Marree zurückzukehren kam jedenfalls nicht infrage. Obwohl Ernie erschöpft war und die Dunkelheit bald hereinbrechen würde, entschied er sich fürs Weitergehen.

Bald schwoll der Wind zu einem Sturm an. In den dichten Wolken aus Sand und Staub konnte Ernie nur noch ein paar Schritte weit sehen. Er zog sein Hemd aus und wickelte es sich um den Kopf, sodass nur ein schmaler Schlitz für die Augen frei blieb. Da es weit und breit keine Bäume oder Felsblöcke gab, die ihm Schutz hätten bieten können, steuerte er auf eine niedrige Hügelkette zu, die ein paar Meilen vor ihm lag.

Minuten später war es stockdunkel. Ernie stemmte sich mit gesenktem Kopf gegen den heulenden Sturm und taumelte weiter. Von Müdigkeit übermannt, setzte er wie in Trance einen Fuß vor den anderen. Der Wind stöhnte und ächzte und malträtierte Ernies nackten Oberkörper. Sein vor Erschöpfung wirrer Verstand gaukelte ihm vor, dass er Stimmen hörte. Es mussten die Geister seiner Ahnen sein, die ihn riefen. Ernies Herz schlug schneller. Furcht packte ihn. Er bat seine Ahnen, ihn in die richtige Richtung zu führen und ihm beizustehen, damit er sein Gesicht wahren konnte. Der Sturm stieß ihn umher, die Sandkörner waren scharf wie Nadelspitzen. Er stolperte und stürzte in ein dichtes Gestrüpp, und die Dornen rissen ihm Beine, Arme und Hände auf, doch er spürte den Schmerz kaum. Obwohl er mit seinen Kräften am Ende war, kämpfte er sich weiter voran.

Irgendwann aber brach Ernie zusammen; er hatte nicht mehr

die Kraft, sich zu erheben. Das Letzte, was er hörte, bevor er hinüberdämmerte, waren seine Ahnen, die ihn zu sich riefen.

Stuart Thompson wurde vom Summen der Fliegen geweckt. Als er aus seinem Zelt kriechen wollte, musste er zuerst den Sand, den der Wind davor angehäuft hatte, mit den Händen beiseiteschaufeln. Dann sah er, dass die Kamele fort waren. Nur die Stricke, mit denen er die Tiere angebunden hatte, waren noch da. Offenbar hatte er sie nicht richtig verknotet. Stuart richtete sich auf und blickte sich suchend um, konnte die Tiere aber nirgends entdecken. Die Sonne schien von einem blauen Himmel, und die Luft war heiß und unbewegt. Stuart beschloss, erst einmal Brennholz für ein Feuer zu suchen. Er wollte gar nicht daran denken, was ihm blühte, wenn die Kamele nicht zurückkämen.

Stuart hatte bereits einen Arm voll Holz gesammelt, als er den halb vom Sand zugewehten Körper eines Aborigine entdeckte. Er ließ das Holz fallen und kniete neben dem Mann nieder. Stuart war überzeugt, dass er tot war. Vorsichtig nahm er ihm die Kopfbedeckung ab. Anscheinend hatte der Aborigine versucht, damit Mund, Nase und Augen vor dem Sandsturm zu schützen.

Plötzlich stöhnte der Aborigine auf. Stuart fuhr erschrocken zurück.

»Herr im Himmel, du lebst ja noch!«

Sofort erkannte Stuart, dass er in einer Zwickmühle steckte. Natürlich musste er dem Mann helfen – ihn zu seinem Lager bringen, ihm zu essen und vor allem zu trinken geben. Und der Mann würde sich zweifellos wundern, was er, ein Weißer, allein hier draußen machte, und Fragen stellen. Wenn der Aborigine von dem Goldgräber gehört hatte, der sich in Marree aufhielt – würde er da nicht zwei und zwei zusammenzählen?

Eine Sekunde lang erwog Stuart, den Eingeborenen seinem Schicksal zu überlassen, damit die Lage seines Goldvorkommens sein Geheimnis blieb. Doch als er den zu Tode erschöpften Mann ansah, überkamen ihn heftige Schuldgefühle. Wie konnte er so kaltblütig sein? Wie konnte er an sein Gold denken, wo es um ein Menschenleben ging?

»Ich heiße Stuart. Und wie heißt du?«

»Ernie … Ernie Mandawauy.«

»Komm, ich bring dich zu meinem Lager, du brauchst Wasser«, sagte er und griff Ernie unter die Achseln, um ihm auf die Füße zu helfen.

Ernies Mund war so ausgetrocknet, dass er keinen weiteren Laut hervorbrachte. Er versuchte, die Arme zu heben und sich an dem Weißen festzuhalten, doch dieser musste ihn fast tragen, so schwach war er.

Stuart ließ den Aborigine im Schatten seines Zeltes zu Boden gleiten und reichte ihm seine Wasserflasche.

»Nicht so hastig«, mahnte er, als Ernie gierig trank. Es kam dem Aborigine so vor, als hätte er nie etwas Köstlicheres zu sich genommen. Er setzte die Flasche erst ab, als sie leer war. Sein Kopf hämmerte, aber wenigstens war sein Durst gestillt und Mund und Kehle nicht mehr pulvertrocken.

»Was hast du hier draußen gemacht, Ernie, ganz allein und ohne Wasser?«

Jetzt erst erkannte Ernie seinen Retter. Die Ironie der Situation entging ihm nicht: Nicht er hatte Stuart, sondern dieser hatte ihn gefunden.

»Ich bin auf *walkabout*«, log Ernie. »Normalerweise kann ich überall in der Wüste Wasser finden, aber dann zog der Sandsturm auf.« Schaudernd erinnerte er sich an die Stimmen seiner Ahnen, die zu ihm gesprochen hatten. Was hatte das zu bedeuten?

»Hab ich dich nicht schon mal in Marree gesehen?« Stuart musterte Ernie. Er war sicher, den Mann dort schon gesehen zu haben.

»Ich gehe häufig auf *walkabout*«, antwortete Ernie ausweichend.

»Hier draußen gibt's doch nichts. Wohin wolltest du denn?«

»Zu einer heiligen Stätte, wo meine Leute ein *corroborree* abhalten ... aber dann hab ich im Sandsturm die Orientierung verloren. Viele Stammesangehörige sind unterwegs, um an der Zeremonie teilzunehmen.« Ernie war nicht ganz wohl in seiner Haut, weil er seinen Lebensretter belog. Aber mehr noch fürchtete er Wallys Zorn, wenn dieser erfuhr, dass er ihn hintergangen hatte.

Stuart betrachtete Ernie nachdenklich. Wie hatte er auch nur eine Sekunde lang erwägen können, diesen Mann seinem Schicksal zu überlassen? Was war bloß in ihn gefahren? Er warf einen flüchtigen Blick zum Eingang seines Stollens. Das verdammte Gold! Die Gier nach Gold hatte ihn verändert, so wie viele andere Männer, die er kannte. Er schämte sich entsetzlich. »Du fragst dich bestimmt, was *ich* hier draußen tue, nicht wahr?«

Ernie antwortete nicht, starrte ihn nur ausdruckslos an. Stuart schien ein netter Kerl zu sein. Nicht so wie Wally. Wally dachte immer nur an sich, war immer nur auf seinen eigenen Vorteil aus.

»Ich habe Gold gesucht«, gestand Stuart freimütig. Plötzlich war es ihm egal, dass Ernie Bescheid wusste. Dass er diesen Mann sterben lassen wollte, um seine Schürfstelle geheim zu halten, war für Stuart der beste Beweis dafür, wie sehr das Gold seinen Charakter zu verderben drohte. Das durfte er nicht zulassen.

»Wie bist du denn hierhergekommen?«, fragte Ernie, weil er nirgends die Kamele sehen konnte.

»Ich hatte zwei Kamele dabei, aber sie haben sich im Sturm losgerissen und sind davongerannt.«

»Es ist ein langer Weg nach Marree«, sagte Ernie.

»Ich weiß.« Stuart blickte hinaus in die flimmernde Wüste. Auf sich allein gestellt würde er es niemals schaffen. »In dieser Unendlichkeit merkt man erst, wie klein und unbedeutend man ist.«

Ernie nickte. Er wusste, was der Weiße damit sagen wollte.

»Die Wüste kann dir den Tod bringen.« Wieder dachte Ernie an die unheimlichen Stimmen der Geister seiner Ahnen, und ihm rieselte trotz der Hitze ein kalter Schauer über den Rücken. Es war ein Wunder, dass der Weiße ihn gefunden hatte. »Ich verdanke dir mein Leben«, sagte er ernst.

»Du brauchst mir nicht zu danken. Ich schätze, jetzt bin ich auf *deine* Hilfe angewiesen, wenn ich in die Stadt zurückwill.« Wieder ließ Stuart den Blick über die Wüste schweifen. »Wir sind aufeinander angewiesen. Ich habe dir geholfen – jetzt hoffe ich, dass du mir hilfst.« Auf einmal sah er manches mit anderen Augen. »Was mache ich eigentlich hier draußen?«, sagte er mehr zu sich selbst als zu Ernie. »Wozu brauche ich das Gold? Im Grunde habe ich doch alles.«

Ernie nickte. »Das Gold ist nichts. Meine Leute wissen, wo es viel Gold und viele Opale gibt«, sagte er. »Aber wir lassen diese Schätze in der Erde ruhen. Die Weißen gieren danach, doch meine Leute sind mit den einfachen Dingen des Lebens zufrieden – Essen, Wasser, ein geschützter Platz bei schlechtem Wetter. Ist es schön, schlafen wir am liebsten unter freiem Himmel.« Dass er gelegentlich auch eine Flasche Schnaps nicht verschmähte, fügte er aus Scham nicht hinzu.

Stuart nickte. Essen, ein Dach über dem Kopf und ein paar Pfund in der Tasche – was brauchte man mehr zum Leben? »Was ist Glück für dich, Ernie?«

Der Aborigine blickte zum strahlend blauen, endlosen Himmel hinauf. »Wenn ich morgens die Sonne aufgehen sehe und meine Familie um mich habe«, sagte er und fragte sich mit einem Mal, wieso er diesen Weißen, den er nicht kannte und der ihm nichts getan hatte, im Auftrag eines Verbrechers wie Wally Jackson in der Wüste verfolgte. Wally würde es einen Dreck interessieren, wenn er hier draußen umkäme. Hatten die Geister seiner Ahnen versucht, ihn wachzurütteln?

»Und was bedeutet Glück für dich?«, fragte Ernie.

»Gute Freunde und ein kaltes Bier«, antwortete Stuart.

»Hast du keine Familie?«

Ein wehmütiger Ausdruck trat in Stuarts Augen, als er an Catherine und ihr kurzes gemeinsames Glück in Kalgoorlie dachte, im australischen Westen. »Nicht hier in Australien. Ich habe Geschwister in England und Amerika. Und mein jüngster Bruder lebt noch bei unseren Eltern in Wales.« Er selbst war fünf Jahre zuvor nach Australien ausgewandert. Damals war er neunundzwanzig gewesen.

»Wo liegt dieses Wales?«, fragte Ernie.

»Im Vereinigten Königreich.«

»Oh! Dann ist es ein mächtiges Land, ja?«

Stuart musste unwillkürlich lächeln über Ernies Naivität. Seine Welt war überschaubar und unkompliziert. Einmal mehr beneidete er die Aborigines darum.

»Ich habe eine Frau und fünf Kinder«, sagte Ernie und senkte den Kopf. »Ich habe sie lange nicht gesehen.« Weil ich zu sehr mit mir selbst beschäftigt war und damit, mir Schnaps zu besorgen, damit ich mich betrinken konnte, fügte er stumm hinzu.

Wieder dachte Stuart daran, wie er mit dem Gedanken gespielt hatte, Ernie in der Wüste liegen zu lassen. Dabei hatte dieser Mann eine Familie, die auf ihn angewiesen war. Eine Welle der Selbstverachtung und des Ekels vor sich selbst durchflutete Stuart.

Er konnte nicht ahnen, dass es Ernie ganz ähnlich erging.

14

Am Spätnachmittag des darauf folgenden Tags erreichte Stuart Thompson die ersten Häuser von Marree. Er und Ernie hatten sich etwa eine Meile vor der Stadt getrennt. Ernie wollte erst nach Lyndhurst und von dort weiter nach Arkaroola, das achtzig Meilen östlich lag und wo seine Familie lebte. Stuart war wegen der großen Entfernung, die Ernie allein zurücklegen musste, besorgt gewesen, doch der Aborigine hatte nur gelacht. Auf dem *walkabout*, den rituellen Wanderungen der Ureinwohner, überwand er etliche hundert Meilen zu Fuß.

Ernie und seine Familie gehörten zum Clan der Adnyamathanha, der in der Flinderskette beheimatet war. Sie führten ein idyllisches Leben und ernährten sich von der Jagd und dem Fischfang im Lake Frome. Auf Stuarts Frage, was ihn nach Marree verschlagen habe, hatte Ernie ausweichend geantwortet. Inzwischen war es ihm selbst ein Rätsel, wieso er das gute Leben, das er geführt hatte, freiwillig aufgegeben hatte. Zwar waren die rituellen Wanderungen Teil seiner Kultur, doch er war viel länger fortgeblieben, als gut für ihn gewesen war. Er wusste jetzt auch, es war ein Fehler gewesen, sich mit den Weißen einzulassen, die ihn zum Trinken überredet hatten.

Ernie und Stuart hatten am Lagerfeuer gesessen, hatten geredet und unter dem Sternenhimmel geschlafen. Ernie war zu dem Schluss gelangt, dass sein Erlebnis in der Wüste eine Warnung seiner Ahnen gewesen war, sein Leben von Grund auf zu ändern.

Stuart suchte zuerst Goolim auf, um ihm Schadenersatz für die Kamele anzubieten. Er konnte nicht wissen, dass die Tiere um die Mittagszeit zurückgekommen waren und dass der Kameltreiber sich nun die größten Sorgen um ihn machte. Goolim war ratlos. Erstens wusste er nicht, wo genau Stuart sich aufhielt, und zweitens hatte dieser ihn zu strengem Stillschweigen verpflichtet. Als Goolim schließlich beschloss, sich auf die Suche nach dem Weißen zu machen, stand dieser plötzlich vor seiner Tür. Goolim war unsagbar erleichtert, aber auch verwundert, dass Stuart den langen Fußmarsch offenbar unbeschadet überstanden hatte.

»Sie leben!«, rief er aus, faltete die Hände und blickte gen Himmel, als schickte er zum Dank ein Stoßgebet hinauf.

»Ja, aber Ihre Kamele …«

»Die sind draußen auf der Koppel.«

Jetzt war es Stuart, dem ein Stein vom Herzen fiel.

»Was ist denn passiert?«, fragte Goolim. »Als Hannibal und Lileth ohne Sie zurückkamen, wusste ich nicht, was ich davon halten sollte.«

»Vorgestern Abend kam ein Sandsturm auf, und da sind die Tiere weggerannt«, berichtete Stuart. »Offenbar hatte ich sie nicht richtig festgebunden. Ich habe gehofft, sie würden zurückkommen, aber sie waren wie vom Erdboden verschluckt …«

»Kamele kehren meistens nach Hause und zu ihrer Herde zurück.« Was ein Glück für Goolim war, denn die Tiere waren kostbar. »Wo haben Sie denn Ihre Ausrüstung?«

»Die hab ich in der Wüste zurückgelassen«, antwortete Stuart matt. In Wirklichkeit hatten er und Ernie alles in den Stollen geschafft und dann den Eingang zum Einsturz gebracht. Es war unwahrscheinlich, dass jemand sich in jenen entlegenen Winkel verirrte und den Schacht entdeckte, und Stuart war froh darüber. Nicht nur andere – auch ihn selbst hatte die Gier nach Gold verändert, das war ihm klar geworden.

Goolim fiel auf, wie viel gelassener Stuart geworden war. Die fiebrige Erregung bei seinem Aufbruch zwei Tage zuvor war von ihm abgefallen. Goolim führte es auf die Erschöpfung zurück. »Soll ich Ihre Sachen holen?«, fragte er.

»Nein, Goolim. Ich werde nie wieder zu der Schürfstelle zurückkehren. Meine Ausrüstung brauche ich nicht mehr.« Damit drehte er sich um und marschierte auf das Hotel zu. Goolim blickte ihm verwirrt nach.

An diesem Samstagnachmittag hielten sich die üblichen Gäste im Hotel auf: Wally, Les, Ted, Barry Bonzarelli und Fred Powell, der Besitzer des General Store. Lily, Missy und Rita saßen auf der Veranda und warteten darauf, dass die Männer ihnen einen Drink spendierten. Terry Higgins war ebenfalls da, allerdings nicht dienstlich. Dennoch achteten die Frauen darauf, dass sie sich nichts zu Schulden kommen ließen. Sie wussten, Terry würde sie ohne zu zögern für eine Nacht einbuchten, wenn sie sich sinnlos betranken oder die öffentliche Ordnung störten. Er hatte Rita mehr als einmal mit gezogener Waffe festgenommen. Wenn sie betrunken war und randalierte, ging es gar nicht anders.

Arabella hatte versprochen, die Gäste nach dem Essen mit ihrem Klavierspiel zu unterhalten, doch jetzt saß sie mit Jonathan im Salon und schaute sich die Fotografien an, die er gerade entwickelt hatte. Sie war dabei gewesen, als er an diesem Morgen einige Aborigine-Kinder in der Stadt fotografiert hatte, und war deshalb besonders gespannt auf das Ergebnis. Wie sie erstaunt festgestellt hatte, war Jonathan ganz unbefangen mit den Kindern umgegangen, hatte sie angespornt und zum Lächeln gebracht. Auf seinen Bildern hatte er jedoch weit mehr eingefangen als nur oberflächliche Posen: Sie spiegelten die Unschuld der Kinder wider, ihre Verschmitztheit, ihre Neugier und ihre Offenheit. Er hatte sogar daran gedacht, ihnen eine Kleinigkeit mitzubringen, Spielsachen aus Mohomet Basheers Laden und Süßigkeiten aus Fred Powells General Store. Seine Großzügigkeit und sein Zartgefühl erstaunten Arabella immer wieder. Es weckte in ihr den Wunsch, ihm nachzueifern, ein besserer Mensch zu werden. Sie hatte erkannt, was für ein verwöhntes kleines Biest sie gewesen war, und sie schämte sich für ihr Benehmen ihren Eltern gegenüber. Sie wollte es gern wiedergutmachen und konnte es kaum erwarten, ihre Mutter und ihren Vater wiederzusehen. Seit über zwei Wochen hatten sie nichts voneinander gehört, und sie fehlten Arabella mit jedem Tag mehr.

Als Stuart das Hotel betrat, sah er Arabella und Jonathan im Salon sitzen. Er winkte Tony zu, der hinter der Theke stand, und ging ohne stehen zu bleiben in den Salon. Weder bemerkte er die Bestürzung, die sich auf Wallys Gesicht abzeichnete, noch die Blicke, die Wally mit Les und Ted wechselte. Les und Ted waren insgeheim erleichtert, als sie Stuart erblickten. Sie hatten sich von Wallys Geldgier anstecken lassen, dann aber eingesehen, dass sie in Marree ohnehin nichts ausgeben konnten, ohne sich verdächtig zu machen, und für ein Leben in der Großstadt waren sie nicht geschaffen. Sie trauten Wally ohne Weiteres zu, dass er Stuart verletzt oder gar getötet hätte, um an dessen Gold zu kommen, sobald er von Ernie erfahren hätte, wo sich die Mine befand. Doch Ernie war noch nicht zurück, und Stuart war wohlauf. Les und Ted konnten sich entspannen und ihr Bier genießen.

»Stuart!«, rief Jonathan überrascht. »Wieso sind Sie schon wieder da?«

Auch Arabella blickte erstaunt.

»Das würde ich allerdings auch gern wissen«, meinte Tony, der Stuart in den Salon gefolgt war. »Wir haben Sie nicht so schnell zurückerwartet.«

»Ich hab's mir anders überlegt«, sagte Stuart und nahm neben Jonathan Platz.

»Und woher kommt dieser plötzliche Sinneswandel?«, fragte Tony. »Sie waren doch ganz versessen darauf, Gold zu finden.«

Inzwischen waren auch die übrigen Gäste herbeigekommen und drängten sich neugierig in der Tür.

Stuart zuckte die Achseln. »Tja, das Gold interessiert mich nicht mehr. Das ist alles.«

Tony und seine Gäste wechselten verwunderte Blicke.

»Ich dachte immer, Geld würde mich glücklich machen, aber das war ein Irrtum«, fügte Stuart leise hinzu. »Es gibt Dinge, die man mit Geld nicht kaufen kann. Gute Freunde oder Gesundheit, zum Beispiel.« Stuart hätte das reichste Vorkommen der Welt entdecken können – hätte er Ernie nicht gefunden, und hätte er ihn nicht in die Stadt zurückgebracht, wären sie beide in der Wüste ums Leben gekommen. Was hätte ihm das ganze Gold dann noch genützt? »Sobald der Zug wieder fährt, werde ich die Stadt verlassen.«

Tony und die anderen kamen aus dem Staunen nicht heraus. Irgendetwas musste dort draußen passiert sein. Jeder machte sich seine eigenen Gedanken. Die meisten vermuteten, dass Stuart gar kein Gold gefunden hatte und es nur nicht zugeben wollte.

»Sind Sie auch in den Sandsturm geraten?«, fragte Maggie.

Stuart nickte. »Ja. Die beiden Kamele, die ich von Goolim geliehen hatte, haben sich im Sturm losgerissen und sind weggelaufen. Zum Glück haben sie von allein zu ihm zurückgefunden.«

Terry Higgins, der hinter Tony stand, fragte: »Dann sind Sie den ganzen Weg zu Fuß zurückgekommen? Wie weit mussten Sie denn laufen?«

»Ungefähr zwanzig Meilen.«

»Sie scheinen mir in guter Verfassung für einen Mann, der in dieser Hitze eine so weite Strecke zurückgelegt hat«, bemerkte Terry. Stuarts Arme waren sonnenverbrannt, seine Kleidung staubbedeckt, und er war sichtlich erschöpft. Terry bezweifelte nicht, dass dieser Mann in der Wüste gewesen war, doch seine Geschichte kam ihm seltsam vor.

»Ein kaltes Bier wäre jetzt nicht schlecht, Tony«, sagte Stuart.

Tony sah Maggie an, und diese ging, um das Bier zu holen.

Wally, der Stuarts Bericht aufmerksam gefolgt war, konnte sich ebenfalls keinen Reim auf die ganze Geschichte machen.

»Sie müssen eine Menge Wasser dabeigehabt haben«, fuhr Terry misstrauisch fort. Ein Weißer, der in der glühenden Hitze zwanzig Meilen durch die Wüste marschiert war, würde normalerweise auf allen vieren in die Stadt kriechen und könnte von Glück sagen, wenn er selbst dazu noch in der Lage war.

»Ich bin mit Ernie Mandawauy zurückgekommen«, sagte Stuart. »Er weiß, wo Wasser zu finden ist.«

Jetzt war Terry alles klar. Wally jedoch hätte fast einen Herzanfall bekommen, als er diese Worte hörte. Was hatte das zu bedeuten? Ernie hatte Stuart verfolgen und nicht als Führer durch die Große Victoriawüste dienen sollen!

Wally gab Les und Ted unauffällig ein Zeichen, und die drei kehrten in die Bar zurück.

»Habt ihr das gehört?«, zischte Wally. »Er ist mit Ernie zurückgekommen. Was für Spielchen treibt dieser schwarze Halunke mit uns?«

»Keine Ahnung«, murmelte Les mit einem flüchtigen Seitenblick auf Ted.

»Ich werd's schon rausfinden, verlasst euch drauf.« Wütend stapfte Wally aus der Bar.

Als er kurze Zeit später zurückkam, schäumte er vor Wut. »Stuart Thompson lügt! Ernie ist gar nicht in der Stadt, keiner hat ihn gesehen.«

»Als du weg warst, hat Thompson den anderen erzählt, Ernie wäre zu seinem Clan zurückgekehrt«, raunte Ted ihm zu.

»Zu seinem Clan?« Wally riss verblüfft die Augen auf.

»Pssst!«, machte Ted. »Nicht so laut! Ja, er muss irgendwo in der Flinderskette zu Hause sein.«

»Ihr wisst, was das bedeutet«, knurrte Wally.

Les traute sich kaum zu fragen. »Nein, was denn?«

»Ernie muss herausgefunden haben, wo sich die Schürfstelle befindet. Dann hat er Thompson hierhergebracht und ist wieder verschwunden, damit er allein in die Wüste zurückkehren und sich das ganze Gold unter den Nagel reißen kann.«

Ted schüttelte den Kopf. »Das glaube ich nicht. Thompson hat erzählt, Ernie wäre in dem Sandsturm fast umgekommen. Er hat ihn gefunden und in sein Lager gebracht.«

Wallys Augen wurden schmal. »Glaubt ihr das etwa?«

»Warum sollte Thompson lügen?«, wandte Les ein.

»Erst macht er ein Mordsgeheimnis um seine Schürfstelle, und dann führt er Ernie hin? Das ergibt doch keinen Sinn. Ich muss gestehen, Ernie ist cleverer, als ich geglaubt hatte.«

Ted sah ihn an. »Was denkst du?«

»Ich glaube, Ernie hat Thompson aufgespürt und dann den Halbtoten gespielt, um ihn zu täuschen. Irgendwie muss er Thompson überredet haben, nicht nach dem Gold zu graben.« Wally schüttelte verwundert den Kopf. »Dieser schwarze Bursche hat es faustdick hinter den Ohren. Das hätte ich ihm gar nicht zugetraut. Wir müssen ihn unbedingt finden«, fügte er grimmig hinzu.

»Ich werde auf keinen Fall in die Wüste gehen«, sagte Les.

»Ich auch nicht«, meinte Ted.

»Ihr Schlappschwänze«, knurrte Wally verächtlich. »Dann geh ich eben allein.« Wütend stürmte er aus der Bar.

Terry Higgins hatte die Szene vom anderen Ende der Bar aus aufmerksam verfolgt. Er kannte Wally und wusste, dass er stets auf der Suche nach schnell verdientem Geld war. Er fragte sich, was Wally so in Rage gebracht haben mochte.

Draußen winkte Wally Lily heran und bedeutete ihr, ihm zur Rückseite des Hotels zu folgen. Sie dachte natürlich, dass er Sex mit ihr haben wollte, und so blickte sie Rita und Missy an und verdrehte genervt die Augen. Wally behandelte die Frauen voller Verachtung. Aber was sollte Lily machen? Sie brauchte das Geld.

Hinter dem Hotel, als sie außer Sichtweite der anderen waren, wandte Wally sich zu ihr um. »Wer ist der beste Fährtenleser in der Stadt?, fragte er.«

»Ernie Mandawauy«, antwortete Lily verwundert.

»Und außer Ernie?«

»Hm … Jimmy Wanganeen, würde ich sagen.«

»Ist er nicht schon zu alt?«

»Jimmy weiß, was er tut. Er ist ein verdammt guter Fährtenleser.«

»Wo kann ich ihn finden?«

»Willst du mich denn nicht …« Lily hob ihr schmutziges Hemd hoch, zeigte ihre dünnen Beine und ließ ihn sehen, dass sie keine Unterwäsche trug.

»Du liebe Güte, nein!« Wally wandte sich ab. So betrunken war er nun wirklich nicht.

Lily war beleidigt. »Was soll ich dann hier mit dir?«

»Pssst!«, machte Wally, der fürchtete, Rita könnte auf sie aufmerksam werden. »Ich will nur eine Information. Also – wo finde ich Jimmy Wanganeen?«

In diesem Moment bog Rita um die Ecke. Wally presste ärgerlich die Lippen zusammen.

»Was hast du mit ihr gemacht?«, fauchte Rita.

»Gar nichts«, murrte Wally. »Ich will nur was erfahren.«

»Und was?« Rita starrte ihn misstrauisch an, ballte die Fäuste und trat drohend einen Schritt auf ihn zu.

»Ich bezahle dafür. Hier, siehst du?« Wally kramte ein paar Münzen aus der Hosentasche.

»Was willst du wissen?«, knurrte Rita.

»Wo finde ich Jimmy Wanganeen?«

»Was willst du von ihm?«

»Er sucht 'nen Fährtenleser«, sagte Lily.

Wally hätte sie erwürgen können. Bald würde die ganze Stadt

wissen, was er vorhatte. »Kannst du nicht den Mund halten?«, zischte er. »Ich will nicht, dass jemand davon erfährt.«

Ein Lächeln legte sich auf Ritas Lippen. Wally erkannte, dass er einen Fehler gemacht hatte. Jetzt würde er sich Ritas Schweigen erkaufen müssen. Widerstrebend zog er zwei Pfundnoten aus seiner Hosentasche.

Später an diesem Abend, als die Bar geschlossen hatte, traf Jonathan auf dem Weg zur Außentoilette zufällig Stuart, der von einem Spaziergang zurückkam.

»Ich hätte nicht gedacht, dass jemand, der so weit gelaufen ist, noch Lust auf einen Spaziergang hat«, meinte er.

»Ich musste über verschiedene Dinge nachdenken, und hier draußen ist es kühler«, erwiderte Stuart.

»Bedrückt Sie etwas?«

»Wie kommen Sie darauf?«

»Ich hoffe, Sie nehmen mir die Bemerkung nicht übel, Stuart, aber ich erkenne den Mann, der vor drei Tagen hier aufgebrochen ist, fast nicht wieder.«

Stuart nickte. »Sie ahnen nicht, wie Recht Sie haben.«

Die beiden Männer konnten nicht wissen, dass Wally sich hinter der Außentoilette versteckte. Er hatte Jimmy Wanganeen gefunden, doch Jimmys Frau, eine dürre Vogelscheuche, hatte Wally abgewimmelt: Jimmy sei krank, er könne nicht arbeiten. Wally – überzeugt, dass der Fährtenleser lediglich sturzbetrunken war – hatte geschäumt vor Wut. Zornig war er zum Hotel zurückgekehrt, um sich selbst volllaufen zu lassen, doch die Bar war bereits geschlossen, was ihn nur noch mehr in Wut versetzte. Dann hatte er Stuart gesehen und ihm aufgelauert. Dummerweise war Augenblicke später Jonathan aus dem Hotel gekommen.

»Da draußen in der Wüste ist etwas passiert, auf das ich nicht gerade stolz bin«, fuhr Stuart fort. »Aber ich möchte nicht darüber sprechen.«

»Es ist keine Schande, wenn sich herausgestellt hat, dass Ihre vermeintliche Goldader gar keine war«, meinte Jonathan.

Stuart schüttelte den Kopf. »Das ist es nicht. Gold ist da, in rauen Mengen sogar. Aber dann … dann ist etwas geschehen, und mir wurde klar, dass ich das Gold weder wollte noch brauchte. Niemand hier würde das verstehen. Außer Ihnen vielleicht, Jonathan.«

Jonathan verstand es tatsächlich. »Geld allein macht nicht glücklich, sagt man, und so ist es auch. Aber manche begreifen das nie. Sie rennen ihr Leben lang dem Geld hinterher.«

Wally grinste zynisch. *Ihn* würde es glücklich machen. Die Frage war nur, wie kam er an das Gold heran? Plötzlich hatte er eine Idee. Doch er nahm sich vor, erst noch eine Nacht darüber zu schlafen. Sein Plan durfte auf keinen Fall misslingen. Eines allerdings wusste er jetzt schon: Les und Ted würde er dieses Mal nicht einweihen. Er würde gut ohne diese beiden Waschlappen zurechtkommen.

»Paddy wird mich morgen früh zu einer Hügelkette im Westen begleiten«, sagte Jonathan zu Arabella, als sie später gemeinsam nach oben gingen. »Ganz in der Nähe findet ein *corroborree* statt, und ich würde gern ein paar Fotos machen. Das heißt, sofern der *kadaicha*, der Medizinmann, es erlaubt. Es handelt sich nämlich um eine heilige Zeremonie.«

»Das klingt aufregend!«, sagte Arabella begeistert.

»Hätten Sie Lust, mich zu begleiten?«

»O ja, sehr gern!« Sie strahlte. Dann aber fiel ihr plötzlich ein: »Was ist mit Uri? Paddy bringt ihm doch immer seine Milch. Wenn er mitkommt, bekommt Uri seine Mahlzeit nicht.«

»Vielleicht kann sich ein anderer Kameltreiber so lange um ihn kümmern.«

Arabella nickte. »Ob ich wieder Stuarts Pferd reiten kann?«, fragte sie.

»Ich weiß nicht. Stuart sagte, dass ein Hufeisen kaputt ist. Tony will versuchen, das Eisen zu reparieren, aber das kann dauern.«

»Mir kam es gleich so vor, als ob Bess lahmte«, sagte Arabella nachdenklich. Dann riss sie bestürzt die Augen auf. »Heißt das, ich muss auf einem Kamel reiten?«

Jonathan unterdrückte ein Lächeln. »Das ist überhaupt nicht schlimm, Sie werden sehen. Wenn Sie erst mal oben sitzen, werden Sie gar nicht mehr verstehen, warum Sie sich davor gefürchtet haben.«

Arabella hoffte, dass er Recht behalten würde. Sie würde ihn zu gern begleiten. Sie war nämlich ein bisschen enttäuscht, weil Stuart nicht gewillt schien, ihre kleine Romanze fortzusetzen. Abgesehen von einem knappen »Gute Nacht« hatte er kein Wort mit ihr gewechselt. Vielleicht musste er sich ja erst von den Strapazen der letzten Tage erholen. Wie dem auch war – der Ausflug würde sie bestimmt auf andere Gedanken bringen.

»Aufwachen!«, befahl Wally und richtete seine Waffe auf Goolim. Im Outback schloss niemand seine Haustür zu, und so war Wally einfach in Goolims Haus spaziert. Es war kurz vor vier Uhr morgens. »Los, hoch mit dir!«

Goolim öffnete langsam die Augen. Als er Wally im schwachen Mondlicht erkannte, das durchs offene Fenster fiel, fuhr er erschrocken hoch. »Was … was haben Sie hier zu suchen? Was wollen Sie?«

»Du wirst mich zu Thompsons Schürfstelle führen, und zwar jetzt gleich«, zischte Wally.

»Aber … aber ich weiß doch gar nicht, wo sie ist …«, stammelte Goolim. Das Weiße seiner schreckgeweiteten Augen leuchtete in der Dunkelheit.

»Willst du mich für dumm verkaufen? Natürlich weißt du es!«

»Ich sage die Wahrheit, ich schwör's!«, wimmerte Goolim. »Er hat mich nie dorthin mitgenommen.«

Wally glaubte ihm kein Wort. »Aufstehen! Los, mach schon!«, befahl er wütend.

Goolim, der um sein Leben fürchtete, schlug die Decke zurück. »Was haben Sie vor?«

»Entweder du bringst mich zur Schürfstelle, oder ich knall dich ab«, sagte Wally kaltblütig. »Du kannst es dir aussuchen.«

Goolim wusste, er hatte keine Wahl. Er zweifelte keine Sekunde daran, dass Wally seine Drohung wahr machen würde. »Ich weiß nur ungefähr, wo sie liegt«, beteuerte er. »Die genaue Lage kenne ich nicht. Aber von dort aus müssten Sie die Stelle finden können.«

Wally holte aus und zog ihm den Griff seines Revolvers über den Schädel. »Beeil dich gefälligst!«, knurrte er.

Blut rann Goolim am Haaransatz entlang und tropfte ihm auf die Schulter. Er wusste, er steckte in großen Schwierigkeiten.

Arabella hatte sich stundenlang schlaflos im Bett gewälzt. Obwohl sie sich auf den Ausflug mit Jonathan freute, graute ihr vor dem Ritt auf einem Kamel. Es war Mitternacht geworden, dann ein Uhr, zwei Uhr, drei Uhr – und sie lag immer noch wach. Um vier Uhr schließlich stand sie auf und zog sich an. Nachdem sie sich in der Küche eine Tasse Tee aufgebrüht hatte, beschloss sie, in die Ghan-Siedlung zu spazieren. Vielleicht würde sie ihre Furcht überwinden, wenn sie die Nähe der Kamele suchte und sich davon überzeugte, wie harmlos die Tiere waren. Aber das wollte sie lieber allein tun, nicht unter den kritischen Blicken von Paddy und Jonathan.

Goolims Kamele standen auf der größten Koppel, dummerweise ganz hinten und weit von der Umzäunung entfernt, wie Arabella enttäuscht feststellte. Sie musste näher an die Tiere heran, wenn sie sich ihrer Angst wirklich stellen wollte. Viele Male hatte sie beobachtet, wie die Kameltreiber sich zwischen den Tieren bewegten, wobei diese sie praktisch ignorierten. Aggressiv waren lediglich die Hengste in der Brunst, doch diese waren auf einer anderen Koppel untergebracht.

Kurz entschlossen kletterte Arabella über die Umzäunung und ging langsam zwischen den Kamelen umher. Die meisten nahmen gar keine Notiz von ihr; nur ein oder zwei beäugten sie neugierig. »Siehst du«, sagte sie leise zu sich selbst, »kein Grund zur Panik. So Angst einflößend sind sie gar nicht.« Mit jeder Minute wurde sie mutiger. Sie streichelte sogar die eine oder andere Stute. Einige Tiere gaben seltsame Laute von sich, doch Arabella merkte schnell, dass es nichts zu bedeuten hatte.

Gemächlich schlenderte sie weiter. Plötzlich trat ihr jemand in den Weg, und sie schnappte erschrocken nach Luft. Dann fiel ihr ein, dass Paddy seine Tiere manchmal nachts bewachte. Vielleicht tat Goolim das ja auch.

»Goolim? Sind Sie das?« Angestrengt starrte sie in die Dunkelheit. »Sie haben mich ganz schön erschreckt.«

Goolim antwortete nicht. Sein Schweigen dehnte sich, und Arabella beschlich das ungute Gefühl, dass etwas nicht in Ordnung war. Als sie gerade fragen wollte, was er denn habe, spürte sie, wie sich ihr etwas in den Rücken bohrte, und eine dumpfe Stimme knurrte dicht an ihrem Ohr:

»Was haben Sie mitten in der Nacht hier draußen verloren?«

Maggie suchte das ganze Haus nach Arabella ab. Es war noch früh am Morgen, aber sie hatte zeitig mit Jonathan aufbrechen wollen. Maggie hatte Arabella etwas zu essen eingepackt, damit sie für ihren Ausflug mit Paddy und Jonathan gerüstet war. Letzteren traf sie im Flur.

»Haben Sie Arabella gesehen?«, fragte Maggie.

»Nein, ich suche sie auch«, antwortete Jonathan. »Wo kann sie stecken?«

»In ihrem Zimmer vielleicht?«

»Nein, da hab ich schon nachgesehen. Draußen oder bei Uri im Stall ist sie auch nicht. Auch nicht in der Ghan-Siedlung.«

Maggie zog die Stirn in Falten. »Merkwürdig. Sie kann sich nicht in Luft aufgelöst haben.«

»Sie hat doch gewusst, dass wir heute in aller Frühe aufbrechen wollten. Sie war schon ganz aufgeregt.« Jonathan machte ein besorgtes Gesicht.

»Ich frag Tony. Vielleicht hat er sie gesehen.«

Maggie ging in die Bar, wo Tony über den Büchern saß. Jonathan folgte ihr.

»Hast du Arabella heute Morgen schon gesehen?«, fragte Maggie.

Tony blickte kurz auf. »Nein. Vielleicht ist sie im Stall.«

»Da haben wir schon nachgeschaut. Sie wollte Jonathan doch auf diesen Ausflug begleiten.«

»Ach ja, richtig.« Tony wandte sich an Jonathan. »Heute früh sollte es losgehen, nicht wahr?«

»Ja, eigentlich sollten wir längst weg sein. Paddy hat die Kamele schon gesattelt. Aber Arabella ist wie vom Erdboden verschluckt.«

»Sie wird bestimmt gleich wieder auftauchen«, meinte Tony.

»Hoffentlich«, erwiderte Jonathan. »Ich lauf schnell mal rüber zum General Store und zu Basheers Laden.«

Eine Stunde später war Arabella immer noch nicht aufzufinden, und Jonathan machte sich ernsthaft Sorgen. Nach langem Zögern hatte er sogar bei Stuart angeklopft, doch auch der hatte Arabella nicht gesehen. Auf der einen Seite war Jonathan erleichtert, andererseits war er besorgter als zuvor. Schließlich beschloss er, Terry Higgins aufzusuchen.

»Miss Fitzherbert wird vermisst, Constable.«

Terry blickte verwundert auf. »Was heißt vermisst?«

»Wir suchen sie schon den ganzen Morgen. Gestern Abend sind wir zusammen auf unsere Zimmer gegangen, da habe ich sie das letzte Mal gesehen. Ich habe schon alles abgesucht, die ganze Stadt, aber sie ist spurlos verschwunden.«

»Beruhigen Sie sich«, meinte Terry. »Ich kann mir nicht vorstellen, dass sie die Stadt allein verlassen hat. Mal sehen, ob sonst noch jemand vermisst wird.«

Die beiden Männer fingen beim Hotel an und suchten von dort aus die ganze Stadt systematisch ab. Sie fanden heraus, dass außer Arabella nur Wally Jackson und Goolim sowie drei seiner Kamele fehlten.

Im Hotel fasste Terry für Maggie, Tony und Stuart noch einmal zusammen, was er und Jonathan herausgefunden hatten. »Niemand hat Goolim gesehen, und von Wally fehlt ebenfalls jede Spur. Ob von den Aborigines einer fehlt, ist schwer zu sagen, da sie ja ständig kommen und gehen. Aber ich glaube, die können wir außer Acht lassen. Falls Miss Fitzherbert die Stadt verlassen hat, dann höchstwahrscheinlich in Begleitung von Wally oder Goolim.«

»Das verstehe ich nicht«, sagte Jonathan verwirrt. »Was hat sie mit Wally zu schaffen oder mit Goolim?«

»Wenn wir das wüssten, wären wir einen Schritt weiter«, meinte Terry. »Ich denke, ich sollte mich mal mit Les Mitchell und Ted Wallace unterhalten.«

»Was haben die damit zu tun?«, fragte Jonathan.

»Ich habe Wally gestern in der Bar nach Mr Thompsons Rückkehr beobachtet. Er hat sich über irgendetwas schrecklich aufgeregt, und es kam zu einem heftigen Wortwechsel zwischen ihm, Les und Ted. Vielleicht können die beiden Licht in die Angelegenheit bringen.«

»Ich komme mit«, sagte Jonathan sofort.

In diesem Moment betraten Barry Bonzarelli, Les und Ted die Bar. Die drei grinsten vor Vorfreude auf ihren ersten Drink. Dann erblickten sie Terry Higgins, der sie finster musterte, und ihr Grinsen erlosch.

»Wir suchen Jacko«, sagte Terry. »Ihr wisst nicht zufällig, wo wir ihn finden können?«

Les und Ted wechselten einen nervösen Blick. »Keine Ahnung«, erwiderte Ted achselzuckend. »Wir dachten, er wäre hier.«

Die beiden fühlten sich unbehaglich, das war nicht zu übersehen. Terry war sicher, dass sie mehr wussten, als sie zugaben. »Drei Personen werden vermisst – Arabella Fitzherbert, Goolim und Wally.«

Wieder warfen Les und Ted sich einen verstohlenen Blick zu. Das schlechte Gewissen war ihnen anzusehen. Sie konnten sich zusammenreimen, dass Wally Goolim gezwungen hatte, ihn in die Wüste zu führen, damit er Ernie zu fassen bekam, aber sie hatten keine Ahnung, wie Arabella ins Bild passte. Wally war unberechenbar, und das machte ihnen Sorgen.

»Es wäre besser, wenn ihr mir erzählt, was ihr wisst«, sagte Terry kalt. »Ich weiß, dass Wally gestern nach Mr Thompsons Rückkehr sehr wütend war. Er hat auf euch eingeredet, also müsst ihr wissen, worum es geht. Nun?«

Ted fuhr sich nervös mit der Zungenspitze über die Lippen, und Les trat unruhig von einem Fuß auf den anderen. »Er … er hat gehört, wie Stuart Thompson sagte, Ernie Mandawauy hätte die Stadt verlassen«, murmelte Les. »Ernie hat ihm Geld geschuldet. Das ist alles. Ist es nicht so, Ted?«

»Ja, genauso war's«, pflichtete Ted, der blass geworden war, ihm eifrig bei.

Terry sah die beiden scharf an. »Wally ist schon aus der Bar gestürmt, *bevor* Stuart Thompson sagte, dass Ernie die Stadt verlassen hat.«

Les lief rot an. Vor allen Leuten einer Lüge überführt zu werden war sogar ihm peinlich.

»Ich will die Wahrheit wissen. Los, raus mit der Sprache!«, befahl Terry. »Miss Fitzherberts Leben könnte in Gefahr sein.«

»Macht endlich den Mund auf!«, fuhr auch Jonathan die beiden an.

Ted sah Les an. Er schien in sich zusammenzusinken. »Wir wissen nur, dass Wally in die Wüste wollte. Er muss von Goolim verlangt haben, ihn zu begleiten. Aber wir haben keine Ahnung, was mit Miss Fitzherbert ist. Ehrlich!«

»Was will er denn in der Wüste?«, fragte Terry misstrauisch.

Ted und Les starrten stumm auf ihre Schuhe. Wallys Plan, Stuart Thompson auszurauben, würden sie niemals verraten; Terry würde sofort den Schluss ziehen, dass sie gemeinsame Sache mit Wally machten.

»Wenn ich weiß, was er dort draußen vorhat, finden wir vielleicht eine Erklärung für Miss Fitzherberts Verschwinden«, drängte Terry.

»Nun redet schon!«, forderte Jonathan die beiden ungeduldig auf.

Les sah mit schuldbewusster Miene zu Stuart hinüber, und der begriff sofort. »Er will meine Schürfstelle suchen, nicht wahr?«

Als Les und Ted nicht antworteten, wusste Stuart, dass seine Vermutung zutraf. Das sah Wally Jackson ähnlich. Aber was hatte Arabella mit der Sache zu tun?

Lautes Kreischen draußen vor dem Hotel ließ alle Köpfe herumfahren. Rita erschien in der Tür. Sie hatte eine alte Frau bei sich, die hysterisch in ihrem Stammesdialekt jammerte und zeterte. Die Frau war Ruby Wanganeen. Rita versuchte vergeblich, sie zu beruhigen.

»Was ist denn passiert?«, fragte Terry.

»Ruby sagt, Wally Jackson hätte Jimmy niedergeschlagen und er sei noch nicht wieder aufgewacht«, erklärte Rita.

»Wann war das?«, wollte Terry wissen.

»Gestern Abend.«

»Ich sehe ihn mir mal an«, sagte Terry. Er hoffte, der alte Mann war nicht tot.

Jonathan, Stuart, Tony und Maggie gingen mit ihm. Jimmy Wanganeen lag auf der nackten, festgestampften Erde in seiner

Hütte, aber er lebte. Maggie hatte ihr Erste-Hilfe-Köfferchen mitgenommen und hielt dem Bewusstlosen Riechsalz unter die Nase. Es dauerte nicht lange, bis Jimmy zu sich kam.

»Warum hat Wally das getan?«, fragte Terry.

Ruby und Jimmy sprachen kurz in ihrem Dialekt miteinander.

»Er wollte mich als Fährtenleser«, nuschelte Jimmy. »Aber ich konnte nicht …«

Da er nach billigem Wein roch, konnte Terry sich denken, wie es sich abgespielt hatte: Wally war zornig geworden, weil Jimmy sinnlos betrunken war, und hatte ihn in seiner Wut niedergeschlagen.

»Hat er gesagt, wonach er sucht?«, forschte Terry.

Ruby schüttelte den Kopf.

Terry wandte sich Jonathan und den anderen zu. »Da Mr Thompson gerade erst zurückgekehrt war, nehme ich an, Wally wollte seine Spur zu der Schürfstelle zurückverfolgen. Und dafür brauchte er Jimmy.«

»Und als der ausfiel, kam er auf die Idee, Goolim zu zwingen, ihn hinzuführen«, ergänzte Stuart. Mit sorgenvoller Miene schaute er in die Wüste hinaus, die unter einer unbarmherzigen Sonne flimmerte und gleißte. »Aber Goolim kennt die genaue Lage nicht, dafür habe ich gesorgt.«

»Das heißt, er schwebt in größter Gefahr«, murmelte Terry.

»Und Arabella?«, warf Jonathan ein. »Wir wissen immer noch nicht, wo sie ist.«

»Sie kann nur mit den beiden Männern unterwegs sein«, sagte Terry. »Wieso, weiß ich auch nicht. Aber ich bin mir sicher, dass sie ebenfalls in großer Gefahr ist.«

15

Die kleine Gruppe war gerade ins Hotel zurückgekehrt, als Stuart Thompson sich plötzlich krümmte und laut stöhnte.

Alle scharten sich um ihn. Maggie fragte besorgt: »Was ist mit Ihnen?«

»Diese verdammten Bauchschmerzen!«, stieß er ächzend hervor. »Ich hab sie seit gestern Abend, aber jetzt sind sie kaum noch auszuhalten.« Schweißperlen glitzerten auf seiner Stirn, und sein Gesicht war schmerzverzerrt.

»Was haben Sie draußen denn gegessen?«, fragte Terry.

»Nur Dosenbohnen und Würste«, keuchte Stuart.

»Davon dürften Sie aber kein Bauchweh kriegen«, meinte Maggie.

»Vielleicht waren es die Früchte … Ernie hat auf dem Rückweg ein paar wilde Früchte für uns gepflückt …«

Tony warf ihm einen argwöhnischen Blick zu. »Wie haben die ausgesehen?«

»Wie Pflaumen. *Bush plums* hat er sie genannt. Sie waren ziemlich bitter, aber ich war hungrig, deshalb habe ich ein paar gegessen.«

»Ach herrje!«, rief Maggie aus. »Das erklärt alles. *Bush plums* sind nichts für einen europäischen Magen!«

Stuart ächzte laut. »Entschuldigt mich bitte«, krächzte er und stürmte hinaus zur Außentoilette.

»Den werden wir die nächsten Stunden nicht mehr zu Gesicht bekommen«, meinte Maggie trocken.

»Zu dumm!« Terry schüttelte zornig den Kopf. »Außer Stuart kann niemand uns zu der Schürfstelle führen. Und wir sollten Wally und Goolim schnellstmöglich finden, damit wir endlich erfahren, was aus Miss Fitzherbert geworden ist.«

»Ich fürchte, mit Stuart können wir vorerst nicht rechnen«, sagte Tony. »Wenn ihm die *bush plums* so auf den Magen schlagen wie Frankie Miller oder Bonzarelli, wird er die nächsten vierundzwanzig Stunden ausfallen.«

»So lange darf Arabella nicht in der Gewalt eines Mistkerls wie Wally Jackson bleiben«, erregte sich Jonathan. »Wer weiß, was er im Schilde führt.«

»Dann gibt's nur eine Lösung – Jimmy Wanganeen«, sagte Terry. »Doch ob er uns in seinem Zustand helfen kann, ist fraglich.«

»Er muss es tun!«, rief Jonathan, fast krank vor Sorge um Arabella.

Terry rieb sich nachdenklich das Kinn. »Vielleicht kann Mr Thompson uns wenigstens einen Hinweis geben, in welche Richtung wir müssen.«

»Kommen Sie, wir holen Jimmy und versuchen, ihn auszunüchtern«, drängte Jonathan. »Maggie kann ihm sicher etwas Nahrhaftes zu essen machen. Ich werde unterdessen nachsehen, ob Paddy die Kamele noch gesattelt hat.«

»Können Sie denn mit den Tieren umgehen?«, fragte Terry.

»Ich nehme an, Paddy wird uns begleiten, wenn er hört, was geschehen ist.«

Die beiden Männer eilten ins Eingeborenenviertel und suchten Jimmy auf. Der Alte kauerte im Staub vor seiner Hütte, die von einem mächtigen Kajeputbaum mit seiner papierähnlichen Rinde beschattet wurde. Jimmys eine Gesichtshälfte war geschwollen und blutverkrustet von einem Riss über dem Wangenknochen – ein Andenken an Wallys Brutalität. Jimmy wirkte immer noch angetrunken.

Terry ging neben ihm in die Hocke und sagte: »Wir brauchen deine Hilfe, Jimmy. Du musst Wally aufspüren. Wahrscheinlich hat er Arabella, die junge Weiße, und Goolim gezwungen, ihn in die Wüste zu begleiten. Wir fürchten um das Leben der beiden.«

Jonathan schaute auf Jimmy hinunter. Der Aborigine erschien ihm viel zu alt für eine solche Aufgabe. Sein Körper war ausgemergelt; weiße Strähnen zogen sich durch sein Haar, und er hatte nur noch ein paar Zahnstummel im Mund. Er schien gerade noch die Kraft zu haben, die Fliegen aus seinem Gesicht zu verscheuchen. Jonathan respektierte die Ureinwohner, doch Arabellas Leben in die Hände dieses steinalten Mannes zu legen erschien ihm wie ein schlechter Scherz.

Jimmy sagte im Stammesdialekt etwas zu seiner Frau Ruby, die neben dem Eingang der Hütte saß, woraufhin Ruby aufstand und sich entfernte.

»Wir brauchen dich, Jimmy«, sagte Terry eindringlich. »Du musst mit uns kommen. Jetzt gleich. Maggie wird dir etwas zu essen machen, damit du wieder zu Kräften kommst.« Er hielt es für klüger, nicht zu erwähnen, dass die Mahlzeit Jimmy nüchtern machen sollte.

Jimmy schüttelte den Kopf. Verzweifelt ließ Jonathan sich neben dem alten Mann auf die Knie fallen, fasste ihn an den Schultern und schüttelte ihn. »Du musst mitkommen, Jimmy! Ich flehe dich an!«

Jimmy machte eine wegwerfende Handbewegung. »Ruby muss erst etwas für mich holen«, sagte er. »Wenn sie zurückkommt, gehe ich mit euch.«

Jonathan schaute Terry fragend an, doch der zuckte die Achseln und meinte: »Keine Ahnung, wovon er spricht. Warten wir's ab.«

»Wir können nicht warten! Die Zeit läuft uns davon!«, entgegnete Jonathan mit wachsender Panik.

»Was schlagen Sie vor?«, fragte Terry.

»Können Sie ihn nicht zwingen, mit uns zu kommen? Arabellas Leben steht auf dem Spiel!«

Terry fasste ihn am Arm und führte ihn ein Stück von dem alten Mann weg. »Sie wissen nicht viel über die Aborigines, stimmt's? Im Outback erledigen sie die Dinge auf ihre eigene Art und Weise. Wenn wir Jimmy zu sehr bedrängen, hilft er uns überhaupt nicht.«

»Aber was hat er vor?« Jonathan fürchtete, Jimmy könnte seiner Frau befohlen haben, ihm noch mehr Schnaps zu besorgen.

»Ich weiß es nicht. Er hat gesagt, dass er mit uns kommt. Wir müssen Geduld haben, etwas anderes bleibt uns nicht übrig.«

»Vielleicht sollten wir Stuart fragen, in welche Richtung wir gehen müssen«, sagte Jonathan, »und uns dann auf eigene Faust auf die Suche machen. Bis Jimmy sich bequemt mitzukommen, könnte es für Arabella zu spät sein.«

»Ich kann Ihren Unmut und Ihre Sorge verstehen, Jonathan, aber was ist, wenn Goolim Wally in eine falsche Richtung führt?«

»Das würde er nicht wagen. Er hat zu viel Angst vor Wally.«

»Trotzdem können wir das Risiko nicht eingehen. Wir brauchen Jimmy, glauben Sie mir!«

Nach einer Weile kam Jimmys Frau Ruby zurück. Die beiden Männer beobachteten, wie sie verschiedene Blätter und Wurzeln in einen Topf Wasser gab, der über dem Feuer hing. Jimmy blieb teilnahmslos sitzen.

»Wie lange dauert das denn noch?«, drängte Jonathan ungeduldig.

Nachdem Ruby die Mixtur ein paar Minuten lang umgerührt hatte, schöpfte sie den dampfenden Sud in einen Blechbecher und reichte ihn ihrem Mann. Jimmy schwenkte die Flüssigkeit eine Weile hin und her, damit sie abkühlte, und setzte den Becher dann an die Lippen. Der Geruch des Gebräus wehte zu Jonathan und Terry hinüber, und beide verzogen das Gesicht. Als Jimmy ausgetrunken hatte, erhob er sich und erklärte, er sei jetzt so weit. Er schwankte leicht, als er zu seinem Hut griff und ihn sich auf den Kopf stzte.

Als sie auf dem Rückweg zum Hotel an der Außentoilette vorbeikamen, hörten sie Stuart drinnen stöhnen.

»Alles in Ordnung, Stuart?«, rief Jonathan mitleidig.

Ein lautes Ächzen war die Antwort.

Terry sah Jimmy an. *»Bush plums«*, sagte er.

Der alte Mann schüttelte nur den Kopf.

Endlich machten sie sich auf den Weg. Paddy und Terry kletterten auf ihre Kamele. Sie führten auch ein Tier für Jimmy mit sich, doch der alte Mann bestand darauf, zu Fuß zu gehen, damit er die Fährte besser verfolgen konnte. Jonathan schloss sich ihm an. Er machte sich Sorgen um Jimmy. Er fürchtete, der gebrechlich wirkende alte Mann würde den Fußmarsch durch die Wüste nicht überstehen.

Als sie die letzten Häuser hinter sich gelassen hatten, suchte Jimmy im roten Staub nach Spuren. Immer wieder hielt er inne und blickte hinaus in die Wüste, als könnte er dort etwas erblicken, das außer ihm niemand sah. Jonathan hielt sich dicht hinter ihm. Sosehr er sich auch bemühte – er selbst vermochte im Sand keine Fährten zu erkennen. Jimmy jedoch wies mit Bestimmtheit in eine Richtung und sagte: »Drei Kamele. Sie sind hier entlanggegangen.«

»Woher willst du wissen, dass es die Kamele sind, die Wally und Goolim genommen haben?«, fragte Jonathan, der kein Vertrauen in den alten Mann hatte.

»Ich weiß es«, erwiderte Jimmy nur.

Jonathan schaute ihn verdutzt an, sagte aber nichts mehr. Zu seiner Überraschung schritt Jimmy entschlossen aus. Die sengende Hitze schien ihm nicht das Geringste auszumachen. Jonathan musterte ihn verstohlen. Sein sonderbar geformter alter Hut war ramponiert. Er trug die Sachen, in denen sie ihn angetroffen hatten, und seine Füße sahen aus, als ginge er nur barfuß, was angesichts des glühend heißen Sandes schier unglaublich war. Nach einer Weile verlangsamte er das Tempo ein wenig, blieb aber nur hin und wieder kurz stehen, um sich den Schweiß abzuwischen oder einen Schluck zu trinken. Kein einziges Mal beklagte er sich über die Hitze oder den weiten Weg, was Jonathan Bewunderung abnötigte. Er selbst war jetzt schon erschöpft. Nur die Angst um Arabella trieb ihn voran.

»Wie alt bist du eigentlich, Jimmy?«, fragte er, als er dem alten Mann, der seinen Blick auf den Boden geheftet hatte, mit schleppenden Schritten folgte.

»Ich werde vierundfünfzig«, sagte Jimmy.

Jonathan traute seinen Ohren nicht. »Vierundfünfzig!« Jimmy sah mindestens zehn Jahre älter aus. »Nimm's mir nicht übel, aber ich hätte dich für älter gehalten.«

»In meiner Familie ist noch keiner so alt geworden wie ich«, erwiderte Jimmy stolz, als hätte er eine großartige Leistung vollbracht.

»Aber vierundfünfzig ist doch nicht alt, Jimmy.«

»Für einen Aborigine schon«, entgegnete Jimmy. »Mein Volk wird eines Tages verschwunden sein. Unsere Kinder sterben. Als der weiße Mann in dieses Land kam, hat er Krankheiten mitgebracht, die mein Volk töten.«

Jonathan wusste, dass der Alte die Wahrheit sprach. Durch die Besiedlung des australischen Kontinents durch die Weißen und die Vermischung der Rassen waren die Aborigines anfällig geworden für Krankheiten, die sie bis dahin nicht gekannt hatten. Traurige Wahrheiten wie diese hatte Jonathan in den Büchern über Australien, die er gelesen hatte, allerdings nicht gefunden.

»Warum lebst du nicht mehr bei deinem Stamm, Jimmy?«, wollte er wissen.

»Ich bin zu langsam geworden. Ich kann nicht mehr oft auf *walkabout*.«

Jonathan verstand nicht, was Jimmy meinte, und drehte sich verwirrt zu Terry um.

»Wenn die Alten krank oder zu langsam werden, sodass sie den Stamm beim *walkabout* behindern, werden sie getötet«, erklärte Terry.

Jonathan schnappte entsetzt nach Luft. »Das ist ja barbarisch!«

Terry zuckte mit den Schultern. »Es trifft nicht nur die Alten«, sagte er. »Kommt ein Kind mit einer Missbildung auf die Welt, wird es getötet. Wird es zu früh geboren und die Mutter hat bereits ein Kleinkind, für das sie sorgen muss, wird es ebenfalls umgebracht.«

Jonathan konnte es nicht fassen. Da hatte er geglaubt, gut informiert zu sein, und jetzt musste er feststellen, dass es viele Dinge gab, von denen er nicht die leiseste Ahnung hatte. »Bist du in Marree denn in Sicherheit?«, fragte er Jimmy.

Der alte Mann nickte. »Ruby und ich bleiben jetzt in der Stadt.«

Jonathan fragte sich, ob das wirklich gut war, schließlich kam Jimmy in der Stadt viel leichter an Alkohol. Doch der alte Mann hatte gar keine andere Wahl. Es war so oder so eine schreckliche Situation.

»Habt ihr Kinder, du und Ruby?«, wollte Jonathan wissen.

»Ja, sechs, aber sie sind alle fort«, erwiderte Jimmy.

»Heißt das, sie sind tot?«

»Zwei sind tot, die anderen sind überall verstreut.«

Jonathan schaute Terry an, und dieser zuckte abermals mit den Schultern. »Das größte Problem, das ich als weißer Polizeibeamter hier draußen habe, ist die Blutrache.«

Als Jonathan ihn verständnislos anblickte, fuhr er fort: »Das ist eine Art von Selbstjustiz. Wird ein Sippenangehöriger ermordet, tötet der Vater des Ermordeten jemanden aus der Familie des Mörders. So etwas passiert hier andauernd.«

Jonathan wurde von neuem klar, wie wenig er im Grunde wusste. »Was halten die Stammes-Aborigines vom Gesetz der Weißen?«

»Nicht viel«, antwortete Terry. »Deshalb ist es hier draußen so verdammt schwer, dem Gesetz Geltung zu verschaffen. Trotzdem werden sie für Mord immer noch gehängt.«

Jonathan hatte immer geglaubt, Terry würde in der kleinen Stadt auf dem Land ein ruhiges Leben führen. Nun erkannte er, wie sehr er sich getäuscht hatte.

»Hier habe ich auf Stuart gewartet«, sagte Goolim und zeigte zum Beweis dafür, dass er die Wahrheit sagte, auf die Überreste eines Lagerfeuers.

Wally schaute sich um. »Jetzt bin ich so schlau wie vorher. Er kann von hier aus meilenweit gegangen sein.«

»Ist er aber nicht.«

»Woher willst du das wissen?«, knurrte Wally.

»Ich weiß es«, antwortete Goolim.

Wallys Augen wurden schmal. »Dann weißt du also doch, wo die Schürfstelle ist!« Er hatte diesen schlitzohrigen Kameltreibern noch nie über den Weg getraut.

»Nein, aber sie kann nicht weit sein. Je nachdem, wie der Wind stand, habe ich Stuart manchmal graben hören.«

»Und du willst mir weismachen, du wärst ihm nicht nachgegangen und hättest die Mine gesucht?«, zischte Wally.

»Ich habe hier auf ihn gewartet«, entgegnete Goolim.

»Zeig mir, in welche Richtung er gegangen ist«, herrschte Wally ihn an.

Goolim setzte sich in Bewegung. Im Stillen betete er zu Allah, dass sie die Schürfstelle fänden und Wally ihn und Arabella gehen ließe.

Als Jimmy erkannte, dass die Spuren zu einer heiligen Stätte führten, wo ein *corroborree* abgehalten werden sollte, stieg er auf das mitgeführte Kamel, damit sie schneller vorankamen. Jimmy wusste, in welcher Gefahr Weiße schwebten, die dem Ort der heiligen Initiationszeremonie zu nahe kamen. Es wurde bereits dunkel, doch die Gruppe war immer noch ein gutes Stück von der Hügelkette entfernt. Sie hatten einige Male angehalten, allerdings weniger wegen Jimmy als vielmehr um Jonathans willen. Jimmy zeigte nicht die geringsten Anzeichen von Erschöpfung. Jonathan hätte zu gern gewusst, welche Kräuter Ruby für ihr Gebräu verwendet hatte, das Jimmy solche Kräfte verlieh, doch er wagte nicht, danach zu fragen.

»Machen wir Schluss für heute«, meinte Terry schließlich und ließ sein Kamel niederknien, damit er absteigen konnte. »Es hat keinen Sinn, in der Dunkelheit weiterzusuchen. Wir müssen warten, bis es hell wird.«

»Aber wieso denn?«, fragte Jonathan verzweifelt. Jetzt wo es Nacht wurde, wuchs seine Angst um Arabella. »Im Dunkeln könnten wir das Überraschungsmoment nutzen.«

»Wally aber auch, wenn er uns hört, bevor wir ihn sehen«, gab Terry zu bedenken.

»Da drüben wird ein *corroborree* gefeiert«, warf Jimmy auf die Hügelkette zeigend ein.

»Ja, ich wollte ursprünglich mit Arabella dorthin«, sagte Jonathan.

»*Lubras* dürfen bei einem *corroborree* nicht dabei sein«, sagte Jimmy ernst. *Lubras* bedeutete »Frauen« in der Sprache der Ureinwohner. »Weiße auch nicht. Die Zeremonie ist heilig.«

»Ich wollte Fotos machen, natürlich nur mit Erlaubnis des Medizinmannes«, erklärte Jonathan.

»Dafür hätte man euch getötet.« Jimmy konnte nur den Kopf schütteln über so viel Unvernunft.

Jonathan lief es eiskalt über den Rücken. Plötzlich überkam

ihn das schreckliche Gefühl, dass Arabella in viel größerer Gefahr schwebte, als er bisher angenommen hatte. »Ich finde, wir sollten näher an die Hügelkette heran.«

»Das halte ich für keine gute Idee«, meinte Terry.

»Wenn wir bis Tagesanbruch warten, wird Wally uns kommen sehen. Ich habe kein gutes Gefühl bei der Sache«, murmelte Jonathan und richtete den Blick auf die Hügel, die sich am Horizont erhoben. »Ihr könnt von mir aus hierbleiben«, fügte er entschlossen hinzu, »ich reite weiter.«

»Jetzt sind wir genauso weit wie vorher«, stieß Wally zornig hervor. Sie waren einige Meilen nach Südwesten geritten, hatten aber nichts gefunden, was auf eine Schürfstelle hindeutete. Also waren sie zur Hügelkette zurückgekehrt, wo sie ihr Lager aufgeschlagen und Feuer gemacht hatten. Wally war überzeugt, dass Goolim ihn absichtlich in die Irre führte.

Arabella sah, wie die Wut in Wallys Innerem gärte. Angst stieg in ihr auf. Wer konnte schon sagen, wozu Wally fähig war?

Plötzlich glaubte sie, in der Ferne ein leises Geräusch gehört zu haben. »Hört ihr das auch?«, fragte sie zaghaft und lauschte. Es klang wie eine Art Musik. Das Gefühl, dass Menschen in der Nähe waren, gab Arabella neue Hoffnung, dass dieser Albtraum bald endete.

»Es riecht nach Rauch«, sagte Wally und schnupperte. Hatte jemand auf der anderen Seite der Felsformation ein Lager aufgeschlagen? Da er nicht genug Stricke dabeihatte, um sowohl Goolim als auch Arabella zu fesseln, richtete Wally seinen Revolver auf Goolim. »Los, kletter rauf und sieh nach, was da drüben los ist!«, befahl er. »Und keine faulen Tricks! Falls du nicht zurückkommst, werde ich unsere kleine Fitzi hier erschießen, kapiert?«

Goolim warf Arabella, die kreideweiß geworden war, einen flüchtigen Blick zu. Er wusste, Wally würde nicht zögern, seine Drohung wahr zu machen. Nachdem er sich vergewissert hatte, dass die Kamele fest angebunden waren, stieg Goolim den Felshang hinauf. Wally, der die Waffe auf Arabella gerichtet hielt, rief ihm leise nach: »Pass auf, dass man dich nicht sieht!«

Bis zum Hügelkamm waren es nur ungefähr zehn Meter. Goolim arbeitete sich langsam nach oben. Das Gestein war locker, sodass er darauf achten musste, wohin er seine Füße setzte. Als er oben angekommen war und über die Kante spähte, brach unter seiner rechten Hand ein großes Stück Fels ab und polterte die andere Seite des Hügels hinunter, wobei es weitere Gesteinsbrocken mit sich riss. Drei Lagerfeuer brannten dort unten. Bemalte Aborigines vollführten zeremonielle Tänze rings um die Feuer. Ihre stampfenden Füße wirbelten Staubwolken auf, die im Dunkeln wie Nebelschwaden aussahen.

Die Ureinwohner, die sich unmittelbar unterhalb des Hügels befanden, hoben den Blick, als die Steine den Hang hinunterrollten. Im Schein des Feuers konnten sie Goolims schweißglänzendes Gesicht erkennen.

»Was treibst du denn da oben, verdammt?«, zischte Wally, als er das Poltern der Felsbrocken hörte. »Mach, dass du wieder runterkommst!«

Goolim kletterte so schnell herunter, dass er fast gestürzt wäre.

»Was ist da drüben los?«, fuhr Wally ihn an.

»Aborigines«, keuchte Goolim. »Sie halten irgendeine Zeremonie ab.«

»Verdammt! Haben sie dich gesehen?«

»Ich … ich weiß nicht.« Goolim wusste natürlich, dass die Aborigines ihn gesehen hatten, wagte es aber nicht, Wally die Wahrheit zu sagen.

»Wenn sie uns hier entdecken, kann ich meine Pläne begraben«, zischte Wally und fuchtelte Goolim mit seinem Revolver vor dem Gesicht herum.

Der Kameltreiber wankte zurück.

Im selben Moment ging die Waffe tatsächlich los.

Arabella schrie gellend.

Goolim riss die Augen auf und erstarrte. Eine Sekunde lang war er nicht sicher, ob er getroffen worden war.

Auch Wally stand da wie vom Donner gerührt. Er hatte gar nicht abdrücken wollen!

Zum Glück hatte die Kugel Goolim um Haaresbreite verfehlt und war von der Felswand hinter ihm abgeprallt. Als Goolim bewusst wurde, dass er unverletzt war, gaben seine Beine unter ihm nach, und er fiel auf die Knie.

Arabella glaubte, er sei getroffen worden, und schrie noch lauter. Da geriet Wally in Panik und wirbelte zu Arabella herum, den Finger am Abzug.

Jonathan, Terry, Paddy und Jimmy hörten einen Schuss.

»O Gott!«, rief Jonathan. Er befürchtete das Schlimmste und rannte auf die Hügelkette zu. Terry und Paddy stiegen auf ihre Kamele und trieben sie mit Stockschlägen zu höchstem Tempo an.

Jimmy eilte ihnen nach, so schnell er konnte.

»Halt's Maul oder ich knall dich ab!«, fuhr Wally Arabella an, die sich wimmernd vor Angst duckte und beide Arme hochriss.

Wally wandte sich Goolim zu. »Da siehst du, was du angerichtet hast, du Trottel!« Goolim wälzte sich am Boden, aber Wally sah, dass er unverletzt geblieben war. »Hätte ich dich bloß nicht mitgenommen! Du machst mir nichts als Ärger! Du bist schuld, wenn sie uns umbringen! Ich hätte gute Lust, dich fertigzumachen!«

»Bitte, tun Sie ihm nichts«, flehte Arabella und ergriff Wallys Arm, doch er schüttelte sie ab, und sie fiel zu Boden. Die Waffe in der Hand, stand Wally unschlüssig über Goolim. Er wusste nicht, wie es nun weitergehen sollte. Er hatte geglaubt, es sei ein Kinderspiel, die Goldader zu finden, doch von dem Augenblick an, da er Goolim aus dem Bett gezerrt hatte, war alles schiefgegangen.

Ein zischendes Geräusch ließ Wally aufschrecken. Er wandte den Kopf und sah irgendetwas auf sich zufliegen. Eine Sekunde später bohrte sich der Gegenstand in seinen Oberschenkel. Die Wucht des Aufpralls schleuderte Wally zu Boden. Der Revolver glitt ihm aus der Hand. Wilder Schmerz schoss durch seinen Körper. In ungläubigem Staunen schaute er an sich hinunter. Ein Speer steckte in seinem Bein. Wally hob den Blick und sah drei Aborigines auf dem Felsgrat stehen. Zwei hielten ihre Speere wurfbereit in der Hand.

In diesem Augenblick kamen Terry und Paddy auf ihren Kamelen herangestürmt. Sie stutzten, als sie Wally auf der Erde liegen sahen, von einem Speer niedergestreckt. Dann sprangen sie von ihren Kamelen. Terry nahm Wallys Revolver an sich.

»Vorsicht!«, rief Arabella ihnen zu, die sich mit Goolim hinter einen großen Felsbrocken geflüchtet hatte. Sie zeigte auf die bewaffneten Aborigines. Geistesgegenwärtig hechteten Paddy und Terry hinter den Felsen.

Ein paar Augenblicke herrschte Stille. Kein Laut war zu hören.

»Helft mir«, keuchte Wally. Er lag zwei, drei Meter von den anderen entfernt im offenen Gelände und krümmte sich vor Schmerzen. Sein Hosenbein war blutdurchtränkt. Flehend blickte er Terry an und krächzte: »Helft mir doch …« Dann sank sein Kopf zurück. Abermals trat Stille ein.

Plötzlich näherten sich eilige Schritte. »In Deckung!«, rief Terry Jonathan zu. »Wir werden angegriffen!«

Doch Jonathan, der nur an Arabella denken konnte, rannte weiter. Als er in den Schein des Lagerfeuers trat, zischte ein Speer durch die Luft und verfehlte seine linke Schulter nur knapp. Instinktiv warf er sich zu Boden und rollte sich blitzschnell zur Seite. Dann sah er Arabella und robbte zu ihr. Schon flog ein zweiter Speer in seine Richtung.

Terry wandte sich Goolim zu. »Was ist passiert?«, stieß er aus.

»Wally hat gesagt, ich soll zum Felskamm raufklettern und nachsehen, was auf der anderen Seite los ist«, berichtete Goolim aufgeregt. »Die Aborigines führten dort einen zeremoniellen Tanz auf. Sie haben mich entdeckt und verfolgt. Wally hat auf mich angelegt, wurde im gleichen Moment aber von einem Speer getroffen.«

Wally, der wieder zu sich gekommen war, hatte alles mit angehört. »Du verlogener Bastard!«, stieß er hervor. »Zu mir hast du gesagt, sie hätten dich nicht bemerkt!«

»Halt's Maul, Wally«, fuhr Terry ihn an. »Du sitzt schon tief genug im Dreck. Falls du deine Verletzung überlebst, wirst du für lange Zeit hinter Gitter wandern, das verspreche ich dir.«

Wally schnaubte verächtlich. »Keiner von uns wird lebend hier wegkommen.« Er schaute nach oben. Die Aborigines schwärmten nun wie Ameisen über den Kamm der Hügelkette. Im schwachen Feuerschein konnte man ihre ockergelbe Bemalung, ihre schweißglänzende Haut und ihre Speere erkennen. Doch Wallys Überlebenswille war stärker als die mörderischen Schmerzen. »Schieß endlich, du Trottel!«, rief er Terry zu. »Worauf wartest du? Knall sie ab!«

Terrys Blick streifte Arabella, auf deren Miene sich nacktes Entsetzen malte. Er wusste, jeder Fluchtversuch wäre sinnlos, weil sie unweigerlich eingeholt und niedergemetzelt würden.

In diesem Augenblick tauchte völlig außer Atem Jimmy auf. Der alte Mann erkannte sofort die Gefährlichkeit der Situation, schwenkte wild die Arme und rief den Aborigines etwas in seinem Stammesdialekt zu. Ein erregter Wortwechsel entspann sich. Unzählige Ureinwohner kletterten vom Felskamm und umringten Wally mit drohend erhobenen Speeren. Andere verharrten über den Hang verteilt und warteten ab.

Schließlich wandte Jimmy sich Terry zu. »Nicht schießen!«, warnte er. »Die Waffe auf den Boden!«

»Tun Sie, was er sagt!«, drängte Jonathan, als Terry zögerte. »Jimmy ist unsere einzige Hoffnung. Und Sie können sie sowieso nicht alle töten.«

»Nein, tu's nicht!«, ächzte Wally. »Sie werden uns abschlachten!«

Terry holte tief Luft und warf den Revolver zu Boden. Einer der Aborigines hob die Waffe auf und schleuderte sie in die Dunkelheit.

Jimmy begann von neuem, mit den Eingeborenen zu verhandeln. Sie hörten ihm zwar zu, schwenkten aber zornig ihre Speere.

»Sie sagen, ihr habt die heilige Zeremonie entweiht«, übersetzte Jimmy.

»Sag ihnen, es tut uns leid«, trug Terry ihm auf. »Sag ihnen, dass wir hinter Wally her waren, weil er die weiße Frau und Goolim verschleppt hat. Sag ihnen, wir wollen ihnen nichts Böses und dass wir wieder gehen.«

»Lasst mich nicht hier zurück!«, stöhnte Wally.

»Nenn mir einen einzigen Grund, warum wir dich mitnehmen sollten!«, fuhr Jonathan ihn an.

»Damit Terry mich einsperren kann …«

Terry verzog das Gesicht. »Ich frage mich, ob du die Mühe wert bist. Deine Dummheit hat uns alle in Lebensgefahr gebracht!«

Die hitzige Debatte hielt noch einige Minuten an; dann zogen die Aborigines sich langsam zurück.

»Wir müssen weg von hier, sofort«, sagte Jimmy. »Sonst kriegen wir eine Menge Ärger.«

Terry und die anderen richteten sich langsam auf. Allen war die Erleichterung anzusehen.

Arabella brach in Tränen aus. Die Anspannung der letzten Stunden löste sich, abrupt. Jonathan nahm sie in die Arme, strich ihr übers Haar und redete beruhigend auf sie ein. Er war überglücklich, dass er sie unversehrt zurückbekommen hatte, doch dies war nicht der Augenblick, ihr seine Gefühle zu gestehen. Erst musste sie ihren Schock überwinden und sich von diesem Albtraum erholen.

Terry knebelte Wally und drückte ihn gemeinsam mit Paddy zu Boden, während Goolim und Jimmy die Speerspitze aus seinem Oberschenkel zogen. Dann banden sie die Wunde mit seinem Hemd ab, das sie zu einer straffen Kordel zusammengedreht hatten.

»Ich sollte dich den ganzen Weg zurück laufen lassen«, knurrte Terry, als er Wally auf sein Kamel hievte und ihn mit einem Strick festband, damit er nicht herunterfiel, falls er das Bewusstsein verlor.

Wally, vor Schmerz halb besinnungslos, rührte sich nicht.

Jonathan wandte sich Jimmy zu. »Ich weiß nicht, was du zu den Aborigines gesagt hast, damit sie uns gehen ließen, Jimmy, aber ich möchte dir für deine Hilfe danken.«

»Ich hab ihnen gesagt, dass die Weißen Dummköpfe sind und nichts von unseren heiligen Stätten wissen«, meinte Jimmy. »Und wenn sie euch hier töten, würden eure Geister für immer hier umgehen – an diesem Flecken Erde, der den Arrernte heilig ist.«

Terry nickte anerkennend. »Das war ein kluger Trick, Jimmy.«

»Das war kein Trick«, entgegnete Jimmy. »Das ist die Wahrheit.«

Terry und Jonathan wechselten einen Blick. Sie waren sich nicht sicher, ob Jimmy nur schwindelte, doch als sie seinen Gesichtsausdruck sahen, wussten sie, dass es ihm todernst war.

16

Sie verließen die heilige Stätte der Aborigines, so schnell sie konnten, und schlugen in sicherer Entfernung ihr Lager auf. Nach dem langen, beschwerlichen Tag mit all seinen Aufregungen brauchten sie dringend ein paar Stunden Ruhe. Im Morgengrauen ritten sie weiter. Goolim, Jimmy und Paddy führten die kleine Gruppe an. Dahinter folgten Terry und Wally, der sich vor Schmerzen krümmte und sicherlich vom Kamel gefallen wäre, hätten die anderen ihn nicht festgebunden. Arabella und Jonathan bildeten den Schluss. Arabella machte einen so verstörten Eindruck, dass es Jonathan schier das Herz brach.

»Sie scheinen überhaupt keine Angst mehr vor Kamelen zu haben«, sagte er, um sie auf andere Gedanken zu bringen. »Sie halten sich ausgezeichnet im Sattel.« Ihr Reittier war mit einem Strick an Terrys Tier angebunden. Arabella wirkte zwar ein wenig angespannt, machte ihre Sache in Anbetracht der Umstände aber sehr gut.

»Nun ja, als Wally mich gezwungen hatte, mit ihm zu kommen, hatte ich solche Angst, er würde mir etwas antun, dass ich alles andere darüber vergaß, sogar meine Furcht vor Kamelen.«

Jonathan warf ihr einen mitfühlenden Blick zu. »Das kann ich mir gut vorstellen. Sie waren sehr tapfer, Arabella. Aber eines verstehe ich nicht. Wie konnte das passieren?«

»Es war meine eigene Schuld. Wäre ich nicht mitten in der Nacht zu den Koppeln gegangen …«

»Was wollten Sie denn da?«

»Ich konnte nicht schlafen, weil ich auf einem Kamel würde reiten müssen, und ich hatte schreckliche Angst davor«, erwiderte Arabella. »Also bin ich vor Tagesanbruch zur Ghan-Siedlung spaziert. Ich wollte mich mit den Tieren vertraut machen, damit ich nicht wie eine Närrin dastehe, wenn wir zu unserem Ausflug aufbrachen.« Sie wischte sich eine Träne aus dem Augenwinkel. »Im Dunkeln hatte ich Wally und Goolim gar nicht gesehen. Ich stieß buchstäblich mit ihnen zusammen. Wally hatte Goolim gezwungen, mit ihm zu gehen, und da ich die beiden gesehen hatte, konnte Wally mich nicht laufen lassen, sonst hätte ich ja Alarm geschlagen. Also zwang er mich ebenfalls mit vorgehaltener Waffe, mitzukommen. Ich hatte schreckliche Angst, dass er uns umbringen würde.« Tapfer unterdrückte sie ein Schluchzen. »Wie habt ihr denn herausgefunden, was passiert ist?«

»Maggie und ich haben die ganze Stadt nach Ihnen abgesucht. Als wir Sie nirgends finden konnten, habe ich Terry alarmiert. Außer Ihnen waren nur Wally und Goolim verschwunden, und da haben wir zwei und zwei zusammengezählt. Wir konnten uns denken, dass Wally sich auf die Suche nach Stuarts Schürfstelle gemacht hatte. Ein Glück, dass Jimmy in der Stadt war und sich als Fährtenleser zur Verfügung stellte. Stuart hat sich nämlich mit *bush plums* den Magen verdorben und konnte uns nicht selbst hinbringen. Wir konnten uns nur nicht erklären, was Sie mit Wally und Goolim zu schaffen hatten. Ich bin sehr froh, dass Ihnen nichts passiert ist. Ich hatte solche Angst, dass ich Sie nie …« Von Gefühlen überwältigt, brach Jonathan unvermittelt ab. Bis zu diesem Augenblick war ihm gar nicht bewusst gewesen, wie viel Arabella ihm bedeutete. Er nahm all seinen Mut zusammen, um ihr zu gestehen, was er für sie empfand, doch Arabella kam ihm zuvor. »Ich will nach Hause«, sagte sie. »Ich will wieder zu meinen Eltern und endlich nach Hause. Ich kann es kaum erwarten, von diesem furchtbaren Ort wegzukommen!«

Tiefe Traurigkeit überkam Jonathan. Das Herz lag ihm schwer

wie Blei in der Brust. Dennoch sagte er: »Ich bin sicher, dass Goolim oder Paddy Sie nach allem, was geschehen ist, nach Alice Springs zu Ihren Eltern bringen, wenn Sie wollen.«

In der sengenden Hitze, die über der Wüste flirrte, zogen sich die zwanzig Meilen bis nach Marree wie zweihundert Meilen hin. Wally hatte unterwegs mehrmals das Bewusstsein verloren, war dank Terrys kluger Voraussicht aber nicht vom Kamel gefallen. Er hatte ziemlich viel Blut verloren, und die Wunde an seinem Bein musste genäht werden. Dennoch empfand Terry kein Mitleid mit ihm. Er kannte Wally seit etlichen Jahren und wusste, dass er ein Raubein war, aber solch eine niederträchtige Tat hätte er ihm niemals zugetraut. Wäre der alte Jimmy nicht gewesen, wären sie womöglich alle in der Wüste umgekommen.

»Ich weiß gar nicht, wie ich dir danken soll, Jimmy«, sagte Terry, als sie am Nachmittag die Stadt erreichten und von ihren Kamelen stiegen. »Du hast uns allen das Leben gerettet. Das werde ich dir niemals vergessen.«

»Ich auch nicht«, bekräftigte Jonathan. »Ich finde, deine Tapferkeit sollte belohnt werden.« Er sah Terry fragend an, ob der vielleicht eine Idee hatte, wie man Jimmys Heldenmut und Hilfsbereitschaft angemessen würdigen könnte.

»Ich brauche nichts«, wehrte Jimmy ab. »Nützlich zu sein ist mir Belohnung genug.«

Das Hotel lag da wie ausgestorben. Jonathan und Arabella schauten in den Ställen nach, aber auch dort trafen sie niemanden an. Ratlos und verwundert kehrten sie zum Haus zurück.

Als sie an der Bar vorbeigingen, hörten sie jemanden rufen: »Hallo! Niemand da?« Es war Les Mitchell.

»Haben Sie Maggie heute schon gesehen?«, wollte Arabella wissen.

»Sie wird oben in ihrem Zimmer sein. Sie ist nicht ganz auf der

Höhe.« Les musterte Arabella eingehend. Sie wirkte noch immer ziemlich verstört. Er wandte sich an Jonathan. »Haben Sie … äh, Wally gefunden?«

Jonathan nickte. »Ja. Terry hat ihn in Gewahrsam genommen.«

Les wurde blass. Er hoffte inständig, dass Wally dichthalten und ihn und Ted nicht in die Sache hineinziehen würde.

»Was heißt das – Maggie ist nicht ganz auf der Höhe?«, fragte Arabella, die sich Sorgen machte.

Les zuckte die Achseln. »Ich weiß nichts Näheres. Eigentlich hab ich Tony gesucht, weil ich ein Bier möchte. Könnten Sie nicht …«

»Holen Sie sich Ihr Bier selbst!«, fuhr Arabella ihn an, drehte sich um und eilte die Treppe hinauf.

Im oberen Flur begegnete ihr Tony. »Gott sei Dank, Sie sind wieder da!«, rief er erleichtert. »Da wird Maggie froh sein! Sie ist in ihrem Zimmer und ruht sich aus.«

»Was fehlt ihr denn?«, fragte Arabella besorgt.

»Sie ist heute Morgen wieder ohnmächtig geworden«, antwortete Tony leise.

»O nein!« Arabella sah ihn bestürzt an.

»Ich bringe sie zu ihrer Schwester, das wird das Beste sein. Wenn sie hierbleibt, schont sie sich ja doch nicht.«

Arabella, deren Nerven blank lagen, konnte sich nicht mehr beherrschen. »Vielleicht hätten Sie ihr Ritas Medizin geben sollen, anstatt sie wegzuschütten!«, zischte sie ihn an.

Tony machte ein erschrockenes Gesicht. Offenbar fragte er sich, woher Arabella das wusste. Dann meinte er traurig: »Die Medizin hätte auch nichts genutzt.«

»Woher wollen Sie das wissen? Maggie hat gesagt, die Aborigines stellen hervorragende Arzneien her. Sie hat mir erzählt, dass die Medizin der Eingeborenen Ihnen sogar Ihr Bein gerettet hat.«

Tony senkte den Kopf und starrte auf den fadenscheinigen

Teppich im Flur. »Glauben Sie mir, Arabella, bei Maggie liegen die Dinge leider anders.«

»Wenn Sie sie wirklich liebten, hätten Sie es wenigstens versucht!«, sagte Arabella anklagend.

Tony hob abrupt den Kopf. Sein Blick wurde hart. »Nehmen Sie sich in Acht, junge Dame! Ich liebe Maggie mehr als mein Leben! Ich würde meinen rechten Arm dafür geben, wenn ich sie gesund machen könnte!«

Verwundert über seinen Ausbruch schaute Arabella ihn groß an. Schreckliche Angst befiel sie, ihre Unterlippe bebte. »Was fehlt Maggie denn? Ist es so ernst?«

Tonys Miene nahm einen versöhnlichen Ausdruck an. Er seufzte. »Maggie hat einen Herzfehler – ein vergrößertes Herz, um genau zu sein. Deshalb setzt die Hitze ihr so zu. Sie ermüdet sehr schnell. Die Ärzte in der Stadt haben uns gesagt, man könne nichts dagegen tun.«

Arabella hatte ihm mit wachsender Betroffenheit zugehört. »Aber es *muss* doch irgendetwas geben …«

Tony schüttelte den Kopf. »Sie muss sich schonen, alles andere hilft nicht. Deshalb werde ich sie zu ihrer Schwester Peg nach Warratah Station bringen. Peg ist streng mit ihr. Sie wird nicht zulassen, dass Maggie sich überanstrengt. Und auf Peg hört sie wenigstens.«

Arabella machte eine hilflose Handbewegung. »Tut mir leid, Tony. Was ich vorhin gesagt habe … dass Sie Maggie nicht lieben … ich hab's nicht so gemeint. Ich bin im Augenblick ziemlich durcheinander.«

Tony tätschelte ihren Arm. »Schon gut. Sie haben viel durchgemacht. Gehen Sie nur rein zu ihr. Ihr Besuch wird sie aufmuntern.«

Arabella erschrak bei Maggies Anblick, so schwach und blass sah sie aus.

»Arabella… Sie sind wieder da. Dem Himmel sei Dank. ich hab mir Sorgen um Sie gemacht.«

Arabella hoffte, dass diese Sorgen nicht Maggies neuerlichen Zusammenbruch herbeigeführt hatten. »Mir geht es gut, Maggie, aber was ist mit Ihnen? Wie fühlen Sie sich?«

»Alles halb so schlimm, Tony macht viel zu viel Aufhebens. Er besteht darauf, dass ich eine Weile zu meiner Schwester fahre, aber…«

»Kein Aber, Maggie. Tony meint es gut. Und das Hotel kommt eine Zeit lang auch ohne Sie aus.«

Maggie zog die Stirn in Falten. »Arabella, ich möchte Sie um einen Gefallen bitten«, sagte sie dann zögernd. »Einen großen Gefallen.«

Arabella setzte sich zu ihr auf die Bettkante. »Worum geht es?«

»Würden Sie sich hier um alles kümmern, während Tony mich zu Peg bringt?«

Arabella riss die Augen auf. »Ich?« Sie dachte an Jonathans Bemerkung, dass einer der Kameltreiber jetzt wohl bereit wäre, sie nach Alice Springs zu begleiten.

»Jonathan wird Ihnen bestimmt helfen. Tony wird mit ihm reden. Es ist nicht so, dass Sie alles ganz allein machen müssten…«

»Wie lange wird Tony denn wegbleiben?«

»Höchstens eine Woche.«

Arabella erinnerte sich, dass Maggie gesagt hatte, Warratah Station läge hundert Meilen von Marree entfernt. »Aber es ist doch ein weiter Weg bis zur Farm, oder nicht?«

»Schon, aber die Kamele brauchen keine Lasten zu tragen, deshalb werden sie an einem Tag eine viel größere Strecke zurücklegen können. Und Tony kehrt umgehend hierher zurück.«

Arabella war hin und her gerissen zwischen dem Verlangen, Marree so schnell wie möglich den Rücken zu kehren, und ihrem

Wunsch, Maggie zu helfen. Ihr war bereits der Gedanke gekommen, ihren Eltern in Alice Springs eine Nachricht zukommen zu lassen, doch Tony hatte ihr erklärt, dass kein Kameltreiber es sich leisten konnte, den weiten Weg auf sich zu nehmen, nur um eine Nachricht zu überbringen. Doch Arabella brachte es nicht über sich, Maggie im Stich zu lassen. »Ich würde Ihnen ja gern helfen, Maggie, aber Sie wissen selbst, dass ich sehr ungeschickt bin.«

»Sie bräuchten nichts weiter zu tun, als ein bisschen Ordnung zu halten, die Hühner zu füttern und den Gemüsegarten zu wässern. In der Vorratskammer ist noch Fleisch, das reichen sollte, bis Tony zurück ist. Ich kann mir nicht vorstellen, dass Gäste kommen. Falls doch, legen Sie ein Stück Fleisch auf den Bratrost. Jonathan kann sich um die Bar kümmern und Ihnen beim Tragen schwerer Lasten helfen. Ich würde Sie nicht darum bitten, wenn es eine andere Lösung gäbe, aber mir geht's wirklich nicht gut.«

»Keine Sorge, Maggie, wir schaffen das schon«, versicherte Arabella. »Sehen Sie nur zu, dass Sie sich erholen.«

Die Erleichterung war Maggie anzusehen. »Danke, Arabella. Ich wusste, dass ich mich auf Sie verlassen kann.«

Arabella tätschelte ihr die Hand. »War Uri brav, während ich fort war?«

»O ja, er war sehr artig. Musloom Shar hat Milch für ihn vorbeigebracht, aber Paddy will ihn langsam auf feste Nahrung umstellen.«

»Gut. Wer von den Kameltreibern begleitet Sie und Tony nach Warratah Station?«

»Musloom Shar, Mahomet Drim und Faiz Mohomet. Faiz will ein paar Farmen entlang des Birdsville Track beliefern und dann mit Tony zurückkehren. Musloom und Mahomet werden nach Mungerannie weiterreiten und Wasser holen, damit der Weg nicht ganz umsonst ist.«

Arabella musterte sie besorgt. »Wird die Reise nicht zu beschwerlich für Sie sein?«

Maggie seufzte. »Es wird bei der Hitze sicher anstrengend, aber nicht so anstrengend wie die viele Arbeit hier.«

»Regnet es hier eigentlich nie?« Arabella schaute resigniert aus dem Fenster. Überall wirbelte der Wind den roten Staub auf. Es gab fast kein Grün in der Stadt; sogar die spärlichen Bäume sahen wie gepudert aus. »Ich hätte nie gedacht, dass ich den Regen mal vermissen würde. Aber mir fehlen die Blumen, grüne Hügel, Singvögel … Wissen Sie, ich habe oft in meinem Zimmer am Fenster gesessen und den Rotkehlchen im Garten zugeschaut. Hier sieht man nichts als aufgewirbelten Staub.«

Maggie lächelte wehmütig. »Ich habe diese Dinge früher auch vermisst. Jetzt habe ich schon jahrelang nicht mehr daran gedacht. Aber ich kann Sie gut verstehen.«

Nach kurzem Schweigen sagte Arabella leise: »Tony hat mir von Ihren Herzproblemen erzählt, Maggie.«

»Warum kann er nicht den Mund halten?«, sagte Maggie zornig. »Ich will nicht, dass jemand sich um mich sorgt. Wenn meine Zeit um ist, dann ist es eben so. Bis dahin werde ich das Beste daraus machen.«

Ihr Mut erstaunte Arabella und beschämte sie zugleich. Sie dachte an die Wochen und Monate ihres Lebens, die sie in ihrem Zimmer verbracht und über ihre Wehwehchen geklagt hatte. Tränen liefen ihr über die Wangen.

Maggie schaute sie verdutzt an. »Was haben Sie denn?«

»Sie sind so tapfer«, sagte Arabella, »während ich selbst … ach, ich schäme mich so.«

Maggie ergriff ihre Hand. »Unsinn, Kindchen. Sie können stolz auf sich sein. Sie haben sich sehr zu Ihrem Vorteil verändert. Wenn ich daran denke, wie Sie hier ankamen und bedient werden wollten.« Maggie lächelte. »Sie sind mir eine große Hilfe gewesen, Arabella.«

»O ja, ich hätte fast das Haus abgefackelt. Ich war eine wunderbare Hilfe«, bemerkte Arabella sarkastisch.

»Ach, das mit dem Kamin ist mir auch schon passiert.« Maggie machte eine wegwerfende Handbewegung. »Und ich finde es rührend, wie Sie sich um das verwaiste Kameljunge kümmern. Sie sind ein tapferes Mädchen, Arabella.«

»Ich komme mir aber nicht so vor«, gestand sie leise.

»Ach, Arabella, wenn Sie wüssten, wie oft ich die Nase voll hatte und mich überfordert fühlte. So manches Mal hat der Mut mich verlassen. Hätte ich Tony nicht so sehr geliebt, hätte ich meine Siebensachen gepackt und wäre in den nächsten Zug gestiegen.«

Arabella war erstaunt. Sie konnte sich nicht vorstellen, dass Maggie jemals an Aufgabe gedacht hatte.

»Was ist denn draußen in der Wüste passiert?«, forschte Maggie.

Arabella wollte ihr gerade alles erzählen, doch in diesem Moment steckte Tony den Kopf ins Zimmer. »Es gibt ein Problem, Maggie.«

»Und welches?«

»Jemand muss die Wunde an Wallys Bein nähen. Ich hab Terry gesagt, dass du dich nicht wohl fühlst und dass Rita die Wunde nähen könne, aber Wally will Rita nicht an sich heranlassen.«

Maggie sah Arabella an. »Wie kommt Wally an eine Verletzung, die genäht werden muss?«

»Er wurde vom Speer eines Aborigine getroffen, als er mit dem Revolver auf Goolim angelegt hat.«

Maggie erschrak. »Du meine Güte! Das sieht Wally aber gar nicht ähnlich.« Sie sah ihren Mann an. »Bringt Wally nach oben, in Zimmer fünf. Ich werde die Wunde nähen.«

Tony nickte. »Ist gut.«

»Ich werde Ihnen helfen«, erbot sich Arabella. »Was kann ich tun?«

»Kochen Sie Wasser ab und bringen Sie es hinauf. Und ein paar saubere Handtücher. Außerdem ein Glas Whisky, damit ich die Nadel sterilisieren kann.« An Tony gewandt fuhr sie fort: »Rita wird uns helfen müssen, Wally festzuhalten. Ich kenne ihn. Er ist ein Bär von einem Mann, aber wehleidig wie ein kleines Kind!«

Arabella lief aus dem Zimmer und eilte die Treppe hinunter aus dem Haus. Sie hielt es nicht mehr aus, so schrecklich schrie und fluchte Wally. Rita, Tony und Stuart, der zum ersten Mal seit dem Vortag wieder auf den Beinen war, drückten Wallys Oberkörper aufs Bett, während Les Mitchell sein unverletztes Bein festhielt. Maggie hatte Wally gewarnt: »Wenn du nur ein einziges Mal nach mir trittst, während ich deine Wunde nähe«, hatte sie erklärt, »bekommst du mit einer gusseisernen Pfanne eins übergebraten!« Wally zweifelte nicht daran und hielt notgedrungen still. Rita erbot sich, ihn bewusstlos zu schlagen, damit sie ihn nicht festzuhalten brauchten, doch die anderen lehnten dankend ab.

Die Wunde musste mit zwanzig Stichen genäht werden. Nachdem Jonathan ein Laken zerschnitten und Maggie die Stoffstreifen griffbereit hingelegt hatte, damit sie die Wunde verbinden konnte, folgte er Arabella hinaus. Er fand sie auf der Straße vor dem Haus, wo sie aufgeregt hin und her lief.

»Alles in Ordnung?«, fragte Jonathan.

»Ja, es geht schon. Ich konnte Wallys Geschrei und seine Flüche nicht mehr aushalten.«

»Ritas Kraftausdrücke sind auch nicht zu verachten. Kommen Sie, wir machen einen kleinen Spaziergang.« Jonathan schüttelte schmunzelnd den Kopf, als er an die Schimpfwörter dachte, mit denen sie Wally überschüttet hatte.

Beide schwiegen eine Zeit lang. Schließlich sagte Arabella: »Maggie hat mich gefragt, ob ich mich um alles kümmere, wenn Tony sie zu ihrer Schwester begleitet.«

»Mit mir hat Tony auch schon geredet.«

»Der Gedanke, das Hotel zu führen, macht mich ganz schön nervös«, gestand Arabella. »Ich hab noch nie so viel Verantwortung übernehmen müssen.« Im Gunde hatte sie überhaupt noch nie Verantwortung für irgendetwas getragen. Sie hatte nie im Haushalt helfen, nie für ein Haustier sorgen müssen. An manchen Tagen hatten ihre Mutter oder die Haushälterin ihr sogar die Entscheidung darüber abgenommen, was sie anziehen sollte. Maggie hatte völlig Recht: Sie hatte sich sehr verändert. Dennoch fürchtete Arabella, der Aufgabe nicht gewachsen zu sein, nicht einmal mit Jonathans Unterstützung.

Jonathan lächelte. »Vielleicht tut es Ihnen ganz gut«, meinte er, als hätte er ihre Gedanken erraten. »Sind Sie sehr enttäuscht, dass Sie Ihre Reise nach Alice Springs jetzt verschieben müssen?«

»Was soll ich tun?« Arabella zuckte mit den Schultern. »Ich kann Maggie nicht im Stich lassen. Sie war so gut zu mir.«

Jonathan nickte. »Maggie ist eine großartige Frau.«

»Haben Sie gewusst, dass sie schwer krank ist? Sie hat ein vergrößertes Herz.«

Jonathan sah sie betroffen an. »Das höre ich zum ersten Mal!«

»Tony sagt, sie muss sich schonen und braucht unbedingt Ruhe, deshalb schickt er sie ja zu ihrer Schwester. Schon um Maggies willen werde ich mein Bestes geben.«

Sie gingen eine Weile schweigend nebeneinander her.

»Irgendwann wird der Zug wieder fahren«, sagte Arabella mit einem tiefen Seufzer. »So lange muss ich mich noch gedulden.«

Terry kam gerade die Treppe herunter, als Arabella und Jonathan ins Hotel zurückkehrten.

»Kann ich kurz mit Ihnen reden, Miss Fitzherbert?«

»Arabella, bitte.« Ihr fiel auf, dass Terry ein sehr ernstes Gesicht machte. Ob er sie über den Vorfall in der Wüste befragen wollte?

»Was gibt's denn, Terry?« Auch Jonathan bemerkte die sorgenvolle Miene des Constable.

»Es geht um Wally«, begann Terry zögernd.

Arabella sah ihn in angstvoller Erwartung an. »Was ist mit ihm?«

»Ich stecke in einer Zwickmühle.«

Arabella warf Jonathan einen nervösen Blick zu.

»Ich weiß nicht, was ich mit Wally machen soll«, fuhr Terry fort. »Wenn ich ihn einsperre, muss ich mich um ihn kümmern, und dafür fehlt mir die Zeit. Ich habe mir überlegt, ob ich ihn unter Hausarrest stellen soll, aber Frankie Miller ist noch nicht zurück, und deshalb ...«

»Augenblick mal«, fiel Arabella ihm ins Wort. »Wird Wally für seine Tat denn nicht zur Rechenschaft gezogen?«

»Doch, natürlich. Er wird dem Richter vorgeführt, sobald der wieder in die Stadt kommt, aber bis dahin ...«

»... gehört er hinter Gitter«, beendete Arabella den Satz.

»Sie haben ja Recht, aber was soll ich denn tun? Ich bin allein. Ich kann mich nicht auch noch um einen verletzten Häftling kümmern. Außerdem kocht Maggie für die Gefangenen – aber Maggie wird ja nicht da sein, und Sie wollen ihre Aufgabe bestimmt nicht übernehmen, oder?«

»Darauf können Sie wetten«, sagte Arabella.

»Ich habe Wally bereits verhört. Er hat alles zugegeben. Er ist besessen von der Gier nach Gold, aber im Grunde ist er ungefährlich.«

Arabella traute ihren Ohren nicht. »Er wollte mich und Goolim töten!«

Terry schüttelte den Kopf. »Er hatte nie die Absicht, jemanden zu töten. In seiner Waffe steckte nur eine einzige Kugel, und das auch nur für den Fall, dass er eine Schlange erschießen müsste. Wally behauptet, dass die Waffe aus Versehen losgegangen ist und dass er genauso erschrocken sei wie Goolim. Ich glaube ihm.

Wally ist im Grunde ein Feigling. Sie haben doch gehört, was für ein Theater er gemacht hat, als er genäht wurde.«

»Sie können ihn doch nicht einfach so davonkommen lassen!«, empörte sich Arabella. »Ich dachte, er würde mich draußen in der Wüste erschießen!«

»Ich kann Sie ja verstehen«, sagte Terry. »Und er wird seine Strafe bekommen. Aber bis es so weit ist …« Terry holte tief Luft. »Um es kurz zu machen: Tony hat angeboten, dass Wally vorerst hier im Hotel bleiben kann, unter Hausarrest.«

»Hier? Im Hotel?«, wiederholte Arabella mit schriller Stimme.

Terry nickte.

»Das werden wir ja sehen!« Arabella lief die Treppe hinauf, um mit Maggie zu reden.

Maggie hatte sich gerade wieder hingelegt, als Arabella anklopfte und ins Zimmer stürmte, ohne eine Antwort abzuwarten.

»Terry sagt mir gerade, dass Tony vorgeschlagen hat, Wally hier im Hotel wohnen zu lassen«, sprudelte sie aufgeregt hervor.

»Ja, sicher. Wie soll Wally mit der schweren Verletzung denn für sich selbst sorgen?«

»Maggie, er wollte mich und Goolim töten!«

»Nein, Arabella, ganz bestimmt nicht. Wally ist ein Trottel vor dem Herrn, aber er ist kein Mörder. Ich war dabei, als Terry ihn verhört hat. Ich könnte Wally in den Hintern treten für seine Dummheit und dafür, dass er Ihnen solche Angst eingejagt hat. Das ist typisch Wally!«

»Er … er hatte eine Waffe, Maggie«, stammelte Arabella, die nicht glauben konnte, dass Maggie diesen Mann in Schutz nahm.

»Hier im Outback trägt jeder eine Waffe, Arabella. Allein schon wegen der vielen Giftschlangen. Wally ist wirklich kein Mörder, glauben Sie mir. Ich weiß noch, wie er mal bei sich zu Hause eine Schlange entdeckt hatte und angerannt kam, damit Tony sie erlegte, weil er selbst nicht mit Waffen umgehen kann.

Wally würde nicht mal ein Scheunentor aus zwanzig Metern Entfernung treffen. Er wollte Goolim Angst einjagen, und das ist ihm gelungen. Wally weiß selbst, dass er sich wie ein Trottel benommen hat.«

»Nach allem, was ich durchgemacht habe, könnt ihr doch nicht von mir verlangen, dass ich auch noch Verbrecher pflege!«, sagte Arabella verzweifelt.

»Das verlangt niemand. Ich habe mit Rita gesprochen. Sie wird sich um Wally kümmern.«

Arabella glaubte, sich verhört zu haben. Das wurde ja immer schöner! »Rita kann mich nicht ausstehen.«

Maggie sah sie überrascht an. »Wie kommen Sie denn darauf?«

»Sie macht jedes Mal ein finsteres Gesicht, wenn sie mich sieht.«

Maggie schüttelte den Kopf. »Ich kenne Rita seit vielen Jahren und habe sie nicht ein einziges Mal lächeln sehen. Das ist nun mal ihre Art. Nach außen hin gibt sie sich hart und abgebrüht, aber unter der rauen Schale steckt ein weicher Kern.«

Arabella war sich da nicht so sicher, sagte aber nichts. Mit hängenden Schultern verließ sie das Zimmer, damit Maggie ausruhen konnte.

Draußen im Flur wäre sie beinahe mit Stuart zusammengestoßen. »Hoppla, junge Dame, passen Sie auf, wo Sie hintreten«, sagte er und hielt sie fest.

»Stuart! Wie geht es Ihnen? Vorhin bin ich gar nicht dazu gekommen, mit Ihnen zu reden. Und alles nur wegen diesem grässlichen Wally!«

»Mir geht es gut«, erwiderte Stuart. »Aber Sie haben allerhand erlebt, wie ich hörte, nicht?«

»Ach, halb so schlimm«, entgegnete Arabella.

»In gewisser Weise fühle ich mich dafür verantwortlich. Hätte ich hier in der Gegend nicht nach Gold gesucht, wäre

Wally nicht auf dumme Gedanken gekommen und hätte Sie verschleppt.«

Arabella blickte zu ihm auf. »Sie können nichts dafür, Stuart. Machen Sie sich keine Vorwürfe. Wally ist ein Widerling. Ich kann nicht glauben, dass Terry ihn nach allem, was er getan hat, auf freiem Fuß lässt und noch dazu hier im Hotel unterbringen will. Solange Wally hier ist, werde ich mich keine Minute sicher fühlen.«

»Wally wird Sie nicht belästigen, dafür sorge ich schon. Und wenn ich vor seinem Zimmer Wache stehen muss.« In seinem tiefsten Innern fühlte Stuart sich gekränkt, weil er an der Suche nach Arabella nicht hatte teilnehmen können.

Arabella lächelte ihn an. »Danke, Stuart, das wäre mir eine große Beruhigung!«, sagte sie erleichtert.

17

Als Arabella am nächsten Morgen mit Jonathan vor dem Hotel stand und Maggie und Tony zum Abschied winkte, war sie innerlich in Aufruhr. Weil sie Maggie nicht noch mehr beunruhigen wollte, hatte sie versucht, Ruhe zu bewahren.

Die Augen mit einer Hand vor der grellen Sonne schützend, sahen sie und Jonathan zu, wie die Kamele mit ihren Reitern in der Ferne verschwanden.

Es waren insgesamt elf Tiere, fünf mit Reitern und sechs, die mit Wassertanks beladen waren. Maggie trug Arabellas Hut und Schal, um sich vor der Sonne zu schützen. Sie hatte verlegen dreingeschaut, als sie die Sachen angezogen hatte – sie wusste, dass sie damit genauso lächerlich aussah wie zuvor Arabella –, doch sie musste zugeben, dass es eine gute Methode war, um Kopf und Gesicht vor der sengenden Sonne zu schützen.

Je weiter die Kette der Kamele sich entfernte, umso größer wurden Arabellas Sorgen. »Ich weiß nicht, ob ich das kann, Jonathan«, flüsterte sie, den Tränen nahe.

»Wir schaffen das schon«, sagte er und legte ihr ermutigend einen Arm um die Schulter.

»Maggie erwartet von mir, dass ich für die Hotelgäste das Essen zubereite«, sagte sie, »aber allein der Gedanke macht mir Angst. Bevor ich hierhergekommen bin, habe ich kaum in einer Küche gestanden, geschweige denn etwas gekocht. Schon als ich Maggie zur Hand ging, habe ich Fehler über Fehler gemacht. Was soll ich bloß tun, wenn das Haus voller Gäste ist?«

»Sie sind nicht allein, Arabella«, sagte Jonathan. »Was immer auch passiert, gemeinsam schaffen wir's. Ich bin stets an Ihrer Seite. Und vergessen Sie nicht – in einer Küche kann ich mir durchaus helfen.«

»Ich weiß gar nicht, was ich ohne Sie tun würde, Jonathan«, sagte Arabella.

Sie sah sein erfreutes Lächeln nicht.

Als sie zurück ins Hotel gingen, erzählte Jonathan, dass Wally offenbar wütend geworden war, als er erfahren hatte, dass Rita sich um ihn kümmern würde. »Ich glaube, es machte ihm umso mehr zu schaffen, als sein verletztes Bein ihm Schmerzen bereitet und wir keine Medizin dagegen haben.«

»Maggie sagte, Rita könnte Wally ein Heilmittel der Aborigines gegen die Schmerzen geben«, sagte Arabella.

»Das könnte sie, nur – Wally würde es nicht nehmen. Er will Whiskey oder Rum. Aber er kann nicht ständig Alkohol trinken.«

»Auf gar keinen Fall!«, sagte Arabella. »Betrunken ist er noch schlimmer als ohnehin schon. Und er soll bloß nicht glauben, dass ich etwas für ihn tue. Ich will ihn gar nicht hierhaben. Es tut mir leid, dass Wally Schmerzen hat, aber das ist seine eigene Schuld. Was er getan hat, war verwerflich.«

In diesem Augenblick kam Stuart Thompson herunter. Er sagte, er wolle Bess eine Runde spazieren führen, um zu sehen, wie es ihrem Huf ging, und dass Uri sie begleite.

»Pflück unterwegs bloß keine *bush plums*«, sagte Jonathan grinsend. Die beiden waren zum freundschaftlicheren Du übergegangen.

»Da mach dir mal keine Sorgen«, sagte Stuart, wurde aber blass. Er wandte sich Arabella zu. »Ich habe eben ein Wort mit Wally gewechselt, damit er dich … äh, Sie nicht belästigt.«

»Danke, Stuart«, sagte Arabella. »Übrigens finde ich, wir könnten die förmliche Anrede auch lassen.«

»Dein Wunsch ist mir Befehl«, sagte Stuart lächelnd und ging zur Tür hinaus.

Jonathan hob die Brauen. »Und was ist mit uns? Bleibt es bei den Förmlichkeiten, Miss Fitzherbert?«

»Du kannst mir gleich jetzt bei der Hausarbeit helfen«, sagte Arabella lachend.

Wenig später, Jonathan und Arabella arbeiteten in der Küche, kam Rita herein. Sie nahm den Tee mit dem Toast, den Jonathan für Wally hergerichtet hatte, und machte sich auf den Weg nach oben. Arabella nahm sie kaum zur Kenntnis, was dieser nur recht war. Rita machte ihr immer noch Angst.

Ein paar Minuten später hörten Jonathan und Arabella zornige Stimmen von oben. Kurz darauf kam Rita die Treppe heruntergepoltert und verließ beleidigt das Haus.

»Ich weiß nicht, wie es mit der Abmachung klappen soll«, sagte Arabella zu Jonathan. »Ganz abgesehen davon, dass Rita eher dazu neigt, jemanden zu verprügeln als zu pflegen, hat sie ein Alkoholproblem. Ich fürchte, sie wird sich jeden Tag betrinken, anstatt sich um Wally zu kümmern.«

»Du machst dir zu viele Sorgen«, sagte Jonathan. »Maggie hat Rita bestimmt gewarnt, die Finger von der Flasche zu lassen.«

»Der Alkohol ist Ritas schwacher Punkt, und die Männer wissen das«, sagte Arabella. »Sie machen sie betrunken, damit sie an Lily, Missy oder eine andere der jungen Aborigine-Frauen herankönnen. Ich hoffe nur, Rita bricht keine Schlägerei vom Zaun.«

Edmund Fitzherbert betrat Zimmer fünf im Central Hotel in Alice Springs und schloss leise die Tür. Er war nicht überrascht, die Fensterläden verschlossen und seine Frau im Halbdunkel auf dem Bett vorzufinden. Sie so zu sehen war ein vertrauter Anblick geworden, seit sie die erschütternde Nachricht vom tragischen Tod ihrer Tochter erhalten hatten.

»Man hat mir versichert, dass die Bahnstrecke fast wieder in Stand gesetzt ist«, sagte Edmund sanft.

Edmund wunderte sich nicht, dass seine Frau ihm keine Antwort gab. Clarice hatte noch nicht gelernt, mit ihrem Schmerz umzugehen und die quälende Tatenlosigkeit zu akzeptieren, die mit einem Leben ohne Arabella und in dieser Stadt im Outback einherging. Doch ihnen beiden blieb keine andere Wahl, wollten sie nicht den Verstand verlieren.

Clarice starrte bedrückt auf die geschlossenen Fensterläden. Edward glaubte den Grund zu kennen, weshalb seine Frau die Läden nicht offen haben wollte: Die grelle, gnadenlose Sonne hatte aller Wahrscheinlichkeit nach Arabella getötet – vorausgesetzt, sie hatte den Sturz aus dem fahrenden Zug überlebt. Diese Erinnerung war zu viel für Clarice, und so blieb sie lieber bei geschlossenen Fensterläden im Zimmer.

Als Edward sie nun betrachtete, erkannte er sie kaum wieder, so schrecklich war sie abgemagert. Auch ihre Lebensenergie schwand. Er hatte Angst um sie, doch er fühlte sich völlig hilflos. »Hast du gehört, Clarice? Wir werden Alice Springs schon bald verlassen können und wieder zu Hause sein.«

»Zu Hause!«, sagte Clarice, während ihr die Tränen in die Augen traten. »Zu Hause wird nie wieder dasselbe sein …«

»Ich weiß«, sagte Edward und senkte den Kopf. Er konnte den Gedanken ebenfalls nicht ertragen, ohne Arabella nach Hause zurückzukehren, aber sie mussten der Tatsache ins Auge sehen, dass ihre Tochter für sie verloren war.

»Warum konnte nicht ich es sein?«, flüsterte Clarice. »Arabella war noch so jung … sie hatte ihr Leben noch vor sich.« Immer wieder stellte sie sich vor, wie Arabella in der Nacht aus dem Bett im Zugabteil stieg, verwirrt, in der Dunkelheit und an einem fremden, gefährlichen Ort. Sie sah vor ihrem geistigen Auge, wie Arabella versehentlich die Hintertür öffnete und aus dem Waggon stieg. Dieses Bild quälte Clarice unaufhörlich.

Sie hatte Edward nie ausdrücklich die Schuld an Arabellas Tod gegeben, doch er spürte, dass Clarice ihm tief in ihrem Innern doch die Schuld gab – schließlich hatte er darauf bestanden, dass sie ins Herz der Wüste reisten. Edward selbst jedenfalls gab sich die Schuld an dem tragischen Geschehen. Hätte er diese Reise nicht unbedingt unternehmen wollen, wäre Arabella jetzt noch bei ihnen.

Doch es hatte keinen Sinn, darüber nachzudenken, was hätte sein können. Solange er lebte, würde er niemals den Tag vergessen, an dem er und Clarice aufgewacht waren und festgestellt hatten, dass ihre einzige Tochter verschwunden war. In diesem Augenblick hatte ihr Leben sich auf schreckliche Weise für immer verändert.

Arabella und Jonathan bereiteten gerade Brotteig vor, als Rita wiederkam, um Wallys Verband zu wechseln.

»Die Missus hat gesagt, das muss ich jeden Tag machen«, erklärte sie. Sie sah nicht allzu glücklich aus, doch Jonathan und Arabella erkannten, dass sie ihr Versprechen Maggie gegenüber halten wollte, und das war aller Ehren wert. Arabella gab ihr eine Schüssel mit warmem Wasser, ein Handtuch und einige von den frischen Verbänden, die Maggie dagelassen hatte, und Rita ging nach oben. Die riesige Aborigine wusste, was sie zu tun hatte: Maggie hatte ihr gezeigt, wie sie Wallys Wunde versorgen sollte.

»Wir brauchen wahrscheinlich noch Holz für den Ofen«, sagte Jonathan, als er den Feuerkasten schürte. »Ich gehe noch welches hacken.«

»In Ordnung«, antwortete Arabella lächelnd.

Jonathan war kaum draußen, als Arabella plötzlich wütende, laute Stimmen hörte. Zwischen Rita und Wally war offenbar ein heftiger Streit entbrannt. Arabella erstarrte vor Schreck.

Jonathan kam in die Küche zurück. »Was ist denn das für ein

Geschrei?« Er hatte den Lärm bis hinunter zum Holzstapel gehört.

Arabella war bleich geworden. Sie hatte Angst davor, was geschehen würde, wenn Wally oder Rita die Beherrschung verloren. »Ich weiß auch nicht«, sagte sie.

Sie hörten eine Tür zuknallen und dann Ritas schwere Schritte, als sie, laut in ihrer Stammessprache schimpfend, die Treppe herunterkam. Rita sah noch einschüchternder aus als sonst: Ihre Augen traten hervor, ihre Miene war mörderisch.

Jonathan wusste nicht, was er tun sollte, und Arabella wich erschrocken zurück. Rita wedelte fluchend mit ihren gewaltigen Armen, eilte an den beiden vorbei und stapfte zur Hintertür hinaus.

Jonathan und Arabella sahen einander ratlos an. Sie konnten sich nicht vorstellen, was eine solch heftige Auseinandersetzung ausgelöst haben könnte. Augenblicke später hörten sie draußen einen lauten Knall und rannten zur Hintertür. Rita stand vielleicht zehn Schritte von ihnen entfernt. Sie starrte mit wütendem Gesicht zu einem der oberen Fenster an der Rückwand des Hotels hinauf. Ein Nachttopf war auf dem Dach des Toilettenhäuschens gelandet und zertrümmert. Ob Wally den Nachttopf auf Rita oder das Häuschen geschleudert hatte, vermochten Arabella und Jonathan nicht mit Bestimmtheit zu sagen, doch Rita konnte ihre Wut kaum bezähmen. Die Zimmer an der Rückwand des Hotels hatten keinen Balkon, und das war wohl auch gut so: In ihrem Zorn wäre sie vermutlich an einem Pfosten zu Wally hinaufgeklettert, um ihn zu erwürgen. In Anbetracht der Lage schloss Jonathan zur Sicherheit die Hintertür und sperrte sie ab.

»Was tust du da?«, fragte Arabella.

»Vermutlich Wallys Leben retten«, sagte er.

Sie traten beide ans Fenster, um zu sehen, was Rita jetzt vorhatte. Noch immer stand sie da und schnaubte vor Wut. Hätte sie

Wally in die Finger bekommen, hätte der sich wohl nie mehr um sein Bein sorgen müssen.

Schließlich stieß Rita ein obszönes Schimpfwort aus und verzog sich.

Arabella hörte, wie Jonathan erleichtert aufatmete, und sie erkannte, dass er mit dem Schlimmsten gerechnet hatte. In der Annahme, dass es jetzt sicher sei, ins Freie zu treten, sperrten sie die Hintertür wieder auf und gingen vorsichtig hinaus, um zu sehen, welchen Schaden der Nachttopf auf dem Dach der Außentoilette angerichtet hatte. Sie waren eben dabei, das Dach zu inspizieren, als sie geschockt zurückwichen.

»Ich komm nie wieder her! Soll jemand anders sich um diesen dreckigen weißen Kerl kümmern!«, schnaubte Rita, die wie aus dem Nichts plötzlich wieder aufgetaucht war. Sie sah mit ihren Fäusten fuchtelnd zu dem Fenster hoch, wo Wally stand und sie beobachtete. »Ich schleif dich da raus und lass dich in der Sonne verdorren!«, rief sie zu ihm hinauf, auf die Wüste deutend.

»Verzieh dich, du fettes Ungeheuer!«, brüllte Wally herunter, bevor er das Fenster zuknallte.

Rita stieß eine weitere wüste Schimpfkanonade aus und stapfte dann wieder davon.

»Du liebe Güte«, rief Arabella, während sie ihr nachsah. »Das darf doch alles gar nicht wahr sein!« Maggie und Tony waren erst seit ein paar Stunden fort, und schon war die Hölle los.

»Sie wird sich schon wieder beruhigen, Arabella«, sagte Jonathan. »Am besten, ich gehe mal zu Wally rauf und sehe nach, wie es dazu kommen konnte.«

Ein paar Minuten später kam Jonathan wieder herunter und berichtete Arabella, was passiert war.

»Wally wollte, dass Rita seinen Nachttopf ausleert, aber sie hat sich geweigert«, sagte er.

»Das kann ich ihr nicht verdenken«, sagte Arabella und rümpfte die Nase.

»Er kann aber nicht gut genug laufen, um es hinunter bis zur Toilette zu schaffen«, sagte Jonathan. »Na ja, ich bringe ihm noch eine Tasse Tee hoch, und dann erledige ich die Sache mit dem Nachttopf.«

»Les und Ted sind Wallys Kumpel. Vielleicht können wir sie überreden, dass sie herkommen und sich um ihn kümmern«, schlug Arabella vor.

»Da habe ich große Zweifel«, sagte Jonathan.

»Dann muss Wally sich eben mit Rita abfinden, falls sie zurückkommt.«

Als Jonathan das nächste Mal aus Wallys Zimmer kam, berichtete er Arabella, Wally wolle Rita nicht mehr sehen. Als Stuart von seinem Spaziergang zurückkehrte, erklärte Jonathan auch ihm, was passiert war.

Arabella war wütend darüber, dass Wally glaubte, er könne Bedingungen stellen. »Ich glaube, er muss daran erinnert werden, dass er in Polizeigewahrsam sein sollte«, fauchte sie aufgebracht. »Was glaubt der Kerl, wer er ist, hier Befehle zu erteilen!« Sie war so wütend, dass sie ihre Angst völlig vergaß und zu seinem Zimmer hinaufstapfte. Stuart folgte ihr.

»Hör zu, Wally Jackson!«, sagte sie, nachdem sie in Wallys Zimmer geplatzt war. Sie konnte selbst kaum glauben, dass sie Wally einfach duzte, als wären sie alte Bekannte. »Maggie hat Rita hiergelassen, damit sie sich um dich kümmert, und das ist mehr, als du verdient hast!«

Stuart stand sprachlos im Türrahmen.

»Ich will nicht, dass dieses Weib sich um mich kümmert«, sagte Wally mürrisch. »Sie tut nicht, was ich ihr sage. Was nützt sie mir da?«

Arabella konnte sehen, dass er stark schwitzte. Offenbar litt er große Schmerzen, und Mitleid keimte in ihr auf. Dennoch fauchte sie: »Dann verbring deine Zeit im Gefängnis, wo du hingehörst.«

Wally wollte etwas zu seiner Verteidigung sagen, überlegte es sich dann aber anders. Er wusste, dass es reine Zeitverschwendung sein würde; er hatte Arabella zu viel Böses angetan. Er stöhnte vor Schmerzen auf und drehte den Kopf zum Fenster.

Arabella sah, dass die Blechschüssel, die das Wasser enthalten hatte, um seine Wunde auszuwaschen, umgekippt auf dem Boden lag und dass sein Hemd nass war. Sie hatte geglaubt, es sei Schweiß gewesen, aber jetzt hatte sie den Verdacht, dass Rita mit der Wasserschüssel nach ihm geworfen hatte. Und sie sah einen roten Fleck auf dem Verband an seinem Bein. Sie wusste nicht viel über Wunden, doch der gesunde Menschenverstand sagte ihr, dass die Wunde sich entzündete, wenn der Verband nicht gewechselt wurde.

»Du wirst den Verband selbst wechseln müssen, wenn du es Rita nicht tun lässt«, sagte sie.

Wally warf einen Blick auf seinen Verband; dann wandte er sich wieder zum Fenster um, als wäre es ihm egal.

»Wenn die Wunde brandig wird, verlierst du dein Bein«, fügte Arabella hinzu.

»Dann würden wenigstens die Schmerzen aufhören«, sagte Wally mit verzerrtem Gesicht, während er sein Bein unterhalb der Wunde umklammert hielt. »Ich weiß nicht, wie lange ich das noch aushalte«, sagte er mit angehaltenem Atem.

»Was hattest du am Fenster zu suchen? Nachttöpfe durch die Gegend werfen und Rita beschimpfen ist nicht die beste Idee, wenn es dir so schlecht geht.«

»Der verdammte Topf roch nicht besonders gut, deshalb musste ich ihn irgendwie loswerden«, knurrte Wally.

Arabella spürte, dass es ihm peinlich war, einen Nachttopf benutzen zu müssen. Sie stieß einen hilflosen Seufzer aus. Am liebsten hätte sie das Zimmer verlassen, musste aber ständig an Maggie denken: Maggie hätte ihre Gefühle beiseitegeschoben und jedem geholfen, der Hilfe brauchte. Und Arabella strebte danach, wie Maggie zu sein.

Sie wandte sich an Stuart. »Der Verband sollte gewechselt werden«, sagte sie.

»Das kann ich erledigen, wenn du willst«, antwortete er.

»Nein, ich mache das schon. Aber bleib bitte in der Nähe.«

»In Ordnung«, versprach Stuart.

Sie wandte sich wieder an Wally. »Lass mich einen Blick auf deine Wunde werfen«, sagte sie.

Wally ließ sich aufs Kissen zurückfallen und legte einen Arm über den Kopf. Als Arabella sich ihm vorsichtig näherte, konnte sie erkennen, dass sein Gesicht schweißnass war. Es schien, als würde er jeden Augenblick das Bewusstsein verlieren. Die Gewissheit, dass er zu schwach war, ihr etwas anzutun, verlieh ihr neuen Mut, und vorsichtig wickelte sie den Verband von seiner Wunde. Maggie hatte sie ordentlich genäht, doch sie blutete immer noch ein wenig.

Niemand sprach ein Wort, als Arabella Wallys Wunde behutsam reinigte und dann den frischen Verband anlegte. Als sie anschließend aufräumte, sagte Wally so leise, dass sie ihn kaum hörte: »Danke.«

Arabella warf einen ungläubigen Blick auf ihn. Sie konnte nicht erkennen, ob er es widerwillig gesagt hatte oder ob er es aufrichtig meinte und nur verlegen war. »Das habe ich für Maggie getan«, sagte sie und verließ das Zimmer. Stuart schloss hinter ihnen die Tür.

»Alles in Ordnung mit dir?«, fragte er.

»Ja. Maggie hätte ihm geholfen, und ich will sie nicht enttäuschen.«

»Du bist sehr freundlich«, sagte Stuart.

»Ohne dich hätte ich es nicht gekonnt. Danke.«

»Es gibt keinen Grund, mir zu danken. Ich spiele gern den Helden.« Er lächelte, und seine blauen Augen funkelten.

»Und das kannst du auch gut«, sagte Arabella kokett.

Während sie lachend zur Treppe gingen, kehrte Jonathan in

die Küche zurück. Er hatte am Fuß der Treppe gestanden und ihre Worte mit angehört. Eifersucht nagte in ihm. In seinen Augen war ein rastloser Mann wie Stuart nicht der Richtige für Arabella. Er würde es ihr sagen müssen – zu ihrem eigenen Besten.

»Guten Morgen, Leute«, rief eine Stimme von der Hintertür her. Es war Terry. »Wie geht's Wally?«

»Haben Sie es noch nicht gehört?«, fragte Arabella mit einem Blick auf Jonathan.

»Ich wollte Terry eben sagen, dass Wally sich mit Rita nicht besonders versteht«, sagte Jonathan.

»Haben Sie denn auch schon die Delle im Dach der Außentoilette gesehen?«, fragte Arabella.

Terry runzelte die Stirn. »Delle?«

»Ja, dank Wallys Nachttopf. Ich bin mir nicht sicher, ob er auf die Außentoilette oder auf Rita gezielt hat.«

Terrys Augen weiteten sich. »Ich gehe rauf und rede mit ihm«, sagte er. »Keine Sorge, er wird euch keinen Ärger mehr machen. Wenn er auch nur auf die Idee kommt, landet er sofort hinter Gittern.«

Nachdem Terry hochgegangen war, erkundigte sich Jonathan nach Wallys Bein.

»Ich mache mir Sorgen«, sagte Arabella. »Das Bein sieht aus, als könnte es sich entzünden. Maggie sagte, Rita hätte ein Aborigine-Heilmittel gegen Infektionen, aber ich bezweifle, dass Wally dafür zu haben ist.«

»Ist ihm denn nicht klar, dass er sterben könnte?«, sagte Jonathan. »Wenn Terry gegangen ist, werde ich ihm einen anderen Nachttopf bringen und versuchen, ihn zur Vernunft zu bringen.«

Später an diesem Nachmittag, als Arabella sich in der Küche zu schaffen machte, hörte sie fremde Stimmen in der Bar. Jonathan bediente dort. Sie wollte schon hinübergehen, um festzustellen, mit wem er sprach, als er in die Küche kam.

»Habe ich in der Bar eben fremde Stimmen gehört?«, fragte sie. Ihr gefiel Jonathans Miene nicht.

»Ja. Eine Meute Schafscherer ist hereingeschneit.«

»Schafscherer!«, stöhnte Arabella. »Wie viele denn?«

»Zehn Mann, würde ich sagen.«

»Hier können sie nicht bleiben«, sagte Arabella erschrocken. Selbst von hier, aus der Küche, konnte sie den Lärm der rauen Burschen hören. »Du hast sie doch nicht allein in der Bar gelassen?«

»Nein, Stuart bedient sie. Sie wollen über Nacht bleiben. Sie sind den ganzen Weg von Port Augusta hierhergekommen, deshalb kann ich sie nicht abweisen. Sie nehmen den Birdsville Track nach Südwest-Queensland – das heißt, das hier wird für eine ganze Weile ihr letzter richtiger Zwischenstopp sein.«

»Sie werden zu Abend essen wollen, und so viel Fleisch haben wir nicht vorrätig.«

»Ich glaube, es ist genug. Keine Sorge, wir werden sie schon satt bekommen.«

»Keine Sorge? Für mich ist das ein Albtraum, der wahr wird, Jonathan!«

»Ich weiß, Arabella, aber Maggie und Tony können das Geld vermutlich gut gebrauchen, um die laufenden Kosten für diesen Monat zu bestreiten. Ich finde, wir sollten ihnen zuliebe unser Bestes tun.«

Das hatte Arabella nicht bedacht. »Du hast Recht«, sagte sie. »Aber ich habe Angst, dass etwas passiert. Es könnte sich herumsprechen und den guten Ruf des Great Northern Hotels ruinieren.«

»Maggie hat Vertrauen in dich, Arabella, sonst hätte sie dich nicht gebeten, dich hier um alles zu kümmern. Wir dürfen die Männer nicht abweisen.«

Irgendwie fühlte sich Arabella bei diesem Gedanken nur noch schlechter.

Während Jonathan Koteletts hackte, schälte Arabella Kartoffeln und Mohrrüben. Wie üblich brauchte sie eine Ewigkeit dafür. Außerdem hörte sie die Schafscherer in der Bar, und das machte sie nervös. Die Männer lachten und grölten immer lauter, was Arabellas Angst und Unsicherheit wachsen ließ.

Als die Koteletts fertig waren, legte Jonathan sie auf den Grill und schnitt Brotlaibe in Scheiben.

»Ich glaube, wir haben nicht genug Gemüse«, meinte Arabella.

»Im Gemüsegarten ist nicht mehr viel«, sagte Jonathan. »Wir werden damit auskommen müssen.«

»Wenn die Schafscherer das alles aufessen, haben wir nichts mehr für uns selbst«, sagte Arabella. Sie hatten bereits ihre Fleischvorräte geplündert, die für die ganze nächste Woche reichen sollten.

»Wir werden schon etwas finden«, sagte Jonathan. »Keine Sorge, für ihren Aufenthalt hier knüpfen wir den Burschen einen hübschen Batzen ab.« Er verstummte, lauschte dem Lachen und Grölen der Männer. »Wenn du Klavier spielst, werden sie sich vielleicht ein bisschen bremsen. Wie wär's? Es wäre ja nicht die erste Horde Schafscherer, die du durch dein Klavierspiel in zahme Lämmchen verwandelst.«

»Na schön«, sagte Arabella. »Ich kann's ja mal versuchen.« Sie strich sich das Haar glatt, nahm die Schürze ab und ging hinüber in den Speisesaal. Als die Schafscherer sie sahen, pfiffen sie und gaben Kommentare ab, die Arabella lieber nicht gehört hätte. Sie senkte den Kopf und eilte weiter, einen Blick auf Rita, Lily und Missy erhaschend, die auf der Veranda saßen. Sie betete, dass Rita keinen Streit vom Zaun brach.

Je mehr die Schafscherer tranken, desto lauter wurden sie. Nicht einmal Arabellas Musik schien daran etwas ändern zu können. Ein paar Männer allerdings wollten ihr zuhören, weil Dave Brewer vom Transcontinental »die Pianistin« in Marree erwähnt hatte, und so kam es zum Streit mit anderen Männern, die zu betrunken waren, als dass sie sich noch für Arabellas Spiel interessiert hätten. Arabella war sicher, dass bald eine Prügelei losbrach und dass die Männer das Hotel kurz und klein schlagen würden.

Ein großer Kerl drängte sie, Ragtime-Melodien zu spielen. Arabella tat ihm den Gefallen, um den Frieden zu wahren, doch als der Mann ausfallend wurde, stand sie auf, um den Salon zu verlassen. Lachend versperrte der Kerl ihr den Weg.

»Lassen Sie mich durch«, sagte Arabella. »Ich muss in der Küche helfen, das Abendessen herzurichten.«

»Nicht so hastig«, sagte der Schafscherer. Er legte ihr eine verschwitzte Hand auf die Schulter und hielt sie mit eisernem Griff fest. Arabella zitterte, Tränen traten ihr in die Augen.

»Lassen Sie mich gehen«, flehte sie. Sie hätte gern nach Jonathan oder Stuart gerufen, wollte aber keine Massenschlägerei provozieren.

»Spiel erst noch ein bisschen, Süße«, sagte der Schafscherer.

»Ich … kann nicht«, sagte Arabella. Die Art, wie er sie ansah, lähmte sie fast vor Angst. Sie wollte nur noch weg.

»Lass sie in Ruhe, Wilson«, sagte ein anderer Scherer.

»Ich will, dass sie *By the Wayside* spielt«, sagte Wilson störrisch.

»Diese Melodie kenne ich nicht«, wand Arabella ein. »Bitte, ich muss jetzt gehen!«

»Erst wenn du noch ein bisschen gespielt hast«, knurrte Wilson.

Arabella hielt nach Stuart Ausschau, aber von dort, wo das Klavier stand, konnte sie ihn hinter der Bar nicht sehen.

Plötzlich wandelte sich der Gesichtsausdruck des Schafscherers. Seine hämische Miene wich einem ungläubigen Ausdruck. Arabella sah dicke schwarze Finger, die sich in einem stählernen Griff um die Schulter des Mannes legten. Trotz seiner Größe wurde er von Rita von den Füßen gehoben, ins Freie gezerrt und in den Staub geworfen.

Anstatt ihrem Kumpan zu Hilfe zu kommen, grölten die Männer in der Bar vor Begeisterung. Zu Arabellas Erstaunen schienen sie sich über Wilsons missliche Lage zu amüsieren.

Wilson war schockiert, von einer Frau angegriffen und wie ein Sack Kartoffeln hinausgeschleppt zu werden, doch er rappelte sich schnell wieder auf. Als er sah, wie seine Kumpane über ihn lachten, fühlte er sich gedemütigt und brüllte vor Wut. Er war das Großmaul der Gruppe, der selbst ernannte Anführer, sodass die anderen einen Schritt zurücktraten, als er versuchte, zu einem Faustschlag gegen Rita auszuholen. Wilson war ein großer, starker Mann, doch seine Arme waren nicht annähernd so dick wie Ritas. Sie trat einen Schritt zurück, um seinem Faustschlag auszuweichen, und verpasste ihm dann einen Aufwärtshaken, der ihn einen Salto schlagen ließ. Wilson ging mit einem dumpfen Aufprall rücklings zu Boden und stand nicht wieder auf.

Den anderen Schafscherern blieb vor Staunen die Luft weg. Als Rita sich zu den Männern umwandte, wichen diese ängstlich zurück und steuerten eingeschüchtert auf die Bar zu.

Arabella flüchtete auf ihr Zimmer, schloss die Tür von innen ab und holte tief Luft, um sich zu beruhigen. Sie zitterte am ganzen Körper. Als sie hinaus auf den Balkon trat, stellte sie fest, dass der Wind aufgefrischt hatte. Staub wirbelte über die Straße.

Plötzlich hörte sie einen lauten Knall. Erschrocken zuckte sie zusammen. Sie konnte niemanden sehen. Dann fiel ihr auf, dass die Balkontür zu Maggies und Tonys Zimmer vom Wind aufgeflogen war. Als Arabella die Tür schließen wollte, sah sie, dass auf dem Boden des Schlafzimmers verstreut Papiere lagen. Offenbar hatte der Wind sie von Tonys Schreibtisch, der in der Ecke des Zimmers stand, geweht. Arabella sammelte die Papiere ein und beschloss, sie in die Schreibtischschublade zu legen, für den Fall, dass der Wind die Tür noch einmal aufreißen sollte. Sie zog die Schublade auf und erschrak. Ganz zuoberst lag ein Blatt Papier voller roter Zahlen – die Bilanz. Arabella blieb die Luft weg: Das Hotel war hoffnungslos verschuldet.

Jetzt begriff sie, weshalb Tony so oft nachdenklich, ängstlich und zornig gewesen war. Er machte sich Sorgen um das Hotel – und das zu Recht, wie es schien. Arabella war sicher, dass Maggie die katastrophale finanzielle Lage nicht in vollem Ausmaß kannte.

Eine Stunde später, die Schafscherer hatten friedlich wie die Lämmchen gegessen, ohne Arabella noch einmal zu belästigen, riefen Stuart und Jonathan in der Bar die letzte Getränkerunde aus.

Erleichtert begab Arabella sich in die Küche und machte sich daran, die Berge von Geschirr zu spülen; Lily und Missy gingen ihr zur Hand.

Die ganze Zeit musste sie an Maggies und Tonys missliche finanzielle Lage denken. In dem Brief, den Arabella entdeckt hatte, drohte die Bank damit, das Hotel zu übernehmen, falls Tony bis Ende Dezember nicht fünfhundert Pfund bezahlte. Arabella wusste, wie sehr Maggie und Tony ihr Leben in Marree liebten und dass sie es nicht verwinden würden, das Hotel zu verlieren. Besonders für Maggie mit ihrem Herzleiden würde es ein schwerer Schlag sein; Arabella befürchtete sogar, die Aufregung könne ihr Leben gefährden. Wahrscheinlich war das auch der Grund, weshalb Tony das ganze Ausmaß der finanziellen Misere vor Maggie verheimlicht hatte.

Arabella arbeitete in der Küche, bis alle Schafscherer zu Bett gegangen waren; dann ging sie hinüber zur Bar. Stuart und Jonathan waren bereits mit dem Aufräumen beschäftigt. Jonathan wischte die Tische ab, während Stuart die schmutzigen Gläser einsammelte. Rita saß draußen auf der Veranda.

»Ich bin gleich wieder da«, sagte Arabella zu Jonathan. »Ich muss nur rasch mit Rita sprechen.« Sie ging hinaus auf die Veranda. Dort zögerte sie einen Augenblick, bevor sie sich neben Rita setzte, die sie verwundert musterte.

»Wo ist Wilson?«, fragte Arabella.

»Weiß ich nicht. Einer von seinen Kumpels hat ihm 'nen Eimer Wasser über den Kopf geschüttet und ihn weggebracht«, sagte Rita und lachte mit dröhnender Stimme.

»Ich wollte dir danken für das, was du für mich getan hast«, sagte Arabella. »Ich weiß nicht, was passiert wäre, wenn du mir nicht zu Hilfe gekommen wärst.«

Rita zuckte die massigen Schultern in einer Geste, die zu besagen schien: Ist doch nichts dabei.

»Ich werde es dir nicht vergessen«, sagte Arabella und meinte es aufrichtig. »Wenn ich etwas für dich tun kann, brauchst du es mir nur zu sagen.«

Rita schaute sie seltsam an. Arabella wusste, was sie dachte. Was könnte *sie* schon für Rita tun? Arabella lächelte unwillkürlich. »Ich weiß, ich bin nicht halb so stark wie du, Rita«, sagte sie, »aber vielleicht kann ich mich trotzdem irgendwie erkenntlich zeigen. Ich möchte, dass du weißt, wie dankbar ich dir bin.«

Rita schien nachzudenken. »Ich möchte lernen, so Musik zu machen wie Sie, Missus«, sagte sie plötzlich.

Arabella hob erstaunt die Brauen. »Du willst Klavier spielen lernen?«

Rita presste die Lippen zusammen und wandte den Blick ab.

»Ich würde es dir sehr gern beibringen«, sagte Arabella mit einem Blick auf Ritas fleischige Hände mit den wunden Knöcheln. Ihre schwieligen, dicken Finger waren nicht gerade die einer Pianistin, doch Ritas musikalische Erwartungen waren wohl auch eher bescheiden. »Ich kann dir die Grundlagen gleich jetzt zeigen, wenn du willst.«

Ritas Augen wurden groß, und zum ersten Mal sah Arabella eine Spur Verletzlichkeit darin. »Das wäre schön«, sagte sie. »Solange es sonst keiner sieht. Ich will nicht, dass irgendwer über mich lacht, sonst muss ich ihm eine Tracht Prügel verpassen.«

Einen Augenblick lang war Arabella beunruhigt, aber dann

sagte sie: »Am besten, wir machen einfach die Tür zum Speisesaal zu.«

Rita nickte, erhob sich und ging ins Haus. Arabella folgte ihr. Sie sah hinüber zu Jonathan, der hinter der Bar stand. Er war sichtlich verwirrt, dass sie Rita in den Speisesaal folgte. Arabella sah ihn an, legte nur einen Finger an den Mund und schloss die Tür leise hinter sich.

18

Lautes Gelächter weckte Arabella. Sie warf einen Blick auf die Uhr neben ihrem Bett und stöhnte auf, als sie sah, wie spät es war. Als sie erneut das Lachen hörte, ging sie auf den Balkon und spähte um die Ecke des Hotels. In einiger Entfernung konnte sie die Schafscherer sehen, die bei den Ställen ihre Pferde sattelten. Zwei Afghanen fütterten die Tiere, tränkten sie und rieben sie ab. Die Schafscherer zeigten auf Uri und lachten. Es war albern, doch in Arabella stieg Zorn auf.

Sie beobachtete, wie die Truppe davonritt. Es tat ihr nicht leid, die Männer gehen zu sehen, vor allem nicht den grobschlächtigen Wilson. Ängstlich ließ er seinen Blick schweifen. Offenbar hatte er eine Heidenangst davor, Rita könnte noch einmal auftauchen. Wilson hatte nichts mehr von dem großmäuligen, überheblichen Grobian, der er am Abend zuvor gewesen war. Arabella zog sich rasch an und ging nach unten.

»Tut mir leid, dass ich verschlafen habe«, sagte sie in der Küche zu Jonathan. Er war dabei, Toast zu machen, um ihn in den Speisesaal zu bringen, wo Stuart und der Bahnhofsvorsteher Ted Wallace beim Frühstück saßen.

»Warum hast du mich heute Morgen nicht geweckt?«, fragte Arabella.

»Ich dachte, du wolltest die Schafscherer lieber nicht noch einmal sehen«, sagte Jonathan.

»Nicht unbedingt, das stimmt. Ich hab gehört, wie sie vorhin über Uri gelacht haben.«

»Paddy hat ihm eine Flasche Milch gegeben, als die Schafscherer aufsattelten«, sagte Ted. »Uri glaubte wie immer, die Stute würde ihn säugen. Es sieht ja auch wirklich lustig aus. Da mussten sogar diese rauen Burschen lachen.«

Arabella lächelte matt.

Jonathan bemerkte die dunklen Ringe um ihre Augen. »Es ist gar nicht deine Art, so lange im Bett zu bleiben«, sagte er. »Hast du gestern Abend nicht einschlafen können?«

»Ich habe eine Ewigkeit gebraucht«, gestand Arabella. Dass sie von Albträumen heimgesucht worden war, sagte sie ihm nicht. In einem dieser Albträume hatte Maggie einen tödlichen Herzschlag erlitten, nachdem sie erfuhr, dass die Bank das Hotel wieder übernehmen musste.

»Hattest du Angst, die Schafscherer könnten dich noch einmal belästigen?« Jonathan war noch eine ganze Weile wach geblieben und hatte Arabellas Tür beobachtet. Aber das konnte sie nicht wissen – auch nicht, dass Stuart in der Nacht mehrmals aufgestanden war, um sich zu überzeugen, dass alles in Ordnung war.

»Nein, es hatte nichts mit den Schafscherern zu tun«, sagte Arabella. »Mich hat etwas anderes beschäftigt.«

Sie folgte Jonathan in den Speisesaal. Er schenkte ihr eine Tasse Tee ein. »Und was hat dich so sehr beschäftigt?«, wollte er dann wissen.

Arabella fragte sich, ob sie darüber reden sollte. Schließlich beschloss sie, die Sache nicht länger für sich zu behalten; Jonathan würde es früher oder später ja doch erfahren.

»Gestern hat der Wind Maggies und Tonys Balkontür aufgestoßen. Als ich hinüberging, um sie zu schließen, sah ich, dass Tonys Papiere überall im Zimmer auf dem Boden verstreut lagen. Ich habe sie eingesammelt und in seine Schreibtischlade gelegt. Dabei entdeckte ich zufällig die Bilanz des Hotels …«

»Und weiter?«, fragte Jonathan gespannt.

»Das Hotel ist hoffnungslos verschuldet. Tony hat noch bis zur letzten Dezemberwoche Zeit, um eine beträchtliche Summe zu zahlen, andernfalls übernimmt die Bank das Hotel.«

Stuart und Ted sahen schockiert auf.

»Ich hatte ja keine Ahnung, dass es so schlimm steht«, brach Ted schließlich das Schweigen. »Tony hat immer den Eindruck vermittelt, seine Rechnungen bezahlen zu können.«

»Ja, wegen Maggie. Ich bin sicher, Maggie weiß nichts von alldem. Es würde ihr das Herz brechen«, sagte Arabella.

»Können wir irgendetwas tun?«, sagte Jonathan.

»Ich wüsste nicht, was«, sagte Arabella bedrückt. Sie hatte die ganze Nacht darüber nachgedacht. »Arme Maggie.«

»Vielleicht fällt uns ja doch etwas ein«, sagte Jonathan. »Lasst uns darüber nachdenken. Wenn wir die Köpfe zusammenstecken, kommt uns vielleicht der rettende Einfall.« Er stand auf, um Wally sein Essen hinaufzubringen. »Aber jetzt sollte ich erst mal unseren Gast bewirten.«

»Wallys Wunde riecht heute Morgen gar nicht gut«, sagte er, als er wieder herunterkam. »Und er hat immer noch große Schmerzen.«

»Wir müssen Rita um Hilfe bitten«, sagte Arabella.

Jonathan pflichtete ihr bei. »Wally wird keine andere Wahl haben, als damit einverstanden zu sein. Ich hoffe nur, dass Rita ihm hilft. Übrigens, gestern Abend habe ich einen Höllenlärm im Speisesaal gehört. Was war denn da los?«

Arabella lächelte. »Rita will Klavier spielen lernen, und ich habe ihr die Grundtonleitern gezeigt«, sagte sie.

»Rita will … *Klavier* spielen?«, sagte Jonathan ungläubig.

»Das *didgeridoo* würde besser zu ihr passen«, sagte Ted. »Sie hat auf jeden Fall den Atem dafür.«

Arabella zuckte die Schultern. »Aber sie will nun mal Klavier spielen, also hab ich mich einverstanden erklärt, sie zu unterrichten.« Arabella erwähnte nicht, dass sie Rita zu Dank verpflichtet war. »Leider ist sie ein bisschen ungeschickt. Wenn ich sie nur dazu bringen könnte, die Tasten leichter anzuschlagen …«

»Ungeschickt ist die Untertreibung des Jahres«, sagte Jonathan. »Ich dachte, ein wilder Büffel rennt auf der Klaviatur hin und her, so ein Getöse war das.«

»Es wäre leichter für Rita, das Klavier durch die Stadt zu tragen, als darauf zu spielen, ich hoffe, das ändern zu können«, sagte Arabella. »Aber im Augenblick haben wir ein dringlicheres Problem. Wir haben fast nichts mehr zu essen.«

»An den Schafscherern haben wir gestern Abend gutes Geld verdient«, sagte Jonathan. »Vielleicht können wir von Lizard Creek Station ein Schaf kaufen. Damit könnten wir uns eine Weile über Wasser halten.«

»Und wer soll das Schaf schlachten?«, fragte Arabella und verzog bei dem Gedanken das Gesicht.

»Also, ich kann das nicht«, sagte Ted.

»Seht mich nicht an!«, rief Stuart. »Ich könnte so was auch nicht.«

Jonathan wusste, dass er es ebenso wenig fertig brachte. Tony und Wally waren die Einzigen in der Stadt, die wussten, wie man ein Schaf schlachtete, häutete und zerlegte.

»Und was sollen wir jetzt tun?«, fragte Arabella. »Irgendetwas müssen wir schließlich essen. Wir haben reichlich Mehl, und die Hennen legen jeden Tag, aber alle anderen Vorräte werden knapp.«

»Das Buschessen empfehle ich nicht«, sagte Stuart grinsend, als er an seine kürzlich erlittenen Qualen zurückdachte. »Aber ich könnte eine von Maggies Hennen schlachten.«

»Wag es ja nicht!«, sagte Arabella. »Wenn du eine der Legehennen schlachtest, wird Maggie deinen Kopf am Spieß braten, sobald sie wieder hier ist.« Sie hatten jeden Tag zu Mittag Eier gegessen. Wenigstens darauf konnten sie sich verlassen.

»Vielleicht könnte Jimmy irgendein Wildtier für uns erlegen.

Ich hab gehört, Wombat soll ziemlich gut schmecken, und Känguru habe ich sogar schon probiert«, sagte Jonathan. »Das Fleisch hat einen etwas strengen Geschmack, aber wenn die Aborigines es würzen, ist es gar nicht schlecht.«

»Ich bin mir nicht sicher, ob das eine gute Idee ist…«, sagte Arabella.

»Känguruschwanzsuppe ist auch nicht schlecht«, fügte Jonathan hinzu.

Arabella seufzte. »Also gut. Vielleicht sollten wir es damit versuchen, bis Tony wiederkommt. Aber Schlangen oder Maden esse ich auf gar keinen Fall!«

Arabella – da war man sich einig – war die beste Kandidatin, sich wegen eines Schmerzmittels für Wally an Rita zu wenden. Jonathan und Ted würden inzwischen mit Wally sprechen. Gemeinsam hofften sie ihn überzeugen zu können, Ritas Heilmittel zu nehmen. Doch der Erfolg war fraglich.

Arabella näherte sich dem Aborigine-Lager, wo Rita und einige andere Frauen in der Nähe ihrer Hütten im Schatten saßen. Sie waren gerade erfolgreich von ihrer Suche nach Buschessen zurückgekehrt – mit roten Beeren, dicken Maden und einer stacheligen Frucht. Arabella war froh darüber, denn das Essen bot ihr einen Einstieg ins Gespräch. Jimmy und Ruby waren ebenfalls in der Nähe, sodass sie mithören konnten.

»Hallo, Rita«, sagte Arabella.

»Was tun Sie denn hier, Missus?« Es war typisch Rita, dass sie ohne Umschweife zur Sache kam.

»Im Hotel sind uns die Nahrungsmittel ausgegangen. Die Schafscherer haben gestern alles aufgegessen, was wir hatten. Da haben wir uns gesagt, dass du uns vielleicht helfen könntest, Buschwild zu fangen.«

»Buschwild?«, wiederholte Rita, verwirrt von dem Ausdruck.

»Ja. Känguru oder Emu. Schlangen oder Maden sind nicht unbedingt unser Geschmack…« Arabella verstummte und errötete, als sie die Verwirrung auf den Gesichtern der Aborigine-Frauen sah.

»Ich besorg Ihnen ein Känguru, Missus«, rief Jimmy, bevor Rita antworten konnte.

Arabella konnte nicht wissen, dass im Allgemeinen die Männer für die Jagd zuständig waren, während den Frauen das Sammeln von Beeren, Früchten, Wurzeln und Insekten zufiel.

»Würdest du das tun, Jimmy? Wir wären dir sehr dankbar«, sagte Arabella.

»Sicher, Missus. Im Augenblick kann ich aber noch nicht jagen. Erst später, wenn die Sonne tiefer steht.«

»Danke, Jimmy.«

»Warum holen Sie sich nicht ein Schaf von einer Farm, Missus?«, fragte Rita.

»Keiner der Männer will es schlachten. Und selbst wenn sie es tun würden – sie wüssten nicht, wie sie es häuten oder zerlegen sollten, wie es Tony getan hat.«

Die Frauen kicherten.

Jimmy lachte. »Ich kann mich erinnern, wie Wally einmal Tony zu Hilfe gerufen hat, als er eine Schlange in seinem Haus entdeckte. Wally hatte ein Gewehr mit nur einer Kugel darin. Er sagte immer, er würde diese Kugel für Schlangen aufheben, doch als er mal in die Situation kam, eine Schlange erschießen zu müssen, hat er's nicht fertig gebracht.« Jimmy schüttelte den Kopf und lachte.

Arabellas Herz schlug plötzlich schneller. Genau das hatte auch Terry zu ihr gesagt – dass Wally nur eine einzige Kugel in seiner Waffe habe, um sich gegen Schlangen zu schützen. Doch sie hatte ihm nicht geglaubt. Nun aber bestätigte Jimmy diese Geschichte. Offenbar war Wally wirklich nicht der brutale Schläger, für den Arabella ihn gehalten hatte.

»Ich bin auch wegen Wally gekommen«, sagte sie nun. »Er hat

immer noch große Schmerzen.« Sie blickte Rita an. »Ich möchte dich um einen Gefallen bitten …«

Rita betrachtete Arabella aufmerksam mit ihren dunklen, ausdruckslosen Augen.

»Wallys Bein entzündet sich. Könntest du eine Medizin zubereiten, mit der wir die Entzündung bekämpfen können? Und hast du ein Mittel, das ihm gegen die Schmerzen hilft?«

»Für diesen nutzlosen weißen Kerl werde ich gar nichts tun!«, stieß Rita wütend hervor.

Arabella hatte diese Reaktion befürchtet. »Ich weiß, er hat es nicht verdient, aber wenn wir nichts unternehmen, wird er sterben.«

»Er hat versucht, mich umzubringen! Da kann er von mir aus sterben!«, rief Rita und erhob sich zu ihrer vollen Größe. Arabella wich unwillkürlich einen Schritt zurück, doch Rita stapfte wütend davon.

Bedrückt schlug Arabella den Rückweg zum Hotel ein. Sie hätte die anderen Aborigine-Frauen um Hilfe bitten können, aber diese hatten die Köpfe gesenkt, sobald Rita gegangen war. Sie hatten offensichtlich Angst vor der riesigen Frau.

Als Arabella das Hotel betrat, konnte Jonathan an ihrer Miene ablesen, dass sie schlechte Nachrichten hatte. »Rita hat sich geweigert, Wally zu helfen, stimmt's?«

Arabella nickte. »Es tut mir leid.«

»Verflixt! Und dabei hat Wally sich endlich bereit erklärt, sich von Rita helfen zu lassen! Jetzt könnte es zu spät für ihn sein. Oder weißt du jemand anders, der Wally helfen könnte?« Jonathan wusste, je mehr Zeit verstrich, desto geringer wurden Wallys Überlebenschancen.

»Die Aborigine-Frauen sicher nicht«, sagte Arabella. »Sie würden sich niemals gegen Rita wenden. Aber Jimmy will Wild für uns jagen. Vielleicht könnten wir ihn bei der Gelegenheit bitten, eine Medizin für Wally zu bereiten. Rita muss ja nichts davon erfahren.«

»Rita ist die einzige Aborigine weit und breit, die Wally helfen könnte«, meinte Ted. »Die meisten Aborigines verstehen zwar ein bisschen von der Heilkunde, aber Ritas Wissen ist viel umfassender. Nur sie kann Wally vielleicht noch retten.«

»Dann muss ich sie dazu bringen, ihm zu helfen. Vielleicht wäre es gut, wenn Wally sie um Verzeihung bittet«, sagte Arabella. Sie glaubte zwar nicht, dass Wally sich entschuldigen würde, da er nicht einmal *ihre* Entschuldigung angenommen hatte, doch wenn sein Leben in Gefahr war, überlegte er es sich vielleicht doch.

Jonathan schüttelte den Kopf. »Eher schneit es in Marree, als dass Wally sich entschuldigt.«

»Ich werde mit ihm reden«, sagte Arabella, die nichts unversucht lassen wollte. »Gehst du mit mir zu ihm rauf, Jonathan? Ich würde mich besser fühlen, wenn ich wüsste, dass du vor der Tür stehst.«

»Natürlich.«

Die Tür zu Wallys Zimmer stand offen. Auch das Fenster war geöffnet, doch die Vorhänge bewegten sich nicht – es war drückend schwül und windstill. Wegen des Metalldaches war es hier oben noch heißer als unten im Gebäude. Erst gegen Abend wurde es in den Schlafzimmern etwas kühler, wenn eine Brise aufkam.

Wally sah schrecklich aus. Fliegen summten um seinen Kopf, doch er war zu schwach, die Plagegeister zu verscheuchen. Arabella hatte frische Verbände und eine Schüssel mit warmem Salzwasser mitgebracht. Als sie Wally betrachtete, sah sie einen dunklen Fleck auf dem Verband, den sie tags zuvor angelegt hatte, was kein gutes Zeichen war. Mitleid überkam sie, denn Jimmys Worte gingen ihr durch den Kopf: Wenn Wally nicht einmal eine Schlange erschießen konnte, hätte er dann sie oder Goolim erschießen können? Damals hatte sie nicht daran gezweifelt, aber jetzt …

Arabella räusperte sich. Sofort schreckte Wally aus seinem Fieberschlaf auf. Er drehte den Kopf in ihre Richtung.

»Ich bin gekommen, um deinen Verband zu wechseln«, sagte Arabella.

Wally erwiderte nichts. Arabella zuckte die Achseln und machte sich daran, den alten Verband zu entfernen. Der Geruch war grauenhaft.

»Du hättest dich bereit erklären sollen, ein Aborigine-Heilmittel gegen die Infektion zu nehmen. Rita will jetzt keine Medizin mehr für dich zubereiten, weil sie glaubt, dass du versucht hast, sie mit dem Nachttopf umzubringen.« Arabella badete seine Wunde in Salzwasser, während sie sprach.

»Das ist lächerlich«, sagte Wally matt. »Außerdem ist es sowieso zu spät.« Er betrachtete seine Wunde. Es war offensichtlich, dass die Infektion sich ausbreitete, und Wally schien zu glauben, dass seine Uhr ablief.

»Vielleicht hast du noch eine Chance, wenn du dich bei Rita entschuldigst …«

»Das ist nicht dein Ernst!«, rief Wally.

»Und ob es mein Ernst ist. Dein Leben hängt davon ab.«

»Was kümmert dich das? Du würdest dich doch freuen, wenn ich sterbe.«

»Nach dem, was du mir angetan hast – könntest du es mir verdenken?«

Wally wandte sich ab. Er würde Arabella nie verzeihen, dass sie ihn vor seinen Freunden heruntergeputzt hatte, egal, was sie tat. »Ich habe nicht auf Rita gezielt, als ich den Nachttopf aus dem Fenster geworfen hab«, sagte er. »Weiß Gott, als Ziel ist sie groß genug, da hätte ich sie wohl kaum verfehlt.«

»Dann sag ihr das.«

»Das werde ich, aber ich werde mich nicht entschuldigen«, sagte er. »Diese Frau hat das Temperament einer wütenden Braunschlange! Ich hab sie bloß als fetten Koalabären bezeichnet, und was tut sie? Sie wirft mit einer Schüssel Wasser nach mir!«

»Es ist abscheulich, wie du andere Leute behandelst. Rita wollte dir helfen. Ich kann es ihr nicht verdenken, dass sie mit einer Schüssel Wasser nach dir geworfen hat. Du hast es nicht anders verdient.« Wütend stürmte Arabella aus dem Zimmer. Sie eilte an Jonathan vorbei, der den Wortwechsel mit angehört hatte. Anstatt Arabella zu folgen, trat er an Wallys Bett und bestand darauf, seine Wunde weiterzuversorgen.

»Du weißt wirklich, wie man sich Feinde macht, Wally«, sagte er.

»Das ist mir egal«, sagte Wally mürrisch. »Wer braucht diese Frauen denn überhaupt?«

»Du«, sagte Jonathan.

Wally sah ihn verblüfft an.

»Ohne Ritas Hilfe wirst du sterben, und es wird ein langsamer und sehr qualvoller Tod für dich sein. Ich an deiner Stelle würde meinen Stolz vergessen und Rita um Hilfe bitten.«

Am Spätnachmittag kam Jimmy zur Hintertür herein, ein totes Känguru im Schlepptau. Arabella hätte das erlegte Tier lieber nicht gesehen, doch Jimmy schien ihr Unbehagen gar nicht zu bemerken.

»Fleisch, Missus!«, sagte er.

»Weißt du, wie man ein Heilmittel gegen eine Entzündung zubereitet, Jimmy?«, fragte Arabella.

»Nein, Missus. Aber Rita versteht sehr viel davon.«

»Ja, ich weiß, aber sie hat sich geweigert. Wally Jackson wird sterben, wenn er keine Hilfe bekommt.«

Jimmy zuckte die Schultern. »Ich werde jetzt ein Feuer machen und das Fleisch zubereiten«, sagte er und hob das Känguru am Schwanz hoch. »Ist es in Ordnung, wenn ich Holz vom Stapel nehme, Missus?«

»Ja, sicher«, sagte Arabella. Sie ging zurück in die Küche und fragte sich, ob sie sich weigern könnte, Rita Klavierstunden zu geben, solange sie Wally nicht half, aber sie wusste, dass sie das nicht fertig brachte. Rita hatte sie vor einem Schicksal bewahrt, über das sie lieber nicht nachdenken wollte, und sie hatte versprochen, Rita im Gegenzug einen Gefallen zu erweisen.

Arabella zerbrach sich noch immer den Kopf darüber, wie sie Wally helfen könnte, als Rita, Lily und Missy an der Hintertür erschienen. Sie hatten wilde Jamswurzeln dabei, die zusammen mit dem Kängurufleisch zubereitet werden sollten.

»Könntet ihr das Fleisch mit ein paar Buschgewürzen schmackhafter machen?«, fragte Arabella die Frauen.

Lily entrollte ein Tuch, in dem ein paar Samenschoten lagen. »Damit wird das Fleisch gut, Missus!«

»Danke. Ich hoffe, ihr kommt zum Abendessen zu uns«, sagte Arabella. »Mit euren Kindern.«

»Gern, Missus«, sagte Missy und lächelte. Arabella wusste nicht, dass grundsätzlich alle Mahlzeiten unter den Aborigines geteilt wurden. Jeder in der Gruppe brachte irgendetwas mit, das gekocht werden konnte, und dann aßen alle zusammen.

Plötzlich kam Arabella eine Idee. Sie sah Rita an. »Wenn du eine Medizin gegen Wallys Infektion bereitest, sorge ich dafür, dass Jonathan dir heute Abend ein paar Drinks ausgibt.« Sie wollte Ritas Trinken zwar nicht unterstützen, doch ihr fiel keine andere Möglichkeit ein, Wally zu helfen.

Ritas Augen wurden schmal, als sie über den Vorschlag nachdachte. Lily und Missy verharrten in erwartungsvollem Schweigen.

»Wally hat gesagt, er hätte gar nicht mit dem Nachttopf nach dir geworfen, Rita, und ich glaube ihm«, fuhr Arabella fort. »Er hat auf das Toilettenhäuschen gezielt. Es war ihm peinlich, den Nachttopf zu benutzen, und das kann ich verstehen.«

»Wie viele Drinks können wir haben?«, fragte Rita.

Arabella dachte darüber nach. Sie durfte nicht allzu großzügig sein, da die Vorräte begrenzt waren und das Hotel so tief in der Kreide steckte, doch sie war sicher, dass Maggie und Tony es verstehen würden, da Wallys Leben auf dem Spiel stand. »Drei«, sagte sie.

»Fünf«, sagte Rita.

»Drei, und zusätzliche Klavierstunden«, hielt Arabella dagegen.

Rita hatten die Klavierstunden sehr gut gefallen, und sie freute sich auf weitere. »Na schön. Ich werd für Wally suchen, was er braucht.«

Arabella lächelte.

Als der letzte Schimmer des Sonnenlichtes am westlichen Horizont schwand, konnte Arabella das Kängurufleisch riechen, das im Feuer nicht weit vom Hotel gegart wurde. Sie war in der Küche, als Rita und die Mädchen an der Hintertür erschienen. Sie hatten verschiedene Wurzeln, Blätter, gemahlene Samenschoten und ein Büschel grasartiger Pflanzen dabei.

»Legen Sie das in kochendes Wasser, Missus, und kochen Sie einen Tee daraus«, sagte Rita. »Den geben Sie Wally dann zu trinken. Es ist ein gutes Mittel gegen Schmerzen. Und packen Sie das hier unter dem Verband auf seine Wunde«, fügte sie hinzu und reichte ihr die Handvoll Gras.

»Trocken?«, fragte Arabella. »Einfach so?«

»Ja, Missus. Es zieht das Gift aus dem Körper. Deshalb ist es auch gut bei Schlangenbissen.«

»Könntest du dich nicht um Wally kümmern, Rita? Du weißt wenigstens, wie man es richtig macht.«

»Stimmt, Missus, aber ich helfe diesem nutzlosen weißen Kerl nicht! Wenn Sie nicht wollen, kann Missy es tun.«

Missys Augen weiteten sich, und sie schimpfte in ihrer Stammessprache wild drauflos. Zwischen ihr und Rita entbrannte ein hitziger Wortwechsel, bis Rita schließlich drohend die Arme hob. Missy verzog sich schleunigst.

»Sie will es auch nicht«, sagte Rita. »Wally hat böse Dinge zu

Missy gesagt, über ihre schwarzen Kinder. Sie müssen sich schon selbst um Wally kümmern, Missus.« Damit verschwanden auch Rita und Lily.

Arabella ging in die Küche und seufzte tief. Blieb ihr denn gar nichts erspart?

»Was ist los?«, fragte Stuart.

»Rita hat Kräuter gebracht, die Wally helfen sollen, aber sie will sie ihm nicht selbst verabreichen, und Missy auch nicht. Offenbar hat Wally sie beleidigt, indem er irgendetwas über ihre Kinder gesagt hat.«

»Das hat mit Respekt zu tun«, sagte Stuart.

»Was meinst du damit?«

»Wenn Wally Missy beleidigt hat, indem er etwas Abfälliges über ihre Kinder gesagt hat, dann hat sie keinen Respekt vor ihm und kann ihm keine Hilfe leisten. So einfach ist das.«

Arabella seufzte und schüttelte den Kopf.

»Wenn du mir sagst, was zu tun ist, mach ich es«, sagte Stuart.

Arabella war verblüfft. »Du willst Wally helfen, nachdem er versucht hat, deine Mine zu plündern?«

»Die Mine ist mir egal, Arabella. Wäre es anders, wäre ich jetzt dort und würde sie bewachen.«

»Bist du sicher?«

»Ja. Es ist etwas geschehen, als ich draußen in der Wüste war … etwas hier drinnen.« Er legte eine Hand auf sein Herz. »Das Gold bedeutet mir nichts mehr.«

»Was ist denn geschehen?«, fragte Arabella. Jonathan war in der Bar, sodass sie und Stuart sich allein in der Küche aufhielten.

»Ich habe jahrelang nach Gold gesucht, weil ich dachte, es würde mir Befriedigung und Glück verschaffen, aber es hat mich zum Schlechten verändert. Um ein Haar hätte ich etwas sehr Schlimmes getan, über das ich lieber nicht reden möchte.«

»Hast du es dann doch nicht getan?«, fragte Arabella ängstlich.

»Nein. Aber allein schon, dass ich es vielleicht getan *hätte* …« Stuart schauderte.

Arabella konnte sehen, dass er tief erschüttert war. Sie streckte eine Hand aus und berührte seinen Arm. »Was wirst du jetzt tun?«

»Ich weiß es noch nicht. Solange ich ein Dach über dem Kopf, etwas zu essen und ein paar Dollar in der Tasche habe, bin ich zufrieden. Vorerst will ich nur ein ruhiges und einfaches Leben.«

»Willst du denn nicht eines Tages eine eigene Familie haben? Frau und Kinder?«

Stuart dachte wieder an Catherine und ihr kurzes gemeinsames Glück.

»Ich muss dir etwas gestehen, Arabella«, erwiderte er. »Ich hatte immer schon Probleme, mich zu binden.«

»Du meinst, du willst dich nicht an eine Frau binden?«

»Ja.«

»Das zeigt nur, dass du noch nicht die richtige Frau getroffen hast«, sagte Arabella.

Stuart sah ihr in die Augen. »Da könntest du Recht haben«, sagte er. »Vielleicht ist der wirkliche Schatz, nach dem ich gesucht habe, nicht aus Gold, sondern aus Fleisch und Blut.« Sein Blick wanderte zu Arabellas Lippen, und sie war sicher, dass er sie küssen wollte.

In diesem Augenblick kam Jonathan in die Küche. »Hat Rita etwas für Wally gebracht?«, fragte er.

Arabella und Stuart zuckten zusammen, als sie so plötzlich seine Stimme hörten.

»Ja … Rita und die Frauen waren hier«, sagte Arabella stockend.

»Gib mir Bescheid, wenn das Mittel fertig ist, dann bringe ich es zu Wally«, sagte Stuart augenzwinkernd zu ihr, bevor er zur Hintertür hinausging.

Jonathan sah ihm finster nach.

»Stimmt etwas nicht, Jonathan?«, fragte Arabella.

»Nein, alles in Ordnung.«

»Du klingst aber nicht sehr überzeugt.«

»Ich bin nur besorgt.«

»Weswegen?«

»Du kennst Stuart kaum. Ich weiß, mich kennst du auch nicht viel besser, aber du solltest vorsichtig sein.«

»Ich verstehe nicht, weshalb du so besorgt bist«, sagte Arabella.

Jonathan nahm ihre Hand und zwang sie, ihn anzuschauen. »Ich habe gesehen, was beinahe passiert wäre.«

»Du glaubst, Stuart wollte mich küssen?«

»Wollte er das nicht?«

»Ich bin mir nicht sicher, aber ich …« Sie verstummte.

Jonathan zuckte zusammen. »Willst du damit sagen, du empfindest etwas für ihn?«

»Vielleicht. Ich weiß es nicht.«

»Meinst du nicht, du solltest es wissen, *bevor* er dich küsst?«

»So etwas kann man nur fühlen, Jonathan, nicht wissen.«

»Wie würdest du dich denn fühlen, wenn *ich* dich küsse?«

»Willst du das denn?«

»Seit ich dich das erste Mal gesehen habe.«

»Warum hast du dann so lange gewartet?«

»Ich dachte, du willst es vielleicht nicht.«

»Es gibt nur eine Möglichkeit, das herauszufinden«, sagte Arabella.

Jonathan schwieg einen Augenblick. Dann beugte er sich zu ihr vor, und seine Lippen berührten sanft die ihren. Sie schauten einander an, schlossen die Augen, und ihr Kuss wurde leidenschaftlicher. Nach einer Ewigkeit lösten sie sich voneinander. Arabella sah Jonathan atemlos an: »Das hat mir sehr gefallen«, flüsterte sie. Sie wollte nicht zugeben, dass es ihr erster richtiger Kuss gewesen war, sah man von der flüchtigen Begegnung mit Stuart ab.

»Und mir erst«, antwortete Jonathan lächelnd.

Es war schon dunkel, als das Kängurufleisch endlich durchgebraten war. Hungrig versammelten sich alle um das Lagerfeuer. Arabella war so entspannt wie seit Tagen nicht mehr, denn Ritas schmerzstillendes Mittel hatte bei Wally Wunder gewirkt. Zum ersten Mal, seit er verwundet worden war, schlief er ruhig und friedlich.

»Ich kann dir gar nicht genug danken, dass du Wally geholfen hast«, sagte Arabella zu Rita.

»Es müsste jetzt alles gut mit ihm sein, Missus, aber es wird noch ein paar Tage dauern, bis das ganze Gift aus seinem Körper ist.«

»Wo hast du so viel über Heilpflanzen gelernt, Rita?«

»Von den Stammesältesten. Vor allem aber von meiner Mutter und meinem Vater. Mein Vater war *kadaicha*, und meine Mutter war eine Stammesheilerin.«

»Wally wird dir dankbar sein. Er glaubte sterben zu müssen.«

Rita verdrehte die Augen. »Wally denkt immer nur an sich selbst, Missus.«

»Warum hast du es dir anders überlegt und ihm geholfen, Rita? Das lag doch nicht nur an den Drinks und den zusätzlichen Klavierstunden?«

»Ich habe es nicht ihm zuliebe getan, sondern für Sie, Missus.«

Arabella war überrascht. »Für mich?«

»Ja. Sie sind noch sehr jung, Missus, aber Sie versuchen, das Richtige zu tun. Wenn Wally wieder gesund wird, hat er es vor allem Ihnen zu verdanken.« Nach diesen Worten erhob sich Rita und setzte sich zu Lily und Missy auf die andere Seite des Feuers.

Arabella war erstaunt und erfreut zugleich über Ritas Lob. Erst jetzt erkannte sie, wie viel es ihr bedeutete. Man brauchte nicht viel Menschenkenntnis, um zu wissen, dass Rita mit Komplimenten sehr sparsam umging.

Mit einem Mal schämte sich Arabella, dass sie Stuart gebeten hatte, Wallys Verband zu wechseln. Wenn Maggie davon wüsste, wäre sie bestimmt enttäuscht. Arabella beschloss, Stuart zu sagen, dass sie Wallys Pflege von nun an wieder selbst übernehmen würde.

Verträumt sah sie hinauf zum Abendhimmel. Es war ein atemberaubender Anblick. In der klaren Wüstenluft schienen Abermillionen von Sternen am schwarzen, samtigen Himmel zu funkeln, und die Luft war kühl genug, um im Freien sitzen zu können. Der Rauch des Feuers hielt die Moskitos fern.

Sie hatten einzelne Stücke des Kängurufleischs mit Buschgewürzen bestreut, in Papierrinde gewickelt und in den glühenden Scheiten des Feuers vergraben. Anfangs war Arabella der Gedanke, Kängurufleisch zu essen, zuwider gewesen, doch als es garte, musste sie zugeben, dass es verlockend roch. Die Frauen brieten außerdem Jamswurzeln im offenen Feuer. Als die Wurzeln gar waren, fischten sie sie mit einem Stock heraus und ließen sie ein wenig abkühlen, bevor sie die Asche abbürsteten. Dann wurde das Kängurufleisch aus dem Feuer geholt und ausgewickelt, damit es abkühlen konnte. Jonathan hatte in der Hotelküche ein paar Brote gebacken.

Schließlich teilte Jimmy das Fleisch und die Wurzeln auf. Lily, Missy und ihre Kinder plapperten aufgeregt in ihrer Stammessprache und setzten sich im Schneidersitz ans Feuer, um ihre Mahlzeit einzunehmen. Arabella zögerte zuerst, das Kängurufleisch zu kosten, stellte dann aber fest, dass es sehr gut schmeckte, ebenso die Jamswurzeln, die Rita ihr auf den Teller gab.

Nachdem alle gegessen hatten, begann Jimmy, das *didgeridoo* zu spielen, das mehr als einen Meter lange, flötenähnliche Instrument der Aborigines, das wahrscheinlich älteste Musikinstrument auf Erden. Arabella hatte es nie zuvor gehört und war erstaunt über den schwermütigen, einzigartigen Klang. Während Jimmy spielte, tanzten ein paar der Frauen im Kreis, kleine Stöcke aneinanderschlagend und im Rhythmus zur Musik mit den Füßen im Sand stampfend. Nach einer Weile zogen sie auch Arabella in ihren Kreis hinein. Anfangs war sie verlegen, vergaß aber schnell ihre Hemmungen und tanzte mit, so gut sie konnte. Bald fühlte sie sich als Teil der einzigartigen Kultur der australischen Ureinwohner. Es war eine Erfahrung, die sie nie vergessen würde.

Ihr war gar nicht aufgefallen, dass Jonathan sich davongeschlichen und seine Kamera geholt hatte. Erst als ein Blitzlicht aufzuckte, begriff Arabella, dass er Fotos von ihr und den Frauen machte.

Als der Tanz unter allgemeinem Jubel endete und Arabella sich erschöpft wieder ans Feuer setzte, kam Jonathan zu ihr.

»Mir ist ein Gedanke gekommen«, sagte er.

»Und welcher?«, fragte Arabella und wischte sich den Schweiß von der Stirn.

»Ich könnte meine Fotos verkaufen, um Tony und Maggie zu helfen.«

»Das ist eine gute Idee, aber wo willst du die Bilder an den Mann bringen? Weiß der Himmel, wann der Zug wieder fährt.«

»Das stimmt«, sagte Jonathan. »Aber Marree ist ohnehin zu klein und abgeschieden, um hier eine Ausstellung zu machen. Ich muss meine Fotos in der Großstadt anbieten. Ich werde über die Sache nachdenken, bis Tony wiederkommt.«

»Tja, und ich sollte Wally jetzt etwas von dem Essen bringen«, sagte Arabella. »Inzwischen dürfte er wach sein.«

»Ich begleite dich, Arabella«, sagte Stuart und erhob sich.

»Danke«, sagte sie.

Jonathan war beunruhigt. »Bleib ruhig hier, Stuart. Ich gehe schon mit Arabella.«

»Nein, ich hab's ihr versprochen«, sagte Stuart.

Bevor Jonathan etwas einwenden konnte, steuerten Stuart und Arabella auf die Hintertür des Hotels zu.

Ein Tablett in der einen Hand, öffnete Arabella vorsichtig die

Tür zu Wallys Zimmer. Er war wach und wandte sich ihr zu, als er sie hörte.

»Hast du Hunger?«, fragte Arabella.

»Ein bisschen«, sagte er. »Habe ich da eben das *didgeridoo* gehört?«

»Ja, Jimmy hat gespielt.« Arabella fiel auf, dass Wally keine so schlimmen Schmerzen mehr zu haben schien. Sein Verband allerdings war schmutzig und musste wieder gewechselt werden. Sie stellte das Tablett auf dem Tisch neben dem Bett ab. »Wie geht es dir?«

»Meine Wunde fühlt sich an, als würde sie brennen. Bist du sicher, dass diese Aborigine-Heilmittel mir nicht eher schaden als nützen werden?«

»Ritas Mittel helfen dir doch jetzt schon. Du scheinst nicht mehr so große Schmerzen zu haben, stimmt's?«

Wally nickte. »Stimmt.«

»Und das Brennen kommt von den Gräsern«, erklärte Arabella. »Rita sagt, sie entziehen der Wunde das Gift. So, ich muss jetzt deinen Verband wechseln. Anschließend wirst du etwas essen.«

Nachdem sie einen Blick zur Tür geworfen hatte, um sich zu vergewissern, dass Stuart noch da war, machte Arabella sich an die Arbeit. Sie wechselte den Verband und gab Wally anschließend noch etwas von der Medizin. Sie roch scheußlich, doch Wally trank sie, ohne sich zu beklagen – sie linderte tatsächlich seine Schmerzen.

»Brauchst du einen Leibwächter, wenn du zu mir kommst?«, fragte Wally mit einem Blick zur Tür, in der Stuart stand.

»Wer weiß? Du hast mir deutlich genug bewiesen, dass man in deiner Nähe nicht sicher ist«, sagte Arabella und sah noch einmal nach, ob der frische Verband richtig saß. »So, das dürfte bis morgen früh reichen.« Als sie aufstand, sah sie, dass Wally sie böse anfunkelte.

»Warum hast du allen gesagt, dass du die Unwahrheit über mich erzählt hast?«, fragte er leise.

»Du weißt, warum«, sagte sie.

»So leicht verzeihe ich nicht«, sagte Wally.

»Ich auch nicht«, sagte Arabella, bevor sie aus dem Zimmer eilte.

»Alles in Ordnung?«, fragte Stuart. Er hatte gehört, dass Wally mit leiser Stimme etwas zu Arabella gesagt hatte.

»Ja, alles in Ordnung«, sagte sie und versuchte, sich nichts anmerken zu lassen.

»Es ist ein schöner Abend«, sagte Stuart, als sie den Fuß der Treppe erreichten. »Würdest du gern ein paar Schritte gehen?«

Arabella war froh, sich die Beine vertreten zu können; deshalb kam Stuarts Vorschlag ihr gerade recht. »Gern«, sagte sie.

Anstatt die Hintertür zu nehmen, gingen sie durch die Bar und zur Vordertür hinaus.

»Ich hätte nie damit gerechnet, in Marree jemanden wie dich zu treffen«, sagte Stuart nach einer Weile.

»Und ich hätte nie damit gerechnet, in Marree zu landen«, entgegnete Arabella, die daran dachte, was in den letzten Wochen alles geschehen war, seit die Aborigines sie in der Wüste aufgefunden und nach Marree gebracht hatten. Ihr Leben hatte sich völlig verändert. Sie war nicht mehr die Arabella Fitzherbert, die in Adelaide in den Afghan-Express gestiegen war.

»Wie lange bist du eigentlich schon in Australien, Stuart?«, fragte sie.

»Ein paar Jahre«, sagte er. »Warum fragst du?«

»Um ein bisschen mehr über dich zu erfahren. Du hast bis jetzt noch nicht viel erzählt.«

»Interessiere ich dich denn?« Stuart ergriff ihre Hand, blieb stehen und blickte sie an.

»Ich … ich glaube, wir sollten jetzt zum Lagerfeuer gehen«, sagte Arabella.

Am Lagerfeuer hatten sich inzwischen auch Terry und Les eingefunden. Die Klänge des *didgeridoo* hatten sie angelockt.

»Wie geht es Wally?«, wollte Terry wissen. »Jonathan sagte mir, ihr hättet ihm etwas zu essen gebracht.«

»Es geht ihm schon besser«, berichtete Arabella. »Rita hat ihm ein Mittel gegen die Schmerzen und sein entzündetes Bein zubereitet.«

Terrys Augen weiteten sich. »Und Wally hat es genommen?«, fragte er ungläubig.

»Hätte er es nicht getan«, sagte Jonathan, »hätte er wohl keinen Tag länger gelebt.«

»Dann kann er ja von Glück reden«, sagte Terry.

Rita trat auf Arabella zu. »Kosten Sie mal von dem Fleisch, Missus«, sagte sie und hielt ihr einen Teller hin.

»Was ist das?«, fragte Arabella misstrauisch. Verglichen mit dem Kängurufleisch hatte es eine eher helle Farbe.

»Buschhuhn«, sagte Rita.

»Wunderbar! Ich mag Hühnchen«, sagte Arabella und nahm einen Bissen. Das Fleisch war saftig und köstlich. »Hmmm«, sagte sie. »Es schmeckt etwas anders als das Huhn bei uns zu Hause, aber es ist wunderbar.«

Die Frauen lachten los, und Jonathan fiel ein, verstummte aber, als er Arabellas misstrauischen Blick bemerkte.

»Was ist das?«, fragte sie ängstlich.

»Ein Python«, sagte Rita. »Schmeckt gut, Missus, nicht wahr?«

»Igitt!«, rief Arabella, entsetzt von der Vorstellung, Schlangenfleisch zu essen. Angewidert starrte sie auf ihren Teller. Als die Frauen von neuem in Gelächter ausbrachen, war sie sicher, dass sie auf den Arm genommen wurde. »Es ist gar keine Schlange, nicht wahr?«, sagte sie und aß weiter. Zum Glück sah sie nicht, wie die Aborigine-Frauen einander vielsagende Blicke zuwarfen.

Im Laufe der nächsten Tage besserte Wallys Zustand sich weiter. Anfangs eiterte die Wunde noch, und er hatte leichtes Fieber, doch dann ging es aufwärts mit ihm. Sie alle lebten nach wie vor von dem Wild, das die Aborigines jagten. Von Zeit zu Zeit kamen Männer verschiedener Klans in die Stadt und brachten Emu, Känguru, Wombat, Goanna-Echse, Schlange, Vogeleier und Wallaby. Jonathan backte in der Hotelküche Brot für alle.

Arabella gab Rita jeden Tag eine Klavierstunde, doch die Aborigine lernte es einfach nicht, die Tasten leicht anzuschlagen. Arabella brachte nicht den Mut auf, es Rita zu sagen, und plagte sich weiter mit ihr ab.

Am sechsten Tag nach der Abreise Maggies und Tonys stand Wally Jackson zum ersten Mal auf. Er war noch ziemlich wacklig auf den Beinen, und ihm war schwindelig, aber er war entschlossen, hinunter zur Außentoilette und zur Bar zu gehen. Dort angekommen, ließ er sich vorsichtig auf einem Barhocker nieder und trank ein halbes Glas Bier. Dann musste Ted ihm wieder nach oben helfen, wo er sich aufs Bett fallen ließ.

Am siebten Tag wurde Tony zurückerwartet. Alle warfen immer wieder einen Blick nach draußen. Als Tony bei Anbruch der Dunkelheit noch immer nicht erschienen war, zeigten besonders Jonathan und Arabella sich besorgt. Etwas später kam Terry vorbei. Sie fragten ihn, was der Grund dafür sein könnte, weshalb Tony noch nicht zurück war.

»Vielleicht hat er beschlossen, einen Tag länger bei Maggie zu bleiben, um sich auszuruhen. Wir sollten uns deswegen keine Sorgen machen«, sagte Terry.

Am nächsten Tag traf Faiz Mohomet in der Stadt ein – allein. Arabella und Jonathan waren draußen bei den Ställen, als sie ihn kommen sahen. Noch bevor er absteigen konnte, fragte Jonathan nach Tony.

»Er hatte einen Unfall«, sagte Faiz.

»Was denn für einen Unfall?«, fragte Arabella erschrocken.

»Ein Schafbock auf Warratah Station hat ihn umgerannt. Er hat sich ein paar Rippen gebrochen und kann nicht reiten.«

»Wie ist *das* denn passiert?«, fragte Jonathan, der nicht wusste, ob er lachen oder weinen sollte.

»Tony hat zusammen mit seinem Schwager die Schafe untersucht, als dieser Schafbock plötzlich auf ihn losging.«

»Sollte er nicht einen Arzt aufsuchen?«, fragte Arabella.

»Maggies Schwester hat früher als Krankenschwester gearbeitet. Sie hat Tony untersucht und gesagt, es sei nicht weiter schlimm. Vor allem hätten die gebrochenen Rippen seine Lunge nicht beschädigt. Er braucht nur viel Ruhe.«

»Wann kommt er zurück?«

»Das kann Wochen dauern«, sagte Faiz. »Wenn wir das nächste Mal Wasser holen, lege ich bei der Farm einen Zwischenstopp ein. Tony sagte, sobald er reiten könne, werde er dafür sorgen, dass ein Viehtreiber ihn herbrächte.«

»Wenn Tony noch wochenlang fortbleibt …« Arabella sah Jonathan verzweifelt an. »Das Hotel könnte verloren sein, bis er wiederkommt.«

19

»Ich weiß nicht, was wir tun können, um das Hotel zu retten, Jonathan«, sagte Arabella. »Mir kommt alles so hoffnungslos vor.«

Jonathan hörte die Verzweiflung in ihrer Stimme. Er wusste, dass sie viel durchgemacht hatte, und es erschien ihm nicht fair, dass sie sich nun auch noch um Tony und Maggie sorgte. »Du musst nicht hierbleiben, Arabella. Wenn du lieber nach Alice Springs reisen willst, um bei deiner Familie zu sein, würden Maggie und Tony das verstehen, da bin ich sicher. Ich jedenfalls hätte Verständnis dafür.«

Er wollte Arabella nicht gehen lassen, konnte es aber noch weniger ertragen, sie unglücklich oder ängstlich zu sehen. Er hatte bereits mit Paddy darüber gesprochen, ob der sie mit nach Alice Springs mitnehmen könnte, und Paddy hatte sich bereit erklärt, wenn auch nur widerstrebend: Eine solch lange Reise durch die Wüste auf einem Kamel, hatte er gesagt, sei eine harte Prüfung ihrer Kraft und ihres Mutes. Paddy hielt es für besser, wenn Arabella in Marree wartete, bis der Zug wieder verkehrte.

Tatsächlich musste Arabella ständig an ihre Eltern denken. Sie wusste, dass beide schrecklich litten, doch solange der Zug nicht fuhr, konnte Arabella nichts dagegen unternehmen, es sei denn, sie wagte die Reise mit dem Kamel.

»Ich will dich hier nicht mit all den Dingen allein lassen, um die du dich kümmern musst, Jonathan«, sagte sie. »Ich weiß, ich bin keine große Hilfe, aber du hast mir zur Seite gestanden, als ich dich brauchte. Deshalb möchte ich *dir* nun helfen, solange ich kann.«

Jonathan lächelte. »Das weiß ich zu schätzen, Arabella. Aber ich will dich nicht unglücklich sehen.«

Er blickte ihr so tief in die Augen, dass Arabella errötete. »Ich nehme an, wir können die Sache auch positiv sehen«, sagte sie schließlich.

»Wie meinst du das?«, fragte Jonathan.

»Niemand von der Bank kann hierherkommen, bis der Zug wieder verkehrt, oder?«

»Ich glaube nicht«, sagte er.

»Also bleibt uns mehr Zeit, uns etwas einfallen zu lassen, das Hotel zu retten. Und selbst wenn der Zug wieder fährt, könnten wir der Bank schreiben und die Situation schildern. Wir könnten sie darüber informieren, dass Tony verletzt ist, und noch mehr Zeit herausschlagen.«

»Selbst wenn Tony hier wäre, Arabella, würde das nichts ändern. Es kommen einfach nicht genügend Gäste, um dem Hotel Geld einzubringen. Ich bin seit Monaten hier in Marree, deshalb weiß ich, dass nur selten jemand aus dem Zug steigt, um für ein paar Tage in der Stadt zu bleiben. Tonys und Maggies Haupteinnahmequelle sind die Schafscherer oder Reisende auf dem Birdsville Track, die hier einen Zwischenstopp einlegen, und davon gab es in letzter Zeit nicht viele. Aber das könnte sich ändern. Wenn es im Süden und in Süd-Queensland kräftig regnet, gibt es mehr Futter für das Vieh, und dann kommen die Viehtreiber und Aufkäufer hier durch.«

»Das Hotel hat jetzt schon so lange überlebt … Wieso kann die Bank nicht warten, bis es wieder aufwärtsgeht? Wenn wir nur eine Möglichkeit finden könnten, dass Gäste nach Marree kommen! Wir müssen uns irgendetwas einfallen lassen, damit die Leute wenigstens lange genug aus dem Zug steigen, um in der Stadt ein bisschen Geld auszugeben. Das würde uns sehr helfen.«

»Und wie sollen wir das anstellen?«, fragte Jonathan niedergeschlagen.

»Wie überlebt denn Mohomet Basheer mit seinem Geschäft?«

»Einer der Afghanen bringt seine Kleider zu den Farmen und verkauft sie dort in seinem Auftrag.«

»Leider nützt es dem Hotel nichts, Bier an die Farmen zu liefern«, sagte Arabella. »Wir müssen die Farmarbeiter in die Stadt holen.«

Jonathan nickte. »Stimmt. Schade, dass die Afghanen keinen Alkohol trinken. Dann hätten wir einen ordentlichen Umsatz.«

»Ja«, pflichtete Arabella bei. »Aber uns geht sowieso bald das Bier aus. Sag mal, essen die Afghanen Wildfleisch? Wir könnten ihnen gebratenes Känguru oder Wombat servieren.«

Jonathan schüttelte den Kopf. »Nein, die Afghanen essen Kamelfleisch«, sagte er und lachte, als er Arabellas entsetzten Gesichtsausdruck sah. »Wo wir gerade vom Braten sprechen… die Stadt Birdsville richtet alljährlich ein Picknick anlässlich des Rennens aus. Da kommen hunderte von Leuten, die reichlich Bier und Fleisch konsumieren. Das füllt die Kassen der Stadt ordentlich auf.«

»Sprichst du von einem Pferderennen?«

»Ja, aber sie veranstalten auch Kamelrennen. Die Afghanen bringen ihre besten Tiere dorthin, um sie gegeneinander antreten zu lassen. Manchmal kommen sie mit einem schönen Batzen Geld zurück.«

»So eine Veranstaltung könnten wir hier in Marree gut gebrauchen«, sagte Arabella. »Etwas, was die Leute von den Farmen hierherbringt. Aber ich weiß nicht, was!«

In den nächsten Tagen war die Hitze so unerträglich, dass sie sich gar nicht erst mit dem Gedanken an Hotelgäste beschäftigten. Der Farmarbeiter Les Mitchell wohnte zwar im Hotel, da er sich die Hand verletzt hatte und nicht auf Lizard Creek Station arbeiten konnte, aber er wurde nicht als echter Gast betrachtet, da er sich selbst um sich kümmerte.

Ted Wallace sagte, er könne sich nicht erinnern, dass es je so heiß gewesen sei – und als Bahnhofsvorsteher lebte er seit vielen Jahren in der Stadt. Die Glut sog einem buchstäblich die Energie aus dem Körper. Arabella konnte morgens kaum aufstehen, wenn sie nur die Treppe hinunterstieg, wurde ihr von der Backofenhitze schwindelig. Hinzu kam, dass der Generator, mit dem die Kühlschränke betrieben wurden, überhitzte und seinen Geist aufgab, sodass das wenige noch vorhandene Bier warm wurde – was wiederum die Einheimischen verärgerte. Auch die noch vorrätigen Lebensmittel begannen zu verderben; ein Sack Mehl wurde von Rüsselkäfern befallen, die Anzahl der Fliegen und sonstigen Plagegeister schien sich noch verdoppelt zu haben.

Zu allem Überfluss kam mit der Hitze ein heißer Wind auf, der in jeden Winkel des Hotels drang. Um sich vor diesem Wind zu schützen, schlossen sie die Fenster und Türen des Hotels – mit dem Erfolg, dass die Hitze im Innern erdrückend wurde. Als sie Fenster und Türen wieder öffneten, füllten sich die Zimmer mit Staub. Arabella fühlte sich zerschlagen und hatte überhaupt keinen Appetit, alle schienen gereizter Stimmung zu sein.

Jonathan und Ted benötigten nicht weniger als vier Tage, um den Generator zu reparieren. Bis dahin waren die meisten Lebensmittel bereits verdorben.

»Bald wird das Benzin für den Generator aufgebraucht sein«, sagte Jonathan.

»Bald wird *alles* aufgebraucht sein«, antwortete Arabella verzweifelt. »Wir werden die Kameltreiber nach Süden schicken müssen, damit sie uns Vorräte besorgen, aber es kann Wochen dauern, bis sie zurückkommen.«

»Ich wollte, wir könnten uns mit Tony in Verbindung setzen und ihn fragen, was wir tun sollen«, sagte Jonathan.

»Aber das können wir nun mal nicht, Jonathan. Wir müssen die Entscheidungen selbst treffen.«

»Die Afghanen könnten uns helfen«, meinte Ted. »Sie können fast alles, was wir brauchen, in Leigh Creek besorgen, einschließlich Bier. Es ist keine hundert Meilen von hier. Sie würden nur ein paar Tage benötigen.«

»Das hört sich großartig an«, sagte Arabella.

»Also gut. Geben wir den Afghanen das Geld, das wir von den Schafscherern bekommen haben, damit sie in Leigh Creek Vorräte kaufen«, sagte Jonathan. »Eine andere Wahl haben wir nicht.«

Nachdem diese Entscheidung getroffen war, begaben sie sich in die Ghan-Siedlung und sorgten dafür, dass die Kameltreiber am nächsten Tag im Morgengrauen aufbrachen.

Arabella schreckte jäh aus dem Schlaf auf. Draußen donnerte es so gewaltig, dass sie fürchtete, das Dach werde über ihr zusammenbrechen. Durch die undichten Stellen tropfte Wasser ins Zimmer. Der Morgen dämmerte, aber der Himmel war rabenschwarz. An diesem Morgen sollten zwei Kameltreiber mit fünf Kamelen aufbrechen, um in Leigh Creek Vorräte zu besorgen.

Arabella setzte sich auf und lauschte, sich verblüfft Wasser, das von der Decke tropfte, aus dem Gesicht wischend. Das Grollen und Donnern wurde ohrenbetäubend, aber sie konnte etwas riechen, das sie seit langem nicht gerochen hatte: Regen! Sie schwang sich aus dem Bett, eilte zur Balkontür, die offen stand, und blickte hinaus.

Arabella traute ihren Augen nicht. Es regnete in Strömen.

»Jonathan«, rief sie und eilte zur Schlafzimmertür. »Es regnet!«

Jonathan öffnete schläfrig die Tür zu seinem Zimmer. »Was?«, sagte er.

»Hör doch! Es regnet in Strömen. Komm und sieh's dir an.«

Auch Wallys Tür ging auf, und Wally humpelte mit schläfrigem Blick auf den Flur. »Was ist denn los?«

Im selben Augenblick öffnete auch Stuart die Tür. »Was ist das für ein Lärm?«

»Es regnet, Stuart«, sagte Arabella aufgeregt. Es war seit Monaten das erste Mal, dass sie Regen sah.

Alle gingen durch Arabellas Zimmer hinaus auf den Balkon. Arabella streckte die Hände aus, fing den Regen auf und bespritzte sich das Gesicht. Es tat so gut, dass sie lachte und jubelte wie ein kleines Mädchen. Auch die Männer strahlten von einem Ohr zum anderen. Nach der schier endlosen Dürre war der Regen ein beglückender Anblick.

»Ist die Dürre jetzt vorbei?«, fragte Arabella.

»Das bezweifle ich«, rief Ted von der Straße zu ihnen hoch. Er war auf dem Weg zu den Ställen, um die Boxen auszumisten, wie jeden Morgen bei Tagesanbruch. Ted war durchnässt, doch es machte ihm nichts aus – im Gegenteil. Es war herrlich, sich vom Regen den Schweiß vom Körper waschen zu lassen; es war beinahe so, als würde er zum ersten Mal seit Monaten ein Bad nehmen. »Erst wenn es ein paar Tage ununterbrochen regnet, können wir sicher sein, dass die Dürre vorbei ist«, rief er zu Arabella hinauf. »Wenn der Regen bald wieder aufhört, wird es knapp reichen, den Staub aus den Regenwassertanks zu spülen. Wir sollten uns nicht zu früh freuen!«

Es regnete anderthalb Stunden lang. Dann hörte es so abrupt auf, als hätte jemand einen Hahn zugedreht, und die stechende Sonne kam wieder hervor. Die Straßen von Marree hatten sich in Schlammpisten verwandelt, auf denen die Aborigine-Kinder vor Vergnügen kreischend spielten.

Arabella und Jonathan mussten feststellen, dass das Hoteldach löcherig war wie ein Sieb. Arabella stellte einen Eimer auf ihr Bett, um das Wasser aufzufangen. Auch Jonathan und Wally stellten in ihren und in Maggies und Tonys Zimmer Eimer auf. Überall hatte es hineingeregnet. Als sie keine Eimer mehr finden konnten, nahmen sie Töpfe und Pfannen.

Die Luft war dermaßen schwül, dass es noch unerträglicher war als in den Tagen zuvor, in denen sie mit trockener Hitze und Staub zu kämpfen hatten. Die Wäsche, die Arabella an die Leine gehängt hatte, sah erbarmungswürdig aus: Der Staubsturm hatte sie mit einer rötlich braunen Schicht überzogen, die der Regen in schlammige Streifen verwandelt hatte.

Arabella, die bis zu den Knöcheln im Schlamm stand, war eben dabei, die Wäsche von der Leine zu nehmen, als Rita auftauchte.

»Sieh dir diese Schweinerei an«, klagte Arabella.

»Der Regen wird die Wildblumen in der Wüste zum Blühen bringen, Missus«, sagte Rita. »Das ist ein schöner Anblick!«

Arabella hielt inne und sah Rita verwundert an. Dass Rita so etwas von sich gab, hatte sie nicht erwartet. Für Arabella war die Freude an Blumen etwas Feminines, und Rita war so ziemlich die unfemininste Frau, die ihr je begegnet war.

»Das würde ich sehr gern sehen, Rita«, sagte sie.

»Dann sollten Sie sich beeilen, Missus, denn die Heuschrecken werden die Blumen bald fressen«, sagte Rita.

»Heuschrecken?«

»Ja, die Heuschrecken kommen. Viele!« Rita blickte in die Wüste hinaus. »In ein paar Tagen sind sie da. Sie fressen alles, was sie sehen. Aber sie sind ein Leckerbissen. Wir werden jede Menge kochen!«

»Kochen? Ihr werdet doch nicht etwa *Heuschrecken* essen?«, fragte Arabella ungläubig.

»O doch, Missus. Sie schmecken gut!«

»Igitt«, sagte Arabella. »Eher würde ich verhungern.«

»Das werden Sie vielleicht auch, Missus, denn die Heuschrecken werden alles fressen, was im Gemüsegarten ist.«

»Maggies Gemüsegarten?«, rief Arabella entsetzt. »Das darf ich nicht zulassen!«

»Sie können die Heuschrecken nicht aufhalten, Missus«, sagte Rita. »Nur essen.«

Zwei Tage später kamen die Heuschrecken nach Marree. Arabella war auf dem Balkon, um die Matratzen zu trocknen, die vom Regen noch immer nass waren, als sie in der Ferne eine seltsame, dunstige Wolke sah, die sich von Süden her näherte. Sie rief Jonathan.

»Sieh dir das an, Jonathan«, sagte sie. »Kommt da schon wieder ein Sandsturm?«

Rita war mit Lily und Missy unten auf der Straße und hatte mitgehört.

»Das sind die Heuschrecken, Missus«, rief Rita zu Arabella hinauf.

Arabella geriet in Panik. Die Heuschreckenwolke bewegte sich wie eine riesige Flutwelle über das Land und hielt genau auf sie zu. Sie war mindestens eine Meile breit. Etwas Derartiges hatte Arabella nie zuvor gesehen. »Wir müssen den Gemüsegarten retten«, rief sie Jonathan zu.

»Wir können nichts dagegen tun, Arabella«, antwortete er. »Diese Biester werden alles fressen, was über der Erde ist. Nur was darunter ist, dürfte in Sicherheit sein.«

»Woher wusstest du, dass die Heuschrecken kommen, Rita?«, fragte Arabella.

»Ich weiß es eben«, sagte Rita und schlug mit Lily und Missy den Weg zurück zu ihrem Lager ein. Es war deutlich zu sehen, dass die Frauen sich auf ihre Heuschreckenmahlzeiten freuten. Arabella war fassungslos.

Binnen zwei Stunden hüpften die Heuschrecken durch jeden Winkel von Marree. Arabella hatte Türen und Fenster geschlossen, in der Hoffnung, die Plagegeister auf diese Weise vom Haus fernhalten zu können, musste ihren Irrtum aber bald einsehen. Sie war in der Küche, als die ersten Tiere unter der Tür hindurchkamen und über den Boden hüpften. Sie schnappte sich einen Besen und versuchte, sie zu erschlagen, doch es kamen immer mehr. Arabella nahm ein Tuch und stopfte es unter die Tür.

»Wie können wir verhindern, dass die Biester ins Haus kommen?«, rief sie Jonathan verängstigt zu.

»Ich weiß es nicht«, sagte er, »aber sie werden uns nichts tun, Arabella.«

Sie wusste selbst, dass ihr Verhalten kindisch war, doch sie ekelte sich vor den Heuschrecken.

»Ich will sie nicht im Haus haben!«, schrie sie und flüchtete auf den Flur – nur um dort auf noch mehr hüpfende Geschöpfe zu stoßen. Die Heuschrecken waren offenbar unter der Haustür hindurch in die Bar und von dort weiter ins Haus gekommen. Kreischend bewegte Arabella sich auf Zehenspitzen zwischen ihnen hindurch und stieg langsam die Treppe hinauf. Als sie sich auf halber Höhe umwandte, sah sie unzählige Tiere, wohin sie auch blickte. Schaudernd rannte sie in ihr Zimmer, um dort Schutz zu suchen, und knallte die Tür hinter sich zu. Sie riss die Laken vom Bett, stopfte sie in die Türritze und ließ sich auf den Boden fallen. Dann holte sie tief Luft, um ihre Fassung wiederzuerlangen. Sie wusste, dass Jonathan, Ted und Stuart sich über ihre panische Reaktion auf die hüpfenden Eindringlinge amüsierten, doch Millionen von Insekten waren in ihren Augen ganz und gar nicht zum Lachen.

Arabella warf einen Blick zur Balkontür und sah erst jetzt, dass sie offen stand. Sie sprang auf und spähte vorsichtig hinaus auf den Balkon, auf dem zum Glück keine einzige Heuschrecke zu sehen war. Langsam trat Arabella bis ans Geländer und schaute hinunter. Die Straße unter ihr schien sich zu bewegen. Es war ein grauenhafter, zugleich aber seltsam faszinierender Anblick. Arabella war wie gebannt. Sie hörte nicht, wie Jonathan hinter sie trat. Als er ihr eine Hand auf den Arm legte, schrie sie auf und zuckte heftig zusammen.

»Entschuldige«, sagte er sanft. »Ich wollte dich nicht erschrecken.«

»Schon gut«, sagte sie atemlos. »Ich war so gebannt von den Heuschrecken, dass ich dich gar nicht kommen hörte.« Sie warf einen Blick in ihr Zimmer. »Du hast die Laken doch wieder vor die Tür gelegt?«

»Ja.« Jonathan lächelte. »Keine Angst, sie können nicht in dein Zimmer und dich fressen.« Er warf einen Blick hinunter, und seine Augen weiteten sich. »Was für ein atemberaubender Anblick! Ich muss meine Kamera holen«, sagte er.

Bevor Arabella auch nur ein Wort sagen konnte, stürzte er davon. Im nächsten Augenblick war er mit seiner Kamera wieder zur Stelle und baute sie auf, um das faszinierende Naturschauspiel zu fotografieren. Arabella musste gestehen, dass der Anblick der Heuschrecken, die sich wie eine Woge durch die Straßen bewegten, atemberaubend war, und in gewisser Weise war sie froh, dass Jonathan diesen Anblick festhielt, denn sie bezweifelte, dass sie je in ihrem Leben wieder etwas Derartiges zu sehen bekäme.

Jonathan machte ein paar Aufnahmen; dann stellte er seine Kamera beiseite und legte sanft, fast zögernd einen Arm um Arabellas Schultern. »Tut mir leid, wenn ich dir vorhin nicht sehr verständnisvoll erschienen bin«, sagte er. »Ich habe in der Wüste schon viele seltsame Dinge gesehen, aber ich vergesse immer wieder, dass du noch nichts davon erlebt hast.«

»So etwas habe ich wirklich noch nie gesehen«, sagte Arabella, der es sehr gefiel, dass Jonathan so nahe bei ihr war. »Von hier oben sind die Heuschrecken ein faszinierender Anblick. Aber ich bezweifle, dass die Farmer das genauso sehen würden.«

»Da hast du allerdings Recht«, sagte Jonathan, der ebenfalls hinunter auf die Straße blickte. »Sie können binnen weniger Stunden eine ganze Ernte vernichten und die Farmer so in den Ruin treiben. Soviel ich weiß, werden Versuche unternommen, mit einem Gift gegen die Heuschrecken vorzugehen, aber ich kann mir nicht vorstellen, dass man damit Erfolg haben wird, wenn Abermillionen von den Biestern anrücken.«

Arabella lehnte sich gegen Jonathan und genoss seine Umarmung.

»Ich will heute Abend nicht mit den Aborigines essen«, sagte sie nach einer Weile.

»Warum nicht? Bis dahin sind die meisten Heuschrecken wieder verschwunden.«

»Nicht alle. Ein paar von ihnen stehen auf der Speisekarte.«

»Oh«, sagte Jonathan und schüttelte sich bei der Vorstellung.

Arabella sah zum ersten Mal, dass er sich vor einem Buschessen ekelte.

»Aber wenn sie schön knusprig sind …«, sagte er.

Arabella musste unwillkürlich lachen, obwohl sie das lebhafte Bild gegrillter Heuschrecken vor Augen hatte.

»Meinst du, sie werden sie kochen oder im Feuer rösten?«, fragte Jonathan.

»Hör auf!«, rief Arabella kichernd.

»Ich kann mir das richtig gut vorstellen … kleine, schwarze, knusprige Dinger mit krossen Flügeln«, sagte Jonathan.

»Igitt!«, lachte Arabella und warf unwillkürlich einen Blick zur Tür. Aber sie war sich sicher, auch mit diesem Problem fertig zu werden.

Sie brauchten Stunden, um die Heuschrecken aus dem Hotel und den Türeingängen zu fegen. Niemand dachte auch nur daran, mit den Aborigines zu essen. Stattdessen aßen sie zum Abendessen Brot mit Konfitüre.

Paddy hatte ihnen gesagt, die Heuschrecken hätten die Kamele erschreckt, viele von ihnen seien aus ihren Pferchen ausgebrochen. Les erzählte ihnen später, viele Kameltreiber seien in die Wüste aufgebrochen, um zu versuchen, die Tiere zusammenzutreiben.

Kaum hatte er ihnen diese Neuigkeit berichtet, traf Stuart mit der Nachricht ein, dass Bess das Gatter ihrer Koppel aufgestoßen hatte und Uri mit ihr verschwunden war.

»O nein«, stieß Arabella aus, voller Sorge um das Kameljunge. Wieso war sie nicht darauf gekommen, dass die Heuschrecken ihm Angst einjagen könnten! »Wir müssen die beiden suchen.«

»Du bleibst hier«, sagte Jonathan. »Es wird gleich dunkel. Ted, Les, Stuart und ich übernehmen die Suche nach Bess und Uri.«

»Ich komme mit euch«, rief Arabella entschieden. Sie wollte nicht allein im Hotel bleiben und sich Sorgen machen. »Uri kommt vielleicht zu mir, wenn er mich rufen hört!«

»Du hast Recht«, sagte Jonathan. »Also gut. Komm mit.«

Sie liefen durch die Wüste, darauf achtend, die Lichter des Hotels im Auge zu behalten. Nachts in der Wüste zu sein erinnerte Arabella an jene schrecklichen Stunden, als sie mit ihrem qualvollen Tod gerechnet hatte. Grauenvolle Erinnerungen erwachten, und unwillkürlich hielt Arabella sich dicht an Jonathan.

Die Männer hatten Äste an einem Ende mit Stofffetzen umwickelt, die sie in Benzin getränkt und entfacht hatten, um sie als Fackeln zu benutzen. Nachdem sie fast zwei Stunden lang erfolglos gesucht hatten, beschlossen sie, sich in zwei Trupps aufzuteilen. Les, Ted und Stuart sollten in Richtung Norden suchen, Arabella und Jonathan in Richtung Süden. Auf diese Weise konnten sie ein größeres Gebiet abdecken.

Arabella und Jonathan waren ungefähr anderthalb Meilen vom Hotel entfernt, als ihre Fackel erlosch. »Verdammt«, fluchte Jonathan. Es war stockfinster, da der Mond von Wolken verdeckt war. Sie konnten die andere Fackel in der Ferne nicht mehr sehen; daher nahmen sie an, dass sie ebenfalls erloschen war und die anderen inzwischen zum Hotel zurückgekehrt waren.

»Im Dunkeln werden wir Bess und Uri niemals finden«, sagte Jonathan. »Wir sollten ebenfalls zum Hotel zurück.«

Arabella musste ihm beipflichten. »Aber wenn Uri nun etwas passiert?«, sagte sie.

»Keine Sorge. Bess wird zurückkommen, und Uri wird ihr mit Sicherheit folgen«, sagte Jonathan und machte sich auf den Rückweg zum Hotel.

Arabella nahm Jonathans Arm, da sie Angst hatte, zu stolpern. Sie wussten, dass sie sich in der Nähe eines ausgetrockneten Flussbetts mit einer steilen Böschung befanden, hatten jedoch das Gefühl dafür verloren, wo genau es lag, nachdem ihre Fackel erloschen war. Es war nicht ganz ungefährlich, sich an dem Flussbett entlangzubewegen, da es schlammige Abschnitte gab, wo man abrutschen konnte.

Arabella stolperte über ein Stück Holz und stieß sich den Fuß an. Sie schrie auf. Jonathan griff nach ihr, um sie zu halten, verlor aber plötzlich selbst den Halt und verschwand spurlos von ihrer Seite. Arabella hörte Steine in die Tiefe poltern und Zweige zerbrechen. Dann war ein dumpfer Aufschlag zu vernehmen.

»Jonathan!«, rief sie. »Wo bist du?«

Sie hörte ihn stöhnen. »Rühr dich nicht vom Fleck, Arabella«, keuchte er. »Du stehst am Rand des Flussbetts!«

Arabella tastete vorsichtig mit dem Fuß um sich und schnappte nach Luft: Ein paar Zentimeter weiter fiel der Boden steil ab.

»Ist dir was passiert, Jonathan?« Sie betete, dass er sich nichts gebrochen hatte, und hielt den Atem an, während sie in der Dunkelheit auf seine Antwort wartete.

»Nein«, sagte er und rappelte sich auf. »Sieht so aus, als hätte ich Glück gehabt.«

»Kannst du wieder zu mir hochkommen?«, fragte Arabella. Sie hatte schreckliche Angst, allein gelassen zu werden.

Sie hörte, wie er im Dunkeln um sich tastete. »Nein, es geht nicht«, antwortete er schließlich mit keuchender Stimme, »die Böschung ist zu steil.«

»O Gott … Was soll ich denn jetzt tun?«

»Keine Panik, Arabella. Du kannst doch das Licht vom Hotel sehen, oder?«

Sie wandte sich um. »Ja.«

»Dann geh vorsichtig darauf zu.«

Arabella kämpfte gegen die Panik an, die sie zu überwältigen drohte. »Und was ist mit dir?«

»Ich werde schon einen Weg aus dem verdammten Flussbett finden.«

»Aber ich kann nicht allein laufen, Jonathan«, rief sie. »Könnte ich nicht am Flussbett entlanggehen, bis du einen Weg herausfindest und wieder bei mir sein kannst?«

»Nein, das ist zu gefährlich. Du kannst es bis zum Hotel schaffen, Arabella. Denk dran, du hast eine Nacht allein in der Wüste überlebt. Geh auf das Licht zu. Sei tapfer, mir zuliebe.«

Arabella wollte sich nicht wie ein Kind benehmen, doch sie hatte schreckliche Angst. Tränen traten ihr in die Augen, sodass das Licht des Hotels verschwamm. »Also gut«, sagte sie. »Bist du auch sicher, dass du allein zurechtkommst?«

Jonathan hörte das Zittern in ihrer Stimme. Er hätte sich ohrfeigen können, weil er nicht dafür gesorgt hatte, dass sie im Schutz des Hotels blieb! Nun mussten sie beide zusehen, dass sie sich aus ihrer misslichen Lage befreiten.

»Ich komme schon klar, Arabella. Ich bin ja nicht verletzt. Wir treffen uns im Hotel. Die anderen sind sicher schon dort.«

Arabella spähte zum trüben Licht des Hotels hinüber. »Na schön«, sagte sie mit einer Stimme, die kaum mehr als ein Flüstern war. Den Blick fest auf das Licht gerichtet, bewegte sie sich vorsichtig voran. Das Hotel war ein ziemliches Stück entfernt, doch sie wusste, dass sie es schaffen würde, wenn sie immer nur einen Fuß vor den anderen setzte. Sie versuchte, nicht an Schlangen oder die unzähligen Krabbeltiere zu denken, die nachts über den Wüstenboden huschten.

Langsam bewegte sie sich vorwärts. Es war so dunkel, dass

sie den Boden vor ihren Füßen nicht sehen konnte und immer wieder stolperte. Die Hände vor sich ausgestreckt, ging sie mit vorsichtigen Schritten auf das Licht zu.

»Du schaffst es«, flüsterte sie, um sich selbst Mut zu machen. »Du schaffst es!«

Plötzlich hörte sie das Knacken eines Zweiges und zuckte erschrocken zusammen. »Wer ist da?«, fragte sie. War es Wally, der die Chance ergreifen wollte, sich an ihr zu rächen?

Auf einmal berührte irgendetwas sie an der Schulter. Der Angstschrei blieb Arabella im Halse stecken. Sie brachte nur ein ersticktes Stöhnen hervor.

»Wally, ich weiß, dass du das bist«, sagte sie zitternd vor Angst. »Komm ja nicht in meine Nähe!« Irgendetwas Großes, Dunkles ragte plötzlich vor ihr auf, und dann berührte etwas Nasses ihr Gesicht. Arabella wankte zurück, stolperte und stürzte zu Boden. »Tu mir nichts an, Wally, bitte …«, flüsterte sie, als ihr Mut sie im Stich ließ. Die dunkle Gestalt kam näher, und sie spürte heißen Atem auf der Wange.

Dann hörte sie ein tiefes Schnauben und erkannte ihren Irrtum. Es war nicht Wally. Es war Bess.

Arabella wäre vor Erleichterung beinahe in Tränen ausgebrochen. Sie stand auf, streckte die Hände aus und tastete im Dunkeln um sich. Wieder berührte irgendetwas sie an der Schulter.

»Uri, bist du das?«, fragte sie. Dann spürte sie, wie das feuchte Maul des Kameljungen ihr Gesicht berührte. »Uri!«, rief sie erleichtert, und Tränen liefen ihr über die Wangen. »Es ist alles gut«, sagte sie leise. Sie hörte Bess wieder schnauben. »Gehen wir nach Hause.«

Arabella setzte ihren Weg zum Hotel fort. Bess und Uri trotteten brav hinter ihr her. »Ihr beide habt uns einen schönen Schrecken eingejagt«, sagte Arabella, als könnten die Tiere sie verstehen – vielleicht war es ja auch so.

In der Nähe der Ghan-Siedlung hörte Arabella Lärm in der

Dunkelheit, doch unbeirrt ging sie weiter auf das Hotel zu. Sie führte Bess und Uri auf ihre Koppel, schloss das Gatter und ging völlig erschöpft zur Hintertür des Hotels.

Als er das Moskitogitter der Hintertür zuknallen hörte, kam Stuart aus der Bar. »Arabella!«, rief er. »Alles in Ordnung?«

»Ja, es geht schon.«

»Wo ist Jonathan?«

»Er ist ins Flussbett gefallen.«

»Was sagst du da?«, rief Stuart. Auch Ted und Les waren nun auf sie aufmerksam geworden.

»Ist er verletzt?«, fragte Ted.

»Nein. Er hat mich zurückgeschickt. Er will versuchen, eine Stelle zu finden, an der er aus dem Flussbett klettern kann.«

Stuart wandte sich an Les und Ted. »Wir müssen eine Fackel anzünden und nach ihm suchen. Wer weiß, vielleicht finden wir diesmal auch Bess und Uri.«

»Die zwei hab ich schon gefunden«, sagte Arabella, »besser gesagt, sie haben mich gefunden. Ich hab sie auf ihre Koppel gebracht.«

»Ist ihnen etwas passiert?«, fragte Stuart.

»Ich glaube nicht. Sie sind nur ziemlich verängstigt.«

Ted, Stuart und Les gingen hinaus, um eine Fackel zu holen. Augenblicke später hörte Arabella Stimmen, und ein Stein fiel ihr vom Herzen

Eine der Stimmen gehörte Jonathan.

»Wir wollten uns eben auf die Suche nach dir machen«, sagte Les zu ihm.

»Ist Arabella hier?«, fragte Jonathan. Arabella hörte die Besorgnis in seiner Stimme, und es rührte ihr das Herz.

»Ja, und sie hat Uri und Bess mitgebracht«, sagte Stuart.

»Wirklich?«, fragte Jonathan. »Das Mädchen ist wirklich einmalig.«

Arabella spürte, wie stolz er war. Es machte sie so glücklich, dass sie sich fragte, ob das, was sie empfand, aufkeimende Liebe war.

Am nächsten Morgen schlief Arabella sehr lange. Als sie aufstand, war das Hotel verlassen; nur Wally saß draußen. Arabella konnte gut verstehen, dass es ihn an die frische Luft zog, nachdem er drei Wochen eingepfercht in seinem Zimmer zugebracht hatte. Doch sie war noch immer nervös in seiner Gegenwart und traute ihm nicht über den Weg. Vermutlich würde sich das niemals ändern.

»Wo sind denn alle hin, Wally?«, fragte sie ihn.

»Zur Ghan-Siedlung. Offenbar ist ein wilder Kamelhengst auf den Koppeln«, sagte Wally, »zusammen mit den Kamelen, die die Afghanen gestern Abend zusammengetrieben haben. Und nun richtet dieser Hengst ein Chaos an.«

»Warum lassen sie ihn nicht von der Koppel herunter?«, fragte Arabella.

»Weil ihm dann womöglich die Kamelstuten folgen. Ich glaube, die Afghanen wollen den verrückten Hengst erschießen.«

»Erschießen?« Arabella konnte nicht glauben, was sie da hörte, und machte sich sofort auf den Weg in die Ghan-Siedlung. Jetzt wurde ihr klar, was für einen Tumult sie gehört hatte, als sie am Abend zuvor mit Uri und Bess zurück zum Hotel gelaufen war. Und nun wusste sie auch, weshalb Uri ihr so ängstlich erschienen war, als sie ihn auf die Koppel geführt hatte: Er hatte sich vor dem Hengst gefürchtet.

Noch bevor Arabella die Ghan-Siedlung erreichte, hörte sie Gebrüll und Geräusche, die sich anhörten, als würde irgendetwas zerschlagen. Die Kamele schrien, knurrten und spuckten. Als Arabella sich den Koppeln näherte, hatte sich dort bereits eine Menschenmenge versammelt. Sie erblickte Jonathan und eilte zu ihm.

»Was ist los?«, fragte sie atemlos.

Die Kamele rannten wild über die Koppel, traten um sich,

knurrten böse und spuckten. In ihrer Mitte stand ein riesiger Hengst, der Furcht erregende Laute ausstieß. Er versuchte, die Kamelstuten zu beißen, und jagte angriffslustig seine jüngeren Mitstreiter. Plötzlich stürmte der wild gewordene Hengst auf den Zaun vor ihnen zu und krachte mit der Brust gegen das Geländer. Jonathan zog Arabella rasch zur Seite, als der Hengst den Kopf über den Zaun reckte. Seine lange Zunge hing heraus, und er hatte Schaum vor dem Maul.

Mehrere Kameltreiber hielten Gewehre in den Händen. Paddy rannte von der anderen Seite des Zauns auf den Hengst zu und zielte auf ihn, doch das Tier warf den Kopf zurück, drehte sich um und drängte sich hinter eine der kostbaren Stuten. Paddy fluchte lauthals. Er hatte seine Chance verpasst. Einige der Männer versuchten mit langen Stöcken, den wilden Hengst von ihren Kamelen zu trennen. Die Szene war chaotisch.

»Geh zurück zum Hotel«, sagte Jonathan zu Arabella, als er sah, wie verängstigt und verwirrt sie war.

Bevor sie etwas erwidern konnte, griff der Hengst eines der jüngeren Tiere an, biss und trat es. Die Kameltreiber schrien vor Angst, der Hengst könnte seinen jüngeren Artgenossen töten. Da sprang Paddy über den Zaun und drängte sich zwischen seinen kostbaren Tieren hindurch. Der Hengst sah ihn und wandte sich ihm zu.

Arabella und Jonathan beobachteten entsetzt das Geschehen. Sie waren sicher, dass der Hengst auf Paddy losgehen und ihn umbringen würde.

»Geh raus da, Paddy!«, brüllte Jonathan und sprang am Zaun hoch.

Arabella stockte der Atem. Wollte Jonathan Paddy zu Hilfe kommen? Sie war wie gelähmt vor Angst.

In diesem Augenblick hob Paddy sein Gewehr, zielte und schoss auf das verrückt gewordene Tier. Die Kugel traf genau zwischen die Augen. Der Hengst bäumte sich auf und fiel tot zu Boden.

Beifallsrufe von den Kameltreibern wurden laut. Jonathan wandte sich zu Arabella um, ein Lächeln auf den Lippen. Doch als er ihre bestürzte Miene sah, wurde er schlagartig ernst.

»Es ist alles gut, Arabella«, sagte er beruhigend. »Den anderen Tieren kann nichts mehr geschehen.«

Arabella blickte Jonathan an, als sähe sie ihn zum ersten Mal. Dann legte sie ihm die Arme um den Hals und hielt ihn so fest an sich gedrückt, als wollte sie ihn nie mehr loslassen. Endlich wusste Arabella, dass sie diesen Mann liebte.

20

Edward saß in der Sunset Bar am nördlichen Ende der Stadt und trank. Für einige der Einheimischen war er zu einem vertrauten Anblick geworden. Nicht dass sie ihn gut kennen gelernt hätten – er redete kaum ein Wort –, aber er verbrachte jeden Tag ein paar Stunden auf einem Barhocker und trank Bier.

Diesmal saß Cyril Foreman neben ihm, einer der Einheimischen. Cyril war Alkoholiker – ein Mann, dessen Leben größtenteils enttäuschend verlaufen war. Er hatte einen guten Teil seiner siebzig Jahre auf Walfängern verbracht, wo er eines Tages bei einem Unfall ein Bein verloren hatte. Von da an hatte Cyril den Walfang gehasst. Um so weit vom Meer wegzukommen, wie es nur ging, war er schließlich in der Wüstenstadt Alice Springs gelandet.

Cyril wusste, dass ein paar Aborigines in der Stadt Edward berichtet hatten, die sterblichen Überreste seiner Tochter seien gefunden worden. Cyril hasste die Aborigines leidenschaftlich, vor allem, da er ihnen wegen seines Holzbeins nicht entkommen konnte, wenn sie ihn um Almosen anbettelten.

Heute Nachmittag hatte Cyril seine üblichen Gläser Bier getrunken und war mehr als nur ein bisschen beschwipst. »Hör nicht zu sehr darauf, was die Eingeborenen dir erzählen«, sagte er. Er beugte sich so weit zu Edward hinüber, dass er fast von seinem Hocker kippte.

Edward war so sehr mit seinem eigenen Kummer beschäftigt, dass er Cyril kaum hörte.

»Diese Aborigines! Bis irgendwelche Neuigkeiten, die sie aufschnappen, quer durch die Wüste von einem zum anderen weitererzählt wurden, sind sie völlig verzerrt und verdreht. Hab ich Recht, Bert?«, fragte er den Barmann.

Edward drehte den Kopf und blickte Cyril an. Er hatte schon öfter neben ihm gesessen und ignorierte sein Geschwafel im Allgemeinen. Doch was er diesmal sagte, klang logisch, selbst nach etlichen Gläsern Bier.

»Hast Recht, Cyril«, sagte Bert, der Barmann.

»Tatsächlich?«, fragte Edward überrascht.

»O ja«, sagte Cyril, sich mit einem Ellbogen auf die Bar stützend und mit dem Zeigefinger durch die Luft fuchtelnd. »Ich weiß noch, wie sie gesagt haben, Jock McPherson sei auf dem Weg zurück zu seiner Farm ums Leben gekommen, und das stimmte gar nicht.«

»Was ist denn mit diesem Jock McPherson passiert?«, fragte Edward, dessen Interesse erwachte. Er wollte seine Hoffnungen nicht wieder zu hoch hängen, klammerte sich aber an jeden Strohhalm.

»Ein paar Aborigines hatten ihn gefunden und bei sich aufgenommen«, sagte Cyril. »Sie haben sich um ihn gekümmert, bis er wieder gesund genug war, um zu seiner Farm zurückzukehren.«

»Tun sie das wirklich?«, fragte Edward. »Ich meine, kümmern sie sich um Weiße?«

»Klar«, lallte Cyril. »Ein paar von denen jedenfalls. Aber wenn du dich oben am Daly River verirrst, könntest du vielleicht als Abendessen für diese Wilden enden«, fügte er kichernd hinzu.

»Halt den Mund, Cyril«, sagte der Barmann. Er wusste, dass Geschichten über kannibalische Aborigines dem ohnehin verzweifelten Edward den Rest geben könnten. »Es gibt 'ne Menge Clans, die durch die Wüste streifen und die einen Weißen bei sich aufnehmen würden, wenn er Hilfe braucht«, sagte er zu Edward.

»Würden sie auch ein weißes Mädchen aufnehmen und sich um sie kümmern?«, fragte Edward, der ein wenig neue Hoffnung zu schöpfen wagte.

»Ja, aber das muss nicht heißen, dass das bei Ihrer Tochter der Fall war. Viele Leute kommen draußen in der Wüste um. Aber es *könnte* ja sein, dass sie von einem Stamm gerettet wurde. Ich weiß, das ist keine große Hilfe für Sie, und das Nichtwissen ist schlimmer als das Wissen...«

»Nein, das ist es nicht«, sagte Edward. »Wenn man gesagt bekommt, dass die sterblichen Überreste der eigenen Tochter gefunden wurden, ist das eine unvorstellbare Qual. Ich möchte lieber die Hoffnung bewahren, dass Arabella irgendwo da draußen ist.«

Der Barmann zuckte die Schultern. »Das kann ich verstehen«, sagte er. Da er selbst fünf Töchter hatte, konnte er sich vorstellen, wie Edward zumute war. »Wenn man keinen Beweis hat, sollte man wirklich nicht alles glauben, was einem erzählt wird. Wer kann denn schon sagen, dass die Überreste, die gefunden wurden, die Ihrer Tochter sind?«

Genau das hatte Edward auch gedacht. Aber wenn es nicht die Leiche Arabellas war, die man gefunden hatte – wer war es dann? »Ist es möglich, dass es die Überreste von jemand anders waren?«, fragte er hoffnungsvoll.

»Alles ist möglich«, sagte Bert.

Nachdem Edward ins Hotel zurückgekehrt war, erzählte er Clarice, was der Barmann und Cyril gesagt hatten.

Clarice erwiderte nichts. Sie blickte ihn nur schweigend an.

»Ich weiß, wie gering die Chance ist, dass Arabella noch lebt«, sagte Edward. »Aber ich möchte mir lieber vorstellen, dass ein Stamm sich um sie kümmert, als den Gedanken ertragen zu müssen, dass sie tot ist.«

Clarice seufzte. Sie wusste nicht, was sie denken sollte. »Zu hoffen ist eine Qual«, sagte sie schließlich. »Aber es ist nicht so schlimm wie das Wissen, dass unsere Bella tot ist.«

Keiner der beiden schlief in dieser Nacht. Ihre Gedanken schwankten zwischen Hoffnung und Trauer. Es war die schlimmste Nacht ihres Lebens – noch schlimmer als die Nacht, als sie geglaubt hatten, Arabella sei tot. Damals waren sie sich wenigstens sicher gewesen, was das Schicksal ihrer Tochter anging.

Am nächsten Morgen suchte Edward wieder Sergeant Menner auf.

»Warum dauert es so lange, den Zug und die Telegrafenverbindung wieder in Stand zu setzen?«, fragte er zum wiederholten Mal. Er wollte aus Alice Springs abreisen und etwas unternehmen, um sich endlich Gewissheit zu verschaffen, ob Arabella tot war oder nicht.

»Die Bahnlinie ist fast wieder fertig«, sagte Sergeant Menner geduldig. »Für die Telegrafenverbindung werden Masten aus dem Süden hergeschickt. Sie kann also erst repariert werden, wenn der Zug wieder verkehrt. Hier gibt es nicht genügend hohe Bäume, die man als Masten verwenden könnte.«

»Wie wurde die Telegrafenlinie denn überhaupt errichtet?«, fragte Edward.

»Die Masten wurden von Kamelkarawanen gebracht. Es hat Monate gedauert, um sie aus Adelaide hierherzuschaffen.«

Edwards Augen weiteten sich. Die Kameltreiber, die er in der Stadt gesehen hatte, waren ihm zwar nicht geheuer gewesen, nun aber fragte er sich, ob er diese Männer vielleicht anheuern sollte, um sich von ihnen zu sämtlichen Aborigine-Lagern bringen zu lassen, damit er dort nach Arabella suchen konnte. »Leben irgendwelche Kameltreiber hier am Stadtrand?«, fragte er.

»Nein. Die größte Ghan-Siedlung ist in Marree. Einige leben in Farina und Lyndhurst. Und dann gibt es noch eine Ghan-Siedlung in Broken Hill.«

»Verdammt«, fluchte Edward enttäuscht.

»Einige Aborigines aus der Stadt sind nach Süden aufgebrochen. Ich habe sie gebeten, dass sie nach den …«, Sergeant Menner verstummte gerade noch rechtzeitig, bevor er »Überreste« sagte, »… dass sie nach Ihrer Tochter suchen, Sir«, sagte er. »Ich hoffe, sie werden etwas finden, das uns helfen wird, sie zu identifizieren. Es sind Stammes-Aborigines, keine Trunkenbolde.«

Edwards Miene hellte sich auf. »Großartig, Sergeant. Meine Frau und ich hoffen noch immer, dass die Überreste, die die Aborigines gefunden haben, nicht die unserer Tochter sind.«

Sergeant Menner nickte. »Wenn die Aborigines Ihre Tochter finden, werden sie mir Bericht erstatten. Sie wollen zu einem *corroborree* in der Flinderskette und haben sich bereit erklärt, bis Marree so nah wie möglich der Bahnlinie zu folgen.«

»Arabella könnte bei irgendwelchen Clanangehörigen leben«, sagte Edward. »Ein paar Einheimische sagten, die Aborigines würden manchmal Weiße bei sich aufnehmen.«

»Ja, so etwas ist schon vorgekommen, aber es ist …« Der Sergeant hatte sagen wollen, »unwahrscheinlich«, bremste sich aber. »Alles ist möglich«, sagte er stattdessen.

»So ist es«, sagte Edward. »Außerdem erscheint es mir logisch, dass die Wahrheit verzerrt wird, wenn sie über hunderte von Meilen von einem Clan zum nächsten weitererzählt wird. Vor allem, wenn die Information bei Trunkenbolden wie Billy, Danny und Charlie landet.«

»Wenn das der Fall ist, werden die Stammes-Aborigines davon erfahren, und dann werden sie es uns mitteilen«, sagte der Sergeant, obwohl er sicher war, dass Arabella gar nicht lange genug überlebt hatte, um von freundlichen Stammesangehörigen aufgenommen zu werden. Der Sergeant war Realist. Er war überzeugt, dass Arabella in der Wüste umgekommen war.

Edward hingegen war froh, Clarice endlich erfreuliche Neuigkeiten überbringen zu können.

»Ich komme eben vom Polizeirevier«, sagte er. »Eine Gruppe

Aborigines wird die Bahnlinie bis nach Marree ablaufen und nach Arabella suchen!«

»Du solltest dir keine falschen Hoffnungen machen, Edward«, sagte Clarice. »Was sollen diese Leute denn jetzt noch finden?«

»Aber Clarice! Arabella könnte von einem Stammesclan aufgenommen worden sein. Der Sergeant hat mir versprochen, dass die Aborigines uns Bericht erstatten, falls sie etwas erfahren. Er sagte mir, dass es keine von den Trunkenbolden aus der Stadt sind, sondern echte Stammesangehörige.«

Clarice' Hoffnung flammte wieder auf. »Wann sind sie denn aufgebrochen?«

»Heute Morgen, soviel ich weiß. Sie wollen an einem *corroborree* in der Flinderskette teilnehmen.«

»Was ist ein *corroborree*?«

»Ein großes Treffen, eine Art Stammesfest. Die Aborigines streifen viel umher. Wenn also etwas Außergewöhnliches passiert ist – wenn zum Beispiel ein weißes Mädchen in der Wüste gefunden wurde –, würde diese Nachricht sich herumsprechen. Ich glaube, wir können uns wirklich Hoffnungen machen.«

»Oh, Edward, das wäre wundervoll!«

»Ich nehme an, die Afghanen werden das Fleisch des Kamelhengstes heute Abend essen«, sagte Arabella zu Jonathan, als sie zurück zum Hotel gingen, gefolgt von Ted und Les. Sie schauderte bei der Vorstellung. Vor ihrem geistigen Auge sah sie immer noch das rasende, wilde Kamel, kurz bevor es erschossen wurde.

»Wenn das Fleisch nicht verdorben ist, werden sie es tatsächlich essen«, sagte Ted, der Arabella gehört hatte.

Sie schüttelte sich vor Ekel.

»Und wenn es verdorben ist, werden es die Hunde der Aborigines fressen«, fügte Ted hinzu.

»Kamelfleisch habe ich noch nie gekostet«, sagte Jonathan, als fände er die Vorstellung faszinierend.

»Ich würde es gar nicht erst anrühren«, sagte Arabella schaudernd.

Stuart war bei Bess und Uri. Während Les und Ted ins Hotel gingen, blieben Jonathan und Arabella bei den Ställen stehen, um zu sehen, wie es dem Pferd und dem jungen Kamel ging.

»Sie beruhigen sich allmählich, aber heute Morgen hatten sie einen kleinen Schock«, sagte Stuart.

Uri kam an den Zaun und schnüffelte liebevoll an Arabellas Gesicht.

»Du hast mir in der Dunkelheit einen schönen Schrecken eingejagt«, sagte sie mit einem Lächeln, während sie in seine warmen braunen Augen mit den dichten Wimpern sah. Das Kameljunge war ihr inzwischen sehr ans Herz gewachsen, und sie wusste, dass sie es schrecklich vermissen würde, wenn sie Marree verließ. Bei diesem Gedanken warf sie einen Blick auf Jonathan, und Traurigkeit überkam sie.

Ihn würde sie am schmerzlichsten vermissen.

Später an diesem Nachmittag trafen drei Männer im Great Northern Hotel ein. Es waren Arbeiter von Lizard Creek Station, die Grenzzäune überprüft hatten. Da eine der Grenzen nur ein paar Meilen von der Stadt entfernt war, hatte Ruth Maxwell vorgeschlagen, sie sollten auf ein Bier im Hotel vorbeischauen und Maggie eine Nachricht von ihr überbringen.

Doch erst einmal tranken die Männer ein großes Bier, »damit der Staub sich setzte«.

»Wo ist Maggie?«, fragte Len, während Jonathan ihnen allen ein zweites Bier einschenkte. Arabella brachte ein paar frische Gläser in die Bar. Sie erschrak, als sie die Viehtreiber sah, und hoffte, dass sie nicht zum Abendessen bleiben wollten, begrüßte sie aber höflich.

»Maggie und Tony sind für ein paar Wochen auf Warratah Station«, sagte Jonathan zu Len.

»Oh.« Len war überrascht. »Das sieht den beiden aber gar nicht ähnlich, das Hotel gleichzeitig zu verlassen.«

»Maggie ging es nicht gut, deshalb hat Tony sie zu ihrer Schwester gebracht. Er selbst hatte einen Unfall. Als er mit seinem Schwager die Schafe auf Warratah Station untersuchte, ist ein Schafbock auf ihn losgegangen. Tony hat sich mehrere Rippen gebrochen, sodass er ein paar Wochen nicht reiten kann.«

»Autsch! Der arme Kerl.« Len rieb sich die Rippen, als könnte er Tonys Schmerzen nachempfinden. Er erinnerte sich, wie er bei einem Rodeo in Cloncurry von einem Bullen hochgeschleudert und beinahe aufgespießt worden war, wobei er sich drei Rippen gebrochen hatte. »Die Maxwells wollten übermorgen mit zwei Besuchern zum Abendessen kommen«, sagte er. »Mrs Maxwell hat mich gebeten, hier vorbeizuschauen, um Maggie Bescheid zu geben, dass sie kommen.«

In Arabella stieg Panik auf. »Wir haben kaum noch Fleisch«, sagte sie. »Ein Trupp Schafscherer ist vorbeigekommen. Sie haben fast alles aufgegessen.«

»Hätten wir das gewusst, hätten wir ein Schaf mitgebracht«, sagte Len.

»Tja, aber niemand hier weiß, wie man ein Schaf schlachtet«, gestand Jonathan.

Der Viehtreiber blickte verdutzt. Arabella bemerkte, dass es Jonathan unangenehm war, ein solches Eingeständnis zu machen. Wahrscheinlich hielt er es für »unmännlich«, dass er es nicht über sich brachte, ein Schaf zu schlachten und zu zerlegen.

»Was ist mit Wally?«, fragte Len.

Jonathan warf einen raschen Blick auf Arabella. »Wally ist sehr krank gewesen«, sagte er. Er wollte zu keiner langen Erklärung ausholen und hoffte, dass der Viehtreiber nicht allzu viele Fragen stellte.

»Ich werde es Mrs Maxwell ausrichten«, sagte Len. »Aber wenn ihr kein Fleisch mehr habt, was habt *ihr* dann gegessen?«

»Wild, das die Aborigines uns zubereitet haben«, sagte Jonathan. »Es schmeckte ganz gut, nur auf die gerösteten Heuschrecken haben wir verzichtet.«

Len lachte, und die beiden anderen Viehtreiber fielen ein.

»Ihr habt Glück, dass wir wenigstens noch kaltes Bier haben«, sagte Ted vom anderen Ende der Bar. »Der Generator ist uns nämlich kaputtgegangen. Wir hatten ihn eben erst repariert, als die Heuschrecken hier einfielen.«

»O Mann, wenn wir die ganze Strecke hierhergeritten wären, und ihr hättet kein kaltes Bier gehabt, hättet ihr Ärger bekommen«, sagte Len, und seine Kumpel nickten. Irgendwie hatten Arabella und Jonathan das Gefühl, dass Len es bitterernst meinte.

Es war das erste Mal, dass Arabella wirklich nachempfinden konnte, wie viel das Hotel den Leuten auf den Farmen bedeutete, vor allem den Viehtreibern, die lange Stunden in der Hitze schufteten. Es war ein Mittelpunkt des sozialen Lebens und des Austausches – ein Ort, an dem die Menschen dieses riesigen Landes Neuigkeiten über ihre Nachbarn erfahren konnten, und Nachrichten aus der großen weiten Welt. Für viele Menschen in weitem Umkreis wäre es eine Tragödie, wenn das Great Northern Hotel dichtmachte.

Am nächsten Tag erschien Len Harris erneut, diesmal in Begleitung eines anderen Viehtreibers, Walt Miser. Sie kamen in den Saloon, und Walt stemmte einen schweren Sack auf den Bartresen. »Mrs Maxwell sagt, das sollen wir euch bringen«, sagte er. »In dem Sack ist ein Schaf, gehäutet und zerlegt. Ihr müsst das Fleisch nur noch zubereiten. Die Maxwells verlangen nichts dafür, aber sie würden morgen gern zum Abendessen herkommen.«

Arabella und Jonathan waren einen Augenblick lang sprachlos.

»Das ist sehr großzügig von den Maxwells«, sagte Jonathan schließlich.

»Ja, das stimmt«, pflichtete Arabella ihm bei. Sie war noch immer entsetzt bei dem Gedanken, ein Essen für andere Leute zubereiten zu müssen – aber wie konnte sie das jetzt noch ablehnen, nachdem die Maxwells ihnen genügend Fleisch zur Verfügung gestellt hatten, um für die Gäste und sie selbst zu kochen? Die Kameltreiber, die nach Leigh Creek aufgebrochen waren, um Vorräte zu besorgen, sollten am kommenden Tag zurückkehren. Arabella hoffte, dass sie rechtzeitig kamen.

»Dankt den Maxwells und sagt ihnen, dass wir morgen Abend alles für sie bereit haben«, sagte Arabella.

Als die Kameltreiber am Spätnachmittag des nächsten Tages noch immer nicht mit den neuen Vorräten erschienen waren, geriet Arabella in Panik. Sie hatte ein paar Dosen Obst und Gemüse bereitgestellt, die sie zu den Mahlzeiten servieren konnte; ansonsten hatten sie nur noch Mehl, um Brot zu backen. Und nachdem die Rüsselkäfer einige Säcke befallen hatten, gab es auch davon nicht mehr viel.

»Ich werde hinter dem Haus ein Feuer für ein Barbecue machen, wenn ihr wollt«, sagte Ted.

»Das ist eine gute Idee«, sagte Jonathan. Das würde es ihm ersparen, sich in der Küche am heißen Herd abzurackern.

»Aber wir brauchen etwas, das wir zu dem Fleisch servieren können …«, sagte Arabella nachdenklich. Auf einmal hatte sie eine Idee. »Ich bin gleich wieder da«, sagte sie und ging zur Hintertür hinaus.

Sie traf Rita, Lily und Missy in deren Lager an. »Ich brauche eure Hilfe«, sagte sie. »Zum Abendessen kommen Leute von Lizard Creek Station zu uns. Sie haben uns Fleisch zur Verfügung gestellt, aber wir können nichts dazu servieren. Deshalb hätte ich eine Bitte an euch.«

»Was können wir für Sie tun, Missus?«, fragte Rita.

»Ihr könntet Jamswurzeln für mich suchen. Sie haben mir sehr gut geschmeckt. Ich bin sicher, sie schmecken auch den Gästen. Im Tausch gegen die Jamswurzeln bekommt ihr Fleisch von mir. Einverstanden?«

»Schon gut, Missus. Jimmy hat heute Morgen einen großen Goanna gefangen«, sagte Rita.

Erleichtert kehrte Arabella zum Hotel zurück.

Rita, Missy und Lily enttäuschten Arabella nicht. Sie brachten ihr reichlich Jamswurzeln und andere Buschfrüchte und erklärten ihr, wie sie zubereitet wurden. Im Gegenzug verlangten sie ein Stück von dem Lamm. Arabella bewunderte die Frauen dafür, dass sie in der eintönigen Wüstenlandschaft überhaupt etwas Essbares finden konnten – eine Welt, die kaum eine Spur von Leben zeigte.

»Ich weiß, dass die Jamswurzeln genießbar sind«, sagte Arabella, »aber werden die anderen Pflanzen unseren Gästen nicht den Magen verderben wie die *bush plums* bei Stuart Thompson?«

»Nein, Missus«, sagte Rita. »Da sind keine *bush plums* dabei.«

»Vielen Dank«, sagte Arabella. Jetzt blieb ihr nur noch zu hoffen, dass die Maxwells nichts gegen Buschessen einzuwenden hatten.

Als sie am frühen Abend eintrafen, war das Barbecue fast fertig. Arabella bedankte sich als Erstes für das Lamm, das sie geschickt hatten.

»Sie brauchen sich nicht zu bedanken«, sagte Ruth. »Falls Sie noch irgendetwas benötigen, solange Maggie und Tony fort sind, lassen Sie es uns wissen. Hier im Outback hilft man sich gegenseitig. Manchmal ist Nachbarschaftshilfe die einzige Möglichkeit, wie wir hier überleben können.«

Arabella erkannte immer mehr, wie sehr das stimmte. Obwohl die Nachbarn in diesem schier endlosen Land sehr weit voneinander entfernt lebten, unterstützten sie einander mehr als viele Menschen in England, die Tür an Tür wohnten.

Arabella hatte im Speisesaal einen großen Tisch gedeckt und

mit Maggies bester Tischdecke und silbernen Kerzenhaltern geschmückt. Ruth Maxwell sah zufrieden aus. Sie war eine freundliche, bodenständige Frau, die aufrichtige Sorge um Maggie und Tony zeigte.

Dann wurden das Fleisch, die Jamswurzeln und die anderen Speisen auf einer großen Platte serviert. Die Wurzeln waren zusammen mit dem Fleisch zubereitet worden, was dem Lamm einen süßlich aromatischen Geschmack verlieh. Die Maxwells zögerten nicht, sich das Essen reichlich auf ihre Teller zu häufen.

Während Stuart die Getränke servierte, aßen Arabella, Jonathan, Ted und Wally, der immer noch leicht humpelte, draußen vor dem Hotel unter einem Baum.

»Das Fleisch schmeckt wirklich gut«, bemerkte Arabella. Das Lamm war zart und voller Geschmack, und die Jamswurzeln waren köstlich.

»Das Essen war ausgezeichnet«, bemerkte Ruth, als Arabella die Teller abräumte. »Jamswurzeln habe ich schon mal gegessen, aber die anderen Früchte nicht. Ich muss unbedingt herausfinden, was das ist. Es hat dem Fleisch sehr viel Geschmack gegeben.«

»Die Aborigine-Frauen haben die Früchte für uns gesucht«, sagte Arabella. »Sie haben uns auch gesagt, wie sie heißen, nur leider in ihrer Stammessprache. Ehrlich gesagt, Mrs Maxwell …«

»Bitte nennen Sie mich Ruth.«

»Sehr gern. Wissen Sie, Ruth, ich war mir nicht sicher, ob es Ihnen zusagen würde, Buschessen serviert zu bekommen, aber ich hatte sonst keine Beilagen, die ich zum Lamm hätte reichen können.«

»Oh, ich war früher oft mit Viehherden unterwegs und kenne das Buschessen, weil wir ein paar Aborigines unter den Viehtreibern hatten. Ich finde, es schmeckt großartig.«

Arabella war erstaunt, dass Ruth mit Viehherden unterwegs gewesen war. Sie sah nicht wie eine Frau aus, die das raue Leben um ein Lagerfeuer kannte. Arabella konnte sie sich eher in einem vornehmen Herrenhaus auf dem Land vorstellen.

»Heute haben Sie Ihr Können wirklich unter Beweis gestellt«, fügte Ruth hinzu. »Sie sollten stolz auf sich sein, Arabella.«

Arabella errötete angesichts dieses Lobes, zumal sie wusste, dass ohne Ritas, Lilys und Missys Hilfe alles anders ausgesehen hätte.

»Ich habe gehört, Sie spielen Klavier, Arabella«, sagte Bob Maxwell. In Arabellas Augen passte er perfekt ins Outback. Er war kräftig und breitschultrig, mit bronzefarbener, wettergegerbter Haut. Er hatte die Ärmel seines Hemdes hochgekrempelt und trug eine Moleskinhose und Reitstiefel; neben ihm lag sein abgewetzter, verschwitzter Buschhut.

»Ja, ich spiele ein wenig Klavier«, sagte Arabella.

»Dann spielen Sie bitte für uns, ja?«, sagte Ruth. »Es ist eine Ewigkeit her, seit wir gute Musik gehört haben.«

Bobs Bruder Peter, eine stillere Version von Bob, und seine Frau Jessica schlossen sich der Bitte an.

»Na schön«, sagte Arabella.

Nachdem sie Arabella applaudiert hatten, gingen die Männer zur Bar hinüber und ließen die beiden Frauen allein. »Sie spielen wundervoll«, sagte Ruth. »Ich kann nur auf der Tastatur klimpern, aber Sie erinnern mich an meine Mutter. Sie hatte ebenfalls ein außergewöhnliches musikalisches Talent.«

Arabella beschloss, sich Ruth anzuvertrauen, was die finanzielle Notlage des Hotels anging. Ruth schien ihr eine Frau zu sein, die möglicherweise gute Ratschläge hatte, wie man Maggie und Tony helfen konnte.

»Wir haben versucht, uns etwas einfallen zu lassen, wie wir für die beiden Geld aufbringen können«, endete Arabella, nachdem sie Ruth die verzweifelte Lage des Hotels geschildert hatte. »Ehrlich gesagt, glaube ich nicht, dass Maggie das volle Ausmaß der Probleme kennt. Wenn nicht bald etwas unternommen wird, muss das Hotel geschlossen werden.«

»Das wäre schrecklich, nicht nur für Maggie und Tony«, sagte Rita betroffen. »Die ganze Stadt ist auf die eine oder andere Weise auf das Hotel angewiesen. Warum organisieren Sie nicht ein Fest? Veranstalten Sie ein Barbecue! Sorgen Sie dafür, dass die Kinder ein bisschen Unterhaltung haben. Und Sie, Arabella, müssen ein Konzert geben. Dann könnte es ein Erfolg werden.«

»Aber kämen genug Leute in die Stadt?«

»Da bin ich sicher«, erwiderte Rita.

Arabella dachte an Jonathans Idee. »Jonathan hat fantastische Fotos vom Outback gemacht. Normalerweise stellt er sie in der Großstadt aus und verkauft sie auch dort. Aber er wäre bereit, für Maggie und Tony eine Ausstellung zu organisieren. Wenn wir die Leute dazu bringen könnten, hierherzukommen, könnte er seine Ausstellung hier in Marree veranstalten und seine Fotos gleich hier verkaufen. Das würde zusätzliches Geld für Maggie und Tony bedeuten.«

»Das ist eine gute Idee!«, sagte Ruth.

»Vielleicht könnten wir die Afghanen überreden, den Kindern Kamelritte anzubieten«, fuhr Arabella fort. »Und Jimmy Wanganeen könnte auf dem *didgeridoo* spielen, und die Aborigine-Frauen könnten dazu tanzen.«

»Und Walt Miser ist ein hervorragender Peitschenschläger. Er könnte Vorstellungen geben!«, sagte Ruth begeistert. »Und Len hat früher Rodeoturniere geritten. Wenn doch nur der Zug fahren würde! Dann kämen so viele Besucher, dass das Geld sicher reichen würde, um das Hotel zu retten.« Sie blickte Arabella an. »Wissen Sie, bei welcher Bank Maggie und Tony sind?«

»Bei der Bendigo Bank in Adelaide. Warum fragen Sie?«

»Oje, das ist keine gute Neuigkeit.« Ruth blickte beunruhigt. »Die kennen kein Pardon. Wenn der Kredit nicht pünktlich zurückgezahlt wird, werden sie hier wie die Heuschrecken einfallen.

Wir hatten Nachbarn, die ihre Farm mit einem Kredit von der Bendigo Bank gekauft haben. Kaum waren sie mit ihren Zahlungen im Verzug, hat die Bank ihr Eigentum übernommen und alles verkauft, obwohl die Viehtreiber bereits mit Vieh unterwegs zum Markt waren, sodass der Verkauf der Tiere es den Leuten ermöglicht hätte, den Kredit zurückzuzahlen. Aber für diese Bank zählte nur, dass das Geld nicht rechtzeitig bezahlt wurde, alles andere spielte für sie keine Rolle.«

»Aber solange der Zug nicht fährt, können die Leute von dieser Bank doch nicht hierherkommen, oder?«, fragte Arabella.

»Sie würden sich wundern, wie einfallsreich die sein können, wenn es um Geld geht! Sie werden eine Möglichkeit finden, nach Marree zu kommen«, sagte Ruth. »Wenn ich mich recht erinnere, hatten sie damals Kameltreiber angeheuert, die sie zur Farm der Smithsons brachten.«

»Dann sollten wir so rasch wie möglich etwas unternehmen. Wie könnten wir für unser Stadtfest Reklame machen?«

»Das Buschtelefon funktioniert hier draußen sehr gut«, antwortete Ruth. »Setzen Sie das Datum fest, dann werde ich dafür sorgen, dass es sich herumspricht.«

»Ich werde zuerst mit Jonathan und den anderen sprechen müssen«, erwiderte Arabella.

»Wann ist die Zahlung an die Bank fällig?«, fragte Ruth.

»In knapp drei Wochen.«

»Also kurz nach Weihnachten«, sagte Ruth. »Wie wär's mit einem Fest an Heiligabend?«

»Das wäre großartig, aber es gibt noch sehr viel zu organisieren, und ich weiß nicht, ob ich alles früh genug hinbekomme.« Arabella war sicher, dass sie es nicht schaffen konnte, wollte es aber nicht zugeben. Im Stillen wünschte sie sich, ihre Mutter wäre bei ihr. Clarice verstand es wie keine Zweite, Empfänge und Feiern auszurichten.

»Wissen Sie was?«, sagte Ruth. »Bobs Bruder und seine Frau

können nach Lizard Creek zurückkehren, aber Bob und ich werden hier übernachten. Morgen halten wir eine Versammlung ab, dann können wir jeden Einwohner Marrees an der Organisation der Benefizveranstaltung beteiligen.«

»Großartig!«, sagte Arabella. »Ich glaube nur nicht, dass Maggie und Tony es gutheißen würden, das Fest eine ›Benefizveranstaltung‹ zu nennen. Ich weiß, wie stolz Tony ist.«

»Das stimmt«, sagte Ruth. »Aber wir können die Leute in der Stadt zur Verschwiegenheit verpflichten.«

»Wenn Sie meinen, dass das klappt …«

»Aber sicher! Und machen Sie sich keine Sorgen wegen der vielen Dinge, die noch erledigt werden müssen. Ich habe gelernt, Arbeit auf möglichst viele Schultern zu verteilen. Jetzt holen Sie einen Stift und ein Blatt Papier – dann schreiben wir auf, was alles erledigt werden muss und wer welche Aufgabe übernehmen könnte.«

Arabella tat, worum Ruth sie gebeten hatte.

»Also dann«, sagte Ruth. »Zuerst einmal wird Lizard Creek Station Ihnen das Rind- und Lammfleisch fürs Barbecue zu einem guten Preis verkaufen.«

»Oh … ja, danke«, sagte Arabella, die sich fragte, wie sie das Fleisch bezahlen sollte.

Ruth lächelte. »Das war nur ein Scherz. Das Fleisch werden wir natürlich spenden. Das Hotel zu retten ist Ehrensache. Niemand, der gern Bier trinkt, würde das bestreiten, vor allem nicht mein Bob. Und wir sollten das Klavier ins Freie stellen, damit so viele Leute wie möglich Sie hören können. Der Heuschober hinter dem Hotel steht doch leer, oder?«

»Etwas Pferdefutter ist darin, aber nicht viel«, sagte Arabella.

»Das können wir wegräumen. In dem Schober hätten Sie eine improvisierte Bühne, und Jonathan könnte seine Fotos darin ausstellen.«

»Es gibt viel zu tun, stimmt's?«, sagte Arabella, überwältigt von Ruths Elan.

»O ja, meine Liebe. Aber wenn wir die Arbeit delegieren, wird sich alles finden.«

Arabella hatte da ihre Zweifel.

Arabella tat kein Auge zu. Die ganze Nacht dachte sie an die vielen Dinge, die erledigt werden mussten, und machte sich Sorgen, dass die Zeit nicht reichte.

Als sie aufstand, hörte sie draußen laute Rufe und warf einen Blick vom Balkon. Die Kameltreiber waren mit ihren Vorräten zurückgekommen. Bis Arabella sich angezogen hatte und hinuntergegangen war, halfen Stuart und Jonathan den Treibern, die Tiere abzuladen.

»Wir konnten nicht alles bekommen, was Sie haben wollten«, hörte Arabella Faiz sagen. Er reichte Jonathan eine Liste mit den Dingen, die sie mitgebracht hatten, und Jonathan ging sie durch.

Nachdem sie sämtliche Vorräte abgeladen hatten, wurden diese im Lagerschuppen verstaut. Ruth bat Lily, Missy und Faiz, überall weiterzusagen, dass um zehn Uhr hinter dem Hotel eine Stadtversammlung stattfinden würde und dass jeder teilnehmen solle, da die Zukunft der Stadt davon abhinge.

Zwei Stunden später hatten sich alle hinter dem Hotel versammelt. Jonathan stellte sich auf einen Stapel Kisten und blickte in die Runde. »Danke, dass ihr alle gekommen seid«, sagte er.

»Worum geht's denn überhaupt?«, fragte der Ladeninhaber Fred Powell, der vorn in der Gruppe stand.

»Wir haben erfahren, dass das Hotel in finanziellen Schwierigkeiten steckt«, antwortete Jonathan.

»Was sagst du da? Warum hat Tony uns nichts davon gesagt?«, fragte Barry Bonzarelli, der neben Fred stand.

»Wir wissen, dass er sich Sorgen gemacht hat«, erwiderte Jonathan, »aber es war ihm unangenehm, dass jemand in der Stadt davon erfuhr.« Er warf einen Blick hinüber zu den Afghanen, die auf einer Seite der Gruppe beisammenstanden. »Wenn das

Hotel nicht mehr da ist, wird auch die Stadt nicht mehr existieren, und das wird jeden betreffen.«

»Und was sollen wir dagegen unternehmen? Was schlägst du vor?«, fragte Barry Bonzarelli.

»Wir werden an Heiligabend eine Stadtfeier veranstalten. Das Problem ist nur, dass genügend Besucher kommen, sonst sind Maggie und Tony ihr Hotel los.«

Gemurmel ging durch die Gruppe. Ruth stand auf. »Die Idee besteht darin, genügend Geld aufzubringen, um das Hotel zu retten. Miss Fitzherbert wird die Hauptattraktion sein, sie wird ein Klavierkonzert geben. Aber wir werden jedermanns Unterstützung benötigen. Neben dem Konzert werden Jonathans Fotografien ausgestellt und verkauft. Bob und ich werden Fleisch für ein Barbecue spenden. Die Afghanen könnten Kamelritte für die Kinder anbieten. Jimmy Wanganeen könnte auf dem *didgeridoo* spielen, und die Frauen könnten einen Stammestanz aufführen.« Ruth stellte sich auf die Zehenspitzen, um Jimmy hinten in der Gruppe sehen zu können. »Was hältst du davon, Jimmy?«

Arabella warf einen Blick auf den alten Aborigine, der stolz zu sein schien, dass man ihn ausgewählt hatte, die Besucher der Stadt zu unterhalten. »Das ist eine gute Idee, Missus«, sagte er. »Ich spiele das *didgeridoo*, und die Frauen werden tanzen!«

»Sehr gut«, sagte Ruth zufrieden. »Wir müssen die Leute, die nach Marree kommen, auf jede nur erdenkliche Weise unterhalten. Je besser sie sich amüsieren, desto mehr Geld geben sie aus. Ich habe eine Liste erstellt, auf der steht, welche Aufgaben wir wem zuteilen möchten. Auch diejenigen von euch, die nicht auf der Liste stehen, möchte ich bitten, eure Namen daraufzuschreiben. Und schreibt dazu, was ihr tun könnt, um das Great Northern Hotel zu retten. Wir haben knapp drei Wochen Zeit, das heißt, was immer euch einfällt, Geld aufzubringen, wäre eine große Hilfe. Wenn wir alle an einem Strang ziehen, können wir es schaffen. Und noch etwas – es ist am besten, wenn Maggie und Tony vorerst nicht erfahren, warum wir das Geld aufbringen wollen. Sie sind stolz, so wie wir alle. Wir müssen also dafür sorgen, dass es sich herumspricht, dass wir das Fest veranstalten, aber verliert kein Wort darüber, dass wir es für Maggie und Tony tun!«

Zustimmendes Gemurmel wurde laut.

Als die Versammlung sich auflöste, ging Arabella zu Ruth hinüber. »Fred Powell meint, dass nicht so viele Leute in die Stadt kommen, wie wir hoffen«, sagte sie betrübt.

»Nur Mut, Arabella«, erwiderte Ruth zuversichtlich. »Es lässt sich unmöglich vorhersagen, wie viele Besucher kommen werden. Aber einen Versuch ist die Sache wert.«

»Kaum einer hat sich die Liste mit den Namen auch nur angesehen«, gab Arabella zu bedenken.

»Tja, die Stadt hat sich immer auf Maggie und Tony verlassen«, erwiderte Ruth. »Die beiden haben sich hier um alles gekümmert. Deshalb kommen die Leute sich jetzt ein wenig verloren vor.«

»Wenn Maggie doch nur hier wäre!«, seufzte Arabella.

Es erschien ihr unmöglich, dass jemand in Maggies Fußstapfen treten konnte – am wenigsten sie selbst.

Nachdem Ruth und Bob sich auf den Rückweg nach Lizard Creek Station gemacht hatten, wandte Arabella sich an Jonathan. »Angenommen, es kommen so viele Leute, wie wir uns erhoffen«, sagte sie, »dann wird das Bier nicht reichen.«

»Daran habe ich auch schon gedacht. Wir müssen Dave Brewer vom Transcontinental Hotel fragen, ob er uns Bier überlässt. Außerdem könnte es mit dem Benzin für den Generator knapp werden.«

»Benzin können wir von Lizard Creek Station bekommen«, meldete Ted sich zu Wort. »Bob hat immer einen Vorrat. Aber das ändert nichts daran, dass wir das Bierproblem lösen müssen.«

»Und zwar schnell«, sagte Arabella. »Uns bleibt nicht mehr viel Zeit.«

21

An diesem Nachmittag brach Paddy nach Farina auf. Er hatte einen Brief an Dave Brewer dabei, den Jonathan geschrieben hatte und in dem er Dave bat, ihm Bier für das Stadtfest zu verkaufen.

Zwei Tage später kehrte Paddy zurück – mit schlechten Neuigkeiten. Dave Brewer hatte gesagt, er könne unmöglich auf Bier verzichten.

»O nein«, rief Arabella verzweifelt, nachdem Jonathan Daves Antwort vorgelesen hatte.

»Er entschuldigt sich, sagt aber, dass er knapp an Vorräten ist, genau wie alle anderen, weil der Zug seit Wochen nicht verkehrt. Er hat einen Wagen in Richtung Süden losgeschickt, nach Hawker in der Flinderskette, um Bier zu besorgen, weiß aber nicht genau, wann er zurückkommt.«

»Wir hätten die Kameltreiber bitten sollen, Bier in Lyndhurst mitzunehmen«, sagte Arabella.

»Ich hatte es auf die Bestellliste gesetzt, aber das war eines der Dinge, die sie nicht besorgen konnten.«

Arabella blickte bestürzt. »Was sollen wir denn jetzt tun?«

»Ich weiß es nicht«, sagte Jonathan. Er wusste sich tatsächlich keinen Rat. Er wusste nur, dass ihr Plan nicht aufging, wenn sie kein Bier hatten.

»Wenn sich herumspricht, dass es kein Bier in der Stadt gibt, wird niemand kommen. Warum dauert es denn so lange, die Bahnlinie zu reparieren? Und warum funktioniert die Telegrafenverbindung noch immer nicht? Dann könnten wir wenigstens Verbindung zur Außenwelt aufnehmen!«

In diesem Augenblick kam Ted herein. »Was ist los?«, fragte er.

»Dave Brewer vom Transcontinental Hotel kann kein Bier entbehren«, erklärte Jonathan.

»Warum denn nicht? Er braut doch selbst welches, wenn es ihm ausgeht.«

»Er braut selbst Bier?«, wiederholte Jonathan erstaunt.

»Ja, er hat immer einen Notvorrat an Hopfen, Gerstenmalz und Bierhefe. Wenn ihm das Bier knapp wird, braut er welches. Und es schmeckt gar nicht schlecht. Ich hatte schon ein paar Mal einen Brummschädel von Daves Selbstgebrautem.«

»Dann könnte er uns doch auch Bier brauen?«, fragte Jonathan.

»Das könnte er. Er hat in einer Brauerei gearbeitet, bevor er nach Farina gezogen ist. Daves einziges Problem ist seine Faulheit. Er muss schon auf dem Trockenen sitzen, bevor er seinen Hintern in Bewegung setzt.«

Jonathan und Arabella sahen auf einmal wieder einen Hoffnungsschimmer.

»Ich werde nach Farina reisen«, sagte Arabella spontan. »Ich werde ihn schon irgendwie überreden, uns ein paar Fässer Bier zu brauen.« Diesmal würde sie nichts dem Zufall überlassen. »Und wenn ich schon da bin, kann ich auch gleich mit Moira Quiggley sprechen. Als Vorsitzende des Landfrauenvereins hat sie die besten Möglichkeiten, uns bei unseren Plänen zu unterstützen. Wir brauchen Hilfe, Jonathan. Wir brauchen jemanden wie Moira. Hier in Marree kommen wir vielleicht zurecht, aber diesmal geht es um eine große Sache. Maggie sagte mir einmal, Moira kennt jeden im Umkreis von ein paar hundert Meilen. Bestimmt ist sie eine Frau, die nur auf eine solche Gelegenheit wartet.«

Jonathan konnte ihr nicht widersprechen. Arabella schien ihren Plan gut durchdacht zu habe. Das hatte sie tatsächlich – so intensiv, dass sie vor lauter Nachdenken und Sorgen kein Auge zugetan hatte. Ruth hatte sie zwar auf ein paar gute Ideen gebracht, aber sie brauchte mehr als nur Ideen. Sie brauchte jemanden wie Moira.

»Es wird eine Weile dauern, das Bier zu brauen«, sagte Ted.

»Stimmt«, sagte Arabella. »Deshalb muss ich noch heute aufbrechen.«

»Paddy wird müde sein, also müssen wir jemand anders finden, der dich hinbringt«, sagte Jonathan und dachte nach. »Faiz wäre der Richtige. Ich gehe und frag ihn.«

Arabella war vor dieser Idee nicht gerade begeistert. Sie hatte das Gefühl, dass Faiz es ihr immer noch übel nahm, dass sie seine Kamele »beleidigt« hatte. Doch sie hatte keine andere Wahl.

»Also gut«, sagte sie. »Ich packe eine Tasche, während du mit Faiz sprichst.«

Eine Stunde später verabschiedete Arabella sich von Uri. Sie amüsierte sich darüber, dass das Kameljunge ihr tatsächlich zu lauschen schien; deshalb hörte sie nicht, wie Faiz sich den Ställen näherte.

»Sei schön brav, solange ich fort bin«, sagte Arabella, Uris samtige Schnauze reibend. »Ich komme bald wieder. Du brauchst keine Angst zu haben, ich hätte dich im Stich gelassen.«

Uri stieß einen seltsamen Laut aus, und Arabella lachte auf.

Erst als eines von Faiz' Kamelen schnaubte, wurde ihr bewusst, dass sie nicht allein war. »Oh …«, sagte sie verlegen, als sie sich umwandte und sah, dass der Kameltreiber sie beobachtete.

»Sind Sie so weit?«, fragte er kalt.

»Ja, ich will mich nur noch von Jonathan verabschieden.« Arabella ging zum Hotel. Sie wünschte sich, jemand anders würde sie nach Farina bringen. Faiz war ein seltsamer Mann, in dessen Gesellschaft sie sich nicht wohl fühlte.

»Faiz ist gekommen«, sagte sie in der Hotelküche zu Jonathan. »Ich mache mich jetzt auf den Weg.«

»In Ordnung«, erwiderte er, doch Arabella konnte sehen, dass er besorgt war.

»Es wird schon alles gut gehen, Jonathan. Ich bin zurück, bevor du mich vermissen kannst.« Aber ich werde *dich* schrecklich vermissen, fügte sie im Stillen hinzu. Tränen brannten ihr in den Augen, doch sie versuchte tapfer, sich ihre Gefühle nicht anmerken zu lassen.

»Pass gut auf dich auf«, flüsterte Jonathan und nahm ihre Hände in seine.

»Ich verspreche es«, sagte sie und blickte in seine dunklen Augen.

»Ich wollte, ich könnte dich begleiten«, fügte Jonathan hinzu.

Arabella wusste, dass es zwischen ihnen noch vieles zu besprechen gab. Sie wollte ihm sagen, was sie für ihn empfand, hatte aber Angst davor, denn sie war nicht sicher, wie er es aufnehmen würde. Jonathan war mit seinen Gefühlen eher zurückhaltend gewesen, seit sie sich geküsst hatten.

Arabella sah auf ihre Hände hinunter, die Jonathan noch immer drückte, und er ließ sie verlegen los.

»Entschuldige«, sagte er leise.

»Schon gut«, entgegnete sie. Ein Teil von ihr wünschte, er hätte sie nicht losgelassen, doch sie errötete und wandte den Blick ab.

»Ich gehe jetzt lieber …«

»Warte, Arabella«, sagte Jonathan.

»Ja?«, sagte sie hoffnungsvoll.

»Ich habe Faiz gebeten, dir eine *Burka* mitzubringen. Und einen *Hijab*, damit du deinen Kopf vor der Sonne schützen kannst.«

»Warum muss ich das denn tragen?«

»Das musst du nicht. Faiz hat es vorgeschlagen, um deine Haut vor der Sonne zu schützen.« Alle Spuren des schweren Sonnenbrands, den Arabella erlitten hatte, waren verschwunden, aber sie wollte kein Risiko eingehen.

»Also gut«, sagte sie. Sie war überrascht, aber auch ein wenig misstrauisch, dass gerade Faiz einen solchen Vorschlag gemacht hatte.

Jonathan trat auf die Straße. Arabella folgte ihm.

»Hast du die *Burka* und den *Hijab* mitgebracht?«, fragte er Faiz, der inzwischen herangeritten war.

Der Afghane gab keine Antwort. Stattdessen beugte er sich zu einer Tasche vor, die sein Kamel trug, und zog etwas hervor, das wie ein großes, zusammengefaltetes Tuch aussah. Er reichte es Arabella. Sie faltete das Tuch auseinander, wusste aber nicht, was sie damit anfangen sollte. Als sie versuchte, es sich umzulegen, rutschte es ihr herunter.

Faiz stieß einen ärgerlichen Laut aus, trat einen Schritt vor und nahm ihr das Tuch aus den Händen. Während sie stocksteif dastand, wickelte er es um ihren Körper und zog ihr den *Hijab* über den Kopf. Beide Kleidungsstücke waren leicht und erstaunlich kühl.

»Danke«, sagte Arabella so freundlich sie konnte.

Faiz erwiderte nichts. Das Kamel, das er für sie mitgebracht hatte, kniete sich auf die Vorderbeine, und Arabella stieg auf, während Jonathan ihre kleine Tasche am Sattel befestigte. Dann stieg auch Faiz auf sein Kamel. Die beiden Tiere erhoben sich aus der knienden Haltung.

Jonathan blickte zu Arabella hinauf. »Komm bald zurück«, sagte er.

So, wie er diese Worte sagte, berührten sie Arabellas Inneres, und sie wusste, dass Jonathan sich wirklich um sie sorgte. Das Herz strömte ihr vor Freude über. Doch ihr Glücksgefühl wich rasch tiefer Traurigkeit bei dem Gedanken, dass sie beide getrennt würden, sobald ihre Eltern wiederkamen.

Sie waren fast eine Stunde schweigend geritten, als Faiz endlich sein Schweigen brach. »Uri ist jetzt entwöhnt«, sagte er. »Er muss bald zusammen mit den anderen Jungtieren in einen Pferch.«

Arabella erschrak. »Aber er hat Bess so gern. Er würde sie schrecklich vermissen! Außerdem hat Paddy gesagt, dass Uri normalerweise fünf Jahre bei seiner Mutter verbracht hätte, und …«

Faiz schüttelte ungeduldig den Kopf. »Er hat keine Mutter, und er muss zum Arbeiten abgerichtet werden«, sagte er kalt. »Das ist seine Bestimmung.«

»Bestimmung«, murmelte Arabella. Sie war wütend über Faiz' herzlose Art, beschloss aber, vorerst nichts zu sagen. Sie musste viel Zeit allein mit Faiz in der Wüste verbringen; da war es am besten, sie zügelte ihr Temperament. Wer konnte schon sagen, wozu Faiz imstande war?

Die Stunden dehnten sich. Unermüdlich trotteten die Kamele durch den glühend heißen Sand. Die Hitze war gnadenlos. Zu Arabellas Glück bestand Faiz darauf, unterwegs anzuhalten, damit er beten konnte, sodass sie ein wenig Zeit hatte, die Beine auszustrecken und einen Schluck zu trinken.

Jonathan hatte ihr Brot und Konfitüre als Reiseproviant eingepackt. Zur Mittagszeit bot sie Faiz an, mit ihm zu teilen. Er lehnte ab, obwohl er sie damit kränkte.

»Haben Sie denn keinen Hunger?«, fragte Arabella.

»Ich habe etwas dabei, aber ich esse erst, wenn die Sonne untergeht«, sagte er.

Arabella wunderte sich, gab aber keinen Kommentar ab.

Als es dunkel wurde, hielten sie, um ihr Lager aufzuschlagen. Faiz sattelte die Kamele ab und gab ihnen Wasser und Futter, mit dem sie eines der Tiere beladen hatten. Dann legte er eine Bettrolle aus und bot Arabella eine Matte an, auf der sie schlafen konnte. Sie ging mit der Matte auf die andere Seite des Lagerfeuers, so weit wie möglich von Faiz weg, und benutzte ihre Tasche als Kopfkissen.

Der schweigsame Faiz aß irgendetwas, das nach Datteln und Dörrfleisch aussah, während Arabella das zweite Sandwich verzehrte, das sie mitgebracht hatte. Danach legte sie sich auf ihre Matte, mit dem Rücken zu Faiz und dem Feuer, und versuchte zu schlafen. Sie lag erst ein paar Minuten da, als plötzlich Faiz' Stimme erklang.

»Was Sie für Maggie und Tony tun, ist gut«, sagte er.

Arabella riss erstaunt die Augen auf. Machte er ihr tatsächlich ein Kompliment? Sie setzte sich auf und blickte zu ihm hinüber. Durch den Rauch des Feuers sah er noch bedrohlicher aus als sonst.

»In der kurzen Zeit, die ich in Marree bin, habe ich erfahren, wie viel das Hotel allen Menschen in dieser Gegend bedeutet«, sagte sie.

Faiz nickte. »Sie sind nicht mehr dieselbe, die Sie waren, als Sie in die Stadt gekommen sind«, sagte er. »Ich kann sehen, dass Sie Uri sehr gern haben.«

Arabella lächelte. »Das stimmt. Und es tut mir leid, dass ich Ihre Kamele als … als stinkende Viecher bezeichnet habe. Ich wusste ja nicht, dass Kamele …«

»Schon gut. Vergessen Sie nur nicht, dass Uri kein Streicheltier ist. Er ist zum Arbeitstier geboren.«

Faiz legte sich hin und war bald darauf eingeschlafen, wie seine regelmäßigen Atemzüge Arabella verrieten. Auch sie legte sich wieder hin, fand aber keinen Schlaf. Ihr wurde klar, dass in Faiz trotz seines seltsamem, ja bedrohlichen Äußeren ein guter Kern steckte. Und was Faiz gesagt hatte, stimmte tatsächlich: Sie war ein völlig anderer Mensch als das verwöhnte Mädchen, das von hilfsbereiten Aborigines aus der Wüste gerettet worden war. Inzwischen war sie kaum noch wiederzuerkennen. Ein paar Wochen hatten nicht nur ihr Leben verändert, sondern auch ihren

Charakter. Es war unglaublich, dass sie erst in einer einsamen Wüstenstadt wie Marree inmitten einer bunten Mischung verschiedenster Menschen leben musste, damit diese Veränderung eintrat.

Doch Arabella wusste, dass vor allem Jonathan für ihre Veränderung verantwortlich war. Sie fragte sich, ob sie wieder die verwöhnte, egoistische Frau werden würde, wenn sie in ihr altes Leben zurückkehrte.

In ein träges und sinnloses Leben, wie sie nun erkannte.

Als am nächsten Morgen Farina in Sicht kam, siegte bei Arabella trotz der Erschöpfung die Neugier, und sie fragte Faiz nach der Stadt. Offenbar war Farina früher eine blühende kleine Ortschaft gewesen, doch es war offensichtlich, dass diese Zeiten längst der Vergangenheit angehörten.

»Wie viele Menschen leben in Farina?«, fragte Arabella.

»Es gibt ein kleines Afghanen-Viertel, am Stadtrand hausen die Aborigines. Heute leben nur noch eine Handvoll Weiße in Farina, aber auf den umliegenden Farmen gibt es ein paar mehr.«

Er berichtete weiter, dass Farina im Jahr 1878 zur Stadt erhoben worden war – in einem Reservat, das als Government Gums bekannt war. Optimisten hatten vorhergesagt, die Stadt würde Zentrum eines riesigen landwirtschaftlichen Gebiets werden, doch die ständige Dürre machte diesen Träumen bald ein Ende. Dennoch wuchs Farina anfangs rasch; über vierhundert Menschen zogen hierher. Es gab zwei Hotels – das Transcontinental und das Farina –, eine Kirche, eine Schule und mehrere Geschäfte. Außerdem wurde im Transcontinental ein Hilfskrankenhaus eingerichtet. Aufgrund seiner abgeschiedenen Lage und des Personalmangels wurde der Betrieb jedoch nur zeitweise aufrechterhalten. Jetzt, gut fünfzig Jahre später, war die Einwohnerzahl des Ortes drastisch zurückgegangen. Die meisten Läden hatten dichtgemacht, das Farina Hotel war verlassen.

Während Faiz draußen wartete, ging Arabella ins Transcontinental. Es war ein einstöckiges Gebäude und offensichtlich nicht so gut gepflegt wie das Great Northern Hotel, was Arabella an Teds Worte erinnerte, dass Dave Brewer ein Faulpelz sei. Entlang der Fassade erstreckte sich eine Veranda, über der ein Schild mit der Aufschrift TRANSCONTINENTAL HOTEL hing. Die Veranda war seit geraumer Zeit nicht mehr gefegt worden. Der Boden war mit einer dicken Schicht aus Sand, Staub und toten Insekten bedeckt, Ameisen krabbelten überall umher.

Die Bar war verlassen, als Arabella eintrat, doch Augenblicke später erschien ein Mann mit einem Tablett in den Händen. Er war unrasiert, mittelgroß und nachlässig gekleidet. Als er Arabella bemerkte, hielt er einen Augenblick inne und musterte sie verwundert.

»Mr Brewer?«, fragte Arabella. So hieß, wie sie wusste, der Inhaber des Hotels.

»Der bin ich. Aber sagen Sie einfach Dave zu mir«, erwiderte er. »Woher kommen Sie?« Er stellte das Tablett auf der Bar ab und betrachtete stirnrunzelnd ihre Kleidung.

»Aus Marree«, sagte Arabella und nahm den *Hijab* ab. »Ich bin Arabella Fitzherbert.«

»Fitzherbert?« Er betrachtete sie genauer, während er sich durch sein ungekämmtes Haar fuhr. Arabella konnte beinahe sehen, wie sein Verstand arbeitete. »Ah, Sie müssen Fitzi sein, die Klavierspielerin, von der ich gehört habe!«

Arabella funkelte ihn zornig an. »Das mit der Klavierspielerin stimmt, aber ich mag es nicht, Fitzi genannt zu werden!«

»Tut mir leid«, sagte Dave und grinste. »Was führt Sie in die Stadt?«

»Ich bin gekommen, um Sie aufzusuchen«, antwortete Arabella. »Und wo ich nun schon einmal hier bin, würde ich auch gern Moira Quiggley sprechen.«

»Und warum wollen Sie mit mir reden?«, fragte er. Als er um

die Bar herumkam, sah Arabella schockiert, dass er keine Schuhe trug und dass seine Hose nachlässig bis zu den Knien hochgekrempelt war. Seine Füße waren unbeschreiblich schmutzig.

»Ich habe gehört, Sie können Bier brauen«, sagte Arabella, langsam den Blick von seinen Füßen nehmend.

»Stimmt.«

»Wir brauchen unbedingt welches. Deshalb wollte ich Sie fragen … Sie *bitten*, uns Bier zu brauen.«

Daves Augen wurden schmal. Arabella konnte sehen, wie er bei dem Gedanken an Arbeit innerlich aufstöhnte.

»Sie haben kein Geld, oder?«, fragte er.

Arabella spürte, dass er nach einem Vorwand suchte, das Bier *nicht* brauen zu müssen. »Das stimmt. Aber sobald wir das Bier verkauft haben, werden wir Ihnen bezahlen, was immer Sie für angemessen halten.« Sie hoffte, dass dieses Angebot Anreiz genug für ihn war.

»Ich kann Ihnen nicht helfen, tut mir leid«, sagte Dave. »Ich habe selbst einen Wagen nach Süden geschickt, um Bier für mich zu besorgen. Sie werden dasselbe tun müssen.«

Arabella erkannte, dass sie offen sein musste, wollte sie erreichen, dass Dave ihnen half. »Dafür haben wir keine Zeit. Wir wollen an Heiligabend ein Fest veranstalten und brauchen Bier für die Gäste.«

»Sie sind eine Optimistin, das muss man Ihnen lassen«, sagte Dave lachend.

»Ja, das bin ich wohl.« Arabella sah sich um. Soweit sie erkennen konnte, war niemand im Hotel, doch sie senkte die Stimme trotzdem. »Es ist für einen guten Zweck, Dave.«

»Warum organisieren *Sie* denn das Fest und nicht Maggie?«, fragte er.

»Maggie ist fort, und Tony ebenfalls.«

»Fort? Wo sind sie denn?«

»Tony hat Maggie nach Warratah Station gebracht, damit sie

sich dort erholen kann. Sie hat ein Herzleiden. Und Tony wurde von einem Schafbock angegriffen. Er hat sich mehrere Rippen gebrochen, sodass er nicht reisen kann.«

»Dann schlage ich vor, Sie feiern Ihr Fest, wenn die beiden zurückkommen. Bis dahin dürfte auch der Afghan-Express wieder fahren. Dann haben wir alle jede Menge Bier.«

Arabella seufzte. »Wir richten das Fest aus, um Geld für Maggie und Tony aufzubringen«, gestand sie.

Dave erschrak sichtlich. »Warum denn das?«

»Das Hotel steckt in finanziellen Schwierigkeiten. Wenn wir bis zur letzten Dezemberwoche nicht fünfhundert Pfund aufbringen, wird die Bank, bei der Maggie und Tony in der Kreide stehen, das Hotel übernehmen. Die beiden wissen nichts von unseren Plänen, und sie sollen vorerst auch nichts davon erfahren. Was ist jetzt, Dave? Helfen Sie uns?«

Dave seufzte und kratzte sich am Kopf. »Wenn das Great Northern Hotel dichtmacht, wird es auch Marree bald nicht mehr geben«, sagte er nachdenklich.

»So ist es«, pflichtete Arabella ihm bei.

»Und die einheimischen Farmer auch nicht. Und wenn es dazu kommt, werde auch ich davon betroffen sein…«

»So ist es«, sagte Arabella noch einmal, die spüren konnte, wie sie Dave allmählich für sich gewann. »Es wird allen zugute kommen, wenn wir Tony und Maggie helfen.«

»Man braucht Wasser, um Bier zu brauen, und ich hab nicht viel. Es hat lange nicht geregnet. Im Tank ist zwar noch etwas, aber ich bezweifle, dass es für die Menge Bier reicht, die Sie brauchen.«

Daran hatte Arabella gar nicht gedacht. »Könnten Sie überprüfen, wie viel Wasser Sie haben?«

»Klar. Ich kann einen Messstab in den Tank stecken«, sagte Dave.

Arabella folgte ihm hinter das Gebäude, wo der Regenwassertank stand. Einen langen Stab in der Hand, stieg Dave auf einen Stuhl und nahm oben am Tank einen kleinen Deckel ab. Dann versenkte er den Stab in dem Loch, bis er auf den Boden stieß, und zog ihn wieder heraus.

Arabella konnte die Markierung sehen. Sie blickte Dave hoffnungsvoll an. »Ist es genug?«

»Ich bin mir nicht sicher. Mit wie vielen Leuten rechnen Sie denn?«

»Das weiß ich wirklich nicht«, sagte sie wahrheitsgemäß.

»Fünf oder fünfhundert?«, fragte Dave. »Ich muss es wissen.«

»Ich kann es wirklich nicht sagen. Aber wenn viele Leute kommen und wir kein Bier dahaben, wird unsere Feier ein Desaster.«

»Nun ja, ein wenig Bier kann ich Ihnen schon brauen«, sagte Dave, »aber nicht genug für ein paar hundert durstige Kehlen.«

»Wir wären für jeden Liter dankbar, Dave.«

»Da gibt's aber noch ein Problem«, sagte er.

»Und welches?«

»Wenn ich das Bier heute braue, müsste es ein paar Wochen lagern. Wenn Sie es in vierzehn Tagen haben wollen, ist es wahrscheinlich noch nicht richtig ausgereift«, sagte er.

»Ich glaube nicht, dass es jemandem etwas ausmacht, wenn es nicht das allerbeste Bier ist, solange es nur kühl und nass ist.«

»Na schön, dann mache ich mich gleich an die Arbeit. Heiligabend ist in zwei Wochen. Wir haben keine Zeit zu verlieren.«

»Vielen Dank, Dave«, sagte Arabella. »Aber bitte plaudern Sie es nicht überall aus, dass Maggie und Tony in finanziellen Schwierigkeiten stecken. Tony ist sehr stolz, und Maggie auch.«

»Da sind Sie mir aber was schuldig, *Fitzi.*«

»Ich heiße Arabella! Und was soll das heißen, ich werde Ihnen etwas schuldig sein?«

»Arabella – ein hochnäsiger Name, finden Sie nicht auch? Haben Sie reiche Eltern?«

»Nein«, sagte sie und fragte sich, ob er es auf eine Erpressung anlegte. »Meine Eltern haben genug Geld, um damit auszukommen, aber das ist auch schon alles.« Sie hatte nicht die Absicht, ihm zu sagen, wie wohlhabend ihre Eltern waren.

»Sie werden schon etwas für mich tun müssen, wenn ich Ihnen Ihr Bier brauen soll.«

»Was denn?« Arabella wurde immer nervöser.

»Sie müssen in nächster Zeit hier mal Klavier spielen.«

Arabella seufzte vor Erleichterung innerlich auf. »Moira sagte, Sie hätten kein Klavier«, erwiderte sie dann und schaute sich um.

»Stimmt, aber wenn wir eins besorgen, werden Sie dann hier spielen?«

»Ja natürlich«, sagte Arabella, über seinen Optimismus lächelnd.

»Dann sind wir im Geschäft, *Fitzi.*«

Arabella seufzte entnervt.

Dave hatte einen Kellerraum unter dem Hotel, wo er die »Würze«, wie er es nannte, gären ließ und das Bier dann in Flaschen abfüllte. Arabella ging mit ihm hinunter, als er seine Gerätschaften zusammensuchte. Sie sah, dass es nicht sehr sauber war, aber es war angenehm kühl.

Dave schien sein Handwerk zu verstehen. Als Arabella ihm hinauf in die Küche folgte, redete er ununterbrochen von dem Verfahren. Zuerst stellte er zwei große Töpfe mit Wasser auf den Herd, um es zum Kochen zu bringen. Einer enthielt anderthalb Gallonen, der andere fünf Gallonen. Er müsse fast den ganzen Tag Wasser kochen, erklärte er Arabella, damit er genug habe, um mit dem Brauen beginnen zu können. Arabella war erleichtert, dass er sich sofort an die Arbeit machte; sie hatte nicht damit gerechnet, dass es so einfach sein würde, ihn auf Trab zu bringen. Offensichtlich hatte sie die richtige Entscheidung getroffen, als sie ihm von der Notlage des Great Northern Hotels erzählte. Das war der Ansporn gewesen, den Dave brauchte.

»Wo lebt Moira Quiggley?«, fragte Arabella.

»Die Farm der Quiggleys liegt nur ein paar Meilen außerhalb der Stadt. Wollen Sie Moira dort aufsuchen?«

»Ja, es sei denn, sie kommt in die Stadt.«

»Moira kommt einmal die Woche, aber nicht heute. Wenn jemand hier ist, um etwas zu essen, organisiert sie alles.«

»Ich muss sie heute sehen«, sagte Arabella.

»Wie sind Sie denn hierhergekommen?«

»Faiz hat mich auf einem Kamel hergebracht.«

»Sie können sich ein Pferd leihen, um hinaus nach Red Hill Station zu reiten, wenn Sie wollen.«

»Allein?«, fragte Arabella ängstlich. »Ich könnte mich verirren.«

»Wenn Sie der Straße aus der Stadt folgen, werden Sie sich nicht verirren, es ist nicht sehr weit.«

»In England heißt ›nicht so weit‹ ungefähr eine halbe Meile, aber seit ich in Australien bin, habe ich gelernt, dass ›nicht so weit‹ auch hundert Meilen sein könnten.«

Dave lachte. »Es können noch viel mehr sein, aber in diesem Fall sind es wirklich nur zweieinhalb Meilen«, sagte Dave.

»Zweieinhalb Meilen. Und Sie sagen, ich soll lediglich der Straße folgen?«

»So ist es.«

»Und woher weiß ich, wenn ich da bin? Gibt es ein Schild?«

»Nein. Aber nach gut zwei Meilen auf der Straße werden Sie rechter Hand ein Farmhaus sehen.« Dave nahm Arabella mit nach draußen und zeigte auf die »Straße«, einen kaum erkennbaren staubigen Feldweg, der nach Nordosten führte.

Ein paar Minuten später ritt Arabella aus der Stadt. Faiz hatte die Kamele zur Ghan-Siedlung am Stadtrand geführt, wo sie abgesattelt wurden, Wasser bekamen und sich ausruhen konnten. Die Landschaft – wenngleich flach und fast unscheinbar – war mit einem zarten Hauch Grün überzogen und mit Wildblumen gesprenkelt. Doch Arabella war allein unterwegs und deshalb zu nervös, als dass sie sich an den Farben in diesem ansonsten so eintönigen Land hätte erfreuen können. Die ganze Zeit hielt sie nach dem Farmhaus Ausschau, vor allem, da sie Entfernungen nicht gut abschätzen konnte; eine Meile erschien ihr wie drei. Angst stieg in ihr auf, sie könnte sich verirrt haben, bis sie schließlich in der Ferne tatsächlich ein Haus sah. Sie betete, es möge die Farm der Quiggleys sein.

Red Hill Station war nicht umzäunt, und die Auffahrt war kaum mehr als ein gefurchter Feldweg, der sich zum Haus schlängelte, das eine halbe Meile von der Straße zurückgesetzt stand. Während Arabella sich dem Haus näherte, sah sie, dass es zur Hälfte aus Stein errichtet war, während der spätere Anbau mit Blech verkleidet war. Das Haus besaß eine durchhängende, rostfarbene eiserne Veranda, getragen von Pfosten, durch die sich die Termiten fast hindurchgefressen hatten. Die Haustür stand offen, doch wegen der grellen Sonne draußen konnte Arabella drinnen nichts erkennen.

Nachdem sie ihr Pferd an dem Pfosten festgebunden hatte, der ihr am solidesten erschien, stieg sie die Veranda hinauf und rief nach Moira. Ihre Augen gewöhnten sich langsam an das düstere Innere des Hauses, sodass sie den langen Flur hinunter bis zur Hintertür sehen konnte, die offen stand. Moira war draußen im Hof damit beschäftigt, Wäsche von einer Leine zu nehmen; dahinter erstreckte sich die Unendlichkeit der Wüste. Arabella wunderte sich, wie jemand so allein mitten im Nirgendwo leben konnte.

Da sie wusste, dass Moira ihr Rufen nicht hören konnte, lief Arabella durchs Haus den Flur hinunter, an dem zu beiden Seiten Zimmer lagen. Vorn befand sich ein kleines Wohnzimmer, in dem verblichene Sessel und ein kleiner Tisch standen. Dann kamen drei Schlafzimmer – zwei rechts und eines links vom Flur – und schließlich eine große Küche und ein Raum mit einer Zinnbadewanne und einer Waschschüssel. An der Hintertür rief Arabella noch einmal Moiras Namen.

Moira zuckte vor Schreck zusammen, als sie die fremde Stimme hörte. Sie legte eine Hand über die Augen, um sie vor der Sonne zu schützen, und schaute in Arabellas Richtung. »Wer ist da?«, fragte sie.

»Arabella Fitzherbert aus dem Great Northern Hotel.«

Moira blieb der Mund offen stehen. »Ist es die Möglichkeit? Was in aller Welt tun Sie denn hier?«

»Ich hatte geschäftlich in der Stadt zu tun, aber ich wollte auch Sie sehen.«

»Na, ist das nicht wunderbar?«, sagte Moira, nahm ihren Wäschekorb und ging zur Hintertür. Dann blieb sie stehen und sah Arabella noch einmal an. »Ich kann nicht glauben, dass Sie hier sind. Kommen Sie, setzen Sie sich. Ich mache uns beiden Tee und etwas zu essen.«

»Gern, danke«, sagte Arabella, die schrecklichen Durst hatte. »Wo sind denn Ihr Mann und Ihre Söhne?« Im Haus war es stiller als in einer Kirche.

»Sie suchen Weiden für das Vieh. Nach dem Regen, den wir hatten, gibt es hier und da ein bisschen was zu fressen. Es sieht allmählich wieder besser aus.«

Arabella fragte sich, ob Moira viel Zeit allein verbrachte.

»Also, was führt Sie nach Farina?«

»Wie ich bereits sagte, ich hatte Geschäftliches zu erledigen, mit Dave Brewer.«

»Was denn?«

»Wir haben im Great Northern Hotel kaum noch Bier, deshalb wird Dave uns mit seinem Selbstgebrauten aushelfen.«

»Oh«, sagte Moira. »Mein Geschmack ist es ja nicht, aber den Männern macht das offenbar nichts aus. Ist Maggie mit Ihnen gekommen?«

»Nein, Maggie ist mit Tony zu Besuch bei ihrer Schwester und deren Familie auf Warratah Station.«

»Tatsächlich? Davon habe ich gar nichts gehört.«

»Nun, sie sind ja noch nicht lange fort. Aber sie werden noch eine ganze Weile nicht zurückkommen.«

»Wirklich? Es sieht ihnen gar nicht ähnlich, das Hotel so lange zu verlassen. Stimmt etwas nicht?«

Arabella erkannte, dass Moira sie so lange ausfragen würde, bis sie die ganze Wahrheit erfahren hatte, oder zumindest das Meiste davon. »Maggie ging es nicht besonders gut. Deshalb hat Tony sie dorthin gebracht, damit sie sich erholen kann. Er wollte sofort nach Marree zurück, wurde aber von einem Schafbock angegriffen und hat sich ein paar Rippen gebrochen«, erzählte sie.

»Ach du liebe Zeit«, sagte Moira, während sie den Tee einschenkte und kaltes Fleisch und Brot aufschnitt, das sie aus einem Fleischfach geholt hatte, in das die Fliegen nicht eindringen konnten. Außerdem stellte sie ein Glas Pickles auf den Tisch, von dem sie beiläufig die Ameisen fegte. »Und wer kümmert sich um das Hotel? Doch sicher nicht Sie?«

»Doch. Maggie hat mich darum gebeten, aber ich bin nicht allein. Jonathan Weston hilft mir. Ich wüsste nicht, was ich ohne ihn tun sollte. Wir möchten an Heiligabend ein Fest ausrichten. Ich bin gekommen, weil ich Sie um Hilfe bitten möchte, Moira.«

Moira blickte überrascht und erfreut zugleich. »Alles, was ich tun kann, werde ich tun, meine Liebe. Das wissen Sie doch.«

»Ich hab mir gedacht, Sie als Vorsitzende des Landfrauenvereins könnten mir praktische Ratschläge geben.« Auf einmal fragte sich Arabella, ob sie Moira nicht zu viel zumutete. »Aber wenn Sie hier auf der Farm mit Arbeit eingedeckt sind, verstehe ich das, Moira. Sie haben hier offensichtlich keine Hilfe.«

»Die brauche ich auch nicht«, sagte sie. »Ich brauche nur mal etwas Abwechslung.« Sie tätschelte Arabellas Hand. »Ich finde es eine großartige Idee, dass ihr an Heiligabend ein Fest ausrichtet. Ist es für einen guten Zweck? Hier draußen gibt es praktisch nur einen Grund für solch eine Veranstaltung, nämlich den, für irgendeinen guten Zweck Geld aufzubringen.«

»So ist es auch diesmal«, gestand Arabella. Sie wollte sich Moira gern anvertrauen, befürchtete aber, diese würde darüber tratschen, sodass die Neuigkeit sich schneller ausbreitete als eine Heuschreckenplage. »Was ich Ihnen jetzt sagen werde, Moira, darf Tony und Maggie nicht zu Ohren kommen«, sagte sie. »Das ist sehr wichtig!«

»Ich werde kein Wort darüber verlieren«, versprach Moira. Sie war so gespannt, dass sie dem Teufel ihre Seele verkauft hätte, um Arabellas Vertrauen zu gewinnen.

»Das Hotel ist in finanziellen Schwierigkeiten. Wenn wir bis zur letzten Dezemberwoche nicht fünfhundert Pfund aufbringen, wird die Bank es übernehmen.«

Moira riss die Augen auf. »Ist es die Möglichkeit!«, stieß sie hervor. »Die arme Maggie!«

»Maggie weiß wahrscheinlich gar nichts von der Gefahr, dass die Bank das Hotel an sich reißen könnte«, sagte Arabella vorsichtig.

»Woher wissen *Sie* es dann?«

»Ich habe es durch Zufall erfahren. Der Wind hat Maggies und Tonys Schlafzimmertür aufgestoßen, und ihre Papiere wurden auf den Boden geweht. Ich hab sie eingesammelt, und als ich sie in eine Schublade legte, sah ich einen Kontoauszug und einen Brief von der Bank.« Sie hielt kurz inne. »Natürlich war mir aufgefallen, wie besorgt Tony war, aber da es Maggie nicht gut ging, wollte er sie vermutlich nicht beunruhigen. Obwohl Jonathan und ich keine Einheimischen sind, wissen wir, wie viel das Hotel den Menschen in Marree bedeutet. Ruth Maxwell war neulich in der Stadt und hat vorgeschlagen, wir könnten ein Fest ausrichten. Ich gebe ein Klavierkonzert, Jonathan stellt seine Fotos aus und bietet sie zum Verkauf an, und die Aborigines zeigen ihre Tänze und spielen das *didgeridoo*.«

»Das ist ein guter Anfang. Ich bin sicher, Sie werden damit Leute nach Marree holen. Aber es gibt noch vieles andere, das Sie anbieten könnten. Einen Basar zum Beispiel, Nähvorführungen, eine Bücherstube …«

»Das sind wundervolle Ideen«, sagte Arabella.

Die beiden Frauen plauderten noch eine Stunde lang. Am Ende war Arabellas Zuversicht, was das Gelingen des Stadtfestes betraf, so groß wie nie zuvor. Sie machte sich lediglich Sorgen wegen des Biers.

Arabella spielte eben mit dem Gedanken, zurück in die Stadt zu reiten, als Phil und Moiras Söhne nach Hause kamen. Sie wunderten sich verständlicherweise, dass Moira Besuch hatte. Zu Arabellas Freude erzählte sie Phil und ihren Söhnen zwar von dem Fest, sagte aber nichts darüber, dass Geld aufgebracht werden sollte, um den McMahons zu helfen.

»Ich werde Arabella helfen«, sagte sie abschließend, »und wir werden natürlich ihr Konzert besuchen.«

Phil zuckte nicht einmal mit der Wimper bei diesem Vorschlag. Arabella hatte das Gefühl, dass er es gewohnt war, dass Moira sagte, wo es langging.

»Aber was ist mit den Tieren?«, fragte Arabella. »Die Pferde und euer Vieh?«

»Unser Nachbar wird sich darum kümmern«, sagte Moira. »Wir tun dasselbe für ihn, wenn er fortmuss.«

»Oh«, sagte Arabella. Sie hatte keine anderen Häuser in der Nähe gesehen, aber dann fiel ihr wieder ein, dass ein »Nachbar« hierzulande meilenweit entfernt leben konnte. »Tja, ich sollte mich jetzt wieder auf den Weg in die Stadt machen. Ich werde im Hotel übernachten, und morgen früh geht es zurück nach Marree. Es gibt noch sehr viel zu tun.«

»Sind Sie allein gereist?«, fragte Phil.

»Nein, ich bin mit Faiz Mohomet auf einem Kamel gekommen.«

»Wir kommen am 22. Dezember nach Marree«, sagte Moira, als Arabella auf ihr Pferd stieg. »Dann habe ich einen ganzen Tag Zeit, mich um alle Stände zu kümmern.«

Inzwischen war es Spätnachmittag, und Arabella ritt in leichtem Galopp, um nicht in die Dunkelheit zu geraten. Als sie die Stadt erreichte, sprach sie kurz mit Faiz, bevor sie zum Hotel zurückkehrte.

Im Hotel war Dave im Keller beschäftigt, als Arabella nach ihm suchte. Sie konnte einen seltsamen Geruch wahrnehmen, der vom Küchenherd kam.

»Ich bleibe über Nacht und mache mich morgen früh auf den Heimweg nach Marree«, sagte sie. »Faiz wird mich begleiten. Wir lassen drei Kamele hier. Einer der hiesigen Afghanen kann uns dann das Bier bringen, sobald es fertig ist, und mit Ihrem Geld zurückkehren, nachdem wir das Bier verkauft haben. Es wird doch rechtzeitig fertig sein?«

»Das schon, aber es wird kein allzu gutes Bier, weil es nicht lange genug lagern konnte.«

»Das geht in Ordnung. Bier ist Bier«, sagte Arabella.

Dave zuckte die Achseln, sagte aber nichts dazu. Nur wer selbst kein Bier trank, behauptete so etwas. »Wenn Sie über Nacht bleiben, können Sie mir helfen, diese Flaschen in die Küche zu tragen«, sagte er.

An einer Wand des Kellers stapelten sich Reihen mit Flaschen vom Boden bis zur Decke.

»Na dann los«, sagte Arabella und krempelte sich die Ärmel hoch.

22

Als Arabella mit Faiz nach Marree zurückkam, war sie dermaßen erschöpft, dass sie ihre ganze Kraft zusammennehmen musste, um von ihrem Kamel absteigen zu können. Faiz musste ihren Arm halten, damit sie nicht das Gleichgewicht verlor. Sie waren nicht so früh aus Farina aufgebrochen, wie Arabella es gern gewollt hätte, weil sie Dave noch beim Bierbrauen geholfen hatte. Es war Spätnachmittag gewesen, als sie und Faiz endlich die Rückreise antraten, und die Sonne hatte gnadenlos vom wolkenlosen Himmel gebrannt. Mehr als einmal hätte Arabella beinahe das Bewusstsein verloren.

Faiz hatte sein Bestes getan, ihr über die Schwindelanfälle hinwegzuhelfen, indem er ihr gut zuredete, ihr befahl, tief durchzuatmen, und ihr reichlich Wasser einflößte. Obwohl körperlich fast am Ende, bat Arabella ihn, noch ein Stück weiterzureiten, als es dunkel wurde, da es in der Nacht kühl war. Faiz hatte sich anfangs dagegen gesträubt, er wollte nicht ohne Tageslicht reisen, doch es war nicht zu übersehen, wie sehr die Hitze des Tages Arabella zugesetzt hatte, und so fügte er sich schließlich ihrer Bitte. Dadurch trafen sie früher als erwartet am nächsten Tag in Marree ein.

»Arabella!«, rief Jonathan, als sie in die Küche des Hotels kam. Doch sein Lächeln schwand, als er sah, wie erschöpft sie war.

Sie ließ sich matt auf einen Stuhl fallen. »Ich muss schon sagen, Jonathan«, sagte sie atemlos, »mein Respekt für die Afghanen und ihre Kamele ist enorm gewachsen. Die Wüstenhitze hätte mich fast umgebracht, während die Afghanen so einfach damit fertig werden. Sie sind wirklich erstaunlich – von ihren Kamelen ganz zu schweigen.«

Jonathan freute sich, dass Arabella endlich mehr sah als nur den Geruch und das Aussehen der Kamele und ihrer Führer und dass sie deren Können nun zu schätzen wusste. Er hatte insgeheim gehofft, dass die Reise ihr die Augen öffnen würde, sodass auch sie erblickte, was er selbst im Outback sah: die Schönheit und Erhabenheit der Wüste und der Menschen, die hier lebten. Er spürte, dass dieses Erkennen in ihr wuchs, und darüber freute er sich unbändig.

Er schenkte Arabella ein Glas Wasser ein, das sie dankbar entgegennahm und in einem Zug leerte.

»Es ist alles in Ordnung«, sagte Arabella, als sie bemerkte, wie besorgt Jonathan sie anschaute. »Aber es tut gut, endlich aus der Sonne zu sein.« Sie wickelte sich den schweißdurchtränkten *Hijab* vom Kopf. Der *Hijab* und die *Burka* hatten ihren Zweck erfüllt, Arabellas Haut war vollkommen vor der Sonne geschützt gewesen. Nur ein schmaler Streifen um ihre Augen war ein wenig verbrannt.

»Hattest du Erfolg bei Dave Brewer? Wird er uns Bier brauen?«

Arabella hörte Jonathans Besorgnis aus seiner Stimme heraus. »Ja, sobald ich ihm gesagt hatte, wofür wir es brauchen, hat er sich sofort an die Arbeit gemacht. Zuerst wollte er nicht, aber als ich ihm den Ernst der Lage klargemacht hatte, ging er sofort ans Werk.«

»Dem Himmel sei Dank«, sagte Jonathan erleichtert. Während Arabella fort gewesen war, hatte Ted ihm ein paar Geschichten über Dave erzählt, sodass er Arabella keine allzu großen Chancen eingeräumt hatte. Ted hatte behauptet, Dave sei berüchtigt dafür, stur und faul zu sein. Wenn Daves Meinung erst einmal feststand, änderte er sie selten, selbst wenn er wusste, dass er im Unrecht war.

Vor Jahren hatte er ein englisches Mädchen geheiratet, das er kennen gelernt hatte, als der Zug in der Nähe von Farina liegen geblieben war. Gerüchten zufolge hatte das Mädchen Daves lausbübischen Aussie-Charme anfangs anziehend gefunden, doch die Ehe hatte nur ein paar Monate gehalten. Sobald der Zug wieder fuhr, packte sie ihre Sachen und verschwand, weil Dave sich hartnäckig geweigert hatte, auch nur eine seiner Gewohnheiten zu ändern, um ihr entgegenzukommen – einschließlich seines Braderituals, das nur einmal die Woche stattfand.

»Das Fass lief über, als die Familie des Mädchens ihr brandneue Bettwäsche als Hochzeitsgeschenk aus England schickte«, sagte Ted zu Jonathan. »Nachdem sie zwischen Daves alten Laken geschlafen hatte, die von Motten zerfressen waren, hatte sie das Ehebett sofort mit der neuen Bettwäsche bezogen. Und was tat Dave? Er ist mit seinen dreckigen Stiefeln hineingesprungen.« Allein schon bei der Vorstellung musste Ted lachen. »Ich hab gehört, das arme Mädchen soll fast hysterisch geworden sein. Sie hat ihn aus dem Bett geworfen, damit er sich von oben bis unten wäscht – oder wenigstens seine Füße –, und hat ihn mit unflätigen Ausdrücken beschimpft. Nach allem, was man hört, soll sie ein hübsches Mädchen gewesen sein. Die Einheimischen aus Farina sagten, jeder normale Mann hätte sich von Kopf bis Fuß gewaschen, um an ihrer Seite schlafen zu dürfen – nicht aber Dave. Offenbar wollte er lieber eine Ehefrau verlieren, als seine Gewohnheiten zu ändern. Das zeigt, wie stur er sein kann.«

»Ted sagte, er sei einer der dickköpfigsten Männer, denen er je begegnet ist, deshalb war ich besorgt, er würde dir deine Bitte abschlagen«, sagte Jonathan zu Arabella.

»Das dachte ich auch«, gestand sie, »aber er sagte, wenn das Great Northern dichtmacht, wäre er ebenfalls davon betroffen. Er macht sich nur Sorgen, wie das Bier schmecken wird.«

»Wieso?«

»Weil es normalerweise ein paar Wochen gelagert werden

müsste. Aber ich habe ihm gesagt, es sei nicht so wichtig, wie das Bier schmeckt, solange wir überhaupt etwas anzubieten haben.«

»Es wird doch trinkbar sein?«

»Da bin ich mir sicher. Als Inhaber eines Gasthauses und ehemaliger Angestellter einer Brauerei ist Dave bestimmt sehr heikel, was den Geschmack seines eigenen Gebräus betrifft.« Arabella fand allerdings, dass er hinsichtlich aller anderen Dinge, einschließlich seiner persönlichen Hygiene, alles andere als heikel war. »Ach ja – ich habe Moira Quiggley besucht«, fuhr Arabella fort. »Sie hat sich bereit erklärt, uns zu helfen. Sie wird am 22. Dezember hierherkommen, um einen Basar zu organisieren. Bis dahin wird sie sich mit so vielen Landfrauen in Verbindung setzen, wie sie nur kann, und sie dazu anhalten, sich zu beteiligen.«

»Das hört sich ganz so an, als könnte unser Plan tatsächlich klappen«, sagte Jonathan.

»Ich bin mir da nicht so sicher, Jonathan. Es kann noch viel passieren. Ich habe Dave das Versprechen abgenommen, uns Bescheid zu geben, falls irgendetwas schiefgehen sollte, während er in den nächsten Tagen das Bier braut. Wenn das nicht klappt, müssen wir die ganze Sache abblasen, sonst haben wir nur Ärger am Hals.«

»Dave schafft das schon, du wirst sehen«, sagte Jonathan zuversichtlich.

»Ich mache mir trotzdem Sorgen, dass kaum jemand in die Stadt kommen wird.« Arabella konnte nicht recht glauben, dass die Nachricht vom Stadtfest sich ohne die Telegrafenverbindung weit genug verbreitete. »Jetzt haben wir auch noch Schulden bei Dave – und Maggie und Tony sind schon bis über beide Ohren verschuldet.«

»Es bringt nichts, sich den Kopf zu zerbrechen, Arabella. Wir können nur unser Bestes tun und hoffen.« Tatsächlich war auch Jonathan alles andere als zuversichtlich, aber das konnte er Arabella schlecht sagen. Sie verließ sich auf ihn. »Du bist erschöpft.

Warum gehst du nicht rauf in dein Zimmer und legst dich eine Weile hin?«

»In Ordnung, aber nur für eine Stunde«, sagte Arabella und raffte sich auf. Sie konnte es kaum erwarten, sich zu entkleiden und zu waschen. Sie fühlte sich schmutzig, nachdem sie tagelang geschwitzt hatte; wahrscheinlich roch sie wie ein Kamel. Sie konnte kaum glauben, dass Jonathan es aushielt, in einem Zimmer mit ihr zu sein. Und sie freute sich darauf, sich auf ihrem eigenen Bett auszustrecken, nachdem sie in der Nacht zuvor auf dem harten Boden geschlafen hatte.

»Ich werde nicht nach Lizard Creek Station aufbrechen, bevor du dich ausgeruht hast«, sagte Jonathan.

»Was? Du gehst fort?«

»Ich muss Benzin für den Generator besorgen. Wir hatten ja schon darüber gesprochen. Unser Vorrat reicht nicht.«

Arabella war enttäuscht. »Kann das nicht einer der Afghanen übernehmen?«

»Paddy wird mich begleiten.«

»Könnte er nicht ohne dich reisen, Jonathan? Ich kann das Hotel nicht allein führen.« Sie hatte zwar Stuart und Ted, aber das war nicht dasselbe.

»Paddy könnte vielleicht nach dem Benzin fragen, Arabella, aber ich brauche außerdem ein Bauteil für den Generator, und Bob Maxwell hat alle möglichen Ersatzteile. Da ich kein Mechaniker bin, weiß ich den Namen für das Teil nicht, deshalb muss ich es Bob an seinem eigenen Generator zeigen und ihn fragen, wie ich das Teil reparieren kann oder ob ich es ersetzen muss.«

Arabella wusste, dass es in einer Katastrophe enden würde, wenn der Generator noch einmal seinen Geist aufgab. »Wenn es sein muss, solltest du jetzt gleich aufbrechen, umso früher bist du wieder da«, sagte sie. »Ted ist doch hier und kann sich um die Bar kümmern, oder?«

»Ja. Er wird die Gäste bedienen, solange du dich ausruhst.«

Arabella stand im Schatten der Hotelveranda, als Jonathan und Paddy auf ihre Kamele stiegen.

»Oh, eines hätte ich fast vergessen«, sagte Jonathan, die Augen mit einer Hand vor der grellen Sonne schützend. »Terry hat heute Morgen die Stadt verlassen.«

Arabella seufzte. Auch das noch! Wenn es irgendwelche Probleme gab, würde sie ihn brauchen. »Warum?«, fragte sie.

»Ein Arbeiter von Wangaratta Station ist gekommen, um ihn zu holen. Offenbar haben sie irgendwo tote Rinder gefunden. Sie vermuten, dass die Aborigines die Tiere getötet haben.«

»Das ist doch Unsinn! Die Aborigines finden im Busch genug zu essen. Sie haben es nicht nötig, Rinder zu stehlen«, sagte Arabella. Die Bewohner von Marree wären verhungert, hätten die Aborigines aus der Stadt keine Nahrung für sie gefunden, und Wangaratta Station konnte unmöglich in einer Gegend liegen, die noch unwirtlicher war als die um Marree.

»Ich weiß, aber Terry sagte, dass sie sich manchmal einen jungen Ochsen holen. Wahrscheinlich ist die Versuchung zu groß, wenn sie draußen auf der Jagd sind. Die Farmer drücken ein Auge zu, wenn jedes Jahr nur einer oder zwei ihrer jungen Ochsen verschwinden, aber wenn es überhand nimmt, wollen sie es unterbinden. In einer Dürre ist jedes Tier kostbar. Terry meinte, die Aborigines könnten von Glück sagen, dass es nicht zum Kampf zwischen ihnen und den Farmern gekommen sei. Stattdessen hat einer von ihnen Terry geholt. Stuart hat ihn begleitet.«

»Stuart?«, sagte Arabella erstaunt. »Warum?«

»Er hat vor etwa einem Jahr eine Zeit lang beim Kuarna-Volk gelebt – dem Clan, den die Farmer verdächtigen, die Ochsen gestohlen zu haben. Deshalb meint Terry, Stuart könne ihm vielleicht helfen.«

»Stuart hat bei den Aborigines gelebt?«, sagte Arabella. »Das wusste ich gar nicht.«

»Ich habe es auch nicht gewusst«, sagte Jonathan. »Aber das

ist ja kein Wunder, wo Stuart so wenig von sich preisgibt. Jedenfalls haben die Kuarna eine hohe Meinung von ihm. Terry glaubt, Stuart könnte vielleicht zwischen den Kuarna und den Farmern vermitteln, damit es eine friedliche Lösung gibt. Andernfalls wird es doch noch zum Kampf kommen, und dann kann es Tote geben.«

»Ist Stuart mit Bess geritten?«

»Nein. Er und Terry sind auf Kamelen unterwegs, ein Kameltreiber begleitet sie. Mach dir keine Sorgen. Ich bin sicher, in den nächsten Tagen bleibt alles ruhig. Rita wird dir helfen, falls du sie brauchst.«

Arabella nickte und versuchte zu lächeln. Wenn Rita sich betrank – das wusste sie – würde sie alles andere als eine Hilfe sein. Sie blickte Jonathan und Paddy nach, als diese davonritten, und ging dann nach oben, um sich zu waschen und hinzulegen.

Im Hotel war jetzt niemand mehr bis auf Ted und Wally, die an der Bar saßen und Geschichten spannen.

Arabella schlief viel länger, als sie vorgehabt hatte. Die Sonne ging bereits unter, als sie von lautem Radau in der Bar geweckt wurde. Sie zog sich in aller Eile an und stürmte die Treppe hinunter.

Ted war hinter der Bar, und Wally kauerte noch immer auf demselben Hocker, auf dem er gesessen hatte, als Arabella zu Bett gegangen war. Inzwischen war er sturzbetrunken. Er schwankte, als würde er jeden Augenblick vom Hocker fallen. Arabella sah entsetzt, dass auch Rita in der Bar saß. Reihen leerer Gläser standen auf dem Tresen, und es war offensichtlich, dass auch Rita stockbetrunken war.

»O nein«, stieß Arabella hervor. Ein Albtraum wurde wahr. Man musste kein Genie sein, um sich auszurechnen, dass Rita und Wally um die Wette getrunken hatten – und es sah aus, als wäre Wally der Verlierer, nach seinem Zustand zu urteilen. Seit er so viel Gewicht verloren hatte, vertrug er keinen Alkohol mehr.

Missy, Lily und zwei noch sehr junge Aborigine-Mädchen, die Arabella nie zuvor gesehen hatte, saßen mit Getränken in einer Ecke der Bar. Missy und Lily senkten beschämt die Köpfe, als Arabella erschien, und huschten hinaus.

»Was ist hier los?«, wollte Arabella wissen.

Les Mitchell ermunterte Wally, noch eine Runde zu trinken. »Ich hab ein Pfund auf dich gesetzt, Wally. Enttäusch mich nicht!«, sagte er.

»Dieser weiße Kerl glaubt, er kann Rita unter den Tisch saufen!«, sagte Rita und grinste Arabella an. Ihre Augen waren blutunterlaufen und glasig. Sie sah zum Fürchten aus. »Du wirst mich niemals schaffen, Kumpel«, sagte sie und schlug Wally so fest auf den Rücken, dass er beinahe vom Hocker geflogen wäre.

»Warum hast du mich nicht geweckt?«, wandte Arabella sich an Ted, der aussah, als hätte er selbst mehr als nur ein paar Drinks gehabt.

Ted zuckte die Schultern. »Wozu?«, sagte er, während er für Wally und Rita noch zwei Gläser Bier einschenkte.

»Hör auf damit!«, sagte Arabella zornig. »Siehst du denn nicht, dass die beiden genug haben? Außerdem sollte Wally nichts trinken, bis er vor einem Friedensrichter gestanden hat. Das war eine der Bedingungen, die Terry festgelegt hat!«

»Wir haben doch nur ein bisschen harmlosen Spaß«, sagte Ted.

Wally und Rita hoben die gefüllten Biergläser.

»Prost, prost, prost!«, brüllte Ted. Dann leerten alle mit gierigen Schlucken ihre Gläser. Schaum rann ihnen übers Kinn und tropfte auf ihre ohnehin schon durchnässten Hemden, aber niemand scherte sich darum, während alle gleichzeitig die geleerten Gläser auf den Tresen knallten. Rita jauchzte, rief noch eine Runde aus und rülpste laut. Wally lachte grölend. Plötzlich aber sank sein Kopf nach vorn. Er war betrunken bis zur Bewusstlosigkeit. Langsam rutschte er vom Hocker. Arabella versuchte ihn aufzufangen, doch er war viel zu schwer für sie, und Wally landete mit einem dumpfen Aufprall auf dem Boden.

Arabella funkelte Les zornig an, voller Wut, dass er nur dagestanden und nichts unternommen hatte, um seinem angeblichen »Kumpel« zu helfen. Doch bevor sie etwas sagen konnte, grölte Rita:

»Ich hab gewonnen! Ich hab dir ja gleich gesagt, ich kann mehr vertragen als du!« Sie beugte sich über den bewusstlosen Wally und zeigte mit dem Finger auf ihn, doch er schnarchte bereits laut.

»O Mann!«, knurrte Les mit einem Blick auf Wallys lang ausgestreckte Gestalt. »Du hast deine Kumpel wirklich enttäuscht.« Er reichte Rita widerwillig eine Pfundnote, die sie sich schnappte, um dann jubelnd auf und ab zu hüpfen. Die riesige Frau verlor das Gleichgewicht, es gelang ihr aber im letzten Augenblick, sich auf den Beinen zu halten.

Lily und Missy, die bei dem Geschrei wieder hereingekommen waren, jubelten Rita zu. Diese fummelte schamlos zwischen ihren riesigen, vom Bier nassen Brüsten herum, um den Geldschein sicher zu verstauen. Dann taumelte sie zum Tisch der Mädchen, die ihr gratulierten, zweifellos in der Hoffnung, dass Rita ihren Gewinn großzügig mit ihnen teilte.

Arabella war wütend – nicht nur auf Rita, auch auf Wally. Als sie darüber nachdachte, wie oft sie die Treppe hochgelaufen war, um seine Wunde neu zu verbinden und ihm Essen und Trinken zu bringen, hätte sie ihn am liebsten geohrfeigt. Es widerte sie an, dass er sich so erbärmlich betrank. Doch sie wusste, dass es keinen Sinn hatte, Ted und Les deswegen Vorhaltungen zu machen; sie waren ebenfalls betrunken. Deshalb wandte sie ihre Aufmerksamkeit wieder Rita zu.

»Du solltest jetzt gehen, Rita«, sagte sie, »und Lily und Missy mitnehmen.«

»Was reden Sie denn da, Missus?«, rief Rita. »Ich werd jetzt für meine Kumpel Klavier spielen!«

»Nicht heute Abend«, sagte Arabella zornig.

»Doch! Ich will jetzt spielen! Jetzt gleich!«, sagte Rita, stapfte zum Klavier und ließ sich auf den Hocker plumpsen, von dem sie fast wieder heruntergerutscht wäre. Der entsetzten Arabella fiel gar nicht auf, dass ein Bein des Hockers unter Ritas Gewicht eingeknickt war. Auch Rita hatte es nicht bemerkt. Sie lachte grölend und begann, wilder als je zuvor auf die Tasten einzuhämmern, was einen Höllenlärm machte.

»Hör mit diesem verdammten Krach auf!«, brüllte Les von der Bar, doch Rita lachte nur und lärmte weiter. Sie schien sich köstlich zu amüsieren und hatte offenbar alles um sich herum vergessen.

»Bitte, Rita, schlag die Tasten nicht so hart an! Du machst das Klavier kaputt«, rief Arabella, doch ihre Bitte verhallte ungehört. Sie presste sich die Hände auf die Ohren, während Rita weiter in die Tasten hämmerte und das Klavier malträtierte. Arabellas Nerven lagen blank. Sie wünschte sich, Jonathan wäre bei ihr. Wie konnte man von *ihr* erwarten, mit Betrunkenen fertig zu werden – vor allem, wenn Rita dazugehörte?

Schließlich aber platzte ihr der Kragen. »Hör auf!«, fuhr sie Rita an. »Um Himmels willen, hör mit dem Krach auf!«

Rita sah ungläubig auf.

»Du wirst es nie lernen! Schon gar nicht, wenn du betrunken bist!«, schimpfte Arabella. »Finde dich damit ab, Rita, du wirst nie eine gute Klavierspielerin. Also hör auf, das Klavier zu bearbeiten, bevor du es noch ruinierst.«

Rita starrte sie mit weit aufgerissenen Augen an. Es dauerte ein paar Augenblicke, bis die Worte zu ihr durchdrangen. Dann erhob sie sich langsam zu ihrer Furcht einflößenden Größe. Dieses Mal aber schüchterte ihre riesige Gestalt Arabella nicht ein; sie war zu wütend, um zu erkennen, dass sie verletzend gewesen war. Erst als Rita sich in eisigem Schweigen an ihr vorbeidrängte, den Mädchen zurief, ihr zu folgen, und das Hotel verließ, erkannte

Arabella ihren Fehler. Sie hätte ihre stärkste Verbündete nicht vor den Kopf stoßen dürfen.

Ein paar Augenblicke stand sie still da; dann stöhnte sie verzweifelt auf. »O nein«, stieß sie hervor. »Was habe ich mir nur dabei gedacht?« Rita war einer der wenigen Menschen, der ihr in jeder Situation beistand. Auf Ted und Les konnte man sich nicht verlassen – von Wally Jackson gar nicht erst zu reden.

Arabella sah zu Wally, Ted und Les hinüber. Sie ärgerte sich über sich selbst, aber noch wütender war sie auf die Männer. Sie stapfte zornig zu ihnen hinüber.

»Ihr beide könnt Wally, dieses erbärmliche Häufchen Elend, aus dem Hotel schaffen«, sagte sie zu Ted und Les. »Er wird nicht länger hier wohnen. Wenn es ihm wieder gut genug geht, sich sinnlos zu betrinken, dann ist er auch gesund genug, um in Frankie Millers Haus selbst auf sich aufzupassen. Und die Bar bleibt morgen geschlossen. Ich werde mir so etwas nicht wieder bieten lassen.« Mit dem Finger wies sie vorwurfsvoll auf den am Boden liegenden, schnarchenden Wally.

»Das kannst du nicht tun, Arabella!«, sagte Les ungläubig.

»O doch, das kann ich. Jonathan und ich wurde die Verantwortung für dieses Hotel übertragen. Und weil Jonathan nicht da ist, bin ich dafür zuständig, was hier geschieht.«

»Die Bar zu schließen ist nicht gut fürs Geschäft!«, sagte Ted.

»Viel schlimmer kann es nicht mehr werden«, entgegnete Arabella. »Haben Wally und Rita denn für die Getränke bezahlt, die sie sich bei diesem dummen Säuferwettstreit hinter die Binde gegossen haben? Und haben die Aborigine-Frauen bezahlt?« Sie funkelte Ted böse an, der noch immer hinter der Bar stand, nun aber beschämt und schuldbewusst dreinblickte.

»Ich glaube, *ihr* seid schlecht fürs Geschäft!«, sagte Arabella abfällig.

»Wir haben ein bisschen was anschreiben lassen, aber wir werden die Rechnung schon begleichen … irgendwann«, sagte Les.

»Morgen werdet ihr jedenfalls nichts mehr anschreiben lassen«, sagte Arabella, »denn die Türen bleiben geschlossen.«

Nach diesen Worten rannte sie in die Küche, um sich einen Happen zu essen zu machen. Sie hörte, wie Les und Ted sich in der Bar abmühten, um Wally vom Boden hochzuheben, um ihn zu Frankie Millers Haus zu schleppen. Les und Ted fluchten, doch Arabella wollte nur, dass sie endlich verschwanden.

Sie aß ein Brot, schloss die Türen des Hotels ab und ging nach oben. Arabella nutzte die Stille, um nachzudenken. Die Männer und auch Rita würden sich bei ihr entschuldigen müssen, bevor sie sie wieder ins Hotel ließ!

Immer wieder fragte sie sich, wie Maggie die Situation wohl gehandhabt hätte. Maggie hätte sich einen solchen Unfug bestimmt nicht gefallen lassen.

Später an diesem Abend machte Arabella sich Notizen für das Konzert an Heiligabend und überlegte sich, welche Stücke sie spielen sollte. Außerdem erstellte sie eine Liste der Verkaufsstände für den Basar.

Bevor Arabella sich schlafen legte, vergewisserte sie sich, dass sämtliche Türen und Fenster im Erdgeschoss geschlossen waren. Das nun so stille alte Hotel gab viele seltsame Geräusche von sich. Arabella empfand sie als lauter und bedrohlicher als sonst, rief sich dann aber in Erinnerung, was Maggie gesagt hatte: Das Dach, hatte sie erklärt, arbeite ständig, weil sich das Material durch die extremen Temperaturunterschiede zwischen Tag und Nacht verändere. Aber war das wirklich alles? Die Geräusche kamen auch von den Gebäudewänden und aus dem Erdgeschoss. Ob Wally aus seinem alkoholseligen Schlaf aufgewacht war und versuchte, ihr einen Schrecken einzujagen? Nun, sie würde schon dafür sorgen, dass er nicht hineinkam!

Oben schloss Arabella alle Türen bis auf ihre Balkontür ab. Einen Augenblick lang blieb sie draußen stehen. Es wurde allmählich dunkel, und in der Ferne konnte sie bei Frankie Millers

Haus ein Licht erkennen. Ansonsten aber schien die Stadt verlassen zu sein. Arabella beschloss, zu Bett zu gehen. Je früher sie sich schlafen legte, desto früher würde der neue Tag anbrechen.

Sie verbrachte die halbe Nacht zitternd unter ihrer Decke, bis sie endlich einschlief. Eine vorlaute Elster weckte sie kurz nach Tagesanbruch. Sie saß auf dem Geländer des Balkons. »Verschwinde«, rief Arabella gereizt, und die Elster flog davon.

Arabella stand auf und ging hinunter. Eine unheimliche Stille lag über dem verlassenen Hotel, doch sie versuchte, ihre Ängste zu verdrängen und ihren morgendlichen Pflichten nachzugehen, wie sie es an jedem anderen Tag tat. Zuerst fütterte sie die Hühner, dann ging sie zu den Ställen hinüber, um Stuarts Stute und Uri zu versorgen. Sie fragte sich, ob Stuart und Terry bald zurückkommen würden. Uri fraß jetzt dasselbe Trockenfutter wie Bess, sodass Paddy ihm nicht mehr die Flasche geben musste. Das junge Kamel hielt sich allerdings noch immer dicht an die geduldige Stute. Arabella musste daran denken, was Faiz gesagt hatte – dass er bald zusammen mit den jungen Kamelhengsten untergebracht und ausgebildet werden würde. Sie wusste, dass sie ihn dann schrecklich vermisste und dass er Bess vermisste.

Während Arabella das Kameljunge, das Pferd und die Hühner fütterte, hielt sie immer wieder nach den Männern, nach Rita und den Mädchen Ausschau. Sie rechnete damit, dass sie vorbeikamen, und sei es nur, um sich für ihr Verhalten zu entschuldigen. Doch niemand ließ sich blicken.

»Die kommen schon wieder«, murmelte Arabella vor sich hin. »So lange kommen sie ohne Bier nicht aus.«

Der Tag dehnte sich, und noch immer ließ sich keine Menschenseele im Hotel blicken. Arabella überlegte sich immer wieder neue Ausreden, das Haus zu verlassen, um nach den anderen Ausschau zu halten. Die Stadt schien völlig verlassen, was Arabella in ihrer Einsamkeit umso mehr auffiel. Sie wollte nicht hinüber zur Ghan-Siedlung gehen, weil Paddy nicht da war, und sie hatte kein Geld, um Mohomet Basheer in dessen Laden zu besuchen, daher verbrachte sie die langen Stunden allein im Hotel, putzte die Bar und wischte Staub. Es war sehr heiß, und die Arbeit war anstrengend, half Arabella jedoch, den Tag auszufüllen.

Schließlich wurde es Abend. Noch immer war niemand vorbeigekommen, um etwas zu trinken. Arabella wollte sich nicht damit aufhalten, ein Feuer zu entfachen, um sich etwas zu kochen; deshalb aß sie nur Brot mit Käse zu Abend. In einem Schrank entdeckte sie eine Kiste mit Büchern und suchte sich einen Roman heraus. Dann setzte sie sich auf den Balkon und las; sie genoss die leichte kühle Brise und die weite Aussicht über die Stadt.

Als die Sonne sich über dem westlichen Horizont senkte, wurde das Licht zu schwach zum Lesen, und Arabella ging zurück ins Haus. Ein paar Stunden zuvor hatte sie den letzten Rest Benzin in den Tank des Generators gegossen. Sie hatte keine Ahnung, wie lange es noch reichte, und konnte nur hoffen, dass Jonathan am nächsten Tag mit Nachschub zurückkam. Der Generator musste in Betrieb bleiben, sonst fiel die Stromversorgung aus, und das wenige Bier, das sie noch hatten, würde sich in warme Brühe verwandeln.

Gegen acht Uhr, Arabella sah gerade nach Bess und Uri, geschah es: Sie hörte den Motor des Generators stottern und dann absterben. Das Außenlicht an der Rückwand des Hotels erlosch schlagartig.

»O nein!«, rief Arabella. Sie wusste, dass es keinen Sinn hatte, den Treibstofftank zu öffnen, weil es zu dunkel war, um einen Blick hineinzuwerfen, aber sie konnte sich auch so denken, dass das Benzin aufgebraucht war. Kurz fragte sie sich, ob sie Ted bitten sollte, den Tank zu überprüfen, doch ihr Stolz hielt sie zurück. Wenn Ted und die anderen nicht von allein wiederkamen und sich entschuldigten, würde sie einen Teufel tun und sie um Hilfe bitten.

Arabella ging ins Hotel. Da der Generator keinen Strom mehr lieferte, war es im Innern schummrig. Im Dämmerlicht tastete sie sich voran und vergewisserte sich, dass sämtliche Türen abgeschlossen waren, bevor sie die Treppe zu ihrem Zimmer hinaufstieg. Sie legte sich aufs Bett. Mit einem Mal wurden ihr die heraufziehende Dunkelheit und die Einsamkeit unheimlich. Angespannt lauschte sie den seltsamen Geräuschen, die das Hotel von sich gab. Bei jedem Knarren und Ächzen versuchte sie zu ergründen, was die Ursache dafür sein könnte. Die Laute der heranrückenden Nacht waren beängstigend in der Stille. Arabella ließ ihren Blick durchs Zimmer schweifen und erstarrte, als sie plötzlich Schatten auf dem Flur zu erkennen glaubte. Vor Angst schlug ihr das Herz bis zum Hals. Ihre Fantasie gaukelte ihr schreckliche Trugbilder vor. Bewegte sich da etwas? Unwillkürlich musste sie an Rita und die Aborigines denken. Was, wenn sie Rita so sehr beleidigt hatte, dass diese auf Rache sann und jemanden von ihrem Clan schickte?

Arabella gab sich einen Ruck, setzte sich auf und schalt sich eine Närrin. Ihre Ängste waren lächerlich. Natürlich würde Rita keine Rache üben.

Auf einmal hörte sie hinter dem Hotel einen seltsamen dumpfen Laut, gefolgt von einem Rütteln. Sie trat auf den Flur und lauschte aufmerksam vom oberen Ende der Treppe. Einen Augenblick herrschte Stille, dann erklang das Rütteln erneut, und diesmal wusste Arabella, dass die Fantasie nicht mit ihr durchgegangen war. Entsetzen überfiel sie, als ihr klar wurde, dass es der Türknauf war, den sie hörte. Jemand machte sich an der Hintertür zu schaffen. War es Wally? Er wusste, dass sie allein war und dass niemand ihr zu Hilfe kommen würde. Wollte Wally die Chance nutzen, es ihr heimzuzahlen?

Langsam schlich Arabella die Treppe hinunter, angespannt lauschend. Als sie die Küchentür erreichte, konnte sie das Fenster sehen. Ein Schatten huschte draußen vorbei. Arabella schlug die

Hand vor den Mund, um einen Aufschrei zu unterdrücken. Einen Augenblick später erschien der Schatten wieder. Die schemenhafte Gestalt versuchte, das Fenster aufzuschieben.

Arabella geriet in Panik. Ihr Mund war wie ausgetrocknet, und sie gab ein ersticktes Stöhnen von sich. Gott sei Dank hatte sie alle Türen und Fenster verriegelt. Atemlos beobachtete sie, wie die Gestalt sich entfernte, vermutlich, um es an einer anderen Tür zu versuchen. Arabella bewegte sich langsam rückwärts durch die Küche und zuckte zusammen, als die Dielen knarrten. Wenn doch nur Jonathan oder Stuart hier wären …

Dann aber verdrängte heißer Zorn ihre Furcht. Der Gedanke, dass Wally ihr bloß einen Schrecken einjagen wollte, während sie allein war, machte sie wütend. Sie griff nach einer Bratpfanne. »Dir werde ich's zeigen«, sagte sie laut. »So einfach kommst du mir diesmal nicht davon, Wally Jackson!«

Arabella drehte kurz entschlossen den Schlüssel in der Hintertür und sperrte sie auf. Die Tür knarrte leise, als sie sie öffnete und anlehnte. Arabella stellte sich hinter die Tür, die Pfanne in den erhobenen Händen, und hielt den Atem an. Ihr Herz schien zu zerspringen, doch sie stand völlig regungslos da. Dann hörte sie wieder ein Geräusch – Schritte, Atmen. Langsam wurde die Tür aufgestoßen. Eine dunkle Gestalt schob sich hinein. Sie war so nah, dass Arabella ihren Schweiß riechen konnte. War es Wally? Arabella hob die Pfanne und schlug mit aller Kraft zu. Sie hörte einen dumpfen Laut und ein Stöhnen; dann ging die Gestalt zu Boden und rührte sich nicht mehr.

Arabella war schwindelig vor Erleichterung. Sie zitterte am ganzen Körper, stieg über den am Boden Liegenden hinweg und beobachtete ihn erst einmal aus sicherer Entfernung.

Aber was sollte sie jetzt als Nächstes tun? Sie hatte Wally zwar eine Lektion erteilt, aber was sollte sie nun mit ihm anfangen? Terry war nicht da, um ihn einzusperren. Dann fiel ihr ein, dass in der Nähe des Herds eine Schachtel Streichhölzer lag. Arabella tastete im Dunkeln danach, bis sie die Schachtel fand. Sie entzündete ein Streichholz und hob es langsam, damit sie das Gesicht des Bewusstlosen sehen konnte. Noch immer lag der Körper regungslos da. Plötzlich wurde sie von Furcht ergriffen. Könnte sie Wally getötet haben?

Dann sah sie das dunkle Haar des Bewusstlosen und runzelte die Stirn. Sie trat langsam näher, kniete sich hin und hielt das Streichholz dicht vor sein Gesicht.

Arabella stöhnte auf.

Es war nicht Wally.

»Jonathan!«, stieß sie hervor. »O nein, was habe ich getan!«

23

Jonathan stöhnte und bewegte sich vorsichtig. Arabella erkannte erleichtert, dass ihm nichts Schlimmeres passiert war.

»Was in aller Welt hast du dir dabei gedacht, mir einen solchen Schreck einzujagen?«, fragte sie ihn. In ihrer Stimme schwang die Freude mit, ihn wiederzusehen, aber auch der Zorn, dass er sie beinahe zu Tode erschreckt hätte.

»Das ist nicht gerade die Begrüßung, die ich erwartet hatte …« Jonathan stemmte sich hoch, bis er aufrecht saß, und zuckte zusammen, als ein stechender Schmerz durch seinen Kopf schoss.

»Ich dachte, du wärst ein Eindringling«, sagte Arabella. »Wieso bist du draußen herumgeschlichen?«

Jonathan war noch immer benommen. »Tut mir leid, dass ich dich erschreckt habe, aber warum liegt hier alles im Dunkeln? So spät ist es doch noch gar nicht.«

»Der Generator hat vor einer Stunde den Geist aufgegeben«, sagte Arabella. »Warum hast du nicht geklopft oder gerufen?«

»Ich hab gesehen, dass nirgends Licht brannte, und dachte, dass alle schliefen. Ich wollte niemanden wecken, deshalb habe ich mich umgesehen, ob irgendwo ein Fenster oder eine Tür offen ist.«

»Ich hätte nie gedacht, dass du es bist, Jonathan. Wieso bist du so früh zurück?«

»Ich wollte so bald wie möglich zurückkommen, daher sind Paddy und ich in der Nacht geritten.« Er verzog das Gesicht. »Zur Begrüßung eine Bratpfanne auf den Kopf zu bekommen, hatte ich eigentlich nicht erwartet. Wenn du Angst hattest, wieso hast du dann nicht Wally gerufen?«

»Er ist nicht hier«, gestand Arabella, die nicht zugeben wollte, dass es Wally war, vor dem sie Angst hatte.

»Nicht hier? Er steht doch unter Arrest und sollte im Hotel bleiben. Es wird Terry gar nicht freuen, dass Wally verschwunden ist, ohne ihn zu verständigen. Wo ist er überhaupt?«

»In Frankie Millers Haus.«

»Das begreife ich nicht«, sagte Jonathan und rieb sich die schmerzende Stelle am Kopf. »Er war doch noch hier, als ich abgereist bin, und hatte es hier bequem. Warum ist er zurück zu Frankies Haus?«

»Ich habe ihn rausgeworfen«, gestand Arabella.

Jonathans Augen weiteten sich.

»Als ich mich gestern ausgeruht habe«, berichtete sie, »haben Wally und Rita um die Wette getrunken. Les und Ted, diese Dummköpfe, haben auf die beiden gewettet. Tja, Rita hat Wally unter den Tisch getrunken. Die beiden haben so viel in sich hineingeschüttet, bis Wally sternhagelvoll am Boden lag. Und das nach all der Pflege, die er von mir bekommen hat! Ich war so wütend auf ihn, dass ich ihn hinausgeworfen habe. Les und Ted haben ihn begleitet.«

»Ach du lieber Himmel«, sagte Jonathan, der allmählich verstand. »Ich hatte schon die Befürchtung, es könnte hier ein bisschen langweilig werden, wenn ich fort bin, aber ich hab mich offensichtlich getäuscht.«

»Ich habe Wally, Ted und Les gesagt, dass das Hotel heute geschlossen bleibt. Deshalb habe ich den ganzen Tag keine Menschenseele gesehen. Ich hielt dich für Wally. Ich dachte, er versucht einzubrechen, um an Schnaps und Bier zu kommen oder um es mir heimzuzahlen.«

»Ich kann mir nicht vorstellen, dass Wally so etwas tut«, sagte Jonathan. »Ich weiß, dass er dich zu Tode erschreckt hat, als er dich damals entführte, aber etwas so Dummes macht er bestimmt nicht wieder.« Er erhob sich. »Ich muss jetzt den Benzintank des Generators auffüllen.«

»Dann hat Bob Maxwell dir Benzin gegeben?«, sagte Arabella erfreut.

»Ja, und das Ersatzteil, das ich brauche. Der Tank des Generators hat ein Leck. Deshalb hat unser Benzin nicht sehr lange gereicht.«

Zehn Minuten später brannten die Lichter im Hotel wieder, und Jonathan genoss ein Bier und ein Käsesandwich. Er hatte nur so viel Benzin in den Tank des Generators gegossen, dass er für ein paar Stunden lief; die undichte Stelle wollte er bei Tagesanbruch reparieren.

»Es kommt mir irgendwie seltsam vor, dass wir beide hier die Einzigen sind«, sagte er, als Arabella sich in der Bar zu ihm gesellte. Seltsam, aber sehr angenehm, fügte er in Gedanken hinzu.

»Das geht mir genauso. Ehrlich gesagt, hatte ich erwartet, dass Ted und die anderen heute wiederkommen und mich bitten, dass ich es mir anders überlege und das Hotel doch aufschließe. Ich war sogar dumm genug, auf eine Entschuldigung zu hoffen. Sie müssen sehr wütend auf mich sein.« Arabella ließ den Kopf sinken.

»Keine Sorge«, sagte Jonathan. »Morgen ist das alles vergessen.«

»Da bin ich mir nicht so sicher.« Arabella dachte an Rita.

»Wie meinst du das?«, fragte Jonathan beunruhigt. »Ist sonst noch was passiert?«

»Ja«, seufzte Arabella. »In ihrem Vollrausch hat Rita beschlossen, Klavier zu spielen.«

»Ach du liebe Güte!« Jonathan hatte Ritas Versuche, auf dem Klavier zu spielen, schon einmal über sich ergehen lassen. Es war eine Folter für die Ohren gewesen.

»Sie hat einen Mordslärm gemacht und beinahe die Tasten zerschlagen, und das habe ich ihr ziemlich deutlich gesagt. Ich hätte geduldiger sein sollen, aber ich hatte Angst, dass sie das Klavier zertrümmert. Heute hab ich entdeckt, dass sie eines der Beine am Hocker zerbrochen hat. Es ist ein Wunder, dass er unter ihrem Gewicht nicht völlig eingeknickt ist.«

Jonathan lachte. »Alle Achtung, dass du so lange so geduldig mit Rita warst. Aber sie muss endlich begreifen, dass aus ihr nie eine Pianistin wird.«

»Genau das habe ich ihr auch gesagt – und leider nicht allzu freundlich. Aber vielleicht kann sie sich nicht mehr daran erinnern. So betrunken wie gestern war sie noch nie.«

»Hast du sie heute schon gesehen?«

»Nein, keine Menschenseele. Ich sollte mich bei Rita entschuldigen. Ich habe die ganze Zeit darüber nachgedacht. Ich war sehr hart zu ihr.«

»Ich glaube nicht, dass du dich entschuldigen solltest«, sagte Jonathan.

Arabellas Augen weiteten sich. »Warum nicht?«

»Rita ist eine sehr stolze Frau. Es wird am besten sein, wenn du gar nicht mehr darüber sprichst, was passiert ist. Wenn Rita wirklich so betrunken war, wie du sagst, wird sie sich wohl nicht mehr genau erinnern, welche Worte gefallen sind. Da ist es besser, gar nicht davon zu sprechen, um Rita nicht in Verlegenheit zu bringen.«

»Sie erinnert sich bestimmt daran, was vorgefallen ist«, sagte Arabella, »sonst wäre sie heute vorbeigekommen.«

»Vielleicht ist sie verkatert.«

Das hatte Arabella nicht bedacht. »Da könntest du Recht haben …«

»Ganz bestimmt. Vermutlich erinnert sie sich an gar nichts mehr.«

»Und wenn doch, Jonathan? Wir brauchen jede Unterstützung für das Stadtfest. Hoffentlich habe ich nicht alles verdorben. Rita mag vergessen haben, was gestern passiert ist, aber Wally,

Les und Ted sind ganz bestimmt wütend auf mich, sonst wären sie heute hier erschienen.«

»Du hast doch zu ihnen gesagt, dass die Bar geschlossen bleibt. Ich nehme an, sie haben dich beim Wort genommen und sind deshalb weggeblieben.«

»Stimmt«, räumte Arabella ein.

»Warten wir ab, was morgen passiert, wenn sie den Kater überstanden haben und wieder ihr gewohntes Bier trinken wollen. Übrigens hat Ruth Maxwell sich erkundigt, wie es dir geht«, wechselte Jonathan das Thema. »Ich habe ihr erzählt, dass du in Farina warst und dass Moira Quiggley dir an Heiligabend helfen wird.«

»Und was hat sie gesagt?«

Jonathan suchte nach den richtigen Worten. »Sie sagte, Moira kennt jeden im Umkreis von tausend Meilen und wird uns eine große Hilfe sein. Moira sei genau die Richtige, um einen Basar zu organisieren.«

»Selbst mit Moiras Hilfe habe ich das Gefühl, überfordert zu sein, Jonathan. Ich habe so etwas noch nie gemacht.« Arabella erkannte immer deutlicher, wie sehr ihr behütetes Leben ihr letztlich geschadet hatte. Ihre Eltern, besonders Clarice, hatten zwar immer versucht, sie zu mehr Selbstständigkeit zu ermuntern, doch sie hatte es immer vorgezogen, sich umsorgen zu lassen und eigenen Entscheidungen und Verantwortlichkeiten aus dem Weg zu gehen.

»Lass Moira tun, was sie am besten kann – die Stände für den Basar organisieren«, sagte Jonathan. »Ich werde meine Fotos ausstellen und mich um die Bar und das Barbecue kümmern. Ted kann mir dabei helfen. Und du sorgst mit deinem Konzert für den Höhepunkt des Festes. Alles andere wird sich von selbst ergeben.«

»Meinst du wirklich?«

»Ja. Wir werden für Tony und Maggie tun, was wir können. Mehr kann man nicht erwarten.«

»Hoffentlich haben wir Erfolg. Ohne das Hotel könnte Marree genauso gut im Sand der Wüste versinken.«

Jonathan lächelte. »Es ist noch nicht so lange her, da hättest du dir genau das gewünscht.«

Arabella lächelte verlegen. »Ich weiß«, sagte sie und hielt die Hand vor den Mund, weil sie gähnen musste. »Wir sollten jetzt ins Bett gehen. Gute Nacht, Jonathan. Ich bin froh, dich wieder hierzuhaben.«

Jonathan beugte sich vor und küsste sie sanft auf die Lippen. »Gute Nacht, Arabella«, flüsterte er.

Er ging zu seinem Zimmer. Arabella blickte ihm verträumt hinterher. Sie spürte noch immer seine weichen, warmen Lippen auf den ihren.

Am nächsten Tag war Jonathan bereits im Morgengrauen auf den Beinen. Er arbeitete am Generator, der in einiger Entfernung hinter dem Heuschober stand. Bob Maxwell hatte ihm gezeigt, wie man das Ersatzteil einbauen musste, sodass Jonathan nicht lange dafür brauchte. Er war eben in die Küche zurückgekommen, um sich die Hände zu waschen, als Arabella die Treppe herunterkam.

»Guten Morgen«, rief er fröhlich. »Der Generator ist repariert.«

Arabella konnte sehen, dass er zufrieden mit sich war. »Großartig«, sagte sie, in Gedanken noch immer bei dem Kuss, den sie getauscht hatten. »Möchtest du Tee mit Toast?«

»Danke, gern«, sagte er.

Das Wissen, dass Jonathan auf der anderen Seite des Flurs schlief, hatte Arabella zwar beruhigt, aber auch geheime Sehnsüchte geweckt. Sie genoss es, dass sie beide allein waren. Es war eine Situation, an die sie sich gewöhnen könnte, aber sie wusste, dass ihre gemeinsame Zeit begrenzt war. Außerdem hoffte sie ja, dass ihre Gäste wiederkamen, allein schon Maggie und Tony zuliebe.

Nach dem Frühstück nahmen sie ihre morgendlichen Arbeiten in Angriff. Um zehn Uhr hatte Jonathan die Bar für den Betrieb bereit. Üblicherweise kam um diese Zeit schon jemand vorbei, doch um zwölf Uhr hatten sie noch immer keine Gäste.

Arabella blickte seufzend auf die Uhr. »Was ist, wenn niemand wiederkommt?«

»Keine Angst«, sagte Jonathan. »Ich kenne diese Bande. Die kommen schon.«

»Dein Wort in Gottes Ohr«, sagte Arabella.

Sie und Jonathan setzten sich zum Mittagessen. Es gab Eier auf Toast. Arabella wurde immer bedrückter; sie bekam Schuldgefühle, weil sie die ganze Stadt aus dem Hotel vertrieben hatte. Wenn niemand mehr kam, war das Great Northern so oder so verloren.

»Weißt du, was die Gäste mit Sicherheit wieder herbringen würde?«, sagte Jonathan, als hätte er Arabellas Gedenken erraten. »Eine Happy Hour.«

»Was ist das?«

»In den Bars in der Großstadt gibt es immer eine Stunde, wo es alle Getränke zum halben Preis gibt«, sagte er. »Dann ist es meist gerappelt voll. Die Bars schenken doppelt so viel aus wie sonst. Das heißt, sie machen trotz der geringeren Preise immer noch ein gutes Geschäft.«

»Keine schlechte Idee, aber für so etwas haben wir nicht mehr genug Bier.«

»Wir schenken nur die Spirituosen zum halben Preis aus. Das Bier, das wir noch haben, müssen wir ohnehin fürs Stadtfest aufheben.«

»Das ist wirklich eine gute Idee. Aber Ted sagte, es würden fast alle anschreiben lassen, sodass wir kein Bargeld einnehmen«, sagte Arabella.

»Das stimmt, aber letztendlich begleichen sie ihre Schulden immer, sobald sie ausbezahlt werden.«

»Und nach der Happy Hour?«, fragte Arabella. »Werden die Gäste dann bleiben?«

»O ja, weil sie dann angeheitert sind und weitertrinken, auch zum normalen Preis«, sagte Jonathan. »Sag mal, hast du irgendwo im Hotel eine Tafel gesehen?«

»Ja«, sagte Arabella. »Im Schrank unter der Treppe, wo die Besen aufbewahrt werden. Was hast du vor?«

»Wie viel könnten wir für ein Omelett verlangen und dabei noch Gewinn machen?«

Arabella dachte nach. »Na ja, mit sechs Pence würde es sich schon rechnen, denke ich.«

Jonathan ging und holte die Tafel. Er schrieb in großen Buchstaben:

HAPPY HOUR 17 bis 18 Uhr! Spirituosen zum halben Preis. Ein Omelett 6 Pence.

»Meinst du, das wird klappen, Jonathan?«, fragte Arabella.

»Es gibt nur eine Möglichkeit, das herauszufinden«, sagte er, ging mit der Tafel nach draußen und stellte sie am Ende der Veranda auf.

Noch vor fünf erschienen Ted, Wally, Les und Fred in der Bar. Sie hatten fünf Minuten damit zugebracht, auf die Tafel zu starren, um sich zu vergewissern, dass sie nicht ausgetrickst wurden. Arabella hatte alles für die Omeletts vorbereitet. Sobald sie die Männer in die Bar kommen sah, verschwand sie in der Küche. Jonathan stand hinter dem Schanktisch.

»Gibt es die Getränke zum halben Preis?«, fragte Ted, noch immer misstrauisch. So etwas hatte es bei Tony nie gegeben.

»Nur den Schnaps. Wie viele wollt ihr?«, fragte Jonathan.

»Vier Whiskey, fürs Erste … aber du kannst uns dann gleich nachschenken«, sagte Ted erfreut.

Nachdem die Männer ihre erste Runde in Rekordzeit gekippt hatten, schenkte Jonathan ihnen die nächste ein und sprach über das geplante Stadtfest. Er sagte den Männern, er würde ihre

Hilfe benötigen, um das Klavier in die Futterscheune zu tragen, sobald diese ausgeräumt sei.

»Solange du wieder eine Happy Hour machst, helfe ich gern«, sagte Ted.

»Gut«, erwiderte Jonathan. »Beim nächsten Mal gibt's dann auch Bier zum halben Preis. Übrigens hat Arabella Dave Brewer überredet, uns Bier zu brauen. Ted sagte, das Zeug schmeckt gar nicht schlecht.«

»Das stimmt«, meldete Ted sich vom anderen Ende der Bar zu Wort. Er hatte Wally und Les bereits erzählt, dass Arabella nach Farina gereist war, um Dave Brewer zu bitten, Bier für Marree zu brauen. Doch niemand hatte Arabella große Chancen eingeräumt.

»Ich hab Daves Gebräu auch schon ein paarmal getrunken«, sagte Wally zu Jonathan. »Das Zeug haut dich von den Socken.«

»In letzter Zeit verträgst du ja sowieso nicht mehr viel«, sagte Ted. »Sogar Frauen können dich unter den Tisch trinken.«

Wally blickte verlegen bei der Erinnerung an das »Saufduell« mit Rita, sagte aber nichts.

»Ich habe auch davon gehört«, sagte Jonathan. »Das sollte Terry lieber nicht zu Ohren kommen. Schließlich steht dir wahrscheinlich eine Anklage bevor, und was tust du? Betrinkst dich in aller Öffentlichkeit!«

»Es wird Terry schon nicht zu Ohren kommen, solange ...«, Wally warf einen ängstlichen Blick in Richtung Küche, »solange niemand mich verpfeift.«

»Ganz bestimmt nicht«, sagte Jonathan, der das Gefühl hatte, Arabella in Schutz nehmen zu müssen.

Wally war sich da nicht so sicher.

Als Arabella in die Bar kam, um zu fragen, ob alle ein Omelett wollten, tat sie, als wäre nichts Außergewöhnliches vorgefallen, auch wenn es ihr nicht leichtfiel. »Es gibt Omelett mit Käse und Zwiebeln«, sagte sie. »Wer möchte eine Portion?«

»Ich«, sagte Ted.

»Ich auch«, sagte Les.

»Ich ebenfalls«, sagte Fred Powell. Maggie hatte nie Omeletts gemacht, es war etwas Neues für die Männer.

Arabella warf einen Blick auf Wally. »Was ist mit dir?«

»Ich nehme auch eine Portion«, sagte er, mied aber den Blickkontakt, was Arabella nicht entging. Sie fragte sich, ob Wally ein schlechtes Gewissen hatte, bezweifelte es aber. Er würde sich bestimmt nicht bei ihr entschuldigen.

Später an diesem Abend ging Arabella auf die Veranda vor dem Hotel, um die Happy-Hour-Tafel hereinzuholen, und sah zu ihrem Entsetzen, das Rita am Ende der Veranda saß, mit dem Rücken zu ihr. Lily und Missy waren in ihrer Nähe. Sie blickten besorgt.

Arabellas erster Impuls war, kehrtzumachen und zu flüchten, doch sie war sicher, dass Rita ihre Schritte gehört hatte.

Sie holte tief Luft und ging zu ihr. »Hallo, Rita«, sagte sie. »Wie geht es dir?« Ihre Stimme schwankte ein wenig, doch Rita schien das nicht aufzufallen. Erst jetzt sah Arabella, dass sie nach vorn gekrümmt dasaß und sich den Magen hielt.

»Mir ist übel, Missus«, sagte sie. »Ich rühr keinen Tropfen Schnaps mehr an.«

»Ist es dein Magen?«, fragte Arabella besorgt, die erkennen konnte, dass Rita Schmerzen hatte.

»Ja, Missus. Er brennt.«

»Hast du kein Aborigine-Heilmittel?«

»Ich hab alles Mögliche versucht, aber nichts hilft. Vor ein paar Jahren kannten wir Aborigines noch keinen Schnaps. Deshalb brauchten wir auch kein Mittel, das die Beschwerden heilt, die dieses Zeug einem bereitet.«

»Ich habe eine Idee, Rita«, sagte Arabella. »Warte hier, es kann ein Weilchen dauern.«

Sie ging zurück ins Hotel. Nachdem sie einen sauberen Krug

aus der Küche geholt hatte, ging sie zur Ghan-Siedlung, um nach Paddy zu suchen. Sie fand ihn bei seinen Kamelstuten im Pferch.

»Paddy«, sagte sie so unvermittelt, dass er erschrocken zusammenzuckte.

»Arabella! Was tun Sie denn hier? Stimmt etwas mit Uri nicht?«

»Es geht ihm gut. Ich hätte nur gern etwas Milch, falls Sie welche entbehren können.«

»Kamelmilch?«

»Ja.«

Paddy blickte sie verdutzt an. »Wollen Sie sie für Uri? Er braucht sie nicht mehr, er ist jetzt entwöhnt.«

»Nein, nicht für Uri. Menschen können sie doch auch trinken?«

»Ja, sie schmeckt nur nicht jedem«, sagte Paddy. »Aber wenn Sie möchten, gebe ich Ihnen welche.«

Arabella reichte ihm den Krug. Sie musste daran denken, dass Paddy ihr einmal erzählt hatte, Kamelmilch sei nahrhafter als Kuhmilch. »Halb voll müsste reichen«, sagte sie.

Paddy machte sich daran, eines der Kamele zu melken. Arabella sah fasziniert zu, bis er ihr den Krug zurückgab, knapp über die Hälfte gefüllt mit warmer, schaumiger Milch.

Arabella warf einen Blick darauf. Ihr war nicht danach, die Milch selbst zu trinken, aber nachdem sie Fleisch vom Känguru, vom Wombat, vom Emu, verschiedene exotische Wurzeln und Früchte und andere Speisen gegessen hatte, über deren Herkunft sie gar nicht erst nachdenken wollte, nahm sie an, dass Kamelmilch nicht schlecht war.

»Danke«, sagte sie zu Paddy. »Ich werd's Ihnen später erklären.«

Arabella eilte zurück zum Hotel. Sie musste daran denken, dass sie vor kurzem schon bei einem ranzigen Käsesandwich die Nase gerümpft hatte. Ihre Eltern wären entsetzt, wenn sie wüssten, was sie in letzter Zeit alles gegessen hatte. Sie konnte es selbst kaum glauben.

Arabella nahm ein Glas aus der Küche, ging mit dem Milchkrug auf die Veranda hinaus, setzte sich neben Rita, die gar nicht gut aussah, und schenkte ihr ein Glas Kamelmilch ein.

»Trink das«, sagte sie.

Rita warf einen Blick darauf. »Das ist doch nicht die Maismehlmischung, die Maggie mir zu trinken gegeben hat, als ich Durchfall hatte, oder?«

»Nein, es ist Milch, und sie wird dir guttun.«

»Milch«, sagte Rita und blickte mit neuem Interesse auf den schaumigen Inhalt des Krugs. »Was für Milch?«

»Trink, Rita«, sagte Arabella. »Dann ist dein Magen bald wieder in Ordnung.«

Rita nahm das Glas und trank. Zuerst verzog sie das Gesicht, leerte das Glas dann aber.

»Es geht mir tatsächlich ein bisschen besser«, sagte Rita nach einer Weile und rieb sich den ausladenden Bauch.

»Milch kann helfen, wenn man das Gefühl hat, dass einem der Magen brennt«, sagte Arabella.

Rita blickte verdutzt. »Woher wissen Sie das, Missus?«

»Man nennt es Sodbrennen. Mein Kindermädchen hatte es oft, wenn sie bestimmte Dinge aß oder abends ein Glas Sherry zu viel trank...«

Rita funkelte sie an, und Arabella bereute augenblicklich ihre letzte Bemerkung. »Meinst du wirklich, dass die Milch dir hilft?«, fragte sie leise.

Rita nickte, und ihre Miene wurde sanfter. »Sie sind sehr nett, Missus«, sagte sie. »Sie haben mich nicht einmal ausgeschimpft, wie Maggie es immer getan hat. Ich dachte schon, Sie wären böse auf mich.«

»Nein«, sagte Arabella. »Ich finde aber, du solltest keinen Alkohol mehr trinken, Rita. Nüchtern gefällst du mir viel besser, und Milch wird das Problem nicht immer lösen.«

Rita nickte und stand auf. »Ich hab doch gesagt, ich hör damit auf. Woher haben Sie eigentlich die Milch?«, fragte sie mit einem Blick auf den Krug.

»Es ist Kamelmilch«, sagte Arabella ängstlich.

Rita sah sie stirnrunzelnd an. Dann tat sie etwas, das Arabella bei ihr noch nie erlebt hatte: Sie kicherte. »Kamelmilch? Sie nehmen Rita auf den Arm!«, sagte sie, ehe sie sich erhob und kopfschüttelnd davonstapfte.

Bevor Lily und Missy ihr folgten, lächelten sie Arabella zu, als wüssten die beiden ganz genau, dass sie *doch* die Wahrheit gesagt hatte.

24

Als Arabella am nächsten Morgen mit der Arbeit begann, fiel ihr auf, dass Uri nicht bei Bess auf der Koppel war. Das Gatter war geschlossen; Uri konnte also nicht davongelaufen sein. Bess starrte in Richtung Ghan-Siedlung, die Ohren aufgestellt. Arabella kam der Verdacht, dass Paddy das Kameljunge an diesem Morgen abgeholt hatte.

»Keine Sorge, Bess, ich werde dir deinen Freund zurückbringen«, sagte sie zu der Stute, bevor sie den Weg zur Ghan-Siedlung einschlug.

»Wo ist Uri?«, wollte Arabella wissen, als sie Paddy in der Nähe der Kamelpferche sah. Er stand inmitten einer Gruppe von Männern, die in ein ernstes Gespräch vertieft waren. Als Arabella näher kam, gingen die Männer davon, ihr finstere, verächtliche Blicke zuwerfend, mit denen sie ihr vermutlich zu verstehen geben wollten, dass eine Frau ihren Platz kennen und sich nicht in die Angelegenheiten der Männer einmischen sollte.

»Ich habe Uri zu den anderen jungen Kamelen auf eine Koppel gebracht«, sagte Paddy gereizt, weil Arabella ihn vor seinesgleichen in Verlegenheit gebracht hatte. »Er muss bald lernen, dass er ein Leben als Arbeitstier führen wird. Das gehört zu seiner Ausbildung.«

»Er wird Bess vermissen, und sie vermisst ihn schon jetzt«, erwiderte Arabella.

»Die Stute ist nicht seine Mutter. Um sich wie ein Kamel zu verhalten, muss Uri mit anderen Kamelen zusammen sein.«

»Sie müssen ihn zurückbringen, Paddy, bitte!«

»Das kann ich nicht, sonst bleibt er in seiner Ausbildung hinter den anderen zurück. Ich habe eben mit meinen Kollegen über den Verkauf einiger junger Kamele gesprochen, und …«

»Verkauf? Sie haben doch nicht etwa vor, Uri zu verkaufen?«

»Ich hatte es nicht vor, aber ausschließen kann ich es auch nicht. Wir haben viele junge Hengste. Ein paar von ihnen werden als Packtiere verkauft, die anderen als Fleischtiere. Wenn Uri sich als Packtier bewährt, kann er bei den Auktionen in Broken Hill im nächsten Jahr einen stattlichen Preis erzielen.«

Arabella war den Tränen nahe. »Sie können Uri nicht verkaufen, erst recht nicht zum … zum Schlachten!« Sie brach in Tränen aus.

»Das habe ich doch gar nicht gesagt. Wenn er sich bei seiner Ausbildung als vielversprechend erweist, wird er als Packtier verkauft. Ich glaube, das ist sein Schicksal.«

Schicksal! Faiz Mohomet hatte dasselbe gesagt, und Arabella hatte es damals ebenso wenig gefallen. »Für mich hört es sich an, als wäre sein Schicksal sehr unsicher«, sagte sie.

Als er Arabellas Stimme hörte, drängte Uri sich an den anderen jungen Kamelen auf der Koppel vorbei und kam an den Zaun, wo er stehen blieb und einen kläglichen Laut ausstieß.

Arabella hörte ihn. Als sie sich umwandte, sah sie, wie Uri an das Geländer des Zauns gedrückt dastand, den Hals nach ihr ausgestreckt. Der Ausdruck seiner großen braunen Augen brach ihr fast das Herz. Sie ging zu ihm. Paddy folgte ihr.

»Ich vermisse dich auch«, sagte Arabella leise und rieb Uris samtige Nase. Der Gedanke, er könnte an einen Schlachter verkauft werden, war ihr unerträglich.

»Ich muss gestehen, dass er eine enge Bindung zu Ihnen entwickelt hat«, sagte Paddy, ging aber nicht so weit, Arabella zu erzählen, wie schwer es gewesen war, Uri aus dem Stall der Stute und hinüber zu den Kamelpferchen zu bringen. Paddy hatte Uri praktisch wegzerren und ihm mit einem Stock drohen müssen.

»Paddy, bitte verkaufen Sie ihn nicht.«

Paddys dunkle Augen nahmen einen sanfteren Ausdruck an. »Werden Sie mit Ihren Eltern nach Hause zurückkehren, wenn sie mit dem Zug herkommen?«

Arabella senkte den Kopf. »Ja, ich nehme es an.«

»Na sehen Sie. Dann werden Sie Uri sowieso zurücklassen müssen«, sagte Paddy.

Arabella nickte. Sie wusste, dass er Recht hatte; dennoch liefen ihr die Tränen über die Wangen. Sie wandte sich ab und eilte zurück zum Hotel.

Sie würde nicht nur von Uri Abschied nehmen müssen, sondern von den Menschen in Marree, und schon der bloße Gedanke schmerzte sie.

Jonathan fand Arabella wenig später bei den Ställen, wo sie sich die Tränen abtupfte und Bess' Nase rieb. Er hatte überall nach ihr gesucht und sich schon Sorgen gemacht.

»Was ist los, Arabella?«, fragte er. »Wo ist Uri?«

»Paddy hat ihn weggebracht, damit er zum Arbeitstier ausgebildet wird«, sagte sie schniefend.

Jonathan strich ihr schweigend übers Haar. »Er kann nicht für immer Bess' Gefährte sein«, sagte er dann. »Ich bezweifle sowieso, dass Bess hierbleiben wird. Stuart wird irgendwann weiterreisen, und dann wird er Bess mitnehmen.«

Sie gingen zum Hotel zurück.

»Ich weiß«, sagte Arabella bedrückt. »Aber Uri ist mir ans Herz gewachsen, und Bess ebenfalls. Uri betrachtet sie als Ersatzmutter. Offenbar hat er bei Bess mütterliche Instinkte wachgerufen.«

»Fohlen und Stuten werden jeden Tag getrennt, Arabella, egal wie schmerzlich das ist. Es gehört zum Erwachsenwerden.«

»Ich weiß«, sagte Arabella und ließ sich in der Küche auf einen Stuhl sinken.

»Du vermisst deine Mutter auch, stimmt's?« Jonathan kniete sich vor sie hin.

Arabella nickte. »Bevor ich mich in der Wüste verirrt habe, waren wir nie länger als ein paar Stunden getrennt.«

»Ich bin sicher, deine Eltern vermissen dich ebenfalls, aber ihr werdet ja bald wieder zusammen sein.« Und wir können keine gemeinsame Zukunft haben, fügte er stumm hinzu.

Arabella sah in Jonathans dunkle Augen und glaubte, einen Ausdruck von Traurigkeit darin zu erkennen. Würde er sie vermissen, wenn sie nicht mehr da war?

Später an diesem Morgen kehrten Terry und Stuart zurück. Arabella war in der Küche und knetete Teig, und Jonathan war in der Bar, als sie das Hotel betraten.

Arabella hörte Terry erzählen, die Reise sei gut verlaufen. Er sei beeindruckt, wie geschickt Stuart eine friedliche Einigung zwischen den Farmern und dem Kuarna-Volk ausgehandelt hatte.

»Ich habe ihm gesagt, er soll sich überlegen, ob er seine Dienste nicht der Regierung anbieten will«, sagte Terry zu Jonathan, während er Stuart ein Bier spendierte. »Sie brauchen Unterhändler.«

»Ich weiß selbst noch nicht, was ich mit mir anfangen soll«, sagte Stuart. »Vielleicht werde ich irgendwo sesshaft.«

Arabella lauschte mit Erstaunen seinen Worten. Sie bezweifelte, dass Stuart je sesshaft würde.

»Haben die Kuarna sich das Vieh der Farmer genommen?«, fragte Jonathan.

»Ja«, sagte Stuart. »Sie haben erklärt, die Farmer und ihr Vieh hätten die Wildtiere vertrieben, die sie seit Urzeiten jagen; deshalb seien sie hungrig gewesen und hätten sich genommen, was ihnen zustehe. Und damit haben sie vollkommen Recht. Die Farmer haben sich schließlich bereit erklärt, bestimmte Teile des Landes nicht mehr mit ihren Viehherden zu durchqueren, und die Kuarna haben im Gegenzug versprochen, kein Vieh mehr zu töten.«

»Wie kommt es, dass du so viel Zeit bei den Aborigines verbracht hast?«, fragte Jonathan.

»Vor ungefähr einem Jahr habe ich ein paar Kameltreiber gebeten, mich in die Nördliche Tirari-Wüste zu bringen, etwa hundert Meilen nordwestlich von Mungerannie. Ich glaubte dort draußen Gold finden zu können. Die Kameltreiber waren einverstanden, mich dorthin zu bringen – aber nur unter der Bedingung, dass sie unterwegs in Cowarie und Kalamurina Handel treiben können. Wir haben das Kuarna-Volk in einem Lager südlich von Cowarie getroffen und die Gesellschaft dieser Menschen so sehr genossen, dass wir beschlossen haben, eine Zeit lang bei ihnen zu bleiben. Bevor wir uns versahen, wurden aus Tagen Wochen. Es ist schwer zu erklären, aber die Zeit wird irgendwie … bedeutungslos, wenn man mit den Aborigines im Outback lebt.«

Jonathan glaubte ihn zu verstehen.

»In den Wochen, die ich mit dem Kuarna-Volk zusammen war, habe ich diese Menschen und ihre Lebensweise gut kennen gelernt. Ich habe sogar ein wenig von ihrer Sprache gelernt, gerade genug, um mich verständigen zu können. Ich erfuhr von ihren Jahreszeiten – sie kennen sechs an der Zahl – und habe viele erstaunliche Dinge über ihre Kultur und ihre Traumzeit erfahren.«

»Wie unterscheiden sie sich denn von den Aborigines in der Stadt?«, wollte Jonathan wissen.

»Es lässt sich im Grunde gar nicht vergleichen«, sagte Stuart. »Die Aborigines in der Stadt sind verwestlicht, vor allem diejenigen, die dem Alkohol zusprechen. Bei einem Stamm draußen im Outback zu leben ist etwas völlig anderes. Sie haben ihre eigenen Gesetze, ihren eigenen Glauben, ihre eigenen Mythen und eigene Methoden, die Probleme zu lösen, vor die das Land sie stellt. Sie sind sehr viel besser auf ihre Umwelt eingestellt. Ich kenne dieses Land ziemlich gut, aber selbst ich könnte in der Wüste nur kurze Zeit überleben, deshalb ist meine Achtung vor diesen Leuten und ihrer Kultur riesengroß.«

Jonathan wünschte, er hätte dabei sein können, um Stuart inmitten dieser Naturmenschen zu fotografieren. Wer konnte schon sagen, wie lange es diese Idylle noch gab?

»Wenn du noch mal etwas in dieser Richtung unternehmen solltest, würde ich dich gern begleiten und Fotografien machen«, sagte Jonathan.

»Sollte ich je wieder zu einem ihrer Lager aufbrechen, würde ich mich freuen, wenn du mitkämst«, erwiderte Stuart.

»Wo ist eigentlich Wally?«, fragte Terry und sah sich um.

Arabella hörte die Frage, daher klopfte sie sich rasch das Mehl von den Händen und ging in die Bar hinüber. Sie hielt es nicht für fair, dass Jonathan Dinge erklären musste, für die er nicht verantwortlich war.

Doch als sie die Bar betrat, hörte sie Jonathan auch schon antworten hörte: »Nun ja … Wally ist in Frankie Millers Haus.«

»Was tut er denn da?«, fragte Terry.

»Es ist meine Schuld«, meldete Arabella sich zu Wort. »Ich habe ihn gezwungen, zurückzugehen.«

Sie hatte kaum ausgesprochen, als Wally, Ted und Les die Bar betraten.

Terry funkelte Wally böse an. »Da bist du ja! Ich hätte dich wegen Trunkenheit und ordnungswidrigen Verhaltens in die Zelle werfen sollen, solange das Verfahren gegen dich noch nicht eröffnet ist.« Er sah Arabella an, die nicht erwartet hätte, dass er so wütend reagierte. »Er war doch betrunken? Deswegen haben Sie ihn hinausgeworfen, oder?«

Wallys Augen weiteten sich, aber als er sich umdrehte und Arabella anschaute, wurden sie wieder schmal.

Arabella wusste, sie würde sich sicherer fühlen, wenn Wally eingesperrt war, und nun bot sich die Gelegenheit dazu, doch sie musste an Maggie denken. Maggie wäre enttäuscht von ihr gewesen. Sie hielt Wally nicht für gefährlich, sie betrachtete ihn nur als Dummkopf.

»Ich habe überreagiert«, sagte Arabella. »Das hätte ich nicht tun sollen.«

Wally war verwirrt. Er war sicher gewesen, dass Arabella diese Gelegenheit ergreifen würde, ihn hinter Gitter zu bringen.

Terry wandte sich an ihn. »Du hattest strikte Anweisungen«, sagte er, da er Wally nicht so einfach davonkommen lassen wollte. Dann schaute er Arabella an. »Ich habe ihm gesagt, wenn Sie ihm erlauben, hierzubleiben, müsse er sich anständig benehmen.«

»Tja, also … wie ich bereits sagte, Terry, ich habe überreagiert«, entgegnete Arabella und suchte fieberhaft nach Worten. »Ich war eben erst aus Farina zurückgekehrt und sehr erschöpft. Und Jonathan war im Aufbruch, worüber ich nicht allzu glücklich war. Wally war im Grunde gar kein Problem. Seit es ihm wieder gut geht, ist es mir kaum aufgefallen, wann er hier ist.«

»Er sollte sich nicht betrinken!«, knurrte Terry.

»Er war nicht wirklich betrunken«, sagte Arabella, womit sie die Wahrheit ziemlich verzerrte, doch sie wollte denselben Fehler nicht dreimal begehen. »Er ist vom Barhocker gerutscht, aber das war ein Unfall. Er war nicht betrunken. Ich hab mich getäuscht. In den nächsten Tagen wird er sicher eine große Hilfe für mich sein.«

»Wie meinen Sie denn das?«, fragte Terry misstrauisch.

»Zum Beispiel wird er Jonathan helfen, das Klavier in die Scheune zu tragen. Stimmt's, Wally?«

Wally konnte kaum glauben, dass Arabella ihn in Schutz nahm. Doch er hatte immer noch Angst, dass Terry ihn in eine Zelle steckte. »O ja, sicher«, beeilte er sich zu sagen. »Ich helfe gern!«

»Ich werde dich gut im Auge behalten, Wally«, sagte Terry. »Vergiss das nicht. Und vergiss auch nicht die Hilfe, die du Arabella versprochen hast.«

»Natürlich nicht«, sagte Wally hastig und blickte Jonathan an. »Wir sind gekommen, um zu fragen, ob wir den Heuschober für dich ausräumen sollen!«

Ted und Les sahen ihn erstaunt an. Davon hörten sie zum ersten Mal.

»Ja, gern«, sagte Jonathan erfreut. »Das muss unbedingt erledigt werden.«

»Dann machen wir uns jetzt gleich an die Arbeit«, sagte Wally.

»Wann ist die nächste Happy Hour, Jonathan?«, fragte Ted.

Jonathan wusste nicht recht, was er sagen sollte, und sah zu Terry hinüber.

»Was soll das heißen – Happy Hour?«, fragte Terry.

»Gestern Abend gab's den Schnaps eine Stunde lang zum halben Preis«, gab Les fröhlich zurück. »Und Omeletts!«

Terrys Augen verengten sich, als er wieder zu Wally hinübersah. Allmählich ergab alles Sinn.

»Die Omeletts waren sehr lecker«, sagte Wally in der Hoffnung, Terrys Verdacht zu zerstreuen. Bevor Terry etwas sagen konnte, fügte er hinzu: »Kommt schon, Leute, die Arbeit ruft.« Er führte sie aus der Bar.

Terry hörte Les fragen, warum er sich bereit erklärt hatte, den Heuschober auszuräumen, wo sie doch nur auf ein Bier in die Bar gehen wollten. Er warf einen Blick auf Arabella und fragte sich, warum sie sich für Wally eingesetzt hatte, wenn er doch offensichtlich stockbetrunken gewesen war und ihr so viel Ärger gemacht hatte, dass sie ihn hinausgeworfen hatte.

»Ich mach mich jetzt auch wieder an die Arbeit«, sagte sie rasch und eilte in die Küche.

»Wenn Wally sich danebenbenimmt, will ich es erfahren«, sagte Terry zu Jonathan. »Und ich will nicht, dass jemand ihn deckt.«

Jonathan nickte. »Natürlich!«, sagte er beflissen.

Später, Arabella wischte gerade den Fußboden, kam Wally in die Küche. »Warum hast du für mich gelogen?«, fragte er.

»Das weiß ich selbst nicht. Verdient hast du's nicht!«

»Ich habe keine Angst davor, hinter Gitter zu wandern. Du musst mir also keine Gefälligkeiten erweisen.«

»Dann sag Terry, dass du betrunken warst.«

Wally funkelte sie böse an.

»Ich habe alles für dich getan, was ich konnte«, fuhr Arabella wütend fort. »Ich habe Rita überredet, dir ein Heilmittel zu bereiten, um dein Bein zu retten. Ich habe deine Wunde ausgewaschen und verbunden. Ich habe dir zu essen gegeben. Und das alles, nachdem du mich in die Wüste verschleppt und beinahe zu Tode erschreckt hast. Jetzt reicht's, Wally! Ich will gar nicht wissen, warum ich für dich gelogen habe. Vermutlich bin ich ein Dummkopf. Aber es wird nicht noch einmal vorkommen.«

Arabella stürmte aus der Küche und rannte die Treppe hinauf.

Wally stand da wie ein begossener Pudel. Er wusste nicht, was er von Arabellas Wutausbruch halten sollte, und fragte sich ängstlich, ob sie jetzt zu Terry Higgins laufen und ihm die Wahrheit sagen würde.

Er würde es nicht ertragen, eingesperrt zu sein. Lieber wollte er sterben.

Eine halbe Stunde später hörte Arabella ein Klopfen an der Tür. Sie nahm an, dass es Jonathan war, deshalb war sie überrascht, als sie die Tür öffnete.

»Stuart … Was ist los?«

»Ich wollte einen Spaziergang machen und hab mich gefragt, ob du vielleicht mitkommst.«

»Jetzt?«

»Ich weiß, es ist glutheiß, aber es geht eine leichte Brise, und wir können uns im Schatten halten, wo es möglich ist.«

Eine Spur von Verzweiflung in Stuarts Stimme verriet Arabella, dass er irgendetwas auf dem Herzen hatte; deshalb wollte sie ihm seine Bitte nicht abschlagen. Außerdem hatte sie seine Gesellschaft immer genossen, und sein Humor war genau das, was sie jetzt brauchte, um zu vergessen, in welche Wut Wally sie versetzt hatte. »In Ordnung«, sagte sie.

Sie gingen zur Hintertür hinaus und schlenderten in Richtung Ghan-Siedlung.

»Hast du dich schon entschieden, was du tun wirst, wo du dich nicht mehr fürs Goldschürfen interessierst?«, fragte Arabella, nachdem sie ein paar Minuten schweigend gegangen waren.

»Noch nicht«, sagte Stuart.

Arabella glaubte, eine Spur Nervosität an ihm zu entdecken, die ihr bisher noch nie aufgefallen war. Seine Hände waren unruhig, und er schien nicht zu wissen, wohin er blicken sollte.

»Du selbst wirst sicher nach England zurückkehren, wenn deine Eltern wiederkommen, nicht wahr?«, sagte er.

»Ja«, sagte Arabella bedrückt.

»Du hörst dich nicht allzu glücklich an.«

Inzwischen hatten sie die Kamelpferche in der Nähe der Ghan-Siedlung erreicht und bogen in Richtung des Aborigine-Viertels ein.

»Ich kann es kaum erwarten, meine Eltern wiederzusehen«, fuhr Arabella fort, »aber …«

»Aber was?«, fragte Stuart.

»Ich werde die Menschen hier vermissen.«

»Ich hoffe, ich gehöre auch dazu.«

»Ja, natürlich«, sagte Arabella und lächelte ihn an.

»Was würdest du davon halten, wenn ich zur selben Zeit wie du nach England zurückkehren würde?«

Arabella war völlig überrumpelt. »Ich … ich dachte, es gefällt dir hier in Australien.«

»Schon, aber *du* wirst nicht mehr hier sein.« Stuart sah, dass er ihr mit seiner Freimütigkeit Angst machte; dennoch fuhr er fort: »Ich habe Verwandte in Wales und könnte dort schnell Fuß fassen.«

»Ich möchte ja nicht anmaßend klingen«, sagte Arabella, »aber du baust deine Pläne doch nicht um mich herum auf?«

Stuart blieb stehen. »Wäre das so schlimm?«

Arabella konnte sich nur eine Zukunft mit Jonathan vorstellen, aber wie sollte sie Stuart das erklären, ohne ihm wehzutun?

Ritas plötzliches Erscheinen half ihr aus der Klemme.

»Missus!«, rief sie aufgeregt. »Missus, ich weiß endlich, was ich tun kann, um Maggie und Tony zu helfen! Ich hab von diesen Boxzelten gehört, die durch unsere Gegend kommen …«

»Boxzelte?« Arabella hatte keine Ahnung, wovon Rita sprach.

»Ich weiß, was Rita meint«, sagte Stuart. »Ein Manager reist mit einem Zelt und mehreren Preisboxern von einer Stadt zur nächsten und fordert die Einheimischen zu einem Kampf gegen seine Boxer heraus, wobei man auf den Sieger wetten kann. Da kann man gutes Geld kassieren.«

»Aber diese Leute kommen doch nicht hierher?«, fragte Arabella verwirrt.

»Ich kann jeden Mann schlagen!«, sagte Rita. »Ich kann alle erledigen und viel Geld für die Missus und für Tony verdienen!«

»Das ist nicht dein Ernst, Rita«, stieß Arabella hervor. »Das ist eine schreckliche Idee.« Sie konnte nicht glauben, dass die Aborigine es ernst meinte. Allein der Gedanke, dass Rita Männer zu einem Kampf herausforderte, war für Arabella unvorstellbar.

Rita starrte sie einen Augenblick lang an; dann stapfte sie zornig davon, die Arme hochreißend und in ihrer Stammessprache mürrisch vor sich hin murmelnd.

»Was ist denn los mit ihr?«, fragte Arabella. »Warum ist sie so wütend?«

»Du hast sie beleidigt«, sagte Stuart.

»Weil ich nicht will, dass sie gegen Männer kämpft?«

»Rita will Maggie und Tony auf die einzige Art und Weise helfen, die ihr möglich ist«, sagte Stuart.

»Indem sie kämpft? Das kann ich nicht zulassen. Es ist barbarisch. Es ist einfach … nicht richtig!«

»*Wir* verstehen es, aber *sie* nicht«, sagte Stuart. »Du bist zu

Recht besorgt um Rita, aber sie glaubt jetzt wahrscheinlich, dass du sie für unfähig hältst.«

Arabella seufzte. »Das habe ich nicht gut hinbekommen, was?«

»Du konntest ja nicht wissen, dass sie gekränkt reagiert. Die Aborigines sind sehr stolze Menschen. Das habe ich in der Zeit gelernt, die ich beim Kuarna-Volk verbracht habe.«

»Trotzdem, ich will nicht, dass Rita für Geld kämpft! Maggie würde es auch nicht wollen.«

»Das stimmt«, sagte Stuart.

»Dann sollte ich wohl zu Rita gehen und es ihr sagen. Hoffentlich trete ich diesmal nicht ins Fettnäpfchen. Würdest du mich entschuldigen, Stuart?«

»Natürlich. Vielleicht können wir später weiterreden…?«

Arabella nickte. Sie war froh, dieses Gespräch aufschieben zu können. Sie mochte Stuart, doch für Jonathan hegte sie tiefe Gefühle. Hätte *er* doch vorgeschlagen, sie und ihre Eltern nach England zu begleiten!

Als Stuart zum Hotel zurückkam, wartete Jonathan auf ihn.

»Ich würde gern mit dir reden«, sagte er, als Stuart durch die Hintertür eintrat. Die anderen Männer waren in der Bar, sodass sie unter vier Augen miteinander sprechen konnten.

»Na klar, worüber denn?«, fragte Stuart.

»Über Arabella«, sagte Jonathan ernst.

»Was ist mit ihr?« Stuart ahnte, was Jonathan sagen würde. Ihm war nicht entgangen, wie Jonathan ihn jedes Mal ansah, wenn er mit Arabella redete und scherzte.

»Ich weiß, dass du dich für Arabella interessierst«, sagte Jonathan.

»Stimmt«, erwiderte Stuart.

»Sie ist ein unschuldiges Mädchen«, sagte Jonathan. »Ich will nicht, dass sie verletzt wird.«

»Seit wann bist du für sie verantwortlich?«, fragte Stuart spitz.

»Sie bedeutet mir sehr viel.«

»Mir auch.«

»Dann schlage ich vor, dass du ihr von deiner Vergangenheit erzählst«, sagte Jonathan.

»Von meiner Vergangenheit?«, fragte Stuart verdutzt.

Jonathan konnte sehen, dass er mit seiner Vermutung richtig lag: Stuart hatte irgendetwas zu verbergen. »Ja. Wenn du Arabella den Hof machen willst, sollte sie über dein Vorleben Bescheid wissen.«

»Du sagst das, als hätte ich irgendein dunkles Geheimnis.«

»Ich glaube, so ist es auch«, sagte Jonathan.

»Ich weiß gar nicht, wie du auf diese Idee kommst. Außerdem – mein Leben geht dich nichts an.«

»Ich mache mir nur Sorgen um Arabella«, sagte Jonathan.

»Warum? Weil du sie für dich selbst willst?«

»Ich habe sie sehr gern. Aber sie wird mit ihren Eltern nach England zurückkehren, und *mein* Leben ist hier.«

»Dann hast du wohl keine Zukunft mit ihr«, stellte Stuart spöttisch fest.

»Nein, aber das wird mich nicht davon abhalten, sie zu lieben und das Beste für sie zu wollen.«

Ohne etwas zu erwidern, ging Stuart davon. Insgeheim bewunderte er die selbstlose Liebe, die Jonathan für Arabella empfand. Er selbst hatte noch nie so tiefe Gefühle für eine Frau gehegt. Aber vielleicht würde Arabella das ja ändern.

Rita war dabei, Brennholz zu sammeln, als Arabella sich ihr näherte. Sie konnte erkennen, dass Rita immer noch wütend war. Mit tiefer Stimme schimpfte sie vor sich hin, ihre Bewegungen waren hektisch und aggressiv.

»Rita …«, sagte Arabella vorsichtig. »Könnte ich dich sprechen?«

Die Aborigine wandte sich um und funkelte sie böse an. »Ich hab nichts zu sagen, Missus!«

»Ich weiß, dass du wütend auf mich bist, aber lass mich dir bitte erklären, weshalb ich nicht will, dass du kämpfst.«

Rita gab keine Antwort. Sie sammelte weiter Holz ein, sodass Arabella hinter ihr her trotten musste.

»Ich weiß, dass du jeden Mann verprügeln könntest, der es wagen würde, gegen dich anzutreten«, sagte Arabella, »aber Damen sollten nicht gegen Männer kämpfen.«

»*Damen*?« Rita wiederholte das Wort, als wäre es ihr nie in den Sinn gekommen.

»So ist es, Rita. Du bist eine Dame. Und ich habe noch nie eine Dame gesehen, die sich mit Männern prügelt.«

Rita runzelte die Stirn. »Mich hat noch nie irgendwer Dame genannt, Missus.«

Arabella lächelte. »Und ich muss zugeben, dass es nicht viele Frauen gibt, die einen Mann verprügeln können, Rita. Du bist schon einmalig.«

Rita nickte begeistert.

»Ich will nur nicht, dass dir irgendwas passiert. Maggie verlässt sich auf dich – und ich brauche dich auch. Alle Männer in dieser Gegend haben Angst vor dir. Aber wenn nun ein Mann von auswärts stärker sein sollte als du…«

Ritas Miene verdüsterte sich, sodass Arabella rasch einen Rückzieher machte.

»Oh, nicht dass ich glaube, dass es dazu kommt!«, sagte sie hastig. »Aber… aber wenn doch, werden die Männer in der Stadt ihren Respekt vor dir verlieren. Das verstehst du doch?«

»Niemand kann mich schlagen«, sagte Rita. »Also wird das nicht passieren, Missus!«

Arabella begriff, dass sie eine andere Taktik anwenden musste. »Aber du würdest Geld setzen müssen, wenn du kämpfst. Du müsstest eine Wette abschließen und eine ziemlich hohe Summe setzen.«

»Eine Wette? Was ist das?«

Arabella erklärte es ihr und fuhr fort: »Es könnten zwanzig oder dreißig Pfund sein, vielleicht sogar mehr. Niemand würde gegen dich kämpfen, wenn du nicht zuerst das Preisgeld zahlst. Und so viel Geld hast du nicht, oder?«

»Ich hab überhaupt kein Geld, Missus«, sagte Rita. »Ich will nur Maggie und Tony helfen.«

»Ich weiß. Aber vielleicht fällt uns eine andere Möglichkeit ein. Lass uns das Boxen vorerst vergessen, ja?«

»Na gut, Missus«, sagte Rita, aber sie war offensichtlich nicht allzu glücklich mit dieser Entscheidung.

Später an diesem Nachmittag stand Arabella im glühend heißen Wüstenwind, um die Wäsche von der Leine zu nehmen. Sie war fast schon trocken, bevor man auch nur die Wäscheklammern befestigt hatte. Als sie die Sachen zusammenlegte, sah sie Jimmy in einiger Entfernung vorbeilaufen.

»Hallo, Missus!«, rief er. »Ich brate heute Abend einen Emu. Kommen Sie und die Männer doch zum Lagerfeuer!«

»Gern, Jimmy, vielen Dank«, rief Arabella zurück und sah ihm nach, lächelnd über seine schlichte Einladung. Offenbar hatte Jimmy einen neuen Sinn im Leben gefunden. Der Mangel an Vorräten hatte ihm eine Möglichkeit verschafft, sich für die Gemeinschaft nützlich zu machen, indem er auf die Jagd ging, und dies hatte ihm geholfen, seinen Stolz wiederzufinden. Arabella freute sich darüber, zumal sie Jimmy kaum noch betrunken sah.

Am Abend saßen sie mit den Aborigines am Lagerfeuer. Arabella fiel auf, dass Rita zurückhaltender war, wenn sie nicht trank. Vielleicht war sie auch noch immer wütend, da Arabella ihren Plan, um Geld zu kämpfen, missbilligt hatte. Rita saß mit Missy und Lily auf der anderen Seite des Feuers und nahm kaum Blickkontakt zu jemandem auf. Die Frauen hatten Jamswurzeln zu dem Emufleisch beigesteuert. Ihre Kinder spielten hinter ihnen im Sand. Arabella war froh, dass die Frauen ihre Kinder beaufsichtigten, da es hier Schlangen und Spinnen gab. Anfangs hatte Arabella die Frauen für nachlässig gehalten, was die Sicherheit ihrer Kinder betraf, inzwischen aber wusste sie, dass Schlangen, Skorpione, Spinnen und diverse andere gefährliche Kriechtiere ein Teil ihres täglichen Lebens waren, über den sie sehr genau Bescheid wussten.

Von Zeit zu Zeit kamen junge Aborigines durch die Stadt und setzten sich zu Rita und den anderen ans Lagerfeuer, um eine Mahlzeit mit ihnen zu teilen. Jedes Mal aufs Neue war Arabella fasziniert, wenn die Fremden etwas dazu beitrugen – ein Gebot der Höflichkeit, wie sie schon wusste. Jonathan brachte öfter Brot mit, wenn die Aborigines sie einluden. Inzwischen aber hatten sie kaum noch Mehl, deshalb hatte Jonathan an diesem Abend ein paar Eier gekocht.

Arabella war nicht sicher, welcher Art die Beziehung der fremden Aborigines zu den Frauen in der Stadt war, da die Fremdlinge meist sehr schnell wieder verschwanden, doch ihr fiel auf, dass einige der jüngeren Frauen manchmal mit ihnen gingen. Jimmy, seine Frau Ruby, Rita, Missy und Lily jedoch schienen sesshaft zu sein, obwohl Jonathan ihr erklärt hatte, auch sie könnten jederzeit gehen, wenn ihnen der Sinn danach stand.

Der Emu wurde zerlegt und aufgeteilt. Das Fleisch war saftig und schmeckte ausgezeichnet. Jimmy gab sich bescheiden, als er dafür gelobt wurde, doch Arabella wusste, wie stolz er war. Beim Essen musste sie plötzlich wieder an ihre Eltern denken. Arabella hätte alles dafür gegeben, ihre Reaktion zu erleben, wenn sie ihre Tochter dabei sähen, wie sie mit den Fingern – und dazu noch »Buschessen« aß. Allein bei dem Gedanken, wie entsetzt sie sein würden, musste Arabella lächeln.

Nach dem Essen spielte Jimmy auf dem *didgeridoo*. Arabella liebte den melancholischen Klang dieses Instruments. Die Frauen begleiteten Jimmy, indem sie rhythmisch Stöcke aneinanderschlugen und einen Sprechgesang anstimmten.

»Warum versuchst du nicht mal, das *didgeridoo* zu spielen?«, schlug Arabella Rita vor, als Jimmy sein Spiel beendet hatte.

Rita sah sie erstaunt an.

»Nur zu«, ermunterte Arabella sie. »Ich habe das Gefühl, du kannst es gut.« Ritas Künste am Klavier waren noch immer mit keinem Wort erwähnt worden, und Arabella betete, dass sie niemals wieder zur Sprache kämen.

»*Lubras* spielen das *didgeridoo* nicht, Missus«, sagte Rita.

Arabella wollte erwidern, dass Frauen sich im Allgemeinen auch nicht mit Männern prügelten, verbiss sich die Bemerkung jedoch. Mit einem leisen Lächeln schaute sie Jimmy auffordernd an. Er wandte sich Rita zu und hielt ihr das Instrument hin. Sie war verblüfft, nahm es aber mit größter Ehrfurcht entgegen. Dann holte sie tief Luft und blies in das hohle Ende. Ein volltönender, tiefer Klang erfüllte die stille Abendluft. Ritas Augen weiteten sich vor Entzücken, und Jimmy war angenehm überrascht. Er gab Rita ein paar Anweisungen, und sie versuchte es noch einmal.

Ted beugte sich zu Arabella vor: »Ich hab dir ja gleich gesagt, dass sie es gut kann«, sagte er. »Sie hat den nötigen Atem für das *didgeridoo!*«

Das Feuer prasselte, und die Sterne funkelten am weiten Himmel. Arabella liebte es, abends am Lagerfeuer zu sitzen, wenn die drückende Hitze des Tages nachgelassen hatte. Sie dachte an die Zukunft und dass sie bald wieder zu Hause in England sein würde, und sie versuchte, sich die Eindrücke dieses wundervollen Abends im Outback fest ins Gedächtnis einzubrennen ... den würzigen Duft des Holzrauchs in der warmen Luft, den samtigen Himmel über ihnen, gesprenkelt mit unzähligen funkelnden Sternen, den Gesang der Grillen, den flackernden Feuerschein, der auf Jonathans Gesicht spielte und ihm einen geheimnisvollen Schimmer verlieh ... Arabella wollte das alles niemals vergessen.

Nach einer Weile rannten die Aborigine-Kinder davon, um

sich in den Hütten ihrer Mütter schlafen zu legen. Die Frauen folgten ihnen.

»Wie geht es mit Uris Ausbildung voran?«, fragte Stuart. Ihm war aufgefallen, wie sehr seine Stute das junge Kamel vermisste, sagte aber nichts davon, da er Arabella nicht beunruhigen wollte.

»Nicht sehr gut«, antwortete Jonathan.

Arabella horchte auf. »Warum nicht?«, fragte sie.

»Ich habe heute mit Paddy gesprochen. Er sagt, dass Uri sich nicht benehmen will. Ständig versucht er wegzurennen. Paddy meint, dass Uri hierherwill, zu Bess und zu dir, Arabella. Er war heute sehr wütend auf Uri. Einer der Afghanen hat sogar vorgeschlagen, Uri zu erschießen.«

Arabella war entsetzt. »Das würde er doch niemals tun, oder?«

»Natürlich nicht. Aber dein kleiner Uri stellt Paddys Geduld auf eine harte Probe.«

Arabella beschloss, am nächsten Morgen selbst zu Paddy zu gehen und mit ihm zu sprechen, um zu sehen, ob sie irgendwie helfen konnte. Natürlich wollte sie nicht, dass Uri verkauft wurde, doch ihr war klar, dass er zum Lastenkamel ausgebildet werden musste, sollte er nicht als Schlachttier enden.

»Sag mal, Stuart«, fragte Ted unvermittelt, »wie kommt es eigentlich, dass keine Frau dir je die Ketten der Ehe angelegt hat?«

Stuart blickte zuerst verblüfft, dann verlegen drein. Er warf einen Blick auf Jonathan, dann auf Arabella. »Ich war einmal verheiratet«, sagte er leise. »Aber es ging nicht gut.« Wieder schaute er zu Arabella. Er konnte sehen, wie verwundert sie war, und glaubte auch eine Spur von Enttäuschung zu erkennen, dass er sich ihr nicht anvertraut hatte. Dann sah er zu Ted. »Wieso fragst du eigentlich?«, wollte er wissen.

»Meine Frau hat mich vor zehn Jahren verlassen«, sagte Ted. »Ich weiß nicht mal, ob sie überhaupt noch lebt. Die Orte, in die ich immer wieder von der Eisenbahngesellschaft versetzt werde, waren ihr zu einsam und abgelegen. Sie hätte es hier in Marree bestimmt nicht ausgehalten.«

Arabella fragte sich, ob Ted seine Frau nicht genug geliebt hatte, um sich Arbeit in der Großstadt zu suchen.

»Aber dir selbst gefällt es hier, Ted, nicht wahr?«, fragte sie.

»Marree wächst einem ans Herz.« Er strich sich übers Kinn und lachte. »Das geht dir doch genauso, stimmt's, Jonathan?«

»Ja, ich liebe das Outback. Ich reise hin und wieder in die Großstadt, um meine Fotografien zu verkaufen, wie du weißt, kann es jedes Mal aber kaum erwarten, hierher zurückzukommen.«

Arabella sah die Traurigkeit auf seinem Gesicht.

»Wenn du heiraten und hier draußen leben willst, dann nimm dir eine Frau, die im Outback geboren und aufgewachsen ist«, riet Wally. »Du kannst von einem Großstadtmädchen nicht erwarten, dass ihr ein Kaff wie dieses gefällt. Nimm dir eine Frau aus dem Outback.«

»Genau das habe ich vor«, sagte Terry, der an Sarah Oldfield dachte. Sie war in diesem weiten Land geboren und aufgewachsen und hatte nicht den Wunsch nach einem Leben in der Großstadt. In seinen Augen würde sie die ideale Ehefrau abgeben. Wenn er das nächste Mal Lyndhurst besuchte, wollte er einen Ring in der Tasche haben.

»Aber Maggie und Tony waren doch aus der Großstadt«, sagte Les. »Und Maggie hat sich an Marree gewöhnt.«

»Maggie ist eine Ausnahme«, sagte Wally. »Wir alle wissen, dass sie einmalig ist.«

»Zu mir hat Maggie gesagt, sie hätte oft auf den Zug springen und aus Marree verschwinden wollen«, sagte Arabella. »Es sei nur ihre Liebe zu Tony gewesen, die sie davon abgehalten hätte. Was ist eigentlich aus deiner Frau geworden, Stuart?«

Stuart holte tief Luft. »Ich habe sie in der Goldgräberstadt Tennant Creek zurückgelassen«, sagte er.

»Du hast sie *zurückgelassen?*«, fragte Arabella fassungslos. Sie konnte sich unmöglich vorstellen, dass Stuart eine Frau in einer wilden Goldgräberstadt zurückließ. Oder hatte sie ihn falsch eingeschätzt? Brachte er tatsächlich etwas so Schreckliches fertig?

»Na ja, ganz so war es nicht«, sagte Stuart.

»Wie war es dann?«, fragte Arabella.

Stuart schwieg einen Augenblick, während er versuchte, sich zurechtzulegen, wie er ihr von seiner Frau erzählen sollte. »Catherine war eine von mehreren Frauen, die ihren Lebensunterhalt in der Stadt mit … nun ja, mit Männern verdienten«, sagte er schließlich.

Arabella blickte ihn verwirrt an. »Was meinst du damit?«

»Sie hat ihren Körper verkauft«, sagte Stuart.

»Sie war Prostituierte?«, fragte Arabella rundheraus.

»Ich hatte Mitleid mit ihr, weil sie von den Männern in der Stadt nur benutzt wurde …«

»Willst du damit sagen, du hast sie aus Mitleid geheiratet?«

»Nein, so war es nicht. Eines Tages habe ich mich schrecklich betrunken. Ich war nach einem kleineren Goldfund in Hochstimmung, und Catherine … nun, sie hat mitgefeiert. Wir kamen uns näher, und kurz darauf haben wir geheiratet. Aber sehr bald schon wussten wir beide, dass es ein Fehler gewesen war.«

»Und da bist du einfach gegangen, ohne ihr etwas zu sagen?«

»Nein, so etwas würde ich niemals tun. Aber ich konnte mein Leben nicht aus Mitleid mit ihr verbringen. Ich habe sie nicht geliebt – und sie mich nicht.«

»Was hast du dann getan?«

»Ich hab Catherine mein ganzes Geld gegeben – genug, dass sie irgendwo anders hingehen und ein neues Leben anfangen konnte. Dann habe ich die Stadt verlassen.«

»Und Catherine? Ist sie auch gegangen?«

»Ich weiß es nicht«, sagte Stuart leise, »aber ich hoffe es.«

Arabella saß noch eine Weile sprachlos am Feuer, dann ging sie zum Lager der Aborigines. Sie wollte mit Rita über den Plan sprechen, den sie gerade geschmiedet hatte. Ein Gespräch mit der robusten Rita war jetzt die beste Ablenkung für sie, denn Stuarts Geschichte hatte sie tiefer getroffen, als sie sich eingestehen wollte.

Rita war dabei, Holz für ihr Lagerfeuer zu sammeln.

»Was tun Sie denn hier, Missus?«, fragte sie erfreut und erstaunt zugleich, als sie Arabella sah.

»Ich bin auf eine Idee gekommen«, erwiderte Arabella. »Und dafür brauche ich dich.«

Rita hielt erstaunt inne. »Mich?«

»Ja. Du könntest für die Leute, die in die Stadt kommen, auf dem *didgeridoo* spielen. Du hast großes Talent.«

»Meinen Sie wirklich, Missus?«

»Auf jeden Fall! Jimmy war sehr beeindruckt von deinem Spiel.«

»Aber was ist mit meiner Ausbildung zur Pianistin?«, fragte Rita mit drohendem Unterton.

Selbst im Dunkeln konnte Arabella sehen, dass Rita die Stirn auf beängstigende Weise gefurcht hatte. Panik stieg in ihr auf. »Weißt du, Rita, ich …«

Arabella sah, dass Rita breit lächelte, und sie begriff, dass die Aborigine sie auf den Arm genommen hatte.

»Ich werde wohl besser beim *didgeridoo* bleiben, Missus«, sagte Rita. »Das Klavier überlass ich lieber Ihnen.«

Plötzlich kam Arabella eine Idee. »Warum spielen wir nicht zusammen, Rita?« Sie konnte beinahe hören, wie das Klavier vom beschwörenden Klang des *didgeridoo* im Hintergrund begleitet wurde. Es waren zwei völlig unterschiedliche Klänge, und vermutlich war so etwas noch nie versucht worden, doch Arabella war sicher, dass die Instrumente harmonierten.

»Nehmen Sie mich auf den Arm, Missus?«

»Ganz und gar nicht, Rita. Lass uns etwas einstudieren! Kannst du das *didgeridoo* morgen früh mit ins Hotel bringen?«

»Klar, Missus«, sagte Rita, die kaum glauben konnte, wie aufgeregt Arabella plötzlich war. »Soll das heißen, dass ich mit Ihnen bei dem Konzert spiele?«

»Ja, Rita. Jimmy kann für die Tänzerinnen spielen, aber du kannst mich bei meinen Stücken begleiten. Es wird wundervoll! Wir sehen uns morgen früh.« Arabella eilte davon.

Rita kratzte sich verwundert am Kopf, während sie ihr nachsah. Sie konnte kaum glauben, dass sie Arabella bei dem Konzert begleiten sollte. Noch seltsamer war es ihr erschienen, dass Arabella sie eine *Dame* genannt hatte. So war sie noch nie genannt worden. Nur die weißen Frauen wurden Damen genannt. Zum ersten Mal im Leben hatte Rita das Gefühl, etwas Besonderes zu sein – und das nicht wegen eines Faustkampfes.

25

Am nächsten Morgen, kurz nach dem Frühstück, traf Rita mit Jimmys *didgeridoo* ein. Sie sah beinahe erleichtert aus, dass Arabella es sich nicht anders überlegt hatte, war aber nervös, da sie noch nie auf dem Instrument geübt hatte.

»Ich hab keine Erfahrung mit dem *didgeridoo*«, sagte Rita.

»Aber du hast den Atem dafür«, sagte Arabella, »deshalb wirst du es schnell lernen. Außerdem musst du mir auf dem Klavier nicht folgen. Du wirst bloß ein Hintergrundgeräusch erzeugen. Ich werde eine Melodie spielen, und dann stimmst du mit dem *didgeridoo* ein. Versuchen wir's.«

Arabella setzte sich ans Klavier, begann zu spielen und gab Rita dann ein Zeichen, worauf diese nervös in das *didgeridoo* blies. Nach einem Augenblick hielt Rita inne. »Das klingt gar nicht gut«, sagte sie. Sie fand, dass sie mit ihren unbeholfenen Versuchen, das Instrument zu spielen, Arabellas schöne Musik zerstörte.

»Lass dir Zeit«, sagte Arabella ermunternd. »Spielen wir weiter, bis es uns gefällt.«

Einige Stunden später hatten sie ein paar Stücke ausgewählt, von denen sie glaubten, dass sie gut harmonierten. Arabella war begeistert. »Großartig! Versuchen wir es damit vor Publikum«, schlug sie vor. »Du rufst Lily und Missy, Jimmy und Ruby – ich hole die Männer.« Diese hatten versprochen, sich im Freien zu beschäftigen, um Arabella und Rita ein wenig Privatsphäre zu lassen.

Als sie sah, wie zufrieden Arabella mit ihr war, bekam Rita genügend Selbstvertrauen, um es vor Publikum zu versuchen. Sie machte sich auf den Weg, um die Frauen und Jimmy zu holen.

Arabella trommelte die Männer zusammen, doch Rita kam nicht wieder. Arabella fragte sich, ob die Aborigine es sich vielleicht anders überlegt hatte.

»Bist du sicher, dass sie kommen wird?«, fragte Jonathan.

»Ja, wir beide waren begeistert von unserem gemeinsamen Spiel. Es klang wundervoll.«

Sie warteten und warteten, doch Rita ließ sich nicht blicken.

»Ich sehe mal nach, wo sie ist«, schlug Jonathan vor.

Als er nach ein paar Minuten wiederkam, sah er verstört aus.

»Was ist los?«, fragte Arabella. »Will Rita nicht mit mir spielen?«

»Ich fürchte, ich habe schlechte Neuigkeiten«, sagte Jonathan.

»Was ist passiert?«, fragte Arabella ängstlich. Sie befürchtete, eines der Kinder könne krank sein.

»Jimmy ist gestorben.«

»O nein!« Arabella brach in Tränen aus. Jonathan nahm sie in die Arme, um sie zu trösten.

»Ich hole Terry«, sagte Les.

»Wozu?«, fragte Jonathan.

»Wenn es einen Todesfall in der Stadt gibt, muss er verständigt werden«, erwiderte Les.

Nachdem Terry eingetroffen war, waren alle sich einig, Ruby ihr Beileid auszusprechen. Doch als sie in die Ansiedlung der Aborigines kamen, lag diese verlassen da. Es gab nicht einen persönlichen Gegenstand, der verraten hätte, dass hier überhaupt jemals jemand gelebt hatte. Selbst die Lagerfeuer waren gelöscht und die Asche war verstreut worden.

»Seltsam. Wo sind sie denn alle?«, fragte Arabella verwundert.

»Vor einer Weile waren sie noch hier«, sagte Jonathan ungläubig. »Die Frauen hatten ein lautes Klagegeschrei angestimmt, vor allem Ruby.«

»Ich hatte von vornherein nicht damit gerechnet, dass wir sie hier antreffen«, sagte Stuart.

»Warum nicht?«, fragte Arabella.

»Sie werden zu einem Trauerlager aufgebrochen sein. Und ich glaube nicht, dass sie in absehbarer Zeit wiederkommen.«

»Ein Trauerlager?«, wiederholte Arabella. Von so etwas hatte sie noch nie gehört.

»Das ist ihre Art zu trauern«, sagte Terry. »Wann immer es einen Todesfall gibt, gehen die Aborigines in den Busch.« Er wandte sich an Jonathan. »Ist Jimmy eines natürlichen Todes gestorben?«

»Ich denke schon«, sagte Jonathan. »Ich habe seine Leiche gesehen, es gab keine sichtbaren Verletzungen.« Er war nicht einmal auf die Idee gekommen, dass vielleicht irgendetwas passiert sein könnte.

»Ich muss mich selbst davon überzeugen«, sagte Terry. »Ich werde versuchen, Rita und die anderen zu finden.« Da er keine Zeit mehr verlieren wollte, schlug er den Weg zum Polizeirevier ein, um sein Pferd zu holen.

»Wo wird Jimmy denn beerdigt, Stuart?«, fragte Arabella.

»Das wird man uns nicht sagen«, erwiderte er. »Wahrscheinlich an einer heiligen Stätte seines Clans irgendwo draußen in der Wüste.«

»Oh«, sagte Arabella, die enttäuscht war, dass sie keine Gelegenheit gehabt hatte, von Jimmy Abschied zu nehmen. Der alte Aborigine war ihr ans Herz gewachsen, er hatte sehr viel für sie alle getan.

Jonathan verstand sie. »Warum halten wir nicht eine kleine Zeremonie hier in der Stadt für ihn ab?«, schlug er vor.

»Eine gute Idee, Jonathan.« Arabella streckte schüchtern eine

Hand nach seiner aus. Was für ein außergewöhnlicher Mensch er doch war. Jonathan hatte etwas an sich, das sie tief im Innern berührte.

»Am besten, wir feiern die Zeremonie heute Abend kurz vor Sonnenuntergang«, sagte er.

»Ja, bis dahin wird Terry vielleicht schon mit Neuigkeiten zurück sein«, meinte Stuart. Die Aborigines waren zu Fuß vermutlich noch nicht sehr weit gekommen, sodass Terry sie bald einholen würde.

Es schmerzte Stuart, als er sah, wie Arabella Jonathans Hand nahm, doch er erkannte immer deutlicher, dass zwischen den beiden ein außergewöhnliches Band bestand.

Um sieben Uhr an diesem Abend versammelte sich die Gruppe, um die Zeremonie zu Jimmys Ehren abzuhalten. Selbst Wally nahm daran teil. Arabella spielte eine Hymne auf dem Klavier: *You'll never Walk Alone.* Schüchtern sang sie den Begleittext.

Dann gingen alle zum Heuschober. Es erschien ihnen angemessener, draußen zu sein, wenn sie ein paar Worte für einen Mann sprachen, der sein ganzes Leben im Freien verbracht hatte. Terry war am frühen Nachmittag zurückgekehrt, um zu berichten, Jimmy sei eines natürlichen Todes gestorben; er hatte die Aborigines in der Wüste allein gelassen, damit sie in Ruhe trauern konnten. Terry wusste nicht, wann sie nach Marree zurückkommen würden.

Jonathan sprach von dem Respekt, den sie alle vor Jimmy gehabt hatten, und wie heldenhaft er sie vor den Stammes-Aborigines in der Wüste gerettet hatte. Aus einer eher persönlichen Sicht erklärte er, er habe Jimmys Geschick als Pfadfinder und seine Ausdauer immer sehr bewundert. »Es ist stets ein großer Verlust, wenn man Menschen wie Jimmy verliert, die so viel zu geben haben«, sagte er. »Ich habe mich mit meinen Fotografien auf die Landschaft des Outback konzentriert, aber das wahre Outback, das die Welt sehen sollte, sind die Aborigines – Menschen wie Jimmy.«

Dann zog Jonathan ein Foto von Jimmy hervor, das er aufgenommen hatte. Er hatte das Foto vergrößert, nachdem sie beschlossen hatten, die Trauerzeremonie für Jimmy abzuhalten. Die Gruppe sah zu, wie Jonathan das Bild an eine Wand des Heuschobers heftete.

»Oh, Jonathan«, sagte Arabella, während ihr Tränen übers Gesicht liefen. »Das ist wundervoll. Wann hast du es aufgenommen?« Auf dem Bild saß Jimmy nach vorn gebeugt da. Er trug seinen zerbeulten Hut, und der Rauch eines Lagerfeuers umhüllte ihn.

»Ich habe das Foto vor ein paar Tagen abends am Lagerfeuer aufgenommen«, sagte er. »Heute habe ich's vergrößert. Ich denke, ich habe Jimmys Wesen ganz gut eingefangen … seine Weisheit, seine sanfte Freundlichkeit.«

»Ich glaube, du hast seine Seele eingefangen«, sagte Ted tief bewegt. Sie alle waren gerührt, als sie in Jimmy Wanganeens Gesicht blickten.

»Jimmy hat sich vielleicht lange Zeit verloren gefühlt, aber ich bin mir sicher, dass er zum Schluss noch einmal einen Sinn im Leben gefunden hat – als er jagen ging, um uns in unserer Not etwas zu essen zu besorgen«, sagte Arabella. »Er war ein Mann, der sich bescheiden gab, aber ich weiß, dass ihn unser Lob über seine Jagd- und Kochkünste sehr gefreut hat.«

»Wir werden ihn in guter Erinnerung behalten«, fügte Jonathan traurig hinzu. »Gott wird Jimmy in sein Reich aufnehmen.«

In den ersten Tagen, nachdem Sergeant Menner ihnen gesagt hatte, Aborigines würden an der Bahnlinie entlang bis nach Marree patrouillieren und nach Arabella suchen, war es Edward und Clarice gelungen, guter Dinge zu bleiben. Clarice hatte das Hotelzimmer viel öfter verlassen als zuvor; sie hatte sogar mit Edward zu Abend gegessen. Er hatte dies als gutes Zeichen gewertet. Er selbst hatte sich von den Bars ferngehalten. Stattdessen hatte er mit Clarice darüber geredet, wie sie zu Arabella reisen könnten, falls sie in der Wüste bei einem Stamm lebte.

Dann aber dehnte die Zeit sich endlos, und Clarice' Hoffnungen schwanden mit jeder Stunde ein bisschen mehr. Sie hatte gewusst, dass es Wochen dauern konnte, bis sie etwas hörten, hatte aber gehofft, es würde eher Neuigkeiten geben. Sie hatte sich ausgerechnet, dass Neuigkeiten über Arabellas Aufenthaltsort sie binnen zwölf Tagen erreichen könnten. Wie sie auf diese Zahl gekommen war, war völlig unlogisch in Anbetracht der Tatsache, dass sie keine Ahnung hatte, wie viele Stämme in der Wüste lebten, und wie weit voneinander entfernt, aber ihr erschien es plausibel.

Als der zwölfte Tag verstrichen war, war Clarice wieder so verzweifelt wie zuvor.

Am dreizehnten Tag verschwand sie plötzlich.

Edward war außer sich, als er Clarice weder in ihrem Hotel noch in einem der Geschäfte in der Stadt finden konnte. Er ging aufs Polizeirevier. Sergeant Menner war besorgt, als er hörte, dass Clarice vermisst wurde, da er befürchtete, in ihrer Depression könnte sie sich womöglich das Leben nehmen, doch das sprach er nicht laut aus. Er konnte allerdings nicht wissen, dass Edward genau dieselbe Sorge plagte.

»Vielleicht reagiere ich ja panisch«, räumte Edward ein. »Es ist nur …«

»Ich weiß«, sagte der Sergeant. »Wenn Sie Ihre Frau innerhalb der nächsten Stunde nicht gefunden haben, kommen Sie bitte wieder.« Er betete, dass sie nicht in die Wüste aufgebrochen war.

Edward wusste nicht, wo er noch suchen sollte. Er war sicher, es überall versucht zu haben, dann aber kam ihm doch noch eine Idee. Er schlug den Weg zum Bahnhof ein, der kaum mehr als ein Bahnsteig mit einer unzulänglichen Überdachung war. Er seufzte erleichtert, als er Clarice auf dem Bahnsteig sitzen und in die Wüste starren sah. Er ging zu ihr und setzte sich neben sie. In der tiefen Stille war nur das Summen der Buschfliegen zu hören. Ein paar Minuten lang sagten beide kein Wort. Edward nahm die Hand seiner Frau und hielt sie ganz fest.

Clarice starrte weiter in die Ferne. Das Land war rötlich grün und mit grauen Mulgabüschen gesprenkelt. Hin und wieder unterbrachen ein paar Bäume die eintönige, schier endlose Landschaft. Am wolkenlosen blauen Himmel stand die Sonne – ein glühender Ball, der alles verbrannte.

Clarice dachte an Arabella. Seit Stunden saß sie nun schon an ein und derselben Stelle und ließ die Jahre, die sie mit ihrer Tochter verbracht hatte, langsam vor ihrem geistigen Auge vorbeiziehen, angefangen mit der Zeit, als sie noch ein Baby war. Schließlich gelangte sie zu dem schmerzlichen Augenblick, als sie Arabella zum letzten Mal gesehen hatte. Wenn Arabella sich an jenem Abend doch nur bereit erklärt hätte, sich zu ihnen in den Loungewaggon zu setzen! Wenn sie doch nur ein bisschen mehr Zeit mit ihr gehabt hätten! Clarice starrte in die flirrende Hitze, die über dem Sand der Wüste tanzte. Sie dachte an die zarte, lilienweiße Haut Arabellas, an ihre häufigen Kopfschmerzen und Magenverstimmungen. Sie versuchte sich vorzustellen, wie sie Buschessen verzehrte – Schlangen und Eidechsen – oder brackiges, übel riechendes Wasser trank. Nein, Arabella würde so etwas niemals über sich bringen.

Tränen traten Clarice in die Augen, und sie wandte sich Edward zu.

»Wir machen uns nur etwas vor, Edward«, sagte sie. »Arabella würde dort draußen keine fünf Minuten überleben.« Sie wandte sich ab und starrte wieder hinaus in die unwirtliche Landschaft.

Edward wollte widersprechen, wenn auch nur, um seiner Frau weiteren Schmerz zu ersparen, doch sie kam ihm zuvor.

»Nein, Edward, mach mir keine Versprechungen mehr. Ich kann nicht länger mit dieser trügerischen Hoffnung leben. Ich muss Arabella loslassen ... und du auch. Tun wir das nicht, verlieren wir den letzten Rest Verstand, der uns geblieben ist.«

»Wie sollen wir es denn schaffen, Arabella loszulassen, Clarice? Ohne einen Leichnam? Ohne endgültige Gewissheit, was ihr zugestoßen ist? Wie sollen wir sie da loslassen können?«

Clarice hielt eine Hand schützend über die Augen und blickte zum endlosen blauen Himmel hinauf. »Wenn wir glauben, dass sie irgendwo dort oben ist ... oder irgendwo da draußen«, sagte sie mit einer Handbewegung in Richtung Wüste, »dann können wir glauben, dass sie ihren Frieden gefunden hat.« Eine einzelne Träne kullerte über Clarice' Wange.

Edward reichte ihr sein Taschentuch, damit sie sich die Wangen abtupfen konnte, doch auch ihm wurden die Augen feucht. Es war einfach nicht gerecht, dass es keinen Leichnam gab, den sie beisetzen konnten, dass sie niemals ein Grab haben würden, das sie besuchen und an dem sie trauern konnten.

»Nicht zu wissen, was passiert ist, das ist das Schlimmste«, sagte er zu seiner Frau. »Wenn wir wüssten, was ihr zugestoßen ist oder ob sie gefunden wurde, könnten wir diese Angelegenheit endgültig abschließen. Wir könnten unseren Frieden finden und unser Leben weiterleben, so schwer es auch sein wird.«

Clarice begriff, dass ihre Depression eine zusätzliche Belastung für ihren Mann gewesen war und dass er in jeder Hinsicht ebenso litt wie sie. Sie erkannte, dass es egoistisch von ihr gewesen war, ihm keinen Trost zu bieten. Er hatte genauso seine Tochter verloren wie sie. Sie sah, dass er abgenommen hatte, in den letzten Wochen war er um Jahre gealtert. Sein Haar war grauer geworden, tiefe Furchen durchzogen sein Gesicht, die sie noch nie bei ihm gesehen hatte, doch es war die Traurigkeit in seinen Augen, die so niederschmetternd war.

»Es tut mir leid, dass ich nicht für dich da gewesen bin, Edward«, flüsterte sie, während die Tränen über ihr Gesicht liefen. »Ich war egoistisch.«

»Nein, Clarice, das warst du nicht. Du hast mich davor bewahrt, den Verstand zu verlieren.«

Clarice war verwirrt. Wie sollte sie das getan haben?

»Wärst du die Starke von uns beiden gewesen, hätte es mir die Möglichkeit verschafft, mich an einen dunklen Ort zurückzuziehen, von dem ich vielleicht niemals zurückgekehrt wäre.«

Clarice' Unterlippe bebte. »Ich kenne diesen Ort«, sagte sie. »Ich glaube, ich habe ihn gesehen.«

Edward nahm ihre andere Hand. »Ich weiß, du hast gesagt, keine Versprechen mehr, aber lass uns noch eines geben, uns gegenseitig«, sagte er.

Clarice nickte. »Lass uns stark füreinander sein, und für Arabella. Ich bin sicher, sie war tapfer …«

Clarice schloss für eine Sekunde die Augen. Sie vermuteten beide, dass das nicht stimmte. Arabella war unselbstständig und schwach gewesen. »Wir haben wundervolle Erinnerungen, nicht wahr, Edward?«, sagte sie.

»Ja, das haben wir«, sagte er und schloss seine Frau in die Arme. »Und wir haben einander.«

Die nächsten Tage schienen sich ewig hinzuziehen. Alle warteten darauf, dass die Aborigines von ihrem »Trauerlager« zurückkehrten. Eines Nachmittags kam ein Viehtreiber in die Stadt geritten. Er behauptete, aus Farina zu kommen, und sagte zu Jonathan, er sei auf der Suche nach Miss Fitzherbert, da er eine Nachricht für sie habe.

Nach einem rasch hinuntergestürzten Bier schickte Jonathan den Mann mit seiner Nachricht zum Heuschober hinter dem Hotel. Das Klavier war dort aufgestellt worden; Arabella bewahrte es unter einer Abdeckplane vor Schmutz. Trotzdem staubte sie es jeden Tag ab und sorgte dafür, dass es stets gestimmt war. Es war kein leichtes Unterfangen gewesen, das Klavier aus dem Hotel zu schaffen; Arabella hatte den Transport beaufsichtigt, um sicherzustellen, dass es nicht beschädigt wurde. Das Klavier hatte nicht durch die Tür gepasst, was alle vor ein Rätsel stellte, da es ja irgendwie ins Hotel gekommen sein musste. Schließlich schlug Jonathan als einzige Möglichkeit vor, ein großes Fenster in der Lounge zu entfernen. Das Klavier wurde vorsichtig durch die Öffnung gehoben.

»Guten Tag, Miss Fitzherbert«, sagte der Viehtreiber nun, als er Arabella im Heuschober antraf, wo sie am Klavier saß und übte. »Ich bin Mike Cole von Red Hill Station.«

»Red Hill Station«, sagte Arabella. »Das Zuhause der Quiggleys.«

»So ist es. Mrs Quiggley hat mich mit einer Nachricht zu Ihnen geschickt.«

»Oh«, sagte Arabella und nahm den Brief entgegen, den er ihr hinhielt. »Bleiben Sie über Nacht?«

»Ja, Miss, wenn es Ihnen recht ist …«

»Natürlich. Ich bin sicher, Sie haben Durst auf ein Bier«, sagte Arabella. Ihr war nur allzu bewusst, wie beschwerlich die Reise war, und heute war ein besonders heißer Tag.

»Ja, gern. Ich hab zwar eben schon eins auf die Schnelle getrunken, Miss, aber das ist mir nur so durch die Kehle gezischt. Normalerweise braucht man mehrere Bier, nur damit der Staub sich setzt.«

»Immer schön langsam«, sagte Arabella lächelnd. »Und vielen Dank hierfür«, fügte sie hinzu und hielt den Umschlag hoch. »Gehen Sie jetzt Ihr Bier trinken.«

Während der Viehtreiber in Richtung Bar verschwand, blickte Arabella auf den Umschlag, in dem ein Brief von Moira lag. Sie fragte sich unwillkürlich, ob er schlechte Neuigkeiten enthielt, was das geplante Stadtfest betraf. Rasch überflog sie das Schreiben und eilte dann zur Bar, um mit Jonathan zu sprechen.

»Jonathan«, rief sie aufgeregt. »Ich habe eben einen Brief von Moira bekommen.«

»Was steht drin?«, fragte er.

»Moira schreibt, dass alles gut läuft. Sie hat sechs Stände organisiert und versprochen, dass es reichlich frisches Brot, Saucen und Pickles zum Barbecue geben wird. Alles wird gespendet. Ist das nicht wundervoll?« Arabella und Jonathan hatten sich bereits Sorgen gemacht, wie sie das viele Brot backen sollten, das sie benötigen würden. Zum einen hatten sie kein Mehl – und selbst wenn sie welches gehabt hätten, hätten sie tagelang backen müssen – und zum anderen wäre das Brot in der Zwischenzeit verdorben.

»Das ist eine großartige Neuigkeit«, sagte Jonathan erfreut.

»Moira hat unten am Rand noch ein paar Zeilen von Dave Brewer dazugeschrieben. Er sagt, das Bier entwickelt sich gut. Er konnte nicht allzu viel brauen, da er nicht viel Wasser entbehren konnte, doch was er gebraut hat, scheint ein gutes Bier zu werden.«

Jonathan lächelte zufrieden. »Ich habe dir ja gleich gesagt, dass alles klappt.«

Am Abend bat Arabella Jonathan, einen Spaziergang mit ihr zu machen. Sie hielt es für an der Zeit, ihm zu sagen, was sie für ihn empfand, auch wenn sie wusste, dass sie damit ihre Freundschaft aufs Spiel setzte.

»Weißt du, Jonathan«, begann sie. »Als ich hierher nach Marree kam, wollte ich anfangs nur eines – so schnell wie möglich wieder von hier verschwinden.«

»Ich weiß«, sagte Jonathan. »Du hast mir oft genug gesagt, dass du diese Stadt nicht ausstehen kannst.«

Arabella lächelte. »Das hat sich geändert«, sagte sie. »*Ich* habe mich verändert.«

»Ja, das hast du«, pflichtete Jonathan ihr bei. »Aber ich habe schnell erkannt, dass du eine wundervolle Frau bist, auch wenn du anfangs eine ziemlich schwierige…« Er stockte und versuchte, seine Worte vorsichtig zu wählen.

»… verwöhnte, arrogante Zicke gewesen bist«, beendete Arabella lachend seinen Satz.

Jonathan errötete. »So hätte ich es nicht unbedingt ausgedrückt.«

»Ich weiß. Weil du zu nett bist. Aber ich *war* eine verwöhnte Göre, und dass ich mich geändert habe, verdanke ich hauptsächlich dir.«

»Mir?«, sagte Jonathan überrascht.

»Ja. Du hast mir für viele Dinge die Augen geöffnet. Du siehst die Welt so, wie auch ich sie gern sehen würde.« Arabella spürte, wie sie errötete. »Ich hab dich sehr lieb gewonnen.«

Jonathans Herz schlug schneller. »Und ich habe *dich* sehr lieb gewonnen. Ich werde dich vermissen, wenn du von hier fortgehst … mehr, als du ahnst.«

Arabella beschloss, ihr Glück zu versuchen. »Warum kommst du nicht mit mir und meinen Eltern nach England?«, fragte sie geradeheraus, sah dann aber, wie Jonathans Miene sich verdüsterte. Sie wusste, dass sie einen Fehler begangen hatte.

»Nein, Arabella. So gern ich mitkommen würde, ich kann es nicht. Mein Leben ist hier, im Outback. Dein Leben ist in England.«

Arabella ließ den Kopf sinken, damit er ihre Tränen nicht sah.

»Vielleicht, wenn wir uns an einem anderen Ort und zu einer anderen Zeit begegnet wären …«, sagte er.

»Aber das Schicksal hat uns hier und jetzt zusammengeführt«, sagte Arabella. »Und das *muss* etwas zu bedeuten haben. Ich glaube, es sollte mich verändern. Ich war noch nie verliebt, aber was ich für dich empfinde, kann nur Liebe sein, Jonathan. Ich hatte gehofft, du würdest dasselbe empfinden, aber ich habe mich wohl lächerlich gemacht.«

»Nein, Arabella, ganz und gar nicht. Ich liebe dich. Es wird mir das Herz brechen, wenn du gehst, aber ich kann nicht mit dir kommen. Ich könnte unmöglich in der Großstadt leben. Ich wäre unglücklich. Und wenn ich unglücklich bin, wie kann ich dich dann zu einer glücklichen Ehefrau machen? Ich hatte gehofft, wir könnten für immer zusammen sein. Aber dann müsstest du *meine* Lebensweise teilen, und das kann ich nicht von dir verlangen. Dieses Land ist zu unwirtlich für dich.«

Arabella hatte gelernt, ein Leben im Outback zu führen – hier in Marree, inmitten der Afghanen und Aborigines –, aber sie wusste, dass Jonathan Recht hatte. Auf Dauer würde sie so nicht leben können. Sie musste Jonathan vergessen, selbst wenn es ihr das Herz brach.

»Ich wollte, es könnte anders sein«, sagte sie leise.

»Das wünsche ich mir auch. Aber ich gehöre nun mal hierher. Mein Beruf bedeutet mir sehr viel. Er gibt meinem Leben einen Sinn. Ich möchte andere Menschen durch meine Fotos über die Aborigines und deren Schicksal aufklären. In einem Studio in der Großstadt zu sitzen und Porträts zu machen … das würde ich nicht lange aushalten.«

»Ich weiß, Jonathan. Ich würde dich auch niemals bitten, das aufzugeben, was du liebst.«

Ihre Worte rührten ihn. »Das ist einer der Gründe, weshalb ich dich liebe«, sagte er und zog sie in seine Arme.

»Aber wir können doch in Verbindung bleiben?«, flüsterte Arabella an seiner Schulter.

»Ja«, sagte er. »Das würde mir sehr viel bedeuten.«

Am nächsten Morgen ging Jonathan zu Wally, Les und Ted, die das Heu aus dem Heuschober in der Nähe des Generators aufgetürmt hatten.

»Ob das der beste Platz für das Heu ist?«, fragte Jonathan Wally. Es waren nicht mehr viele Ballen, doch Jonathan machte sich Sorgen wegen des Benzins, das aus dem Tank des Generators auf den Boden getropft war. Er hoffte, Wally und die anderen hatten das Heu nicht ausgerechnet an der Stelle gelagert, wo das Benzin entwichen war. Dann nämlich wäre es verseucht.

»Da mach dir mal keine Sorgen«, sagte Wally zuversichtlich. »Das Heu wird ja nicht lange hier liegen. Das Stadtfest ist schon in ein paar Tagen. Danach lagern wir die Ballen wieder in den Heuschober um.«

»Passt nur auf, dass hier keiner rauchend vorbeigeht«, sagte Jonathan.

»Na klar«, sagte Wally.

Jonathan schaute zum Himmel. »Wenn wir Glück haben, gibt's in den nächsten Tagen Regen«, sagte er. Es war bewölkt und schwül – ungewöhnlich für diese Gegend. In der Ferne waren dunkle Wolken zu sehen.

»Darauf würde ich nicht wetten«, sagte Wally. »Es gibt vielleicht ein Unwetter, aber weit weg von hier. Und du weißt ja, dass die Unwetter normalerweise kaum Regen mit sich bringen. Eines ist sicher: In Marree regnet es in fünf Jahren nicht zwei Mal.«

Clarice saß im Biergarten hinter dem Central Hotel in Alice Springs. Es war Vormittag, doch jetzt schon war es brütend heiß. Ein Teil des Gartens lag jedoch im Schatten, da er von einem Spalier überdeckt war, an dem sich Wein emporrankte. Der Rasen wurde von Beeten umschlossen, in denen Pflanzen wuchsen, von denen Clarice einige noch nie gesehen hatte.

Der Biergarten war tagsüber kaum besucht. Da Clarice und Edward gezwungen waren, in der Stadt zu bleiben, bis der Zug wieder fuhr, war er ein Ort, an dem Clarice Ruhe fand, eine Zuflucht, wo sie mit ihren Gedanken und Schmerzen allein sein konnte. Hier konnte sie ihren Tränen freien Lauf lassen, ohne gesehen zu werden.

Clarice' Appetit hatte sich ein wenig gebessert; sie hatte wieder zugenommen, nachdem sie zuvor schrecklich abgemagert war, aber nichts schmeckte mehr so wie früher.

An diesem Tag, drei Tage vor Heiligabend, wurde Clarice' Ruhe von zwei Frauen mit drei kleinen Kindern gestört. Sie bestellten Limonade, und die Kinder rannten auf den Rasen und beschäftigten sich mit Spielzeug, das ihre Mütter ihnen soeben in einem Laden des Roten Kreuzes gekauft hatten, einem von vielen Läden dieser Art, die in der Zeit der wirtschaftlichen Depression entstanden waren, um den Ärmsten der Armen zu helfen. Das Spielzeug war gebraucht, aber die Kinder störte das nicht. Clarice versuchte, den Frauen keine große Beachtung zu schenken, obwohl sie so nahe saßen, dass sie ihre Unterhaltung mit anhören konnte. Kurz spielte sie mit dem Gedanken, den Biergarten zu verlassen, sagte sich dann aber, dass die ausgelassenen Kinder, die sie schmerzlich an Arabella erinnerten, sicher bald ruhiger würden. Außerdem wusste Clarice nicht, wohin sie sonst hätte gehen können, abgesehen von ihrem Zimmer, auf dem sie bereits allzu viele quälende Stunden verbracht hatte.

Die beiden Frauen plauderten angeregt miteinander. Eine erzählte, sie sei aus Eastern Ridge gekommen – offenbar ein abgeschiedener Ort in der Wüste – und dass sie auf ihrer Farm mit der anhaltenden Dürre zu kämpfen hätten. Die Frauen sprachen über die Härten und Entbehrungen, die es durchzustehen galt, wenn man so einsam lebte, und wie aufregend es sei, in die Stadt zu reisen.

Clarice konnte nicht verstehen, wie man von Alice Springs begeistert sein konnte. Die Stadt war von kahlen Bergketten und ausgedörrter Wüste umgeben, und der Todd River war kein Fluss, wie der Name vermuten ließ, sondern ein Trockengebiet. Die Hitze in Alice Springs war drückend, und das geschäftliche, gesellschaftliche und kulturelle Leben war geradezu lächerlich im Vergleich zu dem in London. Clarice konnte sich unmöglich vorstellen, in einer Stadt wie dieser zu leben – von einer der Kleinstädte in der Wüste ganz zu schweigen.

Die Frauen erzählten, ihre Lebensmittelvorräte seien von Insekten befallen und die Regentanks so leer, dass sie gezwungen waren, Wasser aus Bohrlöchern zu trinken, das grauenhaft schmeckte. Ihr Leben war offenbar ein Albtraum, und Clarice fragte sich, was für ein Mann seiner Frau so etwas zumutete – und welche Frau bei einem solchen Mann blieb und ein solch trostloses, entbehrungsreiches Leben auf sich nahm.

Sie warf einen verstohlenen Blick auf die beiden Frauen. Sie trugen helle Sommerkleider, die zwar nicht neu, aber sauber waren, im Schatten des Biergartens hatten sie ihre großen Hüte abgenommen. Ihre Kinder – zwei Mädchen unter fünf und ein Junge, der vielleicht zwei Jahre alt war – waren ebenfalls gut gekleidet, ihre Haut besaß einen gesunden, bronzefarbenen Ton. Die Ehemänner der beiden Frauen saßen vermutlich in der Hotelbar.

Clarice gab sich wieder ihren Tagträumen hin und dachte an glückliche Tage in England zurück, als Arabella so jung war wie die kleinen Mädchen in ihrer Nähe. Es waren sorglose Tage gewesen, aber das Leben würde nie wieder so sein. Wie so oft, wenn Clarice an die glücklichen Zeiten zurückdachte, als sie noch eine Familie gewesen waren, traten ihr Tränen in die Augen. In letzter Zeit hatte sie versucht, ihren Schmerz vor Edward zu verbergen und für ihn stark zu sein, doch wenn sie allein war, konnte sie die Tränen nicht zurückhalten.

Als eine der Frauen den Afghan-Express erwähnte, erwachte Clarice' Aufmerksamkeit wieder. Sie seufzte innerlich auf, als die Frau sagte, der Zug würde in zwei Tagen wieder verkehren. Wie oft schon hatte Edward ihr genau dasselbe gesagt, und jedes Mal hatte es die eine oder andere Verzögerung gegeben.

»Wir werden an Heiligabend nach Marree fahren«, fuhr die Frau fort. »Wir haben über den Buschfunk davon gehört. In der Stadt wird ein Konzert gegeben.«

Der Buschfunk, dachte Clarice verbittert. Eine ihrer Hoffnungen, etwas von Arabella zu hören, war der Buschfunk gewesen, der im Outback angeblich sehr gut funktionierte. Doch sie hatte bald erfahren müssen, dass nur Krankenhäuser und sehr wohlhabende Farmen sich ein Funkgerät leisten konnten. In der Nähe von Marree besaß niemand eins.

»Wirklich?«, fragte die andere Frau, die sehr dunkles Haar hatte. »Ein Konzert, sagst du? Vielleicht sollten wir auch hinfahren. Werdet ihr den Zug nehmen?«

»Ja, wir haben schon gebucht. Die Pianistin, die in Marree auftritt, soll wundervoll spielen, und wann bekommt man hier so etwas schon geboten?«

Clarice verspürte augenblicklich einen Stich in ihrem Herzen. Ihre Gedanken kehrten zu Arabella zurück und daran, wie wundervoll sie Klavier gespielt hatte. Arabella war brillant gewesen – viel besser, als sie selbst geglaubt hatte. Doch sie hatte nie das nötige Selbstvertrauen besessen. Das war einer der Gründe gewesen, weshalb sie und Edward diese verhängnisvolle Reise mit ihr unternommen hatten. Clarice und Edward waren sich sicher gewesen, es würde Arabellas Selbstvertrauen stärken, neuen Menschen zu begegnen und neue Orte zu sehen. Und nun hatte diese Reise ihr wahrscheinlich den Tod gebracht …

»Wer ist denn diese Pianistin?«, fragte die dunkelhaarige Frau.

»Ihren Namen weiß ich nicht, aber offenbar ist sie sehr hübsch, sehr jung und hochbegabt. Im Buschfunk wird ständig über sie geredet. Ich habe gehört, dass sie bereits vor Schafscherern und vor Gästen des Great Northern Hotels in Marree gespielt hat und dass alle sehr beeindruckt waren.«

Clarice hielt den Atem an, während sie gebannt zuhörte.

»Woher kommt sie denn?«

»Ich weiß nicht, aber sie ist noch nicht lange in Marree, und niemand scheint zu wissen, was sie dort tut«, antwortete ihre Gesprächspartnerin.

Clarice' Herz schlug plötzlich heftig. Eine Million Fragen schossen ihr durch den Kopf. Die Frauen sprachen doch nicht etwa von *ihrer* Arabella? Clarice' Hände zitterten, sie bekam kaum noch Luft.

Dann aber rief sie sich zur Ordnung. Sie durfte ihre Hoffnungen nicht zu hoch hängen – umso bitterer würde dann die Enttäuschung sein. Diese Pianistin *konnte* nicht Arabella sein. Das war unmöglich. Selbst wenn sie wie durch ein Wunder noch lebte, würde sie kaum in einem gottverlassenen Nest im Outback Klavier spielen, sondern alles versuchen, um nach Alice Springs zu kommen und ihre Eltern wissen zu lassen, dass sie am Leben war.

Aber die Frau hatte gesagt, die Pianistin sei sehr hübsch und sehr jung und hochbegabt, und genau das traf auf Arabella zu …

»Ich werde Milton fragen, ob wir auch zu dem Konzert fahren können«, sagte die dunkelhaarige Frau. »Würdest du für ein paar Minuten auf Eddie aufpassen?«

»Ja, geh nur.«

Die dunkelhaarige Frau erhob sich und ging ins Hotel. Clarice fasste sich ein Herz und blickte die andere Frau an. »Entschuldigen Sie«, sagte sie. »Ich habe eben gehört, wie Sie ein Konzert in Marree erwähnten …«

»O ja«, sagte die Frau, die ein grünes Kleid trug, freundlich. »Das ist sehr aufregend. In dieser Gegend hier bekommen wir so etwas nicht oft geboten.«

Clarice versagte fast die Stimme. »Ist … ist die Pianistin aus der Großstadt?«

»Ehrlich gesagt, ich weiß es nicht. Wir haben über den Buschfunk von ihr erfahren, und manchmal gibt es da atmosphärische Störungen, sodass man kaum etwas versteht.«

»Könnte es sein, dass sie erst um die zwanzig ist?«

»Sie soll sehr jung sein, das wäre schon möglich.«

»Ist ihr Name zufällig … Arabella Fitzherbert?«

»Das kann ich Ihnen wirklich nicht sagen.«

Clarice seufzte enttäuscht.

»Ich weiß nur«, fuhr die Frau fort, »dass das Konzert an Heiligabend in Marree stattfindet. Man hat uns versichert, dass der Zug uns hinbringt …« Dann wurde die Frau von den Kindern abgelenkt, die sich um eines der Spielzeuge zankten.

Clarice stand auf und eilte ins Hotel, um möglichst rasch mit Edward zu reden. Sie ging in ihr Zimmer, musste zu ihrer Enttäuschung jedoch feststellen, dass Edward nicht da war. Clarice wusste nicht, wo sie nach ihm suchen sollte; deshalb setzte sie sich und dachte über das nach, was sie soeben gehört hatte. War es wirklich so unvorstellbar, dass die junge Pianistin Arabella war …? Clarice schwankte zwischen Aufregung und tiefster Verzweiflung.

Endlich ging die Tür auf, und Edward kam ins Zimmer. »Ich bin eben am Bahnhof gewesen«, sagte er. »Der Zug fährt bald wieder, meine Liebe!« Er rechnete mit einer gleichgültigen Antwort Clarice' oder mit einer sarkastischen Bemerkung, was er ihr nicht verdenken konnte: In den letzten Wochen hatte er ihr schon viele Male genau dieselbe Neuigkeit überbracht.

»Ich weiß«, sagte Clarice mit einer Stimme, die kaum mehr als ein Flüstern war.

Edward war einen Augenblick lang verdutzt. Mit dieser Antwort hatte er nicht gerechnet. »Du weißt es? Woher denn?«

»Ich habe eben im Garten mit einer Frau gesprochen, die es mir erzählt hat. Sie hat mit ihrer Familie den Zug gebucht … in zwei Tagen …«

Edward sah, wie schrecklich durcheinander seine Frau war. »Du glaubst, der Zug wird in zwei Tagen wieder verkehren?«

»Das weiß ich nicht, Edward. Aber ich habe etwas anderes gehört, das tausendmal wichtiger für uns sein könnte«, sagte Clarice. »Ich weiß nur nicht, was ich davon halten soll …«

Edward war verwirrt. »Was hast du denn gehört?«

»An Heiligabend wird in der Stadt Marree ein Konzert gegeben.«

»Ein Konzert?« Edward begriff nicht, was daran so sensationell war.

»Ja. Eine junge Frau, eine Pianistin, wird dort auftreten.«

»Ich verstehe«, sagte Edward, obwohl er noch immer nicht begreifen konnte, weshalb Clarice von dieser Neuigkeit dermaßen aufgewühlt war. Er sah jedoch einen so hellen Hoffnungsfunken in ihren Augen, wie er ihn seit Arabellas Verschwinden nicht mehr gesehen hatte.

»Edward, niemand hat eine Pianistin erwähnt, als wir vor Wochen durch Marree gekommen sind!«

Mit einem Mal erkannte er, worauf seine Frau hinauswollte. »Du glaubst doch nicht etwa …« Er verstummte.

»Ich weiß nicht, was ich glauben soll. Könnte es sein, dass dieses Mädchen unsere Bella ist?« Tränen traten Clarice in die Augen.

»Arabella war eine vollendete Pianistin«, sagte Edward, der vor Aufregung alle Farbe verloren hatte. Der Gedanke, dass dieses Mädchen ihre Tochter sein könnte, ängstigte ihn beinahe, denn er würde keine weiteren Enttäuschungen mehr verkraften – und Clarice ebenso wenig.

Edward setzte sich aufs Bett. »Clarice, dieses Mädchen kann nicht Arabella sein. Bella ist in der Wüste verschollen. Wie könnte sie da in einer Stadt sein, die hunderte von Meilen von hier entfernt ist?«

»Das habe ich mich auch gefragt. Aber die Frau hat gesagt, dass niemand weiß, woher dieses Mädchen gekommen ist oder was sie in Marree zu suchen hat.«

»Wo ist diese Frau? Vielleicht können wir von ihr den Namen des Mädchens erfahren.«

»Die Frau weiß den Namen nicht. Sie lebt draußen auf einer Farm, mitten im Nirgendwo. Sie hat über den Buschfunk von dem Konzert gehört, hat aber nicht alle Einzelheiten mitbekommen. Wir müssen mit diesem Zug fahren, Edward! Dann können wir in Marree aussteigen und uns selbst davon überzeugen, wer dieses Mädchen ist!«

26

Arabella war in tiefen Schlaf gefallen und hatte von Jonathan geträumt, als sie von Wassertropfen geweckt wurde, die ihr ins Gesicht fielen. Noch halb im Schlaf hörte sie Jonathans Stimme und ein lautes Klopfen an der Tür. Als sie sich aufsetzte, sah sie, dass es draußen noch stockdunkel war. Wieder fiel ihr ein Wassertropfen ins Gesicht, und sie erkannte, dass sie nicht geträumt hatte. Es regnete tatsächlich. Jetzt hörte sie auch das Prasseln des Regens auf dem Dach.

»Ja«, rief sie, als das hartnäckige Klopfen an ihrer Tür nicht verstummte.

»Ich bin's, Jonathan.«

»Komm rein«, rief Arabella, während sie sich die Decke bis zum Kinn hochzog und von den Tropfen abrückte, die von der Decke fielen. Sie hatte es nicht mehr für nötig gehalten, ihre Tür abzuschließen, seit Wally wieder in Frankie Millers Haus wohnte.

»Ich habe dir einen Eimer gebracht«, sagte Jonathan und steckte den Kopf durch die Tür. »Es regnet in Strömen.« Als er die Tür ein Stück weiter öffnete und ihr den Eimer reichte, fiel Licht vom Flur ins Zimmer.

»Ja, ich bin eben von Wasser aufgewacht, das mir ins Gesicht getropft ist, und dann habe ich den Regen auf dem Dach gehört. Ich dachte, ich träume.« Arabella blinzelte.

»Es ist eher ein Albtraum«, sagte Jonathan. »Les, Ted und Wally sind herübergekommen, als sie Licht gesehen haben. Sie können auch nicht fassen, dass es schon wieder regnet. Der Zeitpunkt hätte schlimmer nicht sein können. Aber wenn wir Glück haben, ist es nur ein Regenguss.«

»Ich sollte aufstehen und ein paar Töpfe und Pfannen in Maggies und Tonys Zimmer bringen«, sagte Arabella. »Die undichten Stellen in der Decke …«

»Das habe ich schon erledigt«, unterbrach Jonathan sie. »Leider sind es mehr undichte Stellen als letztes Mal, und wir haben nicht genügend Eimer und dergleichen, um das Wasser aufzufangen. Ich hätte das Dach nach dem letzten Regen reparieren sollen.«

»Das konntest du nicht wissen, Jonathan. Nachdem uns jeder hier erzählt hat, dass es nur alle fünf Jahre regnet, wäre niemand auf den Gedanken gekommen, das Dach zu reparieren. Ich stehe jetzt auf und helfe dir.«

»Lass nur. Es ist noch nicht einmal fünf Uhr, und für dich gibt's kaum etwas zu tun«, sagte Jonathan.

»Ich kann sowieso nicht mehr schlafen«, erwiderte Arabella. Das Wasser tropfte laut in den Blecheimer, den sie auf ihr Bett gestellt hatte. Dasselbe Geräusch erklang aus Jonathans Zimmer auf der anderen Seite des Flurs.

»Oh, fast hätte ich's vergessen. Ted sagte, dass die Aborigines gestern Nacht zurückgekommen sind«, berichtete Jonathan.

»Gott sei Dank!« Arabella hatte sich schon Sorgen gemacht. »Ist alles in Ordnung mit ihnen?«

»Ted sagt, es geht ihnen gut.«

»Ich würde Rita gern sehen. Ich hoffe, sie will immer noch mit mir zusammen bei dem Konzert spielen.«

»Da bin ich mir sicher.« Wenn der Regen nicht aufhörte, würde es allerdings kein Konzert geben, aber das sagte Jonathan nicht.

Er ging nach unten, während Arabella sich anzog. Als auch sie die Treppe hinunterstieg, hörte sie Stimmen. Ted, Les und

Wally waren in der Küche und sprachen über das Futter, das im Heuschober untergebracht war.

»Es ist sowieso schon vom Regen durchnässt, also hat es keinen Sinn, es jetzt noch woandershin zu schaffen«, sagte Ted.

Arabella fiel das Klavier ein. »Das Klavier wird doch trocken bleiben?«, fragte sie ängstlich.

»Ja, es steht an der Rückwand des Heuschobers, wo keine undichten Stellen sind«, sagte Jonathan.

»Ich frage mich, ob es auch in Farina regnet.« Arabella dachte an die Quiggleys. »Moira und ihre Familie wollten heute Morgen aufbrechen, und auch das Bier müsste schon unterwegs sein.«

»Vermutlich regnet es in Farina ebenfalls«, sagte Ted. »Die Kamele mit dem Bier werden es wohl bis hierher schaffen, aber ich habe meine Zweifel, dass es mit einem Pferdewagen möglich ist. Nur wenn der Regen bald aufhört, kann man es schaffen.«

»Die Quiggleys könnten aber auch stecken bleiben«, warf Wally ein. »Ich kann mich erinnern, wie ich einmal mit einer Viehherde unterwegs war, als es so geregnet hat wie jetzt. Wir sind fast eine Woche lang buchstäblich im Sumpf stecken geblieben. Das Vieh ist immer wieder eingesunken, und wir mussten es aus dem Schlamm graben. Ein paar Tiere waren so geschwächt, dass wir sie erschießen mussten.«

Arabellas Mut sank. »Ich hoffe, Moira und ihre Familie schaffen es bis hierher«, sagte sie und zuckte zusammen, als ein Donnerschlag genau über ihren Köpfen krachte. Hinter dem Vorhang am Fenster erhellte ein Blitz den Himmel und riss die schlammige Straße vor dem Hotel für einen Sekundenbruchteil aus der Dunkelheit. »Ich weiß nicht, was ich tun soll, wenn Moira nicht kommt.« Arabella schauderte bei dem Gedanken, wie die Leute zum groß angekündigten Stadtfest kamen und keine Stände, kein Essen und kaum Bier vorfanden. Sie, Arabella, würde wie eine Närrin dastehen. Und was noch viel schlimmer war: Sie würde Maggie und Tony enttäuschen.

Bis zum Mittag hatten die Straßen Marrees sich in Furchen aus rotem Schlamm verwandelt, und es sah nicht danach aus, als würde der Regen nachlassen. Mit jeder Stunde, die verstrich, wuchs Arabellas Verzweiflung. Sie dachte immer wieder an Moira und ihre Familie, die versuchten, mit einem Wagen durch den strömenden Regen und den tiefen Schlamm zu reisen. Die Reise war schon bei Hitze schlimm genug; Arabella wollte gar nicht erst daran denken, wie es bei diesen Verhältnissen sein mochte. Sie schauderte, als sie sich vorstellte, dass Moira und die anderen unterwegs stecken blieben, ohne sich vorwärts oder rückwärts bewegen zu können.

»Jetzt gibt es nicht mehr viel Hoffnung, dass wir hier ein Stadtfest veranstalten können«, sagte Jonathan mit tonloser Stimme, während er durchs Küchenfenster hinaus in den Regen starrte.

Arabella blickte ihn traurig an. Es war das erste Mal, dass Jonathans Stimme entmutigt klang. Sie hatte sich bisher immer darauf verlassen können, dass er sie aufmunterte, aber diesmal würde das wohl nicht geschehen.

»Wir haben unser Bestes getan, Arabella«, sagte Jonathan. »Aber auf das Wetter haben wir keinen Einfluss.«

Arabella nickte betrübt. Sie wandte sich wieder zum Fenster um. Sie konnte sich nicht erinnern, je eine solche Sintflut erlebt zu haben. Es schüttete wie aus Eimern. Blitze zuckten über den Himmel. Donner grollte.

Wenigstens, dachte Arabella voller Ironie, brauchten die Bürger von Marree sich vorerst keine Sorgen mehr um die Wasservorräte zu machen. Wenn sie daran dachte, wie sorgfältig sie sonst mit jedem Tropfen umgehen mussten! Und nun liefen die Regentanks über.

Mehrmals war Arabella hinüber in den Heuschober gehuscht, um sich davon zu überzeugen, dass mit dem Klavier alles in Ordnung war. Der Boden im Heuschober, der auf zwei Seiten offen war, war schlammig, überall standen Pfützen, doch nur die Beine des Klaviers waren nass geworden.

Jedes Mal, wenn Arabella zum Schuppen gegangen war, hatte sie nach den Aborigine-Kindern Ausschau gehalten, hatte sie aber nirgends entdecken können. Als es das letzte Mal geregnet hatte, hatten die Kinder draußen gespielt, aber diesmal, bei diesem Unwetter, hatten die Frauen sie wahrscheinlich in die Hütten geholt.

Auf einem der letzten Gänge zum Heuschober hatte Arabella zu ihrem Erstaunen gesehen, wie Uri aus dem Regen auf sie zugelaufen kam. »Wo kommst du denn her?«, hatte sie gerufen. Das Kameljunge war pitschnass gewesen und hatte völlig verängstigt gewirkt. Arabella hatte versucht, Uri zu beruhigen, indem sie seine Nase rieb und beruhigend auf ihn einredete. »Kein Wunder, dass dieses Wetter dir Angst einjagt«, hatte sie gesagt. »Du willst zu deiner Mutter, stimmt's?«

Das Kameljunge hatte sich an sie gedrückt.

»Ich finde, du solltest bei Bess sein«, hatte Arabella gesagt. Sie hatte sich vergewissert, dass Paddy nicht auf der Suche nach Uri war, und ihn dann zu den Ställen geführt.

Arabella hatte beschlossen, Jonathan und den anderen nichts davon zu sagen. Wer konnte schon wissen, ob Paddy dann nicht auch davon erfuhr? Er würde sofort kommen und das Kameljunge holen. Arabella hatte die Stalltür geschlossen und sich in Schweigen gehüllt.

»Wo mögen Rita, Lily und Missy mit ihren Kindern sein?«, fragte sie nun.

»Keine Ahnung«, sagte Jonathan, der noch immer aus dem Fenster blickte, »aber ich bezweifle, dass ihre Hütten ihnen viel Schutz bieten.«

»Genau das habe ich auch gerade gedacht. Ich mache mir große Sorgen um sie. Ich werde mal nachsehen, ob mit ihnen alles in Ordnung ist«, sagte Arabella.

»Bei diesem Wetter kannst du nicht raus, Arabella. Es ist zu gefährlich.«

»Ich kann nicht untätig hier drinnen herumsitzen, wo es hübsch trocken ist, und mich fragen, was mit den Frauen und Kindern ist.«

»Ich werde Ted mal fragen. Vielleicht weiß er, wo sie sein könnten«, sagte Jonathan.

Während er zur Bar ging, suchte Arabella in dem Wandschrank im Flur nach Maggies Regenmantel und streifte ihn rasch über. Sie wusste, dass Jonathan sie nicht fortlassen würde, deshalb nutzte sie die Gelegenheit, sich heimlich auf die Suche nach Rita und den anderen zu machen.

Arabella war noch nicht weit gegangen, als sie sich bereits wünschte, sie hätte das Haus nicht verlassen. Sie sank bis zu den Knöcheln in den Schlamm ein; Blitze zuckten über den Himmel, der Regen prasselte so heftig herunter, dass sie kaum einen Meter weit sehen konnte. Es schien eine Ewigkeit zu dauern, bis sie ins Aborigine-Viertel gelangte. Der Donner grollte unheilverkündend, und ihr Herz pochte heftig.

Als Arabella endlich die Hütten erreichte, vor denen die Frauen üblicherweise ihr Lager aufschlugen, war alles leer und verlassen. Sie rief nach Rita, Lily und Missy, doch es kam keine Antwort. Jimmys und Rubys Hütte war unter dem Gewicht der Regenmassen fast eingestürzt, und auch von Ruby war keine Spur zu sehen. Arabella wusste nicht, wo sie sonst noch suchen sollte, und machte sich besorgt auf den Rückweg.

Auf einmal schlug ein Blitz in unmittelbarer Nähe ein. Es riss sie beinahe von den Beinen. Entsetzt schrie sie auf und versuchte, sich unter einen Baum zu flüchten, blieb aber mit dem Fuß an einer Wurzel hängen. Sie fiel der Länge nach hin und stürzte mit dem Gesicht in den Schlamm. Bevor sie sich aufrappeln konnte, kam der ohrenbetäubende Donnerschlag. Das Grau des Tages verwandelte sich in ein knisterndes, elektrisierendes Rosa. Arabella kam es vor, als würde sich jedes Haar an ihrem Körper aufstellen, als ein weiterer gezackter Blitz vom Himmel schoss und zwanzig Meter vor ihr in einen Baum einschlug. Sie versuchte, nach Jonathan zu rufen, hatte aber das Gefühl, als würde eine Riesenfaust ihr die Luft abdrücken. Arabella brachte keinen Laut hervor. Plötzlich war die Luft um sie herum von lautem Knistern und Knacken erfüllt. Arabella presste sich die Hände auf die Ohren. Sie sah, wie der Baum mit ohrenbetäubendem Krachen explodierte und der Stumpf Feuer fing. Äste und Zweige flogen durch die Luft. Die Umgebung war einen Augenblick lang in grelles, flackerndes Licht gehüllt.

Dann schrie jemand: »Arabella!«

»Ich bin hier«, rief sie matt. Sie war so benommen, dass sie nicht wusste, was geschehen war. Sie war fast taub, ihre Finger und Zehen kribbelten, und sie konnte sich kaum noch auf den Beinen halten.

»Arabella, ist alles in Ordnung?« Jonathan tauchte in Tonys Ölmantel vor ihr auf und nahm sie in die Arme. »Ist dir was passiert?«, fragte er voller Angst.

»Nein … ich bin nur gestolpert.«

»Gott sei Dank«, flüsterte er und zog sie an sich.

»Ich wollte zu dem Baum dort laufen.« Arabella blickte zu dem Baumstumpf hinüber, von dem nun nur noch Rauch aufstieg, da die Regenmassen die Flammen sofort gelöscht hatten. Hätte sie unter diesem Baum gestanden, wäre sie jetzt tot. Ihre Beine gaben nach, und sie sank kraftlos zusammen.

Jonathan nahm sie auf die Arme und trug sie zurück zum Hotel. In der Küche setzte er sie auf einen Stuhl und zog ihr den nassen Mantel aus. Er reichte ihr ein Handtuch, damit sie sich das Haar trocknen konnte, und machte ihr eine Tasse Tee.

»Warum bist du ohne mich weggegangen, Arabella?«, fragte er vorwurfsvoll. »Ich hatte dir doch gesagt, es ist zu gefährlich.«

»Ja, ich hätte auf dich warten sollen, aber ich dachte, du würdest mich nicht gehen lassen«, sagte sie. »Es tut mir leid.«

»Du bist in Sicherheit, alles andere zählt nicht.« Es konnte nicht in Worte fassen, wie erleichtert er war.

»Ich konnte die Aborigines nicht finden, Jonathan. Ich weiß nicht, wo sie sind.«

Ted kam in die Küche. »Aber ich«, sagte er.

Arabella blickte ihn gespannt an. »Und wo?«

»Sie haben im alten Haus der Farnsworths Unterschlupf gefunden.«

»Wo ist das?«, fragte Arabella. Sie hatte noch nie davon gehört.

»Es ist ein verlassenes altes Gebäude ungefähr eine halbe Meile hinter Frankie Millers Haus«, sagte Ted. »Bill Farnsworth hat früher mit seiner Aborigine-Frau dort gelebt, aber sie haben die Stadt vor ein paar Jahren verlassen. Wenn es mal richtig kalt oder nass wird, finden die Aborigines dort Unterschlupf.«

Arabella war erleichtert. »Wenigstens sind sie in Sicherheit und haben es trocken«, sagte sie.

»Trocken? Wohl kaum«, sagte Ted. »Das Dach in dem alten Haus hat noch mehr Löcher als dieses hier.«

»Vielleicht sollten wir sie zu uns holen«, sagte Arabella.

»Solange sie in einem Haus sind, kann ihnen nichts geschehen«, sagte Jonathan. »Du gehst bei diesem Wetter nicht noch einmal raus.« Er wollte nicht gebieterisch klingen, konnte es aber nicht zulassen, dass sie noch einmal ihr Leben aufs Spiel setzte.

Arabella versuchte gar nicht erst, ihm zu widersprechen.

In diesem Moment kam Stuart herein und sah erschrocken, in welchem Zustand Arabella sich befand. »Du lieber Himmel, was ist passiert? Wo bist du gewesen?«

»Ich wollte sehen, wo die Aborigines sind.«

»Bei diesem Unwetter? Du hättest ums Leben kommen können.«

»Genau das wäre um ein Haar geschehen«, sagte Jonathan, der

es noch immer nicht fassen konnte, wie knapp sie dem Tod entkommen war.

Es regnete noch immer, als die Nacht hereinbrach. Arabella und Jonathan saßen mit Les, Ted, Stuart und Wally in der Bar. Sie hatten längst die Hoffnung aufgegeben, das Stadtfest veranstalten zu können. Bei dem strömenden Regen und dem Schlamm war niemand in der Lage, nach Marree zu kommen, und nach Feiern stand sicher auch keinem der Sinn.

Noch nie war Arabella so bedrückt gewesen. Ständig musste sie an Tony und Maggie denken und daran, wie bestürzt die beiden sein würden, wenn jemand von der Bank kam, um das Hotel zu übernehmen. Hinzu kam die Sorge, der Schock könne zu viel für Maggies krankes Herz sein.

»Warum muss es ausgerechnet jetzt wie aus Kübeln gießen?«, sagte Arabella wütend und verzweifelt. »Ich bin seit Wochen in Marree, und abgesehen von dem kurzen Schauer hat es nicht einmal nach Regen ausgesehen!«

Darauf wusste niemand etwas zu erwidern. Sie alle waren betrübt, da ihr Leben sich für immer verändern würde, wenn es das Hotel nicht mehr gab.

Ein Geräusch in der Küche ließ alle zusammenzucken.

»Da ist jemand«, raunte Arabella. Sie nahm an, dass es Rita, Lily oder Missy war.

»Ich sehe nach«, sagte Ted. Er saß an dem Ende der Bar, das der Tür zum Flur am nächsten war. Als er zur Küche ging, hörten sie Stimmen.

»Maggie!«, rief Ted einen Augenblick später. »Tony! Was macht ihr denn hier?«

»Wir wohnen hier«, sagte Maggie lachend. »Und was machst du hier?«

Jonathan, Arabella, Les, Stuart und Wally stürzten in die Küche, wo sie auf Maggie und Tony stießen, die triefend nass dastanden, erschöpft und müde – doch überglücklich, wieder zu Hause zu sein.

»Diese Reise war das Schlimmste, das wir je durchgemacht haben«, sagte Maggie, nachdem die stürmische Begrüßung vorüber war. »Ich dachte schon, wir schaffen es nicht.«

Eine halbe Stunde später hatten Maggie und Tony sich trockene Sachen angezogen, und Arabella hatte den Küchenboden gewischt. Jonathan und Les hatten sich um die Pferde gekümmert, sie in einen trockenen Stall gebracht und ihnen von dem wenigen noch verbliebenen Heu gegeben.

»Seid ihr allein gereist?«, fragte Jonathan, während er Maggie und Tony zwei dampfende Becher mit heißem Tee reichte.

»Ja. Wir wollten über Weihnachten niemandem zur Last fallen«, sagte Maggie, »deshalb haben wir uns zwei Pferde gesattelt und uns auf den Weg gemacht. Wir werden sie später zurückgeben.« In Gedanken hörte sie immer noch ihre Schwester Peg, die ihr tatsächlich Vorhaltungen machte, weil sie nach Marree zurückwollten.

»Warum seid ihr schon zurückgekommen?«, wollte Arabella wissen. Sie fragte sich, ob Tony den Verdacht hatte, dass in Kürze jemand von der Bank kommen würde. »Wir haben so bald nicht mit euch gerechnet, nachdem wir gehört haben, dass Tony sich ein paar Rippen gebrochen hat.«

»Ich wollte über Weihnachten zu Hause sein«, sagte Maggie mit einem Blick auf ihren Mann. »Es war sehr schön, ein bisschen Zeit bei meiner Schwester und ihrer Familie zu verbringen, aber…« Sie hielt einen Augenblick inne und sah auf die Gesichter um sie her. »Ich denke, ihr gehört auch zur Familie, und ich wollte über Weihnachten hier sein, in meinem eigenen Zuhause.«

Ihre Worte lösten noch mehr Traurigkeit bei den Anwesenden aus. Arabella fiel auf, dass Tony den Kopf hängen ließ.

»Sieh dir bloß diese trübsinnigen Gesichter an! Und dafür

kommt man von so weit her nach Hause«, sagte Maggie, von einem zum anderen blickend. »Macht euch keine Sorgen wegen eines undichten Daches. Dieser alte Laden hier hat schon Schlimmeres überstanden, und er wird in hundert Jahren immer noch stehen.«

Arabella sah Tony an. Sie konnte an seiner Miene ablesen, dass er Maggie gegenüber kein Wort davon erwähnt hatte, dass die Bank ihre Kreditforderung geltend machen würde.

»Wir haben gehört, an Heiligabend soll es ein Fest in der Stadt geben. Ich denke, es ist dir recht, wenn wir uns duzen, Arabella. Wir sollten in Anbetracht der Situation alle Förmlichkeiten weglassen«, sagte Maggie. »Stimmt das, Arabella? Wolltest du ein Konzert geben?«

»Ja«, sagte Arabella. Es gab jetzt keinen Grund mehr, die Wahrheit zu verbergen. »Aber bei diesem Wetter wird wohl niemand kommen.«

»Das also ist der Grund, weshalb ihr alle so bedrückt ausseht. Keine Sorge, ihr könnt bekannt geben lassen, dass euer Fest auf Silvester verschoben wird. Dann kann der Boden eine Woche lang trocknen.«

Das würde zu spät sein, dachte Arabella bitter.

»Wir haben das Klavier im Heuschober gesehen«, sagte Tony. »Wie habt ihr es aus dem Hotel bekommen?«

»Es hat durch keine der Türen gepasst, daher haben wir ein Fenster herausgenommen und es hindurchgehoben«, sagte Jonathan.

»Ich hab mich immer schon gefragt, wie das Ding überhaupt ins Hotel gekommen ist«, sagte Tony und runzelte wieder die Stirn. »Seltsam, dass euch das Pferdefutter so rasch ausgegangen ist. Ich dachte, es würde mindestens noch drei Wochen reichen.«

»Es ist uns nicht ausgegangen«, sagte Jonathan schuldbewusst. »Wir haben es nur beiseitegeräumt, um im Heuschober Platz für das Klavier zu schaffen. Das Heu war nicht abgedeckt, deshalb ist es jetzt nass. Ich weiß, wir hätten es abdecken sollen, aber wir haben nicht damit gerechnet, dass es regnet.«

»Macht nichts, wir werden schon was finden, das die Pferde fressen können…«, sagte Tony geistesabwesend. Sie konnten alle sehen, dass er in seinen eigenen Gedanken verloren war.

»Fast alle Lebensmittelvorräte sind uns ausgegangen«, sagte Arabella. »Und wir hatten Rüsselkäfer im Mehl. Ein Trupp Schafscherer ist vorbeigekommen, kurz nachdem ihr abgereist wart, und wir mussten ihnen ja etwas zu essen geben. Wir haben das Geld, das wir von ihnen bekommen haben, dazu verwendet, ein paar Kameltreiber nach Lyndhurst zu schicken, um Vorräte zu kaufen, aber wir konnten nicht alles kriegen, was wir haben wollten, weil dort ebenfalls Mangel herrscht. Jetzt ist kein Geld mehr da, um weitere Vorräte zu kaufen, und wir haben fast kein Bier mehr. Ich bin nach Farina gereist, um Dave Brewer zu bitten, uns Bier für das Fest zu brauen. Es müsste inzwischen unterwegs sein. Aber ohne die Gäste, die wir erwartet haben, können wir Dave unmöglich bezahlen.«

Arabella war den Tränen nahe. Sie hatte gehofft, Maggies und Tonys Lage zu verbessern, dabei hatte sie alles nur schlimmer gemacht.

»Wir werden das Bier hier verkaufen und Dave das Geld schicken«, sagte Maggie. Sie schaute zu Tony hinüber, aber der blickte Arabella an. Maggie kannte die beiden gut genug, um zu erkennen, dass irgendetwas nicht stimmte. Verheimlichten sie ihr etwas?

»Du weißt es, Arabella, nicht wahr?«, fragte Tony.

Sie nickte. Tränen traten ihr in die Augen, als sie schuldbewusst zu Maggie hinübersah, bevor sie den Kopf senkte.

»*Was* weiß Arabella?«, fragte Maggie. Sie sah ihren Mann an. »Verheimlichst du mir etwas, Tony McMahon?«

Tony seufzte und starrte in seine Teetasse. »Ja, Maggie«, sagte er ernst.

»Dann spuck's aus.« Sie hatte schon seit längerer Zeit den Verdacht, dass etwas nicht stimmte, hatte aber darauf vertraut, dass Tony es ihr sagen würde, wenn er selbst so weit war.

»Wir haben Probleme mit der Bank«, sagte Tony.

Maggie blickte erst ihn an, denn Arabella, dann Jonathan. »Und ihr habt es gewusst?«, fragte sie ungläubig. Es stand ihr ins Gesicht geschrieben, dass sie sich verraten fühlte.

»Kurz nachdem ihr abgereist wart, hat der Wind die Papiere in eurem Zimmer vom Schreibtisch geweht. Ich schwöre, ich habe nicht herumgeschnüffelt, aber ich habe zufällig einen Kontoauszug gesehen«, sagte Arabella. »Wir wollten etwas Geld aufbringen, um euch zu helfen …« Sie senkte den Kopf.

Maggie blickte in die Gesichter um sich herum. »Na, Gott behüte euch«, sagte sie und schaute ihren Mann an. »Wann wird denn jemand von der Bank kommen, um das Hotel zu übernehmen?«, fragte sie ruhig.

Arabella konnte nicht glauben, dass Maggie es so gut verkraftete. Aber so war sie nun einmal: Sie verlor in einer Krise nie die Nerven.

»Sobald der Zug wieder fährt, nehme ich an«, sagte Tony. »Es tut mir leid, Maggie. Ich hätte es dir sagen sollen, aber ich wollte nicht, dass du dir deswegen Sorgen machst.«

»Ich bin deine Frau, Tony. Inzwischen solltest du wissen, dass du es nicht vor mir verheimlichen kannst, wenn du dir Sorgen machst. Ich habe keine Fragen gestellt, weil ich darauf vertraut habe, dass du es mir sagst, wenn du so weit bist. Ich bin nur enttäuscht, dass du geglaubt hast, etwas so Wichtiges nicht mit mir teilen zu können.« Maggie wusste, dass Tony nur versuchte, sie zu schützen; trotzdem war sie verletzt, dass er es vor ihr verheimlicht hatte.

»Ich hatte gehofft, das Geschäft würde wieder in Schwung kommen, aber so war es leider nicht«, sagte Tony traurig.

Maggie nickte, die Lippen zusammengepresst. »Nun ja, das lässt sich nun mal nicht ändern«, sagte sie, schnappte sich ein Staubtuch und ging hinüber in den Speisesaal.

Arabella konnte nicht glauben, dass sie jetzt Staub wischen wollte, und folgte ihr. »Maggie, du musst erschöpft und hungrig sein. Lass mich dir ein Ei auf Toast machen, bevor du zu Bett gehst.«

»Ich habe keinen Hunger, aber trotzdem danke, Arabella. Ich würde jetzt gern eine Weile allein sein, wenn du nichts dagegen hast.«

Arabella hatte schreckliches Mitleid mit Maggie, konnte sie aber verstehen. »Natürlich, Maggie. Aber du solltest dich wirklich ausruhen.« Sie ging zurück in die Küche. »Maggie will allein sein«, sagte sie zu Tony.

Tony seufzte. »Ich hätte es nicht vor ihr verheimlichen sollen, aber ich hatte immer gehofft, das Geschäft würde wieder in Schwung kommen, sodass ich ihr nicht sagen muss, wie nahe wir davor stehen, das Hotel zu verlieren.«

»Was willst du jetzt tun? Wohin werdet ihr gehen?«, fragte Arabella.

»Ich weiß es nicht«, sagte Tony und legte den Kopf in die Hände.

Arabella hatte den Eindruck, dass Tony um zehn Jahre gealtert war, seit sie ihn zuletzt gesehen hatte. Sie wusste, dass es nichts mit seinen gebrochenen Rippen zu tun hatte. Der Gedanke, das Hotel zu verlieren und seiner Frau das Herz zu brechen, hatte ihn zu einem gebrochenen Mann gemacht.

Stuart ging hinüber in den Speisesaal. Maggie saß an einem der Tische, mit dem Rücken zur Tür. Das Staubtuch lag auf dem Tisch. Stuart glaubte, dass sie weinte.

»Maggie …«, sagte er leise.

Sie versteifte sich. »Ich möchte gern allein sein«, flüsterte sie heiser.

Stuart sah, dass sie tatsächlich geweint hatte. »Das verstehe ich, Maggie, aber ich wollte dir nur sagen, dass ich hier bin, falls du jemanden zum Reden brauchst … und sei es auch nur, um deine

Wut auszulassen. Es tut uns allen leid, dass wir nicht die Gelegenheit hatten, das Geld aufzubringen, um euch zu helfen.«

Maggie war sprachlos. Sie hätte nicht erwartet, dass dieser Mann solch sanfte und verständnisvolle Worte finden würde, um sie zu trösten. Sie wandte sich um, und Stuart sah, dass ihre Unterlippe bebte. »Es ist nicht nur das Hotel, das wir verlieren werden, Stuart, es sind gute Freunde … Menschen, die bereit sind, uns zu helfen, so wie du, Arabella und Jonathan. Du weißt nicht, wie viel mir das bedeutet.«

»Ich bin noch nicht lange hier«, spielte Stuart seine Rolle herunter.

»Ich weiß, aber du hast genau hierher gepasst.« Maggie ließ den Kopf sinken. »Für jeden anderen ist es schwer zu begreifen, dass das Great Northern Hotel für uns viel mehr gewesen ist als ein Zuhause und ein Ort, um den Lebensunterhalt zu verdienen. Als Tony und ich hierherkamen, hatte mein Leben keinen Sinn mehr. Wir waren seit zwei Jahren verheiratet, als …«, sie blickte verlegen, »… als ich erfuhr, dass ich keine Kinder bekommen konnte. Tony sagte, es sei egal, aber er hat nie wirklich begriffen, wie leer ich mich fühlte. Dieser Ort …«, sie ließ den Blick in die Runde schweifen, »wurde zum Mittelpunkt und zum Sinn meines Lebens. Ich weiß, das klingt verrückt, aber das Leben, das wir uns hier geschaffen haben, hat die Leere in meinem Herzen ausgefüllt.« Maggie gab sich alle Mühe, ihre Gefühle unter Kontrolle zu halten. »Die Menschen hier verlassen sich auf uns, und ich brauche es, gebraucht zu werden. Klingt das logisch, Stuart?«

»Ja, Maggie.«

»Ich weiß nicht, wohin wir gehen oder was wir tun werden. Jetzt, wo wir unseren Kredit nicht bezahlen können, können wir uns kein Geld mehr leihen und deshalb auch kein anderes Hotel mehr bekommen. Ich weiß wirklich nicht, wie wir das hier überstehen sollen, Stuart.« Tränen liefen Maggie über die Wangen, und sie legte eine Hand auf ihr Herz.

Stuart eilte zu ihr. »Alles in Ordnung, Maggie?«

Sie nickte und tätschelte seine Schulter. »Ich sollte mich nicht beklagen. Ich bin sicher, es gibt Leute, die weitaus schlimmer dran sind als wir, vor allem in Zeiten wie diesen. Man sollte eigentlich meinen, die Banken hätten mehr Verständnis, aber es sind Blutsauger und …« Sie verschluckte das Schimpfwort. »Niemand, der bei Verstand ist, würde diesen Laden hier übernehmen. Vermutlich wird er zu einer Ruine verfallen. Wenn ich an all die Jahre denke, die Tony und ich uns krummgelegt haben, um das Hotel in Schwung zu halten, bricht es mir das Herz.« Sie tupfte sich die Tränen ab. »Aber ich muss tapfer sein, Tony zuliebe. Ich kann nicht zulassen, dass er mit ansieht, wie sehr ich darunter leide. Dann würde er sich Vorwürfe machen, und das alles ist ja nicht seine Schuld.« Maggie setzte sich gerade hin und holte tief Luft. »Ich werde jetzt zu Bett gehen. Ich bin sicher, morgen früh sieht alles schon wieder besser aus.«

Doch ihre Worte klangen unglaubwürdig, und Stuart wusste, dass Maggie selbst nicht daran glaubte.

»Lass mich dir einen kleinen Schluck Brandy holen«, sagte er. »Das wird dir helfen zu schlafen.«

»Danke, Stuart. Aber das Blitzen und Donnern wird mich trotzdem wach halten.«

Maggie verließ das Zimmer. Stuart ließ sich auf einen Stuhl sinken. Er würde alles geben, um Tony und Maggie helfen zu können. Es waren gute Leute. Sie hatten das harte Los, das ihnen beschieden worden war, wirklich nicht verdient.

27

Am nächsten Morgen hatte der Regen aufgehört, doch noch immer zuckten Blitze am Horizont, und Donner rumorte in der Ferne. Als Arabella aus ihrem Zimmer herunterkam, traf sie auf Maggie, die in der Küche beschäftigt war. Noch bevor sie mit ihr sprechen konnte, wurde an der Hintertür laut geklopft.

Maggie ging, um zu öffnen, und Arabella folgte ihr. Draußen standen Rita, Lily und Missy. Die Frauen waren sichtlich besorgt. Missy war beinahe hysterisch.

»Was ist los, Rita?«, fragte Maggie.

»Missys Junge ist weggelaufen, Missus, und wir können ihn nicht finden.«

Missy sank auf die Knie und jammerte, während Lily ihr Bestes tat, um sie zu trösten. Zwei kleine Kinder klammerten sich an ihre Beine.

»Wie lange ist er denn schon fort?«, fragte Arabella.

»Das wissen wir nicht, Missus«, sagte Rita. »Wir haben gestern im Haus der Farnsworths übernachtet. Als wir heute Morgen aufgewacht sind, war Dayinda verschwunden.«

»Wie alt ist er?«, fragte Arabella, während Rita versuchte, Missy zu beruhigen. Arabella war sich nicht einmal sicher, welches Kind wem gehörte, da die Frauen sich oft abwechselnd um die Kinder kümmerten.

»Ich glaube, Davey ist fast drei«, sagte Maggie.

»Davey?«

»Dayinda ist sein Aborigine-Name, aber er sieht so europäisch aus, dass Tony ihn irgendwann Davey genannt hat. Jetzt sagen alle Weißen Davey zu ihm. Er ist ein süßer kleiner Kerl.« Maggie wandte sich wieder an Rita. »Ich werde die Männer zusammentrommeln. Die können uns helfen, nach dem Jungen zu suchen.«

»Danke, Missus.« Rita und Lily führten die verzweifelte Missy davon.

»Ich hoffe, Davey war gestern Nacht nicht draußen im Unwetter«, sagte Maggie besorgt. »Da hätte er sich den Tod geholt.«

Sie ging hinüber in den Speisesaal, wo die Männer aufs Frühstück warteten. Arabella folgte ihr.

»Missys kleiner Junge, Davey, ist verschwunden«, sagte sie zu den Männern. »Ihr müsst Ted und Wally holen, damit sie uns helfen, nach dem Kleinen zu suchen.«

»Wie lange ist er schon verschwunden?«, fragte Tony.

»Die Frauen wissen es nicht. Als sie heute Morgen aufgewacht sind, war er fort.«

»Hoffen wir, dass er nicht im Dunkeln in die Nähe des Flusses gelaufen ist. Nach dem vielen Regen in letzter Zeit hat er sich wahrscheinlich in einen reißenden Strom verwandelt«, sagte Tony. Das Flussbett war normalerweise trocken, und die Kinder spielten gern darin, doch nach heftigen Regenfällen konnte es dort sehr gefährlich sein.

»Ich hole Ted«, sagte Stuart.

»Und ich hole Wally«, sagte Les.

»Sorg dafür, dass er auch wirklich herkommt«, sagte Tony. Er wusste, dass Wally die Aborigines ziemlich gleichgültig waren, sodass er vielleicht nicht bereit war, sich die Mühe zu machen, nach einem ihrer Kinder zu suchen. Aber sie brauchten jeden Mann. »Ich werde Terry Bescheid sagen, dass der Junge vermisst wird.«

Die Aborigines wandten sich nie direkt an Terry um Hilfe, obwohl er der Gesetzeshüter in Marree war; stets kamen sie zuerst zu den McMahons. Tony wusste, dass ein Grund darin bestand, dass Terry als Constable eine Autoritätsperson war, und da viele

Mischlingskinder ihren Familien entrissen wurden, um »zu ihrem eigenen Wohl« in staatlichen Waisenhäusern erzogen zu werden, vertrauten die Aborigines keinen Amtspersonen. Die McMahons hingegen waren ihnen gegenüber stets freundlich und hilfsbereit gewesen, was in den meisten Städten ungewöhnlich war, denn die Aborigines galten vielerorts als Menschen zweiter Klasse.

Les klopfte an die Vordertür von Frankie Millers Haus. Sie war nie abgesperrt, sodass er das Haus betrat, als er nicht gleich Antwort erhielt. Er konnte Wally in keinem der Zimmer entdecken, doch die Hintertür stand offen. Als er einen Blick hinauswarf, sah er Wally aus der Außentoilette kommen.

»Wally«, rief er.

Wally zuckte zusammen. »Himmel noch mal, Les, du hast mich fast zu Tode erschreckt!«

»Tut mir leid, Kumpel, wir werden gebraucht, um nach Missys kleinem Jungen zu suchen. Er ist weggelaufen, und die Aborigines können ihn nicht finden.«

Wally verzog das Gesicht. »Weit kann der kleine Kerl ja nicht gelaufen sein«, sagte er mürrisch.

»Maggie möchte, dass wir nach ihm suchen, also solltest du jetzt besser mitkommen«, sagte Les. Er wusste, dass Wally morgens immer schlecht gelaunt war, daher versuchte er, dessen offensichtliches Desinteresse zu ignorieren.

»Wen kümmert dieser kleine Bastard?«, knurrte Wally. »Ich werde nicht nach ihm suchen.«

Les hatte damit gerechnet, dass Wally sich weigerte, doch heute verwunderte ihn sein unverhohlener Mangel an Mitgefühl. Er hatte Wally stets für einen Kumpel gehalten, er war nur immer ziemlich egoistisch gewesen. In letzter Zeit jedoch hatte er sich verändert, und nun war er angewidert von ihm.

»Er ist ein unschuldiges Kind, und er könnte gut *dein* Kind sein!«, sagte Les streng. Sie hatten nie darüber gesprochen, denn es war ein Tabuthema, doch sie hatten Gerüchte gehört, dass

Missys Sohn von einem Weißen aus Marree sei. Und sie wussten beide, dass das sehr gut möglich war.

»Er ist nicht mein Sohn«, fauchte Wally.

»Er *könnte* aber deiner sein, und das weißt du genau«, gab Les zurück.

Wally staunte. In einem solchen Ton hatte Les noch nie mit ihm gesprochen. »Vielleicht ist er ja deiner«, entgegnete er.

»Vielleicht«, räumte Les ein. »Wie auch immer, wir werden nach ihm suchen, also zieh deine Stiefel an.«

Wally trug nichts als eine Unterhose, ein schmuddeliges Unterhemd und Socken – die Kleidung, in der er geschlafen hatte. Dass er seine Socken nie auszog, war nur eine seiner vielen Eigenarten, deshalb achtete niemand darauf.

»Na schön«, knurrte er. »Wir sehen uns in ein paar Minuten beim Hotel.«

»Nein. Ich warte hier«, sagte Les und verschränkte entschlossen die Arme.

Wally war gekränkt, dass Les ihm nicht vertraute. Er fluchte vor sich hin, als er in sein Schlafzimmer stapfte, um sich anzuziehen.

Terry sprach vor der Hintertür des Hotels mit den anderen Männern, als Les und Wally auftauchten.

»Wir werden uns aufteilen«, sagte Terry, nachdem die beiden sich der Gruppe angeschlossen hatten. »Les, du gehst am Fluss entlang nach Westen. Wally, du gehst nach Osten. Stuart wird alle verlassenen Gebäude in der Stadt und die Geschäfte absuchen, und Tony und ich gehen nach Westen in die Wüste, wo wir uns trennen und die Stadt umrunden werden. Auf diese Weise können wir ein größeres Gebiet abdecken.«

Tony sah, dass Wally nicht allzu glücklich war, doch er sagte nichts.

»Hoffen wir, dass der Regen weiter ausbleibt«, fügte Terry

hinzu. »Wir treffen uns gegen Mittag wieder hier. Wenn wir den Jungen bis dahin nicht gefunden haben, müssen wir die Afghanen um Hilfe bitten.« Sie alle vermissten Jimmy – besonders in einer Situation wie dieser, in der sie seinen Spürsinn gut hätten gebrauchen können.

Wally trottete am Ufer des schlammigen Flusses entlang. Er war völlig desinteressiert, denn er war sicher, dass der Junge von seiner Mutter gefunden würde und dass sie alle nur ihre Zeit verschwendeten. »Ich weiß nicht, was der ganze Zirkus soll«, murmelte er vor sich hin. »Die verdammten Aborigines gehen doch ständig auf *walkabout*!« Sein Bein tat ihm weh, und er hätte liebend gern ein Bier gehabt. Immer wieder musste er daran denken, was Les gesagt hatte: dass einer von ihnen beiden der Vater des Jungen sein könnte. Doch Wally hatte Missys dahingehende Behauptungen nie ernst genommen. Sie hatte ihm schon oft zu sagen versucht, ihr Sohn sei von ihm, aber davon wollte Wally nichts wissen. Er hatte sich kaum jemals die Zeit genommen, einen genaueren Blick auf den Jungen zu werfen. Missy hatte sogar versucht, Wally zu bewegen, ihren Sohn im Arm zu halten, als dieser erst ein paar Tage alt gewesen war, doch Wally hatte sich geweigert und sich in die Bar verzogen, bevor Rita auftauchen konnte.

Wally blickte kaum auf den Fluss, als er nun an der Uferböschung entlangging. Das schlammige Wasser strömte sehr schnell und hatte die rote Farbe der Wüste angenommen. Abgerissene Äste, Zweige und Blätter trieben auf der trüben Oberfläche.

Irgendwann blieb Wally stehen, um eine Zigarette zu rauchen. Er war entschlossen, nur noch ein paar Schritte weiterzulaufen. Was sollte dieser ganze Aufwand?

Als er ein Blättchen und etwas Tabak zwischen den Fingern rollte, glaubte er ein Wimmern zu hören. Er sah sich um. Die Böschung des Flusses war stellenweise sehr steil, und es gab hier viel tote Vegetation, die an manchen Stellen übers Ufer hing. Wally glaubte schon, er habe sich das Geräusch nur eingebildet, als er das Wimmern von neuem hörte. Er trat näher an die Böschung heran und spähte über den Rand, versuchte angestrengt, zwischen dem wirren Gestrüpp irgendetwas zu erkennen. Plötzlich glaubte er zu sehen, wie sich unten am Wasser etwas bewegte. Ein Tier? Dann hörte Wally das Wimmern noch einmal. Es war eindeutig das eines Kindes.

»Verdammt«, murmelte Wally und warf das Papier und den Tabak fort. »Davey, bist du da unten?«

Er lauschte und hörte erneut das klägliche Wimmern.

»Verflixt noch mal«, stieß er wütend hervor, denn er hatte keine Lust, die Böschung hinunterzuklettern. Er warf einen Blick zurück und schaute den Fluss hinunter, doch Les war in die andere Richtung gelaufen und zu weit weg, als dass er ihn rufen konnte.

Wally seufzte. Er sah ein, dass er keine Wahl hatte, und machte sich daran, über die toten Äste zu klettern und die Böschung hinunterzusteigen. Mit den Hosenbeinen blieb er immer wieder an Zweigen hängen, die ihm die Haut aufschürften. Als ein abgebrochener Ast die Stelle an seinem Bein traf, die genäht worden war, schrie er vor Schmerz auf und fluchte wild.

Er war noch nicht weit vorangekommen, als er den kleinen Jungen sah. Offensichtlich war er über den Rand der steilen Böschung gefallen, seine Kleidung hatte sich in den Ästen und Zweigen verfangen. Daveys Füße steckten im Wasser, nur ein Ast, der sich hinten durch sein Hemd gebohrt hatte und an einem Arm wieder herausragte, hatte ihn davor bewahrt, in den Fluss zu stürzen. Wally konnte kaum glauben, wie knapp der kleine Junge dem Tod entronnen war. Der Ast, der durch seine Kleidung gedrungen war, hätte ihn leicht aufspießen können. Wie es aussah, steckte Davey zwar fest, doch dank einer Laune des Schicksals hatte der Ast ihn zugleich davor bewahrt, zu ertrinken. Obwohl Wally nicht an eine höhere Macht glaubte, musste er zugeben, dass Davey offenbar einen Schutzengel hatte. Es gab keine andere Erklärung dafür, dass der kleine Kerl am Leben und offenbar nicht einmal verletzt war.

Wally kletterte zu dem Jungen hinunter, der zu Tode verängstigt aussah. Sein Gesicht war tränenverschmiert und von Kratzern und Schmutz verunstaltet, und er wusste nicht, was er von Wallys Auftauchen halten sollte. Er hatte sich immer schon vor Wally gefürchtet, diesem düsteren Mann, der nie lächelte und nie ein freundliches Wort für ihn oder seine Mutter hatte. Als Wally nun die Hand nach ihm ausstreckte, begann Davey, nach seiner Mutter zu rufen.

Wally versuchte, die Kleidung des Jungen aus den toten Zweigen zu lösen, in denen sie sich verfangen hatte, und ihn hochzuheben, doch Davey hing mit einem Fuß an irgendeinem Gegenstand unter Wasser fest und schrie vor Schmerz auf.

»Verdammt«, murmelte Wally. Er musste ins Wasser steigen und seine Stiefel nass machen, um Davey zu befreien. Während er das verängstigte Kind mit einer Hand am Hemd festhielt, steckte er die andere Hand ins Wasser und tastete umher. Schließlich befreite er den kleinen Fuß, der zwischen zwei Felsen festgesteckt hatte, und zog Davey aus dem Wasser.

Während Wally sich Daveys Fuß anschaute, um sich zu vergewissern, dass nichts gebrochen oder aufgeschürft war, erstarrte er jäh.

Ein paar Augenblicke lang stand er regungslos da und blickte fassungslos auf die Füße des Jungen. Die dritte und vierte Zehe waren wie mit einer Schwimmhaut zusammengewachsen. Wally schüttelte den Kopf. Dass ihm das noch nie aufgefallen war!

Wieder rief Davey nach seiner Mutter, doch Wally hörte es gar nicht, so gebannt war er. Zum ersten Mal schaute er dem Jungen prüfend ins Gesicht; er betrachtete ihn ganz genau. Davey besaß die dunklen Augen und Haare seiner Mutter, doch seine Haut war heller, und seine Nase und der Mund ähnelten eher einem Weißen.

Wally wusste, wer dieser Weiße war.

Daveys Gesicht zeigte unverkennbare Ähnlichkeit mit seinen eigenen Zügen.

»Mein Gott«, sagte Wally tief bewegt. Seine Hände begannen zu zittern. Tränen traten ihm in die Augen, während der Junge ihn aus seinen großen, unschuldigen Augen beschwörend anschaute.

Auf einmal schämte Wally sich zutiefst, dass er nie mehr als nur einen feindseligen Blick für den Jungen übrig gehabt hatte.

»Ich bring dich zurück zu deiner Mama«, sagte Wally mit sanfter Stimme. Er nahm den Jungen in die Arme und hielt ihn fest an sich gedrückt, während er für einen Moment die Augen schloss.

Daveys große braune Augen wurden vor Angst noch größer, und er zitterte am ganzen Körper.

»Hab keine Angst«, sagte Wally. »Du bist in Sicherheit.« Tränen liefen ihm über die Wangen, und er wischte sie fort, als er mit Davey in den Armen die Böschung hinaufstieg. Oben angekommen, warf er noch einmal einen Blick hinunter. Er konnte kaum glauben, was für ein Glück der Junge gehabt hatte – und dass er, Wally, nie erfahren hätte, wer Davey war, wäre dieser Unfall nicht passiert.

Als Wally mit Davey in den Armen auftauchte, jubelten und weinten die Frauen vor Freude. Ihr Lärm alarmierte Maggie und Arabella, die aus der Hintertür des Hotels stürmten.

»Du hast den Jungen gefunden, Wally!«, rief Maggie überglücklich. »Ist alles in Ordnung mit ihm?«

Wally brachte vor Rührung kein Wort heraus. Er konnte nur nicken. Auf dem ganzen Weg zurück zum Hotel hatte er den Blick kaum von Davey abwenden können, während er ihm ständig versichert hatte, dass sie zu seiner Mutter zurückkehren würden.

Missy griff nach ihrem Sohn, der seine kleinen Ärmchen nach

ihr ausstreckte und sie um ihren Hals schlang. Sie weinte Tränen der Freude.

Maggie konnte sehen, wie benommen Wally war. »Alles in Ordnung, Wally? Du siehst ein bisschen mitgenommen aus.«

Wally nickte, den Blick auf Davey geheftet. »Er ist mein Sohn«, sagte er mit einer Stimme, die kaum mehr als ein Flüstern war.

»Wie bitte?« Maggie glaubte, ihn nicht richtig verstanden zu haben.

»Davey ist mein Junge«, wiederholte Wally.

Maggie zuckte zusammen und schaute zu Arabella hinüber. »Woher weißt du das?«, fragte sie.

Auch Missy blickte Wally fassungslos an. Sie war sich nie sicher gewesen, welcher Mann Dayindas Vater war, hatte Wally aber stets für den wahrscheinlichsten Kandidaten gehalten. Doch nie und nimmer hätte sie damit gerechnet, dass er es eingestehen würde.

Wally umfasste Daveys Fuß mit einer Hand. »Er hat Entenfüße«, sagte er und rieb sich eine Träne aus dem Augenwinkel. »Das liegt bei uns in der Familie.«

»Er hat *was?*«, fragte Maggie.

»Entenfüße«, wiederholte Wally, setzte sich auf den Boden, zog seine nassen Stiefel und eine Socke aus und zeigte den Frauen seine Zehen, die genauso aussahen wie Daveys. Sogar der kleine Junge zeigte vorsichtiges Interesse.

Plötzlich begriff Maggie, warum Wally nie seine Socken ausziehen wollte, nicht einmal, als sie sein Bein genäht hatte und waschen wollte. Er hatte sich damals hartnäckig geweigert.

»Schon mein Großvater hatte Entenfüße, und mein Vater und meine Brüder ebenfalls«, sagte Wally. »Offenbar liegt das bei uns Männern in der Familie. Ich hab meine Socken nie ausgezogen, weil die anderen mich immer verspottet haben, als ich noch ein Kind war. Sie haben mich Entenjunge genannt. Deshalb bin ich ein bisschen empfindlich, wenn die Leute sich über mich lustig machen.« Er sah zu Arabella und Maggie auf und blickte beschämt drein. »Ich will nicht, dass die Männer es erfahren«, sagte er. »Bitte.«

»Ich werde nichts verraten«, versprach Arabella.

Maggie schüttelte fassungslos den Kopf. »Du hast einen Sohn, Wally Jackson«, sagte sie. »Ich kann es nicht glauben. Und er ist ein so hübscher kleiner Kerl!«

Wally zog seine Socke wieder an und stand auf. »Ich werde mich um ihn und Missy kümmern«, sagte er mit einem liebevollen Blick auf den kleinen Davey und seine Mutter. »Ich werde anständig für euch sorgen. Meinst du, ich könnte ein Bier bekommen, Maggie?«

»Es ist zwar noch ein bisschen früh, aber ich glaube, du hast dir zur Feier des Tages eins verdient.« Maggie sah Missy an. »Meinst du nicht auch?«

Die Aborigine lächelte. Sie war überglücklich, ihren Sohn wiederzuhaben. Vor allem aber war sie froh, dass der Vater des Jungen ihn endlich als Sohn anerkannt hatte.

Auch Arabella lächelte. Zum ersten Mal glaubte sie daran, dass Wally ein anderer, besserer Mensch wurde.

»Ich mache Omeletts zu Mittag«, verkündete Arabella, als sie und Maggie die Hotelküche betraten. »Wenn die Männer zurückkommen, werden sie hungrig sein.«

Maggie hob erstaunt die Brauen. »Hast du denn schon mal Omeletts gemacht?«

»Ja, und sie waren sehr gut gelungen«, sagte Arabella stolz.

»Eins ist sicher«, murmelte Maggie vor sich hin, während sie drei Laibe Brot aus dem Ofen nahm. »Heute ist ein Tag der Enthüllungen.«

Sie ging zur Bar hinüber, um Wally das versprochene Bier zu holen.

Als die Männer zurückkehrten, servierte Arabella die Omeletts. Maggie war beeindruckt. »Du musst mir unbedingt zeigen, wie du das machst«, sagte sie, als sie Brotscheiben auf die Teller legte, um sie anschließend in den Speisesaal zu bringen.

Arabella strahlte vor Stolz. Vor ein paar Wochen hätte sie nicht im Traum geglaubt, dass es irgendetwas gab, das *sie* Maggie zeigen könnte.

Terry, Tony, Les und Stuart waren bereits in der Bar, um Wally nach Einzelheiten auszufragen, was die Rettung Daveys betraf. Sie hatten Rita, Lily und Missy auf der Straße getroffen und wussten daher bereits, dass der Junge gefunden worden war.

Als Maggie und Arabella die Omeletts in den Speisesaal brachten, kamen die Männer von der Bar herüber und beglückwünschten Wally. Offenbar hatte er ihnen gesagt, dass Davey sein Sohn war.

»Ist es nicht erstaunlich, dass Davey Wallys Sohn ist?«, sagte Maggie zu ihrem Mann, als er an einem der Esstische Platz nahm.

»Wie bitte?«, sagte Tony.

Maggie blieb die Luft weg. »Oh, ich dachte, ihr hättet Wally deshalb gratuliert.« Sie warf einen Blick auf Wally, der rot geworden war. »Tut mir leid«, sagte sie. »Aber nun ist es raus. Ich konnte ja nicht wissen, dass du es für dich behalten wolltest.«

Die Männer blickten Wally neugierig an.

»Es stimmt«, sagte er verlegen, doch mit unüberhörbarem Stolz. »Davey ist mein Sohn.«

»Woher weißt du das?«, fragte Les misstrauisch.

»Seine Füße … ich meine, er sieht aus wie ich«, verbesserte Wally sich rasch. »Ich kann gar nicht glauben, dass es mir bis jetzt nicht aufgefallen ist.« Er hatte sich bereits überlegt, was er zu seinen Kumpels sagen würde, spürte aber, wie sein Gesicht heiß wurde.

»Ich fand immer, er sieht eher aus wie ich«, sagte Les.

»Niemals«, sagte Maggie. »Ich konnte die Ähnlichkeit deutlich sehen, als Wally den Jungen in den Armen hielt. Davey ist sein Ebenbild.« Sie wusste, dass Wally sich schämte, wenn er gezwungen würde, den anderen von seinen »Entenfüßen« zu erzählen.

»Jetzt wirst du wohl ein bisschen mehr Verantwortung übernehmen müssen«, sagte Terry, während er seinen Platz am Tisch einnahm.

»Ja, das werde ich«, sagte Wally entschlossen. »Jetzt hab ich schließlich 'nen guten Grund dafür.«

»Aber es werden immer noch Anschuldigungen gegen dich erhoben, und du wanderst vielleicht ins Gefängnis«, rief Terry ihm in Erinnerung.

Wallys Freude verflog augenblicklich, und er ließ sich auf seinen Stuhl fallen. Arabella warf einen Blick zu Maggie, die sichtlich Mitleid mit ihm hatte.

»Wenn ich die Anschuldigungen zurücknehme«, sagte Arabella, »muss Wally dann trotzdem noch vor dem Friedensrichter erscheinen?«

»Nein«, erwiderte Terry. »Wenn du und Goolim eure Beschwerden zurückzieht, ist Wally aus dem Schneider. Aber das würde ich mir gründlich überlegen.«

»Ich werde sofort mit Goolim sprechen«, sagte Arabella. »Jetzt, da Wally seinen Sohn gefunden hat, sollten die beiden nicht wieder voneinander getrennt werden.«

Terry war ein wenig skeptisch, was Wallys plötzlichen Wunsch betraf, »Vater« zu werden, sprach es aber nicht laut aus.

Arabella machte sich auf den Weg, ohne dass sie den Ausdruck der Verwunderung auf Wallys Gesicht gesehen hatte.

Sie ging in Richtung Ghan-Siedlung, als Wally sie einholte.

»Fitzi!«, rief er.

Arabella fuhr herum und funkelte ihn an.

»Ich meine … Arabella«, verbesserte sich Wally.

»Was ist?«, fragte sie.

»Ich hab nicht verdient, was du für mich tust, aber ich möchte dir danken.«

»Schon gut. Wenn ich Goolim dazu bringen kann, die Anschuldigungen zurückzunehmen, kannst du auch etwas für *mich* tun, Wally«, erwiderte sie.

»Was denn?«

»Sei netter zu den Aborigine-Frauen, vor allem zu Missy.«

Wally ließ den Kopf hängen. »Ich hab viel gutzumachen, ich weiß …« Einen Augenblick lang war er um Worte verlegen, zog die Nase hoch und blickte zu Boden.

»Was ist, Wally?«

»Ich hätte nie gedacht, dass ich so was fühlen würde, aber wenn ich Davey in die Augen sehe und weiß, dass er von mir ist, berührt mich das auf eine Art, wie ich es nie für möglich gehalten hätte. Ich war immer ein egoistischer Drecks…« Er stockte und verbesserte sich: »Ich hab immer nur an mich gedacht.«

»Hast du denn keine Familie?«

»Doch, aber ich bin allein gewesen, seit ich vierzehn war. Mein Vater war Schafscherer. Er hat schwer geschuftet, dafür aber auch doppelt so viel getrunken. Meine Mutter starb, als ich zwölf war. Ich hab noch drei ältere Brüder, aber sie waren damals schon von zu Hause weg, deshalb war ich mit meinem Dad allein. Anfangs hat er mich zu den Schafschererhütten mitgenommen, aber dann wurde ich ihm doch eine zu große Last. Er hat sich um seine Verantwortung gedrückt, weil unsere Mum sich immer um uns Kinder gekümmert hat. Als ich vierzehn war, hatte er keine Lust mehr, sich mit mir zu beschäftigen, und hat gesagt, ich soll verschwinden und auf mich selbst aufpassen.«

Der eigene Vater? Arabella konnte es kaum glauben.

»Ich will für meinen Jungen da sein«, sagte Wally.

»Du wirst ihn Missy doch nicht wegnehmen?«, fragte Arabella, die um die Aborigine besorgt war. Maggie hatte ihr erzählt, dass solche Dinge vorkamen.

»Nein, nein! Davey liebt sie, sie ist alles, was er bis jetzt hatte. Aber ich will nicht, dass Missy weiter für Geld mit fremden Männern … na, du weißt schon. Sie ist die Mutter meines Sohnes.«

Arabella konnte sehen, wie sehr ihm der Gedanke zuwider war, dass Missy ihren Körper verkaufte. »Dann wirst du dich um sie kümmern und für sie und Davey sorgen müssen«, sagte sie.

»Das werde ich. Ich hab mir noch nicht überlegt, wie ich das anstelle, aber ich weiß, dass ich mein Leben ändern muss. Davey hat Angst vor mir, und das kann ich ihm nicht verdenken, denn ich hab ihn und seine Mutter schlimm behandelt. So soll es nicht länger bleiben.«

»Hoffen wir, dass Goolim bereit ist, die Anschuldigungen gegen dich zurückzunehmen.«

Wally nickte, schien aber nicht sehr zuversichtlich. In Gedanken versunken kehrte er zum Hotel zurück.

Goolim erklärte sich tatsächlich bereit, seine Anschuldigungen gegen Wally zurückzunehmen, doch Arabella hatte alle Mühe, ihn so weit zu bringen. Letztendlich lenkte er ein – doch erst, nachdem Arabella ihm versichert hatte, Wally werde ihn nie wieder belästigen.

Im Hotel saß Wally bei Maggie in der Bar und wartete auf Neuigkeiten. Als Arabella ihm sagte, dass Goolim sich bereit erklärt habe, die Anschuldigungen zurückzunehmen, erwartete sie, Wally würde überglücklich darauf reagieren; stattdessen blickte er sie ernst an.

»Ich bin dir was schuldig, Fitzi«, sagte er leise.

Arabellas Miene verdüsterte sich.

»Ich meine … Arabella«, verbesserte er sich.

»Kümmere dich um Missy und den kleinen Davey«, sagte Arabella. »Ich will nicht bereuen müssen, dass ich bei dir Halunken beide Augen zugedrückt habe.«

Wally nickte gewichtig.

»Ich werde schon dafür sorgen, dass er sein Versprechen hält«, sagte Maggie. Dann aber wurde ihre Miene traurig. Ihr wurde plötzlich klar, dass sie die Stadt verlassen musste, sobald die Bank das Hotel übernahm. Den Tränen nahe, erhob sie sich und ging hinaus, bevor Wally und Arabella sehen konnten, wie verzweifelt sie war.

»Ich wollte, wir könnten irgendwas für Maggie tun «, sagte Wally.

»Wenn das Bier und das Fleisch morgen doch noch hier eintreffen sollten – und dazu genügend Besucher des Stadtfestes –, könnten wir das Hotel immer noch retten. Aber da müsste schon ein Wunder geschehen«, sagte Arabella.

»Ich hab heute schon ein Wunder gesehen«, sagte Wally. »Davey hatte Glück, dass er nicht gestorben ist. Deshalb würde ich die Hoffnung noch nicht aufgeben.«

Später an diesem Tag suchte Arabella Maggie in der Küche auf, wo sie den Grill schrubbte.

»Maggie«, sagte Arabella, »wie war das … ich meine, wie hat es sich angefühlt, als dir zum ersten Mal klar wurde, dass du Tony liebst?«

Verblüfft sah Maggie auf und wischte sich den Schweiß von der Stirn. Ein paar Augenblicke lang dachte sie an die Zeit zurück, als sie Tony kennen gelernt hatte, und ein leises Lächeln zeigte sich auf ihren Lippen. »Ich hatte ein Flattern in der Magengrube, wann immer Tony in meiner Nähe war«, sagte sie. »Ich konnte kein vernünftiges Wort mehr herausbringen und habe Tag und Nacht nur an ihn gedacht.« Maggie lächelte. »Wenn du jemanden wirklich liebst, würdest du alles tun, um ihn glücklich zu machen, selbst wenn das bedeuten würde, ihn aufzugeben.«

»Danke, Maggie«, sagte Arabella leise und verließ die Küche.

Maggie fragte sich, ob Arabella sich in Stuart verliebt hatte. Sie hatte eine hohe Meinung von Stuart, und sie wusste, dass er

Arabella sehr gern hatte – sie wusste auch, dass Jonathan in sie verliebt war. Maggie konnte es an seiner Miene ablesen, wann immer er Arabella ansah.

Sie hatte aber auch die Spannungen gespürt, die sich zwischen Jonathan und Stuart aufgebaut hatten. Offensichtlich waren sie zu Rivalen um Arabellas Gunst geworden.

28

Den Rest des Tages war Arabella sehr nachdenklich. Jonathan schien ihr aus dem Weg zu gehen. Am Spätnachmittag schaute sie nach, ob Uri noch immer bei Bess war. Sanft streichelte sie dem Kameljungen über die Nase, als Paddy vorbeikam, um ihn abzuholen.

»Ich dachte mir schon, dass ich ihn hier finde«, sagte er gereizt. Eine seiner Stuten hatte eine schwere Geburt gehabt, und er hatte helfen müssen, sonst hätte er Uri schon früher abgeholt.

»Er ist hierhergelaufen, weil er Angst vor dem Unwetter hatte«, sagte Arabella. »Da habe ich ihn und Bess zusammen untergebracht, damit sie einander Gesellschaft leisten können.«

Paddy schwieg, als er dem Kameljungen einen Strick um den Hals legte, doch er wirkte verärgert.

»Ich habe gehört, mit Uris Ausbildung geht es nicht allzu gut voran«, sagte Arabella vorsichtig.

»Er macht mir nichts als Probleme«, murrte Paddy.

»Sie werden ihn doch nicht erschießen …?«

»Nein, ich werde ihn nicht erschießen. Aber wenn er sich in den nächsten Monaten nicht ans Arbeiten gewöhnt, wird er als Schlachttier verkauft. Seine Zukunft liegt ganz bei ihm.«

Arabella blickte Paddy entsetzt an.

»Wenn Uri noch mal hierherkommt«, sagte er, »dann beachten Sie ihn nicht, und halten Sie ihn von der Stute fern. Er ist ein Kamel und muss lernen, sich wie eines zu verhalten.«

Paddy führte Uri von der Koppel und in Richtung der Ghan-

Siedlung. Das Kameljunge drehte den Kopf, um noch einmal einen Blick zu Arabella zurückzuwerfen, doch Paddy riss zornig an dem Strick um seinen Hals und beschimpfte es.

Arabella traten Tränen in die Augen. Es war ungerecht, aber sie musste dem verwaisten Kameljungen den Rücken kehren – ihm zuliebe. Trotzdem brach es ihr fast das Herz, und sie wusste, dass sie Uri schrecklich vermissen würde.

Bess kam aus dem Stall und schaute in die Richtung, in die Uri geführt worden war. Die Stute wackelte mit den Ohren und schnaubte, als könnte sie nicht begreifen, dass ihr Gefährte immer wieder von ihr getrennt wurde.

Arabella musste sich abwenden, während ihr die Tränen über das Gesicht strömten.

Am Abend, Arabella ging gerade in ihr Zimmer hinauf, um früh zu Bett zu gehen, traf sie in der Diele auf Maggie. Sie hatte sich nach dem Abendessen, das still und in bedrückender Atmosphäre verlaufen war, in ihr Zimmer zurückgezogen.

»Ich fürchte, es kündigt sich schon wieder ein Unwetter an«, sagte Maggie. Tatsächlich war in der Ferne Donnergrollen zu hören.

»O Gott. Was mag mit der armen Moira und ihrer Familie passiert sein?«, fragte Arabella. »Sie hat versprochen, heute hierherzukommen. Offenbar ist sie irgendwo zwischen Farina und hier stecken geblieben.«

»Wir können nur für sie beten«, sagte Maggie.

»Und ich dachte, das Bier wäre inzwischen ebenfalls hier. Ted sagte, die Kamele, die es bringen, würden es ganz sicher bis nach Marree schaffen, trotz des Schlamms nach dem Regen.«

»Den Kamelen macht der Schlamm nichts aus, aber ich bezweifle, dass die Afghanen losziehen, wenn es blitzt und donnert. Es ist zu gefährlich.« Maggie konnte sehen, dass Arabella sehr besorgt war. »Ich bin dir dankbar für alles, was du versucht hast,

Arabella. Es ist nicht deine Schuld, dass es nicht geklappt hat, also hab jetzt kein schlechtes Gewissen.«

»Wenn es bloß nicht so viel geregnet hätte!«, sagte Arabella in hilflosem Zorn. »Dann wäre alles so gelaufen, wie Jonathan und ich es geplant hatten. Dieses elende Wetter!«

»Wir kämpfen hier ständig gegen das Wetter, das weißt du doch«, sagte Maggie. »Normalerweise gegen die Dürre. Da ist es schon ironisch, dass wir ausgerechnet dann Regen bekommen, wenn wir ihn am wenigsten haben wollen.«

»Es tut mir leid, dass alles so gekommen ist, Maggie.«

»Mir auch. Aber wie ich schon sagte, es ist nicht deine Schuld. Gute Nacht, Arabella.«

Arabella konnte sehen, dass Maggies Sorgen schwer auf ihr lasteten. Maggie versuchte, sich nichts anmerken zu lassen, doch Arabella war sicher, dass sie verzweifelt war. Sie wusste, dass Maggie nur Tony zuliebe verbarg, wie schlecht es ihr tatsächlich ging – so, wie Tony es vor Maggie verbarg. Es war eine selbstlose Liebe.

Eine Stunde später zuckten wieder Blitze über den Himmel und erhellten die Fenster, und das Grollen des Donners war näher gekommen. Arabella lag wach und angekleidet auf ihrem Bett und betete für Moira und ihre Familie, bis sie von Erschöpfung übermannt wurde und einschlief.

Um Mitternacht wurde sie von einem ohrenbetäubenden Krachen geweckt. Sie setzte sich kerzengerade im Bett auf, die Augen vor Schreck weit aufgerissen und mit heftig pochendem Herzen. Ihr erster Gedanke war, dass das Dach eingebrochen war. Sie sprang aus dem Bett und riss die Tür auf. In ihrem Zimmer war es stockdunkel, doch als sie die Tür öffnete, flammte wieder ein Blitz auf, und das grelle, flackernde Licht erhellte es für eine Sekunde.

Arabella sah, dass mit der Zimmerdecke, abgesehen von ein

paar feuchten Stellen, alles in Ordnung war. Sie drückte auf den Lichtschalter, doch der Strom war ausgefallen. Dann hörte sie Maggies, Tonys und Jonathans Stimmen. Die drei tasteten sich über den dunklen Flur in ihre Richtung.

»Was ist passiert?«, fragte Arabella.

»Das Generatorkabel muss durchgeschmort sein«, sagte Tony. »Wir müssen runtergehen und nachschauen, was los ist.«

Jonathan streckte eine Hand nach Arabella aus, und zusammen folgten sie Maggie und Tony die Treppe hinunter.

Les war bereits unten. Sie hörten, wie er eindringlich nach Tony rief. Keinem von ihnen fiel auf, dass Stuart fehlte. Als sie die Küche erreichten, sahen sie, dass diese von flackerndem Licht erhellt wurde.

»Großer Gott!«, stieß Tony entsetzt hervor, als er sah, woher dieses Licht stammte: Durch das Küchenfenster konnten sie hinter dem Heuschober Flammen lodern sehen. Unglücklicherweise hatte der Regen ausgerechnet jetzt aufgehört.

Maggie fasste sich an die Brust und taumelte. Les riss die Hintertür auf. Tony drängte sich an ihm vorbei nach draußen. Die anderen folgten ihm ins Freie.

»Es ist das Heu!«, rief Jonathan und fluchte stumm in sich hinein. Er hatte gleich gewusst, dass es ein Fehler gewesen war, das Heu ins Freie zu schaffen.

»Ein Blitz muss in die Heuballen eingeschlagen sein«, sagte Tony, der wie benommen wirkte. »Das also war das ohrenbetäubende Krachen, das wir eben gehört haben!«

Flammen schlugen aus dem Heu empor, Funken flogen in die Zweige der Bäume über ihren Köpfen. Da das Heu neben dem Generator in der Nähe des Heuschobers aufgetürmt worden war, dachte Arabella sofort an das Klavier.

»Wird der Heuschober verbrennen, Maggie?«, fragte sie ängstlich.

»Ich hoffe nicht.« Maggie wusste, dass Arabella an das Klavier dachte, doch ihre eigenen Sorgen galten dem Hotel: Die Funken konnten leicht überspringen. Wenn das geschah, konnten sie nichts mehr tun. Das Gebäude würde unweigerlich niederbrennen.

Tony schnappte sich einen Eimer, rannte zur Pferdetränke und schöpfte Wasser heraus. Ein stechender Schmerz schoss ihm durch den Brustkorb, doch er beachtete es nicht. Während er das Wasser auf die brennenden Heuballen schüttete, holte Maggie zwei weitere Eimer aus der Waschküche und reichte einen davon Arabella.

Ted kam herbeigeeilt. Auch er war vom Krachen des Blitzes geweckt worden. Als er aus dem Fenster geschaut hatte, hatte er das brennende Heu gesehen und war sofort losgerannt. Maggie wies ihn an, Wasser aus dem Bohrloch zu pumpen, während sie und Arabella es abwechselnd auf die Heuballen schütteten. Sie mussten mit den Eimern durch Pfützen und Schlamm stapfen, um von dem Bohrloch zum brennenden Heu zu kommen. Obwohl das Heu nass war, hatte der Blitz die Ballen entzündet; im Innern waren sie wohl noch trocken gewesen.

Auch Wally tauchte nun aus dem Dunkeln auf, gefolgt von Fred Powell. Beide waren sichtlich schockiert. Tony rief Wally zu, sich eine Heugabel zu schnappen und das brennende Heu zu zerpflücken. Fred hatte eine Decke mitgebracht, mit der er versuchte, die Flammen auszuschlagen. Tony versuchte unermüdlich, das Feuer zu löschen, konnte den Funkenflug aber nicht gänzlich eindämmen.

Es war nicht allzu windig; dennoch war Jonathan besorgt wegen des Generators. Die Funken flogen immer näher. Tony wusste nichts von der undichten Stelle im Tank, doch in Jonathan keimte Angst auf, als er daran dachte, was passieren könnte. »Tony, ich mache mir Sorgen wegen des Generators«, rief er über das Tosen der Flammen hinweg. »Vor ein paar Tagen ist Benzin aus einer undichten Stelle im Tank getropft.«

»Was sagst du da?«, rief Tony, die Augen weit aufgerissen.

»Ich hab die undichte Stelle repariert, aber um den Generator herum ist der Boden mit Benzin getränkt. Es hat zwar viel geregnet, aber ich mache mir trotzdem Sorgen.«

»Zu Recht!«, rief Tony und warf einen Blick auf den Generator. Im Schein der Flammen konnte er sehen, wie das Benzin in den Pfützen rings um den Treibstofftank schwamm und dass die Funken gefährlich nahe zu Boden regneten.

Dann fiel ein Funke auf das schwimmende Benzin.

»Alle weg hier, schnell!«, rief Tony.

Sie ließen die Eimer, Heugabeln und Spaten fallen und rannten zur Straße, so schnell sie konnten. Jonathan nahm Arabellas Hand und zog sie mit sich. Mohomet Basheer war eben aus seinen Zimmern im hinteren Teil seines Ladens gekommen; in der Panik hätten Jonathan und Arabella ihn beinahe über den Haufen gerannt. Als sie in sicherer Entfernung waren, warteten sie quälende Sekunden. Sie beobachteten, wie weitere Funken in die Benzinpfützen regneten. Dann geschah es. Eine gewaltige Explosion ließ den Boden erbeben, als der Tank explodierte. Flammen schlugen meterhoch empor. Alle beobachteten entsetzt, wie der Wind rotglühende Funken in Richtung des Hotels trug.

»O nein!«, rief Maggie, deren schlimmste Befürchtungen sich zu bewahrheiten schienen.

»Sind alle aus dem Hotel raus?«, fragte Tony ängstlich. Er zählte in Eile die Anwesenden durch. »Wo ist Stuart?«, stieß er dann hervor und schaute sich um, konnte ihn aber nirgends entdecken.

»Meine Fotoausrüstung!«, rief Jonathan, als er sah, wie eine Wand des Hotels Feuer fing. Er rannte zum Eingang.

»Jonathan!«, schrie Arabella. »Komm zurück!« Sie wollte ihm nachlaufen, doch Maggie hielt sie fest.

»Jonathan schafft das schon. Wir müssen Stuart finden«, sagte sie. »Er muss hier in der Nähe sein.«

»Ich hab ihn nicht gesehen«, sagte Les.

»Ich auch nicht«, sagte Ted.

Auf einmal hörten sie Bess im Stall verängstigt wiehern. Beißender Rauch erfüllte die Luft.

»Ich bringe das Pferd in Sicherheit«, rief Ted und rannte los.

»Sei vorsichtig!«, rief Maggie ihm nach. Der heiße Wind trug Funken mit sich, sodass die Gefahr bestand, dass nach dem Hotelgebäude auch der Stall Feuer fing.

Da Mohomets Laden und die Post dem Hotel am nächsten waren, rannte Mohomet dorthin zurück, um sich zu vergewissern, dass keines der Gebäude in Brand geraten war. Besorgt beobachtete er den Funkenflug und beschloss, mit einer Leiter auf das Dach seines Ladens zu steigen, um jeden Funken sofort löschen zu können.

Tony kam zurück. Auf seinem Gesicht lag nackte Angst. »Ich kann Stuart nirgends finden«, sagte er bestürzt. »Ich habe alles um das Hotel herum abgesucht. Hat er gesagt, dass er fort will?«

»Nein. Soviel ich weiß, hatte er nicht vor, die Stadt zu verlassen«, sagte Maggie.

Tony blickte auf das brennende Hotel. »Er wird doch nicht da drin sein!«, stieß er entsetzt hervor.

Inzwischen schlugen die Flammen bereits aus den Fenstern in ersten Stock.

»Jonathan ist noch einmal reingegangen, um seine Fotoausrüstung zu holen!«, rief Maggie.

»Was? Der Dummkopf wird ums Leben kommen!«, rief Tony.

Als Arabella das hörte, schrie sie voller Panik: »Jonathan!« Wieder versuchte sie, zum Hotel zu laufen, doch erneut hielt Maggie sie zurück.

»Ich gehe rein und suche nach Stuart«, sagte Tony entschlossen. »Bei der Gelegenheit werde ich Jonathan sagen, dass er zusehen soll, ins Freie zu kommen.«

»Das kannst du nicht tun, Tony«, sagte Maggie verängstigt.

»Es ist zu gefährlich!« Der Gedanke, ihn auch noch zu verlieren, war mehr, als sie ertragen konnte.

»Ich kann Stuart nicht da drin lassen«, rief Tony und rannte zum brennenden Hotel.

»Ich gehe mit ihm!«, rief Wally und rannte Tony hinterher.

Maggie bedeckte ihr Gesicht mit den Händen und weinte. Arabella legte die Arme um sie, und die Frauen schmiegten sich voller Angst aneinander.

Die Minuten dehnten sich endlos. Immer wieder hörten sie das Prasseln, Knistern und Knacken, wenn Holzteile brachen oder Fenster zerbarsten.

Plötzlich tauchte Jonathan hustend und keuchend aus den Rauchschwaden auf. Es war ihm gelungen, die Kamera und den Karton mit seinen Fotos zu retten, sodass diese kostbaren Arbeiten nicht verloren waren. Doch ein großer Teil seiner Ausrüstung war verbrannt. Er rannte ein paar Meter vom Hotel weg, fiel dann zu Boden und rang nach Atem.

Les, Ted, Arabella und Maggie eilten zu ihm und halfen ihm hoch.

»Wo ist Tony?«, fragte Maggie ängstlich.

»Ich weiß es nicht …« Jonathan hustete und spuckte. »Da drinnen kann man nichts sehen, der Rauch ist viel zu dicht …«

Plötzlich fielen dicke, schwere Tropfen, und binnen Sekunden setzte ein Wolkenbruch ein.

Augenblicke später taumelten auch Tony und Wally aus dem Hotel. Sie rangen nach Atem und stützten sich gegenseitig.

»Gott sei Dank!«, rief Maggie erleichtert und eilte zu ihnen. Tony hatte eine große Beule an der rußgeschwärzten Stirn, und Wally schnappte gierig nach Luft. Ansonsten aber schienen die Männer unverletzt zu sein.

»Wo ist Stuart?«, fragte Maggie.

»Wir können ihn nicht finden«, sagte Tony, heiser vor Anstrengung. »Oben stand alles in Flammen, die Hitze und der

Rauch haben uns zurückgetrieben. Jonathan kann von Glück reden, dass er nach draußen gekommen ist. Und ohne Wally hätte ich es nicht geschafft.« In der Diele war dicht vor Tony ein Teil der Decke eingestürzt. Hätte Wally ihn nicht ins Freie gezerrt, wäre er jämmerlich verbrannt.

»Danke, Wally«, rief Maggie kläglich.

Wally tat seinen Heldenmut mit einem Schulterzucken ab.

Dann kam Terry aus der Dunkelheit herbeigerannt. Seine Stiefel waren aufgeschnürt, sein Hemd war aufgeknöpft; es war offensichtlich, dass er sich in aller Eile angezogen hatte. »Du lieber Himmel, was ist passiert?«, stieß er hervor.

»Der Blitz ist in die Heuballen eingeschlagen, und dann ist der Generator explodiert«, sagte Tony.

»Ist jemand verletzt?«

»Nein, aber wir können Stuart nirgends finden«, sagte Maggie aufgelöst. »Er muss noch im Hotel sein!«

Terry blickte auf das brennende Gebäude. Das Feuer fraß sich rasch voran. Er war sicher, dass niemand in dem Gebäude überleben konnte. »Wisst ihr genau, dass Stuart nicht rausgekommen ist? Viele Zimmer gehen auf den Balkon hinaus. Von dort hätte er ins Freie gekonnt.«

»Wir waren drinnen, konnten ihn aber nicht finden«, sagte Tony und hustete.

»Dann ist er vielleicht rausgekommen«, meinte Terry hoffnungsvoll.

»Aber wir haben ihn nicht gesehen!«, sagte Maggie besorgt. »Und Tony hat draußen gesucht. Wo könnte er denn sonst noch sein? Das Feuer und die Explosion müssen ihn doch geweckt haben!«

Terry blickte auf das brennende Hotel. »Es könnte alles Mögliche passiert sein. Vielleicht ist er aufgewacht, in Panik geraten, aus dem Bett gesprungen, im Dunkeln gestolpert und hat sich den Kopf angeschlagen.«

»Ja, vielleicht ist das auch der Grund, weshalb er mir nicht geantwortet hat, als ich ihn von der Tür aus gerufen habe«, sagte Jonathan. Ihm graute bei dem Gedanken, dass Stuart vielleicht nur ein paar Meter von ihm entfernt bewusstlos auf dem Boden gelegen hatte.

»Wir müssen ihn rausholen«, sagte Arabella schluchzend. »Wir müssen etwas unternehmen!«

»Jetzt kann niemand mehr da hineingehen«, sagte Terry entschieden. Er wusste, wie allen zumute war, aber es war seine Pflicht, dafür zu sorgen, dass niemand sein Leben sinnlos aufs Spiel setzte.

Auch das Dach des Heuschobers hatte Feuer gefangen, nachdem der Ast eines brennenden Baumes darauf gefallen war, doch der plötzliche Regen hatte die Flammen rechtzeitig gelöscht. Im Hotel jedoch war das Feuer schon zu weit ausgebreitet gewesen, als dass der Regen noch etwas hätte ausrichten können.

Inzwischen waren auch die Afghanen und die Aborigines herbeigeeilt, um zu helfen, doch sie konnten nichts mehr tun. Es war zu spät, um das Hotel noch zu retten.

»Es sind doch alle raus?«, fragte Paddy besorgt.

»Wir können Stuart nicht finden«, stieß Jonathan aus. Seine Stimme war vor Angst belegt. »Tony und Wally haben drinnen nach ihm gesucht, konnten aber keine Spur von ihm entdecken.« Jonathan war klar, dass auch die Treppe inzwischen brennen musste, so rasch hatte das Feuer sich ausgebreitet.

Ein paar Minuten lang standen alle da und beobachteten beklommen, wie die Flammen gen Himmel schlugen. Maggie ging zu Tony hinüber. Er legte den Arm um sie, während sie beide mit ansehen mussten, wie viele Jahre ihres Lebens ein Raub der Flammen wurden. »Jetzt wird die Bank nicht mehr viel bekommen«, flüsterte Maggie, auch wenn sie wusste, dass das unwichtig war angesichts der Tatsache, dass Stuart wahrscheinlich einen schrecklichen Tod gestorben war.

Entsetzt beobachteten sie, wie das Dach des Hotels schließlich mit einem lauten Krachen zusammenstürzte und einen Funkenwirbel in den Nachthimmel sandte.

Alle waren durchnässt, und der Regen nahm weiter zu. Die Kameltreiber kehrten zurück in die Ghan-Siedlung. Da einige Tiere aus ihren Pferchen ausgebrochen waren, als der Blitz eingeschlagen hatte, mussten die Männer sie einfangen, bevor sie zu weit fortliefen. Die Aborigine-Frauen und ihre Kinder standen bei den McMahons. Sie jammerten und stöhnten leise; das war ihre Art zu trauern. Maggie forderte sie sanft zum Gehen auf, da der Kummer der Aborigines ihr noch mehr Schmerz bereitete.

Nach einer Stunde, in der niemand ein Wort sprach, hatte der Regen das Feuer gelöscht; nur an wenigen geschützten Stellen brannten noch kleine Flämmchen. Es gab nicht mehr viel, das noch brennen konnte. Die vom Rauch geschwärzten steinernen Außenmauern und ein Teil der Innenwände im Erdgeschoss standen noch, der Rest war den Flammen zum Opfer gefallen.

Maggie strömten die Tränen übers Gesicht. Sie war wie gelähmt. Die Drohung, das Hotel an die Bank zu verlieren, war schlimm genug gewesen, aber jetzt waren all ihre Erinnerungen in Rauch aufgegangen. Selbst wenn ein Wunder geschah und das Geld, das sie der Bank schuldeten, vom Himmel fiel – es war sinnlos geworden.

Auch Tony konnte nicht glauben, wie viel Pech sie gehabt hatten. Was hatten sie Böses getan, dass so etwas geschehen war?

»Ich habe bei mir zu Hause Schlafgelegenheiten für dich, Arabella und die McMahons hergerichtet«, wandte Paddy sich an Jonathan. »Es ist ein bisschen beengt, aber es ist trocken und geschützt.«

»Das ist nett von dir«, sagte Jonathan, »aber ich glaube nicht, dass Maggie und Tony dein Angebot annehmen werden, und Arabella und ich sollten bei ihnen bleiben.«

Wally war zurück zu Frankie Millers Haus gegangen und hatte Les mitgenommen, Ted hatte sich ebenfalls auf den Heimweg gemacht. Auch er hatte Maggie und Tony gebeten, mitzukommen, doch sie hatten abgelehnt.

»Wenn ihr es euch anders überlegt, kommt einfach zu mir«, sagte Paddy.

»Danke«, sagte Jonathan.

Terry kam zu ihnen. »Bis morgen früh kann ich hier nichts tun«, sagte er. »Aber ich muss nach Stuarts sterblichen Überresten suchen. Betretet das Gebäude deshalb bitte erst, wenn ich das hinter mir habe.«

Kurz nachdem Terry gegangen war, ließ der Regen nach, und Maggie und Tony gingen zum Lagerschuppen und zur Waschküche, um sich die Schäden anzuschauen. Wie durch ein Wunder waren beide Gebäude nahezu unversehrt. Die Außentoilette hatte ebenfalls überlebt.

Während Maggie und Tony fort waren, brachten einige Afghanen Laternen, Decken und hölzerne Klappbetten zu Jonathan und Arabella in den Heuschober und stellten sie auf. Die Beine der Klappbetten sorgten dafür, dass das Bettzeug nicht den nassen Boden berührte.

Plötzlich erklang Maggies Stimme, laut vor Wut. »Was soll das heißen, der Versicherungsbeitrag ist nicht bezahlt worden? Ich habe das Geld dafür doch extra auf die Seite gelegt.« Dann kamen sie und Tony in den Heuschober. Im Schein der Laternen konnten Arabella und Jonathan erkennen, wie erzürnt Maggie war.

»Ich weiß, Maggie«, sagte Tony, »und es tut mir schrecklich leid, aber der Zug war verspätet, und wir brauchten zusätzliche Vorräte aus Lyndhurst.«

»Und da hast du das Geld für die Versicherung genommen?« Maggie konnte es nicht glauben.

»Ja. Ich habe es den Kameltreibern gegeben, die nach Lyndhurst geritten sind, um Vorräte zu besorgen. Ich weiß, ich hätte es nicht tun sollen, aber ein paar Monate lang gingen die Geschäfte sehr schleppend …«

»Nicht schleppender als sonst!«, rief Maggie zornig. »Jetzt wird die Bank für den Rest unseres Lebens hinter uns her sein, Tony McMahon. Und ich dachte, es könnte nicht mehr schlimmer kommen!« Tränenüberströmt rannte Maggie davon.

»Maggie, komm zurück!«, rief Tony, doch sie schien ihn nicht zu hören. Er setzte sich auf eines der Klappbetten und stützte den Kopf in die Hände.

»Ich rede mit ihr«, sagte Arabella. Sie folgte Maggie durch die Dunkelheit in Richtung des Aborigine-Viertels und holte sie in dem Moment ein, als sie stehen blieb und wütend gegen einen Baum trat. Sie schrie vor Schmerz und hilflosem Zorn, bevor sie sich im Schlamm auf die Knie fallen ließ und die Hände vors Gesicht schlug.

Arabella kniete sich neben sie. »Ich kann verstehen, dass du wütend bist, Maggie«, sagte sie, »aber Tony konnte ja nicht wissen, dass so etwas passiert.«

»Aber deshalb hat man doch eine Versicherung. Eben für den Fall, *dass* so etwas passiert. Egal wie schwer wir zu kämpfen hatten, ich habe die Versicherung immer bezahlt.«

»Tony ist genauso verzweifelt wie du, Maggie.«

»Ich weiß, aber ich bin trotzdem wütend auf ihn.«

»Du willst nur jemandem die Schuld geben können«, sagte Arabella und fügte rasch hinzu: »Und das ist ja auch verständlich.«

»Ich weiß nicht, was jetzt aus uns werden soll«, sagte Maggie verzweifelt. »Das macht mir am meisten Angst.«

Arabella legte ihr tröstend einen Arm um die Schultern.

»Wir wissen nicht wohin«, sagte Maggie unter Tränen, »und wir haben nichts mehr. Keinen Penny, kein einziges Kleidungsstück. Ich bin das alles so leid, Arabella. Jetzt können wir nicht mal einen Neuanfang machen, weil die Versicherung nicht zahlt. Es wird nie ein Ende nehmen.«

29

Niemand konnte schlafen, doch alle waren erschöpft und ausgelaugt; deshalb wurden die Klappbetten, die die Afghanen ihnen gebracht hatten, dankbar genutzt. Schließlich erschien der erste Schimmer des neuen Tages am Horizont, die Morgendämmerung erhob sich über der Wüste. Das Unwetter hatte sich verzogen, der Regen längst aufgehört, was ein wenig den Schmerz der schrecklichen Nacht milderte, die sie alle durchlebt hatten.

Bald leuchtete der Himmel in verschiedenen Rot- und Orangetönen und tauchte die weite Landschaft des Outback in ein weiches Licht. Es war ein Anblick von atemberaubender Schönheit.

Für ein paar kurze Augenblicke vergaß die kleine Gruppe die Schrecken der vergangenen Nacht. Erst der hässliche Anblick des niedergebrannten Hotels, das jetzt nur noch ein Schandfleck in der Landschaft war, ließ den lähmenden Schmerz wiederkehren.

Plötzlich hörten sie einen Ruf. Mohomet Khan ritt mit mehreren beladenen Kamelen heran. Arabella und die anderen brauchten einen Augenblick, bis sie begriffen, dass es die Tiere waren, die das Bier aus Farina brachten. Mohomet Khan stieß einen scharfen Ruf aus, worauf die Kamele sich auf die Vorderläufe knieten, und stieg ab.

»Wie ist das passiert?«, fragte er und blickte betroffen auf die Ruine des Hotels. »Ich habe den Schein des Feuers heute Nacht schon weit draußen in der Wüste gesehen, aber dass es so schlimm ist, hätte ich nicht gedacht.«

Tony sagte müde: »Ein Blitz hat das Heu in Brand gesetzt.«

»Hast du auf dem Weg hierher Moira Quiggley und ihre Familie gesehen, Mohomet?«, fragte Maggie.

»Nein, ich habe Farina noch vor ihnen verlassen«, erwiderte der Kameltreiber. »Jedenfalls habe ich zweihundertdreißig Flaschen Bier für euch dabei.«

»Wir hätten nicht gedacht, dass Sie es in dem Unwetter schaffen«, sagte Arabella.

Mohomet nickte. »Ich war schon fünfzehn Meilen hinter Farina, als das Gewitter losbrach. Da sagte ich mir, ich könnte ebenso gut weiterziehen wie kehrtmachen – ich hätte so oder so mit Regen und Blitzschlag zu kämpfen gehabt. Zum Glück haben meine Kamele das alles gut verkraftet. Diese Tiere sind Strapazen gewöhnt und lassen sich nicht so leicht aus der Ruhe bringen.«

Terry kam zu ihnen. Er trug schwere Stiefel und Arbeitshandschuhe, um die schreckliche Aufgabe in Angriff zu nehmen, in den verkohlten Trümmern des Gebäudes nach Stuarts Leichnam zu suchen.

»Guten Morgen«, sagte er, wobei er die ausgebrannte Ruine betrachtete. »Bis jetzt ist noch keiner in den Trümmern gewesen, oder?«

»Nein«, sagte Tony.

»In Ordnung.« Terry ging zur Ruine, um mit der Suche zu beginnen.

»Wo soll ich das Bier hinbringen?«, fragte Mohomet und machte sich daran, die Riemen zu lösen, mit denen die Kisten festgeschnallt waren. Mohomet war schon älter, bewegte sich aber mit der Leichtigkeit eines jungen Mannes.

»Bring es in den Heuschober«, sagte Tony. »Jonathan und ich helfen dir.« Den größten Teil des Bieres wollte Tony in den nächsten Tagen zurückschicken, da es nun keine Möglichkeit mehr gab, es kühl zu lagern – und vor allem keine Gäste, an die man es ausschenken konnte.

Während Terry in der rauchenden Ruine des Hotels suchte,

begannen Tony, Jonathan und Mohomet, die Kamele zu entladen. Als das erledigt war, führte Mohomet die Tiere in die Ghan-Siedlung, um sie zu füttern und ruhen zu lassen.

Plötzlich tauchte Paddy auf. Er blickte gequält drein. »Haben Sie Uri gesehen?«, fragte er Arabella.

»Nein. Was ist mit ihm?«

»Er ist mit den Kamelen weggelaufen, die bei dem Unwetter die Zäune ihrer Pferche niedergerissen haben«, sagte Paddy. »Ich habe schon in den Ställen nachgesehen. Dort ist er nicht. Wir haben fast alle Kamele wieder eingefangen, aber Uri haben wir nicht gesehen.«

In Arabella stieg Angst auf. »Dann müssen wir nach ihm suchen!«

»Hoffentlich ist er nicht mit einem der Hengste davongelaufen«, sagte Paddy. »Wenn das passiert ist, wird von Uris Sanftmut nichts mehr bleiben. Er wird sich in ein wildes Tier verwandelt haben, bevor wir ihn wiedersehen.«

»Werden die Farmer ihn dann erschießen?«, fragte Arabella voller Angst.

»Das könnte durchaus passieren«, sagte Paddy. »Ich werde weiter nach ihm suchen.« Er eilte davon.

Arabella ließ sich auf eines der Klappbetten fallen und schlug die Hände vor das Gesicht.

»Vielleicht kommt er ja wieder, Arabella«, versuchte Jonathan ihr Hoffnung zu machen. »Du weißt, dass Uri dich gern hat, und er wird auch Bess vermissen. Sehen wir zu, dass Mohomet Basheer uns neue Kleidung gibt. Dann satteln wir Bess und machen uns ebenfalls auf die Suche nach Uri.«

Arabellas Miene hellte sich auf. »Du würdest mich begleiten?«

»Ja«, sagte Jonathan. »Überall hin.«

Mohomet erlaubte Arabella und Maggie, sich alles zu nehmen, was sie brauchten. Außerdem bot er ihnen an, sich in seinen privaten Zimmern zu waschen und frisch zu machen.

»Ich danke dir von Herzen, Mohomet«, sagte Maggie. »Du weißt, dass wir unsere Rechnung eines Tages begleichen werden.« Sie wusste nicht, wann oder wie, hatte aber die feste Absicht, ihre Schulden zurückzuzahlen.

Mohomet wusste, dass Maggie ihren Stolz hatte. »Ich weiß, Maggie«, sagte er deshalb nur.

»Vielen Dank, Mohomet«, sagte auch Arabella voller Wärme.

Der Afghane lächelte. Nichts mehr war von dem verwöhnten, hochnäsigen Mädchen geblieben, das sich damals ein Gewand bei ihm ausgesucht hatte, das sie von Kopf bis Fuß bedeckte.

Als Arabella zu den Ställen kam, hatte Jonathan Bess bereits gesattelt.

»Wenn Bess doch nur verstehen könnte, dass wir nach Uri suchen«, sagte Arabella. »Dann würde sie ihn sicher finden, bevor er zu weit wegläuft.«

»Vielleicht kann sie das ja«, sagte Jonathan, saß auf und hob Arabella hinter sich aufs Pferd. Sie schlang die Arme um seine Taille, und sie ritten los.

In den Ruinen des niedergebrannten Hotels bückte sich Terry, hob etwas auf und rieb mit dem Ärmel den Ruß ab.

Tony sah zu ihm hin. »Hast du was gefunden?«

»Eine Armbanduhr.« Terry kam aus dem Trümmern und zeigte sie Tony. »Ist das deine?«

»Nein.«

»Könnte sie von Jonathan oder von Les Mitchell sein?«

»Nein, ich habe nicht gesehen, dass einer von ihnen eine solche Uhr trägt«, sagte Tony.

»Dann muss sie Stuart gehören«, erklärte Terry.

»Zeig mal her«, sagte Maggie. »Stuart hat seine Uhr einmal in der Küche liegen lassen, deshalb weiß ich, wie sie aussieht.«

Tony reichte sie ihr. Maggie warf einen kurzen Blick darauf, und ihre Unterlippe bebte. Obwohl das Glas zerbrochen und geschwärzt war, erkannte sie die Uhr. »Es ist Stuarts«, flüsterte sie.

»Maggie und Tony tun mir schrecklich leid«, sagte Arabella, für die es ein tröstliches Gefühl war, sich an Jonathan anzulehnen. Sie ritten nach Westen den Fluss entlang. Am Ufer waren sehr viele Kamelspuren zu sehen; daher hofften sie, Uri bei den Tieren zu finden, die bei dem Unwetter davongelaufen waren. Doch sie wussten, dass die Spuren auch von Afghanen stammen konnten, die auf ihren Kamelen nach jenen Tieren suchten, die sie bisher noch nicht eingefangen hatten.

»Eine solche Tragödie rückt alles in ein ganz anderes Licht, nicht wahr?«, sagte Jonathan.

»Ja. Mir hat es bewusst gemacht, was für ein sinnloses Leben ich zu Hause in England geführt habe. Ich hatte keine Ziele, keinen Ehrgeiz … Ich beneide dich, Jonathan. Du weißt wenigstens, was du mit deinem Leben anfangen willst.«

Jonathan zügelte Bess, schwang sich von ihrem Rücken und half auch Arabella herunter. »Das dachte ich bisher auch immer.«

»Was meinst du damit?«

»Es gibt nur eines, das ich mit Sicherheit weiß, Arabella«, sagte er. »Dass ich mein Leben mit dir verbringen will. Was letzte Nacht passiert ist, hat mir vor Augen geführt, dass mein Leben ohne dich leer und sinnlos wäre.«

»Würdest du dein jetziges Leben aufgeben? Was du tust, ist sehr wichtig für dieses Land, besonders für die Aborigines.«

»Ich könnte auch in England eine sinnvolle Aufgabe finden.«

Es rührte Arabella, dass Jonathan bereit war, seine Träume aufzugeben, um mit ihr zusammen zu sein. Doch sie wusste, wie groß dieses Opfer war. »Nein«, sagte sie. »Du kannst Australien und das Outback nicht verlassen. Du würdest niemals glücklich sein. Ich werde nicht zulassen, dass du dein Leben hier aufgibst.«

»Willst du damit sagen, du liebst mich, aber wir werden trotzdem nicht zusammen sein?«

»Nein. Ich würde lieber mit dir in einer Hütte hier in der Wüste leben, als ohne dich in einer Großstadtvilla. Es ist mir egal, wo wir leben, solange wir zusammen sind.«

Jonathan lächelte. »Ich verspreche dir, du wirst eine bessere Unterkunft bekommen als eine Hütte, Arabella. Ich kann schließlich nicht zulassen, dass meine Frau in einer Hütte haust.«

»Soll das ein Heiratsantrag sein?«

»Ja. Du willst mich doch, oder?«

»O ja!«, rief Arabella, fiel ihm um den Hals und küsste ihn leidenschaftlich.

»Aber es soll alles seine Richtigkeit haben«, sagte er, als sie sich voneinander gelöst hatten. »Ich werde bei deinem Vater um deine Hand anhalten.«

»Wenn du darauf bestehst«, sagte Arabella. »Aber ich werde dich heiraten, ganz gleich, was er sagt.«

Tony und Maggie kamen eben aus den Trümmern ihres Hauses, als Moira und ihre Familie in die Stadt einfuhren. Ihr Wagen wurde von einem Kamel mit einem afghanischen Reiter gezogen; hinter dem Wagen waren ihre Pferde angebunden. Als Tony den Wagen erblickte, sah er, dass er bis zu den Achsen im Schlamm gesteckt hatte.

»Was ist denn hier passiert?«, fragte Moira schockiert, als sie mit ihren Söhnen und ihrem Mann Phil aus dem Wagen stieg und die geschwärzten Ruinen des Hotels sah.

»Ein Blitz hat eingeschlagen«, sagte Tony knapp. Er war zu verzweifelt, um von Einzelheiten zu berichten.

»Oh, Tony, das tut mir leid«, sagte Moira mitfühlend. »Wenn wir dir und Maggie irgendwie helfen können, lass es uns wissen.« Moira erkannte erst jetzt, wie viel Glück sie gehabt hatten, dass nicht auch sie vom Blitz getroffen worden waren. »Auch wir sind in das Unwetter geraten. Wir waren erst fünf Meilen weit, als der Regen einsetzte. Wir haben uns beeilt, voranzukommen, aber es dauerte nicht lange, bis wir mit dem Wagen bis zu den Achsen im Schlamm steckten.«

»Es war sehr tapfer von euch, dass ihr weitergefahren seid, Moira«, sagte Maggie. »Arabella hat sich schon große Sorgen gemacht …«

In diesem Moment tauchten Jonathan und Arabella auf.

»Moira! Ihr habt es geschafft!«, rief Arabella erleichtert.

»Ja. Wir haben uns um einen Tag verspätet, aber wir sind da.«

»Wie seid ihr denn aus dem Schlamm herausgekommen?«, fragte Maggie.

»Ich habe Phil gebeten, zu Fuß zurück nach Farina zu laufen und einen der Afghanen zu holen. Sein Kamel hat unseren Wagen dann freigezogen. Kamele sind sehr kräftige Tiere, und sie haben längere Beine als Pferde, was im Schlamm ein großer Vorteil ist.« Moira ließ den Blick über die Ruine des Hotels schweifen. »Wurde bei dem Feuer jemand verletzt?«

»Noch viel schlimmer«, erwiderte Maggie niedergeschlagen. »Wie es aussieht, ist Stuart Thompson in den Flammen ums Leben gekommen.«

Moira wich die Farbe aus dem Gesicht. »Das ist ja entsetzlich.«

Maggie stiegen Tränen in die Augen. »Und nun habt ihr den ganzen Weg bis hierher auf euch genommen, und wir können euch nicht mal eine Unterkunft anbieten.«

»Mach dir deswegen keine Sorgen«, sagte Moira. »Wir können uns im Wagen aufs Ohr legen. Ihr habt doch vor, das Hotel wieder aufzubauen?«

Maggie schluckte den Kloß in ihrer Kehle herunter. »Das können wir nicht. Die Versicherung zahlt keinen Penny.« Sie warf einen Blick auf ihren Mann.

»Ich habe die Prämie nicht bezahlt, Moira«, sagte Tony zerknirscht.

»Nun, wenn ich etwas verspreche, dann halte ich es auch«, entgegnete Moira und blickte Arabella an. »Wissen Maggie und Tony schon, was wir vorhatten?«

Maggie kam Arabella mit der Antwort zuvor: »Ja, ich weiß, warum du all die Mühe auf dich genommen hast, Moira, und dafür danke ich dir. Aber jetzt gibt es kein Hotel mehr, das man retten könnte.«

Ausnahmsweise hatte Moira keine Antwort parat.

»Wir sollten einen Trauergottesdienst für Stuart halten«, sagte Tony bedrückt.

»Und seine Familie muss verständigt werden, aber wir wissen nicht, wo sie ist«, sagte Maggie.

»Er hat mir gesagt, seine Eltern leben in Wales«, sagte Arabella. »Wir werden das Rote Kreuz einschalten. Sie werden Stuarts Familie schon finden.«

Moira packte die Vorräte aus, die sie mitgebracht hatte, darunter mehrere Laibe Brot und ein paar Gläser Eingemachtes. Dann verteilte sie das Essen. Maggie und Tony waren nicht besonders hungrig, doch Moira und ihre Familie aßen, ebenso Jonathan und Arabella, die auf einem der Klappbetten im Heuschober nebeneinander saßen.

»Ich habe Jimmy Wanganeen noch gar nicht gesehen«, sagte Maggie. »Nur Ruby. Sie war mit den Frauen zusammen. Seltsam. Normalerweise sind Ruby und Jimmy nicht eine Minute getrennt.«

Arabella sah Jonathan mit besorgter Miene an.

»Maggie ... Jimmy ist gestorben, während du bei deiner Schwester warst«, sagte Jonathan.

»O nein!« Maggie fuhr sich mit einer Hand an den Mund. »Nehmen die Schreckensnachrichten denn gar kein Ende?«

»Wir haben eine kleine Zeremonie für ihn abgehalten, während die Aborigines im Trauerlager waren«, sagte Arabella.

Maggie wünschte sich, sie hätte dabei sein können, um von

einem Mann Abschied zu nehmen, der ihr ein guter Freund gewesen war. »Hat das Trinken ihn umgebracht?«

»Nein. Er hatte mit dem Trinken aufgehört, als uns das Fleisch ausging«, sagte Arabella.

Maggie blickte sie verwirrt an.

»Jimmy ist jeden Tag für uns auf die Jagd gegangen«, erklärte Jonathan.

»Und er hat es gern getan«, fügte Arabella hinzu. »Ich glaube, es hat seinem Leben wieder einen Sinn gegeben. Jimmy hatte seinen Stolz zurückgewonnen, bevor er starb.«

Maggie wischte sich die Tränen von den Wangen.

»Arabella hat Klavier für ihn gespielt und eine Hymne gesungen«, sagte Jonathan. »Sieh dir mal das Foto an, das ich von Jimmy aufgenommen habe. Es hängt an der Wand hinter dir.«

Maggie drehte sich um und betrachtete das Bild. »Es ist wundervoll«, sagte sie bewegt. »Es ist, als spräche Jimmy zu mir.«

»Ted sagte, Jonathan habe auf diesem Foto Jimmys Seele eingefangen, und das stimmt«, sagte Arabella stolz.

»Was werdet ihr jetzt tun, Maggie?«, fragte Moira.

»Ich weiß es nicht«, erwiderte Maggie. »Wir können uns nicht mal eine Fahrkarte leisten, wenn der Zug wieder fährt.« Sie warf einen Blick auf Tony. »Ich nehme an, wir könnten zu meiner Schwester zurück, bis wir uns überlegt haben, was wir mit dem Rest unseres Lebens anfangen.«

»Du stehst noch unter Schock, Maggie«, sagte Phil, Moiras Ehemann. »Lass dir Zeit, darüber nachzudenken.«

»Das wird nichts ändern.«

»Wir haben Bier, Phil«, sagte Tony. »Trinken wir einen Schluck. Mal sehen, wie Daves Gebräu geworden ist.«

»Ja, trinken wir auf das gute alte Great Northern Hotel«, sagte Maggie und fügte traurig hinzu: »Ich wollte, es gäbe auch etwas Erfreuliches, auf das wir trinken könnten.«

Arabella blickte Jonathan an. »Sollen wir es sagen?«, flüsterte sie.

Maggie hatte sie gehört. »Was habt ihr beide denn zu flüstern?«

Arabella schaute sie an, war sich aber nicht sicher, ob sie es sagen sollte. Jonathan nahm ihr die Entscheidung ab.

»Arabella und ich werden heiraten«, verkündete er stolz.

»Das ist endlich mal eine schöne Neuigkeit!«, sagte Maggie lächelnd. »Ihr seid ein wundervolles Paar.«

»Du bekommst ein gutes Mädchen, Jonathan«, sagte Tony.

Arabella senkte beschämt den Kopf.

»Ich weiß, dass ich am Anfang hart zu dir war, als du hierhergekommen bist, Arabella«, fuhr Tony fort. »Aber du hast in schweren Zeiten zu uns gestanden, und das bedeutet uns sehr viel. Du hast dich sehr zum Vorteil verändert.«

»Wenn das stimmt«, sagte Arabella, »habe ich es euch allen zu verdanken. Ihr habt mich aufgenommen, als ich Hilfe brauchte, und habt mich nicht hinausgeworfen, als ich es verdient hatte.«

»Trinken wir auf Jonathan und Arabella«, sagte Maggie. »Auf viele gemeinsame glückliche Jahre.«

30

Jonathan und Arabella stahlen sich davon, um einen kleinen Spaziergang zu machen, sodass sie ein wenig Zeit für sich allein hatten.

»Ich glaube, dass der Zug bald wieder fahren wird«, sagte Jonathan.

»Damit rechne ich schon seit Wochen«, erwiderte Arabella matt. »Aber es kommt mir allmählich so vor, als würde er nie wieder fahren.«

»Das wird er«, sagte Jonathan, »und ich bin sicher, du wirst überglücklich sein, deine Eltern zu sehen.«

»O ja.« Arabella lächelte bei dem Gedanken, doch sofort wurde ihre Miene wieder ernst. »Nicht zu wissen, was mir passiert ist, muss schrecklich für die beiden sein. Ich bin froh, wenn das vorbei ist. Das war das Schlimmste für mich – zu wissen, dass meine Eltern leiden.« Sie schaute Jonathan an. »Stell dir vor, wie überrascht sie sein werden, wenn ich ihnen sage, dass wir heiraten.«

»Falls dein Vater mich für geeignet hält«, meinte Jonathan.

»Das wird er«, sagte Arabella zuversichtlich. Sie war sicher, dass ihre Eltern Jonathan binnen kurzer Zeit ins Herz schließen würden.

Jonathan war sich da nicht so sicher. »Ich habe kein festes Einkommen«, sagte er. »Vielleicht bin ich deinen Eltern als Schwiegersohn nicht gut genug.«

»Ach was! Warte nur, bis sie deine wundervollen Fotografien sehen«, erwiderte Arabella. »Und bis sie erfahren, wie viel du für dieses Land und seine Einwohner getan hast und noch tun willst.«

Jonathan zog sie in seine Arme und küsste sie. »Ich liebe dich«, sagte er.

»Ich liebe dich auch, Jonathan Weston.« Sie lächelte. »Mrs Arabella Weston … das hört sich gut an, findest du nicht auch?«

»Auf jeden Fall.« Jonathans Lächeln schwand. »Wirst du mit deinen Eltern nach England zurückkehren, bis wir unsere Hochzeit ausrichten können?«

»Ich wüsste nicht, weshalb wir nicht *hier* heiraten sollten.«

Jonathan blickte sie erstaunt an. »Aber deine Eltern …«

»Die kannst du getrost mir überlassen«, antwortete Arabella lachend.

Zum Abendessen verteilte Moira wieder von ihrem Brot und der Konfitüre, und Mohomet Basheer brachte Tee.

»Ich frage mich, wie viele Leute sonst noch nach Marree aufgebrochen sind«, sagte Maggie, als sie beim Essen saßen. Vor Sorge um diese Menschen, die seit Jahren ihre Freunde waren, hatte sie keinen Appetit.

»Die Maxwells wollten Fleisch in die Stadt bringen, um es für das Barbecue zu spenden«, sagte Arabella. »Hoffentlich stecken sie nicht irgendwo im Schlamm fest.«

»Sie müssen zwei oder drei Flüsse überqueren, um hierherzukommen«, sagte Maggie. »Die meiste Zeit sind die Flussläufe zwar ausgetrocknet, aber nach dem vielen Regen werden sie angeschwollen sein. Wahrscheinlich ist die Reise nicht ganz ungefährlich.«

Diese Neuigkeit bereitete Arabella zusätzliche Sorgen, zumal am Abend immer noch niemand in Marree erschienen war.

Eine Stunde später legten alle sich schlafen. Moira und ihre Leute machten es sich in ihrem Wagen bequem, den sie neben den Heuschober gezogen hatten.

Arabella lag auf einem der Klappbetten neben Maggie, die sich unruhig hin und her wälzte und schließlich den Versuch aufgab, Schlaf zu finden. Sie lag wach und blickte zu den Sternen hinauf, die sie durch das schadhafte Dach des Heuschobers sehen konnte. Traurig dachte sie an das bevorstehende Weihnachtsfest. Als es das Hotel noch gegeben hatte, hatte sie den Menschen dieser Stadt und dieses Landes ihre Gastfreundschaft und Aufmerksamkeit schenken können, und sie hatte stimmungsvolle Weihnachtsfeiern ausgerichtet. Diesmal aber lastete der Gedanke an das Fest schwer auf ihr.

»Wie ist es hier in Marree eigentlich an Heiligabend?«, flüsterte Arabella, die ebenfalls nicht schlafen konnte. Auch sie hatte an Weihnachten gedacht und sich gefragt, wie das Fest im Outback gefeiert wird.

»Heiligabend war immer der beste Tag des Jahres in unserem Hotel«, sagte Maggie. »Nicht wahr, Tony? Oder schläfst du schon?«

Tony drehte sich auf die Seite und stützte sich auf einen Ellenbogen. »An Heiligabend sind immer alle in die Stadt gekommen. Maggie hat tagelang im Voraus gebacken, und wir haben ein riesiges Barbecue veranstaltet.« Er lächelte, als er daran zurückdachte.

»Es wurde viel gesungen«, sagte Maggie wehmütig.

»Und noch mehr getrunken«, fügte Tony hinzu.

»Manchmal haben die Männer sich verkleidet und eine Show aufgeführt«, sagte Maggie. »Weißt du noch, als ich Wally als Frau verkleidet habe? Er sollte Schneewittchen darstellen, sah aber eher so aus wie eine der hässlichen Schwestern aus Aschenputtel.« Sie musste kichern, als sie daran zurückdachte.

»Ich wäre gern mit meiner Kamera dabei gewesen«, sagte Jonathan mit verschlafener Stimme.

»Ich kann mir gar nicht vorstellen, dass Wally bei so etwas mitmacht«, sagte Arabella.

»Er war sturzbetrunken«, flüsterte Maggie. »Er wusste gar nicht, was ich ihm angezogen habe.«

»Und seitdem hat niemand gewagt, es ihm zu sagen«, fügte Tony hinzu.

Arabella kicherte. »Das glaube ich schon eher.«

»Einen solchen Heiligabend werden wir jetzt nie wieder erleben«, sagte Maggie traurig. »Wie war Weihnachten denn für dich, Arabella?«

»Oh, es war wundervoll«, erwiderte sie, wobei auch sie sich ihren Erinnerungen hingab. »Meine Eltern hatten jedes Jahr ein stimmungsvolles Abendessen mit Freunden, die sie zu uns einluden. Nach dem Essen spielte meine Mutter Klavier, und wir sangen Weihnachtslieder. Im Kamin brannte ein Feuer, manchmal hat es draußen geschneit. Und während die Erwachsenen sich unterhielten, saß ich gemütlich im Warmen am Fenster und schaute zu, wie die Schneeflocken vom Himmel fielen. Im Licht, das aus dem Fenster fiel, funkelten sie wie Kristalle.« Sie seufzte in wehmütiger Erinnerung. »Und wir hatten immer einen wunderschön geschmückten Christbaum im Wohnzimmer. Jedes Jahr bastelten meine Mutter und unsere Haushälterin etwas Neues, und ich half ihnen dabei. Ich habe den Heiligabend geliebt. Das Haus war erfüllt von Wärme und Glück. Ich durfte Eiershake trinken und eines meiner Geschenke schon auspacken.« In Gedanken sah Arabella den Berg von Kartons in buntem Geschenkpapier und Schleifen unter dem Baum. »Am nächsten Morgen sind wir mit einer Pferdekutsche oder mit dem Schlitten, wenn es schneite, zur Kirche gefahren. Wir kamen mittags zum Weihnachtsessen und zum Auspacken der Geschenke wieder heim. Weihnachten war für mich immer die schönste Zeit des Jahres.« In Gedanken konnte sie die Schlittenglöckchen hören und das Knirschen der Kufen im Pulverschnee. Sie saß mit einer Pelzmütze und Handschuhen zwischen ihre Eltern gekuschelt auf dem Schlitten, eine warme Decke über den Knien. Die eisige Brise in ihrem Gesicht trieb ihr das Wasser in die Augen und ließ ihr die Nase laufen, und sie lachte vor Freude, während ihre Mutter mit ihr herumalberte.

»Solche Weihnachten wirst du bald wieder haben, Arabella«, sagte Maggie zuversichtlich.

Am nächsten Morgen waren sie noch nicht lange auf den Beinen, als Ruth und Bob Maxwell mit zwei Viehtreibern – einer war ein Aborigine – in die Stadt kamen. Ruth und Bob saßen auf einem voll beladenen Wagen. Als sie das niedergebrannte Hotel sahen, blieb ihnen vor Schreck der Mund offen stehen.

»Wie ist das passiert?«, rief Ruth, als sie und Bob vom Wagen stiegen.

»Ein Blitz hat eingeschlagen«, sagte Tony nur.

»O Gott«, sagte Ruth. »Das tut mir so leid.«

»Wie habt ihr es hierhergeschafft?«, fragte Tony.

»Jack hat uns geführt«, sagte Bob. Jack war der Aborigine-Viehtreiber; er kannte das Outback wie seine Westentasche.

Maggie schloss Ruth in die Arme. »Es ist ein Wunder, dass Sie bei dem Unwetter bis hierher durchgekommen sind«, sagte sie gerührt.

»Ich wollte euch nicht im Stich lassen«, erwiderte Ruth. »Ich war mir nicht sicher, wann und ob überhaupt noch jemand die Stadt erreichen würde, aber wenn es der Fall gewesen wäre, hättet ihr kein Fleisch fürs Barbecue gehabt. Da haben wir uns gesagt, wir kommen lieber einen Tag zu spät als gar nicht. Ich bin sicher, bald werden noch ein paar Familien hier eintreffen. Wir können das Fest am ersten Weihnachtstag feiern statt an Heiligabend.«

»Ich bin Ihnen dankbar, dass Sie gekommen sind«, sagte Arabella, »aber Sie hätten nicht Ihr Leben riskieren dürfen.«

»Ach, so dramatisch war es nun auch wieder nicht«, sagte Ruth. »Wir sind schon zu schlimmeren Zeiten gereist und …«

Sie verstummte, als in der Ferne ein Geräusch erklang.

»Was war das?«, fragte Arabella. Es hatte sich seltsam vertraut angehört.

»Das ist der Zug!«, rief Ted.

Arabellas Augen weiteten sich. »Bist du sicher?«

»Es hörte sich ganz so an«, sagte Ted.

Dann hörten alle das Geräusch noch einmal: ein Pfeifen.

»Es *ist* der Zug!«, rief Ted.

Arabella wurden vor Aufregung die Knie weich, während Ted bereits zum Bahnsteig rannte. Jonathan nahm Arabellas zitternde Hand, und sie folgten Ted. Auf dem kleinen Bahnsteig gesellten sich bald darauf die anderen zu ihnen. Alle blickten erwartungsvoll den Schienenstrang hinunter, konnten im Dunst aber nichts erkennen.

Maggie ergriff spontan Arabellas Hand und drückte sie fest. Sie wusste nur zu gut, wie sehr Arabella diesen Augenblick herbeigesehnt hatte, und freute sich aufrichtig für sie.

Die Sekunden dehnten sich zu Stunden. »Wie kann es sein, dass wir den Zug hören, aber nicht sehen können, Ted?«, fragte Arabella ungeduldig. Sie hatte Angst, dass sie sich getäuscht hatten. Vielleicht hatten sie etwas ganz anderes in der Ferne gehört.

»Geräusche werden in der Wüste meilenweit getragen«, sagte Ted zuversichtlich. »Du wirst den Zug gleich sehen, warte es nur ab.«

Kaum hatte er ausgesprochen, erschien der Afghan-Express in der Ferne. Tränen traten Arabella in die Augen. Ihre Gefühle drohten sie zu überwältigen. Wie lange hatte sie auf diesen Augenblick gewartet!

In einem der Abteile saßen Edward und Clarice und hielten sich bei den Händen. Sie waren so nervös, dass ihre Münder trocken und ihre Handflächen feucht waren. Ihre Geduld war auf eine lange und harte Probe gestellt worden, zumal der Zug mit einem ganzen Tag Verspätung in Marree eintraf. Die heftigen Regenfälle hatten den Wüstenboden schlammig gemacht, sodass der Zug sehr langsam fahren musste, um die aufgeweichten Gleisbetten nicht zu beschädigen. Die Reise hatte doppelt so lange gedauert wie üblich.

»Wir sind fast da«, sagte Edward und blickte aus dem Fenster. Er konnte die Dattelpalmen und die Moschee der Ghan-Siedlung bereits in der Ferne sehen.

»Ich habe Angst, hinzuschauen«, flüsterte Clarice, Edwards Hand fest drückend und sich vom Fenster abwendend. Sie hatte über Meilen hinweg darum gebetet, Arabella auf dem Bahnsteig stehen zu sehen, doch jetzt, da der Augenblick gekommen war, hatte sie Angst, ihre Hoffnungen könnten enttäuscht werden, und das würde sie nicht noch einmal durchstehen. Clarice warf einen Blick auf Edward und sah, dass es ihm nicht anders erging.

Als der Zug die Geschwindigkeit verringerte, hörte Edward die aufgeregten, erschrockenen Rufe der anderen Fahrgäste, die sich an den Fenstern der Waggons drängten.

»Was haben die Leute?«, fragte Clarice, trat ebenfalls ans Fenster und reckte den Hals. »Was ist denn los?«

»Da hat es gebrannt!«, rief jemand. »Das Hotel ist verschwunden! Das Great Northern ist nur noch eine Ruine!«

Clarice schnappte nach Luft; für einen Moment wurde ihr schwarz vor Augen. »O Gott!«, stieß sie hervor. Die schrecklichsten Gedanken schossen ihr durch den Kopf. Wenn Arabella in dem Hotel gewesen war, als es gebrannt hatte …

Clarice konnte ihre Tränen nicht mehr zurückhalten, und Edward zog sie an sich. Sie beide hatten die zaghafte Hoffnung gehabt, dass Arabella noch lebte, dass sie wohlauf war und in dem Hotel wohnte. Umso niederschmetternder war jetzt der Anblick der ausgebrannten Ruine. Ihre Hoffnungen hatten sich endgültig zerschlagen. Sie würden Arabella nie wiedersehen.

Als der Afghan-Express in Sicht kam, schweiften Arabellas Gedanken zurück zu jenem Augenblick, als sie im Wüstensand gelegen hatte und den Zug davonrollen sah. Ein paar Sekunden lang verspürte sie noch einmal ihre Angst und Verzweiflung, als sie allein in der Einsamkeit zurückgeblieben war, dann verflogen ihre düsteren Erinnerungen und wurden von freudiger Erwartung verdrängt. Doch als sie nun beobachtete, wie der Afghan-Express näher kam, stieg Unsicherheit in ihr auf.

»Und wenn meine Eltern nun gar nicht im Zug sind, Jonathan?«, flüsterte sie, denn mit einem Mal erschien ihr alles so unwirklich, wie in einem Traum.

»Sie sind im Zug, keine Angst«, versicherte Jonathan.

Der Zug kam, in eine riesige Dampfwolke gehüllt, zum Stehen. Arabella eilte so schnell sie konnte zum hinteren Teil, wo sich die Salonwagen befanden. Sie musste vom Bahnsteig hinunterklettern, da er nicht bis zum Zugende reichte. Jonathan begleitete sie.

Derweil stiegen die Fahrgäste aus, doch Clarice und Edward blieben sitzen. Edward blickte angespannt auf den Bahnsteig hinunter, seine Frau drückte zitternd ihren Kopf an seine Schulter. Als die Sekunden sich zu Minuten dehnten, ohne dass Edward etwas sagte, war Clarice sich sicher, dass Arabella verloren war.

Edward hörte, wie die Fahrgäste die Leute auf dem Bahnsteig fragten, was mit dem Hotel geschehen sei. Er hörte jemanden sagen, dass ein Blitz den Brand verursacht hatte. Ob es Tote gegeben habe, fragte eine ängstliche Stimme. Edward sah einen Mann nicken und hörte ihn sagen, sie hätten einen Gast verloren.

Edward wurde übel, und er wandte sich ab.

Arabella ging am Zug entlang und versuchte angestrengt, durch die Fenster der Waggons ins Innere zu blicken.

»Sie sind nirgends zu sehen, Jonathan! Meine Eltern sind nicht im Zug …!«

Jonathan wusste nicht, was er darauf erwidern sollte.

Maggie sah, wie verzweifelt Arabella war, als sie sich dem letzten Waggon näherte. Fast alle Fahrgäste hatten den Zug inzwischen verlassen. Plötzlich entdeckte Maggie ein Paar mittleren Alters, das in einem der vorderen Salonwagen saß. Der Mann hatte den Arm um seine Frau gelegt; beide sahen verstört und verzweifelt aus. Maggie wusste auf Anhieb, dass es sich nur um Arabellas Eltern handeln konnte: Die Wochen der Angst, die sie durchlitten hatten, hatten sich in ihre Gesichter eingegraben.

Maggie eilte über den Bahnsteig und blieb unter dem Waggonfenster stehen. »Sind Sie Mr und Mrs Fitzherbert?«, rief sie hinauf.

Edward kam ans Fenster. »Ja …«, sagte er zögernd, denn ihm graute vor weiteren schrecklichen Neuigkeiten.

Da stieß Maggie einen Jubelschrei aus. »Arabella!«, rief sie, »Arabella, sie sind hier!«

So schnell ihre Beine sie tragen konnten, kam Arabella zu ihr geeilt, gefolgt von Jonathan. Maggie wies stumm zum Fenster des Salonwagens hinauf.

Edward sah sie zuerst. Sanft rüttelte er seine Frau und zog sie hoch. Clarice trat benommen neben ihn ans Fenster, schaute hinaus und wurde kreidebleich.

Dieses braun gebrannte, burschikose Mädchen auf dem Bahnsteig sollte ihre Bella sein?

Wie in Trance eilten die Fitzherberts zur Tür des Wagens und stiegen hinunter auf den Bahnsteig.

In der nächsten Sekunde lag Arabella in ihren Armen und schluchzte vor Freude. Maggie stand mit Tony neben der Tür und wischte sich die Tränen von den Wangen. Selbst Tony hatte feuchte Augen.

»Was ist passiert, Bella?«, fragte Edward atemlos, als sie ihre Gefühle wieder halbwegs unter Kontrolle hatten. »Wir dachten, wir hätten dich für immer verloren!«

»Ich bin aus dem Waggon gestiegen, als wir in der Wüste gehalten haben«, stieß Arabella schniefend aus. »Ich erzähle euch später alles. Jetzt will ich erst einmal, dass ihr ein paar ganz besondere Menschen kennen lernt.«

Die Fitzherberts, vor allem Clarice, wunderten sich über das Aussehen und die Kleidung ihrer Tochter: Arabella trug eine Reithose und ein Hemd, das wie das eines Mannes aussah, dazu Stiefel. Das Haar hing ihr offen bis auf die Schultern, was Clarice ihr ansonsten nur zur Schlafenszeit gestattet hatte. Doch am erstaunlichsten war Arabellas körperliche Verfassung. Sie hatte zugenommen; ihre Wangen waren voller, und ihre einst so bleiche Haut war sonnengebräunt. Von ihrem kränklichen Aussehen war nichts mehr geblieben. Sie strotzte vor Gesundheit und Lebenskraft.

Arabella führte ihre Eltern auf den Bahnsteig, wo alle darauf warteten, sie kennen zu lernen. Die anderen Fahrgäste waren in den Ort gegangen, um sich die Ruine des Hotels anzusehen.

»Mummy, Dad – das sind Tony und Maggie McMahon. Ihnen gehörte das Great Northern Hotel. Als ich nach Marree kam, haben sie mich bei sich aufgenommen und sich um mich gekümmert.«

»Das Hotel sieht jetzt leider nicht mehr so großartig aus«, sagte Tony und hielt Edward die Hand hin, »aber wir freuen uns sehr, Sie kennen zu lernen.« Er warf einen beschämten Blick zu Arabella, als ihm einfiel, wie oft er daran gezweifelt hatte, dass ihre Eltern je auftauchen würden.

»Ich kann Ihnen gar nicht genug danken, dass Sie sich um Arabella gekümmert haben«, sagte Edward mit belegter Stimme.

Clarice umarmte Maggie, was sonst gar nicht ihre Art war. »Ich danke Ihnen von ganzem Herzen«, sagte sie. »Bella sieht wundervoll aus!«

»Ja, sie ist eine Schönheit geworden«, sagte Maggie so stolz, als wäre Arabella ihre eigene Tochter – und so empfand sie inzwischen fast. »Sie war uns allen hier im Ort eine große Hilfe.«

Arabella stellte ihren Eltern Ted, Wally, Les, die Maxwells und die Quiggleys vor. Dann führte sie die beiden zu Jonathan, der sich still im Hintergrund gehalten hatte.

»Und das ist Jonathan Weston«, sagte Arabella, wobei sie ihn resolut nach vorne zog. »Jonathan ist ein ganz besonderer Freund.«

»Wir freuen uns, auch Sie kennen zu lernen«, sagte Edward vorsichtig. Er und Clarice warfen sich einen raschen Blick zu, denn beide hatten augenblicklich den Verdacht, dass ihre Tochter und Jonathan mehr als nur Freunde waren.

»Kommen Sie mit in die Stadt«, übernahm Maggie nun die Führung. Sie hakte Clarice unter und führte sie vom Bahnsteig. »Sie können bestimmt eine Tasse Tee vertragen.«

»Ja, gern«, sagte Clarice.

»Ich hoffe, Sie haben nichts gegen Buschtee?«

Clarice wusste nicht, was Buschtee war, wollte ihre Unwissenheit aber nicht eingestehen. »Nein … uns ist alles recht.«

»Wie wär's mit einem Barbecue-Frühstück?«, schlug Tony vor. »Wir haben Lammkoteletts.«

»Ein Barbecue?«, sagte Edward erstaunt. »Normalerweise essen wir keine Koteletts zum Frühstück …«

»Sie sind hier im Outback«, sagte Tony und klopfte ihm kumpelhaft auf den Rücken. »Hier ist alles möglich.«

Während sie eine Tasse Tee genossen, erzählte Arabella ihren Eltern, was genau mit ihr passiert war. Es war wirklich eine unglaubliche Geschichte.

»Wir dachten, du wärst während der Fahrt aus dem Zug gefallen«, sagte Clarice, denn dieses Bild hatte sie Tag und Nacht gequält. »Ich kann immer noch nicht glauben, dass du im Nachthemd aus dem Zug gestiegen bist, um eine Blume zu pflücken.«

»Das war dumm von mir, ich weiß. Aber ich hätte nie gedacht, dass der Zug so schnell wieder anfährt. Als es dann geschah, konnte ich wegen meines verstauchten Knöchels nicht mehr aufspringen.«

»Jetzt ist ja alles gut«, sagte Edward. »Wir sind dankbar, dass du am Leben bist.«

»Ich weiß nicht, wie wir uns dafür erkenntlich zeigen können, dass Sie sich um unsere Tochter gekümmert haben«, sagte Clarice zu Maggie.

»Wie ich bereits sagte, sie war uns eine große Hilfe«, erwiderte Maggie.

»Anfangs nicht, Maggie«, räumte Arabella ein.

Clarice konnte den Blick kaum von ihrer Tochter nehmen. Sie hatte sich nicht nur äußerlich verändert, sondern auch innerlich – so sehr, dass sie beinahe ein anderer Mensch geworden war: freundlich, zugänglich und voller Selbstvertrauen.

»Wie hat Arabella Ihnen denn geholfen?«, fragte sie.

»Oh, auf die verschiedenste Weise«, sagte Maggie. »Sie hat Ställe ausgemistet, die Hühner gefüttert, hat mir in der Küche geholfen, hat bedient, wenn wir Gäste hatten, und für unsere Gäste Klavier gespielt.«

Clarice und Edward blickten einander fassungslos an. Die Arabella, die sie kannten, hatte nie einen Finger gerührt, um einem anderen Menschen zu helfen, und war so wehleidig gewesen, dass ihre Eltern geglaubt hatten, sie würde keine fünf Minuten in der Wüste überleben. Und jetzt hörten und sahen sie, wie Arabella in Marree aufgeblüht war – ausgerechnet in einer kleinen Wüstenstadt.

Arabella sah die Reaktion ihrer Eltern und musste unwillkürlich lachen. »Damals wusste ich es noch nicht, aber von dem Zug in der Wüste zurückgelassen zu werden war das Beste, das mir je passiert ist«, sagte sie. Nicht nur, weil sie sich zum Besseren verändert hatte – sie wäre Jonathan sonst nie begegnet.

»Wie kannst du so etwas sagen, Bella?«, fragte Clarice schockiert.

»Ich weiß, dass es für Dad und für dich schrecklich war, und das tut mir leid, aber ich bin erwachsen geworden, und selbstbewusster. Und das habe ich Maggie und Tony zu verdanken …« Sie warf einen Blick auf den Mann, der ihr das Herz gestohlen hatte. »Und Jonathan.«

Edward und Clarice musterten Jonathan misstrauisch. Was hatte dieser junge Mann mit ihrer Tochter angestellt?

»Jonathan hat mir beigebracht, die Welt mit den Augen anderer Menschen zu sehen«, sagte Arabella, entschlossen, ihren Eltern deutlich zu machen, dass sie ihn liebte. »Ich war egoistisch. Ich habe nur an mich gedacht. Als ich hierherkam, habe ich ganz selbstverständlich von Maggie erwartet, dass sie mich bedient … und dafür schäme ich mich jetzt.«

Darüber konnte Maggie heute nur noch lächeln.

»Jonathan hingegen hat immer nur an andere gedacht«, fuhr Arabella fort. »Er hat ein großes Herz. Er ist der Mann, den ich liebe. Und ich will den Rest meines Lebens mit ihm verbringen.«

Jetzt war es heraus.

Clarice verschlug es den Atem, auch Edward brachte kein Wort heraus.

»Willst du damit sagen, du willst ihn heiraten?«, fragte Clarice, als sie sich wieder gefasst hatte. »Du kennst ihn doch erst kurze Zeit!«

Jonathan trat einen Schritt vor. »Darf ich unter vier Augen mit Ihnen sprechen, Mr Fitzherbert?«

»Ich glaube, das ist eine gute Idee«, sagte Edward steif.

Jonathan und Edward entfernten sich von den anderen und gingen ein paar Schritte Seite an Seite. »Ich weiß, dass das alles ziemlich plötzlich für Sie kommt, Mr Fitzherbert«, sagte Jonathan.

»Das kann man wohl sagen. Wir haben Arabella wochenlang nicht gesehen, und ihr ganzes Leben hat sich verändert.«

»Vor allem sie selbst. Arabella hat sich zu einer erstaunlichen Frau entwickelt«, sagte Jonathan, »und ich liebe sie.«

»Auch wir lieben unsere Tochter, junger Mann.«

»Das weiß ich, Sir.«

»Womit verdienen Sie Ihren Lebensunterhalt?«, fragte Edward.

Jonathan hatte gewusst, dass diese Frage kommen würde. »Ich bin Fotograf, Sir.«

»Fotograf, aha«, sagte Edward wenig beeindruckt. Für ihn schien es sich nicht nach einem sicheren Beruf und einer geregelten Arbeit anzuhören. »Wo ist denn Ihr Studio?« Er sah sich um, als erwartete er, einen baufälligen Schuppen zu sehen, über dessen Eingang ein Schild mit der Aufschrift »Fotostudio« hing.

»Ich habe kein Studio, Sir. Ich reise in die Wüste, um die Landschaft und andere Motive zu fotografieren.«

»Was in aller Welt gibt es da draußen zu fotografieren?«

»Es würde sehr lange dauern, Ihnen auch nur die Hälfte davon aufzuzählen, Sir«, sagte Jonathan.

Edward blieb stehen und blickte Jonathan fest in die Augen. »Wissen Sie, junger Mann«, sagte er, »Sie sind mir durchaus sympathisch, aber ich habe dafür gesorgt, dass Arabella ein privilegiertes, finanziell sorgenfreies Leben führen kann. Sie können nicht von ihr erwarten, dass sie ihr Leben hier draußen im Outback verbringt.«

»Das habe ich anfangs genauso empfunden, Mr Fitzherbert. Ich habe mich in sie verliebt; trotzdem sagte ich zu ihr, wir hätten keine gemeinsame Zukunft. Ich habe damals nicht geglaubt, dass ein Leben, wie ich es führe, für Arabella geeignet ist. Anfangs war es auch nicht einfach. Doch Arabella hat sich verändert. Sie ist in vieler Hinsicht erwachsen geworden.«

»Es mag ja sein, dass Arabella inzwischen hier draußen zurechtkommt, aber in ein paar Monaten, vielleicht schon eher, würde sie es nicht mehr so empfinden.«

»Vor ein paar Wochen hätte ich Ihnen noch beigepflichtet, Sir. Deswegen habe ich Arabella vorgeschlagen, sie zurück nach England zu begleiten und dort in einem Fotostudio zu arbeiten. Aber sie wollte nichts davon wissen.«

»Das kann ich nicht glauben«, sagte Edward. »Arabella liebt England. Es ist ihr Zuhause.«

»Es ist die Wahrheit, Sir. Fragen Sie Arabella selbst, wenn Sie mir nicht glauben.«

»Das werde ich.«

»Zuvor aber sollten Sie wissen, dass ich gut für sie sorgen werde, sobald wir Ihr Einverständnis haben, zu heiraten. Meine Fotos verkaufen sich zu einem guten Preis in der Großstadt, wo ich des Öfteren Ausstellungen mache. Ich werde Arabella ein gutes Zuhause und alle Bequemlichkeit bieten, die sie verdient hat.«

Edward hatte immer noch Vorbehalte. Arabella war seine einzige Tochter, und sie sollte ein Leben führen, das sie glücklich machte. Ob Jonathan ihr dieses Leben bieten konnte, bezweifelte er.

Als sie zurück zum Heuschober kamen, war Arabella gerade dabei, ihrer Mutter die Fotografien zu zeigen, die Jonathan im Outback aufgenommen hatte, und ihr alles über seine Arbeit zu erzählen. Der Stolz und die Zuneigung in ihrer Stimme waren nicht zu überhören. Auch Edward schaute sich die Fotos an. Er musste zugeben, dass es Kunstwerke waren.

Jonathan und Arabella erzählten ihnen alles über den Lake Eyre, die Mungerannie Springs und andere interessante Orte in der Wüste. Sie berichteten von Jonathans Plänen, Fotos von den Aborigines zu machen, um die Menschen in den Großstädten über die einzigartige Lebensweise der in ihrer Existenz bedrohten Ureinwohner aufzuklären. Edward und Clarice hörten mit wachsendem Interesse zu; sie konnten sehen, dass Arabella die Leidenschaft Jonathans teilte. Dennoch blieben ihre Vorbehalte.

Da meldete Maggie sich zu Wort. »Arabella und Jonathan hatten ein Fest organisiert«, sagte sie. »Leider hat das Wetter ihnen einen Strich durch die Rechnung gemacht. Das Fest sollte eine Benefizveranstaltung sein, um Geld für Tony und mich aufzubringen. Wir hatten während der Dürre, die seit Jahren anhielt, schwer zu kämpfen, und die Bank wollte uns das Hotel nehmen.« Sie lächelte. »Glauben Sie mir, die beiden passen zueinander. Ich habe keine Zweifel, dass sie hier draußen ein erfolgreiches Leben und eine glückliche Ehe führen werden.«

»Stimmt es, dass du Jonathan heiraten und hier leben willst, Arabella?«, fragte Edward. Er musste es von ihr selbst hören.

»Ja, das stimmt. Ich liebe Jonathan.«

»Du magst ja verliebt sein, Bella«, sagte Clarice besorgt, »aber hier im Outback zu leben … das kann ich nicht glauben.«

»Ich auch nicht«, sagte Edward. Er zweifelte nicht daran, dass Arabella Jonathan liebte, doch er war sicher, dass diese Liebe schwinden würde, wenn die raue Wirklichkeit des Lebens in der Wüste sie einholte.

»Vor ein paar Wochen hätte ich euch vielleicht Recht gegeben«, sagte Arabella. »Aber jetzt weiß ich, dass ich an jedem Ort leben und überleben kann, solange Jonathan und ich zusammen sind. Wahre Liebe ist selbstlos, das haben die Menschen hier draußen mich gelehrt. Auch Maggie ist vor Jahren hierhergekommen, um mit Tony zusammen zu sein, und sie haben sich ein wundervolles Leben aufgebaut. Es war ein harter Kampf, doch es war die Sache wert, nicht wahr, Maggie?«

»Ja«, sagte Maggie mit einem liebevollen Blick auf ihren Mann. »Ob Sie's glauben oder nicht, dieser Ort wächst einem ans Herz. Ich darf gar nicht daran denken, wie leer mein Leben ohne Marree und die Menschen hier sein wird.«

Tony legte ihr tröstend den Arm um die Schultern.

Arabella sah ihren Vater an. »Ich weiß, dass ihr es gut meint, wenn ihr mir Luxus und Bequemlichkeit bieten wollt, Dad«, sagte sie. »Aber genau das hat mich bisher daran gehindert, erwachsen zu werden. Es hat mich zu einem oberflächlichen, selbstsüchtigen, überheblichen Menschen gemacht. Ich brauche einen Sinn im Leben, und dieser Sinn besteht darin, Jonathan und den Leuten hier zu helfen. Nichts anderes will ich tun. Nichts anderes *muss* ich tun.«

Edward tauschte einen Blick mit Clarice. In diesem Augenblick erkannten beide, dass sie Arabella gehen lassen mussten. Sie war erwachsen geworden, und sie war glücklich. Und war es nicht das, was sie immer für ihre Tochter wollten?

»Dann hast du unseren Segen«, sagte Edward.

»Oh, Dad!« Arabella fiel ihrem Vater um den Hals.

»Willkommen in der Familie, Jonathan«, sagte Clarice und schloss ihn unter dem Jubel der anderen in die Arme.

31

Später, nachdem sich die Aufregung ein wenig gelegt hatte, tranken sie eine Tasse Tee zusammen, und Edward nahm Tony beiseite.

»Ich hätte da ein persönliche Frage, Mr McMahon …«

»Tony, bitte.«

»Ich sollte diese Frage vielleicht nicht stellen, Tony, aber wie viel Geld hätten Sie gebraucht, um das Hotel zu retten?«

»Ich war mit den Raten ungefähr fünfhundert Pfund im Rückstand«, sagte Tony und senkte den Kopf. Es tat seinem Stolz weh, Arabellas Vater dieses Geständnis zu machen. »Wir hatten eine Zeit lang Geldprobleme, und das habe ich törichterweise vor Maggie verheimlicht. Ich dachte, die Dürre würde bald zu Ende sein und dass es wieder aufwärtsgeht, sodass ich den Kreditrückstand aufholen kann. Ich hätte nie damit gerechnet, dass wir durch ein Feuer alles verlieren würden. Wir werden aus Marree fortziehen müssen. Ich weiß nur nicht, wohin wir gehen oder was wir tun werden.«

»Ich könnte Ihnen helfen. Das ist das Mindeste nach allem, was Sie für Arabella getan haben.«

Tony blickte ihn fassungslos an, doch bevor er etwas erwidern konnte, fragte eine Männerstimme:

»Was habt ihr mit dem Hotel gemacht? Wo soll ich denn jetzt mein Bier trinken?«

Alle wandten sich um – und glaubten, ein Gespenst zu sehen. Da stand Stuart. Er hielt die Zügel eines der Kamele Paddys in der Hand.

Maggie griff sich an die Brust. Sie wäre beinahe in Ohnmacht gefallen. »Stuart! Wo kommst du denn her?«

»Aus der Wüste«, sagte Stuart knapp. »Was zum Teufel ist hier passiert?«

»Das ist doch jetzt egal«, sagte Maggie, während ihr Schock allmählich Zorn wich. »Wir alle hielten dich für tot! Wir haben um dich getrauert!«

»Um mich getrauert? Wieso denn? Ich bin doch nur zurück zu meiner Mine geritten«, sagte Stuart.

»Warum hast du es keinem gesagt?«, fragte Arabella, der ebenfalls ein Stein vom Herzen fiel. »Wir dachten, du wärst in dem Feuer umgekommen.«

»Oh«, sagte Stuart. »Tja, ich wollte euch überraschen.«

»Das ist dir allerdings gelungen«, sagte Maggie. »Du hättest uns sagen können, dass du fortreitest! Dann hätten wir nicht die ganze Zeit gedacht, du wärst einen schrecklichen Tod gestorben. Ich hätte Lust, dir eine Tracht Prügel zu verpassen!«

»Es tut mir leid, Maggie«, sagte Stuart und ließ den Kopf sinken. »Nachdem ich mit dir darüber geredet hatte, was es für euch bedeutet, das Hotel zu verlieren, hatte ich eine Idee. Ich bin noch mal zu meiner alten Mine geritten. Eigentlich wollte ich schon früher zurück sein, aber das Unwetter hat mich aufgehalten.«

»Ich dachte, du hättest das Goldschürfen aufgegeben«, sagte Arabella.

»Das hatte ich auch. Aber dann sagte ich mir, das Gold könnte gut dazu dienen, das Hotel zu retten. Also habe ich mich auf den Weg gemacht. Dabei fand ich noch viel mehr, als ich vermutet hatte. Es gehört alles dir, Maggie. Dir und Tony.« Stuart reichte Maggie einen Beutel, der so schwer war, dass er ihr beinahe aus der Hand gerutscht wäre. Maggie warf einen Blick hinein. Mehrere große Goldklumpen lagen in dem Beutel.

»Du meine Güte! Tony, sieh dir das an!«

Tony riss die Augen auf. »Das ist ja ein Vermögen!«

»Es sieht auch ganz so aus, als würdet ihr ein Vermögen brauchen«, sagte Stuart mit einem Blick auf die ausgebrannte Ruine des Hotels. Er sah Wally an. »Komm bloß nicht auf dumme Gedanken. Ich habe mein Werkzeug und den Eingang zur Mine so vergraben, dass in tausend Jahren niemand dorthin finden wird.«

»Ich werd mich nicht mal in die Nähe wagen«, sagte Wally. »Ich hab jetzt Verantwortung zu tragen.« Er hielt seinen Sohn auf dem Arm. Missy stand neben ihm. Wally hatte fast die ganze Zeit seit dem Unfall mit Dayinda verbracht, und der Junge schien ihn lieb zu gewinnen.

»Können wir von diesem Geld das Hotel wieder aufbauen, Tony?«, fragte Maggie.

»Ich würde sagen, damit können wir das Hotel größer und schöner aufbauen als zuvor *und* unsere Schulden bei der Bank zurückzahlen«, sagte er.

»Du meinst, dann sind wir die Eigentümer?«

Tony nickte.

Maggie ließ den Beutel fallen, fiel Stuart um den Hals und küsste ihn auf die Wangen.

»Nicht so stürmisch, Maggie«, sagte Stuart gerührt. »Ich muss Leila noch zu Paddy zurückbringen. Ich bin sicher, er hat sie schon vermisst.«

»Das kann man wohl sagen«, sagte Jonathan. »Er war völlig fertig, als er glaubte, sie wäre im Unwetter davongelaufen. Sie ist seine kostbarste Zuchtstute.«

»Wie können wir dir danken, Stuart?«, sagte Maggie, während ihr Tränen über die Wangen strömten. Sie konnte es immer noch nicht fassen, dass sie nun in Marree bleiben konnten, Grundeigentümer waren und sich nie wieder darum sorgen mussten, einen Kredit bei einer Bank abstottern zu müssen.

»Das Hotel ist für viele Menschen hier von großer Bedeutung. Es wäre eine Sünde gewesen, das Gold in der Mine zu lassen, wenn es dir und Tony helfen kann. Ihr dankt mir, indem ihr das Hotel wieder aufbaut.«

»Ich weiß gar nicht, was ich sagen soll …« Maggie war gerührt.

»Das ist sehr großzügig von dir, Stuart«, sagte Tony. »Das Mindeste, was wir dir anbieten können, ist ein Anteil am Hotel.«

Stuart blickte ihn verdutzt an. »Ein Anteil?«

»Das ist eine wundervolle Idee, Tony!«, sagte Maggie. »Was sagst du dazu, Stuart?«

»Soll das heißen, ich soll Miteigentümer werden?«

»So ist es. Wirst du annehmen?«

»Nein«, sagte Stuart, ohne zu zögern. »Ich bin für eine solche Verantwortung nicht geschaffen. Ich brauche meine Freiheit.« Er warf einen beschämten Blick auf Arabella. »Aber ein freies Zimmer, wenn ich wieder mal hier vorbeikomme, nehme ich gern. Und vielleicht ein paar von Maggies Mahlzeiten.«

»Die bekommst du für den Rest deines Lebens kostenlos, Stuart!«, sagte Maggie. »Wir haben so viel zu feiern, jetzt, wo Arabella mit ihren Eltern wiedervereint und mit Jonathan verlobt ist …« Maggie stockte.

Stuart war sichtlich gerührt, als er hörte, dass Jonathan und Arabella heiraten wollten. Maggie hätte sich ohrfeigen können. Sie befürchtete, Stuart verletzt zu haben, indem sie mit der Neuigkeit so unbedacht herausgeplatzt war, doch ihre Sorgen waren unbegründet.

»Ich gratuliere dir von Herzen, Arabella«, sagte Stuart lächelnd. In seiner Stimme lag zwar eine Spur Traurigkeit, doch im Grunde seines Herzens hatte er immer gewusst, dass Arabella Jonathan liebte und dass sie ihn – Stuart – abgewiesen hätte, auch wenn sie diese schmerzliche Wahrheit niemals ausgesprochen hatte.

Arabella blickte ein wenig unbehaglich drein. »Danke, Stuart.«

Stuart schaute Jonathan an. »Du bekommst ein wundervolles Mädchen«, sagte er. »Ich hoffe, du weißt, wie glücklich du dich schätzen kannst.«

»O ja, das weiß ich.« Jonathan legte einen Arm um Arabella.

»Ich freue mich aufrichtig für euch«, sagte Stuart, und sie konnten sehen, dass er es ehrlich meinte.

»Was ist mit dem Konzert, das man uns versprochen hat?«, fragte einer der Fahrgäste aus dem Zug, eine elegant gekleidete Frau. »Steht es noch auf dem Programm?«

Maggie sah Arabella fragend an. »Das Klavier haben wir noch«, sagte sie. „Es ist bei dem Brand nicht beschädigt worden. Was meinst du?“

»Es wäre mir eine Freude zu spielen«, sagte Arabella.

»Das Konzert findet statt!«, rief Maggie den Fahrgästen zu. »Eine Unterkunft haben wir zwar nicht, aber Essen und Bier.«

Die Fahrgäste jubelten.

»Mehr brauchen wir nicht«, sagte die elegant gekleidete Frau. »Wir können im Zug schlafen.«

»Können Sie über Nacht einen Zwischenstopp einlegen?«, fragte Ted den Zugführer.

»Wir befolgen schon so lange nicht mehr den Fahrplan, dass es auf eine weitere Nacht wohl kaum ankommt«, erwiderte der Zugführer lachend.

Nachdem das Publikum sich versammelt hatte, spielte Arabella Klavier. Clarice, die ja ebenfalls eine brillante Pianistin war, war voller Stolz auf ihre Tochter.

Jonathan machte sich daran, die Fotografien, die er aus dem Feuer gerettet hatte, an den Wänden des Heuschobers aufzuhängen. Die Fahrgäste aus dem Zug rissen sie ihm förmlich aus den Händen. Dreimal kam es zu einer Art Versteigerung, als mehrere Fahrgäste dasselbe Foto wollten.

Edward schaute dem Treiben erstaunt zu. »Ich würde gern ein paar Fotos mit nach England nehmen, wenn du noch welche übrig hast, mein Junge«, sagte er zu Jonathan. Der junge Mann war ihm so vertraut, er konnte es gar nicht glauben. »Einer meiner

Freunde in London ist Galerist. Ich bin sicher, er wird sich für deine Arbeit interessieren.«

»Das wäre großartig«, sagte Jonathan. »Aber ich muss erst meine Ausrüstung ergänzen, bevor ich wieder Fotos machen kann. Meine Kamera habe ich zwar vor dem Feuer retten können, aber ich habe das Zubehör verloren, das ich für die Entwicklung der Fotos benötige.«

»Sag mir, was du brauchst. Ich werde es in Adelaide für dich besorgen und hierherschicken«, erbot sich Edward.

»Das wäre nett«, sagte Jonathan, der erfreut feststellte, dass Edward ihn und seinen Beruf nun offenbar doch respektierte.

Arabella gesellte sich zu Jonathan und ihrem Vater. Ihre Miene war angespannt.

»Was ist mit dir?«, fragte Edward, obwohl er die Antwort zu kennen glaubte.

»Dad«, sagte Arabella geradeheraus. »Ich will hierbleiben, wenn du mit Mummy nach England zurückkehrst.«

Obwohl Edward gewusst hatte, dass dieser Tag einmal kommen würde, schmerzte es ihn, Arabella zu verlieren, zumal ihn der Gedanke an ein unsicheres Leben im Outback ängstigte. »Habt ihr vor … Ich meine, wollt ihr *hier* heiraten?«

»Ja«, sagte Arabella. »Ich kann mir keinen anderen Ort für meine Hochzeit vorstellen.«

»Bis dahin würden wir gern hierbleiben, Bella«, sagte Edward. Es würde ihm und Clarice das Herz brechen, wenn sie bei der Hochzeit nicht dabei sein könnten. »Aber hier gibt es keine Kirche«, fuhr Edward fort. »Und keine Räumlichkeit, wo man einen Empfang abhalten könnte. Hier gibt es nicht mal einen Geistlichen.«

»Wir brauchen keine Kirche, wir können unter den Sternen heiraten, und als Empfang brauche ich nicht mehr als ein Festessen, das die Aborigines an einem Lagerfeuer zubereiten. Der Pfarrer aus Farina hat im Zug gesessen; er kann Jonathan und mich trauen.«

Edward blickte sie fassungslos an. »Ein Festessen an einem Lagerfeuer? Na, wenn du meinst. Und wann wollt ihr heiraten?«

»Heute Abend«, sagte Arabella.

Diesmal war es Jonathan, der sie fassungslos anschaute. Und Edward stand da wie vom Donner gerührt.

Unter dem funkelnden Sternenhimmel, inmitten dreier Lagerfeuer und einer großen Menschenmenge, zu der auch die Fahrgäste aus dem Zug gehörten, standen Jonathan und Arabella vor dem Pfarrer. Clarice hatte den Hochzeitsmarsch gespielt, als Arabella am Arm ihres Vaters von Mohomet Basheers Geschäft zu den Lagerfeuern herübergekommen war. Sie trug ein Kleid, das Mohomet ihr zur Feier des Tages geliehen hatte. Es war zwar kein Brautgewand, aber es war das hübscheste Kleid, das Mohomet hatte, und Arabella sah wunderschön darin aus. Mohomet hatte aus feinsten Spitzen einen Schleier improvisiert, Arabella ein Paar weiße Schuhe gegeben und darauf bestanden, dass sie Seidenstrümpfe trug.

Clarice hatte Jonathan ihren Ehering geliehen, damit er ihn Arabella an den Finger stecken konnte, bis sie und Jonathan die Gelegenheit hatten, sich eigene Ringe zu kaufen. Tony war ebenfalls von Mohomet eingekleidet worden. Er und Maggie waren die Trauzeugen.

Begleitet von den abendlichen Geräuschen des Outback, schworen Jonathan und Arabella einander die Treue und küssten sich zärtlich. Maggie, die eines von Clarice' eleganten Kleidern trug, weinte vor Rührung, und auch Clarice wurden die Augen feucht. Die Aborigines hatten Stunden damit zugebracht, ein Festmahl vorzubereiten. Clarice und Edward trauten ihren Augen nicht, als sie sahen, wie ihre Tochter Kängurufleisch und in der Erde gebackenes Buschbrot aß. Als Arabella ihrer Mutter eine Jamswurzel anbot, fragte Clarice naserümpfend: »Was ist das?«

»Oh, Mummy, du bist genau wie ich, als ich noch so schrecklich empfindlich war, was Essen angeht«, sagte Arabella lachend. »Das ist eine Jamswurzel. Sie schmeckt köstlich!«

Clarice blieb skeptisch. »Ich weiß nicht recht…«

»Vielleicht möchtest du lieber von der Schlange kosten?«, fragte Arabella.

Clarice fiel beinahe in Ohnmacht. *»Schlange?* Erzähl mir bloß nicht, du hast Schlangenfleisch gegessen!«

»O doch. Ich kann es nur empfehlen.« Arabella lächelte Rita an, die das Lächeln von der anderen Seite des Lagerfeuers erwiderte. Ein Lächeln auf Ritas Gesicht war inzwischen keine Seltenheit mehr.

Auf einmal hörte Arabella ein vertrautes Geräusch. Sie sprang auf. »Uri!«, rief sie.

Paddy tauchte zwischen den Bäumen auf, das Kameljunge an der Leine führend. Arabella eilte zu dem Tier und schlang ihm die Arme um den Hals.

»Wo ist er gewesen, Paddy?«, fragte sie.

»Ich habe ihn ein paar Meilen von hier entfernt gefunden. Ich glaube, er war auf dem Weg zurück in die Stadt. Er hat bestimmt nach Ihnen gesucht, hatte sich aber ein bisschen verlaufen.«

»Wolltest du zu mir zurück?«, fragte Arabella das Kameljunge. Uri stieß wie als Antwort einen kläglichen Laut aus, während er Arabella mit seinen großen braunen Augen anschaute.

Clarice und Edward standen da und sahen offenen Mundes zu. War das wirklich ihre Tochter, die da ein Kamel umarmte?

»Sie werden ihn doch nicht verkaufen, Paddy?«, fragte Arabella ängstlich.

»Nein«, sagte er und versuchte, ein Lächeln zu unterdrücken. »Aber für mich ist er nutzlos. Deshalb möchte ich Ihnen und Jonathan Uri zum Hochzeitsgeschenk machen. Er hat sich ja von Anfang an zu Ihnen hingezogen gefühlt… Uri, meine ich.«

»Danke, Paddy!«, rief Arabella und umarmte ihn.

Der Kameltreiber sah sie verlegen an. »Sie werden seine Ausbildung übernehmen müssen, auf mich hört er ja nicht«, sagte er. »Vielleicht haben Sie mehr Glück mit ihm.«

Arabella wandte sich an Tony. »Kann ich Uri hier im Stall lassen?«

Tony setzte für einen Augenblick eine gespielt erschrockene Miene auf, hielt es aber nicht lange durch. »Natürlich«, sagte er dann, »aber du wirst seinen Stall selbst ausmisten müssen.«

Edward runzelte die Stirn.

Arabella lachte. »Das hab ich schon öfter gemacht, Dad.«

Ihr Vater schüttelte ungläubig den Kopf. Allzu viele Überraschungen konnte er jetzt nicht mehr verkraften. Tony reichte ihm eine Flasche von Dave Brewers Bier, und Edward nahm einen Schluck. Er verzog das Gesicht. »Was ist denn *das*?«, stieß er hervor. Es schmeckte ganz anders als das Bier in Alice Springs.

»Das ist Dave Brewers Selbstgebrautes. Es ist nicht lange genug gelagert, aber Sie werden sich daran gewöhnen, Fitzi.«

Edward sah seine Frau an. »Hat er mich eben Fitzi genannt?«, fragte er.

»Ich glaube schon, mein Lieber«, sagte Clarice, die ein Lächeln nicht unterdrücken konnte.

Tony musste grinsen, und Arabella lachte, bis sie Seitenstechen bekam.

Nach dem Essen ging Arabella zu Rita. »Bist du bereit?«, fragte sie.

Ritas Augen weiteten sich vor Erstaunen. »Sind Sie sicher, Missus, dass ich mit Ihnen zusammen spielen soll?« Rita hätte nie damit gerechnet, vor einem so großen Publikum auftreten zu müssen, und hatte Lampenfieber. »Ich spiele nicht gut.«

»Jimmys Geist wird dir heute Abend beistehen, Rita«, sagte Arabella.

Die riesige Frau lächelte. Sie wusste, dass Arabella die Wahrheit sprach, und das gab ihr Selbstvertrauen.

Als Arabella zu spielen begann, stimmte Rita in die Melodie ein. Es war erstaunlich, dass zwei so unterschiedliche Instrumente wie ein Klavier und ein *didgeridoo* in Harmonie zusammen gespielt werden konnten, doch es war überwältigend. Die betörenden Klänge des *didgeridoo* verschmolzen in der Stille vollkommen mit denen des Klaviers, so, wie Arabella es gewusst hatte. Es war ein einzigartiger Klang. So einzigartig wie Marree und die Menschen, die hier lebten. Die Zuhörer lauschten still, beinahe andächtig. Sie wussten, dass sie etwas Einmaliges erlebten.

Während Arabellas Finger über die Tasten glitten, sah Uri ihr über die Schulter. Alle, die sie liebten, waren hier versammelt. Ihre Familie, ihre Freunde, ihr Ehemann.

Hätte jemand ihr vor ein paar Wochen gesagt, sie würde in Marree ihr Glück finden – sie hätte es niemals geglaubt.